KB065943

단지 뉴욕의 맛

단지 뉴욕의 맛

Food Whore

제시카 톰 장편소설 | 노지양 옮김

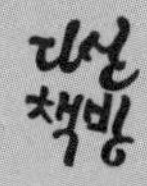

일러두기

* 모든 각주는 옮긴이주입니다.
* 본문의 NYU는 뉴욕대학교, NYC는 뉴욕시의 줄임말입니다.

차 례

이제 동그란 바퀴 모양으로 잘라낸 우아한 푸아그라가 나온다. 가운데에 있는 이 푸아그라는 마치 기념물처럼 우뚝 서 있어 실제 크기인 5센티미터보다 더 위엄 있어 보인다. 이 주인공 주변을 둘러싸고 있는 하인들을 살펴본다. 달콤한 양파로 만든 콩피 페이스트와 얇게 썬 마늘종을 섞어 라이스 크리스피처럼 도톰하게 부풀려놓았다. 칼의 아랫부분을 기념물의 머리에 대고 천천히 가르기 시작한다. 진하고 찐득찐득한 질감이 느껴지는 순간 당신도 모르는 사이에 이미 칼은 접시 바닥에 닿아 있다. 바퀴 모양 푸아그라는 저절로 펴지면서 속살을 드러낼 것이다.

그 안에서 진한 녹색 액체가, 용암처럼 걸쭉하고도 신비로운 액체가 주르륵 흘러나온다. 이제 포크를 쥐어본다. 이 섬세하고 부드러운 푸아그라 조각을 접시 위에서 끌면서 진하디진한 콩 소스에 적셔본다. 접시 위에 있는 하인들에게 콩 소스를 조금씩 묻힌다. 입으로 가져와 맛본다. 포크를 내려놓고 생각에 빠진다. 어떻게 이 요리는 이토록 순수하고 기본에 충실하면서도 이토록 충격적이고 도전적인 맛을 낼 수 있는 걸까?

바쿠샨(Bakushan)은 일본어로 바꾸-샨으로, 뒤에서 보면 예쁘지만 앞에서 보면 못생긴 여자를 뜻한다고 한다.

이 요리는 어느 모로 보나 못생겼다고 할 수는 없으나 우리에게 오싹함을 전해준다는 점에서는 닮았다. 그 여자가 뒤를 돌아 진실을 보여줄 때, 우리는 그 자리에 못 박힌 듯 서서 두려움과 흥미를 동시에 느낀다.

1

대학원 입학 환영회란 원래 가벼운 마음으로 참가해 서로 얼굴을 익히고 분위기나 파악하는 행사여야 마땅할 것이다. 그러나 이곳 공기는 묘한 긴장감이 감돌아 언제라도 부글부글 끓어 넘치려 하는 주전자 같았다. 먼저 빳빳한 흰색 연구복을 입은 사람들(식품 영양학 전공 연구자)이 보였고, 점잖은 트위드 재킷을 입은 사람들(문화인류학자)도 있었고, 반바지와 후드를 입은 우리 또래 청년들(인터넷 스타트업 기업 창업자)도 있었다. 레스토랑 사장부터 가공식품 사업가와 인터넷 방송 프로듀서까지 미식업계 모든 직종의 종사자들이 모여 있었다. 나 같은 학생들은 이런 미래의 멘토 주위를 돌면서 눈치를 보고 있었는데 마치 자기 자리가 없는 위성들이 빈 궤도가 있나 살피며 이 행성 저 행성을 기웃기웃하는 것만 같았다.

"헬렌 찾았어?"

나는 엘리엇에게 물었다. 엘리엇은 브롱크스에 있는 뉴욕식물원에 정직원으로 취직해 일하느라 바빴지만 나를 응원하고 도와주기 위해 일부러 대학원 입학 환영회에 같이 와주었다.

그는 나와 함께 헬렌의 강연에 세 번이나 참석한 적이 있었다. 그래서 나는 그가 그분의 얼굴 정도는 잘 알고 있을 줄 알았는데 그는 헬렌을 찾기 전에 사진을 한 번 더 확인했다.

"헬렌…… 헬렌 여사님. 어디 있으세요, 헬렌 님. 나와주세요." 엘리엇은 눈을 가늘게 뜨고 두리번거렸다. "아니다. 내가 이러고 있을 게 아니라 일단 돌아다니면서 찾아보는 게 낫겠다. 그치? 찾으면 바로 문자 보낼게."

대답도 하기 전에 이미 엘리엇은 헬렌을 찾으러 갔다. 그는 이런 남자였다. 엘리엇은 엘리엇이니까. 바보 같을 정도로 착하고 순하고 옆에 가까이 서 있는 것만으로도 행복감에 젖어들게 하는 남자. 그러니까 한결같이 좋은 친구이자 듬직한 남자친구.

엘리엇에게 한 가지 아쉬운 점이 있다면 그가 먹는 것을 지극히 사랑하는 사람은 아니라는 점이다. 물론 이왕 먹으려면 맛있는 걸 먹어야 한다는 생각에 반대한다거나 입맛이 까다롭거나 음식 앞에서 깨작거리지는 않는다. 그저 그에게 음식은 그리 중요한 사안이 아닐 뿐이다. 어떤 요리가 그에게 말을 걸면서 친해지려고 하면 아마 그는 '실례합니다. 제가 좀 바빠서요. 이만' 하면서 자리를 피할 것이다. 그렇다고 음식에 관한 일로 나를 도와주는 걸 못마땅해 하거나 귀찮아할 남자도 아니다.

이제 나는 NYU의 음식학 석사 과정에 정식으로 입학했고 헬렌과의 만남을 운에 맡길 수는 없었다. 이미 내가 선호하는 인턴십 지원서를 위원회에 제출했고 닷새 안에 내가 한 학기 동안 일할 자리가 결정될 것이다. 하지만 가만히 앉아서 결정을 기다리기보다는 이 행사에서 헬렌을 직접 만나 내 실력과 매력을 어필한다면 그녀의 어시스턴트로 들어가게 될 가능성이 커질지 모른다고 생각했다. 어쩌면 말이다.

헬렌은 훌륭한 음식 칼럼니스트이자 기자로 내가 제일 존경하는 분이다. 《뉴욕타임스》에 실린 그녀의 예리하고 매끄러운 비평도 정평이 나 있었지만 내가 정말 사랑하는 건 그분의 회고록과 요리책이었다. 저널리즘의 딱딱함을 벗어나 자유롭게 써내려간 그녀의 글에는 따스하고 다정한 목소리가 담겨 있었고 모든 레시피와 이야기에는 마음을 울리는 진심이 있었다. 나는 그녀가 어린 시절 매사추세츠의 파란색 부엌 이야기를 할 때면 그곳에 같이 앉아 추억에 빠졌고 프랑스 셰프와의 짧고 애틋했던 연애 이야기를 할 때면 같이 가슴 아파했다. 몸이 열 개라도 모자란 초보 엄마 시절 이야기를 할 때도 같이 마음 졸이며 안타까워했다.

내 계획은 이러했다. 헬렌에게 내 야심작인 캐슈넛-아몬드-월넛-피칸 다쿠아즈 드롭*을 선물해 눈도장을 확실히 찍는다면 그녀가 내 에세이를 눈여겨봐줄지 모른다. 자신하건대 다쿠아즈 드롭은 그저 맛있고 고소하기만 한 쿠키가 아니었다. 나

* 프랑스의 대표적 디저트로 속이 부드럽고 겉은 바삭한 쿠키.

를 여기 뉴욕대 대학원과 요리 칼럼니스트와 헬렌으로 데려다 준 특별한 쿠키였다. 물론 처음 만들 때부터 그런 의도가 있었던 것은 아니었지만 말이다.

할아버지가 심장병과 폐질환으로 나날이 약해지다 결국 병원에 입원해 계실 때였다. 간호사였던 엄마는 한 달 동안 밤에는 야간 근무를 하고 낮에는 외할아버지 곁에서 간병을 했다. 아빠는 퇴근 후 매일 병원에 가 엄마 곁에서 힘이 되어주었다.

나는 매주 목요일마다 뉴 헤이븐에서 그랜드 센트럴을 타고 용커스에 갔다가 월요일 아침에 캠퍼스로 돌아오곤 했는데 그때마다 기차 안에서 한없이 우울해지곤 했다. 오가는 길이 힘들어서는 아니었다. 나는 쌀쌀맞고 자기 일도 제대로 안 하는 게으른 간호사 때문에 화가 났다. 그 간호사 때문에 할아버지의 침대 시트는 언제나 지저분한 얼룩이 져 있거나 구겨져 있거나 비뚤어져 있었다. 내 속을 더 긁게 하는 건 병원에서 나오는 식사였다. 매끼마다 건강한 사람들에게도 좋지 않을, 말 그대로 가학적이라 할 수 있는 음식이 나왔다. 프라이드치킨, 햄버거, 프렌치프라이, 베이컨과 느끼한 드레싱을 뿌린 샐러드를 환자가 먹어야 하다니. 나는 단 걸 좋아하시는 할아버지가 가짜 우유로 만든 '크렘'이 가득한 쿠키와 몇 년은 찬장 속에 있어도 썩지 않을 방부제 덩어리 케이크를 드시는 것이 못내 마음 아팠다.

나는 캠퍼스로 돌아와서 다쿠아즈 드롭을 만들어보기 시작했다. 다쿠아즈는 머랭을 베이스로 해 가볍고, 견과류가 많이 들어가 고소한 프랑스 전통 디저트로 입맛이 없는 할아버지도 맛있게 드실 것이 분명했다. 어린 시절 내 키가 스토브에 닿기도 전에 할아버지는 나와 함께 요리를 했고 늘 내게 새로운 요리를 가르쳐주셨다. 그러나 내가 이번에 만들 쿠키는 완전히 의미가 달랐다. 할아버지가 드실 마지막 음식이 될지도 모르니까.

나는 장례식에도 그 쿠키를 만들어 냈다. 엘리엇은 내 곁에서 쿠키 만드는 것을 적극적으로 도와주었고 얼마 후 할아버지에 관한 추억과 쿠키 레시피를 글로 써서《예일 데일리뉴스》에 내보라고 제안하기도 했다.

대학에 오기 바로 전에 할아버지와 함께했던 마지막 요리 시간을 소재로 글을 썼다. 당시 할아버지는 내게 고향인 세네갈의 전통 치킨과 캐슈넛 요리인 풀레 오 누아 드 카주 만드는 법을 가르쳐주셨다. 그때 우리는 기차를 타고 할렘가 안쪽에 있는 리틀 세네갈까지 가서 껍질을 까지 않은 생 캐슈넛을 샀다. 생 캐슈넛 껍질은 옻나무처럼 피부병을 일으키는 독성 성분을 갖고 있기 때문에 이곳에서만 구할 수 있는 재료였다. 할아버지와 나는 이 생 캐슈넛을 구워 독성을 없애고 손으로 일일이 깐 다음 물에 불렸다.

조금 더 빠르고 쉽게 만들 수 있는 방법이 스무 가지는 더 있었지만 우리는 모든 단계마다 가장 느리고 손이 많이 가는 방법을 선택했다.

그 글의 마지막에 내가 만든 다쿠아즈 드롭 이야기를 넣었다. 껍질을 까지 않은 견과류를 샀고 리틀 세네갈에 다시 가서 생 캐슈넛을 샀다. 엘리엇과 함께 캐슈넛의 독을 빼고 데치고 물에 불린 다음 볶았다. 하지만 견과류를 준비하는 데만 이 정도였고 베이스인 머랭을 만들기 위해서는 또다시 험난하고 복잡한 과정을 거쳐야 했다. 만드는 데 여덟 시간이 걸렸다. 그래도 나는 매 과정마다 할아버지의 주름진 얼굴과 손, 미소를 떠올리면서 다쿠아즈 드롭을 만들었다. 이 에세이는 그동안 내가 쓴 글 중에서 가장 내밀하고 아프고 솔직한 글이기도 했다.

대학 2학년 봄, 교내 신문에 그 글이 실렸고 생각보다 훨씬 많은 관심을 받았다. 덕분에 에디터가 내게 고정 푸드 칼럼을 맡겼고 나는 나만의 레시피와 내 생활과 생각을 엮은 글을 쓰기 시작했다. 그 일이 그렇게 좋을 수 없었다. 여름 방학 한 달 전에는《뉴욕타임스》에서 연락이 와 나에게 피처 기사를 써달라고 했다. 내게 연락한 그 기자는 헬렌 란스키가 인터넷에서 내 칼럼을 읽고선 본인이 쓴 글이 떠올랐다는 말을 했다고 전했다. 어쩌면 그 말 한 마디가 내 인생을 바꾼 결정적인 한 마디였을지 모른다. 헬렌 같은 대가가 내 글을 인정하고 칭찬했다는 것이 나에게 어마어마한 동기부여가 되었다.

《뉴욕타임스》에는 내 글과 다른 '대학생 셰프'들의 글이 함께 올라갔지만 내 글이 메인이었다. 다쿠아즈 드롭 레시피도 따로 실렸고 헬렌이 에디터의 글에 이렇게 쓰기도 했다. '이 음식은 사랑으로 창조된 작품이다. 어떤 이들은 글을 쓴다. 어떤 이들은 요리를 한다. 그리고 먼로 양 같은 이들은 두 가지를 전

부 할 수밖에 없다. 음식을 통해 이야기를 하는 것이다.'

대학에 와서 한동안 방황을 했더랬다. 전공 선택이나 진로 앞에서 늘 헤맸고 갈피를 잡지 못했다. 하지만 그 글을 읽는 순간 눈앞에서 불이 번쩍했다. 그래 바로 이거야. 이게 내 갈 길이야. 요리, 글, 헬렌 란스키. 나는 내 예일 칼럼을 일주일에 두 번으로 늘리고 여름 내내 지역 신문 《뉴 헤이븐 레지스터》에 실릴 글을 썼다. 그 기사가 나온 후에는 바로 옆 주에 사시는 부모님 집에 거의 가지 못할 정도로 오로지 글만 쓰며 보냈다.

대학원 입학 환영회 전날 엘리엇과 나는 쿠키 굽기 프로젝트에 착수했다. 이번에 만든 쿠키야말로 가장 복잡하고 정교하게 만들어진 것으로, 장인 정신이 들어간 명품 쿠키였다. 안은 폭신하고 겉은 바삭하지만 겉 반죽이 굉장히 얇고 섬세해 열여덟 시간이 지나면 촉촉함이 사라지고 눅눅해진다. 마치 내 야망과 자존심, 성공으로 가는 길이 이 쿠키 한 상자에 달려 있는 것처럼 나는 이 상자를 꼭 끌어안고 있었다.

"저기요. 안녕하세요." 헬렌을 찾고 있는데 덩치 큰 남자가 말을 걸었다. "누구 찾으세요?" 바깥은 26도 정도로 따뜻한 날씨였는데도 크고 울긋불긋한 얼굴과 플란넬 체크셔츠 때문에 그는 마치 비바람과 추위를 헤치고 온 사람 같았다.

"네." 내가 대답했다.

"헬렌 란스키 아세요? 《뉴욕타임스》 푸드 섹션 에디터였고 레스토랑 비평도 하시고. 이제 요리책 저자이기도 하고……."

"헬렌! 그분이야 당연히 알죠!"

그는 내가 자신이 헬렌을 모를 것이라 생각했다는 점에 불쾌하기도 하고 흥미롭기도 한 것 같았다. 하긴, 이곳은 음식학 대학원이고 여기까지 올 정도의 학생들이라면 보통 만만찮은 음식 마니아들이 아니라는 걸 잠깐 잊었다. 그가 말을 이었다.

"아직 안 오실 리가 없는데 이상하긴 하죠? 그분 글은 굉장히 정확하고 꼼꼼하잖아요. 그래서 뭔가 시간 약속도 철저할 것 같은 느낌인데 말이죠."

나도 고개를 끄덕였다.

"그러게요. 오긴 오시지 않을까요? 그런데 보통 어떤 식으로 인턴십을 배정하는지 아세요? 지원한 대로 될까요?"

남자는 양손을 들었다.

"그걸 어찌 알겠습니까. 이 과정 전체가 블랙박스예요. 누가 말하는 걸 들었는데 그냥 로또라고 생각하면 된대요. 학교 측은 '학생들이 다양한 분야에서 훈련받는 걸' 좋아해서 학생들을 엉뚱한 곳에 배치시키기도 한대요. 그런데 내 친구 여동생은 1지망으로 지원한 곳에 붙었고 거기서 쭉 경험을 쌓아서 지금은 UCLA 교수래요."

그는 어깨를 으쓱했고 우리 둘 다 작게 한숨을 내뱉었다.

하지만 크게 놀라지도 않았다. 여긴 뉴욕이다. 뉴욕에서 무엇 하나 손쉽게 되는 게 어디 있던가?

"저는 카일 로리머라고 하는데." 남자가 말했다.

그가 내민 손은 따뜻하고 탄력이 있어 마치 방금 구운 두툼하고 따끈한 베이글을 만지는 것 같았다. 그는 여기가 헬렌 란스키 기차를 탈 수 있는 정거장이라도 되는 듯이 목을 쑥 빼고 발을 동동거리며 서 있었다. 하지만 그가 할 수 있는 것 역시 기다리는 것뿐이었다.

"저는 티아 먼로예요."

나는 얼른 이름을 말하고 자리를 옮겼다. 서글서글하고 인상 좋은 사람이었지만 지금은 이런 데 신경 쓸 여유가 없었다. 헬렌을 찾는 데만 집중해도 모자랐다.

핸드폰을 꺼내 엘리엇에게 보낼 문자를 찍었다. 찾았어?

문자를 보내려 했지만 신호가 약해서 한 번에 전송이 안 되어 밖으로 걸어 나왔다. 메시지가 전송된 걸 확인하고 고개를 들었을 때 그녀가 길 건너에 있는 걸 보았다. 아담한 체구에 선이 고운 여성이 밝은 녹색 재킷과 벨벳 바지를 입고 있었다. 숱 많은 검은 곱슬머리는 위로 높이 묶어 올렸다. 그 깜찍하고도 독특한 외모는 어찌 보면 이국 황실의 애첩 같기도 하고 어찌 보면 똑똑하고 잔소리 많은 유대인 고모 같기도 했다.

보도로 한 발 내딛을 때 내 얼굴은 환하게 빛나고 있었다. 이것이야말로 내가 머릿속으로 수백 번 그려보던 완벽한 시나리오 아니었던가. 다른 대학원생들이 떼 지어 몰려들기 전에, 아니 그녀를 발견하기도 전에 그녀에게 나를 먼저 소개할 기회가 왔다. 하지만 막 건널목을 건너려는 순간 그녀가 혼자가 아니라는 사실을 깨달았다. 헐렁한 양복을 걸친, 쇠꼬챙이처럼 마른 남자가 그녀와 마주보고 있었다. 헬렌은 발뒤꿈치를 들고 심각하게 그와 무슨 이야기를 하고 있었다.

갑자기 배 속이 꼬이고 신경이 예민해졌다. 이제 어떻게 하면 되지. 이 남자, 비유가 아니라 문자 그대로 중간에 떡 버티고서 있잖아.

몰래 그들 뒤에 다가서자 그들의 얼굴은 몇 센티미터 떨어져 있지 않을 정도로 나와 가까이 있었고 그들이 나누는 대화까지 다 들렸다. 내가 걸리적거린다고 생각해 남자가 흘겨보거나 헬렌이 낯선 사람의 시선을 느끼고 뒤를 돌아볼 거라 생각했다. 하지만 둘 다 그렇게 하지 않았다. 몇 분 전까지만 해도 환하게 빛나던 내 얼굴은 점점 딱딱하게 굳었다. 나는 어쩔 수 없이 거기 계속 서 있기로 했다. 일부러 엿들으려 한 건 절대 아니었지만 헬렌이 이 남자와 말을 끝내자마자 바로 다가가서 인사하려고 그들 곁에 되도록 바짝 붙어 있었다.

"지금 당신 여기서 이러고 있으면 안 돼. 이건 아니야." 헬렌이 정색을 하고 나무랐다. "지금 선생이 돌이킬 수 없는 짓을 저지를까봐 내가 말리는 거 알아요, 몰라요? 나는 당신 미래를 굉장히 신경 쓰고 있어요. 그런데 왜 정작 본인은 안 그러는 거지?"

나는 한 걸음 더 다가가서 귀를 쫑긋 세웠다. 굉장히 심각하네. 지금 무슨 이야기하고 있는 걸까?

"날 도와주신다고요, 헬렌? 나는 내가 도움이 필요한 사람이라고 생각해본 적 한 번도 없는데." 삐쩍 마른 남자가 코웃음을 쳤다.

"글쎄요. 나는 점점 더 확실히 알겠어요. 당신 글에서 다 읽혀요. 변한 체격만 봐도 난 안다고. 그런데 지금 별 이유도 없이 대학원 입학 환영회에 왜 나타나서 어슬렁거리는 거죠? 저기 매디슨 파크 타번의 매니저 있는 거 알아요? 이 업계 사람이 한두 명 있는 줄 알아요? 그중에 당신 얼굴 알아볼 사람 한 사람도 없을 것 같아?"

그녀는 거의 소리를 지르다시피 마지막 몇 문장을 내뱉었지만 바로 목소리를 낮추고 숨을 내쉬었다. 다시 입을 열었을 때 목소리는 마치 울기 직전인 것처럼 갈라져 있었고 애써 흥분을 가라앉히고 있는 것 같았다.

"마이클." 도심의 차 소리, 사람 소리에 묻혀 헬렌의 말은 거의 들리지 않을 정도로 작아졌다. "선생은 《뉴욕타임스》 레스토랑 평론가야. 이건 장난칠 일이 아니라고."

나는 숨을 훅 하고 들이쉬다가 발을 헛디뎌 넘어질 뻔했다. 나도 모르게 반사적으로 나온 반응이었다.

마이클이라니. 그러면 마이클 잘츠. 현 《뉴욕타임스》 레스토랑 평론가. 헬렌이 그만두고 몇 명이 임시로 그 자리에 있었지만 이 사람이 정식으로 뒤를 이었다. 어떤 사람들에게 그는 뉴욕에서 가장 막강한 힘을 지닌, 가장 두렵고 무시무시한 존재다. 이 도시의 레스토랑을 살릴 수도 죽일 수도 있는 인물인 것이다.

나는 잠시 충격에 휩싸였다. 물론 헬렌이 《뉴욕타임스》에서 일했으니 헬렌은 그의 상사였을 것이다. 하지만 그는 익명으로 활동하는 비평가이고 이는 곧 그에게 금지된 일들이 있다는 것을 의미하기도 한다.

그런데 그가 NYU 대학원 환영회에 얼굴을 내밀려 한다고?

헬렌이 이렇게 화를 내는 것도 당연했다. 음식학 대학원 환영회에 업계 사람들이 모인다고는 해도 영향력이 막강한 익명의 비평가가 올 곳은 아니니다. 마치 증인 보호 제도 아래 있으면서 전과자들과 파티를 하는 것과 같다. 왜 이 사람은 굳이 그런 위험을 감수하고 이곳에 찾아온 걸까?

나는 그 두 사람 바로 옆에 붙어 있다시피 했지만 그들이 심각한 대화에 빠져 있었기에 나를 신경 쓰지 않을 거라 생각했다. 그때까지 그들은 내게 전혀 주의를 기울이지 않았다.

그때까지뿐이었다.

마이클 잘츠의 눈이 헬렌에게서 천천히 벗어나 내 얼굴로 스르르 옮겨왔다. 그는 나를 아무 존재감 없는 옆 사람, 구름에 스며든 수증기 정도로만 여기는 것이 틀림없었다. 그래도 내 얼굴을 똑바로 주시하긴 했다.

일 분 후 버스가 내 뒤에서 정차했고 내리는 사람들 때문에 나는 두 사람과 떨어지게 되었다. 헬렌을 시야에서 놓치지 않으려고 했지만 그때 누군가 내 팔꿈치를 잡았다. 고개를 드니 마이클 잘츠가 보였다. 그 사이 헬렌은 사라져버렸다.

"어, 안녕하세요." 그가 말했다.

그는 약간 혀짤배기처럼 말했는데 굳이 그 특징을 숨기려 하지도 않았다.

"아가씨 버스 놓친 것 같은데?"

"아, 맞아요! 버스."

나는 어설프게 웃었다. 듣지 말아야 할 대화를 계속 엿듣다가 걸린 사람치고는 최대한 아무렇지 않은 척하려 애썼다.

"음, 그거요. 제가 버스를 기다리긴 했는데 생각해보니 다른 할 일이 있어서…… 그냥 보냈어요."

나는 헬렌이 그에게 절대 가면 안 된다고 경고한 그 대학원 환영회에 가는 중이라고 말하고 싶지 않았다. 그러나 내 가슴팍에는 떡 하니 NYU 이름표가 달려 있었고 그건 전혀 도움이 되지 않았다. 티아 먼로, 용커스, 뉴욕주, 예일대학, 푸드 라이팅과 문화인류학.

"그러니까 이름이 티아네. 티아, 지금 저기 열리는 행사에 가려는 거 아니었나요? 맞죠? 이제 막 입학한 일학년이고, 아이비리그 출신에…… 작가네요."

"네. 맞습니다." 나는 어쩔 수 없이 인정했다.

"내가 누군지 알아요?"

그의 외모는 상당히 독특했다. 마치 혹이나 무릎 관절처럼 광대뼈가 앞으로 툭 튀어나와 있었다. 그는 앞주머니에 손수건 장식까지 꽂고서는 짙은 색 실크 안감, 가죽 단추, 격자무늬천이 완벽하게 솔기와 맞는 최고급 맞춤 양복을 입고 있었다. 그런데 품이 전혀 맞지 않았다. 옷을 그렇게 우스꽝스러운 만화 캐릭터처럼 걸치고 있을 거라면 이런 고급 맞춤 양복이 무슨 소용이 있을까?

"선생님은……."

나는 주변을 둘러보며 헬렌을 찾아보았지만 거리는 텅 비어 있었다.

“말해봐요. 괜찮으니까.”

“마이클 잘츠 맞으시죠? 《뉴욕타임스》 레스토랑 평론가이신.” 나는 말해버렸다. 그는 진실을 원했고 나는 그에게 그가 원하는 바를 주었다. 내가 뭘 더 어떻게 할 수 있었을까?

그가 사뭇 엄숙한 얼굴로 고개를 끄덕였다.

“맞아요. 잘했어.”

하지만 나는 내가 전혀 잘한 것 같지 않았다. 그의 목소리에 숨겨진 빈정대는 말투에서 사실 그도 자신의 정체를 밝히고 싶지 않다는 것을 느꼈기 때문이었다. 하지만 이 사람도 대단히 신중하지는 않았으니 상관없다고 생각했다.

“그러니까 아가씨는…… 그 쿠키를…… 저기 환영회에 가져가려고 하는 건가?”

그가 내 팔에 끼고 있던 타파웨어*를 보며 눈을 두 번 깜박였다.

“네, 맞아요. 다쿠아즈 드롭이라는 쿠키예요. 저만의 특별한 레시피가 담긴…….”

“오! 그 다쿠아즈 드롭? 나도 알아. 기억나는데? 세 달 연속으로 가장 많이 이메일 링크된 레시피라고 올라와 있던 거 아닌가? 회사나 베이커리 제품이 아니고 요리 천재 대학생 아이

* 미국 플라스틱 주방용품 브랜드로 여기서는 플라스틱 통을 말한다.

디어라고 하던데 이름이…….” 그는 눈을 반짝이더니 내 이름표를 쳐다보았다. “티아 먼로였어. 맞군. 난 당신 같은 사람을 찾고 있었어요. 그러니까 당신이 푸드 라이팅 분야 차세대 스타 맞지?”

나 같은 사람을 찾고 있었다고? 왜? 무슨 이유로?

“차세대 스타라는 말은 도저히 제 입으로는 절대 못 하겠네요. 그게 언제 이야긴데요.”

나는 지금 왠지 겸손해야 할 것 같아 그렇게 말하긴 했다. 사실 칭찬이나 인정은 아무리 많이 받아도 질리지 않았다. 그전까지 요리나 글쓰기는 내가 개인적으로 좋아하는 취미일 뿐이었다. 그런데 그 글 한 편으로 완전히 달라졌다. 수많은 사람들에게 더 많은 레시피를 소개해달라는 이메일을 받았고 지역 케이블 TV 방송국에 요리하는 내 모습이 잠깐 비춰지기도 했다.

하지만 쏟아지던 이메일은 금방 잠잠해졌다. TV에 잠깐 출연했다고 해서 내 인생은 달라지지 않았고 사람들은 곧 다음 화제로 넘어갔다. 그 후에도 나는 내 인생의 모든 걸 쏟아 에세이를 쓰면서 그날 올린 칼럼으로 내가 또다시 스포트라이트를 받을 것이라 기대했다. 잊을 만하면 가끔씩 이메일이나 트윗 멘션을 받았고 그러면 그날 하루는 온통 내 세상인 것 같았다. 그 외에는 생각보다 너무 조용했다. 하지만 나는 이 길을 고수했고 이 분야에 승부를 걸고 싶었다. 뉴 헤이븐에 홀로 남아 수업을 듣고 논문을 쓰면서 이 일이 잘 풀리기만을 바랐다. 내 글을 기억한다는 마이클 잘츠의 말은 나를 또다시 구름 위로 올려놓았다. 누군가에게 내 재능과 실력을 인정받는다는 건 항상 달콤하고 뿌듯했다. 게다가 이렇게 유명한 사람에게 오랜만에 칭찬을 받으니 기쁨이 배가 되었다.

“그러면 뭐 이런 건가? 《고블러》나 《디너 네이션》 같은 블로그에서 인턴으로 일하고 싶어요?”

“아뇨. 블로그에는 관심 없어요. 요리책을 쓰고 싶고 그분 밑에서 공부하고 싶은데…….”

“헬렌! 이제 알겠군. 물론 차세대 스타는 헬렌 밑에서 인턴을 하고 싶겠지. 내 기억으로도 헬렌이 당신의 글과 레시피를 참 좋아했어요. 아가씨 글이 1면에 실렸을 때 그녀가…… 아마도 푸드 섹션 주간이었지?”

그는 눈을 감고 허공에 양손을 흔들었다. 여기서 두 블록 떨어진 설리번 스트리트에 앉아 있던, 말세 운운하는 점쟁이 같았다.

“사진도 본 기억이 나네. 체리가 든 그릇을 들고 대학 식당에 앉아 있었죠.”

빙고. 그의 말 하나하나가 따뜻한 램프처럼 나를 골고루 비추었고 나는 그 밑에서 바삭바삭하게 구워지고 있었다. 사실 호감이 가진 않았지만 자기주장이 강한 말투라 매우 설득력 있게 들리긴 했다. 하지만 그러면서도 지금 이 사람 때문에 헬렌과의 소중한 시간을 낭비하고 있다는 생각이 퍼뜩 들었다. 인턴이 배정되고 발표되기 전에 헬렌에게 내 열정을 보여줄 기회는 오늘 단 한 번밖에 없었다. 헬렌 외에 그 어떤 사람에게도 이 귀한 시간을 낭비할 수는 없었다.

그래도 그는 계속 말했고 나는 꼼짝 않고 듣고 있었다.

그가 말을 이었다. "그럼 헬렌 옆에 있으면 꿈을 이룰 수 있을 거라 생각했겠네, 맞죠? 대충 그림을 그려보면…… 아가씨는 이제 막 대학을 졸업했어. 예일대학 정도 되는 최고 대학. 게다가 에세이 한 편이 유명 매체에 실렸어…… 그 당시 최고 권력자였던 신문 주간 헬렌이 실어줬어. 그리고 당신은 이제까지 진짜 넓은 세상이라고는 한 번도 구경 못한 초짜고."

그는 웃었다. 나와 함께 웃는 것이 아니라 나를 비웃는 것이었다.

나는 하나도 웃기지 않았다. 그가 마치 우리 부모님처럼 말하고 있어서였다. 부모님은 요리를 무척 좋아했고 맛있는 음식으로 사랑을 표현하셨지만 음식학 대학원은 그다지 실용적이지 않다고 생각하셨다. 그래도 나는 누가 뭐래도 내 고집대로 밀고 나갔다.

마이클 잘츠도 나를 진짜 사회생활 경험은 하나도 없이 어린 시절부터 동경하는 유명인이나 졸졸 따라다니며 헛된 꿈이나 꾸는 여학생쯤으로 취급하고 있다. 물론 내가 그럴 수도 있다. 하지만 상관없었다. 사람의 인생에는 그 사람을 그 사람으로 만들어주는, 그 사람의 마음 속 깊숙한 곳을 건드리는 실체가 있기 마련이다. 헬렌은 내 우상이고 영웅이었다. 그녀가 내 글을 알아봤고 내 글을《뉴욕타임스》에 실어주었다. 그녀 때문에 내가 이 길을 걷게 되었다.

"그런데 이 쿠키는 뭐죠?" 그가 물었지만 나는 대답하지 않았다. "혹시 이 치열한 동네에서 이런 쿠키 하나로 뭔가를 얻어낼 수 있다고 생각하는 건가? 아이고, 그거로는 많이 약한데. 좀 더 힘을 썼어야지."

그는 내 손에서 타파웨어를 빼앗아 뚜껑을 열었다. 그가 뚜껑을 열자마자 손에서 통이 미끄러졌고 쿠키는 바닥에 내동댕이쳐지고 말았다. 어제 아침 내내 고르고 골라 준비한 최고의 재료들, 오후 내내 불리고 볶은 네 가지 종류의 견과류, 저녁 내내 만든 쿠키 오십 개 중 가장 완벽하게 구워진 것만 고른 이 쿠키 열두 개. 모두 사라졌다. 헬렌에게 잘보이고 싶어 남자 친구와 정성껏 만들었던 내 최고 무기. 며칠 내내 고심해서 준비한 내 계획을 이렇게 짧은 순간에 그가 전부 망쳐버렸다.

"대체 뭐 하시는 거예요, 지금?"

나는 소리를 빽 지르고 떨어진 쿠키를 주워 담았지만 이미 쿠키는 축축하고 더러운 거리에 모두 흩어져 조각조각 깨져 있었다.

바로 플랜 B를 생각하기 시작했다. 먼지만 털어내면 어찌 되지 않을까? 쿠키를 다시 구워서 집으로 직접 보낼 수도 있잖아? 둘 중 무엇이 되었든 첫 번째 방법은 마이클 잘츠 때문에 망쳤다.

"어이쿠, 미안해요." 그는 이렇게 말했지만 전혀 미안해 보이지 않았다. "내가 큰 실수했네."

돌아서서 이 사이코에게 다시는 한 마디도 하지 않겠다고 결심한 순간, 그가 나를 잡아 돌려세웠다.

"그래도 이거 하나만 좀 물어봅시다. 내가 기억하기론 그 아까운 다쿠아즈 드롭이 꽤 손이 많이 가는 쿠키인 것 같던데. 견과류는 몇 가지 들어갔어요? 세 가지? 네 가지?"

나는 그를 있는 힘껏 쏘아보았다. 내가 힘들게 만든 쿠키를 다 부서뜨려놓고서 지금 그걸 어떻게 만들었냐고 물어보는 거야?

"네 가지요. 껍질을 전부 다 손으로 직접 깠어요."

"생 캐슈넛? 그거 어떻게 다 다듬었어요? 그거 혹시……."

"맞아요. 옻나무죠. 나도 알아요. 남자 친구가 구워서 독소를 다 빼주었다고요. 이제 당신이 다 망쳐버렸으니 처음부터 그 짓을 다시 해야 되겠네요. 그래도 일단 헬렌에게 가봐야겠어요. 쿠키도 없이 빈손으로요. 참 대단하신 분 잘못 만난 덕분에 말이죠."

내가 어서 자리를 벗어나려 하는데 마이클 잘츠가 달려와 또 다시 내 앞을 가로막았다. 내가 인도 끝에 서 있었기 때문에 그는 차도에 서 있게 되었다. 택시가 너무 가까이 서는 바람에 나는 그가 택시에 치이는 줄 알았다.

"다시 말하지만 미안해요. 내가 또 실수했어요. 하지만 이거 하나 확실히 알았네. 아가씨가 훌륭한 요리사이자 작가라는 것도 알았지만 지금 헬렌 밑에 들어가려고 각고의 노력을 하고 있다는 것도 알게 됐네. 내 말이 맞죠?"

나는 신호등의 빨간불이 파란불로 바뀌기만을 기다리며 그에게서 눈을 돌려 앞만 보았다. 하지만 곁눈으로 차가 5센티미터 옆으로 바짝 붙어 와도 눈썹 하나 까딱하지 않는 그가 보였다.

"네, 맞아요." 내가 힘없이 대답했다.

"그분 밑에서 일할 수만 있다면 뭐든지 할 각오가 되어 있는 건가?"

빨간불이 파란불로 바뀌었다. 나는 연석에서 내려와서 말했다.

"네, 그럴 거예요."

횡단보도를 건넌 다음 마이클 잘츠가 날 따라오는지 돌아봤다. 그는 그 자리에 가만히 서서 히죽거리며 웃고 있었다.

*

내가 환영회장에 나타나자마자 엘리엇이 나를 향해 뛰어왔다.

"티아, 어디 갔었어?" 숨이 턱까지 차올라 있었다. "헬렌이 몇 분 전에 도착했어. 빨리 와! 사람들이 다들 모여들고 난리야. 너한테 문자 보내려고 했는데……."

엘리엇에게 마이클 잘츠에 관해 말할 시간은 없었다. 우리는 같이 달려가 한 바퀴 돌아보았지만 헬렌은 코빼기도 보이지 않았다.

"어떡하냐. 우리 놓쳤나보다."

엘리엇은 진심으로 속상했는지 거의 울상이 되었다.

아까 만난 카일이 있길래 작은 정보라도 얻기 위해 달려가보았다. 헬렌이 내 눈앞에 있었는데. 만날 수도 있었는데. 내가 미쳤지. 왜 마이클 잘츠라는 사람과 쓸데없는 이야기를 하고 있었던 걸까.

"혹시 헬렌 봤어요?" 나는 숨이 차 쌕쌕거리며 물었다.

"아, 아까. 네. 여기 한 오 분이나 있었나. 십 분? 그리고 가버렸어요. 나도 몇 마디 못 붙였어요."

"그래도 몇 마디라니, 말은 하긴 했나봐요."

"네. 그게, 저도 그분 밑에서 인턴하고 싶었거든요. 그래서 이야기했죠. 그런데 열 명도 넘는 사람들이 달라붙어서 선물 공세를 펴더라고요. 혹시 먼저 만났어요?"

내게 그 질문은 얼굴로 날아온 주먹이나 마찬가지였다. 아니요. 못 만났어요. 내가 만날 수 있을까요? 내가 지금 헬렌 놓친 거 맞나요? 그냥 이렇게 간단히?

계단 위로 몇 걸음 올라가 환영회장을 훑어보았다. 아직도 많은 얼굴들이 홀을 가득 메우고 있었지만 정작 내가 그토록 절실하게 보고 싶었던 단 한 명의 얼굴은 어디에도 없었다.

그때 누군가 내 다리를 툭툭 쳤다. 내려다보니 엘리엇이 조심스러운 표정으로 입을 다물고 있었다.

"있잖아, 내가 헬렌 본 사람 있냐고 물어보고 다녔거든. 그랬더니 여기 있는 신사분이 어디 가면 찾을 수 있는지 안다고 하시네."

엘리엇이 뒤에 있는 남자를 가리켰다. 그 남자는 아까 익히 보았던 호기심 가득한 사람, 마치 먹이를 앞에 둔 포식자처럼 나를 빤히 보고 있는 사람, 마이클 잘츠였다.

"티아! 아까 일어난 일을 보상하고 싶어. 내가 헬렌하고 연결해줄게. 나한테 지원서와 에세이 보내요. 내가 헬렌에게 꼭 보여주고 헬렌이 자신의 의사를 대학원 측에 알리게끔 해줄게요."

그가 펜과 종이를 꺼내 이메일 주소를 휘갈겨 쓴 다음 그것을 엘리엇의 손에 올려주었다.

"난 이만 가봐야겠군. 참, 청년한테 내 소개를 안 했네요. 난 폴이라고 합니다." 마이클 잘츠가 말했다.

"저는 엘리엇입니다."

엘리엇이 깜짝 놀라 엉겁결에 대답했다. 엘리엇은 이 이상한 아저씨 뭐야. 귀찮게 하지 못하게 내가 막아줄게, 라고 말하는 듯 다른 손으로 내 등을 어루만졌다.

그건 참 고마웠다. 하지만 그와 동시에 마이클 잘츠의 집요함에 놀라기도 했다. 내가 그렇게 쌀쌀맞게 말하고 도망쳐버렸는데도, 이 환영회에 발을 들이지 말라고 헬렌이 그렇게 강하게 경고했는데도 나를 따라 여기까지 온 것이다. 솔직히 말해 놀란 것은 물론, 약간은 우쭐하기도 했다.

"그리고 티아." 마이클 잘츠는 가려다 나를 다시 돌아보았다. "만나서 무척 반가웠어요."

그는 손을 내밀더니 내 손을 들어올려 손가락을 꽉 잡은 다음 몸을 기울여 그 위에 키스했다. 그의 입술은 건조하고 연약했다. 그의 차가운 코가 내 팔목에 닿자 뼛속까지 소름이 끼쳤다.

엘리엇은 나의 다른 팔을 잡아 그에게서 떼어냈다. 뒤돌아보니 마이클이 음흉한 미소를 가득 머금고 잘 가라고 인사하고 있었다.

"우엑, 미안. 내가 괜히 이상한 사람 소개시켜줬잖아. 저 소름 끼치는 아저씨 뭐야?"

"응. 저 사람……."

심장이 요동치는 바람에 대답하기도 힘들었다.

엘리엇에게 뭐라고 대답해야 할까? 저 사람은《뉴욕타임스》레스토랑 평론가라고? 헬렌의 친구라고? 이런 곳에 나타나면 안 되는 훼방꾼이라고? 기절할 정도로 나를 짜증나게 하고, 솔직히 말해 내 흥미를 끈, 징그러울 정도로 비쩍 마른 사람이라고 말해야 할까?

어쩌면 그의 말대로 그는 내 에세이를 헬렌에게 전해줄 수 있는 사람일지도 모른다. 하지만 그의 진짜 속셈이 뭘까? 아직까지 파악할 수 없었지만 일단 나는 시간을 벌기 위해 저 평론가의 거짓말에 잠깐만 동참하기로 했다. 엘리엇에게 자기 정체를 밝히기는 싫었던 모양이니 나 역시 그러기로 했다.

"몰라. 폴이래."

엘리엇은 마치 그거면 충분하다는 듯 안심하며 작은 한숨을 내뱉었다.

"그래, 그래도 가버려서 다행이네. 신경 쓰지 마."

나도 같은 생각이라고 대답하며 고개를 끄덕였다. 하지만 아직까지 마이클 잘츠가 키스한 손목 주위가 얼얼했다.

*

원래 엘리엇과 나는 우리가 새로 자리 잡은 이 동네에서 괜찮은 레스토랑을 발굴해보기로 했지만 대학원 환영회에서 대재앙을 겪고 나자 나는 사람 많은 곳에는 가기 싫어졌다. 다음에 가자고 말하고 집에서 혼자 생각에 잠겼다.

이제 내 지원서는 내 손을 떠났다.

나는 헬렌 란스키의 인턴십을 따내고 싶었고 대학원 생활의 첫 단추를 제대로 끼우고 싶었다.

돌아보니 고등학교와 대학교 때도 내 앞에 기회는 많았지만 놓친 적도 많았다. 그 칼럼을 쓰고 난 후에도 좋은 기회를 얻긴 했지만 나는 정체되어 있었다. 기회가 내 발 앞에 떨어지길 기다리고만 있었다. 열심히 칼럼을 썼지만 그걸 읽는 사람은 몇 명 되지도 않았다.

그리고 고작 쿠키 한 상자로 우수한 인재들이 모인 전국 최고 대학원의 경쟁률 높은 인턴십 프로그램에 당연히 합격할 거라고 생각했다.

인정하고 싶지는 않았지만 마이클 잘츠는 내가 냉정한 현실을 직시하게 해주긴 했다. 가만히 앉아서 내 미래를 이대로 방관하고 있을 순 없었다. 여기 대학원까지 온 것은 오직 한 사람 때문이었다. 내게는 오랫동안 소망해온 것에 다가갈 힘이 있는데 왜 다른 사람들 손에 내 미래를 맡긴단 말인가?

변덕스럽고 신뢰할 수 없는 낯선 사람과 뒷거래를 하면서 도움을 받는다는 게 결코 신나지는 않았다. 하지만 나는 수동적으로 기다리기만 했던 날들을 끝내기로 결심했다. 여긴 뉴욕이다. 내가 세게 밀지 않으면 누군가에게 밀리고 만다. 그런 일이 일어나도록 두 손 놓고 멍하니 있을 수는 없다.

나는 주머니에서 마이클 잘츠의 이메일이 적힌 구깃구깃한 종이를 꺼냈다. 이메일은 사르가소라는 레스토랑 영수증 뒤에 적혀 있었다. 총합계 608달러. 영수증에는 두 단어로 된 요리 이름들이 차례로 적혀 있었다. 내장 테린*, 호밀 리소토, 파파야 슈. 그건 헬렌의 요리책에서 나온 세계와는 다른 음식의 세계였다. 헬렌이 쓴 책 열다섯 권을 모두 갖고 있지만 그 어떤 책에도 호밀 리소토 레시피 같은 건 없었으니까. 호밀 리소토라니 대체 어떤 맛일까?

나는 보내는 이에 이메일 주소를 치기 시작했다. 아무 의미 없는 철자와 숫자의 모음이라서 일일이 하나씩 타이핑했다. 그러고는 간결하지만 예의 바르게 메일을 썼다. 뭐라 콕 집어 말할 수는 없어도 마음 속 깊은 곳에서는 이런 뒷거래가 옳지 않다는 건 알고 있었다. 하지만 내 손은 계속 움직였다.

---

* 닭이나 돼지, 생선 등을 그릇에 담아 형태 있게 만든 것으로 프랑스 코스 요리에 들어가는 기본적인 요리법. 주로 차갑게 먹으며 푸딩 같은 느낌이다.

안녕하세요. 제 에세이를 첨부합니다. 혹시 헬렌이 필요로 하거나 궁금해 하는 것이 있다면 언제든지 말씀해주십시오.

문제는 이번에 날 도와주는 건 그 사람이라는 점이다. 그래서 마지막 줄을 지우고 다시 썼다.

당신을 위해 제가 할 일이 있다면 언제든지 말씀해주십시오.

보내기.

아직도 무엇 때문에 그가 하필 나에게 접근했는지 알 수 없었다. 내 쿠키를 보고 내가 얼마나 절실한지 짐작했을 수도 있다. 아니면 아마 이 마지막 줄—제가 할 일이 있다면 언제든지 말씀해주십시오—을 보고 내가 헬렌과 가까워질 수만 있다면 그의 룰을 따르겠다는 내 말 뜻을 알아들었을 수도 있다.

그는 내 이메일에 답장하지 않았다. 이후 그는 실명으로 내게 메일을 보내왔다.

2

"안녕, 너 망고 먹을래?"

에메랄드 그레이스가 등이 파인 청록색 보헤미안 맥시 드레스를 입고 커다란 가죽 가방을 어깨에 걸치고 쇼핑백 세 개를 들고서는 요란하게 문을 박차고 들어왔다. 가방 끈이 그녀의 찰랑찰랑한 긴 머리를 누르고 있었다. 나는 그녀가 단지 예쁘기만 한 것이 아니라 그녀에게는 사람들의 눈길을 확 끄는 매력이 있다고 생각했다. 마치 혁명가들에 의해 궁정에서 끌려나온 귀족의 딸 같다고나 할까.

나의 글래머러스한 룸메이트가 돌아오셨다.

나는 이 주 전에 이 집에 들어왔지만 이 친구를 본 건 딱 세 번뿐이었다. 그것도 언제나 애매한 시간에 잠깐 마주쳤고 그때마다 이 친구가 뭔가 굉장히 중요하고 바쁜 일 때문에 뛰쳐나가 길게 이야기를 나눠볼 시간이 없었다. 이 아파트는 Rooomies.com이라는 사이트에서 찾았는데, 엘리엇이 새로

구한 집과 두 블록밖에 떨어져 있지 않다는 점이 마음에 들어 이 아파트로 결정한 것이었다. 엘리엇과 같이 사는 것도 고려해보았다. 하지만 우리 둘 다 캠퍼스 커플이 뉴욕에서 섣불리 동거를 시작했을 때 발생하는 비극적인 결말에 관한 사연들, 공포 영화 버금가는 갖가지 사연들을 들어왔던 터라 망설일 수밖에 없었다. 갑자기 공간은 좁아지고 생활비는 치솟으며 일에는 치이게 된다. 그러다 어느 순간 빵! 서로의 갈등이 폭발한다나. 우리에게는 언제나 내년이 있었기에 서두르고 싶지 않았다

그래서 나는 이스트 빌리지에 있는 에메랄드의 방 세 개짜리 아파트의 방 하나를 빌리기로 했다. 에메랄드와는 전부터 페이스북 친구였고 몇 번 채팅한 적이 있었다. 서로 이모티콘을 남발하면서 빨리 만났으면 좋겠다, 라는 식의 대화가 오가곤 했고 이사와 관련된 조율 과정은 비교적 순조롭게 진행되었다. 이삿날, 에메랄드가 갖고 있는 물건과 내가 가져가야 할 물건들, 계약금이나 월세 같은 것들도 전부 페이스북으로 이야기하면서 우리는 이사 가기 전부터 친해지는 느낌이 들었다. 물론 그러면서도 나는 무엇을 기대해야 할지는 안다고 생각했다. 자기 사업을 런칭하려고 하는 스물다섯 살 패션 디자이너. 어떤 자매님인지 대충 그림이 그려지는 것 같았다.

그건 내 착각일 뿐이었다. 카리스마는 절대 온라인상으로는 전달되지 않는 모양이었다. 실제로 만나보니 에메랄드의 존재감은 아주 강했고 그건 직접 만나봐야만 알 수 있는 것이었다. 온라인에서는 마냥 편하고 재미있었는데 얼굴을 맞대고 이야

기하니 에메랄드가 한 마디 할 때마다 내 쪽에서 괜히 주눅이 들었다.

에메랄드가 소파에 망고 몇 개를 던졌다. 하나는 바닥에 굴러떨어져 멍이 들어버렸다.

"우리 집에 잘 적응하고 있음? 내가 먹튀 집주인이라고 생각했겠다. 나 용서해줄 거지?"

"그럼 용서해줄게."

그녀의 말에 장단을 맞추려고 해보았지만 그녀가 날 어디로 끌고 가려는지 감을 잡을 수는 없어 밋밋하게 응수하곤 했다.

그녀가 까르르 웃었다.

"어머 뭔 소리야. 웬 집주인. 우린 룸메이트잖아, 그치? 그리고 룸메이트 한 명 더 있는 거 알지? 멜린다라고, 클리블랜드 출신인데 다음 주에 온대. 이건 우리 거실에 두려고 가져온 거."

에메랄드가 쇼핑백에서 작약 한 다발을 꺼내더니 소파에 툭 던졌다. 그러고는 꽃병을 찾는다거나 머리를 빗는다거나 잠깐 앉는다거나 할 틈새도 없이 옷장을 열더니 커다란 남자 양복 재킷을 꺼내 걸치기 시작했다.

"나 지금 친구들이랑 한잔하러 가는데. 너도 같이 갈래?" 에메랄드가 물었다.

"아니, 지금은 안 돼. 대학원에서 무슨 프로그램을 지원했는데 그거 답메일 기다리고 있거든. 그리고 남자 친구가 오기로 해서……."

내가 왜 이렇게 말끝을 흐리는지 알 수 없었다. 나는 이 당당하고 화려하고 거침없는 도시 미인 룸메이트 앞에서 자꾸 속을 감추고 입을 다물게 되었다.

바로 그때 엘리엇 특유의 걸음걸이 소리가 들리더니 그가 문 앞에 나타났다. 종종걸음 같은 경쾌한 발소리 때문에 나는 언제나 그가 가까이 왔음을 알아챌 수 있었다. 사실 그렇게까지 알아채기 쉬운 발소리는 아니다. 단지 그를 알아온 세월이 워낙 길어서 나는 그의 발소리의 미묘한 뉘앙스까지도 단번에 파악하게 된 것이다.

"어, 안녕." 엘리엇은 이렇게 말하면서 에메랄드를 돌아보았다.

그녀는 이를 보이며 활짝 웃었고 방금 입었던 커다란 남자 코트를 벗은 다음 푹 파인 옷과 우아한 등 라인을 드러냈다.

나는 소파에서 일어나 엘리엇에게 다가갔다.

"에메랄드, 여긴 엘리엇이고……."

나는 에메랄드에게 이제 그만 나가주었으면 한다는 뉘앙스로 말했다. 하지만 그녀의 눈은 엘리엇에게서 떠날 줄 몰랐다. 그녀의 길고 두꺼운 속눈썹이 슬로우 모션으로, 그래서 더욱 매혹적으로 파닥파닥 움직였다.

"내 남자 친구야." 내가 말을 마쳤다.

엘리엇을 바라보던 에메랄드의 집중력이 갑자기 흐려졌다.

"오! 남자 친구? 너 남자 친구 있었구나. 진짜 좋겠다."

엘리엇은 그녀가 미묘하게 생색내고 있다는 걸 알아채지 못했다. 그가 내 허리에 팔을 두르자 곧 마음이 안정되었다.

"그럼 엘리이이이엇." 에메랄드의 목소리에서 꿀이 뚝뚝 떨어졌다. "만나서 반가워."

엘리엇은 에메랄드가 마치 기능을 전혀 파악할 수 없는 신형 장난감이라도 되는 것처럼 그녀를 이 초 정도 물끄러미 쳐다보았다.

"패션 디자이너라고 들었는데, 맞나요? 티아랑 제가 구글로 찾아봤었어요."

"네 포트폴리오에 있는 옷들 진짜 멋지더라." 내가 끼어들었다. 그건 진심이었다.

"어, 그래? 고마워." 에메랄드는 고개를 약간 기울이더니 손을 흔들어댔다.

그때 엘리엇이 백팩을 고쳐 맸고 나는 그가 에메랄드라는 패키지에 잠시 빠져 있다는 걸 눈치챘다. 육감적인 몸매, 풍성한 머리, 반짝이는 피부, 유혹적인 눈빛이라는 완성도 높은 패키지였다. 엘리엇도 오늘 나빠 보이지 않았다. 적당히 잡힌 근육을 감싼 파란색 긴팔 티셔츠가 잘 어울렸다. 오늘따라 팔 근육이 더 울퉁불퉁해 보이기도 했다. 요즘 나 몰래 운동하나? 아니면 이 완벽하고 아름다운 룸메이트가 내 두뇌 깊은 곳에 감춰진 본능적인 질투를 끌어낸 걸까?

나는 이성적으로 이런 쓸데없는 열등감과 비교 의식을 걷어내려고 했다. 엘리엇의 여자 친구는 나다. 엘리엇은 내 거다. 중요한 건 그뿐이다.

하지만 그 순간 다시금 깨달았다. 여긴 뉴욕이다. 모델, 디자이너, 백만장자 셀러브리티들이 잔뜩 모여 있는 욕망의 도시. 무슨 일이든 일어날 수 있다. 거리를 잠깐만 걸어도 공기 중에 떠다니는 그 기운을 느낄 수 있다.

에메랄드에게는 토박이 뉴요커만이 가질 수 있는 자신감이 있었다. 그건 이메일을 주고받을 때부터 알았지만 직접 보니 더 손에 잡힐 정도로 확연히 느껴졌다. 그녀는 자신이 무엇을 원하는지 알았다. 바로 그 순간, 혹여나 그녀가 원하는 것이 엘리엇이면 어떡하나 하는 두려움이 엄습했다.

소파에 앉아 노트북을 켜고 다른 생각을 해보려고 했다. 그때 몇 분 전까지만 해도 비어 있던, 대학 총장한테 온 보라색 환영사밖에 없던 내 NYU 받은편지함에 새로운 메일이 와 있었다.

제목: 대학원 가을 스케줄

이름: 티아 먼로

과목: 임상 영양 평가 및 조정과 식량 체계- 20 세기 식량 농업

인턴십: 매디슨 파크 타번- 업장 관리 및 고객 휴대품 보관 담당

엘리엇과 에메랄드는 서로 말을 놓고 계속 이야기하는 중이었다. 나는 순간 돌처럼 굳었고 뱃속은 뒤틀렸다. 대체 이게 뭐지? 매디슨 파크 타번? 고객 휴대품 보관? 나 지금 식당에서 손님들 휴대품 보관하려고 대학원까지 간 거야?

나는 마음을 가라앉히고 차분히 생각해보려 했다. 내 인턴십 지원 1지망은 헬렌 란스키였다. 그런데 중간에 무슨 일이 일어났다. 누군가에 밀려났다. 누구에게? 대체 왜? 나는 깊은 한숨을 쉬었다.

닷새 전에 마이클 잘츠는 중간에서 말을 잘 전해주겠다고 했다. 아마 까맣게 잊어버렸거나 자신이 자만한 것만큼 그에게는 영향력이 없었을 것이다. 아니면 헬렌이 그에게 너무 화가 나 일부러 그의 말과 반대로 했을 수도 있다.

"있잖아." 나는 엘리엇에게 손을 내밀면서 조그맣게 속삭였다. 내 손은 마치 바닷속 깊은 곳에 있는 무거운 다시마처럼 힘없이 흐물흐물했다.

그에게 텔레파시로 지금 당장 에메랄드를 쫓아내라고 말하고 싶었다. 하지만 그 두 사람은 뭐가 그렇게 재미난지 수다 삼매경이었다. 엘리엇은 내가 이제까지 룸메이트한테 한 말보다 열 배나 더 많은 말을 하고 있었다. 그새 무슨 일이 있었는지 두 사람은 지금 십년지기 친구라도 된 듯했다.

"그런데 말이야……." 엘리엇은 에메랄드에게서 시선을 떼지 않은 채 말을 시작했다. "항상 궁금했던 게 있는데, 왜 청바지 한 벌에 2백 달러나 주고 사야 하는 거야? 여자애들은 다 그런 거냐?"

"데님의 퀄리티에는 아주 큰 차이가 존재한단다." 에메랄드는 목을 빳빳하게 들고 거만하게 말했다. "그건 레더와 플레더의 차이나 마찬가지라고."

나는 이번에는 손을 더 높게 올려보았지만 엘리엇은 나를 못 본 것 같았다. 내 눈앞에서 에메랄드가 벌이는 행동을 보니 내가 마치 부풀어 오르는 수플레를 앞에 둔 요리사가 된 것 같았다. 조건은 이미 만들어졌다. 이제부터 일어나는 모든 일은 나의 통제를 벗어난다.

"플레더! 그건 또 뭐야? 난 그것도 이해 못 하겠더라."

"그건 말이야. 절대 사지 않아야 할 거?" 에메랄드는 완벽하게 손질된 눈썹을 치켜올렸다. "인조 가죽을 말하는 거야. 대체로 스트리퍼들과 깊이 연관되지."

"응? 그래서 그게 뭐가 그렇게 나쁜데? 그냥 옷 소재일 뿐이잖아." 엘리엇은 역시나 잘생긴 자기 눈썹을 치켜올리며 대답했다. "너희들하고 폴 댄서들이 같은 소재의 옷을 입고 각자의 삶을 살면서 행복을 찾는 시나리오는 없는 건가?"

오, 엘리엇, 그러지 마. 너 지금 재한테 끌려가고 있어!

잠시 에메랄드는 진지한 사색 모드가 되었다.

"맞아, 엘리엇, 네 말이 맞아. 그런 시나리오 있어." 에메랄드는 귀여운 꼬마 여자애처럼 자신의 주근깨 난 팔로 자기 몸을 감쌌다. 그리고 엘리엇과 무슨 은밀한 농담을 공유하기라도 한 것처럼 입술을 동그랗게 말았다. "아마도 특정한 상황에서라면 스트리퍼들이 나한테 아주 유용한 스타일을 조언해줄 수도 있겠지만?"

엘리엇은 마치 끔찍한 진실과 대면할 수 없다는 듯 눈을 내리깔았지만 바보처럼 실실 웃고 있었다. "아니, 아니, 아니, 그런 말 그만 해. 아무래도 우리가 보이지 않는 선을 넘은 것 같아. 첫 대화 주제로는 그렇게 무난하진 않은 것 같아."

"아, 그렇다고 하지 뭐." 에메랄드가 말했다. "이런 대화는 우리가 서로를 조금 더 잘 알게 된 후에 하는 게 좋겠지? 한 십오 분 정도 후에?"

에메랄드는 깔깔대며 웃더니 기분 나쁠 정도로 예쁜 턱을 앞으로 내밀었다. 그녀가 웃을 때 머리카락 끝이 내 얼굴을 쳤다.

그 순간 나는 완벽히 낯선 사람의 시선으로 엘리엇을 바라보았다. 엘리엇은 잘생기고 핫한 청년이 맞다. 누가 봐도 지금은 벌레나 나무 이야기만 나오면 흥분하는, 엉뚱하고 순진해빠진 대학생 같진 않았다. 그는 잘나가는 남자 엘리엇 챔버로, 원래부터 예쁜 여자들에게 끼를 부릴 줄 아는 남자로 보일 것이다. 이를테면 에메랄드 그레이스 같은 여자 앞에서도 자연스럽게 매력을 발산하는 남자랄까.

"엘리엇." 이번에는 거의 신경질적으로 크게 말했다. "나 헬렌 란스키 안 됐어."

"누구?" 그가 물었다.

나는 너무 기가 막혀서 입이 떡 벌어졌다. "너 지금 장난이지?" 내 목소리는 필요 이상으로 크고 날카로웠다. 저 두 사람이 저렇게 속닥속닥거리고 있는 와중에 에메랄드 앞에서 폭발하기는 싫었다. 하지만 지금 나는 헬렌 이야기를 하고 있었다. 그리고 그는 엘리엇이다. 나는 그렇게 쉽게 마음을 여는 사람이 아니고 아무나 믿지도 않는다. 하지만 나는 엘리엇만큼은 믿었고 그의 본심을 의심해봐야 한다고는 한 번도 생각해본 적이 없었다.

"헬렌 란스키 말이야, 내 우상."

"아, 헬렌! 당연히 알지. 미안해. 네가 다른 사람 이야기하는 줄 알았다." 그는 나를 안아주었고 나와 똑같이 인턴십 결과를 황당해하고 속상해했다. 다행히 그때부터 우리는 같은 생각을 하게 되었다.

잠깐 동안 내 가슴은 철렁했지만.

3

창 학과장이 사무실 문을 열었다. 그녀는 키가 큰 아시아계 여성으로 몸에 완벽히 딱 맞게 재단되고 옆트임이 길게 난 블랙 스커트를 입고 있었다. 다른 사람이 입는다면 살짝 천박해 보일 수도 있겠지만 '나한테 다리가 40개 있어도 이 스커트를 입을 거야' 같은 그녀의 자신감 때문에 이는 그저 순수한 힘과 능력의 표출로 보였다.

"티아 학생, 안녕, 오랜만이네." 말투는 친절했지만 다른 일로 바빠보였다. "급한 일이면 지금 이야기하고 아니면 채점 좀 끝내고 이야기하면 어떨까, 기다릴 수 있어요?"

"아뇨, 지금 하고 싶은데요."

나는 들어가서 의자에 앉았다. 창은 한숨을 쉬더니 자기 책상으로 돌아갔다.

그녀의 사무실은 전통의 성지처럼 꾸며져 있었다. 벽에는 체리 주빌레[*]나 랍스터 테르미도르[**]같은 고전적인 요리 사진이 붙어 있었다. 그녀가 줄리아 차일드[***], 자크 페팽[****], 앨리스 워터스[*****]와 다정히 찍은 사진도 붙어 있었다.

"학과장님, 어제 제 인턴십을 배정받았는데요. 제가 왜 헬렌 란스키 인턴십에 채택되지 않았는지 알 수 있을까요? 저는 이 대학원 인턴십 프로그램에 참여할 수 있어서 영광이에요. 진심으로요. 그래도 고객 휴대품 관리라니요. 좀 이해가 안 돼서요. 그건 석사 수준과는 맞지 않는 것 같아요."

나는 내 이미지를 자기주장이 강한 사람으로 만들어 협상에서 더 나은 것을 얻어내고 싶었다. 하지만 나는 어딘가 불쌍하고 절박한 학생처럼 보일 뿐이었고 목소리를 떨지 않기 위해 안간힘을 써야 했다.

"티아, 화내지 말아요."

그녀는 잠깐 페이퍼를 한쪽으로 치웠다.

나는 그녀를 친구처럼 생각해 툭 터놓고 말하고 싶었다. 하지만 그것도 좋은 방법은 아니었다. 그녀는 철저히 사무적인 태도로 나와 거리를 두고 있었다. 나는 이번에는 조금 더 자제하며 말을 시작했다.

"고객 휴대품 관리는 식품 산업과 관련이 없어 보여서요. 글

---

* 바닐라 아이스크림에 검정 버찌를 곁들인 디저트.
** 바다가재 살을 소스에 버무려 그 껍질 속에 다시 넣고 그 위에 치즈를 얹은 요리.
*** Julia Child(1912~2004), 미국에 최초로 프랑스 요리 레시피를 전달한 미국 요리사.
**** Jacques Pepin(1935~), 미국에서 활동한 유명 프랑스 요리사.
***** Alice Waters(1944~), 미국의 유명한 셰프이자 활동가.

쓰기와도 관련이 없고요. 저는 이 학과의 다른 과정을 공부할 계획을 세우고 있었거든요."

나도 에메랄드처럼 나긋나긋하게 말하면서도 차분하고 현명해 보이고 싶었다. 하지만 나는 에메랄드가 아니라 나일 뿐이었다.

"티아, 왜 혼란스러워 하는지는 알겠어요."

창 학과장은 다정하면서도 단호한 태도로 말했다. 오랜 세월 학교에 몸담고 있는 동안 나처럼 안달복달하는 학생들을 잘 타일러왔음을 쉽게 알 수 있었다.

"매디슨 파크 타번은 굉장히 품격 있는 레스토랑이에요. 별 네 개의 뉴욕에서 가장 고급스러운 레스토랑 중 하나라는 건 이미 알고 있죠? 이번 학기 굉장히 보람 있고 재미있을 거예요. 배우는 것도 많고요. 그건 내가 장담해요."

그녀는 펜을 들고서 이제 이 문제에 대해서는 더 이상 할 말이 없다는 표정으로 나를 보았다.

"그런데 왜 이렇게 된 건지는 알고 싶어요."

나도 순순히 물러나지 않았다.

"저는 지원서에 레스토랑을 쓰지 않았거든요. 저는 요리책 작가가 되고 싶어요. 그러니까 제가 다른 작가 밑에서 공부할 수도 있지 않았을까요? 아니면 블로그라도요."

다른 모든 선택지보다 헬렌만을 원했지만 이왕 이렇게 된 바에 가능성을 열어두고 싶었다. 물론 나도 고급 레스토랑 좋아한다. 하지만 그건 내 관심 분야는 아니었다. 어린 시절에 레스토랑만 가면 아빠는 항상 '레스토랑들은 순 바가지야' 류의 장광설을 늘어놓아 같이 간 사람들을 불편하게 했다. 부모님은 집에서도 독창적으로 요리했고 레스토랑 음식들이 그만큼 값어치가 있다고 생각하지 않았다.

잠깐 동안 학과장도 의아한 표정을 지었다.

"잠깐만. 티아가 매디슨 파크 타번을 1지망으로 선택하지 않았다고?"

나는 고개를 흔들었다.

"네, 안 했어요. 저는 헬렌을 지원했죠. 헬렌 란스키를 1지망으로 지원했고요. 그다음에는 다른 매체 글쓰기를 선택했어요."

"어, 학생이 그 이메일로 에세이 제출하지 않았었나? 이메일 받았는데?" 그녀는 서류 파일 캐비닛을 열려다가 마음을 바꾸었다. "그래도 이미 결정된 거라 어쩔 수 없겠네요. 티아 학생은 똑똑하고 가능성 넘치는 젊은 여성이에요. 맡겨진 건 뭐든 잘해낼 수 있을 겁니다. 그래도 서운하고 이 대화에서 얻은 것이 없다는 생각이 들면 이 말을 떠올려보면 좋을 거예요. 대학원은 단거리 경주가 아니고 마라톤이라는 거."

나는 자리에서 안절부절못했다. 대학원이 이렇게 내 의지가 반영되지 않는 곳일 줄은 꿈에도 몰랐다.

"그러니까…… 내 말은 짧은 시간 바싹 구워내는 게 아니라 오래오래 뭉근히 끓이는 거랄까."

그녀는 또다시 나를 타이르려 했다. 그녀의 노력을 생각해서라도 웃으려고 해봤지만 미소 대신 울상이 나왔다.

"다음 학기에는 가능한 거죠, 그렇죠?"

학과장은 한숨을 쉬면서 애석하다는 듯이 나를 바라보았다.

"맞아요. 언제나 다음 학기가 있죠. 그다음 학기도 있고 그 다음 학기도 있어요. 하지만 우리 멘토들이 워낙 스케줄 변동이 잦아서 어떻게 될지는 저도 모르죠. 확답을 줄 수는 없어요. 이 상황에서 해결책은 이미 결정된 그 자리를 즐겨보는 것뿐이죠."

나는 여전히 충격에 빠져 영혼이 이탈한 얼굴로 학과장실에서 나왔다.

그러니까 헬렌 란스키는 완전히 물 건너간 거네. 내가 꿈꾸던 대학원 생활은 처음부터 꼬인 거고.

그리고 마이클 잘츠 그 인간. 헬렌과 만날 수 있는 기회도 망치고, 내 쿠키에 테러한 것도 모자라서 도와준다는 말만 해놓고 안 지켰다 이거지. 나는 이 세상이 내 원칙대로 움직이기를 바랐다. 지금 일어나는 일은 아무래도 아니었다.

아파트까지 걸어오는 길에 NYU 학부생과 학생들 부모님, 관광객들이 여름의 마지막 나날을 만끽하고 있는 모습이 보였다. 나는 워싱턴 스퀘어 파크에 앉아서 아직 걷지는 못하지만 리듬 정도는 탈 수 있는 아기가 뉴올리언스 스타일 브라스 밴드 음악에 맞춰 춤추는 모습을 한참 지켜보았다. 손을 잡고 있는 연인들도 있었고 엄청나게 큰 녹색 주스를 마시고 있는 젊은 친구들도 있었다. 노숙자 서넛은 잔디밭에서 햇볕을 쬐고 있기도 했다.

나는 대학원 프로그램 카탈로그를 다시 넘겨보았다.

식품과 외식 경영 인턴십
개별 학생들의 관심사와 목표 직업에 따라 식품 산업과 경영 분야의 실용 업무 기회를 맞춤으로 지원한다. 실무 경험과 함께 강의와 토론 수업, 보고서와 발표 수업이 병행된다.

이야, 나는 스물두 살 대학원생인데 레스토랑의 고객 휴대품 보관소에서 일하게 됐네. 나는 실패자야.

한 젊은 아가씨가 아이스바 카트를 끌고 공원을 가로질러 내 쪽으로 오고 있었다. 그녀만 보면 내가 지금 발리 여행 중인 것만 같았다. 작열하는 태양 아래 쿨한 블루스 음악이 흘렀다. 카트 위에는 테슬이 주렁주렁 달린 흰색과 금색 파라솔이 있었고 극락조화가 가득 피어 있었다.

"파인애플 진저도 있어요. 코코넛 타피오카 펄이 들어간 망고 아이스크림은 어떠세요?"

나는 대학원 카탈로그를 가방에 던져넣고 메뉴를 살펴보았다.

"토란과 끄망이*아이스바? 타마린드과 강황**? 망고스틴과 살

* 박하 향이 나는 식용 잎.
** 주로 동남아 요리에 쓰이는 새콤한 향신료.

락*? 와, 재료들이 진짜 특이해요."

그녀의 눈이 반짝거렸다.

"그쵸? 고맙습니다!" 그녀가 기쁜지 까악 비명을 질렀다. "아시아에 가보셨어요? 혹시 셰프세요?"

이국적인 재료로 예술적인 아이스바를 만들어 파는 그녀는 금발 머리에 파란색 눈을 가진 인형 같은 아가씨였다.

"아뇨, 안 가봤어요." 나는 솔직히 말했다. "하지만 언젠가 꼭 가보고 싶어요. 저는 보통 집에서 요리해요. 지금은 음식학 대학원 다녀요."

"우아 대학원!" 그녀는 이렇게 말하며 내가 앉은 벤치 옆에 풀썩 앉았다. "나도 대학원 생각했었는데. 런던 비즈니스 스쿨과 옥스퍼드가 조인트 프로그램 하는 곳이 있더라고요. 그런데 그 돈으로 세계 일주를 했어요. 그건 제 인생에서 가장 잘한 일인 거 있죠?"

"왜요?"

오직 뉴욕의 공원에서만 세계 유수 대학에 갈 수 있는 기회를 버리고 직접 카트를 끌고 다니며 아이스바를 파는 학자를 만날 수 있다.

"그냥요. 나 같은 경우는 넓은 세상을 직접 몸으로 부딪치면서 깨치는 게 많다고 생각했거든요. 학교에서는 아무래도 인생의 틀이 짜이잖아요. 아니 꼭 그렇다는 건 아니고. 배우는 건 중

* 뱀 껍질 같은 느낌의 열대 과일.

요하죠. 계속 공부하고 배워야 하는데 꼭 학교가 아니더라도 어디서든 배울 수는 있는 거고. 책만 파지 말고 세상을 파보자, 뭐 그렇게 생각했어요. 여긴 뉴욕이잖아요. 배울 게 널린 도시."

나는 조용히 앉아서 공원을 바라보았다. 나는 대학원이 나한테 맞을 거라고 생각했었다. 너무 자연스럽고 당연한 길로 보였다. 어쩌면 그게 문제였을지도 모른다. 이건 정말로 앞으로 쭉 뻗은 길이었다. 이 길에는 우회로도 없고 잠깐 옆으로 새서 놀다가 들어올 수도 없다. 이 길이 나를 어디로 이끌 것인가? 갑자기 온갖 가능성이 열려 있는 도시에 살면서도 내 앞에는 아무런 선택지가 없다는 사실 때문에 가슴이 답답해졌다.

그 아가씨는 내가 고민에 빠져 있다는 걸 알아챘는지 나에게 아이스바 하나를 건네주었다.

"이거 한번 드셔보세요. 제가 만든 것 중에서도 가장 실험적인 편에 드는 건데, 넛맥*과 훈제 잭푸르트**예요."

나는 포장을 벗기고 갈색 나무껍질 같은 아이스바의 겉면에서 냉기가 나와 여름 공기 안으로 퍼지는 것을 지켜보았다. 한 입을 물었다 바로 뱉었다. 상한 마멀레이드를 섞은 재떨이를 먹는 기분이었다.

아가씨는 어깨를 으쓱했다. "흥할 때도 있고, 망할 때도 있고."

우리는 마주보고 킥킥거리며 웃었다. 나는 그래도 그녀가 이

---

* 타원형 모양인 육두구로 매콤달콤한 향이 나는 향신료.

** 열대지방에서 자라는 두리안과 과일.

런 시도를 했다는 점이 대단해 보였다. 그녀는 샌들 소리를 내며 카트를 끌고 사라졌다.

매디슨 파크 타번은 내가 바라고 꿈꾸던 곳은 아니다. 하지만 어쩌면 강제로 만든 우회로가 될 수도 있고 가다가 우연히 좋은 풍경과 만날 수도 있다. 물론 헬렌 란스키와 일하고 싶다는 소망은 버릴 수 없지만 저 바깥 세상에 뭐가 있는지 보고 온다고 해서 나쁠 건 없겠지. 최악이라고 해봐야 아까 그 괴상한 넛맥 잿푸르트 아이스바처럼 뱉어버리고 다른 곳으로 가면 그만이니까.

4

일주일 후, 인턴십 관련 메일을 받았다.

제목: 매디슨 파크 타번에서의 첫날을 위해

안녕하세요, 티아. 매디슨 파크 타번의 책임 매니저, 제이크 퍼거슨이라고 합니다. 저희 레스토랑의 스태프가 되신 것을 환영합니다. 첫 출근은 내일이지만 우리는 오늘 저녁 테이스팅 세션을 가질 예정입니다. 시간이 되시면 참석해주세요. 저와 게리 오스카와 셰프 달링에게는 모든 직원들이 각각의 요리를 미리 파악하는 것이 무척 중요합니다. 혹시 알레르기가 있는 재료나 요리가 있나요? 조만간 만나길 바랍니다.

—JF

그는 메일 끝에 매디슨 파크 타번의 웹사이트를 링크하고 직원 접속 방법을 첨부하기도 했다.

나는 바로 답장을 썼다.

안녕하세요, 제이크. 오늘 저녁에 가보겠습니다. 저는 몇몇 조개에 알레르기가 있어요. 갑각류(새우, 조개)나 쌍각류(대합, 홍합) 조개 등이요.

감사합니다.

티아 먼로

바로 답장이 또 왔다.

답장이 빨라서 좋네요. 곧 봐요.

그렇게 나는 뉴욕의 다이닝 세계와 첫인사를 했다.

*

안으로 들어가자마자 나는 이방인이 된 것 같았다. 첫째, 청바지에 검은색 V넥 스웨터를 입고 밑창이 거의 없는 로퍼를 신은 내 옷차림은 이곳과 전혀 어울리지 않았다. 둘째, 레스토랑에서 일한다는 것에 대해 아는 바가 하나도 없었다. 작년에는 오직 헬렌 밑에서 일할 생각만 하면서 보냈다. 헬렌이 음식 준비를 하면 나는 보데가*로 심부름을 다녀올 것이다. 우리는 그녀의 작은 부엌을 엉망으로 만들며 같이 요리할 것이다. 오븐에서 막 꺼낸 파운드케이크의 빈티지 천 냅킨을 벗겨내 맛을 보며 품평할 것이다.

현재 내 상황은 내가 머릿속으로 수없이 상상하던 그림이 아니었다. 레스토랑은 웅장한 다이닝룸과 격식에 관한 것이었다. 앞치마는 눈처럼 새하얗고 사각거렸다. 유리잔과 접시들은 얼룩 하나 없이 뽀드득거리며 광이 났다. 이 레스토랑은 전통과 기품이 흐르는 곳임을 온몸으로 외치고 있었다.

나는 틈을 봐서 엘리엇에게 문자로 내가 완전히 분에 넘치는 곳에 와 있다고 말했다. 엘리엇은 걱정하지 말라며 오늘 저녁 우리가 갈 식당을 정하고 그곳에서 더 이야기해달라고 했다. 그 순간 나는 안심했다. 그날 오후가 엉망이었다고 해도 적어도 내 곁에는 내 모습 그대로를 받아주는 엘리엇이 있으니까.

"혹시 티아?" 키가 작고 힙이 좁은 남자가 물었다.

그는 파란색과 흰색 스트라이프 프렌치 커프스 셔츠를 입었고 굵은 텍스처가 들어가 있어 마치 씬 크러스트 피자 도우 같기도 한 감색 스포츠 재킷을 입고 있었다.

"내가 메일 보냈던 제이크 퍼거슨이에요. 잘 왔네요. 이쪽으로 따라와요."

그는 내 팔꿈치를 향해 손을 뻗었지만 잡지는 않았다. 나는

* 식품 잡화점.

그가 이끄는 대로 따라갔다.

제이크가 나에게 고객 휴대품 보관소, 키친, 다른 사람 눈에 띄지 않는 프라이빗 다이닝 테이블을 보여주는 동안 직원들이 하나둘씩 들어왔다.

"여기는 세탁실이니까 행주는 여기서 찾으면 되고. 또 이곳에 스태프들에게 전달 사항을 남기기도 하고 꼭 알아야 할 레스토랑 평론가들의 사진을 모아두기도 해요."

그는 캐비닛을 열더니 요리 칼럼니스트들의 사진과 그들이 나온 기사들을 보여주었다. 《뉴욕》의 비평가인 케인 하트, 《빌리지 보이스》의 리처드 칼라한, 《섹시 앤 헝그리 인 뉴욕》의 아리아 라모스 등의 사진과 기사가 정리되어 있었다. 그리고 그들 모두를 압도하는 존재감을 가진 한 얼굴이 내 앞에 있었다. 《뉴욕타임스》의 마이클 잘츠.

그에 관한 자료 두 장에는 별표가 찍혀져 있었고 사진도 일곱 장이나 되었다. 그런데 그 사진 속 인물은 이 주 전에 내가 만났던 삐쩍 마르고 뱀처럼 간사하게 생긴 그 남자가 아니었다. 사진 속의 마이클 잘츠는 뚱뚱하고 근엄하고 배가 나와 셔츠 단추가 금방이라도 터질 것 같았다. 하지만 오래된 사진들인지 흐릿했다. 가장 최근 사진이 작년 여름에 찍은 것이라고 했다.

"맞아요. 이 덩치 큰 남자. 우리의 공공의 적 1호 마이클 잘츠죠." 제이크는 이렇게 말하고 캐비닛을 닫았다.

그는 지금 이 사진이 완전히 잘못되었다는 걸 알고는 있을까?

그가 입구 쪽에 있는 긴 의자를 가리켰고 나는 회전문으로 들어오는 직원들을 바라보며 앉아 있었다. 늘씬한 검은색 슈트 차림으로 들어오는 여자들은 체형이 그 슈트 라인과 똑같았다. 그들은 모두 머리색은 달랐지만 그건 상관이 없었다. 모두가 머리를 하나로 올려 묶고 실핀으로 잔머리를 정리해 원래 머리색이나 머릿결을 감췄기 때문이었다. 말 그대로 머리카락이 하나도 삐져나와 있지 않았다. 나는 괜히 의식이 되어 나 역시 하나로 묶었던 내 머리를 다시 단단히 묶어보았다. 하지만 내 머릿결은 시종일관 자신의 스타일을 고집하려는 남다른 뚝심을 갖고 있었다. 헝클어지거나 부스스하거나 아니면 제멋대로 뻗어 있거나 셋 중 하나였다.

그래도 내 옆에는 모든 면에서 튀는 여자가 한 명 앉아 있었다. 머리는 뽀글뽀글하고 슈트은 비뚤비뚤했다. 다른 것은 신경 쓰지 않고 자기 할 일만 하는 느낌이라 나는 단박에 그녀가 마음에 들었다. 그녀 때문에 내가 이 구역에서 최고로 단정치 못한 여자로 느껴지지 않았다.

남자들의 경우는 조금 더 다양했다. 키친 스태프 중에는 히스패닉계 남자가 두 명 있었고 손이 큰 프랑스 남자 한 명과 얇은 콧수염을 기른 남자도 있었다. 웨이터들은 웨이트리스들과 짝꿍이었는데 다들 빈틈없고 말끔했다.

나는 매튜 달링을 알아보았고 그를 직접 볼 수 있어 조금 설렜다. 그는 둥글넓적한 얼굴과 흰 피부, 적갈색 스포츠머리를 한 평범한 남자였다.

헬렌은 이 년 전《뉴욕타임스》에 그의 기사를 실은 적이 있었다. 당시 셰프 달링은 브라이 레스토랑의 책임 셰프였고 계절에 따라 메뉴를 세세히 나누는 것으로 유명했다. 가령 여름 내내 일반 토마토를 주재료로 쓰는 것이 아니었다. 어릴 때 더 부드럽다는 이유로 초여름에는 그레이프 토마토를 썼다. 한여름에는 그맘때 가장 맛 좋게 익은 에어룸 토마토를 썼다. 늦여름에는 저지 토마토를 썼는데 푹 익은 느낌이 마치 휴가를 마치고 해변에서 돌아온 사람들 같았다. 매튜는 갖가지 요리 테크닉을 시도하지 않았다. 그는 정직한 재료와 그릴로 승부를 보는 사나이였다.

그를 직접 보자 헬렌이 뉴욕에서 가장 좋아하는 셰프 중 한 명이 매튜라고 했던 것이 기억났다. 헬렌은 그가 순수주의자이고 사색가이며 과시하지 않는 실험주의자라고도 했다. 이제 그는 더 큰 무대인 매디슨 파크 타번을 책임지는 수장이 되어 있었다. 어쩌면 이 경험도 그리 나쁘지 않을지도 모른다는 생각이 들었다.

셰프 달링은 목을 가다듬었고 제이크는 한 발 비켜나 중앙 자리를 그에게 내주었다.

"먼저 시작할 것은……." 셰프는 희고 구불구불한 알갱이가 떠 있는 진한 자주색 액체가 든 볼을 들고 말했다. "서양 고추냉이 크렘 프레슈*가 뿌려진 콜드 로스티드 비트 수프입니다."

---

* 프랑스의 유제품으로 우유에서 지방분을 뺀 생크림.

줄 서 있던 요리사들이 같은 수프가 들어 있는 작은 컵을 옆으로 전달했다.

뽀글머리 여자가 내 얼굴을 보지도 않고 내게 컵을 건네주더니 마치 이 차가운 수프가 핫 초콜릿인 것처럼 티컵을 양손으로 잡았다. 그러더니 눈을 감고 고개를 약간 뒤로 들어 수프가 윗입술에 살짝만 닿게 했다.

나도 똑같이 했다. 그녀를 따라하고 싶어서가 아니라 이 수프가 그렇게 먹어주길 바라는 것 같아서였다. 처음에 이 수프를 살짝 먹었을 때는 차가우면서 상쾌한 느낌이었다. 강하고 순수한 채소 맛이 났고 톡 쏘는 맛도 났다. 하지만 그다음에 입술을 혀로 핥으면 수프는 무언가 달콤하고 풍부한 맛으로 변했다. 마치 부드러운 손으로 등을 쓰다듬었는데 생각지도 못한 깊은 흉터가 남는 것처럼 의외의 맛이 내 몸을 통과했다.

내 옆에 희끗희끗한 머리와 검은 머리가 적절히 섞여 있는 웨이터가 손을 들었다.

"네, 앤젤? 말씀하세요." 멀리 맞은편 구석에 있던 제이크가 말했다.

"셰프, 살짝 불 맛이 나는데요."

셰프 달링이 무슨 말을 하려고 했지만 제이크가 더 빨랐다.
"미스터 마르티네즈는 어떻게 생각하세요?"

그 웨이터는 일 초도 망설이지 않고 대답했다.

"네. 실론섬산(産) 화이트 페퍼죠."

제이크가 대답하려 했지만 이번에는 셰프 달링이 끼어들었다. "맞습니다. 아주 훌륭해요."

"다음 요리는 뭐죠? 셰프?" 제이크가 물었다.

"분부대로 해야죠, 제이콥."

셰프 달링은 일부러 몇 박자 기다렸다가 대답했는데 마치 자신의 목소리가 제이크의 목소리 바로 가까이에 붙어서 들리는 게 싫은 것만 같았다. 나는 이 두 남자 사이에 흐르는 미묘한 긴장감을 눈치챌 수 있었고 다른 사람들도 마찬가지인 듯했다. 우리는 갈등이 밖으로 표출이 될까봐 숨을 죽이고 있었지만 셰프 달링이 아무 말 없이 검은색 단지를 들어 올리자 안심했다.

"이건 쇼트립*입니다. 검은 콩, 사과 식초에 푹 삶은 케일을 곁들이고 피스타치오와 녹색 마늘을 가니시로 얹었어요. 우리 레스토랑의 가을 대표 요리, 쇼트립이죠. 이 다음에는 쇼트립은 잠시 중단하고 싶어요."

"셰프." 나이가 좀 있는 웨이터가 안타깝다는 듯이 말했다. "셰프 타트는 일 년 내내 쇼트립 요리를 하셨는데요. 애피타이저라도 계속하면 안 될까요?"

그는 고급스러운 노트패드와 펜을 들고 있었다.

"아뇨. 전 이 요리는 단계적으로 중단하려 합니다. 더 이상 쇼트립 요리는 안 하려고 해요."

"아예 중단하신다고요?" 그 웨이터가 깜짝 놀랐다. "그 요리 때문에 우리 레스토랑에 오는 손님들도 많은데요."

* 서양 갈비찜.

셰프 달링은 고개를 살짝 기울이더니 대답할 말을 찾기 위해 고심했다. 나는 그가 더 자신감을 가졌으면 좋겠다고 생각했다. 이제 이곳은 그의 레스토랑이다. 전임 셰프, 누구더라, 안소니 타트가 무엇을 어떤 식으로 했든 무슨 상관인가. 이제 매튜 달링의 시대가 왔다.

"흠, 일단 요리부터 나눠주시죠, 셰프." 제이크가 말했다.

나는 집에서 만든 한입 크기의 중국식 쇼트립만 먹어봤었다. 그래서인지 매튜의 쇼트립이 훨씬 크고, 고기가 마치 치즈가 파스타에 녹아들 듯 케일에 관능적이고도 완전하게 스며들었다는 점에 깜짝 놀랐다. 사과 식초가 약간 달짝지근한 맛을 내면서 쇼트립와 케일이 서로 편안하게 어우러지게 해주고 있었다. 설명할 수 없는 어떤 이유 때문에 이 요리가 내 입맛에 꼭 맞지는 않았다. 하지만 이런 요리를 맛볼 수 있어 감사했다.

"맛있어요?" 내 옆에 있던 여자가 물었다.

"아, 네네, 맛있어요."

나는 반사적으로 대답했다. 그녀는 테이스팅 시간 내내 나를 한 번도 제대로 보지도 않았지만 그런 무심함 때문에 오히려 경계심이 사라졌다.

"난 너무 좋은데?" 그녀는 이렇게 말하면서 활짝 웃었는데 너무 활짝 웃어서 조금 민망한 구석이 있었다.

다음으로 디저트인 베리 토르테* 차례로 넘어갔고 우리는 디

---

* 크림, 초콜릿, 과일 등을 혼합한 것으로 채운 케이크.

저트를 얕은 볼에 담아 나누어 받았다.

“이 디저트 안에는 열다섯 가지가 넘는 재료가 들어 있습니다.” 매튜가 말을 시작했다.

“여러분들은 그 재료들 다 외우셔야 해요.” 제이크가 한 마디 거들었다.

매튜가 또다시 목을 가다듬었다.

“주재료들은 다음과 같습니다. 베리 케이크, 치아시드, 민트 허니 글레이즈, 오렌지 껍질 잼, 황설탕 휘핑크림, 아몬드 트윌, 아몬드 리슬링* 젤라토, 로즈 머랭. 그리고 이 모든 재료에 월계수 잎이 들어간 브랜디를 뿌리고 강한 불에 그을려주는 겁니다.”

“월계수래!”

내 옆에 있는 여자가 감탄했는지 나에게 귓속말을 했다. 그녀는 작은 볼 위에 얼굴을 묻더니 한입에 전부 빨아들였다. 그러자 디저트는 외계인에게 납치라도 된 것처럼 순식간에 사라졌다.

“이름이 어떻게 되세요?”

내가 물었지만 그녀는 대답하지 않았다. 케이크와 나머지 재료들을 혀에 올려놓고 음미하는 데에만 집중하고 있었다. 답을 듣기는 글렀다 싶어서 나도 내 디저트를 포크로 떠 맛보았다.

처음엔 바삭거리더니 곧 입에서 사르르 녹았고 매우 보드라

---

* 독일의 우수한 백포도주.

웠다. 특별하고 정성이 들어가 있었다. 확실히 흔한 맛은 아니었다. 비슷한 맛이 나는 디저트는 한 번도 먹어본 적 없었다.

셰프 달링이 다음 코스를 준비하는 동안 앤젤이라는 웨이터가 자신을 소개하고 바텐더 채드도 소개했다.

"이 레스토랑 어때요? 괜찮아요?" 앤젤이 물었다.

"어 너무너무 멋져요. 직원들을 위한 테이스팅 세션이 있다니 신기하네요. 근사해요. 저도 여기 있었으면 좋겠어요. 굉장히 역동적이고 활기차잖아요."

"우리 모두 고객 휴대품 보관소에서 시작했어요. 일종의 회비 같은 거야. 짧으면 두세 달이 될 수도 있고 길면 일 년까지 갈 수도 있고. 그런 다음 올라가는 거지. 물론 대학원생들은 이런 잡일은 잘 안하려고 하지만."

채드는 놀리듯이 씩 웃었다.

"잡일하는 거 아니에요." 앤젤이 가만히 있지 않았다. "저 사람 말 신경 쓰지 마요. 거기 아주 좋은 자리예요. 최고죠."

여긴 전 세계 최고의 다이닝 도시를 대표하는, 자그마치 별 네 개짜리 레스토랑이다. 뉴욕은 그중에서도 으뜸일 것이다. 앤젤이 나를 설득하지 않아도 나는 잘 알았다.

"저 또라이 말에 흔들리지 말아요." 앤젤이 말을 이었다. "저래도 알고 보면 허당이야. 마음 엄청 여려. 그리고 여긴 가족 같은 분위기니까. 이 도시 여러 레스토랑을 전전하다보니까 이제 어딜 가나 가족이 있어요. 특히 레스토랑 사람들이 얼마나 서로를 챙겨주는데."

"가족이라!" 채드는 자신의 수염을 쓰다듬으며 마피아 목소리를 흉내 내어 말했다.

"여기서 일하게 되면 백 퍼센트 우리한테 넘어올걸." 앤젤이 내 등을 토닥토닥하며 말했다. "이건 우리 레스토랑 사람들의 신조예요."

그는 주먹을 쥐어 가슴에 얹고 내가 나중에야 알게 된, 사람 마음을 살살 녹이는 앤젤의 대표 미소를 지어 보였다.

우리는 애피타이저부터 디저트까지 모두 시식해보았다. 순서를 거꾸로 바꿔서도 시식해보았다. 도중에 제이크가 갑각류와 조개류가 들어 있는 파에야는 먹지 말라고 나에게 주의를 주기도 했다. 나는 어떤 요리에는 완전히 반했고 어떤 요리에는 그리 열광하지는 않았다. 그건 중요하지 않았는데 이 직업은 그저 음식에 관한 것이 아니었기 때문이다. 레스토랑은 내가 몰랐던 세계이자 공동체였다.

테이스팅이 끝난 후 제이크는 음식과 관련되지 않은 관리 사항을 일러주었다. 우리는 로드아일랜드에서 생산된, 아티스트와 콜라보를 한 고급 브랜드 키엘리 글라스에서 구매한 새로운 디켄터*를 받았다. 백서버 몇 명이 웨이터로 승진했고 몇몇 웨이터들은 팀장으로 승진했다. 내 옆에 있던 여자는 고객 휴대품 관리 자리를 나에게 넘겨주고 백서버로 승진했다. 그녀는 흰 앞치마를 받을 때 마치 대학 학위를 받는 것처럼 신이 나 폴

---

* 술을 옮겨 담는 장식용 병 종류.

짝폴짝 뛰었다.

"마지막으로……." 제이크는 모든 사람들에게 말했다. "이쪽은 티아 먼로입니다. NYU 대학원에서 새로 온 학생 인턴이고요. 내일 토요일 저녁 시간대부터 일에 들어갑니다. 매디슨 파크 타번에 온 걸 환영해주세요. 알았죠? 그러면 이만 회의 마칩니다."

그들은 나를 약 일 초 정도 바라보았고 레스토랑은 곧바로 준비 태세에 들어갔다. 접시가 치워지고 테이블보가 정리되었다. 와인 잔들은 제자리에 놓여 햇살을 받아 반짝거렸다. 너무 많은 스태프가 인사를 하는 바람에 제이크는 인사하지 말고 일이나 하라며 그들을 쫓아내야 했다. 분명 헬렌의 키친에서 요리하며 글을 쓰는 것과는 달랐다. 그러나 나는 내가 해낼 수 있으리란 것을 알았다. 벌써부터 이곳의 소속감이 마음에 들었다.

레스토랑에서 나오려고 할 때 뽀글머리 여자가 나를 불러 세웠다.

"미안 미안. 아까 일부러 대답 안 한 건 아니고. 내 이름은 캐리야." 캐리는 깜짝 놀랄 정도로 가녀린 손을 나에게 내밀었다. "캐리 스펜스. R 하나만 들어감."

캐리의 큰 눈은 너무도 솔직하고 순수해 보였다. 마치 내가 아닌 자기가 여기에 새로 들어와, 나에게 잘보이려 하는 것만 같았다.

"아까 테이스팅에 너무 집중하느라 대답 못 한 거 있지. 완전히 정신 나감. 제이크가 너 얘기해줬어. 나도 NYU 대학원 나왔다? 근데 네 반지 너무 예쁘다. 어디서 샀어?"

"응. 나는 티아고. 이건 우리 할머니 반지."

"와, 대박 예쁘다. 나 이런 비취 너무 좋더라. 난 올 5월에 졸업했고 마지막 학기에 고객 휴대품 관리 담당이 됐어, 물론 오 분 전까지. 이제 백서버라네."

캐리는 내 앞에서 새로운 흰 앞치마를 흔들어 보였다.

"그런데 백서버가 뭐 하는 거야?"

"너 레스토랑 일 처음이야?"

"응. 아니, 그게 원래 헬렌 란스키 인턴십을 하고 싶었는데……."

"헬렌 란스키? 나도 그 사람 좋아하는데. 진짜 멋진 분이지. 이 일은 좀 다르긴 하겠다. 근데 통하는 것도 있을걸. 백서버가 뭐냐면, 계급으로 따지면 버서*와 웨이터의 중간쯤. 그런데 난 좀 다른 일도 하는 편이야. 이를테면 자료 관리나 전략 조사 같은 것. 뭐 대단한 건 아니지만 제이크가 나한테 한번 해보라고 해서."

"어떤 전략을 세워야 하는데?" 내가 물었다.

캐리는 내가 아는 수준을 훨씬 뛰어넘는 말을 했고 나는 기초부터 물어봐야 할 것 같았다.

"무슨 뜻인지도 잘 모르겠어."

"전략이라…… 그게 뭐냐면……."

* 웨이터의 조수.

캐리가 천천히 말해줘서 고마웠다.

"앞으로 아주 여러 가지를 기억해야 해. 하다보면 알 거야. 고객 휴대품 관리 담당이라도 레스토랑의 모든 요리와 오늘의 스페셜을 알아야 해. 우리가 쓰는 돼지고기를 어떤 도축업자가 키우고 어떤 사료를 먹이는지도 알아야 해. 꽃 장식에는 어떤 종류의 꽃이 들어가는지 외우고 누가 커튼을 디자인했고 우리 디스펜서에 어떤 비누가 들어가는지도 기억하고. 이런 정보는 기본이고 스태프라면 다 공유하는 거지. 지금 내가 작업하고 있는 우리 업계의 위키 백과에 이런 기본적인 내용이 다 들어가는 거고.

모든 레스토랑마다 비밀 계정이 있어서, 수시로 업데이트 되는 온라인 데이터베이스에 정보를 저장하거나 올리거든. 그런데 직원들만 업데이트할 수 있어. 난 매디슨 파크 타번 계정을 관리하면서 레스토랑의 변화를 알아가는 중이야. 제이크가 오늘 아침에 링크 보내줬지? 너는 인턴이니까 읽기만 가능할 거야. 글을 편집하거나 올릴 수는 없고. 다른 뉴욕 레스토랑들이 어떻게 홈페이지를 관리하고 개인 계정을 관리하는지는 잘 몰라. 그건 극비거든.

그리고 공용 게시판이 있어. 다양한 업계 사람들이 자유 게시판에 업계 관련 정보를 올려. 뉴욕에만 백 개 정도의 업계가 같이 사용하는데, 이 사이트는 보통 하루 조회 수가 200 정도 되나봐. 누구나 접속할 수 있지만 보통은 팀장 이상 급들만 관리하고. 뭔가 기사거리를 찾는 기자들도 하지."

"와, 대단하네."

"그치? 나 사실 NYU에서 이런 인터넷 프로젝트 작업했거든. 지금 그걸 실제 업장에서 적용하고 있는 거야. 레스토랑의 모든 요리와 재료를 파악할 수 있는 데이터베이스라든가, 그 레스토랑이 받는 리뷰나 주문들도 올리고 순이익까지도 짐작할 수 있는 데이터베이스 작업. 난 다른 레스토랑 정보도 저장하고 그 레스토랑이 받은 리뷰도 같이 저장해. 그러다보면 리뷰 받는 타이밍이 파악되거든. 이렇게 우리 위키 사이트에 정보들을 모으다보면 그걸 예측할 수 있고 예방할 수도 있어."

"어디에서 뭘 예방하는데?"

나는 그렇게 데이터 측면에서 음식에 접근하는 사람을 본 적이 없었다.

"나쁜 평가 받는 거 예방해야지. 어쩌면 내가 이걸 하는 최종 목적이 좋은 리뷰를 받는 걸지도 몰라. 물론《뉴욕타임스》에서. 마이클 잘츠가 곧 우리 레스토랑을 방문할 것 같아. 매튜가 이곳으로 옮긴 지도 두세 달 됐잖아. 그 말은 곧 우리가 우리 게임에 들어가야 한다는 거야. 제이크는 언제라도 리뷰를 받을 수 있다는 생각에 이십사 시간 내내 경계 태세야. 쉬질 않아."

아이쿠, 마이클 잘츠라니. 그런데 엉뚱한 사진을 걸어놨잖아. 정보의 여왕이자 소식통 캐리도 그의 근황에는 깜깜한 모양이었다.

"그러니까 캐비닛 안의 사진에 있는 사람? 마이클 잘츠? 근데 그거 언제 사진이야?"

캐리는 손톱을 잘근잘근 씹었는데 갑자기 얼굴에 두려움이 스치고 지나갔다.

"왜? 그 사진 너무 오래된 것 같아? 너 그 사람 알아?"

"아니. 아니, 잘 모르지. 그렇긴 해도……."

갑자기 제이크가 클립보드를 들고 우리에게 뛰어왔다.

"캐리. 이리 좀 와. 우리 가야 해. 오늘 이백 명 커버해야 해. 그중 이십 명이 PX*야."

예약 노트를 살짝 훔쳐보니 한 번도 보지 못한 약자들이 가득했다. SFN, 버블, 웨일, 마에스트로, Mr 로빈슨, WFM. 어떤 사람들은 특별 요청을 해놓기도 했다. 와인을 미지근하게 22도로 서빙해달라는 요청도 있었고 메뉴에는 없는 '쿵 파오 샐러드'를 미리 예약해놓기도 했다.

"가야겠네." 캐리가 말했다. "나중에 이야기하자!"

제이크가 아주 잠깐 동안 나를 보며 고개를 살짝 갸우뚱했다. 마치 내가 무언가 말하고 싶어 입이 근질근질한데 참는다는 걸 눈치챈 듯했다. 하지만 내가 좀 안다고 해서 아무 말이나 내뱉을 시기는 아닌 것 같아서 조심스러웠다. 적어도 아직은 아니었다.

"그럼 내일 봐요, 티아." 결국 제이크가 먼저 말했다.

"그럼 좋은 하루 보내요."

두 사람은 굵은 글씨의 고객 리스트를 계속 쳐다보며 바삐

* 특별 손님.

걸어 나갔다. 고객들에 관한 메모는 생각보다 굉장히 구체적이었다. 개인 맞춤 서비스의 기준이 상당히 높아서 레스토랑 문으로 들어오는 모든 고객의 신상을 줄줄 읊고 있다고 해도 별로 놀라지 않았을 것 같았다.

확실히 마이클 잘츠가 가장 중요한 손님이긴 하구나. 레스토랑은 그를 겪어본 적도 있고, 그에 관한 자료도 가지고 있었고, 그를 알아보아야 할 동기도 있었다. 좀 오래된 사진을 걸어두긴 했지만. 캐리의 개인적인 미션은 그의 다음 행보를 예측하는 것일 터였다.

나도 그를 딱 한 번밖에 만나지 못했다. 그는 나에게 헬렌과 연결해주겠다고 했지만 그런 일은 일어나지 않았다. 내가 아는 마이클 잘츠는 어딘가 이상하고 무기력한 남자, 매디슨 파크 타번을 비롯해 뉴욕의 다른 레스토랑이 숨을 죽이고 기다려야 할 만큼 대단한 능력자는 아닌 것 같았다.

그래서 나는 아무 말도 하지 않았다. 아무리 그래도 레스토랑이 나보다는 잘 알지 않을까?

*

집에 오니 머리색이 짙은 여자가 옷장 거울 앞에서 아이라이너를 그리고 있었다.

“안녕.” 그녀가 먼저 인사했다.

“안녕.”

"나는 멜린다. 나 저 방 쓰는 사람." 멜린다는 가장 작은 세 번째 방문을 가리켰다.

"어, 그렇구나. 얘기 들었어. 나는 티아. 내가 왜 너 들어오는 거 못봤지? 짐은 나중에 들어오는 거야?"

"짐이라고 해봐야 여행 가방 두 개밖에 없어."

멜린다는 어깨를 으쓱했다. 그녀의 방을 흘끔 훔쳐보니 정말 여행 가방 두 개와 에어 매트리스밖에 없었다.

"네가 조금 늦게 들어온다고 에메랄드가 말은 했었어, 너희 둘은 서로 어떻게 아는 사이야?"

"인터넷이지 뭐 있겠니. 근데 이 집주인 조금 이상하지 않아? 뭔가 수상한 냄새 안 나?"

나는 아파트를 둘러보며 에메랄드가 확실히 나간 건지 확인했다. 그래도 처음 보는 사람에게 내 속마음을 털어놓고 싶지는 않았다. 이 글래머러스하고 매혹적인 에메랄드와 어떻게 친해져야 할지, 어떤 식으로 대화해야 할지 도통 모르겠다는 생각 말이다.

"이쁘고 멋있지 뭐."

"뭐 그렇긴 한데……." 멜린다는 이렇게 말하며 거울을 통해 나를 살짝 흘겨보고 있었다. "뭔가 있는 것 같지 않아? 우리끼리 하는 얘긴데 말이야. 오늘 아침에 내가 왔는데 그때 들어왔더라고. 그런데 어젯밤에 입었던 옷인지 옷은 구겨지고, 머리도 헝클어져 있고. 너 저쪽에 있는 옷장 봤어? 순 남자 옷들뿐이야. 그게 남자 친구 한 명이나 작업 중인 애 한 명의 옷이라고 하기엔 좀 많거든. 뭐 그러거나 말거나 내가 판단할 문제는 아니지만. 그런데 이상한 건 내가 그런 옷들이 있다는 걸 눈치채자마자 옷들을 자기 방으로 다 옮겼다는 거."

"그래서? 그게 뭐가 어쨌는데?"

멜린다는 각도에 따라 색깔이 변하는 청록색 아이섀도를 꺼내더니 웃었다.

"나도 뭐 그렇게 조신한 애는 아닌데. 하지만 저애는 뭔가 숨기는 게 있어. 그냥 남자들하고 자고 다니는 게 다는 아닌 것 같아."

엘리엇이 에메랄드 앞에서 어떻게 반응하는지 내 두 눈으로 직접 보긴 했다. 내가 바로 옆에 있는데도 엘리엇은 평소와 달랐다. 지금 멜린다는 나 또한 에메랄드가 남자 문제가 복잡한 여자라고 생각하길 원하는 것 같았다. 좀 더 나가면 꽃뱀 같은 거? 떳떳한 생각은 아니었지만 나 역시도 에메랄드의 화려한 외모 아래 뭔가 찜찜한 구석이 감춰져 있다고 믿으니 기분이 아주 조금은 나아졌다. 한편 에메랄드가 그렇게 남자를 잘 다루고 남자와 쉽게 자는 여자인 게 뭐가 문제냐는 생각도 들었다. 화끈하고 쿨하지, 뭐. 결국 그뿐이라면 말이다.

"그건 그렇고, 내 방 지금 너무 어두컴컴한데 적당한 스탠드를 살 때까지는 거실에 화장품을 놓고 써야 할 것 같아. 괜찮지? 인테리어의 핵심은 역시 조명이라니까. 조명발이 좋아야 돼."

나는 멜린다의 과장된 말투를 들으며 에메랄드 생각을 잊게 되었고 피식 웃음이 나왔다. 멜린다도 같이 웃었다.

"나 좀 까다롭나? 그런데 내가 좀 이런 데 집착하는 경향이 있다니까. 조명, 세팅, 분위기."

멜린다가 마지막 말을 길게 끌었다.

"그런 조건이 갖춰지는 공간에 있으면 무대에 올라가서 하나의 페르소나가 되는 느낌이야. 나 아닌 척하는 거."

우리의 눈이 다시 마주쳤다.

"나 아닌 척?"

"그렇게 될 때까지 그런 척하기. 다른 여러 사람을 따라해보다가 그중에 가장 내 마음에 드는 걸 찾아내려고."

"으흠." 멜린다는 뉴욕 사람들 모두가 갖고 있는 듯한 열광적인 태도, 안녕, 그동안 어떻게 지냈어? 요즘엔 무슨 공부하는데? 이렇게 물어보며 관심 있어 하는 척하는 태도가 없었다. 조금 내성적이고 속을 알 수 없는 사람 같았다. 그래서 좋았다.

"근데 너 되게 이쁘다?" 멜린다는 고개를 돌리더니 위아래로 나를 훑어보았다. "너 외모 말야. 되게 흥미롭고 개성 있어. 어디 출신이야, 멕시칸, 이집트?" 멜린다는 내 머리카락 하나를 집어 들었다. 직모이고 윤기가 흐르면서도 가늘고 성기기도 한 특이한 머릿결이었다.

"혼혈이야. 2분의 1은 백인, 4분의 1은 중국인, 4분의 1은 흑인."

멜린다의 눈이 내 얼굴을 구석구석 찬찬히 살폈다. 굵은 입술, 평퍼짐한 코, 머리 선 근처 곱슬거리는 잔머리. 그녀는 내 외모를 한마디로 정리하기 위해 고심하는 듯했지만 언제나 나는 정의 내리기 힘든 사람이었다. 적어도 외모에 관해서만큼은 그랬다.

"음. 좀 쿨한데. 너 남자애들한테 인기 많겠다."

나는 웃음을 터뜨렸다.

"잘 모르겠어 그건. 그 분야에 경험이 일천해서."

멜린다가 어깨를 으쓱했다.

"남자애들이 너 같은 스타일 좋아하잖아. 내가 너처럼 그런 이국적인 분위기였다면 그 분야에서 매우 열심히 활동했을 텐데?"

"나야 뭐……." 이렇게 얼버무렸지만 기분이 나쁘진 않았다.

"네 이야기 좀 해줘. 무슨 일 해?" 멜린다가 물었다.

"나 음식학 대학원 다녀. 개인적으로 하는 작업도 있고. 그런데 요 몇 주 동안 머리가 너무 복잡했어. 일주일 동안 나라는 인간의 정체성과 자존감을 재정립하느라고 애먹었는데 딱히 답은 안 나오고…… 머리는 아프고……."

나는 웃기려고 해봤지만 멜린다는 웃지 않았다. 그 대신 눈을 깜빡이면서 다시 한번 내 얼굴을 찬찬히 살폈다.

"미식업계? 쿨하지." 멜린다는 무표정으로 고개를 끄덕였다. "그리고 지옥이지. 아, 너도 미래를 찾으러 뉴욕에 왔구나. 세계를 재발명해주는 도시에 온 걸 환영해. 네가 원하는 게 뭐든 꼭 이루길. 알았지?"

나는 멜린다가 진한 자주색 립스틱을 바르는 것을 지켜보다가 말했다.

"나 저녁 약속 있어서 나갈 준비해야겠다."

엘리엇과 만나 우리 동네에 새로 생겨서 요즘 각종 매체에서 띄워주고 있는 레스토랑인 바쿠산에서 저녁을 먹기로 했었다.

"그럼 나중에 보자."

"그래." 멜린다는 다시 거울 안의 자기 자신을 연구하러 들어갔다.

그렇게 될 때까지 그런 척하기. 나는 그 문장을 혼자 중얼거려 보았다. 예전부터 그 문장을 좋아하긴 했지만 지금은 더욱 절실하게, 나에게 꼭 필요한 것으로 다가왔다.

*

화장실에서 나오자 멜린다는 거실에 없었고 에메랄드가 남자 코트를 입고 집에 와 있었다. 어디 갔다 온 걸까? 내 새로운 룸메이트가 나에게 못난 생각이라는 씨를 뿌렸고 이제 내 마음이 거기에 물을 주고 있었다.

에메랄드는 소파에 앉아서 구겨진 천 조각 같은 티셔츠를 입으려 하고 있었다.

"이 난해한 스트래피 셔츠 내가 직접 디자인했는데 어떻게 입어야 할지 나도 모르겠네."

에메랄드는 옆에 있던 쿠키를 하나 집어 들었다.

"하나 먹을래? 퍼스트 애비뉴에 있는 히스 헤븐에서 산거야.

유기농 채식 쿠키라나 뭐라나."

"아니, 난 괜찮아. 엘리엇하고 저녁 먹으러 가기로 해서."

"네가 일한다는 매디슨 파크 타번 거기 죽이지 않아. 대단한데." 에메랄드가 말했다. "아마 그쪽 사람들 패션도 꽤 알아줄걸? 매디슨 파크 타번은 패션 잡지나 패션 브랜드와도 관련이 없지 않거든. 작년에 오지라는 주얼리 디자이너랑 일했는데 거기 데려가더라고. 《보그》가 내가 디자인한 옷을 하나 실었었어. 우리 진짜 맛있는 샐러드 먹었는데 뭐더라 옥수수 알갱이로 만든 거? 그런데 전혀 옥수수 같지 않았어. 질감이 무슨 고기 같았어."

"호미니*?" 내가 대답했다.

"몰라. 하여간 그때 에디터들이랑 디자이너들이 다 매디슨 파크 타번 단골이라서 자주 가던데. 거기 샐러드가 칼로리 낮다고, 다이어트에 좋다고 착각하고 있더만. 낮긴 뭘. 너 고객 휴대품 보관소에서 아직 일 안 해봤지? 거기 맡긴 옷들 죄다 명품 아냐?"

"그냥 메뉴 테이스팅만 하고 왔어. 내일이 첫날이야."

나는 만났던 사람들에 대해서도, 내가 그곳을 벌써 좋아하게 되었다는 것에 대해서도 별로 말하고 싶지 않았다. 대단한 비밀이어서가 아니라 내 생활과 생각을 공유하기 싫었다. 그녀의 뉴욕과 나의 뉴욕을 비교하고 싶지 않았다고 할까. 현 시점에

---

* 인디안 옥수수.

서는 내가 질 게 뻔한 게임이라는 것을 알기 때문이었다.

그래서 나는 화제를 바꾸었다.

"《보그》에 네 옷이 실렸었어? 대단하다. 그런데 왜 오지와는 계속 작업 안 했어?"

에메랄드는 코웃음을 치더니 티셔츠를 다시 집어 들었다.

"그거야 내가 내대기를 찾고 있어서지."

"패대기?" 나는 아무 말이나 던져보았다.

"아니! 뭔 소리야." 에메랄드가 티셔츠를 내게 던지며 말했다. "내일의. 대박. 기회. 오지와 같이 작업했으면 무난히 일했겠지. 그 사람들 다 나한테 접근했었어. 투자자, 포토그래퍼, 패션 디자이너, 기자들 말이야. 근데 내가 거기서 뭘 하겠니. 오지 브랜드나 밀어주라고? 안 돼. 내 디자인이니까 내가 주목받아야 해. 잡지들이 나를 주인공으로 해서 내 디자인을 실어주겠다고 하면 나도 하겠다고 하지. 약간의 피스톤(piston)엔 큰 문제가 없는 거야."

"피스톤? 피스톤은 또 뭐야?"

나는 침을 꿀꺽 삼켰다. 에메랄드는 타협 대신 모험을 해보려고 했다. 공원에서 아이스바를 팔던 그 아가씨와 마찬가지로 자신이 꿈꾸는 미래를 그리면서 흔들리지 않았다.

"피스톤이 뭐냐면…… 프랑스어인데…… 말 그대로 피스톤이야. 누군가 앞에서 끌어주는 거? 후원? 추천? 피스톤에 대해 말이 나왔으니 갑자기 궁금한데. 너희 레스토랑 유니폼은 뭐야?"

"다들 검은색 슈트 입던데." 내가 말했다.

"어떤 슈트?"

"그냥 슈트, 평범하고 무늬 없는 기본 슈트."

"네 거 한번 보자."

"진짜 아무 특징 없는데."

나는 방에 들어가서 대학 입학 기념으로 엄마가 사주었던 슈트를 가지고 나왔다. 컷이나 원단이 그렇게 고급스럽진 않았지만 내 옷장에 걸린 유일한 슈트였다.

"어, 그거? 그거로 괜찮겠어?"

나는 에메랄드가 라벨을 보기 전에 슈트를 내 침대로 던져버렸다.

"이게 왜? 괜찮겠냐니, 그게 무슨 뜻이야? 괜찮지 않을 것도 없잖아. 그냥 아래위 검은색 기본 슈트일 뿐인데."

"글쎄, 내가 보기엔 그냥…… 좀……." 에메랄드는 예쁜 얼굴을 찡그렸다. "너무…… 쫌…… 거시기하다. 너는 걔보다 더 괜찮은 브랜드를 입어야 잘 어울릴 텐데."

이게 어떤 기분인지 나는 정확히 알았다. 예일에서도 자주 느꼈었고 뉴욕에서 살면서 점점 더 심해지면 심해졌지 사라지지 않았다. 예일에서는 너도 나도 무슨무슨 브랜드의 명품을 갖고 있었다. 그애들에게 5백 달러짜리 하이힐과 3천 달러짜리 가방은 신이 주신 권리와도 같았다. 딱히 틀린 말도 아니었다. 실제로 어떤 애들에게 그건 태어날 때부터 갖고 태어난 권리였으니까. 그들은 작고 답답한 기숙사에서 생활할 생각은 애초에 하지 않았고 신입생 때부터 펜트하우스나 아파트에서 살았다. 최신상 명품백에 교재를 넣고 다녔고 다음 수업을 듣기 위해 오 분 거리를 갈 때도 택시를 탔다. 뉴욕, LA, 휴스턴 등 출신 지역은 각각 달랐지만 모두 자기들만의 세상을 만들어 끼리끼리 어울렸다. 두바이, 홍콩, 파리, 산토리니에서 건너온 아이들도 있었다. 캠퍼스에 발을 디디자마자 그들은 나 같은 사람은 자기들과 같은 부류가 아님을 바로 알아챘다. 그들은 마치 옷이나 머리나 향수에 특정한 코드가 새겨져 있기라도 한 것처럼 서로를 귀신같이 알아봤다.

나는 예일에서 처음으로 내 옷차림을 의식하게 되었다. 하지만 조금 잘 입으려고 노력해봐도 결과는 늘 매한가지였다. 아무도 나에게 '그건 아니야'라고 말한 적은 없었지만 나는 내가 기준 미달이라는 사실을 잘 알았다. 청바지의 워싱이 옳지 않았다. 셔츠의 패턴은 유행이 지난 것이었다. 누군가의 옷을 똑같이 따라 입으려 한 적도 있었다. 그러나 언제나 저렴한 버전이나 보세 옷으로 대체해야 했고 그럴 때면 늘 뭔가 어긋났다. 비율이 달랐고 원단이 달랐다.

엘리엇은 그런 데에 신경 쓰는 타입이 전혀 아니었고 엘리엇과 사귀게 되면서 나도 그런 쓸데없는 허영심이나 열등감과 멀어지게 되었다. 그 사람들은 나와 아무 상관이 없었다. 엘리엇은 나를 있는 그대로 좋아했고 나만 바라봤으니까. 지금도 그가 얼른 도착해 여기서 나를 벗어나게 해주기만을 바랄 뿐이었다.

"패션 잡지사에 출근하는 것도 아닌데 뭐. 레스토랑이잖아. 아무도 명품 옷 같은 데 신경 안 쓰는 것 같던데. 다들 이거랑 비슷한 거 입었어."

"아니야, 그렇지 않단다. 얘야, 네가 몰라서 그래." 에메랄드가 웃었다. "내가 장담하는데 다들 알고 보면 휴고 보스나 톰 포드 입고, 조금 나이든 사람들은 아르마니 입었을걸? 아마 말단 웨이터들도 디자이너 브랜드 입었을 거야. 아마 네가 정식 직원이면 그쪽에서 슈트를 사주었을 텐데. 옷은 그냥 옷이 아니야. 네 첫인상을 보여주는 방법이야. 명품 입어야 돼."

나는 말도 안 되는 소리라고 일축하고 싶었다. 레스토랑에서 가장 중요한 건 뭐니뭐니해도 음식이야. 그건 내가 예일에서 나 자신을 위로하던 말과 아주 비슷하게 들리기도 했다. 예일에서 가장 중요한 건 다른 게 아니라 교육이야.

속으로는 그것이 정확하고 완전한 그림은 아니라는 사실도 알고는 있었다. 예일은 아무 이유 없이, 그저 유명해서 유명한 명문대학일 뿐이었다. 그 수많은 부유층 자제들은 수업도 안 나오고 밤이면 리무진 서비스를 이용해 뉴욕의 고급 클럽에 다녔다. 그러면서도 졸업하면 얼마든지 좋은 직군에 진출했다. 그들은 힘든 부분은 건너뛴 채 곧바로 헤지펀드 회사, 법률 사무소, 컨설팅 회사 중 하나를 골라잡아 들어갔다. 하루아침에 베스트셀러 작가가 되거나 전도유망한 사업가가 되기도 했다. 스위스의 유명 재벌 딸이라고 하던 한 여학생은 그럴 듯한 '라이프 스타일 컨설턴트'가 되었는데 요즘 하루가 멀다 하고 매스

컴에 등장한다.

매디슨 파크 타번도 아마 음식에 관한 곳만은 아닐 것이다. 비슷한 다른 많은 레스토랑처럼 이곳도 분위기에 관한 것, 직원들의 리듬에 관한 것, 아주 작은 디테일에 관한 것이겠지. 웨이트리스의 잔머리 하나 없는 머리처럼 말이다. 그곳은 점심 먹으면서 사업 이야기를 하거나 계약을 하고 저녁에는 서로의 소문과 비밀을 나누는 부자 동네에서 온 단골 고객들에 관한 것이다.

그리고 지금 에메랄드는 나에게 새 슈트를 사라고 한다. 그래야 내가 그 시스템의 일원이 된다는 말과도 같다.

"이렇게 하면 어때?" 에메랄드가 말을 꺼냈다. "이렇게 하면 고민할 것도 없는데. 내일 나랑 같이 트리나라는 구제 명품 매장에 가자. 너는 마르고 엉덩이도 작은 어퍼이스트사이드* 스타일의 몸매를 갖고 있으니까 너한테 맞는 옷 많을 걸. 거기서 명품 브랜드 슈트를 저렴하게 하나 사. 그럼 내가 너한테 맞춰서 수선해줄게."

"그래도 일단 명품이면 기본적으로 5백 달러 넘는 거 아니야?"

물론 나도 디자이너 뭔가를 입고 싶었다. 나도 예일에서 만났던 여학생들처럼 부모님 카드를 빌려서 기차를 타고 맨해튼에 가 마음껏 쇼핑하고 쇼핑백을 주렁주렁 팔에 끼고 오고 싶

* 뉴욕 맨해튼의 부유한 한 지역.

었다. 하지만 그건 내가 아니었다.

"걱정 마, 그 숍 주인장 언니가 우리 부모님 친구고 내가 워낙 오래된 단골이라 잘해주실 거야. 물론 내 체형에 맞는 옷 하나 발견하려면 기도를 해야 했지만."

나는 대학에서 그런 것들에 대한 호기심을 억누르기 위해 얼마나 오랫동안 노력했는지 모른다. 비싼 옷, 나이트 라이프, 고급 레스토랑, 부동산 등등. 뉴욕이 집착하는 그 물질적 가치들 말이다. 나는 내가 만든 이 세계 안에 너무도 오래 안전하게 머물러 왔다. 껍질을 깨는 것이 두려웠다. 에메랄드의 제안을 거절해야겠다고 생각하던 순간 엘리엇이 들어왔다.

"안녕, 오 마이 레스토랑 걸!"

엘리엇이 나를 보고 활짝 웃었다. 엘리엇은 오직 나를 향해 있었지만 에메랄드를 보기 전까지일 뿐이었다. 엘리엇이 에메랄드를 보자 그가 나에게 보냈던 관심이 사라졌고 내 결심도 흩어졌다.

"어, 에메랄드 너도 있었네, 너 왜 이렇게 발이 넓냐? 너 모르는 사람이 없어. 내가 요즘 만난 사람 세 명 다 너 알더라."

"네가 이제야 맨해튼에 제대로 입성했구나. 여기서는 누구를 아느냐가 중요한 거지." 에메랄드는 커다란 실크 시폰 스카프를 둘러 더욱 풍만하고 탄탄해 보이는 가슴을 앞으로 쭉 내밀며 말했다.

"있잖아, 엘리엇. 내 말 좀 들어봐." 내가 말했다.

나는 에메랄드가 자신의 '인맥'을 자랑하도록 내버려두고 싶지 않았다.

"엠하고 지금 이야기했는데 나 내일 출근할 때 입을 슈트 하나 사면 좋겠대."

나는 엘리엇이 분명 쓸데없이 슈트는 왜 사느냐고 말할 줄 알았다.

"나한테 있는 단벌 슈트가 너무 '쫌 거시기'하다고."

"어, 그렇게 해. 잘됐네."

나는 멍한 얼굴로 엘리엇을 빤히 쳐다봤다.

"진짜야?"

"새 옷 입으면 예쁠 거 아니야."

그가 지금 말한 '새 옷'이란 과연 뭘까? 엘리엇도 지금 명품을 말하는 건가? 아니면 에메랄드가 골라준 것이면 무조건 옳다는 의미?

"봤지? 내 말대로 하셔." 에메랄드는 자신의 승리에 도취되어 이렇게 말했다. "오늘 밤에 같이 갈래? 오늘부터 바로 컨설팅 들어갈게. 내가 오늘 밤부터 피스톤이라는 게 뭔지 가르쳐 줄게. 아, 참! 오늘 저녁 먹으러 나간다며. 내가 옷 하나 빌려 줄까?"

"아냐, 그럴 필요 없어. 우리 그냥……."

"뭐 어때? 빌려달라 그래" 엘리엇이 끼어들었다. "재밌잖아."

그는 에메랄드의 뒤를 졸졸 따라 그녀의 방으로 들어갔다. 둘은 돌아서서 내가 따라 들어오길 기다렸다.

"들어와. 네 남자 친구가 여자 친구의 색다른 변신을 원하시는데?" 에메랄드가 말했다.

나는 웃지 않았지만 엘리엇의 입꼬리가 슬쩍 올라가는 것을 목격했다. 나는 이끌리듯이 에메랄드의 방으로 걸어갔지만 문 바로 앞에서 팔짱을 끼고 서 있었다.

"이거 입어봐. 너한테 딱 어울릴 거 하나 있어." 에메랄드는 자기 옷장에서 드레스를 하나 꺼냈다. "할스톤 스타일이고 네 귀여운 가슴을 강조하고 납작한 배도 드러내줄 거야. 이건 어때?" 에메랄드는 크롭트 봄버 재킷도 하나 꺼내 들었다. "이건 70년대 구제 옷인데. 이거 입으면 조금 터프해 보이고 괜찮을 걸. 너무 여성스럽고 러블리하기만 한 스타일도 별로지 않아?"

에메랄드는 나를 곁눈으로 보면서 대답을 기다리고 있었다. 엘리엇은 에메랄드의 연노랑색 벨벳 안락의자에 앉아 흐뭇하게 이 광경을 지켜보았다.

"알았어, 한번 입어보긴 할게."

나는 이렇게 사람 마음을 들었다 놨다 하는 에메랄드를 이겨낼 재간이 없었다.

옷걸이를 받아들고 내 방으로 들어가 드레스를 입어보니 실제로 꽤 깜찍하긴 했다. 빨간색 원단이 가슴에 자글자글 뭉쳐 있어 가슴은 더 커 보였다. 배와 허리는 딱 달라붙다가 무릎에서 약간 트럼펫 모양으로 퍼졌다. 그 위에 가죽 재킷을 입어보았다. 물론 나라면 절대 사지 않았을 옷이긴 했지만 에메랄드의 말이 이번에도 맞았다. 나는 너무 순진하거나 어리바리해 보이지 않고 강하고 단단해 보였다. 왜 그렇게 많은 뉴욕 여자들이 가죽 옷을 선호하는지 이제야 알 것 같았다.

"야 완전 예쁘다! 잘 어울려!"

거실로 나가니 에메랄드가 말 그대로 폴짝폴짝 뛰며 흥분했다. 흥분을 가라앉힌 다음에는 자신의 안목에 감탄을 쏟아내기 시작했다.

"네 피부에 빨간색이 기막히게 어울릴 줄 알았어. 가죽도 탁월한 선택 맞네! 너무너무 완벽함 그 자체다. 그 옷들 네가 그냥 가져라. 어차피 나한테 안 맞는 애들이야."

"와, 너. 되게 잘 어울린다." 엘리엇도 진심으로 감탄한 것처럼 말했다.

"마지막으로……." 에메랄드가 한 마디를 덧붙였다. "여기에 이 가방 들어. 그러면 머리부터 발끝까지 완벽. 이거 신상 프로엔자슐러 백이야. 프로엔자슐러 PS1은 이제 한물갔어. 이제 이 가방 밀고 있대. 앞으로 일 년 동안은 매장에서 구할 수도 없을걸."

나는 가방을 내려다보았다. 블루, 그린, 골드 색상의 직사각형 가방에 앞여밈은 삼각형으로 되어 있었고 가죽에 다양한 텍스처 장식이 붙어 있었다. 망아지 털도 있었고 가죽으로 된 부분도 있었다. 뱀 가죽일까, 가오리 가죽일까?

"가방은 빌려주는 거다. 다른 건 반납할 생각 하지도 마."

"알았어."

나는 그냥 끌려갔다. 이런 상황에 놓이는 게 싫긴 했지만 옷도 잘 어울렸고 특히 가방은 너무 예뻐서 내려놓기 싫을 지경이었다. 분명히 나는 더 나아 보였고 어떤 면에서는 기분도 나아졌다. 나를 거의 알지 못하는 에메랄드가 나에게 어울리는 원단과 비율이라는 암호를 해독해버렸다. 나도 이렇게 제대로 입어보려고 시도했지만 잘되지 않았는데 에메랄드는 이 일을 눈 감고도 해치워버렸다. 이건 분명 특별한 마법이었다.

"그래도 오늘만 이렇게 입지 내일부턴 못하겠다."

이보다 더 화려한 건 감당할 자신이 없었다. 나는 내 배신자 남자 친구를 끌고 방에서 나왔다.

"가자. 우리 빨리 가야 자리 잡아."

*

바쿠샨은 오픈한 지 몇 달밖에 되지 않았지만 기대치는 벌써 하늘 끝까지 올라가 있었다. 사실 음식에 대해 언급하는 사람은 그리 많지 않았다. 모두가 요즘 떠오르는 스타 셰프 파스칼 폭스 이야기에 열을 올리고 있었다. 모든 기사마다 그가 대학을 중퇴하고 전 세계를 여행하며 최고의 프랑스 레스토랑에서 일하며 경력을 쌓았다는 이야기가 빠지지 않고 등장했다. 그는 스물다섯 살에 '서른 살 미만의 ~한 서른 명'을 뽑는 모든 리스트에 이름을 올렸고 에스칼리에 식당의 수석 셰프 자리를 제안받았다. 에스칼리에는 미드타운에 있는 레스토랑으로, 천장은 성당처럼 높고 흰 테이블보가 깔려 있는 최고급 레스토랑이었다. 뉴욕이 그를 럭셔리와 동의어라 할 수 있는 불멸의 셰프들이라는 왕좌 위에 올려 추앙할 준비가 된 그 순간, 파스칼은 자신이 직접 레스토랑을 열겠다고 말했다. 아직 장소도 물색하지 않았고 콘셉트도 없었다. 하지만 그렇게 인터뷰하며 파스칼은 그저 그런 팬시한 프렌치 레스토랑의 그저 그런 프렌치 셰프 중 한 명이 되지 않겠다는 의지를 밝혔다.

그래서 우리는 여기, 그가 새로 연 레스토랑 앞에 와 있었다. 특징을 무엇이라 딱 한마디로 설명하기 어려웠다. 어딘가에서 네오 모더니스트와 아시안 아메리칸 절충주의라고 읽은 적이 있긴 했다. 음식도 뭐라고 한마디로 말하기 어려웠다. 하지만 레스토랑 내부는 확실히 젊고 세련된 느낌이었다. 적어도 내가 서 있는 자리에서는 누구라도 들어가보고 싶은 곳으로 보였다. 다섯시 사십오분이었는데 비예약석에 앉으려면 사십오 분을 기다려야 한다고 했다.

기다리면서 사람들을 구경했다. 짧고 타이트한 드레스를 입은 여자 두 명이 눈에 띄었다. 한 명이 흐릿한 부엌을 배경으로 하는 파스칼 폭스의 얼굴 사진이 커버에 실린 잡지를 들고 있었다. 나는 사진을 슬쩍 훔쳐보았다. 그의 눈은 짙은 흑갈색인데 황금색이 조금 감돌기도 했다. 약간 긴 머리는 자연스럽게 뻗치고 엉클어져 그의 조각 같은 광대 뼈 위에 그림자를 드리웠다.

화제가 될 만하구나. 파스칼은 셰프 중에서는 독보적일 만큼 잘생긴 남자였다. 그전에는 그의 외모에 관한 온갖 찬사에 큰 관심이 없었지만 이 여자들이 그의 사진에 고개를 푹 박고 있는 것을 보니 확실히 그의 핸섬한 외모를 무시할 수는 없겠다는 생각이 들었다. 사진이…… 잘 나오긴 했다. 나도 눈은 있으니까.

그 상황이 이상할 건 없었다. 이곳은 뉴욕 미식업계다. 레스토랑은 음식에 관한 것만이 아니고 셰프의 매력과 음악의 비트, 문 앞에서 기다리는 사람들 숫자에 관한 것이다. 그 외에 설명할 수 없는 특별한 매력도 더 있어야 했다.

엘리엇이 스마트폰을 만지작거리고 있을 때, 나는 여자 몇 명이 기다리지 않고 바로 들어가는 걸 지켜보았다. 서 있던 사람들 모두 아찔한 하이힐을 신고 명품 옷을 두르고 당당히 들어가는 그 여자들을 잡아먹을 듯한 눈으로 노려보았다. 이 여자들은 다른 여자들처럼 몸에 딱 붙는 짧은 드레스를 입지도 않았다. 몸매나 얼굴이 모델 같지도 않았다. 하지만 자석처럼 사람들의 시선을 끌어들이는 마력이 있었다. 아시아계 여자는 은보라색 드레드록*을 했고 꽃무늬 와이드핏 팬츠에 크롭탑 브라를 매치했다. 민머리인 흑인 여자는 무릎까지 오는 파란색 드레스를 입었는데 등은 쇄골 부근부터 힙 바로 위까지 아슬아슬하게 트여 있었다. 몸매가 풍만한 여자는 블랙 드레스로 몸을 휘감고 그에 맞춰 바닥에 질질 끌릴 정도로 긴 케이프를 걸쳤다. 그들은 대기 없이 바로 들어가 앞자리에 앉았다. 그 여자들은 유리창 너머에 있었고 다른 사람들도 많았지만 누구보다

---

* 머리카락을 여러 가닥으로 가늘게 묶어서 곱슬곱슬하게 한 헤어스타일.

눈에 확 띄었다.

뉴욕 레스토랑은 이런 당당한 태도에 관한 것이었다.

메뉴를 들여다보는 그들을 관찰하는데 누군가 가까이 다가왔다. 덩치가 크고 빨간 머리에 얼굴도 붉은, 소년 같은 남자였다. 대학원 환영회에서 만난 카일 로리머였다. 반팔 체크무늬 셔츠를 입은 그는 반가운 듯 팔을 뻗으며 나에게 다가왔다.

"어, 너지? 티아? 어떻게 됐어? 잘됐어?"

카일의 시선은 내게서 곧 엘리엇으로 옮겨갔고 다시 나를 향했다.

"난 카일이야. 티아랑 같은 학교. 우리 만난 적 있지 않나?"

그는 엘리엇에게 말을 붙였다. 엘리엇은 그와 악수하며 자기를 소개했다.

"나 그 뒤로 어떻게 됐냐면……." 카일이 말을 이었다. "나 헬렌 란스키 인턴십 됐어. 넌 매디슨 파크 타번에서 일하게 되었다며. 축하해!"

불안감이 파도처럼 내 몸을 훑고 지나갔다. 내가 매디슨 파크 타번을 좋아하게 되었을지 몰라도 그토록 원하고 그렇게 노력했는데도 헬렌을 잡지 못했다는 건 여전히 나를 아프게 했다.

"응, 고마워. 너도 잘됐네. 축하해."

내 안에 남아 있는 명랑한 기운을 바닥에서부터 끌어모아야 했다.

"요즘 좀 신나. 매디슨 파크 타번도 되게 재밌을 것 같던데.

나 지금 빨리 갈 데가 있어서 가야겠다. 바쿠샨에서 식사 맛있게 하세요. 아, 나도 여기 가고 싶다."

"고맙습니다." 엘리엇이 말했다.

"나중에 봐." 나는 내 웃음이 스스로 느끼는 것처럼 가식적으로 보이지는 않길 바라며 말했다.

카일이 가자 다시 창가에 있는 여자들을 바라보았다. 이 아름답고 매력적인 여자들은 방금 이 도시에서 가장 핫한 레스토랑에 들어가 이곳을 자기 것으로 만들었다.

그들의 테이블과 그들의 움직임을 하나하나 살펴보았다. 그 여자들의 헤어스타일, 그들이 입은 옷, 그들이 신은 신발을 훔쳐보았다. 손가락 끝으로 어떻게 메뉴를 넘기는지, 칵테일을 마시는 입술이 어떻게 움직이는지까지 유심히 관찰했다.

대학에서 만난 귀족 패거리들이 떠오르기도 했다. 하지만 여기 있는 이 아가씨들—아직 성숙한 여인은 아니었다—은 그들과는 달랐다. 이들은 특권을 갖고 태어난 어리광쟁이처럼 보이지 않았다. 순수하게 스스로의 힘으로 여기까지 온 여자들로, 자신의 외모와 정체성을 자신이 디자인한 대로 다듬고 형성해 온 것처럼 보였다.

그때 내 시선은 그 그룹의 리더 같은, 키가 크고 검은 머리에 코가 길고 쭉 뻗은, 흰색 스트래피 드레스와 뷔스티에를 입은 여성에게 닿았고 그녀와 나에게 한 가지 공통점이 있다는 것을 알게 되었다.

나는 안내 담당 직원에게 다가갔다. 직원은 새까만 레깅스에 자수가 새겨진 조끼를 입고 오픈 토 플랫폼 부츠를 신고 있었다. 척 봐도 모델 지망생 같았다. 내 심장은 쿵쿵 뛰고 있었지만 뉴욕은 심장 약한 사람들을 위한 곳이 아니다. 에메랄드가 준 옷은 그냥 방패가 아니었다. 이건 내 강력한 무기였다.

"실례합니다." 나는 런웨이에서 이제 막 내려온 에메랄드의 신상 핸드백을 앞으로 오게 하는 걸 잊지 않았다. "테이블 언제 준비되나요?"

안내 담당 직원은 곧 내 근사한 가방을 쳐다보았다. 나는 턱을 들고 거만한 표정으로 그녀를 똑바로 바라보았다. 그렇게 될 때까지 그런 척하기. 카일과 헬렌 이야기를 할 때 느껴졌던 그의 무신경한 말투가 나를 계속 흔들게 내버려둘 수 없었다. 에메랄드와, 나를 판단하는 듯한 에메랄드의 시선에 언제까지 당황할 수 없었다. 나도 이 여자들처럼 스스로를 내 모델로 삼아볼 것이다.

"물론이죠, 준비해드리겠습니다. 손님." 안내 담당 직원이 대답했다.

그녀는 예약 노트를 보더니 12센티미터는 넘어 보이는 플랫폼 샌들의 방향을 돌렸다.

"저를 따라오세요, 손님."

나는 엘리엇에게 오라고 손짓했다. 우리가 기다리는 사람들을 헤치고 지나가자 그들의 씩씩거리는 소리가 여기저기서 들려왔다. 하지만 그들의 불평 따위 듣고 싶지 않았다. 그 대신 나는 계속 안내 담당 직원의 말에 귀를 기울이고 있었다.

"가방 정말 예뻐요."

*

우리는 레스토랑 창가 쪽 수수께끼의 파워 여자들 바로 옆에 앉게 되었다.

"우리 너무 노출된 거 아니야?" 밖에서 사람들이 유리창을 톡톡 치거나 우리 옆 손님들의 음식을 보고 감탄하며 지나가는 것을 보며 엘리엇이 말했다. "여기 되게 유명한가봐. 그치?"

"어, 좀 그래. 확실히 그렇게 보이긴 하네. 물론 음식 자체에는 호불호가 갈리지만."

"호불호가 갈린다고? 그럼 난 안 되겠다. 그 분야는 그대에게 일임하겠소이다."

"진짜, 왜? 같이 고르자, 응?"

"아냐, 아냐. 난 다 괜찮아. 먹고 싶은 거 다 먹어봐. 도전해봐." 엘리엇이 말했다.

"알았어. 그럼 근위 포리지* 어때?"

그건 실제로 메뉴에 있는 요리였다.

"맛있겠소. 훌륭하오."

나는 키득키득 웃었다 "아니면 스위트브레드** 세 개와 젤리

---

* 닭 모래주머니와 물과 우유를 넣어 끓인 죽 요리.

** 송아지, 어린 소, 양, 돼지 등의 췌장으로 전 세계 미식가들에게 인기 있는 식재료 가운데 하나다.

포크 요리."

"세 개밖에 안 된다고? 적어도 여섯 개는 되어야 먹을 게 있지."

나는 클립보드를 들고 있는 연구원처럼 메뉴를 들고 하나씩 읽어보았다.

"그러면 땅콩수프가 들어간 스트로베리 라면은 어떠십니까?" 내가 도전해보았다.

"그건 내가 어린 시절에 즐겨 먹던 감미로운 음료지."

나는 팔꿈치를 쭉 폈다. "알겠습니다. 전하, 전하의 섬세한 미각과 세련된 취향을 만족시켜드리기 위해 소인이 메로구이를 조려 초콜릿 리본에 묶어 대령하겠습니다."

"당연하지. 그렇게 하지 않으면 화형에 처할 것이야."

엘리엇과 나는 깔깔대고 웃었다. 우리 옆에 있던 커플이 한심하다는 듯이 노려보았지만 우리는 더 요란하게 웃었다. 옛날로 돌아간 것 같았다.

"아니, 이제 진짜 제대로 주문하자." 나는 맞은편에 앉은 엘리엇의 손을 쓰다듬으며 말했다. "정말 뭐 먹고 싶어?"

"네가 정해. T. 난 진짜 다 괜찮아."

결국 엘리엇의 말에 수긍해 가장 화제인 요리 세 가지를 골랐다. 메이플 브로스가 들어간 버터밀크 파마산 플랜, 실파* 오일이 들어간 돼지고기와 달팽이 덤플링, 딥 프라이드 실란트로

* 서양 부추의 일종.

칩을 곁들인 비트 미트볼이었다. 이것들은 우리가 다른 레스토랑에서는 시키지 않는 음식이었다. 이곳까지 왔으니 이런 걸 먹어줘야 한다.

음식을 기다리는 동안 엘리엇이 뉴욕식물원에서 하는 일에 대해 이야기했다. 식물의 독을 연구해 의료계에 적용시키는 방법을 찾고 있다고 했다. 정식으로 발표할 준비가 되었고 베스 이스라엘 메디컬 센터와 코넬 메디컬 센터와 함께 준비 중이라고 했다.

"오늘 우리 연구실에 의사들이 왔는데 우리 연구 결과에 놀라더라. 아마 정식 발표를 하게 되면 실제 환자들과 사례 연구도 할 수 있을 것 같아. 사람들이 굉장히 긍정적이었어. 우리 치료를 시작한 다음부터 통증이 사라졌다고 하는 사람들도 있었고. 이 사람들 만나고 선배 연구원들과 프로젝트를 진행하면서 순간 어떤 기분이 들었냐면……."

"어떤 기분이 들었는데?"

나는 너무 궁금한 나머지 엉덩이를 의자 끝까지 빼고 엘리엇의 대답을 기다렸다.

엘리엇이 침을 꿀꺽 삼켰다.

"내가 꿈꾸던 대로 살고 있는 것 같아."

"엘리엇……." 애틋하게 그의 이름을 불렀다가 그것만으로는 모자라 자리에서 일어나 그를 안아주었다. "너무 잘됐다. 진짜 나까지 행복하다."

"네 일도 잘 풀리고 있잖아. 레스토랑도 생각 외로 마음에 든다고 했고."

엘리엇이 그것에 대해 묻는 게 아니라 마치 그것을 기정사실처럼 이야기했기 때문에 내게는 아무런 위로가 되지 않았다. 그는 언제나 세상의 가장 좋은 면만 보았다. 그 점 때문에 내가 그를 사랑하는 것이기는 했다. 그러나 그 순간만큼은 그가 내 안에서 불쑥 올라오는 이 우울하고 답답한 감정을 끌어내 공감해주길 바랐다. 내 불안감과 실망감, 내 의심과 후회를.

그래도 나는 최대한 행복한 미소를 지으며 엘리엇을 바라보았다.

"그럼, 요즘 나 썩 괜찮아."

코에 피어싱을 한 웨이터가 우리에게 물을 더 따라주었고 우리가 주문한 음식이 나왔다.

"그래도 말이야…… 잘 모르겠어. 자꾸 헬렌과 같이 일했었다면 어땠을까 하는 생각이 떨쳐지지가 않아. 그게 진짜 내 길 같은데. 그런데 지금 이 순간은 그 생각 그만해도 될 것 같아. 우린 지금 뉴욕에 있고, 새로 오픈한 핫한 레스토랑에서 저녁 먹고 있잖아. 내일부터 난 별 네 개짜리 레스토랑에서 일하게 될 테고. 사람들한테는 장소가 참 중요한가봐. 그치? 특히 중요한 사람들 말이야."

"중요한 사람들?" 엘리엇이 턱을 밀어넣으며 약간 정색하면서 말했다.

엘리엇은 돈이나 지위로 사람을 분류하는 건 천박하다고 생각해왔다. 대학에 다닐 때도 이 생각에는 변함이 없었다. 하지만 나는 점차 그가 세상을 전체적인 관점에서 볼 줄 모른다고 생각하기 시작했다. 뉴욕에서는 지위나 신분이 모든 분야의 저변에 깔려 있다. NYU에서도 사람들은 멘토십에 대해 이야기하는 것보다 어떤 레스토랑에 갔는지, 어떤 클럽에 들어갔는지, 일반인에게는 알려지지 않은 거리에서 어떤 연예인과 만나서 말을 붙여봤는지를 더 많이 이야기했다.

"나도 매디슨 파크 타번이 좋은 경험이 될 거라고 생각해. 또 언제든지 헬렌으로 돌아갈 수 있잖아. 근데 다르긴 하지. 그분 요리는 이런 스타일은 아니니까." 나는 우리 음식을 손으로 가리켰다. "나 오늘 매디슨 파크 타번에서 엄청나게 맛있고 색다른 음식 테이스팅했다. 지금 여기 바쿠샨에서 먹는 음식들은 또 어떻고! 이 덤플링도 끝내주네. 이 안에 달팽이 요리를 넣었다는 것만 해도 충분히 획기적인데 거기에 돼지고기와 톡 쏘는 실파 잎까지 들어갔잖아. 완전 천재적이다, 안 그래? 이 소스는 또 뭐야? 향으로 밀어붙이네. 헬렌 란스키, 그분은 딱히 혁신적이진 않은 것 같고?"

나는 아까 카일을 만나 지금 너무 과하게 명랑한 척하며 내 불안한 마음을 이런 식으로 보상하려 한다는 생각이 들었다. 나는 이렇게 합리화를 잘하는 사람이기도 했다. 오늘 이 자리와 요리가 정말로 내 마음에 쏙 들었고 헬렌을 향한 내 충성심은 조금씩 약해지기 시작했다. 물론 여전히 헬렌을 존경하지만 이 레스토랑의 세계도 충분히 사람을 홀릴 수 있다는 걸 인정했다.

그러다 엘리엇의 접시를 보았다. 엘리엇은 음식을 거의 건드리지 않았고 반만 먹은 접시가 옆으로 치워져 있었다.

내 눈을 믿을 수 없었다.

"내가 주문한 거 마음에 안 들어?"

"달팽이 요리? 그냥…… 좀 내 스타일은 아니네. 약간 모래 씹듯이 버석거린다고 할까. 그런데 괜찮아. 우리가 무슨 이야기하고 있었더라. 맞다. 헬렌. 이제 헬렌에 대한 생각이 좀 바뀐 거야?"

"아니, 잠깐만. 거의 안 먹었네."

나는 엘리엇이 먹지 않은 음식을 입에 넣어보았다. 내가 이 식당을 고르고 내가 이 음식을 주문했다. 대학 때 내가 다양한 맛을 실험한다고 가끔 정체불명의 요리를 만들었어도 엘리엇은 항상 내가 만든 요리를 먹었다.

"메뉴판 잘 보고 다른 거 시킬 걸 그랬다. 그치?" 한숨이 나왔다.

"아냐. 그래도 네가 주문해야지. 네가 오고 싶어했던 곳인데."

"너도 좋아할 줄 알았어. 나 이번에 완전 헛짚은 거야?"

엘리엇이 몸을 꼬며 당혹해했다.

"그냥 내 입맛에 안 맞았을 뿐이야. 솔직히 난 네가 헬렌 요리책 보고 해준 음식들이 더 맛있긴 했어. 그건 내 입맛에도 맞았는데."

갑자기 입맛이 뚝 떨어졌다. 그때 에메랄드가 역시 바깥에 있는 줄을 무시하고 식당으로 들어왔다.

에메랄드는 완전히 다른 옷으로 갈아입고 있었다. 클리비지* 를 강조하는 로우 컷 화이트 탱크톱에 청바지를 입고 있었다. 또 블랙 니하이 부츠를 신었고 자신의 의심스러운 남자 코트 중 하나를 걸쳤다. 나는 에메랄드가 빌려준 드레스를 입은 후로 계속 기분이 좋았지만 그 자신감은 그녀를 보자마자 먼지처럼 흩어져버렸다.

"내 친구들이 다 회사에서 못 빠져나오고 있다고 해서. 너희들이 여기 있을 것 같아 와봤지!" 에메랄드가 말했다.

"바깥에 줄 뭐야? 왜 이렇게 길어? 근데 이 가게 이름이 뭐라고 했지?"

그녀는 상체를 숙여 엘리엇의 접시를 보았고 나는 그때 엘리엇이 그녀의 가슴골을 보았다고 확신했다.

"바쿠샨이야." 나는 심드렁하게 대답했다.

"아, 하하. 맞다, 맞다! 알지. 그런데 너희들 뭐 먹어? 여기 분위기 끝내준다. 완전 좋아."

에메랄드는 안내 담당 자리에서 메뉴판을 가져와 잠깐 넘겨보더니 마치 우리에게 비밀을 말하려는 것처럼 입을 쭉 내밀었다. "그런데 메뉴는 좀 괴상망측하다, 안 그래? 달팽이에다 초콜릿에다가. 스크류 파인**은 또 뭐야? 난 치킨으로 된 거 좀 먹어야겠다. 난 요상한 요리는 안 먹을래."

---

* 가슴과 가슴 사이의 움푹 패인 부분.
** 열대산 판다누스 나무로 열매는 식용이다.

"나도 치킨 하나 시킬래." 엘리엇이 내 시선을 피하더니 다시 나를 쳐다봤다가 또다시 눈을 돌렸다. "미안해, T. 나 좀 배고파서."

"치킨 먹고 싶었으면 아까 말하지 그랬어."

나는 되도록 아무렇지도 않은 말투로 말을 해 에메랄드가 우리 사이의 미묘한 기운을 절대 눈치채지 못하게 했다. 하지만 눈으로는 엘리엇에게 이렇게 간절히 말했다. 제발 특별한 저녁 먹자. 응?

그런데도 엘리엇은 내가 눈빛을 읽지 못했는지, 별로 신경 쓰지 않는 건지 에메랄드와 즐겁게 수다를 떨기 시작했다.

"그런데 여기는 어떻게 그렇게 금방 들어왔어?" 엘리엇은 신경에 거슬릴 정도로 편안한 친구처럼 말을 붙였다. "우리는 좀 기다렸는데."

에메랄드는 겸손해 보이기도 하고 자랑하는 것 같아 보이기도 하는 것처럼 어깨를 으쓱했다. 아, 그거 네가 나로 산다면 이 정도쯤은 별거 아냐.

"잠깐, 셰프 이름이 뭐였더라? 나《엘르》에서 읽었는데."

"우우우우.《엘르》." 엘리엇이 웃었다. "되게 잘나가는 사람인가보구먼."

"잘나가는 사람 맞아." 에메랄드가 메뉴판으로 그를 살짝 치며 말했다. "아니 잘나가는 건 아니더라도 잘생긴 건 맞아."

나는 소리를 지르고 싶었다. 이 밤을 완전히 다시 시작하고 싶었다. 에메랄드에게 빌린 옷부터 갈아입고, 카일을 만난 시간도 없애버리고, 잘못 시킨 메뉴들도 다 바꿔버리고 싶었다.

"이름은 파스칼 폭스야." 나는 차분하게, 평범한 대화치고는 너무 낮고 차분한 목소리로, 시끄러운 레스토랑에서 잘 들리지 않을 정도로 조용히 말했다.

오픈 키친에서 나오는 연기와 증기 때문에 파스칼은 잘 보이지 않고 살짝 형체만 보였다. 그렇게 많은 언론의 주목을 받은 사람치고는 사진이나 유명세에 크게 신경 쓰지 않는 것 같았다. 눈코 뜰 새 없이 바쁘고 자기 일에 진지한 셰프처럼 보일 뿐이었다. 그는 좁은 복도 사이를 바쁘게 움직이며 무언가를 던지기도 했다. 셰프 재킷은 팔꿈치까지 올라가 해석할 수 없는 복잡한 팔뚝 문신을 드러냈다.

내 머릿속 저 먼 어딘가에서 이 레스토랑에서 흐르는 음악이 들렸다. 아마도 일이나 치킨 이야기를 하고 있을 엘리엇과 에메랄드의 말소리도 들렸다. 나는 더 이상 바쿠샨에 온 걸 후회하지 않기로 했다. 그래도 엘리엇을 데려온 건 후회했다. 이렇게 말하기는 싫지만 애초에 왜 엘리엇이 이런 곳을 즐길 수 있을 거라 생각했을까?

나는 엘리엇이 반쯤 먹고 접시에 다시 내려놓은 달팽이 덤플링과 돼지고기 덤플링을 포크로 찔러 내 입안으로 집어넣었다. 그 이야기를 들어서였을까? 이번에는 내 입맛에도 이 음식에서 모래 맛이 났다.

웨이트리스가 다가왔다.

"이쪽 커플 분들. 치킨 두 마리 시키셨죠?"

나는 그 눈치 없는 여자에게 경멸의 미소를 보냈다가 에메랄드와 엘리엇에게 시선을 돌렸다. 그건 아마추어의 실수였을 뿐이고 그녀 탓을 할 수도 없었다. 정말 이 두 사람은 단란한 커플처럼 이야기하며 웃고 있었다. 나는 좌불안석이었지만 이 두 사람은 여유만만이었다. 그들은 정말로 연인처럼 차분하고 살갑게 대화 중이었고 나는 자신의 선택이 최선이 아니었음을 깨달은 사람 특유의 불만스러운 표정으로 이러지도 저러지도 못하고 엉덩이를 들썩거리고 있었다.

바로 그때 셰프 파스칼이 우리 테이블로 다가왔다.

"잠깐, 실례합니다, 손님."

파스칼은 나를 향해 손을 뻗었고 그 순간 에메랄드와 나는 동시에 그를 보며 다 들리도록 숨을 헉 하고 들이쉬었다. 그에게서 베이컨과 오래 볶은 양파 냄새가 났다. 얼굴은 영화배우처럼 조각 같았고 이목구비는 부드러우면서도 반듯했다. 수염은 약간 덥수룩하게 나 있었다. 피부색은 약간 까무잡잡했고 커다란 눈의 길고 풍성한 속눈썹이 깜박였다. 그의 눈동자에 살짝 스치듯 들어간 황금색 속눈썹은 조명 밑에서 더욱 황홀하게 빛났다.

이제 나는 아까 거실에서 나에게 어디 출신이냐고 묻던 멜린다와 같은 처지가 되었다. 그는 어디 출신일까? 이집트? 멕시코? 스페인? 물론 절대로 나와 같은 출신은 아닐 것이다. 그는 나 같은 일반인보다는 모델이나 영화배우 쪽에 더 가까웠다.

파스칼은 우리의 놀란 소리를 거의 듣지 못한 것 같았다. 그는 우리 테이블에서 홈메이드 김치 핫소스를 치우더니 새로운 병을 놓아주었다. 그는 살짝 보일 듯 말 듯한 미소를 남기고서 다른 테이블로 가 똑같이 그 일을 했다. 거의 모든 여자 손님들—그리고 남자 손님들—은 파스칼의 존재감에 흠칫했다.

"와!" 에메랄드도 한 톤 높아진 목소리로 말했다. "깜짝 놀랐네! 그치?"

"응……." 엘리엇이 머뭇거리다 말했다. "저 남자 문신이 왜 이렇게 많냐."

나는 파스칼이 키친으로 다시 들어가는 모습을 지켜보았다. 레스토랑과 키친 사이에 있는 통로에서 그 역시 나를 쳐다보았다고 나는 생각했다.

됐다, 진정해라, 티아. 재빨리 그렇게 생각했다. 퍽이나 그런 일이 있기도 하겠다. 그는 아마도 다른 여자들, 중요한 사람들, 빌린 옷을 입고 테이블을 차지할 필요가 없는 여자들을 쳐다봤겠지.

*

에메랄드는 바쿠샨에서 저녁을 먹은 후에 같이 집으로 오지 않았고 나는 혼자 집에서 뉴욕 레스토랑에 관한 기사들을 읽으면서 밤을 보냈다. 모든 것을 빨아들이고 싶었다. 가야 할 곳, 알아야 할 사람, 말해야 할 것들이 너무 많았다. 뭐가 뭔지 몰라 테이블에서 주문을 못하는 사람, 촌스러운 옷을 입고 바깥에서 줄 서 있는 사람이 되고 싶지 않았다. 뒤처진 사람이 되고 싶지 않았다.

아파트는 조용해졌고 뉴욕도 잠시 동안 휴식에 들어갔지만 나는 여전히 깨어 있었다.

캐리의 매디슨 파크 타번 위키 페이지에 들어가 메뉴, 꽃, 화장실의 물비누 종류까지 모든 내용을 걸신들린 듯 읽어내려갔다.

그리고 제이크의 예약 노트에서 본 줄임말들을 찾아보았다.

LOL : 특별히 친절할 것(Lots of Love).

SFN : 튀지는 않지만 특별한 메뉴. 보통 애피타이저나 디저트에 신경 쓸 것(Something for Nothing).

Bubbles : 도착하자마자 샴페인을 낼 것.

WFM : 매니저가 직접 가서 인사할 것(Welcome from Manager).

그리고 이 모든 것을 아우르는 용어를 보았다. PX. 프랑스어의 줄임말이었다.

특별 손님(Personne Extraordinaire).

피곤했지만 하나씩 알아가는 것이 재미있어서 자고 싶지 않았다. 새소리가 들리고 짙푸른 태양이 빼꼼히 얼굴을 내밀었을 때 나는 이곳 뉴욕에서 내가 열렬하게 매달릴 무언가가 생겼음을 깨달았다. 지식, 권력, 방향. 그리고 목표를 찾았다. 나는 간절히, 특별한 사람이 되고 싶었다.

5

세 시간 후 일어나보니 내 룸메이트가 화장기 없는 얼굴로 나를 보고 있었다.

"이제 일어났구나. 이 늦잠꾸러기야! 우리 너 슈트 사러 가야지. 같이 브런치도 먹고. 오늘이 첫 출근 날이잖아, 맞지?"

"깜짝이야. 에메랄드, 아침형 인간 아니었잖아. 지금 몇 시야?"

"너 새 옷 입혀줄 생각 하니까 신나서. 어젯밤에 재미있었어? 너 그 드레스 정말 잘 어울리더라. 예뻤어. 저녁은 솔직히 그냥 그랬지만. 내가 시킨 치킨 요리 먹어봤니?"

"아니, 안 먹었지. 굳이 바쿠샤까지 갔는데 매일 먹는 치킨 요리를 먹을 필요는 없잖아. 거기 가는 이유……."

"알았어, 알았어. 경찰에 신고해."

에메랄드는 내 이불을 걷어내더니 나를 침대에서 끌어냈다.

좋든 싫든 쇼핑을 가야만 하게 생겼다.

*

매장은 브라운 스톤 저택과 개인 차고가 늘어서 있는 부촌에 있었다. 저택은 각기 다른 스타일이었다. 창문으로 살짝 보니 어떤 저택은 전통적인 부자의 거실 같은 느낌으로 꾸며져 있었다. 무거운 벨벳 커튼이 쳐 있고 큼직한 앤티크 가구가 놓여 있었으며 벽마다 표정이 딱딱한 선조들의 초상화가 붙어 있었다. 또 다른 저택은 엔터테인먼트 업계 종사자가 살고 있는 듯했다. 옥상에 있는 건 뭐지? 핫 텁*인가? 어떤 저택은 아트 컬렉터 분위기로 꾸며져 있었고 나는 집주인이 아이 없는 부부일 거라 예상했다. 창문 사이로 보이는 것들이 전부 하얗고 고급스럽고 그리고/또는 불안정하게 놓여 있었기 때문이었다.

매장에 들어가니 차임벨 소리가 울렸다. 긴 직사각형 공간이 옷으로 빼곡했다. 바닥에는 신발이 나란히 놓여 있고 진열장 가장 위칸은 모자와 가방이 차지했다. 옷은 색깔별로 걸려 있었는데 내가 볼 때는 그것이 유일한 질서였다. 색깔만 비슷했지 여름 드레스, 무거운 겨울 코트, 세퀸 드레스들이 마구 섞여 있었다. 다른 매장에서는 보통 계절에 따라 옷들이 바뀌지만 이곳은 늘 이렇게 똑같을 것이었다.

"안녀어엉. 엠……." 매장 주인이 에메랄드를 맞아주었다. 그녀는 가슴이 크고 머리는 깃털처럼 부스스했다. "진짜 오랜만

* 야외 자쿠지.

이네. 왜 그렇게 안 왔어. 그동안 무슨 일 있었는지 얼른 다 내놔봐."

"안녕하세요. 셰리. 새 디자인 프로젝트 때문에 정신없었어요. 여기 업타운에 들어올 일이 없더라고요."

"오, 보헤미안 같으니. 오늘 숙녀분들을 위해 어떤 옷을 골라줘야 하나. 파티나 뭐 그런 행사 갈 일 있어?"

주인은 파티, 라고 말하며 그것이 마법의 단어라도 되는 듯 두 손가락을 구부렸다.

"아, 그러면 좋게요. 그게 아니고 여기 제 친구 티아 옷 하나 사러 왔어요. 옷들이 좀 구려서. 이 친구가 매디슨 파크 타번에서 입을 블랙 슈트 한 벌이 필요하거든요."

뭐라고? 지금 방금 내 옷들이 구리다고 했나? 그래 그건 맞지, 확인 사살 고마워, 에메랄드.

"그래? 언제 가는데?" 셰리가 물었다.

나는 웃었다. 아마 어퍼이스트사이드 사람들은 매디슨 파크 타번에 일하러 가는 게 아니라 식사하러 가겠지. 하지만 나는 굳이 정정하지 않았다.

"오늘 저녁에 가요."

"내가 볼 때 이 친구는 질 샌더 걸이야." 에메랄드는 셰리가 뒤쪽에 있는 검은색 옷 쪽으로 걸어가 실크, 캐시미어, 가죽을 손으로 만져보고 있을 때 이렇게 소리쳤다. "왜 그런 거 있잖아요, 대체로 지루한데 살짝 반전이 들어간 거."

"알았어, 알았어. 뭔지."

대답하는 셰리의 눈이 커다래졌다. 셰리에게는 '대체로 지루한데 살짝 반전이 있는'이라는 말을 다시 한번 반복하지 않을 정도의 매너는 있었다.

"이거 한번 입어볼래?" 에메랄드가 말했다. "이것도."

에메랄드는 질 샌더 슈트와 다이앤 본 퍼스텐버그(DVF) 슈트를 꺼냈다. 넥 라인에는 러플이 달려 있고 허리에는 끈이 있었다. 나도 다이앤 본 퍼스텐버그는 들어봤지만 그건 물론 질 샌더도 입어본 적은 없었다. 에메랄드가 나를 여기까지 끌고 온 건 싫었지만 이런 옷을 입어본다는 건 조금은 설렜다. 그래도 에메랄드가 자기만족에 빠지는 건 보고 싶지 않았다.

"DVF는 별로 안 좋아할 것 같긴 한데 그래도 입어는 봐. 잘 어울릴 거야."

나는 에메랄드에게 옷걸이 두 개를 받았다.

"알았어. 입어볼게. 그런데 난 아직도 왜 바나나 리퍼블릭을 입으면 안 되는지 이해를 못 하겠다." 빌어먹을, 브랜드 이름 절대 안 밝히려고 했는데. 피팅룸에 들어가 옷을 벗고 두 벌 중 하나에 몸을 끼어 넣어보았다. "그리고 그렇게 말할 거면 나 혼자 올 걸 그랬어. 오는 길 어렵지도 않던데."

"야, 그건 아니지, 티아. 너 그랬으면 앤 타일러*에 들어가서 또 평범한 쇼핑몰 옷 살 거였잖아. 그건 업그레이드가 아니야. 진짜로. 너 매디슨 파크 타번에 오는 사람들이 코트를 맡길 때

---

* 미국에서 쉽게 찾아볼 수 있는 대중적인 브랜드.

'아이고 내 눈이야' 이러면 어떡하려고 그러니?"

"상관없어." 나는 대답하며 질 스튜어트 스커트의 지퍼를 올렸다. "내가 먼저 도와달라고 부탁한 적도 없는데 굳이……." 나는 이곳에 오기 싫었다는 것을 강조하기 위해 일부러 쿵쿵 소리를 내며 입었다.

하지만 나는 갑자기 그 행동을 멈췄다. 삼면거울에 비친 내 모습을 보았기 때문이었다. 드레싱룸에 있는 하이힐을 신고 레스토랑의 웨이트리스처럼 머리를 위로 올려보았다. 슈트는 검은색이지만 살짝 청회색처럼 빛났고 상어가죽처럼 미끈했다. 원단이 얇고 몸에 착 감겨서 들어갈 곳은 쏙 들어가게 해주고 굴곡은 부드럽게 강조해주었다. 정말 아름답고 솜씨 좋게 만든 옷 한 벌이었다. 뒤돌아서 보니 거울 속에는 고상하고 침착한 도시 여성 한 명이 서 있었다. 한마디로 매디슨 파크 타번 같은 장소에 어울리는 사람처럼 보였다.

에메랄드가 내 뒤에 섰다.

"이거 봐, 너 완전 이쁘잖아, 내 말 맞지? 그런데 생각해보니까 내가 어제 너희 두 사람 좀 방해한 것 같아. 내가 좀 눈치 없었지? 미안." 에메랄드는 내 귀에 대고 조그맣게 말했다. 나는 오 분전까지만 해도 이름도 모르던 디자이너의 아름다운 슈트를 입고 땀을 삐질삐질 흘리고 있었다.

"엘리엇하고 그동안 밀린 이야기가 많긴 했어. 브롱크스에서 늦게까지 일하니까 요즘 통 만날 기회가 없었거든."

"그래도 너희 둘 잘 어울리고 서로 사랑하잖아, 맞지? 뭐가 걱정인데?"

"그냥 요즘 좀 여러 가지로 생각도 많고 또……." 나는 솔직한 내 심정을 털어놓기 시작했다.

그때 에메랄드의 전화벨이 울렸고 에메랄드는 입을 다물었다.

"아, 티아, 나 중요한 행사 있는 거 잊었다. 지금 가도 늦겠네. 그 슈트는 50달러야. 내가 셰리하고 다 이야기해놨어."

에메랄드가 너무 급하게 튀어나가는 바람에 문에 달린 방울이 유리를 세게 때렸다. 나는 멜린다가 은근히 하고 싶어했던 말을 떠올렸다. 에메랄드는 신뢰할 수 없는 사람, 경계해야 할 사람일지 모른다는 것. 멜린다는 알고 말한 걸까? 에메랄드는 뭔가 감춰야 할 것이 있어 보이긴 했다.

슈트에는 가격표가 붙어 있었다. 2500달러. 이 매장에서 그 숫자를 지우고 700달러라고 써두었고 나는 에메랄드 덕분에 650달러나 깎을 수 있었다.

셰리가 스커트와 재킷을 잘 개어서 쇼핑백에 넣었다.

"아가씨……." 셰리는 에메랄드가 그렇게 급하게 나가버리고 나서 당연히 떨떠름한 표정을 짓고 있는 내 얼굴을 살피더니 말을 붙였다. "에메랄드, 걔 어렸을 때부터 잘 알던 애예요. 그동안 워낙 험난한 삶을 살았어. 고생 많이 했지. 그래도 아가씨 친구가 되고 싶어서 나름대로 많이 노력하는 거 같네." 그러면서 내게 쇼핑백을 건네주었다. "옷 예쁘게 입어요. 아주 잘 샀어."

나는 옷을 잘 샀다는 점에 대해서는 의심하지 않았다. 그런데 험난한 삶을 살았다고? 그렇게 미인이고 재능 있고 연줄도 많은 사람은 험하게 사는 게 더 어렵지 않을까? 내 눈에 보이는 에메랄드는 그저 화려하고 광채 나고 기대 이상으로 너그럽고, 또 나를 이토록 긴장하게 하는 도시를 자기 옷처럼 편안하게 여기는 사람일 뿐이었다.

그런데도 나는 이 우아한 고급 옷을 거저 얻게 해줘서 고맙다는 인사도 하지 못했고 어디 가는지도 묻지 않았다. 이렇게 거리를 두어야 에메랄드에게 끌려다니지 않을 테니까. 그래야 그녀 앞에서 뒤처졌거나 칙칙하거나 평범해빠진 사람처럼 느끼지 않을 테니까.

*

그날 밤, 9월은 여름을 보내고 가을을 맞이했다.

회전문으로 들어가니 레스토랑은 이미 새 계절에 맞게 옷을 갈아입고 있었다. 나에겐 공식적인 첫 출근 날이기도 했다. 키가 큰 부케가 앞 로비에 매달려 있었다. 구부러지고 점점 가늘어지는 가지들 사이로 유칼립투스 이파리가 보였고 작은 종들이 줄기마다 달려 있었다. 이국적인 여러 색깔 꽃들과 백합, 깃털처럼 가벼운 흰 양귀비꽃이 검은색 띠 안에 들어가 있어 마치 고스족 소녀의 아이라이너 같았다. 나는 질 샌더 스커트를 입은 엉덩이를 한 번 더 매만져 옷매무새를 정리하고 다이닝룸으로 들어갔다. 벽난로에서 장작이 타고 있고 리넨은 이제 막

새로 깐 것처럼 하얗지는 않았지만 약간 황금색을 띠어서 조금 더 기품 있고 그윽한 맛이 났다.

"첫 출근 축하해." 캐리가 말했다. "어때, 기대 좀 돼?"

주변 분위기를 살폈다. 고객 휴대품 보관소에서는 식사하는 손님들이 보이지 않았고 키친에서 나는 냄새를 맡을 수도 없었다. 그래도 내가 지금 이곳, 뉴욕의 별 네 개짜리 레스토랑인 매디슨 파크 타번에 소속되어 있다는 사실은 충분히 느껴졌다.

"응, 좀 들뜨고 기대돼." 내가 대답했다.

바깥 날씨가 쌀쌀해져서 고객 휴대품 보관소에서도 할 일이 적지 않았다. 나는 손님들의 코트와 가방을 조심스럽게 받아 안아 정리했고 손님들에게 예의 바른 인사도 건넸다. 배가 나온 남자 손님과 어깨선이 부드러운 여자 손님이 들어왔다. 그들은 손자 손녀들이 집에 찾아오면 웃으며 반겨줄 것 같은 인자한 할머니 할아버지 같았다. 반면 자기 짐을 내 얼굴에 확 밀어넣고 가버린 젊은 남자들도 있었다. 한 손님은 같이 온 사람들 앞에서 나에게 팁을 20달러 주기도 했는데 다들 아무런 표정 변화도 없었다. 요즘 황금시간대 뉴스를 진행하는 앵커와 왕년에 유명한 뉴스 앵커였던 손님들의 코트를 받을 때는 살짝 떨리기도 했다. 리얼리티 쇼 출연자들 열 명이 무언가를 축하하러 왔을 때도 나는 눈을 반짝였다.

하지만 그 모든 얼굴, 또 각종 시술을 한 얼굴 사이에서도 한 남자의 얼굴이 유독 내 주의를 끌었다. 그는 마치 국가를 위해 싸우다 전사한 군인 가족에게 국기를 건네듯이 두 손으로 공손하게 코트를 건네주었다. 나는 그의 동작과 내 팔목 안쪽에 닿은 차가운 손가락의 감촉을 다시 한번 떠올려보았다. 그의 비쩍 마른 몸이 계단을 올라가는 모습과 다리보다 공기에 더 많은 부분이 닿는 그의 헐렁한 바지를 다시 한번 쳐다보았다. 그는 네루 칼라*가 달린 리넨 셔츠를 입고 지적인 인도 외교관 같은 모습이었는데 내가 아는 사람 중에 그런 사람은 없었다. 그런데도 어딘가 낯이 익었다.

막스마라의 모피 달린 재킷과 페라가모 가방 사이에 쉬는 시간이 생겨 혹시라도 힌트가 있을까 싶어 그의 코트를 살폈다. 나는 고객 휴대품 보관소에서 일한 경력은 부족했지만 보통 캐시미어는 코트의 겉감이고 그 안감은 실크나 울이라는 것 정도는 알았다. 그의 코트는 겉감과 안감 전부 캐시미어였다. 날씨가 추워지긴 했지만 아직 이런 옷을 입을 정도는 아니었다. 물론 나한테도 이렇게 가볍고 보들보들한 코트가 있다면 어떻게든 입을 핑계를 댔겠지만.

그때 코트에서 메모지가 하나 떨어졌다.

좋은 저녁. 오늘 밤 정신 바짝 차리고 일 잘하시길.

벨벳처럼 부드럽고 도톰한 파란색 종이를 넘기자 무언가 오싹한 느낌이 내 등골을 스쳐갔다. 정신 바짝 차리라고? 누가 정

---

* 인도의 옛 수상 네루가 애용한 칼라를 모방한 것으로 독특하게 세워져 있는 것이 특징이다.

신을 바짝 차려야 하는 거지? 무엇 때문에?

그때 고객 휴대품 보관소가 열리며 기침하는 소리가 들렸고 나는 돌아서서 손을 내밀었다. 손님이 아니라 제이크였다.

"오, 죄송합니다. 손님인 줄 알았어요."

"티아, 지금 몇 가지 질문해도 될까?"

제이크는 보통은 차분히 내리고 있는 손을 두 번이나 허공에서 움직였는데 완벽하게 정리되어 있었던 머리끝이 뻗쳐 있기도 했다.

"네, 뭐 필요하신 거 있으세요?"

"아니 필요한 건 없고. 티아가 얼마나 아는지 알고 싶어. 슈림프 토스트는 어떻게 준비되는지 말해줄 수 있나?"

"아, 그거요." 나는 머릿속에서 어제 읽은 것들을 정리해보았다. "브리오슈를 슈림프 스톡에 하루 동안 재워둔 다음에 인도새우를 넣고 랑구스틴* 무스를 두껍게 바릅니다." 나는 어젯밤에 캐리의 위키 사이트에서 본 내용을 떠올리며 말했다.

"그 랑구스틴은 어디에서 들여온 거죠?"

"몬탁이요."

"연어는 어떤 식으로 내는 걸 추천하겠어요?"

"어떤 연어요?"

"둘 다요. 수비드**와 샐러드 둘 다."

---

* 작은 바다가재.

** 식재료를 진공포장한 후, 낮은 온도를 유지한 채 물 속에서 장시간 조리하는 '저온진공 조리법.

"먼저 수비드는 서빙을 잘해야 하는데요."

나는 새벽 두시와 세시 사이에 읽은 내용을 열심히 떠올렸다. "진공포장 속에서 촉촉함을 유지하기 때문에 요리 시간이 길수록 맛과 향이 오래갑니다. 재료의 질이 워낙 좋기 때문에 샐러드에도 미디엄 레어나 레어로 나가는 것이 좋습니다."

"타라곤* 그레몰라타**안에 들어간 프록렉***의 뼈를 담는 그릇은 테이블 어디에 놓아야 하지?"

"어떤 의미에서요?"

"그릇을 손님의 왼쪽에 놓는지 오른쪽에 놓는지?"

"둘 다 아닙니다. 프록렉은 이미 뼈를 발라내서 나오기 때문에 따로 뼈 담는 그릇이 필요 없어요."

"좋아요. 훌륭해." 그는 확실히 마음이 놓인 표정이었다.

"있잖아요. 지금 레스토랑이 만석이고 PX 테이블만 삼십 석이야. 대부분 예상 못 했던 손님들이고. 지금 주문과 서빙이 잔뜩 밀려 있거든. 이런 상황은 별로 없는데 오늘 티아 도움이 필요하네. 일반 테이블에 백서빙 해줄 수 있어요? 그러면 우리가 PX 테이블에 집중할 수 있거든. 헨리 뒤를 따라다니면서 그 테이블의 반을 맡아주면 돼요. 고객 휴대품 보관은 안내 담당에게 맡기고."

"오늘 밤에 당장 서빙하라고요? 제가 다이닝룸에서 일하는

---

* 사철 쑥.

** 이탈리안 파슬리와 레몬제스트, 올리브유를 섞어 만든 소스. 주로 이탈리아 송아지찜 요리에 곁들인다.

*** 개구리 다리 요리.

건가요?" 내 목소리가 나도 모르게 한 옥타브나 높아졌다.

"맞아. 다이닝룸에서 일하는 거지, 아이고, 같은 말 두 번 하지 않게 합시다. 알았죠?"

나는 아까 본 알 수 없는 메모지에 대한 흥미가 뚝 떨어져 얼른 주머니에 넣어버렸다.

"알겠습니다. 시키신 대로 잘하겠습니다."

제이크가 흰 앞치마를 건네주었다. 제이크는 "주문이 밀려서 정신없다"고 했지만 이 정도라면 다른 98퍼센트의 레스토랑에서는 느긋하고 침착하게 보일 거라는 생각을 했다. 하지만 직원들의 손이 빠르다는 건 익히 알고 있었고 분위기는 꽤 긴장되어 있었다. 뒤쪽에서 웨이터들이 전표를 분리하고 손님들 특징이 쓰여 있는 쪽지를 보고 있었다.

"아니야! 샤리스 학과장은 9번 테이블이야." 한 웨이터가 속삭였다.

"아니야. 그건 프랭크 해리스야. 야엘 장 친구라고."

웨이트리스들이 샴페인의 온도가 손님이 선호하는 정확한 온도까지 내려가길 기다리며 와인 칠러 앞에 초조하게 서 있는 모습도 보였다.

제이크는 다시 서비스 모드가 되어 웃으며 악수하고 등을 두드리고 와인을 따르고 있었다. 나는 내가 할 일을 배우기 위해 웨이터 팀장인 앤젤을 눈으로 좇았다. 다이닝룸이라는 무대에서 활동하는 그를 처음 보았는데 그는 귀족처럼 위풍당당하면서도 우아하게 움직였다. 걸음걸이도 평소와 달랐다.

헨리가 손짓을 해 나는 '일반' 테이블로 갔다. 테이블들이 말없이 이거 빨리 치워줘, 이건 접어줘라고 외치고 있는 듯했다. 나는 백서버였기 때문에 테이블을 준비하고(은식기를 제대로 놓고) 접시들을 치우고(손님들을 밀어내려는 느낌 없이) 여러 가지 손이 가는 작업을 해야 했다. 치즈를 갈고 수프를 담고 소스를 놓았다. 스테이크에는 스테이크 나이프가 필요했다. 생선 요리에는 생선용 포크와 생선용 스푼이 필요했다. 생선 수프에도 또 다른 전용 스푼이 있었다. 그걸 파악하고 나니 이번에는 서프 앤 터프*라는 허들을 건너야 했다.

"여기 1번, 2번, 3번, 4번." 헨리가 짚어주었다. "2번과 4번은 같은 메뉴야. 두 테이블 헷갈리지 말고."

손가락 끝에 놓여 있는 접시의 감촉과 코 안으로 들어오는 요리 냄새도 좋았다. 시계태엽처럼 정확하게 움직이는 것도 마음에 들었다. 뉴욕에 온 후 처음으로 정말 살아 있다는 느낌이 들었다.

서빙 중에 잠깐 쉬는 시간이 생기자 제이크는 나와 다른 웨이터, 백서버들에게 PX 테이블에도 빨리 다녀오라고 했다. 대부분 코트를 받았을 때 알아보지 못했던 손님들이었다.

"오늘 최악이야. 완벽한 폭풍이라고. 저 손님들 중 3분의 1이 가명을 쓰고 있고 3분의 1은 뉴요커 잡지 페스티벌 끝나고 들른 사람들이야. 예약도 없었고. 또 요청하는 분들이 있어서 프

* 고기와 해산물이 같이 나오는 요리.

라이빗 다이닝룸을 열어야 했어."

《사버》의 에디터들이 7번 테이블에서 테이스팅을 하고 있었다. 3번 테이블에는 친절한 식품 영양학 학자들이 있었다. 구석에 있는 사람은 시카고에서 열 개의 레스토랑 제국을 거느리고 있는 셰프로, 가족들과 식사하고 있었다. 12번 테이블에는 유명 뉴스 앵커와 그녀의 유명한 남편인 감독이 있었다. 나는 아까 고객 휴대품 보관소에서 그녀를 알아보았지만 함께 온 사람이 누구인지는 몰랐었다. 1번 테이블에는 빨간색 레이스 드레스를 입은 직업여성을 끼고 있는 느끼한 호색한도 있었다. 아무도 그의 옆에 앉고 싶어 하지 않겠지만 그는 이인분 디너에 5천 달러를 써서 그날 밤 자신을 가장 중요한 사람이자 가장 대접 받는 손님으로 만들 수 있었다. 몇 가지 경우를 제외하고는 역시 돈이 사람을 특별하게 만들고 특별한 위치로 올려주는 모양이었다.

외교관 두 명, 레스토랑 투자자 한 명, 와인 수입업자 한 명이 있었다. 그들에게는 모두 각각 다른 수준의 특별 대접이 필요했다. 어떤 이들에게는 정식 코스가 나갔고 어떤 이들에게는 샴페인 한 잔이 전부였다.

나는 홀을 돌아다니면서 빵 바구니를 수거하고 비어 있는 잔에 물을 따랐다. 내 슈트가 확실히 기품 있고 단정한 분위기를 자아냈다. 손님들은 내 공간과 내 행동을 존중해주었다. 물론 결국 나는 그들에게 서빙하는 사람이라고 해도 기분은 나쁘지 않았다. 나는 다른 백서버들을 따라하면서 곧 그들과 같은 리듬을 탈 수 있었다. 다이닝룸은 내 댄스플로어였고 나는 이 춤을 즐기고 있었다.

"아주 잘하는데?" 앤젤이 지나가며 이렇게 말해주었다. 내가 고맙다는 말을 하기도 전에 그는 바삐 다른 곳으로 가버렸다.

나는 앤젤의 칭찬에 살짝 우쭐해졌고 제이크가 아까부터 내내 나를 지켜보고 있다는 사실도 알았다. 만약 이 카드를 잘만 사용한다면 어쩌면 나도 조기 승진해 다이닝룸에서 일하게 될지도 모른다.

그때 헨리가 고개를 끄덕여 그를 따라 프라이빗 다이닝룸으로 들어갔다. 그러자 고객 휴대품 보관소에서 보았던 수수께끼의 남자가 있었다.

이상하게도 제이크는 이 손님에 관해서는 별 말이 없었다. 그는 그 구석방에서도 어두운 구석에 콕 박혀 있었다. 그 방은 너무 작아서 메인 다이닝룸이 살짝밖에 보이지 않는 곳이었다. 그와 같이 있는 손님 세 명의 태도는 점잖았고 약간 진지해 보였다. 그러나 그의 얼굴을 더 자세히 볼 수는 없었다.

나는 그들의 테이블에 팰러트 클렌저*를 놔두었고 헨리는 다른 곳으로 걸어갔다.

"저, 잠깐만. 이 요리는 어떤 요리인지 설명해줄 수 있나요?" 수수께끼의 남자가 아닌 다른 남자가 물었다.

나는 제이크한테 배운 대로 음식을 손가락으로 가리키지 않

---

* 앞에 먹은 요리의 맛이 다음 음식의 맛에 영향을 미치지 않도록 하는 입가심 음식.

고 손바닥을 펴서 가리켰다.

"그레이프 푸룻 테린에 절인 보리지 꽃을 곁들인 요리입니다."

되도록 능숙하게 말하려고 애쓰는 동안 수수께끼의 남자가 나를 유심히 쳐다보는 것이 느껴졌다.

"고마워요. 맛있어 보이네요." 그 여자 손님이 말했다.

저 사람 누굴까? 용커스에서 봤나? NYU에서 스쳤나? 다른 테이블로 가서 다음 코스를 위한 은식기가 준비되었는지 점검했다. 그때 내 눈이 그의 눈과 마주쳤다. 그는 눈 위와 아래에 아이라이너를 진하게 칠했고 어두운 색 파운데이션도 바른 것 같았다. 그때 나는 그가 누구인지 알아챘다.

물론 그는 이 레스토랑 한쪽에 숨겨놓은 사진 속의 남자, 즉 얼굴이 둥그렇고 배가 나온 남자와 전혀 닮지 않았다. 이 남자는 마르고 허약한, 내 손목에 자기의 차가운 코를 가져다 댄 남자와 동일한 남자였다. 그가 여기 있었다. 《뉴욕타임스》의 레스토랑 평론가 마이클 잘츠. 그가 화장을 하고 식사를 하고 있었다. 그가 나를 정신 바짝 차리게 했다. 하지만 그 메모지는 누굴 주려고 쓴 걸까? 설마 나는 아니겠지.

나라면 어쩌지?

그가 레스토랑을 평가하고 있다는 사실이 터무니없게 느껴졌다. 제이크는 우리 식당에 온 모든 PX 손님을 안다고 했다. 그들의 이름, 직업, 선호하는 와인은 물론 그들이 가볍게 흘린 이야기도 전부 기억한다고 했다. 그는 손님들에게 가벼운 이야기를 하면서도 은연중에 이렇게 말하고 있는 것이다. 나는 당신을 신경 쓰고 있습니다. 당신을 알고 있습니다. 당신은 우리에게 잘 대접받고 있습니다.

하지만 제이크도 모든 것을 알 수는 없는 법이다. 그는 오늘 레스토랑에 PX 손님이 이렇게 밀려들 줄 몰랐고 프라이빗 다이닝룸을 열게 될 줄도 몰랐다.

그 테이블에서 와인을 더 주문했고 헨리가 키친으로 들어갔다. 나는 프라이빗 다이닝룸과 메인 다이닝룸 사이의 문 뒤에 서서 이 사실을 누구에게 말할지 고민했다.

앤젤은 헨리나 나에게 단순 작업과 급한 심부름은 시키고 있었지만 그와 길게 이야기할 시간은 전혀 없었다. 캐리는 레스토랑 반대쪽에서 은식기를 분류하고 있었다. 안내 담당 직원은 무겁고 흉한 가방을 들고 자기 자리에서 나와 창가 자리가 마음에 들지 않다고 말하는 노부부를 미소로 달래고 있었다. 나 외에는 아무도 이 사실을 몰랐다.

나는 그때 그의 메모지를 꺼내서 다시 한번 보았다. 그가 나를 보려고, 나에게 그 메모를 주려고 이 레스토랑에 왔다는 건 너무 일방적인 생각이긴 했다. 그래도 그 생각을 하니 약간 가슴이 두근거렸다. 대체 나에게 뭘 원하는 거지?

고개를 드니 마이클 잘츠가 나를 빤히 쳐다보고 있었다. 그는 윙크를 하더니 손가락을 자기 입술에 갖다 댔다. 다른 사람에게는 그냥 손으로 입술을 닦는 것처럼 보일지 모르지만 나에게는 분명 이런 메시지였다.

쉿, 조용히, 아무한테도 말하지 마.

나는 그 말을 따랐다. 내가 없어도 다이닝룸은 잘 돌아갔다. 세상이 끝나지는 않았다. 나는 내 일에만 집중하고 제이크는 물론 나머지 사람들과도 눈을 마주치는 건 피했다. 당연히 그들은 내 눈에서 죄책감 같은 걸 읽을 수는 없을 것이었다. 나는 마이클 잘츠가 나에 대해 어떻게 생각하는지 알아야 했다.

열한시 정도가 되자 사람들이 조금씩 빠져나갔다. 제이크는 내게 좀 쉬어도 된다고 말했고 나는 고객 휴대품 보관소로 가 그날 밤 일을 마무리했다. 프라이빗 다이닝룸을 한 번 더 흘낏 본 후 레스토랑에서 일한 첫날에 대해 생각해보았다. 그때 나는 마이클 잘츠와 다시 한번 눈이 마주쳤고 그는 냅킨을 내려놓았다.

그가 나에게 말을 걸 준비가 된 것이었다.

나는 머릿속으로 숨을 장소를 열심히 찾았고 지하실로 내려가기로 결정했다. 그가 분명 따라오리라는 것도 알았다. 우리는 서둘러야 했다. 안 그러면 스태프들이 마이클 잘츠의 정체를 언제라도 알아챌 수 있었다. 마지막 PX 테이블 때문에 스태프들이 분주하게 움직였다. 그러나 그들은 정말 중요한 목표 손님이 이미 식사를 마쳤다는 사실은 전혀 모르고 있었다.

"잘 있었어요, 티아. 오랜만이군."

그는 지하에 내려오자마자 거리에서 우연히 만나기라도 한 것처럼 말했다. 복도는 어둡고 초라했다. 흰색 콘크리트 벽에 보일러실과 창고로 통하는 빨간 문이 하나 있었다. 고급 레스토랑 지하실 같지 않았다.

"네, 잘 지내셨나요, 선생님."

나는 순간, 컴컴한 지하실에서 나누는 대화가 좋은 내용일 리 없다는 생각과 함께 지금 당장 나가야겠다고 생각했다. 하지만 그때 그가 말을 꺼냈고 그의 말투는 나를 꼼짝 못하게 했다.

"그래요, 다시 만나서 진짜 반갑네. 티아 의견 좀 묻고 싶어서. 대학생 요리 천재잖아. 오늘 좋은 요리가 나온 것 같아요?" 그의 목소리는 풀숲을 살금살금 지나가는 뱀처럼 매끄럽고도 영악했다.

대학생 요리 천재…… 그때는 그게 대단한 것처럼 보였지만 이제 그것도 오래된 타이틀, 녹이 슬어가는 트로피일 뿐이다. 물론 그 말이 듣기 싫은 건 아니었지만.

"선생님이 드신 아뮤즈부셰*는요……."

나는 천천히 말을 시작했다. 물론 그 요리에 대한 나만의 의견이 있었지만 마이클 잘츠 앞에서 많은 말을 할 수는 없었다. 나는 손톱을 깨물며 복도 한쪽을 바라보면서 제이크에게 들킬지도 모른다는 생각을 했다. 어쩌면 이미 무언가를 의심하고 있는 것은 아닐까?

"내가 먹은 아뮤즈부셰가 어땠지?"

나는 천천히 그의 눈을 바라보았고 그가 진심으로 관심 있어

* 식전 음식.

한다는 것을 알게 되었다. 살짝만 말해도 될 것이다. 음식에 관한 이야기는 나를 내가 되게 하니까. 나를 빛나게 하니까.

"클레멘타인과 엔다이브*가 들어간 에다마메 퓨레**는 대단했어요. 밝고 쓰고 깊으면서 명랑하죠. 가을 배우들이 등장하는 여름 요리라고 할까."

"아, 그래요? 아주 아름다운 문장이네. 조금만 더 들려줘요."

그때 나는 지금 내가 누구와 이야기하는 중인지 잘 인식하지 못했다. 생각이 있었다면 거기에서 끝냈어야 했다. 그는 거물이고 나는 그의 동기나 속셈을 헤아리지 못했다. 그러면서도 내 자만심은 한껏 부풀어 올랐다. 솔직히 충격이었다. 마이클 잘츠가 나를 기억하다니. 물론 그 첫 만남이 워낙 강렬하긴 했지만. 그래도 나는 고작 대학원생일 뿐이고 그는 마이클 잘츠, 《뉴욕 타임스》 레스토랑 평론가다. 그는 나를 두 번 이상 생각하지 않아야 마땅하다. 하지만 그는 나를 생각했다. 아니 생각한 것 이상이다. 그는 내 말을 집중해서 듣고 있었다.

"저는 셰프 달링이 레스토랑 브라이의 일반 셰프일 때 굉장히 놀라운 요리를 했다는 이야기를 읽은 적이 있어요. 대담하고 획기적인 맛들이 조화를 이루었죠. 이번 아뮤즈부셰는 메뉴에 있는 어떤 요리보다 대담한 편이었어요. 아마도 수석 셰프로 올라오기 전에 그가 시도했던 요리와 같은 선상에 있는 요리라는 생각입니다."

---

* 꽃상추. 벨기에의 대표적인 샐러드 야채.
** 풋콩을 갈아 농축해 만든 소스의 일종.

나는 기본적으로 헬렌의 기사를 조금만 바꿔서 말하고 있었지만 내 입술에서 나오는 그녀의 문장에는 나름대로 힘이 있었다.

"알겠어요. 셰프 달링에 관해서 꽤 알고 있는 것 같네. 그의 요리도. 또 어떤 점이 마음에 들었나?" 마이클 잘츠가 눈썹을 치켜올리며 물었다.

내 입에서 문장들이 거침없이 쏟아져 나왔다. 나는 다른 사람에게 들킬까봐 두려웠다. 하지만 그보다 더 두려운 건 이 순간이 끝나서 진지하게 내 이야기에 귀를 기울이는 이 사람을 잃는 것이었다. 나는 다시 원점으로 돌아갈 것이다. 그렇다고 세상이 끝나는 것도 아니겠지만 대박 기회도 아닐 것이다.

"아뮤즈부셰와 완전히 반대 선상에 있는 요리가 케일과 검은 콩을 곁들인 쇼트립 요리였어요. 가장 근본적인 맛이라는 관점에서…… 약간 부족했어요. 검은 콩의 향과 쇼트립의 향이 맞지 않았어요. 쇼트립은 부드럽고 연하고 살이 많았죠. 바닐라처럼요. 문제는 검은 콩에서…… 약간 먼지 맛이 났어요. 좋은 느낌은 아니었죠. 이 두 가지가 조화를 이루지 못했어요. 내 생각에 셰프가 이 요리들을 아직 개발 중인 것 같아요. 쇼트립은 이 레스토랑의 대표 요리이지만 셰프 달링이 이전 셰프의 방식을 차용하고 싶어 하지는 않으니까. 그래서 적응 과정에서 좀 문제가 있었죠. 그건 확실해 보여요."

직원 테이스팅 세션에서는 이런 솔직한 내 생각을 나 스스로도 인정하려 하지 않았지만 이렇게 아무도 없는 지하에 있으니 내 생각과 말이 마구잡이로 뻗어나갔다. 내가 그동안 생각하거나 말하기 두려워하던 것들이 이 어두운 곳에서 튀어나온 것이다. 내가 이 레스토랑에 불리한 이야기를 한 걸까? 그럴지도 모른다. 어쨌든 속은 시원했다. 내 룸메이트는 속을 알 수 없는 인물이다. 엘리엇과는 전과 다르게 자꾸 서로 어긋난다. 마이클 잘츠는 낯선 사람인데다 약간 무섭고 위협적이기도 한 사람이다. 그런데 그가 내 이야기를 들어주니 내 마음속 깊은 곳에 방치되어 있던 부분을 돌봄 받는 기분이 들었다. 그 부분은 오랫동안 목말라 있었던 것이 틀림없었다. 왜냐하면 나는 지금 내 인생이 여기에 걸려 있기라도 한 것처럼 그의 관심을 허겁지겁 삼키고 있었기 때문이었다.

"그럼 치킨은 어땠어요? 그 요리는 어떻게 생각하나?"

"치킨은 매우 훌륭했어요." 나는 차분하면서도 점점 큰 목소리로 말했다. "닭과 달걀도 농장에서 공급받고 있는데요. 고기에서 약간 허브 맛을 느낄 수 있어요. 매튜가 허브를 첨가한 것이 아니고 고기 자체에서 그런 맛이 나요. 아주 미묘하지만 분명히 느끼실 수……."

"그래요, 알았어요. 그건 됐고……." 그는 길고 가는 종이 패드를 꺼내더니 알아볼 수 없는 글씨를 휘갈겨 쓰기 시작했다. "그러면 카술레*는?"

"제가 제일 좋아하는 게 카술레예요." 나는 더 흥이 났다. "우

* 돼지고기, 양고기 등이 들어간 흰콩을 넣어 만든 스튜.

리는 말리지 않은, 딴 지 얼마 안 된 흰 콩을 쓰고 홈메이드 토끼고기 소시지를 써요. 한 시간에서 두 시간만 조리기 때문에 신선함이 살아 있어요."

"그래요, 그래, 신선함." 그가 말했다. "이제 시푸드 파에야에 대해서 좀 말해줘요."

"제가 조개류에 알레르기가 있어서 우리 테이스팅 세션에서 파에야는 먹어보지 않았어요."

그는 패드에서 고개를 들고 황당하다는 듯이 바라보았다.

"알레르기라고?" 그는 약간 화가 난 듯 보였지만 갑자기 입이 귀에 닿을 정도로 크게 미소를 지었다. "그건 이상적이지는 않네. 나도 어떤 조개류 요리와는 관계가 복잡하니까. 그것도 알아는 두죠." 그는 패드를 다시 보는데 뭔가 신이 난 것 같았다. "그러면 포크 로인*은 어땠나? 나한테 새로운 관점 좀 주입해줘!"

마이클 잘츠가 음식에 대한 내 생각들을 받아적는다. 이건 초현실적인 일이다. 정신 나갈 일이다. 내가 원하는 줄도 몰랐던 꿈이 이루어진 것이나 마찬가지다.

"혹시 라스 엘 하누트**가 들어간 돼지고기 드셨나요?" 내가 물었다.

그날 밤에는 두 가지 돼지고기 요리가 있었다. 하나는 당근,

---

* 돼지 등심 요리.
** 가게의 머리, 가게의 맛이라는 뜻으로 중동의 향신료.

옥수수, 오크라*가 들어간 소박한 요리로 일반 메뉴였고 다른 하나는 중동의 향신료, 버터넛 스쿼시**, 라디키오***가 들어간 돼지허벅지 요리로 스페셜 메뉴였다.

"네…… 네…… 그거 같군요. 그건 어떻게 생각해요?"

"구운 버터넛 스쿼시와 오래 볶은 라디키오 들어간 거 맞죠? 당근과 옥수수가 아니고요? 두 개가 비슷한 것 같지만 아주 다르거든요."

"라스 엘 하누트. 처음 거."

"네, 그건요."

나는 숨을 들이쉬어 폐를 공기로 채웠다가 다시 내쉬었다. 나는 무대에 올라와 있었다. 이 무대에 선 사람은 나 하나로 마이클 잘츠라는 관객 한 명 앞에서 공연 중이었다. 이 부분이 클라이맥스였다.

"그건 좀 아니었어요. 돼지고기를 너무 푹 익혔고요. 말린 향신료가 그걸 오히려 더 강조해버렸어요. 라스 엘 하누트는 아름다운 꽃향기가 나는 향신료지만 너무 오래 익히면 이 향신료가 입안에서 촉촉한 맛을 다 빼앗아 가버리거든요. 그런데 라디키오가 더 빡빡하고 건조하게 만들었어요. 버터넛 스쿼시 때문에 약간 감미롭고 상큼해지긴 하지만 요리를 살릴 정도는 아니었어요."

---

* 아욱과 채소.
** 땅콩 호박.
*** 적색 치커리.

나는 지금 내가 직장을 배신하고 있다는 걸 알았지만 그런 생각을 떨쳐버리려고 노력했다. 스스로의 목소리와 생각을 믿지 않는 약한 여자가 되고 싶지 않았다. 'EXIT' 표시가 깜박이는 그 어두운 지하에서 내 진짜 목소리를 내고 싶었다.

그는 빠르게 몇 줄을 더 써넣더니 고개를 들고 나를 보았다.

"고마워요. 오늘 아주 강한 인상을 줬어요."

"선생님도 저와 비슷하게 생각하셨나요?"

"그럼요. 라스 엘 하누트가 너무 강했어. 아직도 혀에 그 맛이 남아 있네." 그가 말할 때 그의 바짝 마른 입술이 열렸다. "디저트는 어땠어요?"

우리의 식사 리뷰는 거의 마지막을 향해 달려가고 있었다. 나는 너무 말을 많이 한 것 같다는 생각이 들었지만 그래도 멈추지 않았다.

관성이라도 말해도 좋다. 한번 시작한 말은 멈출 수 없었다.

허기라고 해도 좋다. 나는 인정에 목말라 있었다.

대박 기회를 찾는 것인지도 몰랐다. 가장 뉴욕적인 방식으로. 에메랄드나 아이스바 아가씨도 이런 상황에서 이렇게 하지 않았을까?

"디저트는요…… 혹시 헤이즐넛 프랄린 크런치*를 올린 고구마 카사바** 파이 드셨나요?" 내가 물었다.

"네, 맞아요. 카사바 파이."

---

* 설탕에 조린 견과류 등으로 속을 채운 벨기에식 초콜릿.

** 태피오카의 원료이기도 했던 열대 식물 뿌리.

"어떻게 생각하셨어요?"

그는 눈을 감더니 벽 쪽으로 가서 기댔다.

"티아가 어떻게 생각하는지부터 말해줘요."

가까이에서 발자국 소리가 들렸다.

"우리 가야겠어요. 저한테 이메일 주시겠어요? 아니면 기다려야 하나요?"

"왜? 이제까지는 감춘 것 없잖아요. 지금 마음속에 떠오른 거 말해봐요."

그가 웃었다. 그는 갑자기 활짝 웃어 보였지만 표정이 억지스러워 마치 반죽으로 빚은 가면 같았다.

"저도…… 그건 잘 모르겠어요."

분명 누군가 언제라도 나타날 것 같았다. 심장이 빨리 뛰기 시작했다. 그가 이 대화에서 무엇을 원하는지 모르겠지만, 그게 무엇이든 나는 지금 방금 친해진 나의 새 가족들의 뒤통수를 쳤다는 건 알 수 있었다. 이제 돌이킬 수도 없었다.

"아니에요. 알잖아요. 자기 의견 내는 걸 겁내지 말아요. 말해봐."

위층에서 불안할 정도로 선명한 소리가 들렸다. 사람들이 걷는 소리와 걱정하는 소리. 사람들이 지금 내 앞에 있는 이 사람을 찾는 소리인 걸까?

"안 돼요. 이런 식으로 선생님한테 이야기하면 안 되는 거였어요."

시간을 돌릴 수만 있다면 그렇게 하고 싶었다. 그게 안 된다면 마이클 잘츠가 너무 취해서 방금 일어난 일을 다 잊었으면 했다. 배신자가 되고 싶지 않았다. 그저 내가 중요해지는 순간을 원했을 뿐이었다.

그는 입술을 오므렸고 잠깐 동안 나는 분위기가 바뀌는 것을 느꼈다. 그가 머릿속으로 무슨 결정을 내린 것 같았다.

"당신 에세이 읽었어요. 헬렌에게 주기 전에. 읽고 싶은 유혹을 이길 수 없어서."

"아."

내 날개를 퍼덕이게 할, 약하지만 또 다른 바람이 불어왔다. 심장 뛰는 소리가 조금 잦아들었다. 나는 그가 내 지원서를 읽었으리라고는 생각지도 못했다.

"아주 훌륭하더군요. 티아는 문장력이 뛰어나요. 글에 맛이 있죠. 지금 이 대화를 하면서 또 한 번 느낀 건데, 조심스럽고 신중하게 비평할 줄 알아요. 이 말은 꼭 하고 싶네. 헬렌 밑으로 들어가지 않고 이 레스토랑에서 일하게 된 거 아주 잘된 거야. 그분은 까다로운 보스일 수 있거든. 내가 좀 알지. 여기 있게 된 거 당신에게 행운이지. 또 당신이 여기 있게 된 거 나한테도 행운이고."

"아, 그런가요? 감사합니다."

얼떨결에 대답은 했지만 숨은 말뜻을 이해할 수는 없었다. 여전히 나는 헬렌을 놓친 것이 아쉬웠다. 그리고 이 상황이 왜 그에게 행운이라는 거지?

"당신은 생각만 하지 말고 생각을 말로 풀어야 해요." 그의 말이 내 생각을 방해했다. "그런 재능을 나누지 않고 산다는 건 너무나 큰 낭비죠. 안 그래요, 티아? 당신은 대학 때 스타였잖아요. 《뉴욕타임스》 푸드 섹션 1면에 실리기도 하고. 하지만 뉴욕에서는 어영부영하다가 뒤처지기 십상이야. 당신처럼 재능 있고 똑똑한 사람이 수천수만 명은 되니까. 그중 어떤 사람은 성공하고 어떤 사람은 실패하지. 그리고 어떤 사람은 이렇게…… 세상을 향해 말할 수 있는 기회를 얻지." 그의 목소리는 낮았고 떨렸다. 그리고 목표를 달성했다. 그는 나를 완전히 사로잡은 것이다. "다시 한번 질문할게요. 디저트는 어땠나?"

"그게 디저트는요…… 흥미로웠다고 생각해요." 결국 나는 말을 시작했다. "파이는 고구마 때문에 달콤하고 카사바 덕분에 묵직한 질감도 생겼고요. 그치만 독특한 맛과 구조를 부여하는 건 카보카*예요."

"카보카! 매력 있지."

"카보카 들어 있는 거 아셨군요? 아주 살짝만 들어가 있어서. 하지만 네. 당연히 선생님이라면 눈치채셨겠죠."

"……그래요. 알았어요. 그게 더 단단한 호박이던가? 그것 때문에 질감이 더 빽빽해지는 건가?" 그가 물었다.

나는 순간적으로 얼굴을 찡그렸다. 뭐야, 지금 농담하는 거겠지?

"아니요. 그건 아니고요. 카보카가 카사바와 고구마를 하나

* 일본 단호박.

로 묶어주는 역할을 하죠. 세 가지가 어우러져서 질감이 있지만 구름 같기도 하고 수플레 같기도 한 가벼운 느낌이 나는 거죠."

"맞아요. 당신 말이 맞아요. 내가 와인을 많이 마셨나보군. 너무 과했어. 슈트루델*은 어땠나?" 그는 고개를 약간 기울이더니 다시 똑바로 들었다. "이것만 마지막으로 이야기해줘요."

이제까지 나를 감싸고 있던 긴장이 조금 풀렸다. 그제야 마이클 잘츠를 더 제대로 볼 수 있었다. 코는 약간 뾰족했고 가는 짙은 색 모발은 점점 더 V자가 되고 있는 이마를 덮고 있었다. 그는 리넨 셔츠 끝을 만지작거렸다.

사실 자세히 들여다보니 그의 변장은 전혀 그럴듯하지 않았다. 그가 외교관이 아니라는 것과 '동양 문화'에 매혹된 부유한 사내가 아니라는 것쯤은 금방 알아챌 수 있었다. 아이라이너는 속눈썹과 너무 떨어져 있어 이국의 신사라기보다는 엄마 화장품으로 장난친 아이 같았다.

"베리가 너무 시큼털털하고 호두 조림은 너무 달았어요." 내가 말했다. "약간 질기고 무거웠죠."

나는 복도에서 발자국 소리를 똑똑히 들었다. 누군가 지하에 내려와 있었다.

"위층에서 만나죠! 고객 휴대품 보관소!"

마이클 잘츠가 이렇게 속삭이고 떠날 때 캐리가 모퉁이에서

* 얇게 늘여 편 반죽에 과일을 얹어 말아 구운 오스트리아 전통 과자.

나타났다. 나는 최대한 빨리 몸을 돌렸지만 우리를 보는 순간 굳어버린 캐리의 얼굴은 놓치지 않았다. 그녀의 떨리는 손이 모든 것을 말해주고 있었다. 그녀는 이 남자의 정체를 아는 것이다.

내가 지금 무슨 짓을 한 거지? 마이클 잘츠에게 왜 이렇게 많은 말을 했지? 이 도시의 모든 레스토랑이 집착하고 있는 이 남자, 마이클 잘츠에게?

"어, 너 뭐 해?" 캐리가 나에게 물었다. 그리고 마이클 잘츠를 쳐다보더니 다시 내 쪽을 돌아봤다.

"아, 손님이 여기 계신 줄 몰랐습니다." 내가 마이클 잘츠에게 말했고 캐리에게 말했다.

"라커에서 뭘 꺼내려고 내려왔는데 이 손님이 화장실 찾으려다가 잠깐 길을 잃으신 듯해."

곁눈으로 보니 마이클 잘츠가 내 순발력 있는 핑계를 듣고 웃는 것이 보였다.

캐리가 마지못해 웃어 보였다.

"그러면…… 손님 제가 위층까지 안내해드릴까요?" 캐리가 물었다.

"그래주시면 고맙죠."

그는 대답하며 내 쪽을 보지는 않았다. 캐리는 우리 둘을 유심히 관찰하고 있었고 그가 나를 보면 그와 내가 아는 사이라는 것이 들통날 수밖에 없었다. 나는 마이클 잘츠의 뒤를 따라가다 다른 길로 빠졌다.

복도 끝에서 캐리가 그에게 말했다.

"손님 오늘 식사 어떠셨어요?" 그녀의 목소리에 불안감이 묻어났다.

내 안의 일부는 이렇게 소리 지르고 싶었다. 그 사람 앞에서 안절부절 하지 마! 약한 모습 보이면 안 돼.

그러나 내 안의 또 다른 나는 그 생각에 즐거워하고 있었다. 그는 캐리에게 정체를 숨기고 있어. 다른 모든 사람에게도. 하지만 나한테는 그렇지 않아.

내가 마이클 잘츠에게 마지막으로 들은 말은 이것이었다.

"저녁식사는 매우 훌륭했습니다. 제가 컨퍼런스 때문에 뉴욕에 잠깐 와 있는데요. 이곳에서 더없이 편안하고 값진 시간을 보냈어요."

그 둘은 계단으로 올라갔고 나는 몇 분 후에 그 뒤를 따라갔다. 그동안 마이클 잘츠와 함께 있었다는 의심을 받고 싶지 않았다. 내가 그와 있었다는 걸 캐리가 봤어도 아무한테도 말하지 않길 바랐다. 그를 알아봤으면서도 스태프들에게 말하지 않은 건 분명 나쁜 짓이다. 지하에서 단둘이 속닥거리기까지 했다. 그건 누가 뭐라 해도 반역죄가 틀림없다.

나는 고객 휴대품 보관소로 돌아가 내 물건들을 챙겼다. 오 분 후에 마이클 잘츠가 내 앞에 섰고 그는 같이 온 손님들과 차례를 기다렸다. 제이크는 다이닝룸 계단 꼭대기에 올라가서 나를 내려다보았고 마이클 잘츠의 뒷모습을 바라보았다.

나는 마이클 잘츠에게 코트를 전해주며 살짝 고개를 끄덕였다. 그가 코트를 받더니 팁을 꺼내려는 것처럼 바지 주머니에 손을 넣었다.

"티아." 그는 입술을 거의 움직이지 않으며 작게 중얼거렸다. "아까 지하에서 아주 잘했어요. 다시 한번 만나고 싶군요. 당신은 그럴 자격이 있어요."

나는 몸을 틀어서 제이크 쪽에서 보이지 않는 곳으로 자리를 옮겼다. 그럴 자격이 있다니 무슨 뜻일까? 그는 내게 종이 한 장을 건넸다. 뒤에 이메일 주소가 적힌 저녁식사 영수증이었다.

"고맙습니다……."

지난 몇 분간의 일이 이제야 현실로 실감이 났다. 《뉴욕타임스》 레스토랑 비평가가 나와 연락하고 싶어한다. 아무데나 써넣는 개인 이메일이 아니라 《뉴욕타임스》 이메일 주소였다. 이렇게 일이 마무리되는 건가?

"쉬이이." 그가 이렇게 속삭이더니 밖으로 나갔다.

제이크가 내려오자 나는 영수증을 재킷 주머니에 넣었다.

"그가 뭐라고 했지? 우리 디너에 대해 무슨 말을 하던가?"

"아뇨. 아무 말씀 없으셨어요." 내가 대답했다.

그건 진실이었다. 그는 아무 말도 하지 않았다. 오직 나 혼자만 열심히 떠들었을 뿐이다.

6

이틀이 흘렀지만 나도 내가 마이클 잘츠에게 무슨 말을 하고 싶은 건지 알 수 없었다. 결국 돌고 돌아도 남는 건 이 문장이었다. 저한테 뭘 원하시는 거죠?

제이크가 매디슨 파크 타번에서 긴급 스태프 회의가 있다며 모두를 소집했다. 《뉴욕타임스》의 사진기자에게 전화가 와 레스토랑이 문을 닫는 월요일 세시 삼십분에서 네시 사이에 요리 사진 여덟 컷을 찍기로 했다는 것이다. 우리는 네시 오분에 모여서 보고를 듣고 전략을 짜기로 했다. 사람들이 모두 도착하자 제이크는 흐흠 하고 목을 가다듬더니 회의를 시작했다.

"여러분들 우리는 큰 위기에 봉착했어요." 그는 사진 촬영을 위해 바에 차린 여덟 가지 요리를 가리켰다. "이렇게 바로 준비가 전혀 안 된 모습입니다. 우리는 토요일에 완전히 실패했어요."

그는 다이닝룸과 테이블 사이를 성큼성큼 걸으며 모든 직원들의 눈을 똑바로 쳐다보았다.

“마이클 잘츠를 그렇게 늦게 알아봤다니 어이없네요. 늦게라도 그를 발견한 건 캐리죠.”

캐리를 보며 부드러운 미소를 짓는 사람들도 있었다. 나는 그 분위기에 스며들기 위해 가만히 있었다. 사실 그를 처음 발견한 건 캐리가 아니라 나였지만. 그렇게 말한다면 문제가 복잡해진다.

제이크가 붉으락푸르락한 얼굴로 걸음을 빠르게 옮겼다.

“이해할 수 없는 건 어떻게 지구에서 가장 유명한 평론가가 우리 레스토랑에 걸어 들어왔는데 아무도 못 알아봤느냐는 거예요. ‘변장’하긴 했지만 장난 수준이었고 핑계가 안 돼요. 이건 진심인데 가장 잘못한 건 나라고 생각하고 있습니다. 하지만 이 방에 있는 어떤 사람도 그냥 넘어갈 순 없어요. 이럴 거면 왜 우리가 다이닝룸과 키친에 그 남자 사진을 덕지덕지 붙여놨던 거죠? 지금쯤이면 얼굴을 외우고 있어야 하는 거 아닙니까? 뚱뚱하든 마르든 대머리든 안대를 쓰고 있든 우리는 마이클 잘츠를 놓쳤어요. 그동안 다른 평론가들도 무수히 놓쳤을 거라고 생각하니 몸이 다 떨리네요. 우리는 요즘 여러 매체에 리뷰를 받고 있는 겁니다. 이러다가 별 네 개짜리 레스토랑이라는 명예를 잃을지도 몰라요. 그 사람을 왕처럼 다뤘어야 했어요. 그 사람이 우리의 적수라 해도.”

제이크가 우리 사이에 앉았다. 그는 타이를 고쳐 매더니 한숨을 쉬었다.

"요리 사진은 이미 찍어 갔습니다. 그건 곧 리뷰가 이번 주 안에 인쇄되어 나온다는 뜻이죠. 이 레스토랑과 이 안에 있는 모든 사람의 운명이 그 사람이 하는 말 한마디에 달려 있어요. 물론 여러분과 나는 매디슨 파크 타번이 세계 최고이자 일류라는 걸 압니다. 그래도 집중력을 잃으면 한방에 훅 갈 수도 있단 말이죠."

제이크는 마치 자기보다 훨씬 더 힘이 센 거인에게 잡힌 사람처럼 고개를 흔들었다. 그는 잘못 놓인 포크 하나 때문에 얼굴색이 바뀌는 남자, 안내 담당 직원이 손님들에게 공손히 인사하지 않기만 해도 괴로워하는 남자였다. 지금 그가 느끼는 고통은 어떤 수준일까? 멀리 떨어져 있어도 눈에 보이는 수준이었다.

손톱을 깨물면서 그의 말들을 곱씹어보았다. 이러다가 별 네 개짜리 레스토랑이라는 명예를 잃을지도 몰라요. 그런 일이 일어나지 않길 바랐다. 나와의 대화는 스쳐지나가는 이야기였을 것이다. 어쩌다 우연히 만나 몇 마디 했을 뿐이다.

하지만 나는 잘츠가 나를 다시 볼 계획이 있다는 사실을 알았다. 그날 밤의 기억이 내 가슴에 뜨겁게 새겨져 있어서 얼굴에 다 드러날 것 같았다. 그 기억과 MS(마이클 잘츠)라는 주홍글씨가 내 가슴에 새겨져 시뻘겋게 불타고 있는 것만 같았다.

"그럼 다들 이리 와요. 음식이 식기 전에 우리 먹어봅시다. 잘츠가 경험했던 게 뭔지 우리도 알아야지."

스포츠 세계에서는 감독들이 선수들의 과거 플레이 영상을 돌려보며 분석하지만 우리는 이 게임을 실시간으로 경험한다. 우리는 사진기자가 요청한 모든 요리를 맛보았다. 아마 이 요리들이 마이클 잘츠 리뷰로 나오게 될 것이었다.

음식을 맛본 후 사람들이 마이클 잘츠의 리뷰에 대해 이런저런 가설을 세우는 것을 들으면서 나는 기묘하게 흘러갔던 우리의 대화를 되돌아보았다. 내가 다른 생각에 빠져 있는 걸 들킬까봐 표정관리를 했다. 나는 그에게 연락하기 전에 지하실 면담의 의미를 여러 각도로 해석해봐야 했다. 그는 젊은 시절 기자였으니 나를 대상으로 취재를 한 것일지도 모른다. 타인의 의견도 도움이 되니까. 그렇지 않을까? 원래 웨이터나 웨이트리스에게 요리 재료도 묻고 추천도 해달라고 하지 않나. 그런 식으로 보니 그 일이 그렇게까지 이상해 보이지 않았다.

사람들이 바 주변에 몰려 있을 때 나는 마이클 잘츠의 영수증을 보며 그가 어떤 음식을 먹었고 어떤 사진을 찍었는지 알아보았다. 그때 나는 내 이론이 틀렸다는 걸 알았다.

대리석 식탁 위에는 라스 엘 하누트가 들어간 포크 요리가 있었다. 그러나 그의 영수증은 다른 것을 말하고 있었다. 잘츠는 일반 메뉴에 있는 포크 로인, 그러니까 더 소박하고 평범한 돼지고기 요리를 주문했다. 그 두 가지는 절대 헷갈릴 수 없는 요리였다. 그러면 왜 마이클 잘츠는 나와 사진기자에게 라스 엘 하누트 요리를 시켰다고 말했을까?

요리를 다 먹은 후, 제이크가 회의를 끝냈고 내 테이블 쪽으로 걸어왔다.

"티아, 토요일에 잠깐이지만 마이클 잘츠를 서빙을 해줘서 다행이라고 생각한다는 거 알아줬으면 좋겠어요. 이 모든 것 말이죠."

그가 손가락을 동그랗게 돌리며 사그라지는 늦은 오후의 햇살 속에서 더욱 넓고 위엄 있어 보이는 다이닝룸을 가리켰다.

"이건 뉴욕이란 도시를 구성하는 큰 요소예요. 티아도 그 안에서 하나의 역할을 담당하고 있는 거고. 훌륭히 잘해냈어요."

나는 팔이 떨릴 정도로 두 손을 꽉 잡고 있었다. 그건 기도였다. 그가 나의 죄를 알아채지 않길 바라는 간절한 기도. 내가 한 짓이 어디에도 영향을 주지 않길 바라는 필사적인 기도였다. 손을 더 세게 쥘수록 이 사건을 사소한 일화로 만들 수 있을 것만 같았다. 아무 데도 새어나가지 않길. 아무도 배신하는 것이 아니길. 아무런 소란도 일어나지 않길.

제이크는 마지막으로 나를, 그것도 대견하다는 눈길로 바라보더니 다른 곳으로 갔다. 그제야 숨을 쉴 것 같아서 긴 의자에 풀썩 쓰러지듯 앉아 눈을 꼭 감았다. 잠시 동안 이대로 시간을 멈추고 지금 현실만을 제대로 느끼고 싶었다. 제이크의 칭찬을 소소하지만 내가 한 일에 대한 칭찬으로 간직하고 싶었다. 물론 그 뒤에 나의 소소한 위반 행위가 있었다. 그러나 머리로는 그것이 결코 소소한 위반 행위가 아님을 나는 알고 있었다.

캐리가 나에게 뛰어왔는데 나는 그녀를 보자마자 심장이 덜컥했다.

"잠깐만, 너 근데 토요일에 거기서 무슨 일 있었어?"

그녀가 날 너무 뚫어지게 응시하고 있어서 나는 시선을 옆으로 피해야 했다.

"아니. 라커에 뭘 놔두고 와서. 제이크가 고객 휴대품 보관소로 돌아가기 전에 잠깐 쉬어도 된다고 했거든."

말이 아주 안 되는 핑계는 아니었다. 누구라도 그럴 수 있었을 것이다.

"사람들이 내가 그날을 살렸대. 처음으로 그 사람 발견했잖아." 이렇게 말하는 캐리의 눈은 날카롭게 빛나고 여전히 초롱초롱했다. 캐리는 데이터 저장의 여왕이었고 나 또한 이제 그녀의 감시 아래 놓이게 된 건지도 모른다. "그런데 난 그냥 우연히 발견한 거고. 너는 같이 있지 않았어? 거기 얼마나 오래 있었어? 왜 그 사람 못 알아봤어?"

"어떻게 알아봐, 내가?" 내 목소리가 너무 갈라져서 소리를 줄여야 했다. 거짓말을 할수록 내가 감정을 어느 정도로 표출하고 있는지가 의식되었다. "그날이 첫 출근인데. 난 레스토랑 일 처음이었잖아. 그 사람이 어떻게 생긴 줄도 몰랐어."

캐리는 그쯤에서 물러났지만 눈을 가늘게 뜨고 나를 바라보았다. 순간 숨이 멈추고 심장이 멈추고 머리가 멈추었다.

"그래. 이번엔 네 말 믿을게." 캐리가 말했다. 휴.

정말 모르겠다는 듯이, 그건 내 능력 밖의 일인 것처럼 더 잡아뗐어야 했다는 생각이 들었지만 그 의도를 제대로 전달할 수도 없었을 것이다. 그저 입을 다물고 이 순간이 지나가길, 캐리가 나에게서 아무 정보를 얻으려 하지 않고 혼자 알아서 결론에 도달하길 바랄 뿐이었다.

우리는 몇 초 정도 그렇게 조용히 앉아 있었고 캐리는 더 나은 걸 기대했다는 듯이 고개를 흔들더니 걸어가버렸다.

*

그날 밤, 나는 마이클 잘츠에게 이메일을 보냈다. 일어난 모든 일련의 사건들을 테이블에 올려놓고 시시비비를 가려야 했다. 대체 그 사람은 나에게 원하는 게 뭘까? 레스토랑에서 뭘 하고 있었던 걸까?

그런 다음 이 일에서 완전히 손을 뗄 것이다.

안녕하세요, 마이클. 오늘 매디슨 파크 타번 스태프들이 토요일에 있었던 당신의 식사에 대해 회의를 했어요. 사실 선생님께 이메일을 보내지 않아야 하지요. 하지만 왜 거기에 계셨는지, 왜 저에게 그렇게 많은 질문을 하셨는지 답변해주실 수 있을까요? 왜 저하고 이야기를 하고 싶다고 하셨는지도요. 머리가 너무 복잡하고 혼란스러워 묻습니다.

그는 바로 답장을 보내왔다.

티아, 겁먹지 말아요. 당신은 빛날 수 있으니까. 앞으로 좋은 일이 생길 겁니다.

7

다음날 저녁, 매디슨 파크 타번의 오너 게리 오스카는 레스토랑에 앉아 식사를 하며 노트북을 보고 있었다. 다른 손님들에게는 허용되지 않는 일이었지만 당연히 사장인 그는 예외였다. 그는 뉴욕에서만 레스토랑 여섯 개를 소유하고 있었고 보통 언론의 관심을 집중적으로 받는 새로 연 레스토랑만 본인이 직접 관리했다. 오늘 밤 그는 매디슨 파크 타번에 집중하고 있었다. 셰프 달링과 요리사들은 키친에 숨어 있었지만 제이크와 스태프들은 게리의 넘치는 에너지를 참으며 옆에서 수발을 들어야 했다.

오며 가며 다이닝룸을 살짝 훔쳐보니 게리는 손님들 앞에서 차분한 표정을 유지하면서도 상사 눈치를 보며 뛰어다니고 있는 불쌍한 제이크를 몇 분에 한 번씩 불러대고 있었다. 앤젤, 채드, 헨리는 병적으로 핸드폰을 확인하고 있었다. 셰프 달링은 평소보다 자주 키친에서 나와 서성였다. 사장이 있다는 것을 고려하면 더 예외적인 행동이었다. 그는 안내 담당 직원에게 계속 무언가를 확인했지만 그들은 고개를 흔들거나 발을 까딱거렸다. 그것이 무엇인지는 몰라도 그들은 제이크가 느끼는 불안을 서로 공유하고 있었다. 캐리가 셰프 달링에게 달려가서 고개를 끄덕이고 핸드폰을 또다시 체크하기도 했다.

"무슨 일이야? 왜 사람들이 자기 자리 안 지키고 산만하게 저래?" 나는 캐리를 붙잡고 물었다.

캐리가 기가 막힌다는 듯이 나를 쳐다보았다.

"《뉴욕타임스》 리뷰 나오잖아! 오늘 밤에 나오는 거 몰라?"

"오늘 화요일이잖아. 리뷰는 수요일 자 신문에 나오지 않나?"

"그건 종이 신문이고. 인터넷에는 오늘 밤에 올라온단 말이야." 캐리는 키친에 붙은 작은 창문으로 셰프 달링을 흘깃거렸다.

그날 밤에는 다들 정신이 다른 데 가 있었다. 설거지 담당부터 요리사들은 물론 항상 웃고 있던 안내 담당 직원까지도 전전긍긍해 하는 표정이었다. 손님들이 서비스에 불만을 표시하기도 했다. 그 손님들은 《뉴욕타임스》가 우리에게 얼마나 어마어마한 심판관인지 모르는 것이다. 서비스의 왕 제이크마저도 손님들에게 집중하지 못하고 최후의 심판에 정신이 쏠려 있었다. 이제 모든 것이 우리 손을 떠나 있었다.

하지만 나는 그렇지 않았다. 최대한—최대치가 그리 크진 않았지만—부족한 서비스를 메우려고 해보았다. 더 밝고 크게 웃어보였다. 손을 잡고 싶어 하는 사람들의 손을 잡았고 혼자 있고 싶어 하는 사람들은 그렇게 대했다. 내가 할 만한 작은 일들을 찾아 하면서 레스토랑이 더 이상 어수선해지지 않도록 애써보았다. 그러면서도 나는 알고 있었다. 내가 할 일은 너무 적고 너무 늦었다는 걸.

열한시에 퇴근을 하고 천천히 걸어 아파트로 왔다. 운치 있는 가을밤이었다. 습하지 않은 상쾌한 바람이 불어오고 나뭇잎들은 그 바람에 맞춰 자장가처럼 속삭였다. 사람들의 발걸음이 절로 가벼워질 만한 완벽한 가을 날씨였다. 물론 나는 전혀 그렇지 않았다. 어떤 리뷰가 나올지 알 수 없었지만 내가 한 짓, 내가 한 말은 알고 있었다. 되돌릴 수는 없었다. 할 수 있는 건 다른 사람들과 마찬가지로 기다려보는 것뿐이었다.

에메랄드와 멜린다가 집에 없어서 그나마 다행이었다. 노트북을 여니 캐리에게 이메일이 와 있었다. 제목 : 망했다.

나는 캐리가 보내준 nytimes.com의 링크를 열어 읽었다.

유명 농장이 전원으로 가다.

—마이클 잘츠

당신 집에 남는 옷걸이가 하나 있다면 매디슨 파크 타번에 주고 싶어질지도 모르겠다. 플랫아이언 빌딩에 있는 이 레스토랑은 참신한 콘셉트가 필요하고, 모자를 걸어둘 옷걸이도 필요하다.

내 전임자가 4년 전 이 레스토랑을 리뷰했을 때 이곳에는 다이너마이트처럼 폭발하는 에너지와 아이디어가 있었다. 자신만만한 젊은 셰프 안소니 타트는 남들보다 한 발 앞서 신선한 로컬 재료를 사용했다. 그는 이런 신선한 재료들을 '시골풍'이라든가 '홈스타일' 같은 어정쩡한 단어로 흐리지 않았다. 메뉴 또한 재료에서 크게 벗어나지 않았으나 고급스럽고 품격 높은 레스토랑에서 전혀 어색함 없이 서빙했다. 이후 이 유기농이란 아이디어는 민들레 홀씨처럼 맨해튼에 퍼져나갔고 아스팔트와 매연으로 가득한 우리 도시에 시골의 맑은 공기가 들어오는 듯했다.

하지만 그건 4년 전이었고 그때 받은 별은 4개였다. 현재 매디슨 파크 타번은 새로운 셰프로 브라이 레스토랑에 있던 매튜 달링을 영입했다. 이제 '로컬 재료'라는 아이디어는 더 이상 이 레스토랑을 이끌지 못한다. 과거 매디슨 파크 타번을 혁명적으로 만들었던 특징들이 오늘날에는 당연한 것, 때로는 뻔한 클리셰로 보일 뿐이다. 이보다 훨씬 더 혁신적인 레스토랑이 속속 생겨나고 있다. 바쿠샨, 올탑 픽스, 욥팩토리 등도 신선한 로컬 재료를 사용한다. 그들은 이 재료들을 안절부절못하며 숭배하는 것이 아니라 버릴 건 과감히 버리면서도 흥미로운 것만 취해 선보인다.

물론 달링의 매디슨 파크 타번에서 매우 유쾌하고 맛있는 순간들이 있었다. 아뮤즈 부셰로 나온, 클레멘타인과 엔다이브가 들어간 에다마메는 대단했다. 밝고 쓰고 깊으면서도 명랑한 이 요리가 내 마음을 빼앗았다. 이는 계절에 상관없이, 더 자주 나오길 바라게 되는 요리다. 매튜 달링은 인기는 많지만 유행을 타기에 언제라도 휘청거릴 수 있는 레스토랑을 넘겨받았고 위기는 순식간에 찾아왔다. 대부분의 요리는 대문자 C 콘셉트*라고 강요하는 것만 같았다. 다이닝룸 인테리어조차도 '마켓 투 테이블 레스토랑'을 소재로 한 영화 세트장처럼 너무 식상하고 그 개념에만 충실해 하나의 캐리커처 같다.

감자를 곁들인 치킨 요리는 여섯 가지 방식에서 마음에 들었다. 클래식에 옷을 아주 잘 입혔다고 할 수 있었다. 감자는 최고의 맛과 질감을 낼 수 있도록 튀겨져 있었고 치킨은 그만의 특별한 마법을 선보인다. 천천히 음미하면 고기 안에서 허브 향을 살짝 느낄 수 있다. 이는 좋은 사료를 먹고 잘 자란 닭고기 맛인데 농장의 평온함이 접시 위로 전해진 것이다. 토끼고기 카술레는 예상치 못한 신선함으로 혀를 공격한다. 익숙한 수프 질감이 아닌 색다른 요리다.

하지만 메뉴 대부분은 '나쁘지 않음'에서 '이걸 왜 먹어야 하지?' 사이에 있다. 그날 밤의 스페셜인 라스 엘 하누트가 들어간 포크 로인은 심각할 정도로 부조화스러웠다. 향신료는 입에서 촉촉함을 빼앗아버려 라스 엘 하누트의 특별한 풍미를 전해주지 못했다.

그중에서도 가장 부족한 것은 쇼트립 요리였다. 쇼트립은 안소티 타트 시절부터 매디슨 파크 타번의 기본 인기 요리였다. 그러나 매튜 달링은 자신의 버전으로 그 요리를 만드는 데 큰 관심이 없는 듯하다. 셰프 타트 시절에 쇼트립은 목적이 분명했고 확실한

---

* 도시적인 건축 인테리어 콘셉트.

테크닉으로 명확한 말을 했고, 타트는 자기 장르에서 선두를 달리는 운동선수 같았다. 오 년 전, 나는 그의 해석을 충분히 이해할 수 있었다. 해선장*과 맥주로 글레이즈한 쇼트립 위에 셔빌 리크 퓨레가 얹어져 나온 요리에는 이국적인 아름다움과 풍미가 있었다. 또 다른 명작은 사보이 양배추와 종이처럼 얇은 순무와 판체타**로 싼 쇼트립이었다.

오늘날 매디슨 파크 타번의 쇼트립은 성의 없는 리메이크작 같다. 케일과 검은 콩은 가장 근본적인 수준에서 문제가 있다. 검은 콩은 그 자체로는 매우 엄선된 재료이지만 먼지처럼 텁텁한 맛을 내고 말았다. 쇼트립의 부드럽고 촉촉한 바닐라 같은 질감에 진흙이 들어간 것 같아 최악의 방식으로 당신의 위를 공격한다.

디저트를 살펴보자. 프랄린 크런치를 얹은 고구마 카사바 케이크는 즐거운 깜짝 선물이라 할 수 있다. 카보카가 카사바와 고구마를 하나로 묶어줘 질감은 있지만 구름 같기도 하고 수플레 같기도 한 가벼운 느낌을 낸다. 하지만 타임***과 라이스 젤라토가 들어간 베리 월넛 슈트루델에서 베리는 너무 시큼털털하고 월넛은 너무 달다.

서비스는 다른 모든 게리 오스카의 레스토랑과 마찬가지로 흠잡을 데 없다. 다이닝룸에는 훌륭한 외모의 스태프들이 우아한 안무를 수행한다.

---

* 단맛이 나는 중국요리 소스.
** 이탈리아식 베이컨.
*** 백리향. 육류 요리, 소스, 스톡 등에서 다양하게 쓰인다.

봉화를 전승받는 건 쉬운 일이 아닐 것이다. 새로운 봉화를 넘겨받은 주자는 전임자의 어젠다에 부담을 느끼고 있을지도 모른다. 매튜 달링은 실력이 출중한 셰프지만 이 레스토랑을 엉뚱한 길로 끌고 가는 것 같다. 한때 매디슨 파크 타번은 잊지 못할 경험이었고 최고 중 하나였지만 이제는 그저 좋은 것 중 하나다.

별 네 개 중 두 개

나는 글을 다 읽었다. 또다시 읽었다. 읽고 또 읽었다. 내 눈을 믿을 수 없었다. 별 두 개? 그것만으로도 충분히 충격적이었다.

그보다 더 큰 충격은 마이클 잘츠가 내가 쓴 단어를 그대로 갖다 썼다는 것이다. 글에서 내 목소리가 내게 말을 거는 것만 같았다.

처음에는 이 모든 게 장난인 줄 알았다. 누군가 가짜 웹사이트를 만들어서 나를 놀리고 있는 건지도 몰라. 다시 클릭해보았지만 다른《뉴욕타임스》기사가 떴다. 내일 아침, 이 단어와 문장이 종이 신문으로 인쇄되어 전국에 뿌려진다는 말인가. 전 세계가 이 페이지를 볼 수 있게 된다. 이 단어들을. 이 생각들을. 내 것들을.

솔직히 내 문장이 신문에 실렸다는 사실에 들떴을지는 몰라도 진실은 이것 하나, 그가 내 입에서 나온 말을 훔쳐 썼다는 것이다. 어떻게 봐도 다르게 볼 수가 없다. 그는 나를 지하로 꼬드겨내고 메모지에 내 의견을 옮겨 적은 다음 그것을 마치 자기가 쓴 글처럼 썼다. 그는 해명해야 한다. 나는 그에게 맞설 준비가 되었다. 그때 나에게 새 이메일이 와 있었다. 보낸 사람은 마이클 잘츠. 덜덜 떨리는 손으로 열어보았다.

제목: 만나서 이야기하죠.

아마 지금쯤이면 리뷰를 보았겠지요. 당신에게는 특별한 재능이 있어요. 내 아파트로 오세요. 257 센트럴 파크 웨스트. 내일 전부 이야기합시다.

당연히 그래야지. 예전에도《뉴욕타임스》에 내 글이 실린 적이 있었지만 그때는 그 기회를 적극 활용하지 못했다. 이제 나는 내 목소리가 얼마나 중요한지 알기에 싸워보지도 않고 다른 사람이 그것을 빼앗아가는 걸 가만히 지켜보고만 있지는 않을 것이다.

8

인턴십 세미나에 가보니 다들 그 리뷰에 대해 이러쿵저러쿵 한 마디씩 거들고 있었다.

"다들 깜짝 놀라 뒤로 넘어간 것 같던데." 서른 살로 전직 은행원이었다가 지금은 지속적 어획을 위한 시민 단체에서 인턴을 하는 레이첼이 말했다.

"어쨌든 리뷰는 끝났잖아. 사람들이 아직도 그만 데 신경 쓰나?" 지오가 물었다.

그는 저소득 이민자 여성들을 위한 키친 인큐베이터에서 일하고 있었다.

우리의 세미나 리더인, 음식학 포닥 과정에서 비만과 메스암페타민 이용의 관계를 연구하고 있는 선배도 끼어들었다.

"권위는 절대 죽지 않아. 플랫폼이 바뀔 수는 있고 목소리도 바뀌지. 하지만 언제나 권위자들을 위한 자리는 있어." 그녀는 세상일이 그렇다는 듯이 고개를 끄덕이며 말했다.

"티아, 너는 어떻게 생각해?"

내 동기들은 별 기대 없이 나를 쳐다보았다. 나도 내 통찰력에 회의적이었다. 인턴십에 관해 들은 이야기는 이러했다. 초반 몇 주는 새 자리에서 다들 열심히 일한다. 그 경험을 바탕으로 다양한 아이디어와 미래의 비전을 가져와 세미나실에서 학생들끼리 열띤 토론을 벌인다. 하지만 결국 그 아이디어와 열정은 절차와 관례에, 또 대학원생 인턴을 발밑의 때 정도로 느끼게 하려고 작정한 기관 직원들에게 철저히 짓밟혀버리고 만다.

내가 말했다. "네, 뭐. 아마 회복하려면 힘들겠죠. 그건 맞아요. 그 일이 일어났을 때 저도 있었고 그 사람도 봤어요."

내가 말을 멈추자 갑자기 사람들이 엉덩이를 빼고 의자 끝에 앉아 내 말을 듣기 위해 귀를 쫑긋 세웠다. 장난기가 동한 나는 약간 시간을 끌면서 그들의 눈이 점점 커다래지는 걸 구경했다.

"말도 해본 걸요."

"마이클 잘츠와 말해봤다고?" 레이첼이 소리 지르듯이 말했다. "무슨 얘기?"

"아. 그게……."

나는 일부러 천천히 말을 끌면서 세미나 테이블에 있는 사람 열 명이 내 말 한 마디에 매달려 있는 걸 지켜보았다. 솔직히 그들은 아까 나눈 이야기들이 그저 건너 건너들은 수준이라는 건 알았던 것이다. 그냥 게으른 학계 사람들 이야기다.

하지만 마이클 잘츠가 직접 설명해주기 전까지 나는 내 진짜 역할을 말할 수가 없었다. "그 사람 테이블에 팰러트 클렌저 갖다줬어요." 마지못해 말했다.

그 순간 마법은 깨졌다. 레이첼이 의자에 등을 기댔다. 지오는 코웃음을 날리며 날 흘겨보았다. 세미나 리더도 내 말을 듣고 다 들리게 한숨을 쉬었다.

"그렇구나. 이제 우리 일 이야기나 하자."

쉽게 불타올랐다가 쉽게 꺼지는구나. 나는 인턴 경험과 세미나 내용을 기록하기 위해 마련한 노트를 폈다. 내가 쓴 것이지만 그 안의 단어들은 이제는 한 편의 소극처럼, 지성인들의 하나마나한 소리를 다듬어놓은 껍데기처럼 읽혔다. 마치 이 세미나, 이 대학원처럼 말이다. 정말 중요한 것과는 아주 멀리 떨어져 있는 그들만의 세상인 것이다. 아니 정말 중요한 사람은 모르는 곳.

세미나가 끝나자 나는 C 트레인을 타고 마이클 잘츠의 어퍼웨스트사이드 아파트로 갔다. 마당에는 분수와 호텔처럼 둥그런 진입로가 있는 고풍스러운 고층 건물이었다.

"마이클 잘츠를 만나러 왔는데요."

프론트 데스크에 앉아 있는 사람에게 말했다. 로비는 온몸으로 바로크풍이라 외치고 있었는데 곳곳에 대리석과 금장식이 되어 있고 무거운 휘장이 주렁주렁 걸려 있었다. 나는 이런 곳에 오기에 너무 어리고 가난하고 차림새가 초라하다. 질 샌더 입고 올 걸 그랬나?

얼굴이 길고 턱이 네모난 프론트 데스크 남자는 금테 안경 너머로 나를 빤히 쳐다보았다. "이름이?"

"티아 먼로예요. 약속하고 왔어요."

그는 찡그린 얼굴을 숨기지도 않고 번호를 누르더니 고개를 돌려 수화기에 대고 뭐라고 말했다가 나를 돌아보았다.

"삼십오층 Q호예요. 엘리베이터는 저기."

그는 '저기'가 구체적으로 어디인지를 가리키지도 않으며 말했다. 나는 엘리베이터를 탔고 몇 초 후, 삼십오층 Q호 앞에 서서 입술을 굳게 다물고 노크를 했다. 그가 무슨 말을 지껄이건 나는 쉽게 물러서지 않을 것이다. 그는 내 문장과 단어를 훔쳤고 대체 왜 그랬는지 나는 알아야 했다.

마이클 잘츠는 처음에는 문을 살짝만 열더니 곧 활짝 열어젖혔다.

"들어와요, 어서 들어오라니까."

그가 거의 강요하듯이 말했다. 그는 내 팔꿈치를 너무 세게 잡았는데 자신이 얼마나 힘이 센지를 모른다는 생각이 들었다. 잘 모르는 사람들끼리는 이런 식으로 신체 접촉을 하지 않는다. 그가 나를 거실로 데려갈 때 나는 긴장해서 침을 삼켰다.

예상대로 그의 삼십오층 아파트에서는 탁 트인 센트럴 파크 전망이 보였다. 하지만 내가 예상치 못했던 것은 그곳에서 풍기는 냄새였다. 훈제 냄새, 고기 냄새, 양념 냄새, 허브 냄새가 마구잡이로 뒤섞여 있었다. 계란, 바나나, 치즈 냄새도 났다. 각각의 냄새들은 나쁘지 않았고 오히려 맛있는 냄새라고도 할 수 있었다. 그렇지만 이것들이 모두 섞이니 고약한 악취가 되어 첫 오 분 동안 어떻게 하면 코를 막을 수 있을지만 고민했다.

마이클 잘츠는 거리에서 마주쳤을 때나 레스토랑에서 만났을 때와는 사뭇 달라 보였다. 나는 술에 취하지 않은 상태에서 밝은 곳에 있는 그를 보았다. 그에게도 이 악취가 배어 있었는데도 그는 매우 예리하고 위협적으로 보였다. 키가 상당히 큰 편이었고 긴 흰색 가죽 소파에 차분하고도 우아하게 다리를 뻗고 앉아 있었다. 나는 그가 매우 중요한 사람이라는 것과 이 사람 아파트에 내가 그와 단둘이 있다는 것도 알았다. 하지만 그가 내게서 뭘 원하는지는 몰랐기에 내 목구멍에 자갈을 밀어 넣는 기분이 들었다.

나는 다른 소파에 앉았다. 우리 앞에는 커피 테이블이 놓여 있었고 그 위에는 크기가 다양한 단지들이 있었다. 사실 그런 단지들은 아파트 구석구석에 다 놓여 있었고 모두 뚜껑이 닫혀 있었다. 식탁 위 노트북 옆에 있는 뚜껑 몇 개는 열려 있었다.

소파에 등을 기대자 입고 있던 카디건이 어깨로 흘러내려 내 탱크탑 끈과 브라 끈이 드러났다. 나는 깜짝 놀라 카디건을 올렸다.

"그런 건 걱정하지 말아요." 마이클 잘츠가 웃었다. "나는 남자 좋아해요."

"아." 그 말을 들으니 안심이 되었다. 하지만 그게 전부는 아니었다. 왜 내 표현을 훔쳤는지 따져야 했지만 말하기 전부터 겁이 났다.

"내가 무슨 음흉한 목적을 갖고 티아를 불러낸 건 아니니까. 그 점은 걱정 마요. 하지만 왜 집까지 오라고 했는지는 곧 말해 줄게. 내가 얻고 싶은 건 딱 하나야."

그는 커피 테이블 끝에 있던 베이지색 세라믹 단지를 들었다. 손가락 끝으로 그 뚜껑에 동그라미 모양을 그리며, 마치 쓰다듬어주기를 기다리는 작고 귀여운 애완동물처럼 단지를 부드럽게 쓰다듬었다.

지금 나한테 약을 먹이려는 걸까? 뭔가 징그럽고 역겨운 걸 보여주려는 걸까? 마치 나를 갖고 놀면서 자기에게 주도권이 있다는 걸 과시하려고 하는 것 같았다.

그가 보여준 건 최고급 품질의 사프란 묶음이었다. 사프란은 길고 우아하게 늘어져 있는데다가 광택이 없는 단지를 벽돌색으로 물들인 것으로 보아 특상품임을 알아볼 수 있었다.

그는 그 단지를 코앞에서 둥그렇게 돌렸다.

"본론 들어가기 전에. 이거 훌륭하지 않아요?"

그가 손가락으로 사프란 안을 쿡쿡 찌르면서 가지런한 실을 엉클어뜨렸고 단지를 코 앞에 가져다댔다.

"사람들은 사프란이 꽃의 암술이라는 걸 종종 잊지." 그는 계속 킁킁 냄새를 맡았다. "사프란의 가격이 사악하다는 말만 하느라 바빠서 사프란이 정말 무엇인지 잊어버려."

"제 남자 친구가 대학교 때 크로커스*를 연구했어요." 이 대화가 어디로 흐를지 몰랐지만 안전 지역에 머무르겠다고 결심했다. "파일럿 다이닝홀 프로그램을 위해 몇 가닥을 채취했죠. 가장 좋은 건 저 요리하라고 줬었어요."

"천생연분이로군."

"뭐…… 좋은 사람이에요."

이렇게 말했지만 나는 내 연애 이야기를 하러 온 것은 아니다. 그런데 무슨 이야기하고 있었더라?

"그러면 사프란으로 뭘 만들었지?" 마이클 잘츠가 물었다.

"제 특별 요리는 생강과 가자미를 곁들인 라이스 스튜였죠."

그가 다시 화제를 음식으로 돌리니 마음이 한결 편해졌다.

"파에야 같은?"

"아뇨. 파에야랑은 다르고요. 조개 들어간 요리는 잘 안 하는 편이죠. 왜냐하면……."

"아, 맞다. 알레르기! 내가 그걸 어떻게 잊겠어?"

그의 기억력은 놀라웠다. 아니 나에 대해서만 그럴지도.

"아시아풍 요리에요. 사프란이 햇살의 맛을 더해주죠. 가자미에 바다의 요소가 있고 쌀에는 땅의 요소가 있는데, 사프란에는 시골 농장의 느낌이 있어요. 이 투박하고 거친 자연의 향을 더해 두 재료를 하나로 이어주는 거예요."

"말로만 들어도 아주 맛있겠는걸. 훌륭해. 대단해. 그런데 잠

---

* 사프란의 일종으로 봄에 꽃이 핀다. 가을에 꽃이 피는 종은 흔히 사프란이라고 부른다.

깐만 실례할게."

"그러세요. 그런데 저 먼저 이 말씀은 꼭 드리고 싶은데……." 하지만 잘츠는 듣고 있지 않았다.

그는 넓고 큰 창문 밑 캐비닛으로 걸어갔다.

"이건 파리의 오래된 도서관에서 쓰는 거라고 해서 구한 메모지야."

그는 라벨이 붙은 서랍을 손가락으로 쓸어보더니 원하던 것을 찾았다. 줄이 있는 흰 메모 카드를 꺼내 테이블로 가져와 글씨를 천천히, 꾹꾹 눌러 썼다.

생강과 가자미를 곁들인 사프란 라이스 : 건초, 농장, 바다, 땅

그는 카드를 커피 테이블에 올려놓고 나를 아무렇지도 않게 바라보았다. 방금 내 입에서 나온 단어를 고스란히 자기가 취하려고 하지 않는 것처럼.

"잠깐만요."

나는 일부러 그의 아파트까지 왔으니 그의 말을 들어줄 용의도 있었다. 설명이 늦어져도 이해하려고 했지만 내 입에서 나오는 모든 말을 훔쳐가려는 습관까지 두고 볼 수는 없었다.

"저한테 뭘 원하는지 말해주세요. 대답을 듣기 전에는 음식 이야기는 절대 하지 않겠어요."

"대답!" 그는 대답이 계속 혀끝에 맴돌고 있었던 것처럼 말했다. "그래서 우리가 여기 있는 거잖아. 난 내 아카이브에 당

신의 표현들을 저장해. 참고하려고."

"아카이브라뇨…… 선생님이 새로운 요리를 시도할 때 언급해야 할 요리를 적어둔 건가요?"

마이클 잘츠는 오랫동안 불쾌하게 웃었다. 얼굴이 빨개질 때까지 눈에 눈물이 고일 정도로 웃었다.

"아니, 그러면 얼마나 좋겠어. 사실 내가 여기 오라고 부탁한 이유가 바로 그거예요."

드디어 올 것이 왔구나. 헬렌에 관한 새로운 소식이 있는 걸까? 내게 인턴십을 소개해주지 않은 걸 사과하고 싶었던 걸까?

"나에게 새로운 요리란 없어." 마이클 잘츠가 말을 이었다. "그 맛이 적힌 카드 카탈로그는 내가 가진 전부고. 내 기억과 다른 사람의 기억들을 모아둔 거예요."

"오…… 선생님이 맛의 조합을 깜빡 잊어서요?"

나는 그렇게 추측해보았다. 그리고 라스 엘 하누트 포크 요리를 떠올렸다. 그는 그것이 어떤 맛이었는지 잊었을 것이다. 그렇지 않았다면 평범한 소금 후추 버전과 헷갈렸을 리가 없다.

"먹어보지 못한 건 잊을 수도 없겠지. 하지만 내가 또 뭔가 보여주지."

그는 커피 테이블 서랍을 열더니 알루미늄 호일로 싼, 빨간색 액체가 들어 있는 병을 하나 건넸다. 그 병은 거실보다는 연구소에 있는 게 어울리는 병이었다.

"이거 아나? 세계에서 가장 매운 고추인 부트 졸로키아에서 뽑아낸 액체지. 더 매운 고추를 재배한다는 농부들도 있지만 부트가 가장 자연스럽거든. 신사적인 매운맛이라고 할까. 열어 봐요."

나는 작은 뚜껑을 비틀어 열었다. 열자마자 손이 타는 듯했고 눈물이 났다.

그는 내 손에서 병을 채가더니 병을 입에 댔고 악마와 같은 빨간 소스가 그의 혀에 흘러 내렸다. 그러고는 입을 다문 후 볼이 쏙 들어가도록 빨아들였다. 사이코 진기명기 쇼처럼 느껴지던 삼십 초가 지나자 그는 혀를 내밀더니 동전만 한 크기로 부풀어 오른 자국을 보여주었다.

"이건 내가 가장 좋아하는 '맛'이요. 하지만 맛이라고도 할 수는 없고. 사실 타는 느낌만 느낄 수 있어. 변덕스럽고 난폭한 고추기름이지. 그게 다예요."

나는 그 순간 모든 걸 이해했다. 그의 아파트에서 나는 이상한 냄새, 그의 해골처럼 마른 몸, 그가 두 가지 돼지고기 요리를 구별하지 못하는 이유.

"다 사라졌어." 잘츠가 말했다. "다 없어졌다고. 단 맛, 강한 향신료 맛, 신 맛, 쓴 맛…… 이 맛이란 게 나한테 아무 의미가 없게 됐어. 입에서 살살 녹아야 할 수프는 하수구 물처럼 느껴지고 최고급 고기에서는 카드보드 맛이 나. 난 세상에서 가장 불운한 사람이요. 아니 그렇게 생각했어…… 티아, 당신을 찾기 전에는. 난 티아의 도움이, 당신의 그 예민한 미각이 필요해요."

아까 잠깐 스치듯 맡은 부트 졸로키아 냄새 때문에 아직도 눈에 눈물이 맺혀 있었다. 게다가 그 소스가 내 카디건에 구멍을 뚫었을 거라 확신했지만 나는 신경 쓰지 않았다. 이건 초대형 사건이었다. 마이클 잘츠, 세상에서 가장 저명한 음식평론가가 음식 맛을 느낄 수가 없다. 그는 가장 기초적인 임무도 수행할 수 없고 어떤 이유인지 몰라도 내 도움을 바라고 있다.

"나는 과거에 존재했던 사람의 껍데기일 뿐이고, 인생에서 가장 사랑하던 것을 빼앗겼어." 말은 이렇게 했지만 그의 눈은 빛났다. "하지만 내 슬픔은 당신에겐 기회일 수 있지. 나는 당신의 도움이 필요해. 당신에게는 음식을 감상할 수 있는 능력이 있지. 맛과 향과 풍미를 이해하고 원하는 맛을 추구하기 위해서 거치는 복잡한 과정도 존중해. 나는 티아가 내 미각이 되어주었으면 좋겠어. 내가 아끼는 제자가 되어서 나와 동행해 식사하는 거지. 이 도시에 새로 연 식당, 최고의 식당에 가는 거야. 티아는 그곳들을 알게 되고 경험하게 되고 아마도 지배하게 되겠지. 티아가 이 도전을 받아들이기만 한다면."

나는 입을 다물지 못하고 상황을 이해하려고 애를 썼다.

"그러니까 선생님이…… 저와 같이 식사를 하고…… 제가 그 식사에 대해 글을 쓰기를 바란다고요? 제가요?"

나는 그가 사과를 하려고 나를 집에 초대했다고 생각했다. 하지만 이건 사과 정도가 아니었다. 마이클 잘츠는 두 손을 펴서 손바닥을 위로 향했다. 마치 물론 당신이지, 라고 말하는 듯했다.

"특전도 있어요." 그가 성급하게 덧붙였다. "나한테 버그도프굿맨 전용 고객 카드가 있어요. 이건 《뉴욕타임스》와 상관없는 거요. 그 백화점에 가요. 내 퍼스널 쇼퍼인 지아다가 당신을 머리부터 발끝까지 책임져줄 거야."

버그도프, 명품 의상의 그랜드 메카. 일이 너무 빨리 진행되어서 나는 그냥 그의 말을 계속 따라가는 수밖에 없었다. 물론 내 입에서 나오는 말들은 외국어처럼 이상하게 들렸다.

"그래서…… 제가 선생님과 함께 그 레스토랑들을 다니게 된다는 건가요? 버그도프굿맨에서 제가 입을 옷을 고를 수도 있고요?"

"그냥 옷 한 벌이 아니고. 옷장을 전부 채워줄 거야! 지아다에게 맡겨요. 티아에게 놀라운 변화를 가져다줄 수 있어."

어질어질했다. 다 장난 같았다. 그러나 이 아파트의 강렬한 냄새와 반짝거리는 눈으로 날 뚫어져라 쳐다보는 마이클 잘츠의 존재감은 지금 이 순간이 현실임을 인식시켜주었다. 놀랍게도 모두 실제상황이었다.

순간 머릿속으로 내가 이제까지 가봤던 고급 레스토랑과 그곳 식사들을 떠올려보았다. 사실 한 손으로 꼽을 정도였고 언제나 살짝 아쉬움을 남기고 돌아온 경험이었다. 언제나 옷차림이 장소에 비해 부족하다 느꼈고 조금은 배가 고픈 채로 나와야 했다. 가족 휴가를 갔을 때 딱 한 번 고급 레스토랑을 갔던 적이 있다. 그때도 부모님은 이런 돈을 주고 이 따위 음식을 먹느니 집에서 좋은 재료로 만들어 먹는 것이 낫다고 불평을 했었다.

처음으로 내가 최고급 레스토랑에 속해 있다고 느낀 건 일주일 전에 매디슨 파크 타번에서 테이스팅을 했을 때였다. 하지만 이제 나는 다른 쪽에, 그러니까 서빙하는 쪽이 아니라 대접받는 쪽에 속한다. 장소에 어울리는 옷이 없을까봐 걱정할 필요도 없을 것이다. 이제 버그도프굿맨의 내 개인 쇼퍼가 책임져준다고 한다.

나만의 프로엔자슐러 가방을 가질 수도 있을까? 아니면 다른 브랜드도 다?

"딱 하나 사소한 부탁이 있어. 아마 굳이 말할 필요도 없을 텐데 그래도 말을 하자면……."

"그게 뭔가요?" 나는 새로운 챕터가 열릴까봐 놀라서 물었다.

"철저히 비밀로 하자는 거야. 만약 누군가 내가 이런…… 부적절한…… 조건에서 일하는 걸 알게 된다면 이 미식업계 전체가 들고 일어나겠지. 나는 언론계의 사기꾼이 되고. 심각한 위법이지. 그래서 당신이 매우 신중했으면 해요. 그 대신 당신은 고급 디너와 고급 의상과 어떤 학교에서도 얻을 수 없는 고급 수업을 받게 되지."

"신중해야 한다면…… 아무한테도…… 말할 수 없는 건가요?" 뭔가 가닥을 잡았다. 무슨 말인지 이해한 것이다.

"단 한 사람도 알아선 안 돼. 기억해요. 디너, 옷, 그리고 《뉴욕타임스》에 올리는 내 문장 안에 당신의 문장이 들어갈 거야.

이건 당신에게 주는 보상이고 우리의 비밀이지. 우리가 이렇게 엮이게 되었으니 이제부터 당신이 어디에 가는지, 어떤 글을 쓰는지 아무도 알아선 안 돼요."

이제 우리가 엮였다고? 이 아파트에 오는 것까지는 동의했지만 내가 무슨 계약서에 사인한 것도 아니잖아.

"그런데 잘츠 선생님……." 내가 말했다.

"그러지 마요. 우리 이제 파트너니까. 마이클이라고 불러요."

"네…… 마이클. '우리의 비밀'이라뇨? 아직 전 하겠다는 말도 안 했는데요."

마이클 잘츠는 잠깐 나를 노려보았는데 그의 얼굴에 주름이 가득했다. 그다음 말을 할 때는 얼굴을 내게 너무 가까이 들이대서 눈의 핏줄이 다 보일 지경이었다. 사방으로 뻗은 빨간색 핏줄들이 눈동자를 어둡게 덮었다.

"아직도 잘 모르겠나. 이미 한 번 한 적이 있잖나. 지하실에서 내게 이야기를 잘해줬고 아직 아무한테도 말하지 않았잖아요. 그전에도 그 후에도. 아마 여기 온다는 사실도 말 안했겠지."

그가 다시 한번 맞혔다. 나는 아무에게도 말한 적 없다. 하지만 왜 그랬는지 대답하기는 어려웠다. 아마도 나만의 비밀로 남겨둔 다음 내 안에서 이 생각 저 생각으로 키우고 싶었는지도 모른다. 잠깐 동안만이라도.

"그건 부끄러워할 일이 아니지. 신중한 거지."

만약 우리 부모님이든 엘리엇이든 어떤 사람이든 무슨 일이 일어나는 줄 알았다면 아마 이 기회를 잡아보라고 말해주었을 것이다. 모험은 해보되 협상을 잘하라고. 저울질을 잘해야 한다. 마이클 잘츠는 지금 내가 굉장히 엄청난 것을 희생하길 바란다. 바로 내 정체성 말이다. 이제야 아까 그가 문에서 나를 맞이할 때 보였던 열의가 절박함이었음을 알았다. 내가 얻는 만큼의 이득을 갖지도 못하면서 그가 굳이 나에게 엄청난 호의를 베풀 리가 없지 않은가?

내가 깊이 고심하는 표정을 지었거나 시간을 너무 끌었을지도 모른다. 다시 말을 시작하는 잘츠의 말투에서 살짝 신경질이 묻어났다.

"뭐가 문제지?" 그가 약간 짜증스럽게 물었다. "이 너그러운 제안이 마음에 들지 않나?"

"아뇨, 그건 아니에요. 그렇지 않고요. 아주 멋진 제안이에요. 전 그저 한 가지가 궁금할 뿐이에요."

나는 말하기가 두려웠고 그가 제안을 철회할까봐 두려웠다. 하지만 잃을 게 뭐가 있을까? 그가 강한 척 연기하고 있을지 몰라도 그의 눈에서 희망에 가득 찬, 전전긍긍하는 표정이 다 보였다. 나에게는 영향력이 있고 나에게는 꿈이 있다. 아무리 매디슨 파크 타번이 재미있어도 저버릴 수 없는 꿈.

"헬렌 란스키." 내가 말했다.

"아, 헬렌. 우리를 만나게 해준 멋진 여성 말이죠."

"맞아요. 선생님은 제가 그분 밑에서 인턴십을 할 수 있도록 도와주신다고 했었죠. 그런데 그 기회는 떠났어요. NYU의 창 학과장님이 헬렌이 앞으로도 멘토를 할 수 있을지 아닐지 확신할 수 없다고 했어요. 제가 만약 선생님과 일하게 되고, 이 모든 것을 비밀로 한다면 헬렌이 내 지원서를 다시 받아줬을 때 제 이력서를 그에 맞게 채우기가 어려워져요."

마이클 잘츠가 자신의 아파트를 둘러보았다. 나는 그의 시선을 따라갔지만 그가 무엇을 찾는지, 무슨 생각을 하는지 짐작할 수 없었다.

"헬렌, 헬렌, 내가 왜 헬렌을 까맣게 잊었을까? 티아가 매디슨 파크 타번에 일하고 있긴 하지만 여전히 헬렌과 일하고 싶어한다는 걸 알았어야 했는데 말이지. 확실히 매력 있는 사람이지. 만약 그게 문제라면 나머지 이야기를 해주지. 내가 그 이야기를 안했군. 이번 가을에 미각 회복 수술을 받을 계획이에요. 늦어도 1월에는. 내 이비인후과 의사, 뉴욕 프레스비테리언 병원 신경외과 의사, FDA의 허가를 기다리는 중이에요. 실험적 수술이라 나도 시험대에 오르는 거죠. 그러니 이건 한 텀 정도의 일이 될 거예요. 그 이후에 헬렌 란스키를 소개해주지."

그의 확신 있는 태도와 가벼운 말투는 사실처럼 들리긴 했다.

"그럼 왜 처음 부탁은 안 들어주셨나요? 그때도 소개시켜주신다고 했었죠."

그가 손을 흔들었다.

"그렇죠. 하지만 그건 학교 관련 일이었고. 실제 세상이 아니지. 세상은 위원회와 지원서에 따라 움직이지 않아. 이건 여기에 달린 거죠." 그는 자신의 손으로 그와 나 사이를 왔다 갔다 했다. "개인적인 관계, 인맥, 연줄 말이야. 티아는 내가 헬렌을 안다는 걸 알고 내가 당신에게 어떤 레스토랑도 데리고 갈 수 있다는 걸 알지. 티아에게 필요한 건 신뢰야."

"신뢰라……." 나는 눈을 깜박이며 생각에 잠겼다. "만약에 내가 선생님을 믿는다고 가정하면 다음에는 뭐가 오는 거죠?"

마이클 잘츠가 게임 시작이라는 뜻으로 눈썹을 치켜올렸다.

"먼저, 계속 매디슨 파크 타번에서 일할 수 있어요. 그게 학위 이수에 필요하다면. 하지만 이 관계의 목적만을 위해서라면 꼭 거기에서 일할 필요는 없어. 약간 성가신 일, 골칫거리가 될 수도 있고. 이 학기를 끝내면 내가 헬렌에게 전화를 하고 티아는 내년 봄부터 헬렌과 일할 수 있게 되는 거지."

"그분과 같이 일한다는 건 무슨 뜻일까요? 레시피 테스터나 리서치 어시스턴트나 뭐 그런 걸까요?"

"레시피 테스터?" 그가 코웃음을 쳤다. "대학원이라는 거품에서 너무 많은 시간을 보냈군. 그런 잡일을 할 필요가 없지. 실제 세상에서 하나도 중요치 않은 가짜 '훈련'을 받아야 할 필요가 없어. 여기는 진짜, 실제, 빅 리그 중에서도 빅 리그야. 아까 말했지만 당신에겐 타고난 재능이 있어요, 티아. 만약 그 재능을 헬렌에게 증명하고, 아주 열심히 일한다면 그분은 공정한 분이니까 그에 따라 보상을 해줄 거야. 나는 그렇게 생각해요. 적절한 조건에서라면, 그러니까 나에게 제대로 소개를 받는다면 헬렌은 이번에 나올 요리책에 당신을 공동 저자로 올려줄 수도 있지 않을까. 그걸 생각해봐요, 티아. 이건 인생에 한 번 올까 말까 한 기회, 당신이 그렇게 하고 싶어 하는 푸드 라이팅을 배울 수 있는 가장 좋은 공부 기회예요. 이번 가을에 당신은 내 수제자가 되는 거지. 내년 봄에는 헬렌과 일하고. 당신의 모든 커리어는 그 이후로 제자리를 찾아가는 거야. 간단해. 쉬운 결정이고. 다른 사람들보다 앞서갈 수 있어요. 지루한 삶을 벗어나서 뭔가 특별한 삶을 사는 거 어때요?"

특별하다라. 심장이 빠르게 뛰었다. 손바닥에 땀이 차기 시작했다. 내가 할 수 있을까? 아무에게도 이야기하지 않고 철저하게 이중생활을 할 수 있을까?

"어떤가?" 그가 물었다.

대답 한 번이면 나는 헬렌과 가까워질 수 있다. 고개를 빳빳이 들고 뉴욕 레스토랑에 맘껏 다닐 수 있다. 아이스바 아가씨나 바쿠샨의 그 여자들처럼. 다른 사람들보다 날 더 빛나게 하는 무언가를 가질 수 있다.

"네. 해보겠습니다." 내가 대답했다.

그렇게 모든 일이 시작되었다.

마이클 잘츠는 천천히, 음모를 꾸미는 듯한 미소를 지어 보였다.

"멋져요. 그래. 우리 건배합시다. 나한테 이런 게 있어요."

그는 캐비닛을 열었다. 나는 그가 와인 한 병을 꺼내리라고 생각했지만 그는 저 뒤쪽 구석에서 커다란 호일 백을 하나 꺼냈다. 강한 커피 향이 공기 중에 퍼졌다. 그가 손가락으로 커피

콩을 쓰다듬으니 향은 더 깊게 퍼졌다. 수백 개의 커피숍을 모아 한 봉투에 넣어둔 것 같았다. 갓 볶은 커피의 진수만을 추출한 느낌이었다.

"어때요, 좋지? 내가 좋아하는 거요. 코피 루왁이지. 세계에서 가장 구하기 힘든 커피. 한 컵에 몇백 달러씩 해요. 다행히 이건 내가 향을 맡을 수가 있어."

나도 손을 뻗어 윤기 나는 원두를 한 움큼 쥔 다음 코 밑에 대보았다. 이보다 더 짙고 풍부한 커피 향은 없었다.

"사향고양이가 이미 소화한 다음 발효한 원두지."

마이클 잘츠가 말을 이었다. 나는 손을 얼른 치웠다. 고양이가…… 이미 소화한 것?

"어쩌면 내가 이걸 좋아하는 이유는 내가 맛을 볼 기회가 없었기 때문인지도 몰라." 그의 얼굴이 밝아지자 솔직해 보이기도 했다. "모든 음료가 나한테는 그냥 물이야. 그래서 나는 이 커피를 내린 다음에 향기만 맡아봐요. 열을 가하면 다른 향이 나거든. 향이 몇 배로 진해지고 깊어지고……." 그가 잠시 멈칫했다. "강렬해지지. 이제 당신이 나에게 이 커피가 어떤 맛인지 말해줘요."

우리는 같이 그의 부엌으로 들어갔다. 온갖 향신료가 흩어져 있었고 허브병, 말린 생선이 들어 있는 단지, 갈색 시트러스 껍질이 들어 있는 유리병이 가득했다. 싱크대 위에는 싱싱한 파인애플이 입을 벌리고 노란 과육 부분이 다 마르도록 놓여 있었다. 아이 신발 사이즈만 한 고추냉이가 강판에 놓여 있어 공기에 톡 쏘는 향을 퍼뜨렸다.

"내가 여기 좀 집착하지. 알아요. 이 온갖 단지나 용기들, 이렇게 그럭저럭 살아가는 거야. 수천 달러를 들여서라도 잃어버린 미각을 되살려보려고 한 거지." 그가 갑자기 픽 웃었다. "하지만 이제 수술을 앞두고 있는데다 티아까지 내게 있으니까!"

그는 반짝반짝한 이탈리아 그라인더를 꺼내서 원두를 부었다. 원두를 갈자 믿을 수 없을 정도로 강한 아로마가 퍼졌다. 그는 커피 가루를 잘 눌러서 에스프레소 머신의 포타필터 안에 꾹꾹 눌러 담았다. 커피는 거칠고 강렬한 물줄기와 함께 쏟아져 나왔다. 그는 뭔가를 갈망하듯이 향기를 들이마시더니 내게 작은 컵을 건넸다.

"마셔봐요, 한번 맛을 봐요."

나는 커피를 그렇게 좋아하는 편이 아니었지만 이 커피가 다르다는 것 정도는 바로 알아차렸다. 고양이한테서 나온 커피라는 사실 같은 건 바로 잊었고 왜 사람들이 돈을 몇 배씩 지불하고 굳이 이 커피를 마시려 하는지 이해했다.

"어때요? 향기와 똑같은 맛이 나나? 아니면 더 강한가?"

그는 손가락으로 원두를 빗으로 빗듯이 쓰다듬어 향기를 만들어내며 말했다.

커피 향은 대단했다. 솔직히 말해 맛은 향보다 더 특별했다. 급작스럽고 폭력적인 캐릭터처럼 머리부터 공격해 목을 감아버리는 것 같았다. 너무나 풍부하고 강력해서 이를 느끼려면 내 몸의 모든 감각이 필요했다. 그중에서도 특히 내 미각을 사로잡았다. 그 점이 이 커피를 이토록 독창적으로 만드는 것이었다.

"네. 향과 똑같은 맛이 나요."

그렇게 말했다. 내 첫 번째 거짓말이었다. 나도 모르게 그렇게 말이 나왔다. 어쩌면 내 안의 어떤 내가 그의 마음을 편하게 해주고 싶었는지도 모른다.

마이클 잘츠는 커피백에서 손을 꺼내더니 그가 열망하고 있던 것을 찾은 듯한 표정으로 물었다.

"정말인가?"

"정말이에요. 그냥 딱 향과 같은 정도의 맛이에요."

두 번째 거짓말. 이번에는 좀 더 쉽게 나왔다.

그가 눈을 들어 천장을 바라보았는데 입은 축 처지고 이마에 주름이 펴졌다. 나는 커피 맛 묘사에 그렇게 안심하는 남자를 본 적이 없었다.

"너무나 오랫동안 그 맛이 궁금했거든. 고마워요." 그가 속삭였다.

"또 뭐가 그리우세요?"

마이클 잘츠의 눈길이 부드러워졌다.

"모든 게 다 그렇지." 포기한 말투였다. "수많은 레스토랑에 가지만 제대로 경험할 수 없다는 건 고문이지. 하지만 그보다는 일상적인 것들이 그립지. 아침에 맡는 커피 향이라든가. 극장의 팝콘 냄새라든가. 일요일 아침에 먹는 갓 구운 베이글 냄새 같은 것들."

나는 고개를 끄덕였다. 나도 그런 것이 그리웠을 테니까. 먹는다는 소중한 의식을 빼앗긴다면 하루의 중심이자 근본이 없어지고 다른 사람들과의 연결 고리도 사라진다.

"그러면…… 언제 미각을 잃으셨어요?"

이제 마이클 잘츠는 완전히 몽상에 빠져들었다.

"한 석 달 되었을 거야. 그냥 스위치 끄듯이 하루아침에 그렇게 되었어. 얼마 동안은 부정하고 싶었지만……." 그는 눈을 굴리더니 공중에 손을 저었다. "첨단 의학이 쉽게 고쳐줄 수 있는 게 아니라서. 나만의 방식으로 어떻게든 자가 치료를 해보려고 한 거지."

그런 그가 어떻게 지난 석 달 동안 일주일에 한 번씩 신문에 레스토랑 리뷰를 기고할 수 있었는지는 묻지 않았다. 그를 너무 화나게 만들어 이 제안을 거둬버리게 할 정도의 질문이라는 생각이 들었다. 그동안 아무렇지 않은 척하며 말을 만들어왔던 걸까?

"혹시 그 증상에 어떤 병명이 따로 있나요?"

"흠, 흥미로운 질문이군." 그가 고추냉이를 갈면서 강판에 코를 대고 톡 쏘는 냄새를 빨아들이듯이 맡았다. "시각을 잃으면 시각장애인이 되고, 청각을 잃으면 청각장애인이 될 텐데. 대체로 미각을 잃는 사람들은 후각을 잃지. 그거에 대한 이름은 있죠. 하지만 나 같은 경우는 두뇌가 맛을 혼란스럽게 하는 거예요. 두뇌가 맛을 무효화해버리지. 운이 좋으면 그냥 아무 맛이 안 나고. 하지만 대체로 무슨 모래나 카드보드 씹는 맛이 나거나 완전히 다른 맛이 나. 나는 세상에서 가장 불운한 사람이야. 내가 걸린 이 병에는 이름도 없어."

"왜요?" 마이클 잘츠는 한참 동안 대답하지 못했다.

"너무 끔찍한 병이라서?" 내 어깨에 손을 얹는 그의 피부에 아직도 커피 원두 냄새가 붙어 있었다. "괴로운 과거는 오래 생각하지 맙시다. 그래도 우리 둘에게 흥미로운 일이 생겼으니까."

"그러네요." 내가 말했다.

그는 싱크대 서랍을 열고 백 달러짜리 한 뭉치를 꺼내 나에게 건넸다.

"이건 용돈이에요. 필요할 때 써요. 옷은 버그도프굿맨의 내 퍼스널 쇼퍼를 이용해요. 《뉴욕타임스》 이야기는 절대 하지 말고. 그냥 모든 건 지아다 파브리지오에게 맡기고 계산은 내가 하는 거야. 이건 우리 집안 재산이고, 내게 그렇게 부담되는 건 아니지. 난 그냥 평범한 레스토랑 비평가가 아니에요. 이건 전형적인 계약도 아니고."

"네, 잘 알겠습니다." 내가 숨을 들이쉬었다.

"시작하길 고대하고 있을게요." 마이클 잘츠가 고개를 흔들었다. "아니, 아니야. 그렇게 쳐다보지 마. 이미 시작한 거예요. 이미 이쪽에 발을 들인 거야."

이번에도 그의 주장 때문에 내가 실제보다 더 깊게 연루된 것처럼 보였다.

"그래요. 그러죠 뭐. 발 들일게요."

자신감 있게 대답하진 못했다. 머릿속 확신에 기댄 예스였다. 아니, 그것도 아니었다. 나는 마치 답을 알지 못하는 질문처럼, 누군가 나서서 해결해주길 바라는 질문처럼 말했다. 이 일이 앞으로 어떻게 펼쳐질지 알지 못했지만 그는 내가 완전히 여기에 마음을 바친 것처럼 알고 있다. 하지만 가볼 것이다. 결국 그의 생각을 따라잡게 되겠지.

"좋아요. 여기에 즉시 몰입하는 게 중요해. 나는 완전한 신뢰를 원하니까. 사프란 수집하는 남자 친구도 알아선 안 돼. 나와 가장 가까운 사람이 내 발목을 잡는 거 아냐? 특히 이전의 좀 더 단순한 삶을 나누던 사람들이? 내 말 무슨 말인지 알겠어요?"

"네, 이해했습니다."

"뭘…… 이해를 했다는 걸까?"

"제가 이해했다는 건, 신중해야 한다는 거요. 남자 친구에게도 절대로 발설해선 안 된다는 것."

"왜?"

"왜냐면, 나와 가장 가까운 사람을 지켜줘야 하니까."

"아니요. 내 말은 그게 아니지. 당신과 가장 가까운 사람이 당신을 앞으로 나아가지 못하게 한다니까."

"맞아요. 제 말이 그 뜻이었어요."

어쩌면 그 두 개가 같은 것일지도 모른다. 내게 중요한 사람들을 각별히 신경 써야 하겠지. 나는 엘리엇은 괜찮을 것이라며 스스로를 설득했다.

마이클 잘츠는 온화하면서도 사악한 미소를 지어 보였다.

"좋아. 우리가 같은 입장에 있어서 다행이군. 앞으로는 스케줄을 좀 조정해줘요. 내가 필요할 때 전화할 거야."

나는 인턴 중인 대학원생이 어떻게 '시간을 자유롭게 조정'할 수 있을지는 알 수 없었다. 하지만 이 계약에서 내가 감당해야 할 부분일 것이다.

"네, 선생님. 그럼 감사합니다?" 마치 질문처럼 끝이 올라갔고 마이클 잘츠는 내가 안쓰러운 것처럼 부드럽게 말했다.

"다음 저녁 식사 전에 전화할 거요. 그전에 버그도프굿맨에 갈 시간이 없을지도 모르겠네. 그래서 내가 사이즈를 대강 짐작해서 하나 준비해두었지."

그는 프라발 구룽이라는 상표가 붙은 옷걸이 가방의 지퍼를 열더니 금색 피콕 프린트가 새겨진 실크 시스드레스를 꺼냈다. 신발 상자를 꺼내 보석이 달린 갈색 스트랩 스틸레토 한 켤레도 꺼냈다.

이렇게 고급스럽고 고혹적인 옷과 신발은 몸에 걸쳐보기는 커녕 손으로 만져본 적도 없었다. 이게 내가 앞으로 들어갈 세상이라면 지금이 바로 발을 내딛을 때라는 생각이 들었다.

"이건 그냥 버그도프에 갈 시간을 내기 전에 입게 될 옷이지. 그럼 곧 봅시다."

나는 아파트를 재빨리 빠져나왔다. 복도에서 나는 호텔 냄새 같은 깨끗한 향이 마이클 잘츠의 집에서 밴 냄새를 씻어내려주었다. 엘리베이터 문이 닫히자마자 바닥에 그대로 주저앉아 외쳤다. 삼십오층을 내려오는 동안 내가 한 말은 그것뿐이었다.

"예스, 예스, 예스!"

로비를 지나칠 때는 버그도프굿맨 가방이 일부러 앞으로 보이도록 했다. 예상대로 삼십 분 전에 웃는 것조차 귀찮아했던 그 도어맨이 나에게 문을 열어주었다.

헬렌과 《뉴욕타임스》가 내 미래로 들어와 자리를 잡았다. 이 도시는 이제 내 놀이터가 될 것이다. 내 말이 세상에 퍼질 것이다. 이보다 더 나은 시나리오는 상상할 수 없었다. 지하철로 걸어가면서 내가 고개를 꼿꼿이 들고 걷고 있다는 사실을 깨달았다. 이 불협화음의 도시가 더 이상 두렵지 않았다. 화려하고 능력 있는 사람들에게도 기죽지 않았다. 별 두 개 리뷰를 받은 매디슨 파크 걱정도 잠시 잊었다. 가능성이라는 파도가 내 가슴에 밀려들었고 나는 그 파도를 타고 집까지 걸어갔다.

9

마이클 잘츠와 만나고 이십사 시간이 지난 후까지 나는 그가 말한 대로 아무에게도 이 이야기를 하지 않았다. 일어나서 호주의 식품 관리 시스템에 대해 공부했다. 평범한 옷을 입고 인턴십 세미나에 가서 최근 리더십 트렌드에 대해 이야기했다.

하지만 세미나 내내 대학원 동기들과의 대화는 겉돌기만 했다. 나는 지금 답답한 콘크리트 건물 안에 앉아 지겨운 과제 이야기를 하고 있다. 동기인 레이첼이 캔 고등어를 연구 중이었는데 세미나에 캔을 다섯 개 가져오다가 하나가 새는 바람에 비린내 나는 기름이 새로 산 가방에 질질 흘렀다. 지오는 지금 일하는 인큐베이터에 새로운 베이커를 뽑아야 한다고 했지만 그는 그 공간에서 30블록이나 떨어진 곳에서 논문이나 과제를 준비하는 데 모든 시간을 쏟고 있다.

그들은 이 일을 자기들에게 주어진 임무라고 생각했고 나는 그들이 그렇게 불행해 보이지도 않았다. 이는 그들이 바로 대학원에서 얻길 기대한 것이었고 그들은 자신이 원한 것을 받은 것이다.

나는 내가 그들이 아니라서 너무나 다행이라고 생각했다.

*

아침 수업 후, 나는 엘리엇에게 갔다. 우리는 최근 들어서야 일상의 리듬을 찾아갈 수 있었다. 내 수업 시간과 인턴십은 아침저녁으로 흩어져 있고 불규칙적이었다. 그는 풀타임으로 일을 하고 있었지만 그렇다고 스케줄을 예상할 수 있는 것도 아니었다. 실험이 길어지기도 하고 펀드 모금 행사 때문에 일에 붙잡혀 있기도 했다. 가끔은 야근을 하고 모든 역에 서는 완행 지하철에서 꾸벅꾸벅 졸면서 오기도 했다.

오늘 드디어 엘리엇과 같이 있을 시간을 만들었다.

"티아!" 엘리엇이 문을 열고 나를 와락 끌어안으며 말했다. "나 이거 샀다. 아파트 꾸미려고!"

엘리엇의 아파트 한쪽 끝, 워낙 작은 스튜디오라서 몇 걸음만 옮기면 되는 그 구석 공간에 엔드 테이블*이 하나 놓여 있었다. 그는 창문 뒤에다 화분까지 걸어두었다.

엘리엇은 얼마 전부터 '제대로 된' 가구를 들여놓을 생각을 하고 있었다. 중고도 아니고 이케아의 가장 저렴한 라인도 아

* 소파 옆에 놓는 작은 테이블.

닌 오래오래 쓸 가구. 다행히 스튜디오가 워낙 작아서 이 공간을 채우기 위해 많은 가구를 살 필요는 없었다. 대학에 다닐 때에는 우리 둘 다 캠퍼스 안 기숙사에서 살았기 때문에 연말에 버릴 수 없는 것은 아예 사지를 않았었다. 나는 이제 어엿한 어른이 된 엘리엇이 하고 싶었던 것을 하는 걸 보니 즐거웠다. 이 어른 엘리엇은 원목 엔드 테이블을 좋아하고 세이지와 라벤더 화분을 좋아한다.

아직 의자는 사지 않아 우리는 그 스튜디오에 멀뚱멀뚱 서 있었다.

"너무 예쁘다!" 나는 이렇게 말하며 엘리엇을 안아준 다음 키스했다.

"잘됐다. 마음에 든다니 다행이야. 왜냐하면 일이 년 후에 우리가 같이 살게 될지도 모르고 그러면……."

나는 다시 엘리엇을 안았다. 엘리엇이 미래에 우리가 함께 살 아파트를 생각하며 쇼핑했다고 말한다! 엘리엇은 이런 남자였다.

"오늘은 별일 없었어?" 그가 물었다.

"응. 그렇지 뭐. 수업 듣고 똑같아." 마이클 잘츠가 내 의식을 밀고 들어왔지만 바로 몰아내버렸다.

"너는?"

"좋았어. 완전 재밌었어. 오늘은 그때 말한 남미산(産) 샘플에서 우리 첫 견본을 채집했어."

엘리엇이 언제 남미산 샘플 이야기를 했는지 기억이 가물가

물했지만 나는 아무 말 하지 않고 그의 말을 들어주었다. 그런데도 마이클 잘츠 생각이 자꾸 끼어들었고 나는 오직 첫 디너 생각에 푹 빠져 있었다. 내 옷. 신문에 실릴 내 언어. 이 세 가지가 머릿속에 회오리처럼 돌고 있었다. 나는 현실에서 떨어져 나와 흥분과 환희가 가득한 나 혼자만의 세상에 둥둥 떠 있었다.

"티아…… 듣고 있어?" 엘리엇이 말했다. 나는 그제야 정신이 들었다. "너 유체 이탈 한 거 아냐? 지금 우리가 뉴욕에 온 후 네가 우리 집에 온 적이 없다고 내가 한 말, 들었어?"

"알아, 알아, 미안. 그냥 요즘……."

요즘 뭐? 어디서부터 시작할까? 모든 이야기를 털어놓고 싶었지만 그럴 수가 없었다. 엘리엇과 사 년을 사귀면서 그에게 숨긴 건 하나도 없었는데 말이다.

"잠깐만. 보여줄 거 또 하나 있어. 눈 감아봐."

엘리엇은 손가락으로 내 어깨를 쓰다듬더니 손바닥으로 내 눈을 감겼다. 눈을 감았는데도 그의 들뜬 기분이 느껴졌다. 엘리엇이 이렇게 깜짝 선물을 준비할 때는 늘 좋았다.

엘리엇의 쿵쾅거리는 발소리가 들리더니 몇 가지 물건들이 바닥에 떨어지는 소리가 들렸다.

"됐어. 문 열어봐!"

엘리엇은 방의 3분의 1을 차지하는 퀸 사이즈 침대를 가리켰다. 그의 메신저 백과 폴더들이 바닥에 떨어져 있었다.

"새로운. 침대. 시트. 면 500수라나 뭐라나."

"우아!" 내가 외쳤다.

오래전부터 엘리엇은 면 수 같은 건 사기라고 말해왔다. 인간의 신체는 실의 밀도 같은 것을 체감하지 못한다고 말이다. 하지만 예전에 우리가 하룻밤 묵은 워싱턴 DC의 한 호텔에 면 750수인 시트가 깔려 있었고 그날 그는 바로 고급시트교로 개종했다. 그날 밤 우리는 환상적인 섹스를 했는데 과학자의 두뇌를 가진 그는 이게 모두 시트 때문이라고 추론한 것이다. 나는 사실 리넨은 그날 밤과는 큰 상관관계가 없다고 생각했다(그것보다는 맛있었던 저녁식사, 완벽했던 날씨, 적절히 들어간 알코올 덕분이라고 믿는다). 하지만 엘리엇의 이론을 굳이 반박해 즐거움을 깰 필요도 없었다. 엘리엇은 풀어야 할 문제가 있어서 그것을 해결할 때 가장 행복한 사람이니까.

"그래? 괜찮아? 시트 한번 만져봐."

몸을 숙이고 손가락으로 원단을 쓸어보았다. 흰색인데다가 매우 부드러웠지만 아직 비닐 포장 냄새가 강하게 났다. 접힌 자국도 남아 있었다. 하지만 전체적으로는 좋은 시트가 분명했다. 이불을 다시 쓰다듬어보고 있을 때 엘리엇이 내 뒤로 다가와 목 뒤에 키스했다.

"우리 시동 한번 걸어볼까?"

나는 일분일초 그를 사랑하고 있지만 그의 느끼한 말을 믿을 수 없다는 듯이 놀란 척을 했다.

"꼭 그래야 되나?"

"응, 꼭 그래야 돼." 엘리엇은 얼굴은 물론 상체까지 끄덕끄덕거렸다. "아니 사실 안 하면 안 돼."

"아, 그런 거야?" 나는 손을 그의 청바지 앞섬에 넣어보았다.

엘리엇은 한 발 더 다가왔고 나는 조금 물러났다. 하지만 바닥에 떨어진 그의 쌍안경에 내가 걸려 넘어지는 바람에 나는 그다지 섹시하지 않은 포즈로 침대 위에 쓰러졌을 뿐만 아니라 분위기 깨는 소리마저 냈다.

엘리엇은 내 바로 옆으로 다가왔고 우리는 키스하면서 시트 위를 마음껏 뒹굴기 시작했다. 그래, 정말로 시트가 마법을 부리는지도 몰라. 우리 모습은 확실히 그다지 섹시하거나 그렇게 능숙해 보이지는 않았을 테지만 우리는 서로의 몸을 즐기고 있었다. 그러고 보니 뉴욕으로 이사 온 지 한 달도 더 지났는데 그동안 한 번도 섹스를 하지 못했다는 생각이 스쳐지나갔다. 간단한 전화나 문자도 없이 며칠이 지난 적도 있었다.

하지만 엘리엇의 손길이 닿으니 거리감은 순식간에 사라졌다. 엘리엇과 엘리엇의 완벽한 몸, 나에게 이상적인 체격. 나에게 딱 맞는, 적당한 키와 적당히 마른 몸과 부드러운 피부와 따뜻한 체온과 머리카락이 반가웠다. 엘리엇처럼 내가 만지기도 좋고 안기에도 좋은 남자가 또 있을 거라고 상상할 수도 없었다. 엘리엇이 그리웠다.

그의 손가락이 내 티셔츠 안으로 미끄러져 들어왔다. 갑자기 그 순간 버그도프에서 뭐든 구해서 입고 왔더라면 하는 생각이 들었다. 어떤 것이든 내가 지금 입고 있는 이 지루한 옷만 아니면 되는데. 최근 엘리엇은 고급스러운 물건에 부쩍 관심이 생긴 것 같았다. 나 역시 그랬다.

엘리엇은 코에 키스하기 시작했다. 나는 그에게 몸을 붙였고 우리는 더 빠르고 더 깊게 키스했다. 그는 내 청바지 단추를 풀렀고 손으로 내 셔츠를 헤집더니 손이 브래지어 속으로 들어왔다. 내 가슴을 만진다기보다 그냥 잡고 있었는데 그 모양을 다시 숙지하는 듯했다.

옆집 사람이 키보드를 연주하는 소리가 들렸다. 똑같은 멜로디를 계속 반복해 연주하는 것이 마치 자갈이 계단을 구르는 소리 같았다. 그녀는 집요할 정도로 같은 부분만 반복 연습했다.

우리는 조금 더 몸을 밀착하고 키스하며 서로 자리를 바꾸었지만 그 소리를 완전히 차단할 수가 없었다. 왜 그다음 멜로디는 안 치는 거지? 그 키보드 소리가 내 머리에 쿵쿵 울렸다.

엘리엇이 내 티셔츠를 벗기고 자기 윗옷도 벗기 시작했다. 그의 얼굴이 아직 티셔츠에 가려져 있을 때 나는 그를 보았는데 어떤 이유 때문인지 당혹스러워 몸을 움찔했다. 하지만 그가 셔츠를 다 벗고 나자 나는 다시 그를 안을 준비가 되어 있었다. 나는 자꾸 떠오르는 정체 모를 이상한 기분을 털어내려고 했다.

그는 전혀 힘들이지 않고 내 브래지어를 풀었고 나는 엄지발가락으로 그의 흰색 운동 양말을 밀어내서 벗겼다. 그가 가슴을 내 가슴에 붙이자 아까와 같은 기분이 찾아왔다. 머리가 아프고 두려웠다. 얼굴을 그의 목에 묻어 찡그린 얼굴을 감추었다. 얼마나 오랫동안 나를 편안하게 해주었던 목과 몸이었던가. 그도 자기 피부에 닿는 내 표정이 변했다는 것을 알아챈 것 같았지만 멈추지 않고 계속했다. 우리는 늘 같은 속도, 같은 순서로 해왔다. 키스하고 옷을 벗기고 그가 내 위에 올라가고 끝난다. 아무 불만 없다. 더할 나위 없이 좋다. 그런데 이번에는 달랐다. 갑자기 설명할 수 없는 서글픈 감정이 나를 구석구석 채웠다.

엘리엇의 비닐 냄새 나는 시트. 빛이 거의 들지 않는 손바닥만 한 스튜디오, 그가 신이 나서 침대에서 쓸어내려버린 물건들. 이 모든 것이 나에게 깜짝 선물이 될 거라 생각하고 들떴을 그를 생각하니 갑자기 너무 슬펐다. 그는 나에게 허겁지겁 달려들었지만 나는 숨을 참으면서 또 다른 슬픔의 파도에 사로잡히길 기다리고 있었다.

그때 새로 산 테이블 위에 있던 내 전화에서 신호음이 들렸다. 날 구출해준 소리. 나는 얼른 집어 들었다.

부재중 전화 : 마이클 잘츠

문자가 와 있었다.

지금 전화주시길.

나는 어쩌면 핸드폰을 너무 세게 내려놓았고 엘리엇은 그 순간 내가 멀어졌음을 깨달았다.

“왜, 뭔데? 누구야?” 그가 숨을 거칠게 몰아쉬며 내 가슴이 드러난 상체를 양손으로 만지며 말했다. “무슨 일……인데?”

“아, 엘리엇, 그냥, 있지, 내가…….”

나는 침대에서 빠져나온 후 갑자기 마음을 바꿔 미안하다는 뜻으로 그의 이마에 키스했다. 물론 전혀 도움이 되지 않았다.

엘리엇은 거칠고 괴로운 숨을 몰아쉬었고 마치 여름날의 태양을 정면으로 보고 있는 것처럼 미간을 찌푸렸다.

“티아, 이리 와, 너 왜 그러는 거야?”

“나 아무래도 지금 가봐야…….”

“진짜, 티아? 빨리 침대로 와. 내가 너 얼마나 보고 싶었는데. 내가 얼마나 널 원하는…….”

그 역시 우리의 섹스가 부족하다는 것을 알아채고 있었다.

“엘리엇, 그런데 꼭 해야 되는 일이라…….”

“이리 와! 나중에 하면 안 돼? 누군데?”

“아무도 아냐.” 나는 브래지어를 하고 셔츠를 입으며 말했다. “아니 인턴십 세미나 때 내가 발표해야 할 차례인데 깜빡했어. 한 시간 후에 있거든. 한 시간이면 준비할 수 있을 것 같아서 그래.”

엘리엇은 테이블에 있던 내 핸드폰을 쳐다보았고 나는 그것을 얼른 손에 쥐었다. 이 핑계는 전혀 먹히는 것 같지 않았다. 그는 계속 나를 바라보며 내가 무언가 확실한 답변을 해주기를 기다렸다. 하지만 그에게 해줄 말이 없었다.

침대에 그대로 누워 있던 엘리엇은 손으로 벽을 쾅 쳤다.

"미안해."

나는 입 모양으로만 이렇게 말했다. 소리를 내서 말하면 진짜 심각한 문제처럼 느껴질 것 같아서였다. 이건 일시적인 문제일 뿐이다. 나는 마이클 잘츠 일에 적응해야 하고 얼마 후면 모든 것이 제자리를 찾게 될 것이다.

엘리엇은 새로운 침대 시트 위에 앉아 눈을 동그랗게 뜨고 탐색하는 눈길로 나를 쳐다보았다. 그의 얼굴이 보일 듯 말 듯 찌푸려졌다.

"그래, 어쩔 수 없지. 내가 뭐 도울 일 있으면 연락해." 그가 조금 생각한 다음 말했다.

"고마워, 그럴게." 내가 말했다.

길거리로 나오자마자 마이클 잘츠에게 전화했다.

"전화하셨길래 바로 했어요."

나는 엘리엇이 사는 건물 사층을 올려다보았다. 아직도 어떤 집 창문이 그의 창문인지도 몰랐다.

"그래요, 전화 잘했어요. 혹시 이번 수요일 시간 되나? 레스토랑 판 호에 가고 싶은데."

수요일에는 엘리엇과 만나기로 했고 목요일까지 세미나 발제문도 써야 했다. 하지만 내 앞에 한 방의 기회가 있으니 이것부터 잡고봐야 한다. 다른 모든 건 뒤로 보내야 한다.

"네, 그날 괜찮아요. 그리고……." 전화 한 통 때문에 엘리엇과 이렇게 된 마당에 작은 선물이라도 받고 싶었다. "저 버그도프 가고 싶어요." 나는 말했다. 사이즈도 알아보고 그냥 입어보고 싶어서라고.

"언제든지 가요!" 마이클 잘츠가 말했다. "내 이름으로 얼마든지 자유롭게 써."

그제야 달콤한 안도감이 내 안에 퍼졌다. 그 기분은 엘리엇의 아파트에서 갑작스레 찾아온 슬픔처럼 느닷없이 찾아왔다. 마치 신선한 공기, 새롭고 활력을 가져다주는 공기처럼 내 주위에 밀려와 나를 감쌌다.

나는 전화를 끊고 엘리엇의 꽃들이 피어 있는 사층 창문을 보았고 바로 지하철을 타고 버그도프굿맨으로 향했다. 여기에서 벗어나야 했다.

*

버그도프는 내가 가봤던 어떤 백화점과도 달랐다. 옷을 사는 곳이라기보다는 미술관 같았다. 점원도 줄도 없었고, 고객들도 별로 없었다. 디자이너와 브랜드별로 작은 부티크가 있었는데 그 안에는 브랜드마다 다른 카펫이 깔리고 다른 마네킹과 다른 스타일의 매장 점원이 있었다. 샤넬 부티크는 온통 흑백으로만 꾸며져 있어 파리지앵처럼 우아했다. 로베르토 카발리에는 통통 튀는 색깔과 화사한 프린트와 마네킹 다리로만 이루어져 있는 것 같았다. 샤넬 매장 담당자는 블랙 시스스커트에 카디건을 입었고 카발리 매장 점원은 옆선이 허벅지까지 트여 있는 트로피컬 색상의 의상을 입었다.

키가 작고 완벽하게 옷을 차려 입은 이탈리아 여자가 나에게 다가왔다. 검은색 페이턴트 가죽 앵클부츠를 신었고 눈썹을 활처럼 그리고 있었다. 이 근처에서 가장 눈에 띄는 미모의 여자였다.

"손님 제가 도와드릴까요?"

가슴에 직원 이름표가 붙어 있지는 않았는데 그 고운 블라우스에 구멍 같은 걸 뚫으면 절대 안 될 것이었다.

"네, 지아다 파브리지오란 분을 찾고 있어요. 마이클 잘츠가 보내셨어요."

"아, 제가 지아다예요! 시뇨르 미켈란젤로 굉장히 친절한 분이죠. 일단 란제리부터 저와 고르시겠어요?"

"란제리요? 아뇨, 아뇨."

"조금…… 깜찍한 거 사고 싶지 않으세요?"

그때 확실히 알았다. 나이든 남성이 젊은 여성을 보내 "예쁜 것 좀 사주라"라고 할 때 그 말 속에 무슨 의미가 숨어 있는지를. 그 생각에 소름이 끼쳤다.

"세련되고 단정한 외출복을 찾거든요."

"아, 그러세요?" 그녀는 약간 실망한 표정이었다. "특별한 행사나 약속을 위한 옷인 거죠? 어떤 종류를 생각하고 계세요? 세련되면서도 터프한 발렌시아? 아니면 세련되고 모던한 프라다? 아니면 세련되면서도…… 뭐라고 말해야 하나, 소녀풍? 그러면 템퍼리나 매튜 윌리엄슨이 있어요. 어떤 느낌으로 가볼까요?"

"아, 글쎄요. 잘 모르겠어요." 갑자기 이때 에메랄드가 짠하고 나타나 날 도와주면 얼마나 좋을까 생각했다. "나이도 좀 있어 보이고 전문직처럼 보이는 옷이요."

"걱정 마요. 내가 예쁜 옷들 가져다줄게요. 먼저 고객님에게 맞는 옷들을 고른 다음에 준비되면 피팅룸에서 부를게요."

나는 회갈색 스웨이드 소파에 앉아 그녀의 뒷모습을 바라보았다. 부츠 뒤쪽에 매달린 긴 지퍼 두 개가 마치 은색 초대장처럼 달랑거렸다. 란제리 퍼스널 쇼퍼가 되기 위해 태어난 것처럼 능숙하고 자연스러웠다.

나는 자리에서 일어나 그 층을 천천히 돌아보며 디자이너 이름을 외우고 그 디자이너의 룩을 연결해보았다. 부티크마다 작은 무대 같은 공간이 있었고 그 옆에는 브랜드에 맞는 라이프스타일의 리빙 공간이 꾸며져 있어서 어떤 상황에서 그 옷을 입어야 하는지 파악할 수 있었다. 이는 내가 품격 있는 디너에 어울리는 역할을 수행해야 한다면 꼭 알아야 할 세상이었다.

중년이 넘은 손님들은 옷의 만듦새를 찬찬히 들여다보고 있었고 젊은 여자 손님은 실크 드레스를 몸에 대보고 있었다. 지루해진 남편들은 소파에 앉아 핸드폰 게임을 하고 있었다. 키가 180 정도 되는 모델들이 게이 친구들에게 패션 조언을 받고 있었다. 선글라스를 쓴 여자 두 명은 추수감사절을 한 사람 집인 사우샘프턴에서 보내느냐, 다른 사람 집인 브릿지햄튼에서 보내느냐를 두고 논쟁을 벌이고 있었다.

그때 그 층의 끝에 있던 어떤 사람이 내 시선을 사로잡았다. 마이클 코어스 부티크의 가죽 안락의자에 앉아 있는 여자였다. 그녀는 양팔로 자신의 몸을 끌어안고 천천히, 이상하게 몸을 흔들고 있었다. 도움이 필요해 보였다.

가까이 다가가니 그녀는 마치 우리에 갇힌 동물처럼 주변을 재빨리 둘러보았다. 그러다 얼굴 없는 마네킹 숲속의 작은 나무 같은 의자 안으로 몸을 숨겼다.

"저, 죄송한데요?" 내가 몸을 숙여 그녀와 눈높이를 맞추고 물었다. 마이클 코어스 부티크에서는 재스민과 치자꽃 향이 났다. "혹시 괜찮으세요? 누구 같이 오신 분이 있으세요?" 나는 그녀와 같이 온 사람이 있나 둘러보았다. 그녀가 여기에 혼자 왔다고 믿기가 힘들었는데 움직이는 것조차 어려워하고 있었기 때문이었다.

여자는 아무 말이 없었다. 가까이서 보니 나이든 부인이 아니라 사십 대, 많아야 오십 대 초반 정도밖에 되어 보이지 않았다. 얼굴이 매우 고운 중년 여인이었고 이렇게 겁먹지 않은 모습을 상상해본다면 꽤 기품 있었다. 머리는 발레리나처럼 높이 올려 묶어 깊이 파인 볼을 더 강조하기도 했지만 그만큼 고집스럽고 우아해 보이기도 했다. 크로셰 뜨개질로 꽃이 수놓인 핑크빛 캐시미어 스웨터를 입었고 알이 굵은 루비 반지를 두 개나 끼고 있었다. 너무 가느다란 손가락에 반지가 매달려 있어 자칫 무거워 보이기도 했다.

그때 멀리 어디선가 걱정이 가득한 목소리가 들렸다.

"엄마, 엄마, 어디 있어? 엄마?"

여자는 그쪽을 보더니 의자 안에서 몸을 더 작게 웅크렸다. 스웨터를 입까지 끌어당겨 얼굴을 가렸다. 이분을 어떻게 도와야 할지, 딸에게 여기 있다고 알려야 할지 아니면 숨겨줘야 할지 알 수 없었다.

여전히 나는 그 딸을 볼 수는 없었고 단지 목소리만 들을 수 있었다.

"엄마? 엄마? 여기요, 죄송한데요. 혹시 저희 엄마 보셨나요? 여기 앉아 있었거든요. 이름은 저넬이에요. 혹시 보시면 에메랄드가 찾고 있다고 전해주시겠어요?"

다섯 개의 부티크가 떨어진 곳에서 그녀가 여직원에게 큰 몸짓으로 말하고 있는 것이 보였다. 나는 안락의자에 앉아 있는 부인을 흘깃 본 다음 돌체 앤 가바나 부티크로 뛰어가 커다란 랩 스웨터들이 걸린 옷걸이 뒤에 몸을 숨겼다.

에메랄드가 버그도프굿맨에 있는 나를 봐서는 안 되었다. 그녀는 여기가 내가 올 만한 장소가 아니라는 것쯤은 안다. 우리 둘 모두에게 좋을 것이 하나도 없는, 난처하고 어색한 상황에 처하게 될 것이다. 에메랄드에게는 그녀만의 비밀이 있고 내게는 나만의 비밀이 있다. 그녀를 여기서 마주치는 것은 우리가 조심스럽게 쌓아올린 안전한 벽을 허물어버리는 것이 된다. 그래서 나는 마치 무지개 색깔 속눈썹처럼 거친 실들이 튀어나와 있는 커다란 스웨터에 숨어 밖을 내다보고 있었다.

에메랄드가 엄마를 발견해 내가 흠칫할 정도로 거칠고 세게 엄마를 잡아 흔들었다.

"엄마! 아까 거기 있으랬잖아! 왜 자꾸 돌아다녀? 가만히 좀 있으라고. 왜 이렇게 말을 안 들어!"

어쩌면 이것이 구제 명품 상점의 셰리가 말했던 에메랄드의 '험난한 삶'일지도 모른다는 생각이 들었다.

여자는 텅 빈 눈으로 에메랄드를 바라보았다.

"엄마, 제발, 다시는 그러지 마. 알았지?" 에메랄드는 말했다.

그 여자는 의자에서 일어나 괴로운 듯 얼굴을 숨겼다.

두 사람은 돌체 앤 가바나를 지나갔고 입으로 수없이 '염병할'을 내뱉는 에메랄드의 눈에는 눈물이 고여 있었다. 에메랄드의 엄마와 잠깐 눈이 마주쳤고 나는 펜네 파스타 같은 은색 장식이 붙은 블랙 드레스를 입고 있던 마네킹을 넘어뜨릴 뻔했다.

두 사람이 엘리베이터를 탈 때까지 기다렸다가 돌아보니 지아다가 마치 내 그림자처럼 내 옆에 바짝 붙어 있었다.

"손님 준비 되셨어요? 필요한 옷들 준비해놨거든요." 지아다가 말했다. "필요 없다고 하셨지만 침실에서 입을 만한 깜찍한 옷들도 찾아놓았어요."

지금은 옷을 입을 정신은 없었다. 란제리는 더더욱.

"혹시 옷들을 집으로 보내주실 수 있을까요? 안 맞으면 돌려보낼게요."

"그럼요. 제가 내일 아침 보내드리고 마음에 들지 않은 건 가지러 가겠습니다."

"감사합니다. 그런데 미리 연락주시고 오시겠어요? 다른 사람들이 안 보는 게 좋거든요." 마이클 잘츠의 말을 떠올리며 말했다.

"그럼요. 잘 알죠. 이해합니다."

나는 내 이름, 주소, 전화번호를 크림색 리넨 카드에 적었다.

"아, 감사합니다. 미스 먼로. 내일 아침 이스트 빌리지에 또 배달할 일이 있거든요. 손님 아파트 건물 앞에서 우리 배달 담당 직원인 피오트르가 전화 드리겠습니다."

나는 고개를 끄덕인 다음 에스컬레이터를 타고 내려왔다. 버그도프 밖에는 관광객들이 5번가를 점령하고 있었다. 에메랄드와 그녀의 엄마는 어디에도 없었다.

10

다음날 아홉시에 핸드폰이 울렸다.

"안녕하세요. 티아 먼로 씨세요? 버그도프굿맨의 피오트르입니다."

"네, 지금 내려갈게요."

나는 에메랄드와 멜린다가 아직 자고 있을 때 옷들을 내 방으로 옮겨야 한다는 생각만 하면서 후드티를 걸치고 커다란 빨래 가방을 들고선 후다닥 일층으로 내려갔다. 로비에 도착해보니 덩치 큰 남자 옆에 옷걸이 하나 가득 커버에 쌓인 옷들이 걸려 있고 박스도 몇 개 놓여 있었다. 그는 호텔 벨 보이처럼 옷을 입긴 했지만 비밀 서비스를 담당하기 때문인지 강건해 보이고 눈빛도 매서웠다. 그와 아파트 도어맨은 이 광경에 전혀 동요하지 않는 모습이었다. 이보다 훨씬 이상한 상황을 수없이 목격했으리란 생각이 들었다.

내 빨래 가방에는 그가 가져온 옷의 4분의 1도 들어가지 않았다. 배달 온 옷들은 생각 외로 많았다. 지아다에게 이렇게 많이 보내달라고 한 적 없는데. 두어 벌이면 된다고 했는데. 지아다 또는 마이클 잘츠는 내 요청을 마음대로 변경, 수정하고 있었다.

"옷걸이까지 같이 올라가야겠네요. 그런데 제 룸메이트들이 자고 있어서 조용히 들여와야 해요." 나는 피오트르에게 작은 목소리로 말했다.

"잘 알겠습니다."

그와 함께 이 옷들을 엘리베이터로 옮겼다. 나는 피오트르가 어색한 분위기를 깨고 진실을 말해주길, 즉 이 상황이 매우 이상하다고 말해주길 원했다. 하지만 그는 아무 말도 하지 않았다. 나는 그에게 잠깐 복도에 서 있으라고 한 다음 아파트 거실을 살짝 들여다보았다.

거실은 비어 있었지만 에메랄드의 방문이 약간 열려 있었다. 아까 나올 때도 열려 있었던가? 아니면 다른 엘리베이터를 타고 나간 걸까? 로비에서 만나진 못했지만 간발의 차이로 엇갈렸을 수도 있다. 어쩌면 지난밤에 집에 안 들어왔을 수도 있다.

피오트르가 가고 나서 내 방문을 꼭꼭 잠그고 모든 물건을 안 보이게 정리했다. 하지만 에메랄드 생각이 머리를 떠나지 않았다. 집에는 언제 올까? 혹시 피오트르와 내 산더미 같은 옷 상자를 본 건 아닐까?

배달 온 상품들이 너무 많아서 어떤 상자부터 풀어봐야 할지 알 수 없었다. 그래서 다 펼쳐보기로 했다. 옷 커버 하나를 열어보니 옷이 네다섯 벌 나왔다. 긴 옷 커버와 상자에서 옷을 꺼냈다. 어떤 옷 커버 안에는 보일 듯 말 듯한 페이즐리 디자인이 들어간 네이비 슈트가 있었다. 상표를 보니 발렌티노였다. 그래, 들어본 적 있어. 이탈리아 브랜드고 명품이지.

그리고 슬리브리스 실크 셔츠 두 벌이 나왔는데 어깨와 가슴 쪽에 꼼꼼하게 주름이 들어가 있었다. 이 옷들은 나르시소 로드리게즈라는 남자 디자이너의 작품이라고 했다. 아니 여자인가? 매우 섬세하면서도 어딘가 수학적이었고 자신이 직접 입으려고 만든 옷으로 보였다.

다음으로 흰색 캐롤리나 헤레라 블라우스를 꺼냈다. 이건 확실히 여자 디자이너군. 그 정도는 나도 알 수 있었다. 하지만 내가 알 수 없었던 것은, 이 옷의 깃털 같은 무게와 손을 감싸는 보드라운 감촉이었다. 이 옷을 입는 여성은 부유하고, 그게 아주 당연하고 자연스러운 사람일 것이다. 얼마든지 팔을 걷어 입을 수도 있고 블라우스에 무언가를 흘릴 수도 있겠지. 하지만 벗어놓기만 하면 저절로 드라이클리닝과 다림질이 되어 있겠지.

미쏘니의 블레이저에도 감탄했다. 겉감은 단순한 블랙이지만 안감으로 나중에 알게 된 이 패션 하우스의 시그니처인 지그재그 패턴이 덧대어 있었다. 약간 신축성이 있는 원단이라 입으면 편할 것 같았다.

동그란 호박 같은 오렌지 상자에 붙어 있는 에르메스 라벨이 유혹적으로 손짓했다. 이 상자에는 목걸이나 수영복이 들어 있을지도 모른다고 생각했다. 틀렸다. 열기구 패턴이 그려진 고혹적인 실크스카프였다. 그제야 에르메스가 무엇으로 유명한지 들었던 기억이 났다. 맞다. 스카프였지. 가방도 유명했었지. 내가 감히 에르메스에 손을 댈 수나 있을까?

몸을 숙여서 은색 삼각 장식이 있는 남색 신발 상자를 열어보니 빨간색 페이턴트 가죽 슬링백이 나왔다. 프라다였다. 깔끔하고 단순하면서도 반전이 있었다. 힐에서부터 발가락 사이의 밑창 사이에 황금색 프라다 상표가 입체적으로 붙어 있었다.

나는 이 모든 것이 마치 훅 하고 불면 사라져버릴 꿈일까봐 물건을 계속 손으로 만지며 느껴보았다. 태그를 유심히 보면서 누가 만들었고 생산지는 어디이고 원단은 무엇인지 공부했다. 매디슨 파크 타번에서 나오는 요리들처럼 모든 걸 다 배우고 싶었다. 무언가를 완전히 안다는 건 내게 안정감을 느끼게 해준다.

저녁 식사용 드레스가 아닐 것 같은 세 벌의 드레스에 관심을 돌렸다. 늦은 밤 약속에 입을 옷, 춤을 출 때 입을 만한 옷들이었다. 하나는 웻 슈트 소재처럼 광택이 있는 원단의 발랄한 블랙 드레스로 하이넥 A라인 스커트였다. 알렉산더 맥퀸이었다. 또 하나는 술 장식이 달린 빨간색 구찌 드레스였다. 엘모처럼 보일 것 같지만 세련된 라인 때문에 그런 생각은 곧 사라졌다. 이 드레스를 옷걸이에 걸자 스커트가 퍼져서 마치 파도치는 바다 같았다. 마지막 드레스는 그날 배달 온 옷 가운데 제일 기장도 짧고 폭도 좁고 목도 많이 파인 옷이었는데, 들어보니 꽤 묵직해서 깜짝 놀랐다. 브랜드는 에르베 레제였다. 붕대처럼 몸을 둘둘 감는 스타일로, 이 드레스를 입으면 미라가 될 것 같았다. 몸매가 그대로 드러난, 반짝거리는 초록색과 황금색 미라.

다른 세 상자를 건너뛰고 제일 밑에 있는 커다란 흰색 가방을 열었다. 지미추라고 적힌 새틴 리본을 풀었다. 고급스러운 광택이 나는 악어가죽 패턴의 블랙 니하이 부츠였다. 진짜 악어가죽일지 궁금했지만 전에는 악어가죽을 만져본 적이 없으니 확인할 길도 없었다. 박스 안쪽을 봐도 가격표를 찾을 수 없었다. 물론 가격표를 본다고 해도 진짜 악어가죽이 얼마 정도 하는지 모르지만.

사실 이 물건들의 가격이 어느 정도일지는 전혀 감을 잡을 수 없었다. 그런 점에서 비현실성은 더욱 커졌다.

마지막으로 열어본 것은 옷깃이 단정하고 날렵한 클래식한 트렌치코트였다. 여밈 단추가 특이했고 실크 안감은 내가 아닌 나에 대해 무언가를 말하는 듯했다. 고객 휴대품 보관소에서도 디테일이 화려하고 고급스러운 코트들을 봤지만 이것만큼은 아니었다. 입자마자 나를 완전히, 강력하게 바꾸어놓아 마치 내게 새로운 아이덴티티가 생긴 듯했다. 이 코트 안에서 살고 싶었고 이 코트가 나 대신 모든 말을 해주었으면 좋겠다고 생각했다. 브랜드는 버버리였다. 이제 내게 버버리는 패션 잡지에서 볼 수 있는 영국 브랜드, 차이나타운의 짝퉁 스카프에 붙어 있는 상표가 아니었다. 나는 이제 이 옷의 퀄리티, 이 물건 자체의 럭셔리에만 집중할 수 있게 되었다.

패션은 눈속임에 불과하다고 생각한 적도 있었다. 자신을 증명하기 위해 왜 그런 겉치레와 허세에 의지해야 할까? 아직도 그 생각은 변하지 않았다. 그런데 그게 꼭 나쁜 것일까? 마치 다양한 언어를 구사하는 것과 같지 않을까? 각각의 옷들은 새로운 세상으로 나가는 진입로가 된다. 옷이 나에게 그런 일을 해줄 수 있다. 나는 다른 사람이 되어 세상 밖으로 나갈 수 있다.

나는 아직 모르는 브랜드 투성이였고 브로치라든가 클러치, 실크넥 스카프처럼 어떻게 착용해야 할지 몰라 나를 쩔쩔매게 하는 것들도 많았다. 아마 수많은 여성들은 이것, 이 모든 물건들, 이 모든 가능성을 위해서라면 무엇이든 하려 하겠지. 이게 꿈이 아닌 현실임을 확인하기 위해 볼을 꼬집어볼 필요는 없었다. 이것들을 쓰다듬고 얼굴에 대보고 손목 안쪽에 뿌려보기만 하면 되었다.

나머지 상자들을 풀어보다가 이것들을 열어보고 넣어두느라 오전이 다 가버렸다는 것을 깨달았다. 나는 내 방 옷장의 크기가 어느 정도인지도 잘못 생각하고 있었다. 내가 평생 산 옷들을 다 합친 것보다도 더 많은 옷들을 받기는 했지만 내 옷장은 그 옷들이 들어가기에 충분했다. 워낙 크고 텅 빈 옷장이었던 것이다. 이제야 좀 채워져 제대로 된 옷장 같았다.

마지막 쇼핑백에서 하나를 꺼내 포장을 풀고 침대 위에 늘어놓았다. 레이스가 달린 예쁜 검은색 란제리로 로맨틱하면서도 견고해 보였다. 모던하면서도 섹시했다. 지아다는 버그도프 사인이 새겨진 크림색 리넨 카드에 메모 하나를 남겼다. 새 옷을 잘 입으시길 바랍니다.

*

그날 오후 이 란제리를 입고 식품 영양학 시험을 보러 갔다. 아무도 보지 않았지만 그냥 기분이 더 좋았다. 나는 그날 시험을 아주 만족스럽게 봤다고 생각하면서 교실을 나왔다.

11

수요일 밤의 파이낸셜 딕스트릭트는, 차도나 인도나 전부 텅 비어 있었다. 고층 빌딩, 빌딩 앞 뭉툭한 조각상, 드문드문 지나가는 차들을 밝히는 가로등이 있었다. 하수구는 뜨거운 수증기를 내뿜고 있었는데 마치 길고 지친 하루를 보낸 땅이 내쉬는 한숨 같았다.

나는 그전까지만 해도 존재하는지도 몰랐던 거리들, 비버 스트리트니 뱅크 스트리트니 골드 스트리트 같은 이름의 거리에서 길을 잃었다. 그 거리들은 미드타운의 네모반듯한 거리나 NYU 근처의 익숙한 골목길들과는 느낌이 많이 달랐다. 나는 마이클 잘츠가 처음에 준 프라발 구룽 드레스를 입고 보석 박힌 샌들을 신었다. 처음 옷을 입었을 때 이 드레스는 특별하고 빛나지만 드레스를 입는 나는 어딘가 초라하고 평범할 뿐이라는 생각을 지울 수 없었다. 하지만 이 옷이 내뿜는 귀족적인 화려함에 움츠러들지 않고 그것을 뛰어넘겠다고 결심하니 옷이 조금 더 편안해졌다.

마이클 잘츠는 대기실에 먼저 도착해, 잎이 관능적으로 늘어진 난초 밑에 있는 빨간색 새틴 소파에 앉아 있었다.

"잘 찾아왔네. 우리가 처음으로 같이하는 식사군. 왜 그렇게 서 있어?"

"제가 어떻게 서 있는데요?"

"경찰서에 온 용의자 한 명처럼 서 있잖아."

그는 내 어깨를 잡더니 똑바로 세웠다. 하이힐 때문에 뒤뚱거리긴 했지만 그렇게 하니 가슴이 앞으로 쏙 나오고 엉덩이는 뒤로 빠졌다.

"됐어. 훨씬 낫네."

이 새로운 S자 몸에 나 스스로도 적응해야 했다. 배워야 할 것이 너무 많았다.

대기실에는 세 방향으로 길이 나 있었다. 그 복도마다 바닥까지 이어진 수조가 하나씩 놓여 있었다. 한 복도는 화장실 가는 길이었다. 또 다른 복도는 고객 휴대품 보관소로 향했고 마지막 복도는 다이닝룸으로 향했다. 코이 잉어 외에 다른 물고기들은 보이지 않았다.

"가방 보관해드릴까요?" 고객 휴대품 보관소 앞에 있는 여자가 물었다.

그녀는 내가 들고 온, 그리고 괜히 들고 왔다고 후회한 토트백을 보고도 무시하는 것 같진 않았다. 대체 나는 무슨 생각으로 이 레스토랑에 캔버스 토트백을 들고 온 걸까? 지아다가 그렇게 많은 옷과 가방을 보내주었는데도 왜 그중 하나를 들고 올 생각을 못했을까?

"고맙습니다, 손님." 그녀가 말하면서 내 가방을 갓난아기처럼 조심스럽게 안아 안쪽으로 옮겼다. 고객 휴대품 보관소의 달인 같았다.

"이것만 기억해. 나는 주문하고 티아는 먹는 거야. 그리고 어떻게 생각하는지 나에게 말해주면 돼. 이걸 총연습이라고 보자고. 맛있게 먹는 건 좋지만 너무 먹는 데만 치중하지 말고. 언제든지 사람들이 우리를 보고 있다는 걸 잊지 말아."

나는 대답 없이 고개만 끄덕였다.

"테이블 준비되었습니다."

직원이 어디선가 나타났다. 그가 우리 둘을 위해 레스토랑을 통째로 빌린 건 아닌가 싶을 정도로 너무나 조용했다. 지나칠 정도로 조용했다.

마이클 잘츠는 팔을 내밀어서 손을 잡으려 했지만 나는 손을 피했다. 그는 회색 체크 셔츠에 네이비색 V넥 스웨터를 입고 카키 바지를 입었다. 헤지펀드 매니저의 캐주얼 복장이라 할 수 있었다.

"알잖아. 나, 게이인 거. 그리고 난 당신을 도와주고 있어. 여러 가지로."

그에게 팔짱을 끼자 그는 나를 보고 매섭고 만족스러운 표정을 지었다. 그의 팔꿈치 뼈는 스웨터 밖으로 튀어나와 있었다. 같이 다이닝룸으로 들어설 때는 긴장되어 입이 바짝 말랐다.

내 스틸레토가 검은색 대리석 바닥 위에서 딱딱거리는 소리를 냈다. 다시 올 수 없는 기회가 시작되었다. 이제 뒤돌아봐서는 안 된다.

"드레스 썩 잘 어울리네. 지아다가 이런 의상을 챙겨주었다고 하더군. 잘됐네. 이 정도면 훌륭한 투자야."

나는 그제야 어색하게 살짝 웃었다. 나름대로 동의한다는 표시였다. 내 안의 일부는 그의 말에 반박하고 싶었다. 아니에요. 대체 시작부터 왜 이 모양인 거죠? 하지만 여긴 그럴 자리가 아니었고 나도 그의 말이 맞다는 걸 인정해야 했다.

자리에 앉아 메뉴를 훑어보았다. 마이클 잘츠는 요리를 적당히 주문했다. 최고급 요리 위주였지만 의심을 살 정도는 아니었다.

나는 촛불에 와인의 빛깔을 비춰보며 잔을 돌렸다. 마이클도 와인을 한두 모금 마시더니 작지만 안심한 한숨을 내쉬었다.

"흠, 무겁고 단단하군." 그가 고개를 숙이더니 말했다. "와인 맛은 어떤가?"

이렇게 우아한 무언가를 마셔버리다니 잘못을 저지르는 것만 같았다.

"아끼지 말고, 들어."

"네." 나는 핸드폰을 들었다. 요리들이 너무 예쁘고 잘 세팅되어 있어서 남겨놓고 싶었다.

"워워워…… 지금 뭐 하는 거지?"

"아, 죄송해요. 그냥 너무 예뻐서. 어디에다 올리거나 할 건 아니에요."

"핸드폰 내려놔, 당장."

그의 얼굴이 벌겋게 변했다. 우리는 아직 음료도 주문하지 않은 상태였다. 나는 그가 말한 대로 했다.

"왜 그딴 짓을 하면 안 되는지 차근차근 설명해주지."

마이클 잘츠는 뼈마디가 드러난 손가락을 내 얼굴 앞에서 흔들었다.

"첫째, 사진을 찍으면 쓸데없이 사람들의 이목이 집중돼. 있는 듯 없는 듯 섞여야 해. 아무도 알아보지 못하게끔 안 튀어야 해."

"잘 알겠습니다. 사진 안 찍겠습니다."

"그리고 이런 걸 찍을 사진작가가 있어. 절대 핸드폰 사용하지 마. 어떤 일이 있어도. 두 번째, 누가 티아 핸드폰에 있는 사진을 보면 어쩌지? 최악은 잠깐 정신줄 놓고 그 사진을 누구에게 전송하거나 인터넷에 올리는 거야. 여기서 식사했다는 걸 어떻게 설명할 거지?"

"그게, 저는 절대……." 내가 말을 더듬었다.

"거기까지 생각해봤나?"

"그냥 저만 보려고 했어요."

이렇게 말했지만 분명 이와 다른 상황이었다면 엘리엇에게 보냈을 것이다. 아마 꽃처럼 생긴 고구마를 좋아했겠지. 이 정도는 얼마든지 엘리엇도 공감해줄 수 있는 요리니까.

마이클은 포크를 자기 접시에 내려놓았다.

"티아? 지금 우리가 어디에 있는지 아나?"

"판 호 아닌가요?"

"전에 이 레스토랑 들어본 적은 있나?"

"네."

"여기 올 거란 생각은 했어?"

"아뇨."

"그러면 프라발 구룽 같은 명품 옷 입어본 적 있어?"

"아뇨. 이렇게 고급스러운 옷 입어본 적 없습니다."

"고구마로 만든 꽃처럼 특별한 건 본 적 있나?"

"없습니다." 안다, 알아. 무슨 말인지 다 안다고. 그런데 이렇게까지 심하게 밀어붙일 건 없잖아.

"잘 알고 있네. 여기 온 지 십 분밖에 안 되었는데 꽤 세속적으로 잘 적응하던데? 근데 이제 예전 습관으로 되돌아가고 대학 때 남자 친구한테 문자 보내면서 스스로를 부정하려고 해?" 마지막 말을 하며 그는 얼굴을 찡그렸다. "날 봐. 그리고 여기를 봐. 당신도 이제 어른이야. 돌아보지 마. 적어도 나와 같이 있을 때, 이런 것들을 앞에 두고 있을 때는."

핸드폰을 가방에 넣으려 했지만 마이클 잘츠는 그건 막았다.

"아니 그건 여기 올려놔. 뒤집지 말고 화면을 앞으로. 누가 티아에게 전화를 걸고, 티아가 그 상황을 어떻게 대처하는지 봐야겠어."

나는 하라는 대로 했고 끓어오르는 화를 감추려고 노력했다. 이게 레스토랑이야 감옥이야? 그가 이렇게까지 나를 멸시할 줄은 몰랐다. 자기의 '수제자'라면 똑같은 말도 조금 더 상냥하게 할 수 있는 것 아닌가? 나는 그냥 샌드백이었던 건가?

주변 테이블도 점점 손님들로 채워지고 있었다. 잔머리 하나 없는 시뇽 머리에 흰 모피 숄을 두르고 있는 고상한 중년 여성이 있었다. 길고 마른 몸에 딱 맞춘 듯한 양복을 입은 말쑥한 남자도 들어왔다. 배우처럼 잘생긴 웨이터가 우리 테이블로 애피타이저를 들고 다가왔다. 그러자 마이클은 입을 다물고 나를 빤히 쳐다보면서 눈으로 이런 메시지를 보냈다. 나 아직 안 끝났어.

웨이터는 188센티미터는 넘어 보이는 키에 곱슬거리는 머리는 턱까지 내려와 있었다. 반은 흑인 혈통이라고 생각했지만 다른 반은 어디 혈통인지 짐작할 수 없었다. 어느 쪽이건 그 조합으로 아찔할 정도로 매력적인 외모가 탄생한 건 확실해 보였다.

"숙녀분한테는 반숙 메추리알을 넣은 양배추 완탕 '주머니' 드리고요. 신사분에게는 삶은 엔다이브와 데미 글라스 '어란' 위에 올린 포크 미트볼 준비했습니다."

양배추를 포크로 찔러 보니 밝은 오렌지색 노른자가 초록색 밖으로 흘러내렸다. 엘리엇이 이 모든 요리를 검사하는 상상을 해보았다. 그는 이런 음식, 즉 특히 약간 식물학적이고 실험적인 요소가 가미된 이런 요리는 독특하고 흥미롭다고 생각했을 것이다.

하지만 엘리엇은 고상한 체하는 건 질색이었다. 가격을 보고도 기겁했겠지. 이 모든 코스마다 따라오는 의식도 싫어했을 것이다. 사실 그가 메뉴에 있는 것을 전부 먹을 수 있을 거란 확신이 들지 않았다.

그때 내 핸드폰이 울렸다. 나는 진동으로 바꾸려고 손을 뻗었다.

"건드리지 마. 누구지?"

나는 그가 전화 건 사람이 누구인지 안다는 걸 알았다. 이건 테스트였다.

"아무도 아니에요. 안 받으려고요." 전화벨은 계속 울렸다.

마이클이 손을 내밀었다.

"핸드폰 나한테 주지. 벨 그만 울릴 때까지만."

"아니에요. 그냥 끌게요."

"그럴 수도 있지만, 그러기는 싫겠지." 그는 내 손에서 핸드폰을 가져갔다. "엘리엇이군." 그가 발신자 표시를 보았다. "그때 환영회장에서 본 그 친구지?" 그는 핸드폰을 나에게 밀었다. "끊기기 전에 받아."

"그런데 뭐라고 하죠?"

"알아서 해야지. 필요한 말 있으면 하고." 하지만 그는 그러길 바라지 않았다. 자기가 원하는 말을 하길 바라고 있었다.

나는 전화를 받았다.

"여보세요."

"응, 나야. 지금 통화할 수 있어?"

"그게, 아니. 아주 짧게는 할 수 있어."

마이클 잘츠는 반대하는 건 아니지만 엄한 눈초리로 나를 쏘아보았다. 더 잘할 수 있지 않겠냐는 듯한 눈빛이었다.

"우리 오늘 늦게라도 만날 수 있는지 알고 싶어서 전화했어. 되면 연락 줘. 보고 싶다."

젠장.

"오늘은 안 될 것 같아. 나 지금 페이퍼 쓰려고 도서관에 와 있거든. 내일 전화할게."

나는 마이클 잘츠를 바라보았다. 그가 그날 밤 처음으로 웃고 있었다. 나도 살짝 미소 지었는데 그래도 그가 기뻐해 다행이라는 웃음이었다.

"계속 이러기야, 티아, 너무한다. 너."

"미안해, 엘리엇, 나 끊어야 돼." 그때 내가 도서관에 있다고 한 말을 기억했다. "지금은 길게 이야기 못 해서. 미안." 이렇게 속삭이고 난 다음 전화를 끊었다. 그냥 그렇게 해버렸다.

"잘했어, 티아, 거 봐, 타고 났다니까! 그렇게 안 힘들지? 그렇지?"

나는 아직까지도 뜨거운 핸드폰을 손에 쥐고 있었다. 맨해튼 윗동네에 있는 엘리엇은 지금 무슨 일이 일어난 건지 궁금해하고 있을 것이다. 도서관에 있다는 말을 믿기는 했을까? 어쩌면 나를 찾으러 도서관에 갔을지도 모른다. 그가 도서관 어느 자리에 앉아 있냐고 물어봤다면 나는 대답하지 못했을 것이다. 파이낸셜 디스트릭트까지 내려온 건 정말 잘한 일이다. 여기서 엘리엇과 마주칠 일은 없을 테니까.

"네, 전혀 어렵지 않네요." 메인 요리가 도착했을 때 나는 대답했다. 송아지찜과 손으로 뽑은 국수, 아티초크, 민트가 곁들여진 요리였다.

핸드폰을 테이블 위에 올려두었다. 어떤 면에서는 마이클 잘츠 때문에라도 엘리엇을 피할 수 있어 다행이라는 생각이 들었다. 섹스하려다 만 지난 만남 이후 우리는 서로 얼굴을 보지 못했다. 스케줄이 잘 맞지 않았는데 오히려 그게 더 낫다는 생각이 들었다. 엘리엇의 얼굴을 보며 거짓말 할 자신이 없었다.

"잘됐군. 이제 건배하지." 마이클 잘츠가 와인 잔을 들며 말했다.

나도 와인 잔을 들고 닿을 듯 말 듯 살짝만 잔을 대었다. 하지만 잔이 부딪치며 내는 작은 소리가 내 팔까지 떨리게 만들었다.

"건배합시다. 10월에는 텔리체리 레스토랑에 가볼 거야. 아마 첫 리뷰가 될 곳이겠지. 과거는 뒤로하고 미래로 나아가기 위해."

"미래를 위해."

나도 와인을 한 모금 마셨다. 아주 진했고 살짝 흙냄새가 났으나 부드럽게 넘기지 못했다. 핸드폰이 부르르 떨렸다. 문자 소리였다. 마이클은 듣지 못했고 나도 듣지 못한 척했다. 하지만 똑같은 소리가 내 안에서 계속 들려왔고 내 심장을 때리는 것만 같았다.

마이클 잘츠는 와인을 거의 들이켜고 있었다. 그는 항상 풀

바디의 보르도 와인을 고집했다. 아마도 그나마 그 와인이 자극이 되겠지. 알코올 도수도 높고.

"티아 먼로." 그가 내 이름을 불렀다. "이제 뉴욕 시티에서의 날들이 훨씬 흥미진진해질걸."

우리는 디저트로 핑거 라임* 커드가 들어간 동그란 모찌를 먹었다. 판 호에서 나오는데 어딘가에서 찰칵 하는 소리가 들렸다. 옛날 카메라 셔터 소리 같기도 하고 최신 기계음 같기도 했다. 마이클 잘츠가 나를 데리고 빨리 나오려 했지만 나는 주변을 돌아보았다. 다이닝룸을 보니 아까 들어올 때와 똑같았다. 누군가 자수가 놓인 빨간색 벨벳 커튼 뒤로 얼른 숨는 것만 빼고.

아마도 그때 처음으로 내 얼굴 사진이 찍혔을 것이다.

* 통통한 모양 때문에 핑거라는 이름이 붙은 호주의 감귤.

12

다음날 오후 목요일 네시, 이제는 익숙해진 질 샌더를 입고 매디슨 파크 타번으로 출근했다. 새로 받은 옷들을 입고 싶어 미칠 지경이었지만 쓸데없는 의심을 불러일으킬 필요는 없었다. 판 호에서 매디슨 파크 타번으로 모드를 전환시키는 건 혼란스럽고 갑작스럽기도 했지만 얼른 다시 일하고 싶기도 했다.

제이크는 별 두 개를 받았다는 굴욕에서 벗어나 자신의 진짜 실력을 보여주기 위해 복수의 칼날을 갈고 있었다. 리뷰가 나온 지 9일이나 지났다. 꽃 장식은 네 배로 늘어났고 커튼은 말끔히 세탁해 다려졌다. 더 고급스러운 은식기를 꺼내놓았고 이것들 때문에 유리잔과 그릇 부딪치는 소리가 더 맑고 청명해졌다.

지하에 있는 라커룸에 가서 코트와 가방을 걸어놓고 잠깐 그곳 분위기를 받아들이려고 애썼다. 흰 타일의 지하 바닥, 철제 그물망 라커—웨이터들에게 지정된 아주 작은 라커와 테이블을 치우는 버서와 백서버에게 지급되는 더 작은 라커—달짝지근한 냄새, 음식과 커피 냄새, 아주 많은 커피 냄새. 벽에 걸린 옷 커버에는 캘빈 클라인, 아르마니, 폴 스미스 같은 브랜드 이름이 적혀 있었다. 웨이터들도 디자이너 브랜드의 슈트를 입을 거란 에메랄드 말이 맞았다. 어쩌다가 디자이너 옷을 걸치게 되면서부터 그런 것들이 눈에 들어오기 시작했다.

스태프 여러 명이 한꺼번에 들어왔고 어시스턴트 매니저가 소리를 지르며 뒤따라 들어왔다.

“빨리 움직이세요. 삼십오 분 안에 첫 손님 오십니다. 빨리, 빨리, 빨리.”

물건들을 얼른 작은 라커 안에 쑤셔 넣었다.

캐리가 거울 앞에 서서 강력 헤어젤로 곱슬머리를 진정시키려 애쓰고 있었다. 앤젤은 컬러풀한 손수건으로 이마에 흐르는 땀을 닦았다. 채드는 전화로 스케줄을 조정하며 말했다. “앞으로 몇 주 동안은 망했고, 월요일에는 연달아 인터뷰가 있어.”

바깥에서는 제이크와 게리가 프렙 키친으로 들어가는 소리가 들렸다. 게리는 마치 이제 막 홀인원을 해낸 사람처럼 오만한 목소리로 이야기하고 있었다.

누군가 새로운 버전의 빼빼 마른 마이클 잘츠의 사진을 스태프 코르크 보드에 붙여두었다. 물론 이미 그 사진 속 마이클 잘츠에게는 콧수염과 악마 뿔과 까만 이와 털 난 사마귀가 생겼고 머리엔 두개골을 쪼개는 도끼까지 그려져 있었다. 직원 능력 평가에 관한 지시문도 있었다. 스태프들은 외모 관리, 메뉴

숙지, 고객 응대 또는 CTD를 기준으로 평가를 받았다. 새로운 백서버인 캐리는 보드에 이름이 올라가 있진 않았지만 가장 높은 CTD 점수를 받았다고 했다.

"티아는 이딴 거 안 하니까 좋겠다."

채드는 보드를 보고 고개를 끄덕이며 말했다. 채드는 고객 응대 점수와 메뉴 숙지 점수는 최고였지만 외모 관리와 CTD 분야에서는 평균 이하 점수를 받았다. 이제야 그가 수염을 밀고 향기가 나는 로션인지 크림을 발랐다는 것을 알아챘다. 그는 더 젊고 매끈해 보이긴 했지만 예전 모습이 더 매력적이라는 생각이 들었다.

"야, 너 뭐해?" 내가 멀뚱히 쳐다보고 있는 걸 보고 캐리가 물었다.

"어. 미안, 이제야 실감이 나네."

별 두 개. 그건 큰 사건, 대형 사고였다. 글로 보았을 때는 먼 나라 이야기처럼 느껴졌었다. 하지만 여기에 서서 그 별 두 개에 영향을 받는 사람들을 마주하고 있으니 그것이 단순한 등급 이상이라는 것을 알 수 있었다. 이건 그들의 인생이었다. 나는 이 사람들이 점점 좋아지고 있었는데 그건 다분히 마이클 잘츠와의 계약과 충돌하는 생각이었다. 이 둘은 언제나 반대편에 위치하는, 언제까지나 적수일 수밖에 없는 동전의 양면 같은 관계였다.

"리뷰 때문에 걱정 되나? 이제 우리가 할 수 있는 일은 없어. 오늘 밤, 그냥 그 리뷰를 죽여버려야지 뭐."

"맞아. 마이클 잘츠 개자식. 뭣도 모르면서." 채드가 맞받아쳤다.

그 개자식이 조금은 알긴 알던데, 나는 생각했다. 죄책감이라는 단검으로 심장을 찔린 기분이었다.

그때 셰프 달링이 라커룸에 들어와 플라스크를 하나 꺼내더니 벌컥벌컥 마셨다. 캐리가 쪼르르 달려갔다.

"무슨 일이에요, 셰프?" 다른 웨이터가 물었다.

"망할, 좆됐어. 나 지금 근신 처분 당했어. 게리가 나만 보면 못마땅해 죽으려고 해."

라커룸은 침묵에 빠졌다가 곧 웨이터들이 셰프 달링에게 몰려가 질문을 하고 그를 위로해주려고 했다.

"괜찮아요, 매튜." 캐리가 조심스럽게 말했다. 셰프 달링의 몸에서 분노가 뿜어져 나왔다. "술 그만 마시세요. 셰프님 아무 일 없을 거예요. 우리도 마찬가지고."

캐리가 부드럽게 말했다. 언뜻 보니 캐리는 그의 다리를 쓰다듬고 있었다. 그는 좀 진정했고 술병도 내려놓았다.

그때 라커룸 문이 벌컥 열리더니 제이크가 젤을 바른 머리를 안으로 디밀었다.

"티아 여기 있죠?" 제이크가 작은 소리로 말했다. "사무실로 와요. 게리와 내가 긴히 할 말이 있어."

"아, 저요?" 순간 등골이 오싹해졌다. 나야말로 망했다.

물론 범인이 나란 걸 진즉에 알아냈겠지. 내가 무슨 착각을 하고 있었던 걸까. 나는 마이클 잘츠와 했던 이 계약인지 합의

인지를 계속 유지할 수 있을 거라 생각한 건가? 그의 아파트에서 내가 나오는 걸 누군가 보았을 것이다. 아니면 그가 자신의 메모를 떨어뜨렸을지도 모른다. 아니면 그들이 우리가 주고받은 이메일을 봤을지도 모른다.

나는 제이크 뒤를 따라 복도를 지나서 계단을 두 번 지나 사무실로 올라갔다. 이층에 처음 올라와본 것이었는데, 레스토랑의 격조와 품위가 여기까지는 미치지 못한다는 사실을 알게 되었다. 러그는 '기성품'이라고 외치고 있었고 벽의 페인트는 오래되어 벗겨져 있었다. 손으로 그 거친 벽을 쓸어보니 벽의 페인트가 싸구려라는 것을 바로 알 수 있었다.

나는 이제까지 한 번도 지각한 적이 없었고 제이크는 늘 잘하고 있다며 나를 칭찬했었다. 그러니 나를 따로 부른 이유는 딱 하나, 마이클 잘츠밖에 없을 것이었다. 이제까지 그와의 모든 연락과 만남이 내 머릿속에 차례대로 스쳐지나갔다. 나는 어떤 경로로 들킨 것이고 여기서 빠져나올 방법은 무엇일까? 내가 한 짓을 어떻게 조금이라도 축소해 말할 수 있을까?

저는 그 사람이 누구인지 모릅니다.

그가 제 표현을 가져다 쓴 것을 전혀 몰랐습니다.

그에게 답장하고 그의 아파트에 가고 그의 돈을 받을 때 저는 아무 생각이 없었습니다.

물론 모두 거짓말이다. 나는 내가 무슨 짓을 하는 줄 알았다. 구역질이 나올 정도로 잘 알았다. 결국 나는 내가 좋아하고 아끼는 사람들 앞에서 솔직히 말해야 할 것이다. 나는 그들을 아껴야 했는데 오직 나 자신만 생각했다.

나쁘다. 처음 내 의도는 정말 순수했는데, 거기서부터 잘못된 걸까?

우리는 제이크의 사무실을 지나쳤다. 사무실 안에 프링글스 과자통과 서류들과 커다란 검은색 바인더가 있는 것이 보였다. 책상 뒤 책장에 아기 둘을 안고 있는 여자 사진도 있었다. 셰프 달링의 사무실은 책과 잡지와 지저분한 티슈와 구미베어 봉지가 있었다. 그가 얼룩 하나 없이 관리하는 청결한 부엌과는 사뭇 달랐다. 예약 담당자의 방은 원래는 옷 방이었던 것 같았다. 작은 책상 위쪽에 긴 옷걸이 막대와 선반이 있었기 때문이었다.

우리는 계속 걸어서 유일하게 창문이 있는 방인 게리 오스카의 사무실로 들어갔다. 만약 다이닝룸이 호텔 로비라면 제이크와 매튜의 사무실은 일반 객실이고 게리의 사무실은 펜트하우스라고 할 수 있었다. 게리는 거대한 원목 책상에 앉아 값비싸 보이는 가죽 의자에 등을 기대고 앉아 있었다.

그의 맞은편에는 창 학과장이 앉아 있었다. 그분을 보자 큰 일이 터졌다는 걸 직감했다. 그녀는 트위드 펜슬스커트에 손을 포개고 있었다. 제이크가 앉더니 나에게도 앉으라고 손짓했다.

"안녕? 잘 있었어, 티아?" 창 학과장은 냉랭하게 인사했다.

"안녕하세요. 학과장님."

내 숨소리가 들렸고 나는 금방이라도 기절할 것 같았다. 그 순간 마이클 잘츠와 있었던 일을 깡그리 지워버렸으면 좋겠다고 생각했다. 아직까진 특별히 보여줄 것도 없었고 옷 몇 벌과 은밀하게 오간 몇 마디 이야기가 다이지 않은가.

"티아, 우리 심각한 이야기를 해야 할 것 같아."

제이크는 나와 눈을 마주치려 하지 않았다.

게리가 눈빛 하나로 나를 해고하려 했으면 이제까지 열 번은 더 넘게 해고할 수 있었을 것이다. 그의 얼굴은 땀이 흘러 번들번들하고 얼룩덜룩했다. 숨을 들이쉴 때마다 셔츠 앞섬이 헐떡여 속옷도 조금 보였다.

"티아 먼로, NYU 대학원생." 게리가 입을 열었다. "많은 사람이 매디슨 파크 타번을 뉴욕 최고의 레스토랑 중 하나라고 생각하지, 동의하나?"

"네, 그렇습니다."

"당연히 동의하겠지. 이제까지 많은 레스토랑을 다녀봤을 테니까. 어떻게 그럴 수가 있지? 당신은 그냥 스물두 살이고. 어디 출신이더라." 그는 내 이력서인 듯한 종이를 내려다보더니 말했다. "용커스? 어디 촌구석이야? 레스토랑에서 일한 경력도 하나 없어. 직장 인맥도 없지. 티아 먼로, 갑각류와 쌍각류 조개에 알레르기가 있고." 그는 제이크 쪽으로 얼굴을 돌렸다. "진짜 맞아?"

나는 참수를 기다리는 죄수처럼 앉아 있었다.

"게리 사장님, 그렇게 괴롭히지는 마시고." 제이크가 말했다.

"그 일 말씀하세요." 창 학과장은 나를 쳐다보려 하지도 않고 말했다.

게리가 끼어들었다.

"나는 왜 당신 따위가 우리 레스토랑에서 일하게 됐는지 모르겠어. 당신은 어른 행세를 하는 애송이야. 나는 애들을 직원으로 쓸 수 없어요. 특히 당신처럼 영악하고 못돼먹은 애들은."

방문이 닫혔고 수많은 냄새가 방 안으로 밀려들어왔다. 마이클 잘츠 아파트의 썩은 냄새, 바쿠샨의 흙이 씹히던 덤플링 냄새. 창 학과장의 진저 향 향수와 제이크의 깨끗하게 세탁된 슈트에서 나던 파우더 향, 게리 오스카에게서 나는 시가 냄새와 원목과 가죽 냄새가 한꺼번에 풍겨와 질식할 것 같았다.

게리는 컴퓨터 키보드를 하나 누르더니 모니터를 돌려 우리를 보여주었다. 내가 지하에서 마이클 잘츠와 이야기하는 모습이 찍힌 흑백 영상이었다. 화면은 거칠고 모자이크 처리가 되어 있었지만 내가 맞았다.

"여기서 무슨 일이 있었는지 이야기 좀 해보시지요." 개리가 물었다.

화면 속 나는 삐쩍 말랐지만 여전히 강력한 아우라를 내뿜고 있는 남자에게 잡혀 서 있었다. 마치 범죄 드라마에서 시청자들이 피해자가 범죄현장으로 걸어 들어가는 걸 보면서 안 돼, 위험해! 라고 말할 것만 같은 장면이었다. 그때는 그렇게 느껴지지 않았지만 이렇게 보니 너무나 확실했다.

"우리는 당신이 지하로 들어간 다음에 마이클 잘츠가 바로 당신 뒤를 따라가는 CCTV 영상도 갖고 있어요."

창 학과장은 내 어깨에 손을 얹었지만 나는 어깨를 틀어 손을 피했다.

"티아, 마이클 잘츠와 무슨 일이 있었던 거죠?"

제이크는 말없이 팔짱을 끼고 신발만 내려다보고 있었다.

"티아, 말해봐요. 무슨 일이 있었던 거지? 《뉴욕타임스》 레스토랑 평론가와 각별한 사이니 알 것 아닌가?" 게리였다.

다들 내 말을 기다리고 있었고 그들의 집단적인 권위는 철조망이 쳐진 높디높은 벽이었다. 하지만 단 일 초 만에 내 관점은 바뀌었고 나는 웃지 않으려 애썼다.

그들은 이 테이프를 갖고 있다. 그러나 그들은 마이클 잘츠가 내 표현을 가져다 리뷰에 쓴 것까지는 전혀 모른다. 그들은 내가 그의 아파트에 간 것, 버그도프, 판 호에 간 것도 몰랐다. 처음에는 이 영상 때문에 철렁하긴 했지만 진실과 비교하면 이 정도는 새발의 피다. 게리 오스카는 얼마든지 나를 애송이라고 부를 수 있지만 그 역시 아무것도 모른다.

"티아, 말해봐요. 마이클 잘츠가 뇌물을 줬나요? 그가 당신을…… 이용했나요?" 학과장이 말했다.

"그만 소리 마세요." 게리가 나에게 침을 튀기면서 말했다. "어디서 피해자 코스프레를 하려고?"

"아뇨, 그런 일 없었습니다." 나는 거짓말을 하기 시작했다. "이건 전부 오해세요. 저는 전에 레스토랑에서 일한 적이 한 번도 없어요. 그날은 제 첫 출근 날이었습니다. 저는 그분이 누구인지 전혀 몰랐습니다."

세 사람 모두 어안이 벙벙해 서로를 쳐다보았다. 학과장은 살짝 어깨를 으쓱했다. 이렇게 말하고 있는 듯했다. 그거 봐요, 저 말도 맞네.

하지만 게리 오스카는 흔들리지 않았다.

"그와 대화를 나눴잖아요. 무려 오 분 동안이나. 당신이 무슨 말을 하면 그 사람은 메모를 했어요. 대체 당신들 무슨 이야기를 나눴던 겁니까?"

"오 분이요?" 실제로는 훨씬 더 오래 대화를 나눈 것 같았다. 물론 그렇게 되도록 내버려두지는 않았을 것이다. "솔직하게 말씀드려서, 제가 무슨 말을 했는지 기억나지 않습니다. 그냥 그분이 떠오르는 생각이 있어서 적은 게 아닐까요? 저는 특별히 중요한 말을 하지 않았습니다. 저는 그냥 학생이에요."

"우리도 티아가 그 리뷰에 영향을 줄 만한 일을 하지 않았다는 건 알아요." 학과장이 말했다. "아무리 그래도 이건 보통 일이 아니에요. 이건 말이죠……."

"항명이지." 게리가 말을 끝냈다.

"제 말은 그게 아니었어요. 티아, 우리에게 말하지 않은 것 있나요?" 학과장이 말을 이었다.

나는 그들을 한 명씩 차례차례 바라보았다. 나는 여기서 별 탈 없이 빠져나갈 수 있고 그러려면 이 대화를 무사히 끝내야만 한다.

"없습니다. 제가 아는 건 다 말씀드렸습니다."

창 학과장이 웃었다. 게리가 생각하는 것처럼 내가 영악하고 못돼먹은 인간이 아니라는 걸 확인해서 안심한 듯했다.

심장이 다시 꼬이기 시작했다. 나를 모르는 사람, 특별히 착하지 않은 게리 같은 사람에게 거짓말하는 건 전혀 어렵지 않았다. 하지만 창 학과장과 제이크는 달랐다. 이 순간 그들은 내 말을 신뢰하려 하고 있다. 게리의 편에 서는 것이 그들 입장에서 더 나을 수도 있었지만 이 두 사람은 나에게 일단은 무죄추정의 원칙을 적용하려고 했다. 나는 놀랐고 감동했고 죄책감 때문에 괴로웠다. 나는 이들에게 이런 식의 신뢰를 받을 자격이 있는 사람인가?

나는 그런 사람이 아니었다. 나는 순진한 척 거짓말을 둘러대면서, 그들이 나의 좋은 면을 믿도록 내버려두고 있었다.

"여기서 일할 수는 있어요. 하지만 일하는 시간을 줄일 것이고 당분간은 근신 기간을 갖도록 해요." 학과장이 한숨을 쉬었다. "이건 마지막 경고입니다. 만약 또 한 번 이렇게 선을 흐리는 일이 생긴다면 당신의 대학원 학위 이수를 재고할 수밖에 없어요. 최고의 시나리오는 여기 일이 순조롭게 마무리 되는 것이고, 최악의 경우는 우리 대학원이 제공했던 지원을 다 끊고 일반 수업, 조교들과 함께하는 조금 더 제한된 프로그램에 들어가는 겁니다."

말로만 들어도 끔찍했다. 대학원이 아니라 중학교에 다니라는 소리처럼 들렸다. 물론 대학원도 그렇게 대단하진 않지만. 그들은 마치 대학원이 나에게 엄청난 특권을 주는 것처럼 이야기하고 있지만 사실 이제까지 대학원은 나를 제자리에 묶어놓기만 했다.

게리가 책상에 기대니 그의 작달막하고 털이 부숭부숭한 팔이 책상에 기름 자국을 남겼다.

"이거 진짜 현실 세계야. 견습 기간도 없어. 당신이 우리를 망하게 하거나 아니거나 둘 중 하나예요. 그런데 난 당신이 우리를 엿먹였다고 생각해."

제이크가 몸을 떨었다.

"게리, 그래도 아직은 그렇다는 증거는 없잖아요. 우리는 티아의 말을 믿고 경고할 수밖에 없어요."

"흠." 게리가 눈을 천천히 내리깔면서 내 눈을 바라보았다. 나는 눈도 깜박하지 않고 앉아 있었다. "티아의 말이라……." 게리가 계속 말했다. "말이란 지어내면 그만이지. 거짓말쟁이의 말을 믿을 순 없지. 하지만 우리는 모두 그런 적이 있을 테니까."

그는 숨을 들이쉬었다. 나는 잠깐 동안이지만 그가 협박조로 말하고 있는데도 그 역시 나에게 무죄추정의 원칙을 적용하고 있다고 생각했다. 그는 위압적인 태도를 잠시 내려놓았다. 말은 그렇게 했지만 내가 진짜로 악한 사람이라고 믿지는 않는 것처럼 보였다. 물론 그는 스스로 의식하고 있지는 않았으나 내가 그렇게 느꼈다.

"계속 일하게 해주셔서 감사합니다." 내가 말했다.

창 학과장은 고개를 흔들고 창밖을 내다보았다. 제이크는 의자에서 일어나 매디슨 파크 타번에 처음 왔을 때 나를 환영했을 때처럼 팔을 내밀고 아주 살짝 고개를 끄덕였다.

"이제 됐어요, 티아. 이제 나가야겠네. 오늘 저녁에는 일하지 않아도 돼."

"내 눈에 띄지 않게 조심해!" 게리가 버럭 소리를 질렀다.

이 모든 심문 과정, 그러니까 라커룸에서 사무실로 들어왔다가 나가기까지는 몇 분밖에 걸리지 않았다. 나는 무사히 빠져나왔다. 아무것도 변하지 않았다. 안도감이 나를 덮쳐왔고 갑자기 숨이 가빠오기 시작했다. 하지만 이 레스토랑은 알고 있겠지. 사람들은 아닐지 몰라도 이 벽이 알고 반짝이는 유리가 알고 대리석 계단은 알고 있겠지. 게리, 학과장, 제이크에게는 벌을 받지 않았다고 해도 이 레스토랑은 나를 응징하겠지.

라커룸에서 내 물건들을 챙겨 빠져나가려고 하는데 캐리가 다이닝룸에서 나를 불렀다.

"야, 어디가? 이십 분 후에 서비스 시작하는데?"

"오늘은…… 오늘은 일 안 해." 내가 벽을 잡고 겨우 서서 말했다.

"어, 너 왜 그래? 티아? 어디 아프니? 내가 오늘 일 끝나면 전화할게. 아니면 지금 이야기할 수 있어?"

"아니." 내 목소리는 거의 속삭이는 것처럼 낮아졌다. "하지마. 모르는 게 나아. 아니 그게 아니고 몸이 안 좋아서 그래. 괜히 감기 옮길 수도 있겠다."

나는 회전문으로 다가갔지만 회전문이 너무 빨리 도는 바람에 그 안으로 들어갈 수 없었다. 회전문에 손을 댔다가는 내 손이 빨려 들어갈 것 같았다.

캐리는 나를 복잡한 감정이 뒤엉킨 눈으로 쳐다보더니 안아 주었다. 내 몸은 긴장과 죄책감으로 떨리고 있었지만 내 코트가 두꺼워서인지 캐리는 알아채지 못했다.

"그래, 티아. 나중에 보자." 캐리는 다시 다이닝룸으로 돌아갔다.

나는 매디슨 스퀘어 파크로 걸어가 벤치에 앉았다. 게리 오스카가 타운 카를 타고 나가고 있었다. 손님들이 도착했다. 지금은 잠깐 타격을 받았다 해도 시간이 흐르면 리뷰가 더 이상 저곳에 영향을 주지 않길 두 손 모아 기도했다. 나는 셰프 달링이 다시 실력을 증명하고 캐리와 앤젤과 채드와 모든 직원이 손끝 하나도 다치지 않길 기도했다.

내가 생각보다 꼬여버린 내 인생을 잘 헤쳐나갈 수 있길 두 손 모아 기도했다.

13

다음날 나는 모든 것을 하던 대로 했다. 수업을 듣고 과제물을 읽었다. 엘리엇에게 문자를 보냈지만 답장은 오지 않았다. 내 인턴십을 주제로 꼼꼼하게 발제문을 써서 세미나 리더에게 두 시간 전에 보냈다. 모든 것이 정상이었고 아무렇지 않았다.

일곱시쯤 배가 고파져서 멜린다와 같이 NYU 근처 새로 생긴 보데가에 갔다. 뷔페를 돌아다니다 루콜라 잎 조금과 참치 캔 한 수저와 다른 먹거리들을 담았다. NYU, 매디슨 파크 타번, 마이클 잘츠라는 너무나 다른 세상들을 오고 가다보니 시스템에 이상이 온 듯했다. 과장하자면 몇 시간 만에 새로운 행성의 대기권으로 진입하는 우주비행사의 상태와 비교할 수 있었다.

"너희 학교 수업은 내가 듣는 수업만큼 지겹지는 않겠지?"

멜린다가 당근으로 훔무스*를 휘저으면서 말했다.

멜린다의 목소리는 공중에서 헛돌다가 김빠진 모호한 단어가 되어 내 머리에 착륙했다. 수업! 그런 게 있었지! 정신을 똑바로 차리고 살려고 노력하긴 했지만 수업은 내 관심사에서 멀리멀리 밀려나 있었다.

"수업? 너 무슨 수업 듣니?"

마지막으로 들었던 건 멜린다가 연기를 해보고 싶어서 알아보는 중이라는 말이었다.

"응, 나 인체 드로잉 배우러 다니잖아. 괜찮긴 한데, 조만간 관둘 듯."

"아, 그렇지, 그런 거 재미 대따 없지. 지겹지."

나는 멜린다의 말을 아무 생각 없이 따라했다. 내 접시에 있는 올리브, 콩, 루콜라, 머스터드를 한번에 섞어 뭉개버렸다.

"완전." 멜린다가 한숨을 쉬었다.

접시를 내려다보니 내가 어쩌다가 튜나 니수아즈 샐러드**를 만들었다는 걸 알게 되었다. 이 별것 아닌 내 습관이 조금 안정감을 주었다.

재료들을 섞어서 맛을 본 다음 다른 재료를 가져와 또 섞다보니 튜나 니수아즈 샐러드가 거의 완벽해 보였다. 포만감을 주면서도 상큼하고 감칠맛이 났다. 전혀 보데가 음식 같지 않았다. 요리하고 맛보기라는 이 단순한 작업만큼 나를 다독거려

---

* 병아리콩을 으깨어 만든 음식으로, 레반트 지역과 이집트의 대중음식.

** 토마토, 삶은 달걀, 올리브 등에 참치를 얹고 드레싱을 뿌려 만든 프랑스 니스의 샐러드.

주는 건 없었다.

우리는 워싱턴 스퀘어 파크에 앉아 각자의 음식을 먹었다. 아무도 나에게 이래라저래라 하지 않는 탁 트인 야외에 있으니 기분이 나아졌다. 하지만 이 공원을 고른 건 실수였다. 창 학과장이 공원 건너편의 대학원 사무실에서 나오고 있었기 때문이었다.

서서히 땅거미가 지다가 밤이 찾아오고 있었다. 공원은 가로등과 꼬마전구로 반짝거렸다. 학과장과 눈이 마주쳤고 그녀는 나를 어떻게 대해야 할지 걸어오면서 정하는 것처럼 느린 발걸음으로 나에게 다가왔다.

"티아, 여기서 만나네. 어떻게…… 괜찮아?"

그녀는 어제 일로 내가 여전히 스트레스를 받고 있을까 싶어 내 얼굴을 천천히 살폈다.

멜린다는 그녀를 흘깃 보고 삶은 베이비 브로콜리를 뒤적였다.

"전 괜찮아요. 지난 며칠 동안 일이 많긴 했죠. 아시겠지만."

나는 샐러드를 뒤적거리며 대답했다. 솔직히 전혀 괜찮지 않았다. 공식적으로는 아직 마이클 잘츠와 레스토랑을 리뷰한 적도 없지만 나는 이미 내가 너무 많은 공을 손에 쥔 채 저글링하고 있다고 느끼고 있었다. 순간 방심했다가는 틈 사이로 무언가가 떨어질 것 같았고 어떻게든 배의 키를 꼭 잡고 좌초되지 않으려 하는 중이었다. 이제 다른 선택지가 없었다.

"그렇겠지."

창 학과장은 자신에게 눈길 한 번 주지 않는 멜린다를 쳐다보았다. 원래 창 학과장은 키가 워낙 크고 도도해 사람들의 시선을 붙잡아놓는 타입이라 약간 신기한 모양이었다.

"잠깐 이야기 좀 할 수 있어요?" 창 학과장이 내게 말했다.

나는 고개를 돌려 멜린다를 보았지만 그녀는 동의든 뭐든 어떤 신호도 주지 않았다. 그러든지 말든지 알아서 하라는 미소를 지어보였다.

"그럼 나, 가볼게. 이따 봐, 티아."

멜린다는 남은 음식을 쓰레기통에 버리고 가방에서 담배를 꺼낸 다음 일어나 가버렸다.

잔잔한 주름이 잡히고 밑단이 비대칭인 블랙 실크스커트를 입은 창 학과장은 우아하게 벤치의 내 옆에 앉았다. 이세이 미야케*구나. 이제 이 정도는 알아.

그녀가 말문을 열었다.

"어제 오후는 실망했어. 티아가 나를 믿고 솔직히 이야기해주었으면 좋았을 텐데. 대체 레스토랑에서 무슨 일 있었던 거죠?"

"저도 모르겠어요." 어제처럼 밋밋하고 건조하면서도 확신에 찬 목소리로 말했다. 연습이 완벽을 만드는 것일까.

"잘 모르겠다는 게 무슨 말이지? 왜 마이클 잘츠와 지하에 있었지? 그다음에 그 레스토랑이 안 좋은 리뷰를 받았잖아. 뭔

* 일본 출신 디자이너 브랜드.

가 느낌이 싸해."

"저도 그건 잘……."

"티아, 제발, 나한테는 말해줘. 그 사람이 티아에게 무슨 짓을 했지?" 그녀가 마치 엄마처럼 따뜻하게 내게 고개를 숙이자 절대 흔들리지 않겠다고 결심했는데도 마음이 무너지는 것 같았다.

"리뷰 따위 누가 신경이나 쓴데. 내가 걱정되는 건 티아야. 도와주고 싶어요. 무슨 일이 있었는지만 솔직히 말해줘."

"아무 일도 없었습니다."

나는 허리를 똑바로 폈다. 신경을 쓰지 않아주면 얼마나 좋을까. 그 일과 아무 상관도 없는 분인데.

"그래, 티아, 비밀로 하고 싶으면 해. 하지만 이건 알고 있으면 좋겠어. 지금까지 티아가 얼마나 운이 좋았는지. 대학원 일학년생이 자기가 지원한 인턴십 프로그램을 하는 경우가 얼마나 적은지 알아요? 우리 학교는 우수한 학생들이 지원하는 전국 최고의 프로그램이에요. 우리는 티아를 선택했고 티아는 세계에서 가장 훌륭한 레스토랑에서 일하게 됐어. 지난 몇 주 동안만 해도 얼마나 많은 걸 배웠는지 생각해봐. 요리, 문화, 소비패턴…… 인테리어 디자인, 사회학에 꽃꽂이까지 배우지 않았나? 설거지 담당과 생선 도매업자와 CEO와 유명 연예인들을 한 장소에서 만나 배우는 곳은 잘 없어요."

한마디 한마디 옳은 말씀이었다. 그런 것들을 모두 잘 배우고 있었다. 하지만 무엇이 일의 근본인지는 알 수 없었다. 레스토랑일까, 캐리의 위키 페이지일까? 아니면 마이클 잘츠와의 인맥일까? 더 이상 내 인생의 전체적인 윤곽이 보이지 않았다. 머리로는 모든 것이 명백하길 원했지만 실제로는 뿌옇기만 했다.

그녀는 일어나서 하던 말을 마쳤다.

"길 잘못 들어서 티아의 학업과 직업을 망치지 말아요. 대학원은 앞으로 거둘 열매의 씨를 뿌릴 수 있는 곳이에요. 앞날이 창창했던 학생들이 나쁜 전례를 남기는 경우를 수도 없이 봤어요. 안타깝죠. 티아에게 그런 일이 생기지 않기를 바라."

다 괜찮아질 것이다. 원래 살다보면 가끔 일이 복잡하게 꼬이지만 그 매듭을 천천히 풀고 해결해나갈 시간이 생기기도 한다. 과도기에는 얼마든지 예상치 못한 일이 일어나지만 그때마다 놀라거나 당황해선 안 된다. 아이스바를 팔던 아가씨도 꿈을 이루기까지 수많은 장애물을 넘었을 것이다. 어쨌건 나는 레스토랑 심문 시간에서도 살아남지 않았나.

죄송해요, 학과장님. 저도 나름대로 기반을 쌓으면서 미래를 준비하고 있어요. 학과장님의 그림과는 다를 수도 있지만.

곁눈으로 보니 여자 몇 명이 호기심을 숨기지 않은 채 학과장과 나의 대화를 엿듣고 있었다. 한 남자는 거의 우리 옆에 붙어 듣고 있었다. 그 순간에는 불편했지만 이 상황을 헤쳐나가야 한다는 생각은 더욱 강해졌다.

나는 내 갈 길을 안다고 생각했었다. 공부도 열심히 했고 명문대에 들어갔다. 요리 칼럼니스트라는 진로를 정해 대학원에 진학했다. 대학원에 꼭 가지 않아도 된다는 사람들도 있었지만 사람들 말은 흘려들었다. 학위는 나를 입증해줄 배지 같은 것이라 믿었다.

이제는 그 또한 순진한 생각이었다는 것을 깨달았다. 어떤 것도 저절로 주어지지 않는다. 헬렌 사건을 통해 그걸 배웠다. 어떤 것을 너무 원하면 그 욕망이 말 그대로 이마에 네온사인처럼 새겨질 수도 있다. 언제나 최선을 다하고 바르게 살아도 성공하지 못할 수 있다. 나는 남들보다 특별히 잘나지 않았고 모두가 원하는 그 상을 나만 받아야 한다고 주장할 수 없다.

그러니까 이 세상에 대고 내가 그 상들을 원한다고 말만 하거나 가장 예쁜 드레스를 꺼내 입고 매혹적인 미소를 흘리는 것으로는 부족하다. 기회가 왔을 때 잡아야 한다. 어떻게든 헤치고 나가 앞자리를 차지해야 한다.

의도가 아무리 훌륭해도 그것만으로는 충분하지 않다.

학과장의 말을 듣자 이런 생각이 더욱 단단해졌다. 그녀는 훌륭하고 도움이 되는데다가 호의적이었지만 그녀의 칭찬은 나에게 맞지 않았다. 역경이 나를 더 강하게 만든다고 말하면서도 그녀는 내가 왜 그 고생을 하고 있는지 이해하지 못했다.

푸딩이 맛있는지 아닌지는 먹어봐야만 한다. 내 상황도 마찬가지다. 내 경우에는 2백 달러짜리 라펠라 브라와 5백 달러짜리 에르메스 커프스 같은 것들이다. 마이클 잘츠와의 디너다. 《뉴욕타임스》에 실리는 내 글이다. 해봐야 한다. 이건 눈앞의 현실이고 내 손 안에 들어온 잭팟이다. 마음 굳게 먹고 정신만 바짝 차리면 된다. 학과장은 내가 매디슨 파크 타번에서 일하면서 받을 수 있는, 어디서도 얻을 수 없는 교육을 말했다. 하지만 마이클 잘츠와 함께 있으면 나는 테이블의 더 나은 쪽을 차지할 수 있다. 음식을 서빙하지 않고 서빙을 받을 수 있다. 평가받지 않고 평가할 수 있다. 어느 쪽을 택해야 할지 누가 봐도 분명하지 않은가.

"한 번만 더 물어볼게. 마이클 잘츠가 티아에게 뭘 원했어요?"

"저한테 원하는 거 없으세요." 나는 마치 말도 안 된다는 듯이, 세상에서 이보다 더 당연한 대답은 없다는 듯이 천연덕스럽게 말했다.

"티아에게는 소중한 재능이 있어. 낭비하지 않았으면 해. 마이클 잘츠에 관해 그것밖에 할 말이 없다면 나도 티아를 믿을게요." 그녀는 하이힐을 또각또각거리며 걸어갔다.

나는 한숨을 쉬고 내 훌륭한 튜나 니수아즈 샐러드로 돌아왔지만 샐러드는 이제 너무 시들고 눅눅해지고 말았다.

마음 굳게 먹고 정신 바짝 차리자. 혼자 샐러드를 먹으며 그 말을 다시 한번 되새겼다.

14

일주일 후 마이클 잘츠와 함께 첫 리뷰를 했다. 텔리체리는 점잖은 레스토랑이 아니었다. 시끄럽고 북적대고 그야말로 젊고 쿨한 곳이었다.

지난주에는 셰프 크리스티안 로드와 이곳의 모든 유명한 요리에 관한 글을 찾아 읽었다. 이미 여러 블로거와 기자들—전혀 무명이 아니고 언제든지 디너와 런칭 파티에 초대받을 수 있는 사람들—이 레스토랑 리뷰를 마쳤다. 나는 호기심 그리고 약간의 자기만족과 함께 그 글들을 읽었다. 그들도 알고 나도 아는 건 여전히 많은 사람들이《뉴욕타임스》를 최종 평가로 받아들인다는 것이다.

나는 마이클 잘츠의 지난 리뷰도 읽었다. 특히 지난 석 달 동안의 리뷰는 더욱 꼼꼼히 연구했다. 그는 미각을 잃고 나서부터는 친구들을 데리고 가 취하게 한 다음 음식에 대해 이것저것 물어보고 그 내용을 이용해 쓴 것 같았다. 지금 읽어보니 전과 후의 차이가 확실히 느껴졌다. 그의 리뷰는 연극 자체보다 무대 의상을 평가하고 있는 것처럼 피상적이고 빈곤했다. 마이클 잘츠도 장기적으로 이런 리뷰가 먹히지 않으리라는 것을 알았겠지. 그러나 여기 내가 있다.

텔리체리에서 마이클 잘츠는 진짜 같은, 붉은 기가 도는 금발의 부분 가발을 썼는데 그건 이 세상의 모든 우스꽝스러운 부분 가발의 불명예를 보상해주고 있는 듯했다. 이 가발 하나로 그는 신경증적인 부유한 중년 남자에서 둥글둥글하고 무던한 성품의 아저씨로 바뀌었다. 그 분위기를 최종적으로 완성하기 위해 카키 팬츠, 보라색과 흰색 체크무늬 셔츠를 입고 앞코가 뾰족한 갈색 구두를 신었다. 그는 길을 물어보고 싶은 남자, 택시를 양보해줄 것 같은 남자처럼 보였다. 나도 처음엔 그를 알아보지 못했다.

차림새로 보면 우리 두 사람은 전혀 어울리지 않았다. 나는 비비안 탐의 에메랄드색 드레스를 입고 옅은 주황색 크리스티앙 루부탱을 신었다. 에메랄드의 《보그》에서 이 룩을 보고 지아다에게 급하게 부탁한 것이었다. 내가 원조 패셔니스타는 아니라 해도 빨리 배우는 건 분명했다. 나는 아파트 옆 카페 화장실에서 옷을 갈아입고 택시를 탔다.

"다음에는 콘셉트를 미리 맞춰보는 게 좋겠군." 테이블에 앉으며 마이클 잘츠가 내 귓가에 속삭였다. "나는 오늘 '세상의 소금'*을 표방했는데."

"아, 저는 여기 데코레이션과 맞추려고 했죠." 내가 말했다.

텔리체리는 섹시하고 위험하고 불길한 보석 상자 같았다. 짙은 사파이어블루 염색약이 물 위에 떨어진 것처럼 넓고 구불구불한 벽에 얼룩을 만들어내고 있었다. 쿠션은 브론즈 색이었고 웨이트리스는 유혹적인 레이스를 덧댄 블랙 드레스를 입어 속살이 살짝 드러났다. 웨이터들은 비치는 파자마 같은 의상을 입어 침대에서 할 수 있는 일을 연상케 했다. 물론 잠이 아닌 다른 것들 말이다.

마이클 잘츠는 고개를 저었다.

"처음 접근부터 잘못됐어. 이걸 봐. 내가 지금 레스토랑 비평가처럼 보이나? 아니면 버겐 카운티에서 온 아빠처럼 보이나?"

"아뇨, 전혀 아니죠." 나는 테이블에 몸을 숙이고 아무도 못 듣게 말했다

"그럼 레스토랑 분위기와 반대로 옷을 입는 게 나을까요?"

"항상 그럴 필요는 없지. 전략을 짜봐. 가끔은 자연스럽게 섞이고 싶겠지. 때로는 일탈하고 싶기도 하고. 한두 번 아니고 여러 번 여행을 떠날 때는 계획을 그때마다 바꿔야 해."

"네, 그 말씀 맞네요." 나는 벽과 똑같은 색의 사파이어 클러치를 숨겼다. "저, 직접 만나 말씀드리고 싶은 게 있었어요. 요즘에 좀 정신없는 일이 있었어요. 저 매디슨 파크 타번에 당분

* 선량하고 고결한 사람의 전형.

간 못 나가요."

"왜, 어째서?" 그는 깜짝 놀란 듯이 말했다. 내가 자기 때문에 이렇게 곤경에 빠졌다는 사실을 전혀 모르는 것처럼 이야기했다.

"네, 그 사람들이 리뷰가 뭔가 수상쩍다고 생각했고요. CCTV에 선생님과 제가 지하에서 이야기를 하는 장면이 찍혔어요."

"잠깐, 뭐라고? 그 사람들이 우리 사이 알아?"

그는 마치 여기서 당장 나가야 할 것처럼 냅킨을 테이블 위에 내려놓았다.

"아뇨! 게리와 제이크는 그렇게까지 생각은 안 해요. 대학원 교수님도 그렇지 않고요. 그날 처음 만났고 중요한 이야기는 안 했다고 잡아뗐어요."

그가 손가락으로 테이블을 톡톡 치다가 손바닥으로 한 번 탁 쳤을 때 잘생긴 웨이터가 다가왔다. 요리를 설명하는 모습을 보니 전형적인 모범생 스타일이었다. 물론 인기 많은 모범생, 풋볼 공을 던질 줄 알고 스포츠 제품 회사 모델을 할 것 같은 모범생 말이다.

"뭐, 그래도 할 수 있는 최선은 다한 것 같네." 마이클 잘츠는 주문을 하고 말했다. "하지만 근신 기간은 비밀 유지에는 좋지는않아. 아마 앞으로 행동이나 동선을 더 감시 받게 될 거야. 그러고 보니 핸드폰 어디 있지? 앞으로도 식사할 때 이 핸드폰은 꼭 테이블 위에, 정면으로 놔두고. 알았지?"

나는 핸드폰을 꺼냈고 마이클 잘츠는 고맙다는 듯이 고개를 끄덕였다. 이상하게도 그는 매디슨 파크 타번 사람이 우리 관계를 발견할 가능성보다 전화에 더 민감했다.

"내가 미리 예상한 바로는 이래. 내 생각에……." 마이클 잘츠는 눈을 들어 지나가는 손님의 눈을 피하더니 유로 비트 음악에 묻혀 안 들리게 속삭였다. "텔리체리는 별 세 개짜리 아닐까 싶어……."

"어떻게 아세요?"

마이클 잘츠는 눈을 열 번 이상 빠르게 깜박깜박했다. 사람들이 아이디어를 발전시키려고 할 때 머리를 긁는 것처럼 그에게서는 가끔 이런 이상한 버릇이 튀어나왔다.

"이런 일을 오래 하다보면 감이란 게 생기니까."

웨이터가 애피타이저 전 단계인 아뮤즈부셰를 가져왔다. 다진 래디시, 쇼트브레드 조각, 블랙 페퍼 가스트릭*이 듬뿍 들어간 수프였다. 웨이터가 멀어지자 마이클 잘츠가 말했다.

"아주 애쓰고 있구먼. 노력 중인 건 맞네."

맛은 환상적이었다. 래디시는 초절임이 딱 맞게 되어 있었고 후추 맛을 더 또렷이 표현해주었고 수프에 엣지를 더했다. 한 입에 들어가게 잘라 넣은 쇼트브레드에선 부드러운 빵의 버터 향이 입안 가득 퍼졌고 블랙 페퍼 비니거 소스는 이 달콤하고 짭짤하고 스파이시한 수프를 우아하면서도 유혹적으로 마무리해주었다.

* 과일과 식초를 넣고 조린 프렌치 소스.

"오, 굉장히 맛있는데요." 내가 말했다.

"알아. 기술적으로 훌륭해 보이고 냄새로도 알겠어. 이제 이 레스토랑이 어디를 목표로 하고 있는지 알겠지." 그는 지휘자처럼 스푼을 휘저었다. "이 식당은 별 세 개 레스토랑이 되고 싶은 거야."

하지만 이 아뮤즈부셰로만 봤을 때 이곳의 요리는 환상적인 것 이상이었다. 센세이셔널했다. 이 정도로 훌륭하다면 별 네 개를 받지 못할 이유가 뭐 있나?

웨이터가 요리를 몇 가지 더 가져오자 나는 옷매무새를 고쳤다.

"이 요리는 유부에 싼 아구찜입니다." 웨이터가 말했다. "밑에는 크랜베리빈* '소일(soil)'이 뿌려진 진저브레드 비니거 퓨레를 깔았고요. 이건 루타바가** 오리고기 콩피 테린이고요. 옆에는 오렌지 향 브랜드 스틱 안에 감초로 만든 면을 담았습니다."

"와, 근사해요. 감사합니다." 나는 얼른 다음 요리를 먹고 싶은 마음에 들뜬 목소리로 말했다.

"제가 더 감사하죠. 저는 펠릭스라고 합니다. 손님 성함은?"

"안녕하세요, 펠릭스. 저는 티아예요." 내가 말했다.

마이클 잘츠가 테이블 밑에서 나를 찼다.

"아니, 미아요." 나는 테이블을 꼭 잡고 말했다.

---

* 흰색에 붉은색 줄무늬가 있는 꼬투리 속에 있는 콩.

** 순무의 일종.

"네, 미아." 나에게 작업을 건다는 생각이 들 정도로 펠릭스의 눈이 반짝거렸다.

"대체 저 웨이터는 왜 당신 이름을 알려고 난리야?" 펠릭스가 멀어지자 마이클 잘츠가 말했다. "그리고 미아? 웃기지도 않네. 다음엔 좀 잘해."

그는 포크 옆으로 아구를 잘라 입에 넣었다.

"어떠세요?" 내가 물었다.

"배가 너무 고파서 먹는 거야. 그런데 이 모든 게 삶은 감자 맛밖에 안 나. 슬픈 건 이게 그나마 오늘 먹은 것 중 가장 맛있는 거야. 자글자글한 유부의 텍스쳐가 흥미롭군. 이게 맛을 더 좋게 만들고 있어?"

한 입을 먹어보았다.

"음, 네. 그러네요. 아주 얇고 바삭거려요. 치킨 껍질처럼요. 이거 보세요. 이게 생선 요리와 붙어 있네요. 하지만 제일 마음에 드는 건 진저브레드 퓨레와 크랜베리빈 소일이에요. 아주 독특해요. 진저브레드가 아구의 살과 근육을 풀어주는 것 같아요. 빈 소일은 혀를 살살 긁어주면서 맛의 다른 차원으로 끌어올려요. 어떤 카테고리에도 넣을 수 없다는 점이 더 흥미로워요. 에스닉하지도 않고 시장에 휘둘리는 것도 아니고 여기만의 개성이 있어요."

"좋아, 좋아. 계속하지." 마이클 잘츠가 루타바가를 지나치더니 손가락으로 오리 테린이 든 접시를 나에게 밀었다. "이건 약간 이상하지 않나?"

나는 이 요리가 맛있었으면 했고 실제로 그랬다. 나이프와 포크로 재료들을 밀어보면서 이 요리를 이해하고 내 의견을 공들여 표현해보려고 했다.

그때 갑자기 펠릭스가 끼어들었다.

"오, 손님, 죄송합니다. 제가 다른 테이블을 도와드리고 있어서요. 이건 다른 것과 같이 드셔야 하는 요리입니다."

그는 마이클 잘츠를 소심하게 바라보았고 마이클 잘츠는 부분 가발을 쓴 머리를 옆으로 돌렸다.

"이 요리는 오늘 추가되어서 제가 아직 적응 중이거든요. 제대로 준비되려면 여기에 트러플이 약간 들어가야 하거든요."

그는 흰 냅킨 밑에서 주먹만 한 베이지색 덩어리를 꺼냈다. 그것을 가니 구불구불하고 반투명한 실 같은 것이 떨어졌다. 펠릭스가 몸을 뒤로 뺐고 나는 포크로 트러플을 테린에 섞어보았다.

트러플에 대해서는 글로만 읽었다. 신비로운 맛, 호르몬을 자극하는, 거의 관능적이라고 하는 향, 상상을 초월하는 가격. 트러플을 직접 본 건 처음이었고 왜 사람들이 이렇게 소박해 보이는 요리 재료를 1온스당 수천 달러를 주고 사는지 이해할 수 없었다.

하지만 나는 텔리체리에서 그 모든 걸 이해했다. 나는 의자 안에서 녹아내려갔다.

"음……." 그냥 감탄사밖에 나오지 않았다. "음……."

마이클 잘츠도 즐거운지 간 트러플의 큰 조각을 올려서 코에 가까이 대보았다.

“이건 특상품이군. 최고급이야.”

“와, 세상에.” 나는 거의 희열에 빠진 상태에서 말했다. “이걸 넣으니 요리가 훨씬 더 맛이 좋아져요. 왜 모든 음식에 트러플을 넣지 않은 거죠?”

오리 테린에 대해선 잊었다. 그건 트러플의 마법을 전달하기 위한 수단에 불과했다.

몇 분 후 펠릭스가 다시 나타났다.

“이제 다음 코스 요리입니다. 으깬 감자, 블랙, 그린, 자줏빛 캐비어에 콜리플라워 크림브로스*를 뿌린 요리입니다.”

캐비어가 감자 사이에서 작은 보석처럼 빛났으며 브로스 안에서 빛을 뿜어내면서 깜빡거리고 있었다. 작은 스푼으로 떠먹어보았더니 진하고 부드럽고 달콤한 콜리플라워의 맛이 배어 있었다. 캐비어 알을 하나씩 터뜨려보았다. 톡, 하나 먹는다. 실크처럼 부드럽고 상큼해, 톡. 이건 짜릿하고 톡 쏘네. 또다시 톡, 이건 유혹적인 맛이야. 어둡고 신비롭고 깊어.

마이클 잘츠도 입안에서 캐비어를 굴려보았다.

“이것도 꽤 괜찮군, 그렇지?”

“네, 정말 괜찮아요.” 보데가 샐러드 바와 나의 찌끄러기 같은 튜나 니수아즈 샐러드에서 수백만 킬로미터는 떨어져 있다고 생각했다.

---

* 화이트 와인, 야채, 허브로 끓인 걸쭉한 육수.

그날 저녁의 나머지 식사도 이런 식으로 흘러갔다. 현실 같지 않았다. 우리 테이블은 소시지 요리와 무스 요리, 수프와 샐러드, 다양한 튀김 요리, 뜨거운 철판에 구운 이런 저런 요리들로 채워졌다. 인터넷으로 검색해보았지만 이 정도 퀄리티인 줄은 몰랐다. 이 레스토랑 분위기도 상상과는 달랐다. 직접 체험하지 않고 완벽하게 묘사할 수는 없는 법이고 그럴 수 있다고 생각한 내가 바보였다.

마이클 잘츠는 거의 먹지 않았고, 얼마 후 나는 눈치 보지 않고 모든 음식을 실컷 먹기 시작했다. 요리 하나를 시식할 때마다 마이클 잘츠는 몇 가지 규칙을 알려주고 가이드를 해주면서 조금 더 구체적이고 적확한 표현을 쓰고 논리를 강화하라고 하기도 했다.

조금 더 달아야 한다. 또는 조금 더 호박 맛이 나야 한다.

이 생선 요리는 벨벳처럼 부드럽고 달콤하지만 애쉬 블루 치즈에 의해 조금 누그러진다.

훌륭한 불 맛이 들어간 요리. 아마도 좋은 스토브나 무거운 무쇠 팬으로 요리한 듯하다.

배가 터질 것처럼 불렀는데도 아직 디저트가 남아 있었다.

"오늘 이만하면 훌륭하네. 리뷰하기 굉장히 좋은 레스토랑이야." 마이클 잘츠가 남아 있는 보르도 와인을 비웠다.

"그렇죠? 저도 그런 것 같아요." 내가 잘하고 있다는 생각이 들어 진심으로 기뻤다.

디저트로는 곱게 간 얼음과 설탕에 조린 열대 과일, 미니 브리오셰 퍼프가 들어간 커리 아이스크림, 블루베리와 오트밀이 들어간 레몬 바질 프로피테롤*을 주문했다. 하지만 서버 한 부대가 더 많은 디저트를 놓고 갔다. 코코넛 크리스피가 뿌려진 초콜릿 퐁당, 메이플 시럽 타피오카, 초콜릿, 마카롱, 마시멜로우가 들어간 시나몬 애플 츄러스도 가져왔다. 펠릭스는 프티 푸르**를 가져오면서 나에게 속삭였다.

"아까 트러플이 늦어서 죄송합니다. 드셔보십시오. 이 라벤더 피치 마카롱 드셔보세요. 제가 제일 좋아하거든요." 그러고는 앞머리를 손으로 넘기더니 불필요할 정도로 나를 오래 쳐다보아 순간 머리카락이 쭈뼛 서기도 했다.

마이클 잘츠는 눈치채지 못했다.

"괜찮나?" 서버들이 떠나자 그가 말했다.

"네, 아주 훌륭해요." 나는 볼 안에 츄러스를 가득 넣고 씹으며 대답했다. "항상 이런 식으로 나오나요?"

"글쎄, 서비스 디저트가 너무 많이 나오니 약간 의심되는 걸. 물론 아까 트러플이 늦어서 그런 거라면 말이 되지만?" 그는 주변을 둘러보았다. "우리가 '발각된' 게 아닌지 걱정이 되네."

"'발각되다'뇨?"

"그렇지. 우리 정체를 들키는 거. 그때부터 음식평론가는 '발각되는' 거지."

"그렇구나."

---

* 달콤한 크림이나 짭짤한 치즈를 넣은 작은 슈크림.

** 식후에 커피와 함께 제공되는 작은 케이크.

주변을 둘러보았다. 지극히 정상적으로 돌아가고 있었다. 우리를 쳐다보는 사람, 사진을 찍는 사람도 없었다. 레스토랑은 평범해 보였다. 그러나 그때 마이클 잘츠를 만나기 전에는 내가 이런 고급 레스토랑을 몇 번밖에 가본 적이 없었다는 것을 깨달았다.

마이클 잘츠는 흡족한 미소를 띠며 입을 닦았다.

"화장실 다녀올게. 다 먹어버리지 말고." 그가 윙크했다.

오로지 맛을 음미하기 위해 코코넛 크리스피와 초콜릿을 입안에 넣고 조심히 씹어보았다. 또 다른 조각을 들어 조명에 비춰보는데 맞은편에 어떤 사람이 앉았다.

"이 요리의 테크닉을 전혀 모르겠어요. 혹시 이게 머랭일까요?" 내가 물었다.

"글쎄요. 동결건조 같은데?"

나는 시선을 코코넛 크리스피에서 들어 올려 이국적인 억양의 주인공을 올려다보았다. 신경질적인 마이클 잘츠의 혀 짧은 말소리가 아닌 더 부드럽고 더 젊은 남자 목소리가 들렸다. 파스칼 폭스.

"전통적인 쿠키를 만든 다음에. 그걸 드라이아이스에 쇽 넣으면 그건 그전에 있던 것의 그림자가 되어버리죠."

그의 검은 머리카락이 여기저기 삐져나와 흐트러져 있었다. 머릿결은 약간 내 머리카락처럼 부분적으로는 굵은 직모였고 부분적으로는 곱슬거리면서 가늘었다. 그는 코발트블루색 버튼다운 셔츠를 입고 발목을 걷어 문신을 드러내고 있었다. 어두운 곳에서 보니 흐릿하게 포크와 나이프, 소와 돼지, 당근과 가지, 호박과 멜론이 그려져 있어 마치 쿨한 슈퍼마켓 풍경 같았다. 그는 그 벽화 같은 문신들을 일부러 자랑하듯이 내보였다.

"아, 안녕하세요." 내가 말했다.

"저 당신 기억하는데. 삼 주 전에 우리 레스토랑에 오지 않았었나요? 맞죠?"

"와, 기억력 정말 좋으세요."

나는 얼굴이 빨개졌다. 그 많은 음식을 다 먹어치운 걸 후회했다. 임신 아홉 달 정도 된 배가 예뻐 보이기는 힘들 터였다.

"모든 사람을 기억하는 건 아니에요. 특별한 사람만 기억하죠."

그가 1인치 정도 나에게 가까이 다가왔다. 순간 숨이 쉬어지지 않아 침을 목으로 삼켰다. 가까이에서 보니 그의 미소는 살짝 일그러졌고 이도 새하얗지는 않았다. 잡지에서 보던 대로 완벽한 모델 같은 외모가 아니라는 점이 더 마음에 들었다. 어찌 보면 지나가다 만날 법한 평범한 남자 같았다.

"이름이 어떻게 되세요?"

"티아예요." 물론 마이클 잘츠는 내가 디어드레나 에밀리 같은 엉뚱한 이름을 대기를 바랐겠지만 나는 내 본명을 말했다. 경품 응모를 할 때 가짜 전화번호를 써넣으면 안 되는 거니까. 그렇다고 해서 당첨이 되리라는 보장도 없는데 실명 좀 쓴다고 해서 잘못될 게 뭐가 있나?

"오늘 여기서 식사하세요?" 내가 물었다.

"아뇨. 오늘 쉬는 날이라서. 레스토랑 열고 두 달 만에 처음입니다. 친구들과 저녁 약속 있는데 그전에 크리스티안에게 인사나 하려고 들렀어요." 그가 대답했다.

"셰프 크리스티안 로드요?" 목소리는 너무 촐싹 맞게 들렸다.

"네, 셰프 로드요. 잘 아는군요, 그렇죠?" 그가 말했다.

"아뇨. 메뉴판에서 이름을 봤어요."

그에게 이미 본명을 말하긴 했지만 나를 너무 많이 드러내고 싶진 않았다. 각별히 주의해. 신중하라고. 하지만 나에게 관심을 보이고 있는 잘생긴 남자 앞에서는 그다지 기억하고 싶지 않은 주의사항이었다.

"저 셰프님 레스토랑 무척 좋아했어요." 내가 말했다.

셰프님 레스토랑 좋아했다고? 진심이야? 왜 이렇게 말하지 그랬니? 모든 게 맛있어서 배 속이 꽉 찼어요.

"칭찬 고맙습니다. 영광이죠. 특히 그런 칭찬을 당신 같은 분에게 듣는 건." 그는 테이블 위에 놓인 지저분하게 먹어치운 디저트 접시들을 바라보았다. "남자 친구와 같이 오셨나요?"

"친구요, 그냥 친구랑 왔어요!"

나는 살짝 너무 크고 빠르게 대답했다. 엘리엇과 마이클 잘츠 생각은 이미 저 뒤편으로 사라져, 파스칼의 치명적인 매력에 앞자리를 양보하고 말았다. 그냥 몇 분 만이야. 금방 현실로 돌아갈 테니까 괜찮아.

"아, 그러시구나. 그분도 여자분인가? 바쿠샨에 초대하세요. 다시 뵈면 좋을 것 같습니다. 새로운 메뉴를 몇 가지 추가했는데 좋아하시리라 예상해봅니다."

마이클 잘츠가 화장실 복도에 서서 파스칼 폭스가 자기 의자에서 사라지길 초조하게 기다리고 있었다.

"오시기 전에 저한테 미리 말씀하세요. 자리는 바로 마련해 드릴게요. 셰프의 테이블이라고 키친 바로 앞에 저와 같이 앉는 자리가 있어요. 좋은 자리죠."

나는 머리로 재빨리 계산하면서 바쿠샨에서 봤던 스타일리시한 여자들을 떠올렸다. 그런 여자들조차도 창가에 앉았었다. 셰프의 테이블에 앉으려면 아마 더 많은 인맥, 더 강한 영향력이 있어야 할 것이다. 셰프와 개인적으로 알아야 한다는 것. 그것이 궁극적으로 중요하다.

"다시 뵈어서 반가웠습니다."

파스칼은 일어나서 테이블로 돌아 내 곁으로 오더니 내 왼뺨에 살짝 키스를 했다. 그러고 나서도 잠깐 더 내 얼굴을 바라보았는데 그때는 이미 내 얼굴이 불타오르듯 달아올랐다. 나는 내 불타는 얼굴 때문에 그가 입술에 화상을 입은 것이 확실하다고까지 생각했다.

그는 문을 향해 걸어갔다.

움직일 수가 없었다. 내 볼에 아직 파스칼의 까끌까끌한 수염, 그의 피부에서 나는 고기냄새와 토스트 냄새가 남아 있었다. "나 지금 뭐하는 거야, 미쳤나봐." 나는 소리 없이 입술만 움직이며 혼잣말을 했다.

이 우연한 만남과 나의 반응을 머릿속으로 다시 되돌려보았다. 그렇다고 해서 내가 엘리엇을 두고 바람을 피운 건 아니라는 확신을 갖기 위해서, 또 파스칼의 마법 같은 매력을 다시 느껴보고 싶어서였다.

마이클 잘츠가 돌아와 쏙 들어간 배가 테이블에 닿도록 의자를 바짝 끌어당겼다.

"꼭 필요한 경우가 아니면 레스토랑에서 만나는 사람들과는 말 섞지 마." 차갑고 매서운 바람이 휙 불고 지나간 것 같은 말투였다. "괜히 관심 끌잖아. 파스칼 폭스라니! 내가 셰프들하고 잡담하고 그런 거 봤나?"

"아뇨, 저 사람이 먼저 다가왔어요. 화장실 앞에서 기다리시게 하고 싶지 않았는데."

마이클 잘츠는 우리 테이블을 살펴보고 내 핸드폰과 모든 접시와 요리에서 눈을 떼지 않았다.

"그리고 남자 친구 있다고 하지 않았나?"

"네, 있어요." 나는 약간 후회하며 말했다. 지금 방금 일어난 일을 후회하는 걸까? 아니면 마이클 잘츠에게 걸린 것을 후회하는 걸까?

"그런 거 전혀 아니었어요. 제가 먼저 파스칼을 부르거나 한 건 절대 아니에요."

마이클 잘츠는 이런 눈빛으로 나를 쳐다보았다. 그래, 네 쪽에서 잘못한 건 없는지도 모르지. 하지만 그 순간엔 즐기던데.

"내 말 잘 들어. 이번 한 번만 말해두지. 티아는 말귀 잘 알아듣는 똑똑한 여자니까. 이건 장난도 아니고 그 한심한 인턴십인가 뭔가도 아니야. 이건 내 직업이고 내 이름이 걸린 일이야. 지구상에 존재하는 단 한 명의 인간이라도 이 계약에 대해 알게 되면 난 모든 걸 잃게 돼. 나도 끝장나겠지만 티아 인생도 온전하지 않을걸."

갑자기 머리가 어질어질하고 속이 메스꺼웠다. 음식도 너무 많이 먹었고, 파스칼을 만나서 그런 것이다. 아니 무엇보다 마이클의 협박에 가까운 말 때문이었다.

"만약 내 포지션이 흔들린다면 난 티아도 같이 끌어내릴 수밖에 없어. 내 인맥은 아주 멀리까지 뻗어 있거든. 초짜 한 명을 이쪽에 발도 들이지 못하게 하는 건 일도 아니야. 수백 번도 더 할 수 있어."

그의 말은 마치 보석을 기대하고 열었지만 보석 대신 칼날이 튀어나오는 보석상자 같았다. 그는 분명 나에게 기회를 주었지만 나를 덫에 가둬버리기도 했다.

그가 이렇게 화난 것에 비해 나는 차분했다. 그가 말했듯이 우리는 파트너였고 그 즈음엔 그가 실수를 일절 봐주지 않는 사람이란 사실도 간파했다. 이건 내가 치러야만 할 대가이고 희생이었다.

그의 시선은 내게서 떠나지 않았다.

"이제 알겠나?"

"네, 알겠습니다. 저 아주 잘 이해하고 있어요. 그러니까 협박하지 않으셔도 돼요."

"아니, 나뿐만 아니라 티아를 위해서 재확인하려는 거야. 티아의 착실한 남자 친구를 위해서도 그렇지. 우리 내일 리뷰하지. 그때까지 몇 가지 메모해올 수 있지?"

"내일이요?"

내일에는 밤늦게라도 엘리엇과 만나기로 약속했었다. 내일은 금요일이었고 주말에는 월요일에 있을 20세기 식품 관리학 수업에 제출할 페이퍼를 써야 했다.

"그럼요. 내일까지 하겠습니다."

방금 파스칼과 이야기한 것 때문에 그를 머리끝까지 열 받게 한 이 마당에 내가 어떤 대답을 할 수 있을까? 없는 시간도 만들어내야 한다.

마이클 잘츠가 고급 펜을 들고 가짜 이름으로 계산서에 서명했다. 신용 카드 대금은《뉴욕타임스》앞으로 갈 것이다.

"좋아." 그는 세게 펜을 내려놓았다.

나는 텔리체리 밖에서 코너를 돌 때까지 마이클 잘츠의 뒤를 따라갔다. 그가 손을 들어 택시를 잡았다.

"오늘 시작이 아주 좋진 않았어. 특히 파스칼 폭스 사건이 재앙을 불러올 수 있어. 그것만은 기억해줘. 날 위해서. 알았나?"

마이클 잘츠의 목소리는 언제든 나를 둘둘 말아 정신을 잃게 할, 전기가 흐르는 전선과도 같았다. 그가 내 곁에 너무 가까이 서 있어서 서로의 신발코가 부딪칠 지경이었다.

"주문하고 싶은 건 얼마든지 하고, 사고 싶은 거 다 사도 돼.

하지만 조심해. 아무도 믿지 말고 아무에게도 발설하지 마. 걸려 있는 게 너무 많아."

그의 목소리는 낮고 부드럽고 다정하기까지 했다. 아까의 거친 말투를 조금은 미안해하는 것 같았지만 그렇다고 해서 이렇게 바뀐 태도가 그의 진심이라고는 생각되지 않았다.

"잘 알겠습니다."

나는 진심으로 대답했다. 나 또한 이 일을 절대 망치고 싶지 않았다.

"내일 이야기해."

마이클 잘츠가 나를 택시에 밀어넣고 문을 쾅 닫았고 나는 택시에 실려 그 자리를 떠났다.

*

나는 엘리엇에게 전화해 밤에 만나지 못할 것 같다고 말했다.

"일 때문에. 진짜 미안해."

엘리엇은 한참 말이 없었다.

"그래, 네 맘대로 해라." 엘리엇이 전화를 끊어버렸다.

제기랄, 엘리엇은 한 번도 먼저 전화를 끊은 적이 없었다. 연구실에 갑자기 바쁜 일이 생겨서 그랬나? 옆에 상사라도 있었던 걸까?

아니면 너무 화가 나서 말하기도 싫었던 걸까? 나는 리뷰를 쓰다가도 몇 분에 한 번씩 핸드폰을 들고서 문자로 '뭐 해?'라고 하거나 아무 말이라도 걸어보려다 말았다.

하지만 글에 집중하다보니 엘리엇은 까맣게 잊고 말았다. 그날 밤의 음식, 파스칼과의 만남, 마이클의 경고에 대해 생각하느라 나는 새벽 네시까지 깨어 있었고 마침내 리뷰를 끝까지 썼다. 리뷰는 이렇게 시작했다.

텔리체리는 짜릿한 첫 키스처럼 자신이 할 수 있는 모든 방식으로 당신을 유혹한다. 트러플, 캐비어. 그렇다. 아주 고전적인 방식으로 당신의 마음을 사로잡는다. 이 세상의 쾌락주의자들에게 텔리체리는 향기, 대담함, 센슈얼리티로 가득 넘치는 천국일 것이다.

나는 무슨 마법에 걸린 듯, 신에 들린 듯, 이 감각적인 요리들과 나를 구원한 이 요리의 특별한 힘에 대해 써내려갔다. 왜 다른 지루한 운명에 신경 써야 하나?

이 요리는 디저트 시간에 크레센도처럼 '점점 더 세게'가 된다. 곱게 간 얼음과 설탕에 조린 열대 과일은 당신을 호화로운 동남아시아 휴가지로 데려간다. 미니 브리오슈 퍼프가 들어간 커리 아이스크림은 돌아오는 비행기 티켓을 찢어버리고 싶게 만든다.

텔리체리는 기대하지 않았던 모든 지점에서 새로운 향과 맛으로 찾아온다. 이곳은 미래를 예견하는 레스토랑이며, 가까이서 관찰하면서 열띤 응원을 해야 하는 레스토랑이다.

별 네 개 중 별 네 개.

나는 확신을 갖고 썼다. 텔리체리가 너무 마음에 들었다. 마이클 잘츠도 이 리뷰에 들어간 내 확신을 읽고 동의해주기를 바랐다. 다만 파스칼이 보낸 유혹의 위험에 대해서는, 마이클 잘츠나 엘리엇의 동의는 받을 필요가 없다.

하지만.

파스칼을 생각만 해도 몸에 전류가 통하는 것 같았다. 내 맞은편에 앉아 있었던 파스칼, 볼에 닿은 그의 입술. 우리 사이 좁은 거리, 쉭! 하고 말할 때 귀여운 표정. 그 생각이 계속 꼬리에 꼬리를 물고 다른 생각을 불러왔다. 그 상상은 더 강력해지고 더 명확해졌다.

나는 리뷰를 다시 읽어보지도 않고 마이클 잘츠에게 보냈다. 그러고 나서 침대에 누워 그때 머리를 살짝 돌려 파스칼의 키스를 받았다면 어땠을까 마음껏 상상하며 잠들었다.

15

다음날 핸드폰 소리에 잠이 깼다.

“티아, 아직 안 일어났나?” 마이클 잘츠였다.

“네? 이제 일어났어요.”

“보내준 글 읽었어. 내가 메모만 해달라고 했지 완성된 글 한 편을 써달라고 했나?”

“아, 죄송해요. 저를 드러내고 싶어서 그렇게 쓴 건 절대 아니고요. 어떻게 쓰다보니까 그렇게 나왔어요. 얼마든지 빼고 고치셔도 돼요.”

“아냐, 괜찮아. 대부분은.”

나는 안심이 되어 침대로 다시 들어갔다. 내 표현이나 리뷰를 마이클 잘츠가 처음부터 오케이할 거라 생각하고 그에게 보냈던가? 그런데 놀랍게도 그는 실제로 그렇다고 말하고 있었다.

“감사합니다. 나쁘지 않아서 다행이에요. 제가 모든 걸 다 잡아낸 것 같지 않아요. 그렇지만 선생님이 알아서 잘 쓰실 테니까요. 저는 그냥 대충이라도 한 편의 글로 완성해보고 싶어서요."

그는 잠시 동안 조용했다. 내 느낌으로는 생각 중인 듯했다.

"말했지만, 괜찮아. 수정을 더 해야 되겠지. 그런데 내가 칼럼 하나 못 쓰는 사람인 줄 아나?"

"네……."

나는 그가 이렇게 방어적으로 반응할 줄은 몰랐다. 그가 이 리뷰를 참고만 하고 당연히 바꾸어 쓸 것이라고 생각했다. 그는 멘토고 나는 제자니까. 이 위계질서는 너무 당연하지 않은가.

그는 계속 숨을 거칠게 쉬고 있었다. 수화기 뒤편으로 마우스 클릭 소리와 유리잔 부딪치는 소리가 들렸다.

"저 그러면…… 제가 가봐야 할 곳이 있어서요." 한참 듣다가 내가 말했다.

"잠깐……." 그가 거칠게 말을 끊었다. "한 번 더 식사해야지. 목요일 점심 가능한가? 어퍼이스트사이드에 있는 식당에 가기로 했어."

"네, 다음 주 목요일이요? 그날은 인턴십 세미나가 있어요. 안 가면 학과장님이 수상하다고 생각하실 테고. 그래서 혹시 알아내시기라도 하면 제 학위는……."

마이클 잘츠가 투덜댔다.

"참내. 티아, 왜 그렇게 아직까지 대학원 프로그램에 집착하지? 내가 그것보다 훨씬 수준 높은 경험을 제공하는데? 내가 대학원 인턴십도 잘해보라고 말한 게 후회되는군."

"아……."

나는 기어들어갈 듯한 소리로 대답했다. 물론 일대일로 비교를 하자면 마이클 잘츠의 '인턴십'이 비교할 수 없을 정도로 더 훌륭하다. 더 넓은 사회 경험, 더 많은 레스토랑 방문, 이 분야의 진짜 리더와의 접촉. 하지만 내가 어떻게 해야 하나? 완전히 다른 삶, 그러니까 내 비밀 인생을 위해 NYU까지도 포기해야 하나?

"르 베르탱이라고 들어봤나?" 마이클 잘츠가 물었다.

르 베르탱을 들어보지 못한 사람은 없을 것이었다. 그 레스토랑은 몇 안 되는 뉴욕의 별 네 개짜리, 과거의 매디슨 파크 타번과 같은 급 레스토랑이다. 최고 그룹에 해당하는 레스토랑 모두가 나름대로의 특별 분야를 가지고 있다. 사쿠라는 엄격할 정도로 미학적인 일식당으로 일본 밖에 있는 레스토랑 중에서는 가장 신선한 스시를 내는 곳이다. 알리시는 으리으리한 바로크풍 인테리어에 감미로운 이탈리아 요리가 특기다. 르 베르탱은 그렇게까지 극단적이지는 않다. 만약 이 레스토랑 백 미터 반경 안에 있는데, 프러포즈를 하고 싶거나 고위 관리를 대접하고 싶거나 모든 분야에서 매끄러운 경험을 하고 싶다면 고민하지 않고 르 베르탱에 가면 된다.

"그곳을 다시 리뷰할 거야. 지난 몇 년 동안 여러 번 가서 디너를 했지만 이번에는 런치를 해보려고 해. 당신은 어페이스트

사이드 출신의 세련된 조카가 되는 거야. 어떤가?"

"굉장히 멋질……."

나는 일 초도 안 되는 시간 동안 르 베르탱에 가는 것의 장단점을 계산하고 이 인생과 다른 인생을 비교했다. 수업 한두 번 빠지는 것보다 훨씬 가치 있는 경험임은 틀림없었다.

"네, 갈게요."

"왜 머뭇거리는 느낌이지? 르 베르탱이 성에 안 차나?"

"아니, 아니, 그건 아니고요…… 물론 너무 좋아요. 감사합니다."

정말 고마워하는 것처럼 말하려고 했고 이 순간에 집중하는 것처럼 보이고 싶었다. 하지만 속으로는 미친 스케줄을 어떻게 감당할지 계속 고민하고 있었다. 나는 이미 얇은 얼음 위에서 있고 학과장과 제이크와 엘리엇을 더 이상 실망시켜서는 안 된다.

"시간을 내면 그 값어치를 할 거야. 약속하지. 한심한 대학원 수업보다 몇 배나 나을걸."

"으음." 내 말투는 마치 이렇게 말하는 것 같았다. 한심한 수업은 맞아요. 하지만 정말 그럴까? 지금은 그 무엇도 확신할 수 없었다.

"그럼 옷은 어떻게 입어야 할까요?"

"글쎄. 점심이고 내 조카니까. 일단 직업을 골라봐."

"저는……." 잠시 동안 생각했다. "배우는 어떨까요?"

배우야말로 이렇게 여러 개의 삶을 가장 정당한 방식으로 살 수 있지 않을까. 나는 나 아닌 다른 누군가가 되어야 했다.

"그래? 나랑 같이 있을 때는 이미 배우 아닌가. 의도는 알겠어. 변장의 세계에 점점 더 익숙해지는군." 그가 웃으며 말했다.

"하, 아마 그런 듯하네요."

나는 그때부터 그날 무엇을 입을지, 그때의 기분이 어떨지 상상하고 있었다.

"르 베르탱, 목요일이요. 텔리체리 리뷰는 언제 나오나요?"

"이번 주 수요일."

"이번 주 수요일이요? 나흘 후에 나온다고요?"

"그래. 그게 바로 수요일이지."

"죄송해요. 그냥 모든 일이 너무 빨리 진행되어서."

"리뷰 과정은 느릴 수도 있지. 이 일을 처음 시작했을 때 나는 일주일에 레스토랑을 세 번은 갔었어. 하지만 리뷰를 보내면 그것으로 끝이지. 월요일에 팩트 체크를 하고 화요일에 원고를 보내면 인쇄해서 수요일 아침에 발행되는 거야. 실질적으로 다 끝났다고 할 수 있지."

"그러네요."

내가 전날 밤에 리뷰를 쓸 때는 내 표현과 글이 이렇게 몇 시간 만에 발표되리라고는 생각하지 못했다. 생각해보니 아구찜에 대한 판단을 재고해야 할 것 같았다. 트러플 이야기를 너무 많이 한 건 아닐까? 너무 적었나? 정말로 별 네 개짜리가 맞을까? 그런데 경험도 부족한 내가 어떻게 베스트 중 베스트를 감별할 수 있을까?

마이클 잘츠는 리뷰를 수정하겠다고 말했다. 어떤 방향으로? 나는 별 네 개를 줬지만 그는 아마 별을 줄일 것이다. 나는 매디슨 파크 타번에서 리뷰가 레스토랑에 어떤 영향을 미치는지 두 눈으로 똑똑히 확인했다. 너무 많은 사람이 정말 열심히 일한다. 이 한 사람의 의견을 위해서.

그 사람을 왕처럼 다뤘어야 했어요. 그 사람이 우리의 적수라 해도. 제이크는 이렇게 말했었다.

"그래도 순조롭게 첫 번째 임무 완수. 티아 먼로……." 마이클 잘츠가 칭찬하는 말투로 말했다. "계속 그렇게 해보도록."

"감사합니다."

그제야 이 모든 자기 의심이 사라졌다. 그가 해준 칭찬을 있는 그대로 받아들일 것이다. 나는 무언가를 아주 잘한다……. 그리고 이에 대해 미안해하지 않을 것이다.

16

일요일 밤, 멜린다가 발로 내 방 문을 열었다.

"야, 공부 그만해. 나랑 좀 놀자. 먹을 것 좀 가져왔는데."

"그래." 주말에 해야 할 20세기 식품 관리학 페이퍼는 제쳐두고 옷과 레스토랑, 요리만 들여다보고 있던 참이었다.

에메랄드는 집에 없었고, 멜린다와 나는 트리스킷* 한 박스와 마요네즈 병을 들고 거실 바닥에 풀썩 앉았다.

"이건 타라곤……." 멜린다는 병을 뒤집어 라벨을 읽었다. "디죵 갈릭? 잘 모르겠다. 푸드 엠포리엄에서 충동구매한 거야. 자극적이고 맛있네."

멜린다는 입에 커다란 트리스킷 하나를 다 넣었다.

"생각해봐. 저녁도 굶고 디너 사진만 들여다보고 있었어. 그러고 보니 배고파 죽겠다!"

---

* 통밀 비스킷 브랜드.

가끔은 음식에 관한 글을 읽는 것이 먹는 것을 대체하는 것 같을 때가 있다.

"정말? 너 너무 열심히 일하는 거 아냐? 내 뒤를 따라라. 쉬엄쉬엄해."

멜린다가 웃었다. 멜린다는 잘 웃지 않았지만 그녀가 웃을 때면 '내가 제일 잘났어' 같은 이미지 속에 숨어 있던 어린 소녀가 나타났다. 약간 귀여운 푼수 같기도 했다.

냅킨을 펴고 트리스킷 몇 개를 꺼낸 다음 마요네즈를 뿌리고 냉장고에서 남은 샐러드를 가져와 그 위에 양상추를 약간 얹었다.

멜린다는 좌충우돌 일자리 구하기에 대해 이야기했다. 재혼하려 한다는 엄마 이야기도 하고 요즘 재미를 들인 코미디 프로의 대박 연기와 발 연기에 대해 성토했다. 마치 리스트를 읊듯이 너무 빨리 화제를 바꾸었다. 이제 다음, 재미없으니까 그 다음, 그거 말고 다음 화제.

"그런데 그런 그렇고……." 멜린다가 스크린 속 카리스마 넘치는 여배우처럼 말했다. "요즘 티아 님의 세계에서는 무슨 일이 일어나고 있나?"

"그러게……."

일단 입은 열었다. 멜린다는 트리스킷을 쩝쩝거리면서 먹어치웠다. 이럴 때는 조금 긴장을 풀어도 될 거라는 생각이 들었다. 그렇게 큰 죄를 짓는 것도 아니고. 어쩌면 조금 더 안정적인 생활을 하는 데 도움이 될 수도 있지 않을까.

"며칠 전에 학과장님한테 근신 받아서 요즘 레스토랑 안 나가."

이 정도는 말해도 된다는 걸 알았고 내 말은 바람 빠진 타이어에서 나오는 바람처럼 기운 없이 삐져나왔다.

"뭐, 근신? 그거 큰일이야?"

"응…… 뭐 그렇진 않아."

텔리체리 리뷰가 이번 주에 나오고 내 마음은 한껏 기대에 부풀어 올라 있었다. 생각만 해도 에너지가 치솟고 등이 꼿꼿해졌다. 신문에 내 표현이 나온다는 것이 내게 엄청난 영향을 주고 있는 것이 확실했다.

멜린다는 트리스킷 쌓기에 열중하기 시작했다. 아무래도 내 재미없는 이야기는 별로 듣고 싶지 않은 것 같았지만 나는 상관하지 않고 계속했다.

"있잖아. 나한테 정말 좋은 일자리가 생겼는데 그게 아무에게도 말할 수 없는 일이라면 어떨까? 이제 막 시작했는데 이건 내가 상상한 것 이상이야."

멜린다가 등을 기댔다.

"그래? 그래서." 멜린다는 대단치 않다는 듯이 물었다.

나는 말을 더듬더듬하다 교착 상태에 빠지고 말았다. 내가 말할 수 있는 건 딱 여기까지다. 내 입에서 나올 수 있는 말은 이게 전부다. 이 정도면 너무 나가지 않았다는 걸 알았지만 이는 대답보다는 질문을 유도하는 내용이기도 했다.

그때 에메랄드가 통화를 하면서 집으로 들어왔다.

"응, 엄마? 나 끊어야 돼. 티아랑 멜린다가 있어." 에메랄드는 그렇게 말하고 전화를 끊었다. "얘들아, 안녕."

에메랄드는 우리에게 고개를 끄덕인 다음 방으로 들어갔다. 멜린다와 내가 인사할 틈도 없이 문을 쾅 닫아버렸다.

"쟤 정말 별로야. 왜 저래? 혹시 쟤에 대해 좀 찾아낸 거 있어?"

멜린다가 소곤거렸다.

"음…… 나 좀 수상한 장면을 목격하긴 했는데."

버그도프 일은 말하기 만만한 사건이긴 했지만 그걸 대단한 일처럼 부풀릴 생각은 없었다. 그저 누군가에게 내가 직접 보고 경험한 일을 거짓말 보태지 않고, 감추지 않고 털어놓고 싶을 뿐이었다. 하필 그 이야기가 에메랄드의 비밀이라는 것이 내키지는 않았다. 하지만 이게 멜린다가 제일 관심을 보일 소재라는 것도 알았다.

멜린다의 눈이 커다래졌다.

"정말?"

"그러게……." 나는 목소리를 낮추고 복화술을 하듯이 말했다. "쟤 엄마한테 약간 뭔가 문제가 있는 것 같아. 이 주 전인가 같이 어떤 매장에 있는 걸 봤는데 그 엄마가……."

"매장, 어떤 매장?"

"어떤 매장인지는 까먹었어. 미드타운이었는데." 재빨리 거짓말을 했다

"음……."

멜린다는 그 말에 그다지 만족하지 않았고 나는 빨리 본론으로 들어갔다.

"엄마가…… 정신이 살짝 온전치가 않은 거야. 왜 그런지 모르겠지만."

"난 또 슈거 대디*나 그런 거 이야기하는 줄 알았지." 멜린다는 어깨를 으쓱하면서 지루한 표정으로 방을 휘휘 둘러보았다. "나, 이제 좀 졸린다."

멜린다는 자기 물건을 챙겨 일어났다.

"저 가슴 큰 언니한테 무슨 낌새가 보이면 나한테 가장 먼저 말해줘야 돼. 엄마 이야기는 전혀 동하지 않는다, 얘."

멜린다의 시큰둥한 태도 때문에 민망하긴 했지만 나는 티내지 않았다.

"알았어. 그럴게. 잘 자."

그런데 왜 나는 여기서 에메랄드 이야기를 꺼냈던 걸까? 내가 에메랄드의 믿을 만한 친구는 아니었지만 이런 이야기를 흘린 내 가벼운 입이 싫었고 부끄러웠고 후회되었다.

멜린다가 방으로 들어가자 나는 레스토랑을 다시 조사하기 시작했다. 그러나 방금 했던 대화가 나를 방해했다. 나는 '왕따시키는 계집애들'이 되고 싶지 않았지만 멜린다와 나한테는 두 가지 모드만 있는 것 같았다. 어떤 사람을 찍어 험담하기, 아니면 아무 내용 없는 시시껄렁한 수다 떨기.

---

* 젊은 여자들을 사귀는 돈 많은 중년 남자.

에메랄드 엄마 이야기를 하다니. 치졸했다. 뒷소문이나 퍼뜨리는 사람은 되지 않아야 했다. 하지만 적어도 이건 분명히 실재하는 사실이었고 말할 수도 있는 것이었다. 요즘 이 두 가지는 내게 너무 결핍되어 있었다.

17

화요일 수업이 끝나고 홀푸드 유기농 마켓으로 피난하기로 했다. 수업을 마치고 이 도시의 여러 마켓을 둘러보는 게 새로운 취미가 되었다. 멀리 걸어갈 필요도 없었다. 한 블록만 가면 그리스 식료품 마켓이 나타났다. 짭짤한 삼각형 페타 치즈가 큰 나무 통에서 얼굴을 내밀고 있었다. 올리브만 해도 씨를 뺀 올리브, 소금에 절인 올리브, 허브에 담은 올리브 등 모든 색감과 모든 버전의 올리브가 있었다. 인도 마켓에 가면 진열장 여섯 칸에 놓인 수십 가지의 강황을 구경할 수 있었다. 차이나타운에 들러 다양한 인간 군상들이 만들어내는 불협화음 같은 풍경을 감상할 수도 있었다. 한쪽에서는 할머니가 채소를 팔고 장난꾸러기 아이들이 말린 생선을 쿡쿡 찔러 보았다. 신혼부부가 부모님을 모시고 집들이를 하기 위해 카트 가득 재료를 담기도 한다.

그렇게 이국적이지는 않은 홀푸드는 내 화요일과 목요일 산

책 장소였다. 인턴십 세미나가 끝난 후 로어이스트사이드점에 갔다. 유니온 스퀘어점보다 더 널찍하고 손님이 적어 일부러 이곳까지 걸어왔다. 복도 안쪽까지 걸어가 관광객들과 마주치지 않는 구석으로 갔다.

신선 농산물 통로에서 달걀 섹션을 구경했다. 흰 달걀, 갈색 달걀, 약간 큰 달걀, 점보 달걀이 있었다. 아주 작은 메추리 알과 조금 무거운 오리 알, 하나에 40달러나 하는 커다란 타조 알도 있었다.

타조 알을 집어서 흔들어보니 무언가 끈적거리고 철벅거리는 느낌이 났다. 타조 알을 내 손 안에 넣고 매직볼처럼 뒤집어 보았다.

첫째, 나는 헬렌 란스키를 좋아했다. 애초에 그녀 때문에 NYU에 왔다.

헬렌의 인턴십을 하지 못했다. 매디슨 파크 타번에서 일하게 되었다.

그때 마이클 잘츠가 나타나 같이 일해보자고 했다. 헬렌과 나를 연결해주겠다고 약속했다. 그러니까 하다보면 결국 원점으로 돌아가게 된다.

그것만 바라보아야 한다. 생각보다 일이 복잡하게 돌아가다 보니 애초에 내가 왜 그 계약에 동의했는지 잊어버리기도 했다. 화려한 명품 옷, 눈이 휘둥그레지는 파인 다이닝, 잘생긴 웨이터와 셰프들. 이 모든 것들 때문에 나는 내가 왜 사적인 관계와 대학원에서의 입지를 위험에 빠뜨리면서까지 이 일에 뛰어

들었는지, 그 진짜 이유를 자꾸 망각했다.

너는 이유가 있어서 이걸 하고 있는 거야. 스스로에게 그렇게 말했다. 힘들지만 버텨보자.

타조 알을 계속 돌리다보니 가만히 있었는데도 타조 알 안의 내용물이 소용돌이처럼 세게 돌고 있었다.

그때 나는 누군가와 엉덩이를 부딪쳤고 커다란 타조 알이 바닥에 떨어졌다.

"메르드!" 파스칼 폭스가 말했다.

그의 존재에 반응할 시간조차 없었다. 우리는 너무 놀라 같이 타조 알을 바라보았다. 타조 알은 처음에는 멀쩡한 것 같았다. 그러더니 깨진 금이 점차 아래에서 위로 올라와 안에 숨어 있던 것들이 밖으로 나오라는 신호를 받은 것처럼 꿀렁꿀렁 쏟아져 나오기 시작했다.

"어쩌나, 이를 어째."

파스칼이 말했다. 흰자가 빠르게 바닥을 적시며 흘러갔고 밝은 오렌지색 노른자가 합세해 짚신벌레처럼 느릿느릿 움직였다.

"은근히 섹시하네, 안 그래요?"

파스칼은 내가 아닌 노른자에 대고 그렇게 말했지만 내 얼굴은 즉시 상기되었다.

오. 마이. 갓.

관리자가 뛰어 들어왔다

"오! 셰프님! 여기 계셨어요? 이건 걱정 마세요. 우리가 치울

게요."

"고마워요, 프랭크."

그가 말했다. 그가 이름표를 달고 있지 않은 매장 매니저의 이름까지 안다는 데 놀랐다. 매니저는 타조 알이 깨진 것도 책임지겠다고 했다. 게다가 파스칼이 어디 가지 않고 내 옆에 계속 있다가 나를 보고 활짝, 이가 보이는 대문자 D 모양의 영화배우 미소까지 지어주자 더 놀랐다.

잡지에서는 그가 스물여덟 살밖에 되지 않았으며 수석 셰프치고는 엄청나게 젊은 나이라고 했지만 나에게는 나이가 많아 보였다. 그는 남자였다. 엘리엇이 스물여덟 살이 된다고 해도 파스칼처럼 남자로 보일 거라고는 생각되지 않았다. 어찌된 일인지 슈퍼마켓 조명에서 파스칼은 더 섹시하고 더 유능해 보였다. 더 실재감이 있었기 때문일 것이다. 레스토랑에서는 요리와 분위기에 섞여 인상이 흐릿해 보이기도 했다. 하지만 여기서 다른 사람들처럼 바구니를 들고 세일 상품들을 바라보고 복도에서 길을 잃은 그에게는 생기가 넘쳤다. 마치 동물원이 아니라 초원에 풀어놓은 아름답고 강인한 야생 동물을 보고 있는 것 같았다.

"남자 친구는 어디다 두고?" 파스칼이 놀리듯이 물었다.

"델리체리에는 그냥 친구랑 간 거예요."

그건 명백한 사실이지. 마이클 잘츠는 남자 친구와 거리가 제일 먼 사람이니까. 나는 파스칼이 '남자 친구'를 다시 언급하지 않기를, 이런 식으로 엘리엇과 마이클 잘츠에게서 떨어진,

저지선이 쳐 있는 우리만의 안전지대 안에서 잠시나마 아무 이야기나 할 수 있길 바랐다. 마이클 잘츠도 파스칼을 우연히 마주쳤다는 이유로 날 비난할 수는 없을 거야.

"그러면 텔리체리에 여자 친구들이랑 간 건가. 그렇다면 인생 제대로 재밌게 사는 건데. 그런데 학교 다니지 않아요?"

"네…… 그렇죠……?" 나는 그가 그걸 어떻게 아는지 궁금해 하며 말했다. 청바지에 토글 코트*에 발레 플랫을 신고 있었으니 평범한 대학원생 복장이긴 했다. 게다가 낮에 이렇게 돌아다니다니 직장인이 아닌 건 확실하지.

"학교도 좋아요. 그런데 전 이렇게 돌아다니면서 구경하는 걸 더 좋아해요."

"깨진 타조 알 감상? 그런 거 좋아하는구나?"

나는 키득키득 웃었다. 여자 특유의 높고 간드러지는 그런 웃음, 아무 특징 없는, 전형적인 여자 웃음이라 할 수 있는 가벼운 웃음소리에 나조차도 놀랐다. 그런데 왜 이렇게 나한테 오래 말하고 있는 거지? 그전에도 그러더니 또?

"아뇨, 요리 재료에 둘러싸여 있는 것 자체가 좋아요. 그거에 대해 배우고 그러는 거."

그거에 대해 배우고 그러는 거? 파스칼 앞에서 횡설수설하는 재주만큼은 A학점이군.

"그렇죠? 나도 그런데."

---

* 더플 코트의 일종.

그는 마치 자기도 NYU 학생이라는 듯, 그냥 식료품을 사러 나온 평범한 남자인 듯 소탈하게 말했다. 그의 말투에 자신이 연예인 저리 가라 할 스타 셰프이고 잡지와 블로그에서 요리보다 먼저 소개되는 사람임을 의식하는 느낌은 전혀 없었다.

"그래요, 다음에 또 뵙겠습니다."

파스칼은 깍듯하게 고개를 숙여 보이고는 갔다. 그건 내가 매디슨 파크 타번에서 일한 후에야 알게 된, 고급 레스토랑에서 볼 수 있는 깍듯함이었다.

"네. 안녕히 가세요." 나는 숨을 들이쉬었다.

그는 버섯, 허브, 크림이 든 바구니를 들더니 걸어갔다.

나는 내가 입은 옷을 내려다보았다. 텔리체리에서 입었던 비비안 탐이 아니고 이곳 조명은 그곳의 어두침침한 조명도 아니다. 파스칼과는 달리 슈퍼마켓 조명은 내게 호의를 베풀지 않았다. 마이클 잘츠는 내가 버그도프굿맨 옷을 데일리로 입지 않았으면 했다. 그가 날 따라다니며 감시하는 것도 아닌데 절대 입으면 안 되는 걸까? 지금 내 옷장에는 서로 자기를 입어달라고 아우성치는, 섹시하고 인상적이고 반짝반짝한 새 옷들이 가득하다. 그 옷들이 내가 어디로 저녁을 먹으러 가는지 말해주는 것도 아니다. 엘리엇 외에는 내가 명품 옷을 만져본 적도 없다는 사실을 잘 모른다. 에메랄드와 멜린다 정도는 내가 이제야 살짝 패션에 눈을 뜨고 있다는 걸 눈치챘지만 그들은 이 도시의 8500만 인구 중 단 두 명일 뿐이다. 그 세 사람만 조심하면 된다. 그 외 다른 모든 사람들은 내가 항상 이런 특권을 누리는 사람인 줄 알겠지.

일이 초 정도 자기혐오에 빠져 있는데 파스칼이 뒤돌아서 다시 내게 다가오고 있었다. 그는 무언가 골똘히 생각 중이었다. 얌을 빼먹었나? 아니면 콜리플라워, 아니면 오렌지? 혹시 나? 설마 아니겠지.

"저기, 티아."

그는 내 이름을 기억하고 있었다. 그 순간 저기 바닥에 떨어져 굴러가는 찐득찐득한 타조 알이 된 기분이었다. 그는 말을 하면서 약간 휘파람을 불었는데 독특한 억양 때문에 무슨 말을 해도 나에게만, 오직 나에게만 속삭이고 있는 것처럼 보였다.

갑자기 엘리엇이 생각났다. 엘리엇과는 일학년 때 처음 만나서 사귀기 시작했다. 그는 내 첫사랑이고, 내 첫 연인이자 유일한 연인이었다. 사귀기 시작한 초반에 그는 나에게 이런 리스트를 주었다. '엘리엇이 티아를 사랑하는 59가지 이유.' 읽자마자 나도 내 리스트를 만들었다. 그의 59가지와 나의 59가지. 이후 사 년 동안 우리는 서로의 머리와 가슴속에 항상 그 리스트를 두고 하나씩 하나씩 첨가해갔다.

파스칼이 한 발 다가왔을 때 불쑥 그 생각이 났다. 그가 1밀리미터씩 다가올 때마다 그 기억이 새록새록 떠올랐다. 하지만 엘리엇에게 이렇게 델 것처럼 뜨거운 감정을 느낀 게 언제였던가? 우리는 처음에는 친구로 시작해서 조금씩 뜨거워지다가 천천히 끓게 된 경우였다.

파스칼의 경우에는 달랐다. 나는 이미 백 도로 팔팔 끓고 있는 물이었다.

"네?"

"저 당신 조언을 듣고 싶은데 시간 괜찮겠어요?"

그가 입술을 깨물고 나를 보며 무슨 말을 할까 말까 갈팡질팡했다. 셰프 코트의 윗 단추가 풀어져 있었지만 그 안에 맨살이 아닌 티셔츠가 보이자 무언가 아쉬운 기분이 들었다.

"그럼요."

"그럼 이쪽으로 좀."

파스칼이 향신료 코너를 보며 고갯짓을 하자 나는 그 뒤를 따라갔다. 말 그대로 토끼처럼 깡충깡충 뛰어갔는데 내 발은 쿨하게 행동하는 법을 전혀 모르는 것이 분명했다.

"요즘 광어와 러비지*로 새 메뉴를 연구 중인데 약간 밋밋해서 뭔가를 더 첨가해야 하거든요. 어떻게 생각하세요?" 그가 말했다.

나는 향신료들을 훑어보았다. 그것들을 하나로 묶어줄 무언가라.

"잠깐만요. 생각 좀 해볼게요."

우리는 그렇게 얼마 동안 말없이 고민하며 서 있었다.

"러비지가 뭔지는 알죠?" 그가 기다리다가 말했다.

내가 그를 살짝 노려보았다.

"그럼요. 이 마트에선 러비지밖에 안 파는 것 같은데요."

---

* 뿌리는 약용이고 잎은 채소로 이용하는 미나리과 재료.

그가 웃었다.

"그렇죠? 당연히 아시겠지만? 그런데 좋아하는 편인가요?"

"글쎄요…… 사실."

어디에서나 보통 나는 그곳의 요리 전문가였다. 하지만 여기는 뉴욕이고 이 사람은 파스칼 폭스다. 아마 나 같은 사람이 수천수만 명은 될 것이다. 호기심이 있고 인터넷이 연결된 컴퓨터가 있는 사람.

"솔직히 먹어본 적은 없어요……." 내가 인정했다. "샐러리와 비슷하다는 건 알아요. 그런데 조금 더 순하다고. 그리고 펜넬*처럼 생겼잖아요. 아주 큰 줄기에서 나오고……."

"워, 워. 거기서 잠깐! 말하고 싶은 건 다 말해도 되는데 그런다고 해서 모든 걸 알지는 못할걸? 그거에 대해서? 러브……."

나는 그가 그 단어를 끝내기를 기다렸다. 하지만 그는 계속 질질 끌면서 내가 말할 때까지 기다렸다. 목소리가 나오다 목에 걸렸다.

"러비지요?"

"러브. 에이지." 그가 웃었다. "요리를 책으로 배운 사람들은 러비지와 뭐가 잘 어울린다고 생각할까?"

내가 향신료들을 보며 고심하고 있을 때 그가 나를 쳐다보는 것이 느껴졌다. 나는 심장을 천천히 규칙적으로 뛰게 하려고 노력했지만 실패하고 있었다.

---

* 유럽과 아시아에서 자라는 독특한 향이 나는 식물. 펜넬의 잎은 샐러드로 만들어 먹거나 허브로 사용하며 구근은 채소로 먹는다.

"광어라고 그러셨죠? 그럼 저는 러비지하고만 어울릴 향신료는 제외하겠어요. 이를테면 커민, 고수 같은 것이요. 이미 바구니에 딜*이 있네요."

향신료에 대해 생각할수록 차분해졌다. 그를 쳐다보지도 않았다. 내가 의외로 많이 아는 걸 보더니 파스칼의 표정이 부드럽게 풀어졌다.

아, 이 기분 죽여주는데? 도전을 받고 인정을 받고 내 말이 들리는 것. 엘리엇과 사귈 때도 무척 편하고 재미있었지만 음식에 관한 이야기를 이런 식으로 할 수는 없었다. 물론 엘리엇은 들어주었을 것이다. 이해해주려고 노력했을 것이다. 하지만 나는 항상 하고 싶은 말을 어느 정도 참고 내 열정을 제한했다. 당연히 그래야지 어쩌겠는가?

"그래서 제 생각에는……." 나는 향신료 코너에서 병 하나를 집어들었다. "니젤라** 어때요?"

"니젤라! 탁월한 선택입니다. 그런데 왜 니젤라일까?" 내 손에서 병을 받아들더니 그가 물었다.

"양파의 향미가 러비지를 더 살려줄 테니까요. 양파, 샐러리, 펜넬이 다 어울려요. 약간 자극적이고 얼얼한 맛도 주고. 이 맛과 질감이 서로 어울려요."

그를 올려다보았다. 그는 무슨 말인가 하고 싶지만 참고 있는 것처럼 입술을 꼭 다물고 있었다. 반대 의견을 제시하고 싶

---

* 허브의 일종. 흔히 채소로 피클을 만들 때 넣는다.

** 아시아와 중동 지역에서 나는 니젤라의 씨를 이용해 만든 향신료.

었던 걸까? 아니면 그렇긴 하지만 '괜찮아요. 내 생각에 신경 쓰지 마세요'라고 말하는 표정일까?

"하지만……." 나는 다시 진열장을 바라보았다. "대조적인 질감을 찾고 있지 않다면, 화이트 페퍼콘*은 어떨까요?"

그가 피드백을 주지 않으니 내 목소리는 점점 작아졌다. 왜 이래. 나는 셰프도 아닌데. 셰프는 본인이면서.

하지만 결국 그가 날 안심시켰다. "왜 멈춰요. 계속해요. 다양한 아이디어를 주고 있는데!"

얼굴이 붉어졌다. "아니 제 제안을 좋아하시는지 몰라서요."

그가 믿을 수 없다는 듯이 고개를 흔들었다.

"무슨 소리. 너무 좋은데. 러브 에이지를 한 번도 안 먹어본 사람치고는 대단한 안목인데."

너무 활짝 웃지 않으려고 입 안쪽을 깨물었다. 머릿속에는 이 생각뿐이었다. 고마워요. 알아주시네요.

"그러면 오늘 러비지 첫 경험 해보는 거 어때요?" 그가 말했다. 다른 상황에서라면 첫 경험 운운에 질색했을 테지만 이번에 나는 그냥 녹아내렸다. "지금 바쿠샨에 같이 갑시다. 제가 요리 하나 해볼 테니까 당신 생각을 좀 말해줘요."

나는 숨을 들이 쉬었다. 마음은 벌써 붕 떠 있었다.

"정말요?"

파스칼이 내 어깨를 잡자 소름이 온몸을 지나 내 발가락까지

* 말린 후추 열매.

끼쳤다.

"정말!"

나도 모르는 사이에 우리는 같이 계산대까지 걸어갔다. 핸드폰을 꺼내 엘리엇이나 마이클 잘츠에게서 온 전화나 문자가 있는지 확인했다. 다행히 연락 온 흔적은 없었다. 적어도 당분간은 그들이 없는 세상에 사는 척할 수 있었다.

*

"오케이, 십오 분만 줘요. 공부하고 있어요, 똑똑이!"

레스토랑 문은 다섯시까지 닫혀 있었다. 레스토랑에는 우리 둘과 뒤쪽의 조수 요리사들뿐이었다. 다이닝룸은 낮의 빛 속에서 이상할 정도로 무력했고 세련되어 보이지 않았다. 책을 꺼내 자료를 읽어보려고 했지만 파스칼이 오픈 키친에서 부스럭거리는 소리를 듣는 지금 공부가 머리에 들어올 리가 없었다.

머리를 숙인 채 눈만 치켜올려 그를 쳐다보았다. 이 상황은 이상하면서도 편안했다. 우리는 서로를 거의 모르지만 지금 이 순간은 공부하고 있는 내게 남자 친구가 아침을 만들어주는 것처럼 자연스럽고 따스했다.

나는 책을 덮고 키친으로 들어갔다.

"헤이, 책 똑똑이." 그가 나를 보며 웃었다. "공부하기 싫어서 옆으로 새려고 그러지?"

"하하! 그럴지도요. 공부 까짓것. 우리에겐 내일이 있으니깐?"

안으로 들어갔다. 그가 나를 머리부터 발끝까지 바라보았다. 내가 예일에서, 혹은 에메랄드에게서 받은 시선이 아니라 다른 종류의 시선, 이를테면 이런 말을 하고 있는 시선이었다. 당신이 여기 있다는 게 기뻐요.

그가 나에게 일을 맡겼다.

"더 작게." 그는 내가 자른 러비지를 보더니 말했다. "이렇게요."

그가 칼을 위 아래로 좀 움직이자마자 속이 비칠 듯 얇은 초록색 잎과 줄기가 산처럼 쌓였다.

"와, 신기해요. 이런 나이프 스킬은 처음 봤어요. 이제까지 난 하는 척만 하고 있었나보다."

그는 손으로 싱크대를 짚더니 신기한 존재를 보듯이 나를 바라보면서 리본처럼 생긴 부드러운 입술을 핥았다. 나는 제대로 서 있기 위해 선반을 잡아야 했다.

그가 내 뒤로 다가와 우리 둘 다 싱크대 앞에 서 있게 되었다.

"아마추어는 하는 척만 잘하면 되지. 내가 보기엔 프로 같은데? 내가 조금만 보여줄게요. 칼 줘봐요."

그가 내 귀에 속삭였다. 그러고는 러비지 한 줄기를 접더니 내 옆으로 가면서 내 어깨를 잠깐 잡았다. 그의 손과 내 손이 같이 칼을 잡았다. 그의 엄지가 내 엄지를 눌렀고 칼은 눈에 보이지 않을 정도로 재빨리 움직였다.

"가볍게 살짝만 눌러요. 항상 칼끝으로 돌아와야 해요. 언제나 굴곡을 이용하고. 계속 같은 리듬으로."

연습 삼아 칼을 도마 위에서 위아래로 움직여보았다. 칼이 내려갈 때는 그의 손이 내 손을 더 세게 눌렀다. 이제 칼 밑에 러비지를 댔고 우리는 본격적으로 시작했다. 칼은 눈 위의 스키처럼 러비지를 스르륵 통과했다. 나의 투박한 칼질과는 차원이 달랐다.

"어때요? 참 쉽죠?"

그가 멀어지자 마치 텔리체리에서 만났을 때처럼 내 피부는 그의 기억으로 뜨거워졌다. 그의 가슴이 내 어깨선에 닿았던 것이 느껴졌고, 내 엉덩이가 그의 엉덩이에 닿고 그의 팔이 내 팔을 둘렀던 흔적을 기억했다.

그가 나에게 무슨 짓을 하고 있는지 해석할 수는 없었다. 우리는 텔리체리에서 어쩌다 마주쳤고 홀푸드에서 우연히 만났지만. 지금 이건 의도적이었다. 하지만 누구 입장에서 의도적인 걸까? 그가 나에게 말하는 방식, 나를 보는 방식…… 오늘 아침까지만 해도 여기 바쿠샨에서 파스칼 폭스 셰프가 나에게 나이프 스킬을 가르치고 있게 될 줄 상상이나 할 수 있었을까?

그때 다이닝룸에서 내 핸드폰 울리는 소리가 들렸지만 받지 않기로 했다. 마법을 깨고 싶지 않았다. 다른 요리사들은 가고 없었다. 디너가 시작되기 전, 폭풍 전 고요 같은 시간이었다. 키친은 구운 양파와 마늘 냄새로 가득했다. 뒤에는 오리 요리가 끓고 있었다. 마이클 잘츠의 아파트 냄새가 껄끄럽고 복잡하고 뒤죽박죽이었다면 여기 있는 모든 냄새는 풍부하고 조화로웠다.

그가 러비지를 손질하고 있을 때 나는 신문 기사를 끼워둔 액자를 보았다. 두 줄에 불과했지만 음식에 관련된 것이 아닌 유일한 물건이었다. 그것은 키친과 다이닝룸 사이의 문, 두 명이 앉을 수 있는 셰프의 테이블 옆에 붙어 있었다.

앙투아네트의 파스칼 폭스가 다른 프로젝트를 시작하기 위해 수석 셰프 자리를 박차고 떠났다. 셰프 폭스는 투자자들 여러 명이 자신에게 접근하고 있으며 자신이 여러 옵션을 검토 중이라고 말했다.

"그런데 왜 저 기사를 굳이 액자로 만들었어요?" 내가 물었다.

"왜요, 이상한가?"

"아니, 사실 별말이 없잖아요."

그가 스토브를 점검하다가 돌아보았다. "사실 별말이 없어서 더 좋아요. 그다음엔 뭐가 올까? 어떤 가능성들이 있을까? 이룬 것에 만족하는 건 쉽죠. 그런데 왠지 이 짧은 문장이 영감을 주더라고요."

"그러게요. 또 지금 무언가 괜찮은 결과를 내고 증명해야 하는 시기에 있으시니까."

나는 리뷰를 떠올렸다. 너무 많은 사람이 그 리뷰에 의지하고 있다. 레스토랑 손님들, 셰프, 오너들, 스태프들.

"아니, 아니 그런 말은 아니고. 누구한테도 무언가 증명하고 싶진 않아요. 나를 위해 필요해요." 그는 손가락으로 자기 가슴을 가리켰는데 그 말투가 그렇게 진실하지 않았다면 다분히 허세라고 느껴졌을 것이었다.

"하지만 잠깐. 이리 와서 이것 좀 맛봐요." 그가 나에게 포크를 건넸다.

나는 광어, 러비지 조각, 말린 뿌리 야채를 길게 갈은 것을 니젤라 소스에 묻혔다.

한입 먹어보기 전에 내가 물었다.

"먼저 드셔보셨어요? 어땠어요?"

그가 씩 웃더니 앞치마를 벗었다.

"내 생각은 안 중요해요. 당신이 어떻게 생각하는지가 궁금하지."

"지금 저한테 뭔가 증명해 보이시려는 것 같은데요?" 내가 놀렸다. 이런 느끼하고 끈끈한 말투는 어디서 배운 거지?

"그럴 수도." 그가 눈썹을 치켜올리며 내게서 눈을 떼지 않고 말했다.

맛을 보았다.

"어, 맛있어요." 나는 꺅 하고 소리를 질렀다. 그때 무슨 생각을 하고 있었을까? 이 남자가 내가 말을 걸어본 남자, 어쩌면 직접 본 남자 중에 가장 잘생기고 섹시한 남자라는 생각을 하고 있었다. 음식 맛은 안중에도 없었다.

그때 핸드폰이 다시 울렸고 화가 났다. 제발, 지금은 아니야! 이 순간을 조금만 더 늘려야 한다. 나는 지금 꿈속에 들어와 있으니까.

"당신 전화 아닌가?" 그가 물었다.

"네, 그런데 안 받아도 괜찮아요."

핸드폰 벨이 멈추었다. 또 한입을 먹었다. 어떤 평범한 기준을 따르는 음식은 아니었다. 광어는 미끄럽고 차가웠다. 러비지의 잠재력이 느껴지고 이는 맛을 더 좋게 하긴 했다. 하지만 부족했다.

"뭔가 빠졌죠…… 그쵸?" 파스칼이 내 마음을 읽었는지 이렇게 말했다.

발꿈치를 약간 들고 그를 바라보았다. 그는 나를 거의 모르지만 내 생각은 읽고 있었다. 이 조그만 키친 안에서 우리는 서로의 발을 밟지 않고 춤을 추고 있었다.

"맞아요. 하지만 뭐가 빠졌는지는 모르겠어요."

파스칼은 자기 엉덩이에 손을 얹었다.

"이리 와요, 티아. 이건 창조의 과정이야. 신선한 아이디어가 필요해요. 우린 저 벽에 있는 말들을 기억합시다."

우리? 우리 누구? 우리 레스토랑? 지금 여기 우리? 그와 나 말인가?

"그런데 누가 쓴 거예요?"

"헬렌 란스키란 분이요."

"헬렌?"

놀라서 거의 뒤로 넘어갈 뻔했다. 그 기사를 다시 살펴보았지만 여전히 두 줄뿐, 아까 읽었던 그 두 줄뿐이었다. 물론 헬렌 란스키는 그가 누구인지 알 것이다. 그는 나 같은 대학원생이 아니니까.

"헬렌 아세요?"

"네." 그가 말했다. "훌륭한 분이죠. 레스토랑 리뷰어들과는 수준이 다르지. 블로거들이 최악이고."

파스칼의 목소리에 짜증이 배었지만 얼른 털어버렸다.

"헬렌은 진정한 대가예요. 그분 요리책 다 갖고 있어요. 그분의 맛 조합은 클래식하고 영원하죠."

그를 넋 놓고 쳐다볼 수밖에 없었다. 그 목소리의 모든 분자와 원소와 모든 발음과 휘파람을 빨아들여야 했다. 그는 키친에서 약간 더 편안하게 풀어져 있었지만 그런데도 약간은 고집도 있어 보였다. 그때 그는 엄지손가락을 약간 깨물었는데 커다랗고 강인한 손과 귀엽고 소년다운 습관이 대비되는 것이 너무 사랑스러워 나는 정신이 혼미할 지경이었다.

"우리 이 요리 어떻게 하죠?"

"생각 좀 해볼게요." 감탄을 조금 억누른 후 말했다. "여기에 기본이 되는 걸 깔아주어야 할 것 같아요. 흙에서 나는 것, 담백한 걸 넣어주면 어떨까."

"그게 바로 러비지죠."

그는 청바지를 입은 엉덩이를 쏙 내밀고 냉장고를 열고 들여다보았다.

"아뇨, 러비지는 와일드카드죠."

최대한 최선을 다해 차분하게 대답했지만 나는 지금 완전히 정신을 못 차리고 있었다. 남자의 엉덩이가 나를 이렇게 흥분시킨다는 사실에 놀라기도 했다.

"계속 입에 머무는 맛? 조금 더 깊어지게 만들 뭔가가 필요해요."

내가 이렇게 말할 때 그가 내 쪽으로 서서히 다가왔다. 나는 손을 들며 그에게 길을 만들어주려고 했지만 그는 내 손을 잡아버렸다.

"뭐가 필요한데?"

그가 약간의 미소와 약간의 협박이 섞인 말투로 말하며 손힘을 더 세게 했다. 그와 3센티미터 정도 더 가까이 다가왔고 그 3센티미터가 내 심장을 다시 파닥거리게 했다. 우리 둘 사이 공기가 너무 압축되어 숨을 쉬기 곤란한 느낌이었다.

"네, 그게…… 내 말은……."

그는 계속 손을 잡은 채로 구운 아몬드가 들어 있는 그릇을 쥐었다.

"이런 거요?"

다른 손으로 내 입에 아몬드를 떨어뜨렸다. 손가락이 내 입술에 닿지는 않았다.

아무것도 먹고 싶은 기분이 아니었다. 아파트로 도망가거나 저 테이블 밑에 숨어버리고 싶은 기분, 아니면 내가 아닌 다른 사람이 되어 바로 여기서 그에게 키스해버리고 싶은 기분이었다.

하지만 나는 그 아몬드를 먹었고 그의 입술이 내 입술에 닿는 상상을 하고 말았다. 그의 손이 아직 내 허리에 있었고 그의 손가락은 아직 내 입술에 있었다…….

"아니면 이건?"

그가 나를 더 세게 잡더니 다른 손으로 깃털처럼 크고도 가벼운 건조 케일을 집었다. 그가 내 입술 끝에 손을 댔고 내가 입을 열려는 순간 그가 한 걸음 떨어졌다.

"조심해요. 부스러지거든."

그는 내 입술 위에 케일을 넣었고 한입을 베어 물었더니 케일 조각은 초록색 먼지처럼 부스러졌다.

이제 내 이성이 사라져버린 건지 나도 그의 손을 잡고 있었다. 이건 뭐지? 바람피우는 게 이런 기분인 건가? 바람이 불어서 당신 안의 것을 다 빨아들인 다음에 그 안에 무언가 불안하고, 뜨겁고, 기운을 빼놓고, 계속 붕 뜨게 하는 것들로 바꾸어 넣는 건가? 호흡이 가빠졌다. 벽에 몸을 완전히 기댔다. 누가 살짝만 건드려도 그대로 바닥에, 그게 아니라면 파스칼의 품속으로 쓰러져버릴 것 같았다.

"아니면 이게 마술을 부릴 수도 있겠네." 그가 플라스틱 통에 손을 뻗더니 손가락을 넣었다. 그의 손가락에는 흰 크림이 딸려 나왔다. "이건 세서미 요거트 무스예요. 약간의 수막*도 들어

* 옻나무 열매, 향신료.

있고."

네, 그거예요. 그게 요리와 어울려요. 완벽해요. 바람피우는 건 헬륨을 마시는 것 같았다. 그것으로 숨을 쉴 수는 있지만 그건 당신 안으로 들어가서 속을 마구 헤집어놓는다. 내 안에 산소를 밀어내고, 무언가 아주 잘못된 것으로 채워넣는다.

어쩌면 숨 쉴 산소가 너무 부족한 나머지 닥치는 대로 아무 공기나 들이마신 건지도 몰랐다.

파스칼의 손가락 끝이 내 입술 안쪽에 닿았고 무스가 내 피부를 차갑게 만들었다. 고개를 돌려 맛을 제대로 보려고 했지만 그가 손가락을 치워버려서 내 입에 남은 약간의 무스로는 맛을 알 수가 없었다.

"너무 조금밖에 못 먹었어요."

그는 한 걸음 더 다가왔고 나는 살짝 뒤로 물러섰지만 우리 둘 다 벽에 기대게 되었다. 헬렌의 글이 내 왼쪽 어깨 바로 위에 있었다.

"아, 빠진 게 이거 같나요?"

나는 내 입술로 그의 손가락을 찾았다. 그는 이제 나의 한 손만 잡고 있어서 나도 손을 들고 그의 손을 내 입술로 끌어올 수도 있었다. 하지만 나는 핀에 박힌 벌레처럼 팔다리를 꼼짝 못하고 그대로 서 있었다. 마침내 내 혀가 나와서 그의 손가락과 만났다. 그는 부드럽게 손가락을 내 입안에 집어넣었고 나는 드디어 요거트를 맛볼 수 있게 되었다. 맛은 모든 면에서 놀라웠다. 가벼우면서도 풍성했고 햇살처럼 밝고도 뿌리식물처럼 구수했다. 맛을 다 보았지만 그는 손가락을 내 입에서 빼지 않았다. 내 혀가 그의 손가락 아래쪽, 요리 때문에 거칠어진, 아니면 그저 남자이기 때문에 거칠어진 그 손가락에 닿았다. 파스칼은 진짜 남자였다.

그가 손가락을 빼자 내 입술은 폭 하는 소리를 냈다.

어쩌면 파스칼은 산소일지도 몰랐다. 어쩌면 내가 숨 쉬어야 할 공기는 그일지도 몰랐다.

그는 고개를 약간 기울이더니 내 손을 놓아주고 한 걸음 물러섰다.

"그렇죠. 아무래도 이게 들어가야 될 것 같죠."

그는 자신의 핸드폰을 내 손에 쥐어주었다.

"전화번호 좀 가르쳐줄래요?"

나는 아직도 어질어질했고 파스칼의 몸과 얼굴의 숨소리에 목말라 있었다. 엘리엇이나 마이클 잘츠에게 백십 퍼센트 잘못하는 일이었지만 나는 그냥 그의 말대로 하기로 했다.

그의 핸드폰에 내 번호를 입력할 때도 손이 떨려 몇 번이나 썼다 지웠다 반복해야 했다. 최근 남자에게 전화번호를 준 건 대학원 수업의 프로젝트 조별과제를 할 때뿐이었다. 하지만 이건 그것과 달랐다. 무엇 때문인지 몰라도 파스칼은 나를 원하고 있었다.

이런 건 레스토랑이나 바에서 남자가 여자를 만날 때 일어나는 일이었는데, 나는 그 방면에 별로 경험이 없었다.

결국 엘리엇과 마이클 잘츠 생각은 모두 잊었다. 파스칼의 손길이 그 자리를 모두 차지했다. 파스칼과 그의 몸과 그의 요리와 그가 나를 이해하고 내 말을 들어주는 방식만이 내 앞에 있었다.

"파르페트(완벽해)." 내가 번호를 입력하자 그가 말했다. "또 볼 수 있겠죠?"

*

집으로 걸어올 때 내 몸은 노래를 부르고 있었다. 마음속에서 그 사람 손의 온기를 다시 살려냈고 그의 몸의 비율과 그의 손가락 끝을 재탄생시켰다. 둘 다 옷을 입고 있었는데도 이렇게 내가 섹시하고 관능적이라고 느낀 적은, 다른 사람의 존재에 이렇게 감전된 적은 한 번도 없었다.

어쩌면 이건 신체적 반응일 뿐인지도 모른다. 머리는 조금 더 신중했다. 집에 도착할 무렵 나는 거의 토하기 일보직전이었다. 핸드폰 화면을 보니 엘리엇에게서 부재중 전화 세 통, 문자 하나, 음성 메시지 하나가 와 있었다. 왜 음성 메시지까지 남겨야 했을까?

이런 문자였다.

"어디야?"

그건 아무래도 괜찮았다. 평범했다. 음성 메시지에는 문제가 있었다. 엘리엇은 이 문자와 똑같은 문장을 말로 했지만 말투에는 화와 짜증과 두려움이 묻어 있었고 불신도 섞여 있었다.

엘리엇에게 문자를 보내 언제 만날 수 있는지 물었다. 엘리엇은 다음날 반즈 앤 노블에서 공부를 할 거라고 했다. 그의 상사가 야근을 시켜서 다음날은 저녁 일곱시까지 연구실에 가지 않아도 된다는 것이었다. 우리는 만나서 같이 공부하기로 했다.

이론적으로 보면 완벽한 타이밍과 완벽한 공간이었다. 그날 밤 인터넷으로 텔리체리 리뷰를 볼 수 있겠지만 나는 그다음 날 나올 종이 신문이 더 궁금했다. 처음으로 내 리뷰가 손에 잡히는 실체로 나타나는 걸 경험하고 싶었다. 반즈 앤 노블에서 한 부를 사서 엘리엇과 함께 읽어보면 된다.

하지만 그건 이론일 뿐이다. 엘리엇은 진실을 알 리가 없다. 엘리엇을 만나는 것이 기대되기보다는 두렵기 시작했다. 머릿속에는 온통 파스칼뿐이었다.

18

다음날 아침 반스 앤 노블 카페에서 엘리엇과 마주보고 앉아 있었다. 그는 식물학 저널 열 권과 교재 한 권을 가져왔고 그 책들은 우리 사이에 벽처럼 쌓여 있었다. 내 위장의 맨 아래쪽이 세서미 요거트 무스 맛과 바쿠산에서 내게 다가오던 파스칼의 냄새가 섞인 채 요동치고 있었다. 나는 그 기억을 털어내려고 고개를 흔들었다.

"무슨 공부 하는 거야?"

내가 애인의 사랑을 받고 싶어 하는 애교 많은 여자 친구처럼 물었다.

"열대 기후와 툰드라 기후에서의 증발 작용을 비교하는 중이야."

엘리엇은 머리를 책에 푹 파묻고 말했다.

"재밌겠네?" 나는 내 책으로 고개를 돌렸다가 손가락으로 테이블을 톡톡 쳤다. "그래서 두 지역이 어떻게 다른데?"

그는 잠깐 나를 올려다보았다가 다시 책으로 돌아갔다.

"지금은 바빠. 이따 회사 들어갈 때 모이셰한테 이 리포트 줘야 해. 미안 티아, 다음에 이야기해줄게."

"응, 알았어." 나는 장난치고 싶어 엘리엇의 발을 살짝 쳤다. 그러자 그가 바로 발을 뺐다. 나는 길게 한숨을 한 번 쉬었다. 엘리엇은 내 노력을 전혀 알아주지 않았다. 나 혼자 신문이나 찾으러 가볼 셈이었다.

철제 바스켓 안에, 바로 그곳에 신문이 있었다. 푸드 섹션을 펴자 텔리체리의 아름다운 보석 상자 같은 다이닝룸 사진이 가장 먼저 눈에 들어왔다. 그 사진에는 가장 좋은 테이블, 즉 마이클 잘츠와 내가 앉았고 파스칼이 잠깐 들렀던 그 테이블도 있었다.

천천히 주의 깊게 한 문장 한 문장 소화해가며 읽으면서 다음 문장으로 넘어갔다.

내 리뷰의 어떤 부분은 빠졌거나 수정되었다. 먼저 나는 라벤더 피치 마카롱에 반해 열렬히 칭찬했는데 마이클 잘츠는 그 부분은 걷어냈다. 텔리체리의 다채로운 메뉴에 대해서도 호의적으로 썼지만 마이클 잘츠는 내 단어를 바꿔 메뉴 셀렉션이 손님을 즐겁게 하기보다는 결정하기 어렵게 한다고 썼다. 이 요리가 과연 성공일까 아닐까 설레면서 고르게 되는 것이 아니라 결과를 겁내거나 깜짝 놀라게 만든다고 했다.

하지만 그건 구두점과 문맥과 함축된 의미가 약간 변화한 정도였다. 내 주의를 끈 건 두 가지였다.

첫째, 매디슨 파크 타번 리뷰처럼 마이클 잘츠는 내가 쓴 단어를 그대로 차용했다. 전화상에서도 이야기했듯이 그는 내 생각만 이용하고 자신만의 표현과 문체가 담긴 리뷰를 얼마든지 쓸 수 있었다. 그런데 왜 굳이 내 워딩을 그대로 가져다 썼을까? 내 문장이 지면에 나오는 것은 좋았지만 왜 그가 이것들을 이용했는지를 상상하기는 힘들었다. 이 사람은 마이클 잘츠, 그러니까 자신의 자존심과 이름이 그렇게나 소중한 사람인데.

리뷰의 맨 밑에 커다란 글자가 있었다. 별 세 개. 마이클 잘츠가 말한 그대로였다. 그는 처음부터 그럴 작정이었고 글의 흐름도 그렇게 만들었다. 나의 표현, 그의 판정.

별 개수가 변하긴 했고 자잘하게 바뀐 것들이 있었다. 그래도 나는 그 글이 내 것이라고 느끼고 있었다. 내가 쓴 단어들이 《뉴욕타임스》에 실려 있었고 이는 마약에 취한 것 같은 느낌, 구름 위를 걷는 느낌, 지붕 위로 올라가 당신이 아는 모든 사람에게 소리를 지르고 싶은 기분을 선사해주었다. 하지만 단 한 사람에게도 말할 수 없다. 모든 에너지가 내 안에서 나오지 못하고 벽에 부딪쳐 통통 튕겨나왔다. 너무 흥분되고 에너지가 억눌려 마치 터져버릴 것만 같았다.

나는 엘리엇에게 달려가 일부러 팔을 크게 움직이며 신문을 폈다가 넘겼고 얼굴 위로 펴고 양쪽을 쥐고 접었다 폈다 했다. 그런데도 그는 공부에만 집중했다.

내 의지와는 반대로 머릿속에서 파스칼 생각이 떠나지 않았다. 이건 내가 어찌해볼 수 있는 일이 아니었다. 그는 이 리뷰를 보고 뭐라고 말할까? 내가 만약 그에 관해 쓴다면 그 글을 키친 벽에 걸어놓을까? 별 세 개도 훌륭하니까 셰프 로드에게 축하한다고 말해줄까?

엘리엇이 내 맞은편에 앉아 있는 동안 나는 내 몸에 닿았던 다른 남자의 손, 내 입안에 있었던 다른 남자의 손가락, 그 남자에게서 나는 구운 양파와 브라운 버터와 세이지 향을 생각하고 있었다. 다행히 엘리엇이 파스칼에 대해 알아낼 확률은 극히 적었다. 우리는 이제 같은 대학에 다니는 학생들이 아니니까. 뉴욕이란 도시에선 수백만 명의 사람이 각자 다른 분야에서 사업을 하고 직장에 가고 잠자리에 들고 섹스를 하니까.

아니, 갑자기 섹스 이야기가 왜 나왔지. 나는 텔레체리와 리뷰, 팔에 문신을 새긴 남자를 잊고 다시 공부에 집중해보려고 했다.

"잘되고 있어?" 내 심장은 사탕을 잔뜩 먹어 흥분한 벌새처럼 파닥거렸다. 그러면서도 아무렇지 않은 척 엘리엇에게 말을 시키고 있었다.

그는 입술을 오므리더니 펜 끝으로 책을 톡톡 쳤다.

"별 거 없어. 지금 문제를 풀고 있는 중이라. 몇 분만 줄래?"

"응…… 그럼."

심장이 푹 하고 꺼졌다. 엘리엇은 분자 도표를 공부하면서 자기 나름대로 도표를 그리고 있었다. 이 두 가지 도표를 비교하느라 고개를 왔다 갔다 했고 생각에 잠겨 입술을 잘근잘근 씹고 있었다. 나는 언제나 이렇게 엘리엇이 초집중하며 공부하는 모습이 좋았었다. 엘리엇은 자기 일에 몰입할 줄 알았다. 나는 그의 이런 전공에 대한 열정, 다른 사람이 무슨 생각하는지 상관하지 않는 태도에 매력을 느꼈더랬다. 하지만 지금의 그는 괴로워 보였다. 눈썹은 화난 사람처럼 찌푸려져 있었고 손톱은 테이블을 긁고 있었다.

사실 엘리엇은 파스칼의 상대가 되지 못했다. 엘리엇과 나에게는 요리에 대한 열정이라는 공통분모가 없다. 엘리엇은 난해한 채소를 보면서 얼굴이 환해지지 않는다. 엘리엇은 자기의 레스토랑을 운영하고 있지 않고 그에게 보고하는 스태프들도 없다. 솔직히 말해서…… 놀랍게도 엘리엇은 파스칼처럼 나를 뜨겁게 해주지 못한다. 나는 내가 섹스에 관심이 별로 없는 여자라고만 생각했었다. 하지만 파스칼…… 파스칼과 그의 강한 팔. 그의 엉클어진 머리. 그의 거칠고 단단하고…… 큰 손. 어쩌면 파스칼의 매력 중 하나는 그의 체격 때문일지도 몰랐다. 그는 키가 큰 편은 아니었지만 체격이 단단하고 남자다웠다.

나는 마음을 식히려고 일부러 걷다 돌아왔다. 이쯤 되면 공부는 불가능했다. 조용히 내 행복을 음미하는 것이 나았다. 이따금씩 엘리엇을 올려다보았지만 엘리엇은 여전히 분자 도표에 집중하고 있었다. 나는 신문 가판대 주변에서 사람들의 말을 엿들어보기도 했다.

"너 그 본드 스트리트에 생긴 새 레스토랑 리뷰 읽었어? 마이클 잘츠가 다시 느낌을 되찾은 거 같지."

"응. 그동안 평이 영 아니었어. 리뷰들이 지루하고 힘이 없더라."

"텔리체리 꽤 괜찮을 것 같아. 언제 가보자."

"감초 브레드스틱인가? 그거 먹어보고 싶어."

어쩌면 사람들이 이메일로 내 글을 인용하고 저녁을 먹으면서도 내가 쓴 단어를 말할지도 모른다. 꿈 많은 어린 여학생이 학교에 내 리뷰를 가져가 수업 시간에 선생님 몰래 읽을지도 모른다. 언젠가 이런 칼럼을 쓰고 싶다는 꿈을 꿀지도 모른다.

내가 이런 칼럼을 직접 쓰고 내 것으로 여겼으면 좋겠다고 생각했다.

나는 엘리엇을 다시 껍데기 밖으로 나오게 하려고 노력하지 않았다. 그냥 다른 사람들 이야기를 엿들었다. 《보나베띠》 앞으로 걸어가 파스칼이 접시를 내밀고 있는 표지 사진을 보았다.

파스칼이다. 나는 우리를 요리 상식 퀴즈에 나가서 정답을 외치는 오래된 절친이라도 된 것처럼 생각했다. 그 서점에서 그와 내가 서 있는 모습을 상상했다. 그는 뒤에서 나를 안고 있다. 그의 넓고 따뜻한 가슴이 나에게 밀착되어 있다. 그 상상만으로도 몸이 뜨거워져서 카디건을 벗어야 했다. 다시 한번 고개를 흔들며 그 생각을 떨쳐버리려고 했다. 나한텐 남자 친구가 있어. 그렇지만 머릿속으로 상상만 하는 건 바람피우는 게 아니잖아. 특히 엘리엇이 이렇게 멀게 느껴질 경우에는. 나는 항상 열정이 있는 엘리엇을 좋아했고 그 열정 중 하나는 언제나 나였다. 이제 나는 내가 그의 마음 어디쯤에 있는지도 알 수 없었다.

테이블로 돌아온 내가 물었다.

"배 안 고파?"

"배 고프냐고?" 엘리엇이 퉁명스럽게 대답했다. "우리 온 지 얼마 되지도 않았잖아."

시계를 보았다.

"아냐, 얼마 안 되긴. 벌써 한시 삼십분이야. 우리 여기 두 시간 동안 있었어."

"에휴, 그러네. 그러면 가자." 그가 책들을 백팩에 넣기 시작했다.

"우리 그 팔라펠 가게 갈까?"

"팔라펠?" 나는 코를 살살 문질렀다. "있지. 그건 어때? 같이 텔리체리 가는 거?"

"텔리체리가 어딘데?"

"새로 생긴 레스토랑이야. 오늘자 《뉴욕타임스》에 리뷰도 나왔잖아."

나는 신문을 펴고 리뷰가 실린 페이지를 보여주었다. 내 글이 실린 페이지. 이건 엘리엇과 공감해보려는 내 마지막 노력이었다.

제발, 제발, 이걸 좋아해줘. 제발, 제발, 제발. 이걸 봐줘.

이건 그와 나의 관계에 내가 거는 주문과도 같았다. 그가 만약 엘리엇이 이 리뷰를 좋아해준다면 모든 건 다시 괜찮아질 것이다. 그가 나의 본질적인 모습을 사랑한다면 그가 전후사정을 알지 못한다고 해도 이 리뷰에서 나를 발견할지도 모른다.

직감적으로 그렇게 느낄지도 모른다.

엘리엇은 리뷰를 대강 훑어보았다.

"정말? 이런 데 가자고? 응…… 우리랑 안 어울려."

나는 신문을 들고 있는 손을 아래로 떨구었다. 이제 다른 주문을 걸기로 했다. 만약 내가 약간 조르기만 한다면 엘리엇은 내게 이것이 중요하다는 것을 알 것이다. 그렇게 해서 그가 내 마음을 읽어줄 수만 있다면 우리는 앞으로도 둘도 없는 천생연분으로 남을 것이다.

하지만 내 안의 또 다른 나는 이것이 불가능한 도전임을 알았다. 어쩌면 나는 엘리엇이 실패하기를 바랐을지도 모른다.

"그러지 말고, 한 번만 다시 읽어봐."

나는 최대한 귀엽게 말하고 싶었지만 약간 짜증스럽고 불만스러운 말투가 나왔다.

엘리엇은 한숨을 쉬더니 신문을 받아들었다. 나는 잔뜩 기대하면서 그를 바라보았다.

그가 이 글을 사랑해주길, 아주 희미하게라도 이 느낌을 나와 공유할 수 있기를 바랐다. 그건 아무것도 아닌 것보다는 나을 것이다. 하지만 동시에 나는 그가 싫어하길, 그래서 파스칼 생각에 빠진 나를 정당화할 수 있길, 새로운 남자를 마음껏 생각할 수 있게 해주길 바랐다.

"유바 스틱?" 엘리엇이 다분히 혐오감이 가득 들어간 목소리로 말했다. "커리 아이스크림? 너무 허세 작렬이다. 안 그래? 토 나올 것 같아. 솔직히."

나는 그가 나를 한 대 치기라도 한 것처럼 몇 걸음 물러섰다. 마지막 기회다.

"아니야. 제대로 안 읽어서 그래. 중요한 건 그게 아니야. 다시 읽어봐."

"다시 읽기 싫어." 엘리엇이 단호하게 말했다. "배고파. 점심 먹으러 가자." 그는 내 손을 잡았지만 나는 뿌리쳤다.

"나 팔라펠 먹기 싫어. 나 텔리체리 가고 싶단 말이야."

"그래! 가자, 가." 엘리엇이 항복이라도 하는 듯이 두 손을 들고 말했다. "가자고. 가서 내 지갑에 있지도 않은 돈을 쓰고 오고 싶네. 바쿠샨처럼 끝내주게 좋겠지 뭐."

엘리엇의 입에서 나오는 말에 나는 얼어붙었다. 파스칼과 그의 레스토랑을 변호하고 싶어졌다.

"그래, 거긴 나 혼자 갈게."

어쨌거나 그를 데려가는 건 실수가 될 것이 뻔했다. 그가 그곳의 요리에 대해 무엇을 알겠는가? 내가 왜 그의 이런 무심함을 참아야 하나? 나는 그에게 기회를 주었지만 나는 그 리뷰가 내게 중요하지 않은 척은 할 수 없었다.

주변 쇼핑객들과 관광객들, 어른과 아이가 우리를 흘끔흘끔 쳐다보았다. 철제 바구니 속 신문이 점점 줄어들었다. 왜 신문을 이만큼밖에 안 갖다놓았지? 이봐요. 사람들이 리뷰 읽고 싶어 하잖아. 여기 담당자는 어디 간 거야?

텔리체리는 엘리엇이 좋아할 만한 장소는 절대 아니었다. 바쿠샨에서 그런 일이 있은 후에도 굳이 왜 또 그에게 가자고 졸랐는지 나도 알 수 없었다.

텔리체리에 갈 사람은 따로 구할 것이다. 적어도 한 남자는 거기 가는 걸 좋아하겠지. 나는 그 환상 속으로 도피해버렸다. 그는 이 도시의 어떤 레스토랑이든 나를 데리고 갈 수 있을 것이다. 그는 인사이더 중 인사이더이고, 맛을 만드는 사람이고, 열쇠를 쥐고 있는 사람이니까. 파스칼에 대한 모든 것이 나를 흥분시켰다. 그의 거친 피부, 그의 강한 손힘, 러비지를 칼로 자르는 매끄러운 손놀림.

그 환상에 오래 빠져 있을 필요도 없었다. 바로 그때 파스칼이 광어, 러비지, 요거트 무스가 담겨 있는 접시 사진을 문자로 보냈으니까.

대박 예감 중!

나는 웃었다. 그 웃음을 엘리엇에게 숨기려고 하지도 않았다. 엘리엇은 산더미 같은 책을 백팩에 쓸어담느라 봐주지도 않았다.

"미안해. 말 그렇게 해서. 그게 아니고…… 오늘은 막 그런 비싼 레스토랑에 가고 싶은 기분이 아니라서." 그는 내가 참아야지 하는 식의 미소를 지었다. "오늘 스트레스 받은 것 같아. 생각해보니까 밥 먹을 시간도 없어. 빨리 가봐야 하네. 급하게 할 일이 있어……."

"알았어."

사실 안심했다. 엘리엇이 가방을 메더니 인사도 하지 않고 나가버렸다. 그가 돌아서서 손을 흔들어준다면, 작은 부분일지라도 '우리'가 남아 있을 거라고 마지막 주문을 걸었다. 엘리엇은 뒷모습만 내보이며 에스컬레이터를 타고 사람들 사이를 바삐 헤쳐 회전문으로 나갔다.

주문 같은 건 유치하기 짝이 없는 장난이었다. 계시 같은 건 없었다. 내가 원하는 것이 있거나 없거나 둘 중 하나일 뿐이었다.

*

그날 오후 새 친구에게 문자메시지를 또 하나 받았다. 그는 정말로 나를 다시 만나고 싶은 모양이었다.

안녕? 뭐해요? 러비지 요리에 영감을 준 걸 보답하고 싶은데. 저녁 어때요?

이 문자에 대해 생각해보기 전에 나는 엘리엇의 이메일을 먼저 보았다. 친구와 지인들에게 보내는 단체 메일이었다.

안녕, 친구들.

내일 우리 식물원 심포지엄을 열어요. 시간되시면 꼭 오세요! 우리 연구원 동료들이 생물부터 화학합성까지 다양한 주제로 발표합니다. 그동안 열심히 연구한 독극물 전시회도 미리 볼 수 있어요.

저는 여러분의 충실한 안내자가 될 것이고요. 제 프로젝트도 발표합니다. 주제는 친환경적인 병충해 방지 대 식충식물 효소예요.

되게 섹시하게 들리지 않나요? 왜냐, 진짜 엄청 섹시하니까. 또 우리의 훌륭한 강사인 모하메드 잘마이 박사가 뉴욕식물원과 베스 이스라엘 메디컬 센터의 파트너십에 관해 강연해요.

심포지엄은 내일 오후 세시 웨일 오디토리엄 1300 요크 애비뉴 68번가에서 열립니다. 꼭 오세요.

엘리엇.

아까 서점에서 이 심포지엄을 준비하고 계획하고 있었던 걸까? 이런 행사가 있다고 나에게 이야기했었나? 북극 무언가에 대해 공부하고 있다고 말하지 않았나? 나는 핸드폰을 한번 보고 다시 컴퓨터를 보았다. 사실 내 마음은 파스칼의 문자에 한 번도 아니고 여러 번 답하고 싶었다. 네, 언제 볼까요. 지금 볼까요. 하루 종일 당신 생각뿐이에요. 꾹 참고 엘리엇에게 먼저 답장을 보내기로 했다. 엘리엇에게 보낼 메시지에 집중했다. 낮에는 마이클 잘츠와 르 베르텡에서 점심 약속이 있다. 하지만 엘리엇의 행사는 오후 세시라고 했으니 그전까지는 끝날 것이다. 그리고 다섯시 삼십분에 매디슨 파크 타번에 다시 출근해야 한다. 빡빡한 스케줄이지만 불가능하지는 않다.

메일 잘봤어. 재미있겠네! 내일 갈게.

엘리엇의 이메일에서는 설렘과 뿌듯함이 묻어나왔다. 그가 자랑스러웠고 그가 행복해하니 나도 행복했다. 하지만, 보내기 버튼을 누른 후 내가 쓴 단어들을 보니 진심이란 없었고 어쩔 수 없이 보낸 것 같았다. 문장 자체는 내가 이제까지 엘리엇에게 보냈던 그 메일들, 특히 우리가 가장 뜨겁게 사랑하고 있을 때에 보냈던 메일들과 특별히 다르지 않았다. 하지만 그날들은 너무 멀게만 느껴졌다.

뉴욕에 온 후 내 최고의 순간은 매디슨 파크 타번에서, 텔리체리에서, 바쿠샨에서 찾아왔다. 가장 편하고 친해지고 싶은 사람들은 음식에 관련된 사람들, 요리 일을 하고 요리로 숨을 쉬는 나 같은 사람들이었다. 어쩌면 엘리엇이 대학 다닐 때 내 요리 이야기를 들어주고 요리를 도와주었던 건 특별히 다른 할 일이 없어서였을지도 모른다. 이제 우리는 서로 외에도 다른 할 일들과 다른 옵션이 넘칠 정도로 많다.

나도 모르게 파스칼의 문자에 관심을 돌렸다. 저녁을 먹자고? 어디에서 먹게 될까? 무엇을 입을까? 어떤 메뉴를 시킬까?

마이클 잘츠가 그 생각을 가로막았다. 파스칼에게 문자를 보내거나 만나는 건 절대 허용하지 않을 것이다. 그래서 나는 아무것도 하지 않았다. 당분간은.

그런데도 파스칼 폭스가 나에게 문자를 보냈다. 그것 하나는 분명했다. 거기에 무슨 의미가 있을까? 나는 그가 연락을 했다는 변치 않는 사실만을 계속 곱씹고 곱씹었다. 적어도 지금 이 순간에는 이것만으로 충분했다.

19

르 베르탱-심포지엄-매디슨 파크 타번이라는 이 트리플 헤더 경기는 낮 한시 삼십분에 시작했다. 나는 수업을 마치자마자 카페로 들어가 화장실로 직진했다.

청바지와 스웨터를 벗어버리고 몸에 꼭 맞는 캐롤리나 헤레라 스커트를 입고 허리에 무늬 있는 띠가 둘러진 모스키노 블라우스를 입었다. 발레 플랫을 벗고 빨간색 프라다 슬링백을 신은 다음 버버리 트렌치를 입었다. 입었던 옷을 고야드 토트백에 구겨 넣고 거울 앞에서 나를 확인해보았다.

오늘 나는 여배우가 될 것이다. 해야 할 일이 산더미지만 가장 중요한 핵심은 그때그때 내게 맡은 역할을 뻔뻔할 정도로 당당하게 해내는 것이다. 마이클 잘츠와 함께 있을 몇 시간 동안은 내 원래 자아는 보이지 않게 저 구석으로 밀어둘 것이다.

시간이 좀 남아서 커피를 시키고 카페에 앉아 학교 과제를 들여다보았다. 어떤 사람들은 나를 두 번 이상 쳐다보았고 나는 그들이 이런 생각을 한다고 상상했다. 왜 저런 여자가 책에 고개를 박고 있지? 저 고급 블라우스에 형광펜 묻으면 어쩌려구? '유명한 사람' 아닐까?

나는 그들이 나를 궁금해 하도록 내버려두고 모나코에 있는 별장의 계약서라도 되듯이 식품 영양학 노트를 들여다보았다. 나는 방금 칠한 매니큐어를 망가뜨리지 않으려는 것처럼 조심스럽게 노트를 넘겼다.

*

매디슨 파크 타번은 고급 실내 유기농 마켓처럼 천장이 높고 약간은 부산한 편이었지만 르 베르탱은 어둑하고 아늑한 분위기였다. 어떤 레스토랑은 야경이나 화려한 도시 풍경으로 손님들에게 세상 꼭대기에 올라와 있는 것 같은 기분을 선사한다. 한편 르 베르탱은 아무나 들어가지 못하는 특별한 클럽에 들어온 것처럼, 아이보리색 몰딩과 황금색 가방 걸이 등으로 장식된 어퍼이스트사이드의 럭셔리한 주택에 초대된 것처럼 느끼게 해준다.

버버리를 고객 휴대품 보관 직원에게 넘겼다. 마이클 잘츠는 룸 한가운데 둥그런 의자에 앉아 있었다. 남색 빛이 도는 회색 슬랙스에 다크블루 버튼다운 셔츠를 입고 무테안경을 쓰고 느긋한 태도로 앉아 있었다. 그는 자유로운 영혼의 집안 삼촌, 결혼을 한 번도 하지 않은 건방진 부잣집 막내아들처럼 보였다.

그는 여러 가지 모습으로 변장하지만 결국 부유하고 명망 있는 남자 중 한 가지 버전을 연기할 뿐이었다. 절대 다른 누군가는 될 수 없었다.

"도착했네, 티아. 확실히 업타운 레이디 같긴 하네. 잘 입었어."

"감사합니다." 나는 기쁜 얼굴로 대답했다.

"갈까?"

가방에서 핸드폰을 꺼내 화면을 위로 한 채 테이블 위에 올려놓았다. 이런 식으로 사생활을 감시당하는 건 싫었지만 이것도 업무의 하나로 받아들여야 했다.

"안녕하세요, 손님. 저는 이 테이블 담당 휴고입니다."

회색 머리카락의 키가 큰 웨이터였다. 좁은 가슴팍에 딱 맞는 회색 베스트를 입었고 머리는 희끗희끗했지만 그리 늙어 보이지는 않았다. 마치 이국 혈통의 고양이나 흑백 캘빈클라인 광고 속 인물 같았다. 그는 고급스럽고 긴 청보라색 종이에 금색 글씨로 인쇄되어 있는 메뉴판을 건넸다.

"네가 괜찮으면 우리 테이스팅 메뉴부터 시작해볼까?" 마이클 잘츠가 의자에 기대며 말했다.

나는 말없이 그의 눈을 똑바로 보며 관심을 나에게 돌리도록 해보았다. 르 베르탱은 해물 요리 전문 레스토랑이었다. 메뉴를 보니 나에게는 곤란한 다양한 재료들이 눈에 들어왔다. 언뜻

보아도 굴과 씨 빈* 샐러드, 랑구스틴 크림, 클램-미소 수프 요리가 가득했다.

"테이스팅 메뉴가 훌륭하죠. 선생님, 오늘 저희 레스토랑에 처음이신가요?" 웨이터가 말했다.

"네, 오늘 처음입니다." 마이클 잘츠가 재빨리 대답했다.

메뉴판을 더 들여다보고 싶어 천천히 시키겠다고 말하려는 찰나 마이클 잘츠가 나를 가리켰다.

"이 애도 처음이에요."

"그러시군요. 저희가 알아서 셰프 코스를 대접하겠습니다." 휴고가 말했다.

그는 메뉴를 테이블에서 치우더니 걸어가버렸다.

"저기요. 단품은 안 시키고 코스 요리만 먹나요? 제가 갑각류와 조개류에 알레르기가 있잖아요. 아시죠?"

마이클 잘츠는 괴롭다는 듯이 손바닥으로 얼굴을 덮었다.

"알아, 알아. 우리는 여기 테이스팅 메뉴 시식하러 온 거고 그거만 시키면 돼. 몇 가지 재료만 피하고 다른 것들 먹으면 되잖아."

"제가 아예 못 먹으면 어떡하죠? 선생님도 못 드시……."

그가 비웃더니 손을 들어 내 말을 막았다.

"그런 말 하지 마. 먹을 수 있는 데까지 먹고 나머지는 어떻게든 채워 가면 돼. 원래 준비한 오리지널 버전의 요리를 먹

* 요리에 쓰일 경우에는 함초, 바닷물이 드나드는 갯벌 근처나 염분지에서 무리지어 자라는 1년생 초본.

어야지? 어떻게 할까? 굴 대신에 베이컨 넣어달라고 해? 우리 둘 다 맛을 보지 못한다 해도 적어도 보고 리뷰를 쓸 수는 있잖아."

"전 잘 모르겠어요, 마이클. 저는 위험을 감수하고 싶지가 않아서요. 이 약속 뒤에 또 다른 약속이 있어서 속이 안 좋아지는 건 싫거든요."

"어떤 식으로 안 좋아진다는 거지?"

"쓰러질 정도는 아닌데요. 심할 때도 있어요. 아주 심해요. 속이 뒤집어진다고요!"

"알았어, 알았어. 기억할게. 먹지 못하는 걸 억지로 먹이진 않을게. 하지만 불순물이 섞이지 않은 오리지널 메뉴를 시켜야 해. 그 재료만 빼고 만들어달라고 하면 셰프의 비전을 망치는 거잖아."

그렇다. 무슨 말인 줄은 알겠다. 하지만 셰프의 비전에 내 생명을 걸고 싶지는 않았다. 휴고가 다가와 첫 번째 코스를 세팅했다. 나는 그가 가기 전에 메뉴판을 다시 달라고 했다. 내가 먹는 요리에 무슨 재료가 들어가는지 알아야 했다. 휴고는 깍듯하게 알겠다고 대답했다.

"지금 뭐 하는 거지?" 마이클 잘츠가 씩씩거렸다. "그렇게 하면 저 사람들이 우리가 요리에 신경 쓴다는 걸 알게 되잖아. 그냥 평범한 손님처럼 주는 대로 먹어야지."

정말? 말로만 내가 그에게 없어서는 안 될 소중한 수제자였지 그가 나를 얼마나 하찮게 생각하는지 깨닫자 나는 기가 막

혀서 말이 나오지 않았다.

"삐죽대지 말고. 이제 메뉴판이 있으니 이 요리 정체가 뭔지 말해봐."

"튜나, 바닐라 브리오슈, 구운 아귀 간이요."

"아, 아귀의 간. 바다의 푸아그라지!"

마이클 잘츠가 건배를 하려는 듯 컵을 들었다. 나는 맞춰주기 싫어서 잔을 부딪치지 않고 혼자 물 한 컵을 들이켰다.

그가 컵을 내려놓는 나를 흘겨보았다. 나를 무시한다면 나도 그를 무시할 것이다.

휴고는 문어를 자주색 반점이 드러나도록 구워 달콤한 발사믹 오징어 먹물 소스에 적신 다음 가장자리는 불그스름한 배로 장식한 요리를 들고 왔다.

우리는 말없이 앉아 있었고 나는 말없이 먹었다.

초리조* 브로스에 졸이고 위에는 해초가 가득 얹어져 평화로운 섬처럼 보이는 홍어 요리가 나왔다. 늘 그렇듯이 마이클 잘츠는 거의 먹지 않았다. 이 모든 메뉴는 내가 먹을 요리였다.

나는 요리가 테이블에 올라오자마자 신중히 맛을 보았다. 대담하고 세심하고 안전하고 고전적인 요리들이었다. 굴이나 조개는 먹지 않았지만 셰프가 전달하고 싶은 맛이 무엇인지 알 것 같았다. 먹을 수 없는 것은 대충 이런 맛일 거라고 상상했다. 문득 《뉴욕타임스》 독자들에게 미안하다는 생각이 들었다. 그

---

* 고추 등이 들어간 스페인산 반건조 소시지.

들은 이 리뷰를 읽으며 뛰어난 전문가의 신중한 리뷰를 읽고 있다고 생각할 테지만 사실은 이런 사람들이 쓴 글일 뿐이다. 미각을 잃은 평론가와 메뉴의 3분의 1은 먹지 못하는 수제자. 내가 이 모든 걸 주관할 수 있다면 얼마나 좋을까. 내가 레스토랑을 선정하고 메뉴를 선택하고 리뷰를 쓸 수 있다면 얼마나 좋을까. 모든 것을 내 것으로 하고 싶었다.

코스가 나오는 사이에 화장실에 가서 옷매무새를 고쳤다. 마이클 잘츠가 내 건강은 손톱만큼도 고려하지 않는다는 사실에 새삼 놀랄 필요도 없었다. 이 사람은 자신의 자존심과 정체성을 지키는 데만 급급한 병적인 이기주의자일 뿐이다. 뭘 기대해? 마이클 잘츠와 나는 이런 식으로 서로에게 익숙해지고 있을지도 모른다. 물론 가다보면 울퉁불퉁한 길도 있는 거겠지. 심호흡을 하고 다시 나왔다.

머리가 희끗희끗한 노년 부부와 양복을 입은 남자들이 내가 지나가는 것을 쳐다보았다. 하이힐이 핑크색 대리석 타일 위에서 또각또각 소리를 낼 때 그들의 호기심이 피어오르는 걸 느낄 수 있었다. 르 베르탱은 우아한 레스토랑이었고 이곳 손님들은 세련된 업타운 룩을 하고 있었다. 가을인데도 화이트 팬츠를 입었다. 보푸라기라고는 하나 없는 부드러운 스웨터와 퍼스트레이디의 옷을 입혔던 전설적인 디자이너들의 옷을 입었다. 나 자신에게 이 순간을 즐기자고 말했다.

테이블로 돌아오니 마이클 잘츠의 얼굴이 딱딱하게 굳어 있었다. 손에 무언가를 들고 있었다. 내 핸드폰이었다.

"이거 누구 번호지?"

그가 나에게 문자를 보여주었다. 아직은 비밀번호가 걸려 있어 전부 다 보이지는 않았다.

당신, 나, 바쿠샨…… 오늘 밤 어때요?

천만다행으로 나는 내 핸드폰에 파스칼의 이름을 저장해놓지는 않아서 그냥 전화번호만 떠 있었다.

"아, 제 룸메이트예요." 나는 그 자리에서 지어냈다.

그의 손에서 핸드폰을 막 빼앗으려는 순간 또 다른 문자가 도착했다.

"난 오늘 밤 내내 여기 있을 거요. 꼭 와요. 셰프의 테이블에서 대접할 테니."

마이클 잘츠가 고개를 한쪽으로 기울이더니 문자 내용을 다시 한번 읽었다. 나는 재빨리, 그의 관점에서 생각해보려고 했다. 내 룸메이트가 정말 바쿠샨에 있을 수 있을까? 그가 우리에게 셰프의 테이블을 마련해줄 수 있을까? 아무리 봐도 이건 아니었다. 그가 문자를 누가 보냈는지까지 알아냈을까? 나는 닥쳐올 심문에 단단히 대비했다.

"오늘 밤 내내…… 대접할 테니?" 그가 다시 읽었다. "대접한다고? 이게 무슨 의미지?"

그가 바보인 척을 하는 건지 정말 몰라서 묻는 건지 전혀 알 수 없었다.

휴고가 우리 테이블로 다가왔다.

"셰프님이 오늘 손님들이 오셔서 무척 기뻐하고 계세요. 처음은 언제나 특별하니까요." 그는 뭔가 제안하고 싶은 듯 눈으로 웃으면서 요리를 내밀었다.

"이건 저희 하우스에서 준비한 서비스 요리인 진저가 들어간 에그 커스터드입니다."

그가 빛나는 자개 문양이 있는 작은 스푼 두 개를 두었다. 요리 자체는 평범해 보였다. 찰랑찰랑하게 흔들리는 노란색 표면을 보니, 물론 내가 이제까지 별 네 개짜리 레스토랑만 다닌 건 아니었지만 시중에서 흔히 보던 커스터드와 다를 바 없어 보였다.

나는 계속 마이클 잘츠의 눈치를 보았다. 하필이면 그 타이밍에 온 문자의 의미가 뭔지 골똘히 생각에 빠져 있었다. 어떻게 그가 이걸 단박에 눈치채지 못하지? 나 놀리는 건가? 아니면 원래 이렇게 둔한 사람인가? 아니면 내 목을 언제 어떻게 칠지 고민하는 걸까?

마이클 잘츠가 전에 했던 말을 그대로 실천할지 궁금했다. 내가 그를 끌어내리면 그는 나까지도 같이 바닥으로 끌어내릴 텐가? 그때에는 그 말이 그저 추상적인 말이나 허풍처럼 들렸다. 하지만 그와 어느 정도 시간을 같이 보내보니 그건 그냥 허풍은 아니라는 생각이 들었다.

"이제 말할 준비됐나?" 그가 물었다.

말하라고? 지금 고백을 하라는 건가? 지금 여기서? 나는 두 팔로 내 몸을 갑옷처럼 두르고, 손에 닿는 옷들의 감촉을 느껴보았다. 이제야 이 옷들에 조금씩 익숙해지기 시작했는데 이제 이것들과 이별을 해야 하나?

마이클 잘츠가 엘리엇에게 파스칼 이야기를 하면 어쩌지? 그는 자신에게 피해가 가지 않게 하면서 나에게 실형을 선고할 방법을 찾아낼 것이다. 이 위기에서 빠져나오기는 어려울 것이다. 마이클 잘츠는 원한다면 어떤 일이든 눈 깜짝하지 않고 할 사람이다. 그는 시작하기도 전에 내 커리어를 짓밟아버릴 수 있다고 말했다. 어쩌면 내 사생활도 같이 짓밟아버릴지도 모른다. 이 두 가지는 하나의 패키지니까.

그가 불편한 침묵 속에서 계속 나를 쳐다보면서 내가 해명하기를 기다렸다.

"그게, 어떻게 된 일이냐면요. 제가 시작한 건 아니에요……." 나는 거의 울먹이고 있었다. "그 사람이 먼저 다가와서……."

마이클 잘츠는 와인을 한번 죽 들이켜더니 웃어젖혔다.

"티아."

"그 남자가 저한테 전화할 줄은 몰랐어요. 저는 엘리엇한테 또 선생님에게 그런 짓을 할 사람이 아니에요."

마이클 잘츠는 V자형 머리 선을 긁적이더니 고개를 흔들었다. 내가 지금 누구한테 농담하고 있나. 그는 나를 필요로 하지 않았다. 그는 나를 택한 것처럼 언제라도 나를 팽개쳐버릴 수 있다. 이틀만 있으면 이 일을 해줄 또 다른 사람을 구할 수 있을 것이다.

"티아, 아무래도 요즘 과로한 것 같네. 룸메이트가 저녁을 사주려고 한다면 그건 그 사람 마음이지. 조금 놀란 건 티아에게 남자 룸메이트가 있다는 것뿐이야. 그게 다야."

내 머릿속에서 사정없이 내달리던 걱정들이 달리기를 멈추었다. 정말? 그 문자가 파스칼일 거라는 생각을 전혀 못한 거지? 파스칼 폭스, 어쩌면 이 업계에서 가장 많이 입에 오르내리는 사람. 그의 문자와 홀푸드에서의 쇼핑과 끈적끈적한 바쿠샨에서의 쿠킹 레슨은 아직은 전부 안전한 비밀인 것이다.

너무 안심이 되어서 숨이 멎을 것 같았다.

"네. 아무것도 아니에요!"

이런 상태에서도 내 목소리만큼은 머릿속 명령에 순종해 정말로 아무것도 아닌 일처럼 차분하고 부드럽게 나오길 바랐다.

"그래, 그건 그렇고. 나머지 먹어. 그 요리가 뭔지 잘 못 들었네. 들었나?"

나도 듣지 못했다. 지금 머릿속이 너무 꽉 차 있어서 이 작은 컵 안에 든 재료들을 생각할 겨를이 없었다. 아무 기대 없이 푹 찔러서 입에 넣어보았다. 무언가 부드럽고 무언가 크림이 많이 들어 있는, 거창해 보이는 다음 코스인 은고등어와 고베 비프 서프 앤 터프의 무대를 마련해줄 가벼운 맛일 거라 예상했다.

커스터드는 내 목을 물고기가 연못을 유유히 헤엄쳐 가듯이 미끄러져 내려갔다. 강건하면서도 비단결 같은 힘이 좋았지만 내 목에서 무언가가 걸려버렸다. 내 얼굴은 순식간에 구명보트처럼 부풀어 올랐다. 나는 물 잔으로 손을 뻗으려고 했지만 앞이 뿌예졌고 의자 밑으로 미끄러졌다. 자개 문양 스푼이 떨어지다 내 이마에 튕겨져 나와 바닥으로 떨어졌다.

어지럼증이 점점 심해졌고 정신이 혼미해질 찰나 어떤 두 손이 내 머리를 감쌌다.

이 일을 잃을 뻔했고 헬렌과의 기회도 잃을 뻔했구나.

이마에 차가운 수건이 얹어졌고 혀에는 인공 딸기 맛이 느껴졌다.

엘리엇도 잃을 뻔했어.

누군가 내 가방에서 알레르기 약을 꺼내 입에 넣어주었다. 마침내 심장이 제 속도로 뛰기 시작하면서 내 심장은 마치 쉬는 시간에 날뛰는 꼬마 아이를 달래는 것처럼 혈압에게 낮아지라고 말하고 있었다. 꼬치꼬치 캐묻기 좋아하는 마이클 잘츠가 내 가방 안에 약이 있다는 걸 알고 있어 다행이라고 생각했다.

눈을 뜨니 흰 테이블보가 담요처럼 위에 덮여 있었다. 테이블보를 치우고 일어나니 마이클 잘츠가 내 옆에 앉아 있었다. 그는 고개를 들어 둘러보더니 얼굴을 내게 가까이 가져왔다. 손에는 천 냅킨을 들고 있었고 눈동자에는 분노와 걱정이 뒤섞여 있었고 눈썹은 잔뜩 찌푸려져 있었다.

"조개 때문이지? 참 요란스럽긴 하네."

천천히 몸을 일으켰고 마이클 잘츠가 나를 부축해서 우리는 밖으로, 최대한 자연스럽게 걸어 나왔다. 점심시간은 거의 끝나가고 있었고 식사하는 사람들이 줄었다. 우리는 같이 여자 화장실로 갔다. 내가 화장실이 비어 있는 것을 확인한 후 마이클 잘츠가 들어와 문을 잠갔다. 나는 세면대 앞에 한참 서 있다가 구토를 했다. 얼굴은 이마부터 목까지 새빨개져 있었다. 마이클 잘츠가 내 머리를 잡아주었고 나는 손에 물을 묻혀 얼굴에 대었다.

어쩌면 그는 내가 무서워할 정도로 나쁜 사람이 아닐지도 모른다는 생각이 들었다. 내 커리어를 두고 협박한 것은 그래야 하는 일이었기 때문에, 이런 계약을 맺을 때는 꼭 해야 하는 마지막 체크였기 때문이었을지도 모른다.

화장실 거울 앞에 서서 서로를 바라보았다. 저명한 요리비평가와 그의 수제자.

테이블로 돌아와서 일 초에 한 번씩 얼굴을 만졌다. 그렇게 하면 머리 뒤에 있는 통풍구로 마법처럼 공기가 빠질 수 있을 것 같았다. 스푼 뒷면으로 내 모습을 확인했지만 얼굴은 퉁퉁 붓고 벌겋게 달아올라 보였다. 마이클 잘츠는 내내 침묵을 지키며 나를 쳐다보면서 내가 빨리 회복해 그의 일을 마쳐주기를 기다렸다.

휴고가 우리 테이블로 뛰어왔다.

"죄송합니다. 이런 일이! 손님 조개 알레르기 있었어요?"

대답할 필요는 없었다. 그는 알고 있었다.

휴고가 한숨을 깊이 내쉬었고 그의 얼굴은 내 얼굴처럼 붉어졌다.

"커스터드 컵 바로 밑에 랍스터 젤리가 있다는 걸 말씀드렸어야 했는데."

"물론 미리 말해줬어야죠!" 마이클 잘츠가 이제까지 어떤 웨이터에게도 하지 않았던 거친 말투로 말했다.

"전부 제 불찰입니다. 죄송합니다. 원래 '과일이 깔린' 요거트인데 셰프가 반전을 주기 위해 만든 요리거든요. 식사 비용은 저희가 부담하겠습니다. 당연하지만요."

마이클 잘츠는 이미 그럴 거라고 예상한 듯했다.

"제가 할 일이 있으면 알려주십시오. 보상하고 싶습니다." 휴고는 눈을 꾹 감고 말했다. 그를 안아주면서 나는 괜찮다고, 이건 그의 실수가 아니라고 말해주고 싶었다. 내가 먼저 알레르기를 말했어야 했다. 내 잘못이고 내 책임이었다. 정신이 다른 곳에 쏠려 있어서 그 커스터드를 급하게 먹어버린 것이다.

"갑시다. 당장." 마이클 잘츠가 말했다.

바로 그날 저녁에 휴고가 해고되지 않을까 덜컥 겁이 났다. 리뷰가 나온 후에 그렇게 될 지도 몰랐다. 마이클 잘츠에게는 그의 커리어를 끝낼 힘이 있다. 어떤 면에서 나에게도 있었다.

"개망신이군. 망했어."

레스토랑을 나오며 마이클 잘츠가 투덜댔다. 안개가 낀 날이었고 택시들은 68번가에 깔린 낙엽을 밟고 지나가며 바스락거리는 소리를 했다.

"끝까지 식사를 마쳤으면 좋았을 텐데, 이게 뭐야."

진심인가? 단 한순간이라도 그가 나를 안쓰럽게 여긴다고 생각한 내가 잘못이었다. 그가 나를 돌봐준 이유는 내가 아무 일도 하지 못하면 오늘 하루를 날릴 수도 있기 때문이었다. 물론 그는 나를 옆에서 챙겨주었다. 아주 성가신 존재 옆에서 짜증나지만 꾹꾹 참고 있는 얼굴로 말이다.

나는 그는 내 편이 될 수도 없고 앞으로 그럴 가능성은 절대 없으니 꿈도 꾸지 말라고 스스로에게 또 한 번 말했다. 모든 일이 끝난 후에 알게 된 건 나는 그전이나 지금이나 여전히 혼자이고 외롭다는 것뿐이었다.

"그러시겠죠." 나도 가만히 있지 않고 맞섰다. "거의 죽을 뻔한 경험을 해서 불편을 끼쳐 드려 정말 죄송하네요. 웨이터들에게 제가 알레르기가 있단 말도 하기 싫어 안 하셨잖아요. 저는 저한테 맞는 메뉴를 먹고 선생님이 일반 메뉴를 드시면 되었는데 왜 그렇게 하시지 않았나요?"

"그래, 그렇지, 내가 일반 메뉴를 먹으면 되겠군. 내가 말이야. 염병할 내가 말이야. 대체……."

그가 바지춤을 잡아서 흔들자 환자처럼 비쩍 마른 다리가 드러났다.

"모든 음식이 카드보드 맛인 게 뭔지 이해하나? 그런 화려한 요리들이 나에게는 칼로리뿐이라는 걸 짐작이나 해? 물론 티아는 모르겠지. 젊고 건강하니까. 내가 이제까지 겪은 걸……내가 앞으로 겪어야 할 그걸……."

그의 입은 말을 하지 못하고 벌어져 있었고 놀랍게도 나는 다시 그가 애처롭고 측은해졌다. 하지만 지금 이 행동은 진심일까 아니면 속임수일까?

마이클 잘츠는 풀 죽은 표정으로 고개를 흔들었다. 아까의 사건이 그의 예민한 신경을 건드린 것이 틀림없었다.

"저 내일 시간 괜찮은데, 다시 올 수 있어요."

하는 수 없이 이렇게 말했다. 마이클 잘츠를 사랑할 필요는 없지만 그를 참아야 할 필요는 있다. 내년 봄 학기까지만 그가 정한 원칙을 따를 것이다. 그러면 헬렌은 내 것이 될 것이고, 어쩌면 나도 일반적인 삶으로 어느 정도 돌아갈 수 있을지도 모른다.

"그럴 필요 없어. 어디 가야 된다고 그랬지?" 그는 얼른 나를 치워버리고 싶은 모양이었다.

"남자 친구가 세시에 식물원 심포지엄을 열어요."

"세시?" 마이클 잘츠가 소매를 걷더니 시계를 보았다. "지금 세시 십분인데?"

"진짜요!"

나는 크게 소리 지르며 얼굴을 만져보았다. 아직까지 퉁퉁 부어 있었다. 건물 옆에 있는 금속판에 내 모습을 비춰보았다. 부은 것도 가라앉지 않았고 차가운 가을바람 때문에 더 빨개져 있었다. 얼굴 형태라도 정상으로 만들기 위해 손끝으로 볼을 꾹꾹 눌러보았다. 지금보다 상태를 더 악화시킬 수 있다는 것을 알면서도 만지고 만지고 또 만졌다.

마이클 잘츠는 손을 들어 택시를 잡았다.

"얼른 가. 그딴 거 남자 친구는 눈치도 못 채."

그는 내가 매디슨 파트 타번에서의 그날 밤에 받아주었던 부드러운 롱 캐시미어 코트를 입고 있었다. 어떻게 그렇게 보들보들한 옷을 입고 있는 사람이 이렇게 딱딱하고 냉랭할 수 있을까.

"완전 토마토 같은데. 못 알아볼 리가요. 그게 더 이상하죠!"

"내 말 믿어. 남자들은 그런 거 알아볼 줄 몰라. 대체로 사람들은 감각에 무지하거든."

그의 말이 맞을지도 모른다. 스테이크의 그을림 정도, 빵 조각의 부드러움 정도, 동일한 크기로 다진 당근. 특정한 유형의 사람들만이 이런 것에 주의를 기울인다. 하지만 결국 그런 것들이 뭐 그렇게 중요할까? 나조차도 자신 있게 말할 수 없었다.

택시에 올라타자 마이클 잘츠는 고작 몇 블록만 가면 되는데도 택시기사에게 20달러를 주었다.

"최대한 빨리 티아 의견이 필요할 거야. 그건 알지?"

"네, 물론이죠. 알겠습니다."

그날의 점심 식사를 머릿속으로 돌아보았다. 물론 순조롭진 않았지만 글을 쓴다는 생각만 해도 기분은 나아졌다. 나만의 표현들이 들어갈 것이다. 바다의 에피파니, 실크 같은 아로마.

그가 문을 너무 세게 닫아 택시기사가 나지막이 욕을 했다.

도로 사정은 지옥이었다. 택시에서 내려 걸어갈까도 생각했지만 얼굴의 붉은 기가 가라 앉을 시간이 필요했다. 웨일 오디토리엄 근처에 도착했을 때 기사에게 두 바퀴만 더 돌아달라고 하고 시간을 벌었다. 스커트를 매만지고 허리 옆의 띠를 다시 묶은 다음 코트 단추를 끝까지 잠갔다.

택시에서 내려서 행사 장소인 오디토리엄을 찾는 데만 십오 분이 걸렸다. 계단을 올라갔다 내려갔다 하다가 인공위성의 날개 근처에서 길을 잃었다. 결국 네시 십오분에 내가 한 번도 본

적 없는 열댓 명의 사람들과 웃으면서 오디토리엄에서 걸어 나오는 엘리엇을 발견했다. 같이 있는 사람들은 모두 척 봐도 전형적인 과학자 타입이었다. 책을 좋아하고 약간 장난기도 있어 보이는 젊은 남자들. 그때 누구도 예상치 못한, 그중에 너무도 튀는 사람 한 명이 그쪽에 서 있었다. 식물학 심포지엄에 온 패션 디자이너. 에메랄드가 경사로에서 손을 크게 흔들며 이야기하고 있었고 맞은편에 있는 여자는 고개를 끄덕이거나 어깨를 으쓱하고 있었다.

도대체 왜 에메랄드가 어퍼이스트사이드에 있는 걸까? 왜 엘리엇의 심포지엄에 온 걸까? 그녀는 이쪽에 한 번도 온 적이 없는데. 에메랄드는 트리나의 숍에 가기 위해 기차를 탈 때 그렇게 말했었다. 그렇다면 엘리엇 발표를 들으러 평소에는 절대 가지 않는 이곳으로 행차했다는 걸까? 엘리엇이 에메랄드를 초대한 걸까?

나는 택시가 떠나간 후 양복을 빼입은, 능력 있고 똑똑하고 행복해 보이는 엘리엇을 바라보았다. 그는 버섯이 든 바구니를 들고 있다가 그의 등을 툭툭 두드리는 사람에게 건네주었다. 노트와 펜을 들고 있던 한 여학생이 엘리엇에게 다가가 질문을 했고 그가 대답을 하자 열심히 받아 적었다.

엘리엇의 심포지엄 같은 중요한 행사에는 절대 빠지지 않던 날들이 있었다. 이런 특별 행사를 위해서는 내 일정을 완전히 변경할 수도 있었고 엘리엇도 나를 위해 그렇게 해주었다. 나는 왜 마이클 잘츠에게 날짜를 바꾸면 안 되겠냐고 말하지 않았을까?

지금과 다른 평행 우주에서라면, 우리가 처음 뉴욕에 자리를 잡았을 때 상상한 우리 모습이라면 나는 여기 그의 곁에 계속 서 있었을 것이다. 그의 친구들과 수다를 떨고 있었을 것이며 내가 도와줄 수 있을 정도로 그의 연구 과제를 속속들이 알았을 것이다.

엘리엇이 나를 향해 걸어왔고 알 수 없는 고통이 나를 엄습했다. 그런 일은 일어나지 않았다. 나는 그가 무슨 일을 하는지도 몰랐다. 그의 친구들도 몰랐다. 내 경우엔 뉴욕에서 친구라고 부를 만한 사람을 한 명도 사귀지 못했다.

그때 갑자기 퉁퉁 부은 내 얼굴이 떠올랐다. 어쩌면 엘리엇이 처음 보는, 값비싸 보이는 코트와 스커트, 신발 차림으로 지금까지 내가 뭘 하고 있었는지 궁금해 할지도 모른다는 생각이 들었다.

"왔어? 오긴 왔네."

엘리엇이 드디어 내 얼굴을 보았다. 그는 나의 이 수상쩍은 옷들과 부어터진 얼굴을 알아보지 못하는 것 같았다. 그 사실이 날 더 슬프게 했다. 어쩌면 내게 아무 관심이 없는 것인지도 몰랐다.

"잘 끝났어? 늦어서 미안해, 정말 미안. 일이 있어서. 그게 생각보다 늦게 끝났어. 알레르기 반응도 일어나서. 미안하다. 너한테 중요한 일인데. 내가 왔어야 했는데. 요즘 너무 정신이 없어 내가……."

“요즘 나도 정신이 없었어, 티아. 괜찮아.”

그는 입을 꾹 다물고 희미하게 웃어보였다. 엘리엇 표 웃음이 아니라 내가 모르는 타인의 웃음이었다. “우리 나중에 만나서 이야기할까? 여기서 이야기하긴 좀 그렇고…….”

선배 연구원들이 그의 뒤에서 축하 인사를 전하기 위해 다가오고 있었다.

“그럼 나중에 봐.”

그는 이렇게 말하며 뒤를 돌아 그들에게 갔다. 그러자 딱딱했던 그의 몸은 자연스러워졌고 엘리엇은 그들을 향해 아이처럼 활짝, 바보스러울 정도로 활짝 웃어 보였다. 저 모습이 내가 익히 아는 진짜 엘리엇이었다. 내 앞에 서 있던 딱딱하고 뻣뻣하고 딴 생각 하고 있는 엘리엇은 나의 엘리엇이 아니었다.

에메랄드가 팔을 크게 벌려 그를 안아주었고 그들은 같이 걸어가 기다리고 있던 사람들과 합류했다. 나를 빼고 그렇게 가버렸다. 입에서 쓴맛이 났다. 르 베르탱에서 토한 것보다 더 쓰고 끔찍한 맛이었다. 함께 있는 두 사람의 모습이 너무나 편안해 보였다. 그들은 리드미컬한 걸음걸이로 인도를 걸어 내려갔다. 그때 참으로 못난 생각이 내 머릿속에 들어왔는데 너무나 생생해서 내가 미처 이 생각을 하지 못했다는 것이 이상하게 느껴졌다.

내가 수업을 듣거나 마이클 잘츠와 있을 때 저 둘이 나 몰래 만나고 있었던 건 아닐까? 에메랄드가 밤늦게 나가겠다고 할 때마다 엘리엇과 만났던 건 아닐까? 둘이 내 뒤에서 쑥덕거리며 내가 항상 주문하는 '허세 쩌는' 요리를 비웃고 있었던 건 아니었을까? 수많은 질문이 꼬리에 꼬리를 이었다.

나는 돌로 된 벤치에 앉았다. 마이클 잘츠가 파스칼의 문자를 알아내기 전에도 나는 피해망상에 빠져 있었는데 이제 제발 지금 이 생각이 피해망상일 뿐이기를 바라고 또 바랐다.

매디슨 파크 타번에 가서 제이크를 만나고 나오는 길에 엘리엇에게 집에 들러도 되는지 문자를 보냈다. 그가 괜찮다는 답을 보내자마자 나는 서둘러 갔다.

엘리엇이 문을 열었는데 집이 너무 바뀌어 다른 곳 같았다. 화분을 몇 개 더 들여놓았고 처음 보는 책상도 있었다. 꽃다발이 하나 있었는데 그건 여자 친구에게 줄 만한 꽃다발, 아니면 그에게 관심 있는, 앞으로 여자 친구가 될 사람에게 받을 만한 그런 꽃다발이었다. 나는 그런 생각에 빠지지 않으려 애썼다. 우리에게 어느 하나 좋을 것 없었다.

"금방 왔네." 엘리엇은 어색하게 나를 안아주었다.

그가 아파트 복도를 멍하니 바라만 보고 있었다.

"그런데 심포지엄에는 왜 늦었어?" 다정함이라고는 찾아볼 수 없는, 공허하고 거친 목소리였다.

"어떤 일에 발이 묶여서. 진짜 미안해. 오늘 운도 지지리 안 따르는 이상한 하루였어." 나는 거의 빌고 있었다. "나 그런데…… 들어가도 되니?"

그는 멈칫거리며 대답을 미루었다. 마치 생각할 것이 있다는 듯이, 자기 여자 친구를 자기 아파트에 들이는 것이 깊게 생각해본 다음 결정해야 할 문제라는 듯이. "그래." 그가 드디어 허락을 해주었고 그는 들어가 책상 의자에 앉았다.

"들어와. 그런데 어디에 발이 묶여 있었다는 거야? 뭐야? 일? 아니면 과제?"

"그냥…… 행사야. 일에 관련된 거. 레스토랑 일인데 갑자기 약속이 잡혔어."

"그래? 나도 사실 너한테 꼭 오라고 말해주지 않았잖아. 미리 말을 했는지 안 했는지도 모르겠더라."

엘리엇이 다시 가슴이 철렁할 정도로 차가운 목소리로 말했다. 내가 그 행사를 잊어버린 건 아니었다. 하지만 그가 나에게 그 말을 하지 않았다는 것도 내 기분을 낫게 하지도 않았다. 사실 더 괴로워졌다.

"왜냐면…… 말할 기회 자체가 없었잖아. 너도 알지 않아?" 엘리엇의 목소리는 커지고 말끝이 날카로웠다. "네 얼굴을…… 통 볼 수가 없어." 그가 벽에 대고 말했다. "자꾸 날 피하는데 어쩌라고."

나는 그의 어깨를 잡고 말하고 싶었다. 야! 그래, 나도 요즘에 잘한 거 없는 거 알아. 인정하고 싶지 않을 정도로 그런 거. 그래도 난 널 사랑해. 넌 내 엘리엇이잖아. 너랑 헤어지고 싶지 않단 말이야. 하지만 그의 태도와 자세에서 내가 그런 말을 한다 해도 그가 들어주지 않을 거란 느낌이 왔다. 엘리엇은 과학자다. 그는 증거가 필요하지만 내가 가진 건 통하지도 않을 변명뿐이었다.

나는 내가 말할 수 있는 사실만을 찾아내야 했다.

"내가 언제 널 피했는데?"

그가 한숨을 푹 내쉬었고 내가 알던 귀여운 얼굴은 성난 아이처럼 찡그려졌다.

"항상 네 아파트로 가고, 아파트 밖에서도 사라지고, 아파트로 나와도 도망가고, 전화하다가도 피해버리잖아." 엘리엇이 이마를 문질렀다. "그때 너 여기 있다가 갑자기 일 있다고 나간 날. 핸드폰 받았던 날 말이야. 너 나가서 혼자 있는 줄 알았지? 내가 봤어. 바로 전화하더라? 누구한테 전화한 거야?"

이 질문을 하며 그는 그날 밤 처음으로 내 눈을 똑바로 쳐다보았다.

누구한테. 전화한. 거냐고?

엘리엇은 딱 한 가지 답만을 원할 것이다. 진실만을. 하지만 나는 그 진실을 줄 수 없었다.

"누구라니…… 누구?" 나는 최대한 무슨 말인지 모른다는 듯이 물었다.

"나 바보 아냐. 대충 넘어가려고 하지 마, 티아." 그가 다시 벽을 바라보았다.

"엘리엇……."

"왜 그렇게 나한테 거리를 두는 건데?"

그는 지치고 낙심한 사람 같았다. 갑자기 확 늙어버린 것도 같았다. 그동안 밤늦게까지 연구실에서 준비하느라 피곤했겠구나. 나는 엘리엇에게 잘 버티고 있냐고 물어본 적이 있었나?

그가 나에게 힘들다는 말을 한 적이 있었나? 이제까지 한 번도 이런 적이 없었다. 연인이기 전에 우리는 친구였다. 그런데 이제 우린 처음 만난 사이만도 못한 사이가 되어버렸다.

"내가 널 안으려고 해도 움츠러들었잖아. 내가 손대는 게 거북한 것처럼."

"엘리엇…… 나는……." 무슨 말을 해야 할지 몰랐다.

"아무 말이나 해봐. 할 말 있으면."

엘리엇이 눈을 완전히, 눈꺼풀이 끝까지 내려오도록 꾹 감았다. 그 사이로 눈물이 흘러서 얼굴에 젖은 자국을 남겼다. "너 나 사랑하는 거 맞아?"

그가 눈을 떴을 때 나는 일부러 그의 눈을 쳐다보고 있었다.

나는 엘리엇이 원하는 걸 했다. 나는 사실만을 직시했다.

엘리엇이 바쿠샨에서 덤플링을 옆으로 밀어냈을 때 내가 얼마나 상처를 받았는지 생각했다. 에메랄드가 새 슈트를 사야 한다고 말했을 때 그럴 필요 없다고 말해주지 않았던 것을 생각했다. 에메랄드 옷을 입은 나를, 그가 사랑에 빠진 원래의 티아가 아닌 낯선 나를 얼마나 감탄 어린 눈으로 바라보았는지를 떠올렸다. 헬렌 란스키 인턴십을 따내지 못했다고 말했을 때 보였던 그의 무심함을 기억했다. 텔리체리 리뷰를 읽지도 않고 가기 싫다고 단칼에 잘라 말했던 그의 얼굴을 생각했다. 사실 어찌되었든 그가 그쪽에 아무 관심 없어 하리라는 걸 기억해냈다. 그에게 그런 곳에서 함께 식사를 하자고 부탁하는 건 정말 내게는 어려운 일이었다.

엘리엇에게 그쪽에 관심을 가져달라고 부탁하는 것도 무리였다. 그가 나에게 일어난 모든 일을 이해하고 내가 왜 그에게서 멀어졌는지 이해해달라고 하는 것도 무리였다. 그래서 나는 자꾸만 달아나고 있었던 것이다.

그를 잃는다면 나는 어떻게 될까? 우리는 너무나 긴 세월, 많은 것을 함께해왔다. 대학 생활은 우리라는 사람을 형성했고 우리는 같이 뉴욕에 와 함께 성장하면서 우리가 원하는 사람이 되자고 다짐했었다. 나는 엘리엇의 엔드 테이블을 보았다. 아마 3백 달러를 넘게 주고 샀을 것이고 이 정도의 능력이 생겨서 뿌듯해 했을 것이다. 이제 그 위에는 세 개의 화분에서 흐른 흙이 흩어져 있었다. 마구잡이로 뻗은 가지들 밑으로 물자국도 보였다. 이것은 우리가 기대한 거창한 뉴욕 라이프와도 같았다. 계획하고 계획하고 계획하지만 결국 인생은 제 나름대로의 생명력으로 제멋대로 뻗어간다. 선택은 이루어진다.

"할 말이 생각났어……." 내가 말했다. "그동안…… 내가 사랑하는 것들을 네가 공감해주지 않아서 나 나름대로 상처를 받았던 것 같아. 그때 그 레스토랑, 내가 너에게 신문에 실린 리뷰 보여주려고 했던."

"신문 리뷰? 서점에서 나한테 보여줬던 거? 너도 내가 그쪽에 관심 없는 거 알고 있었잖아. 그래도 난 노력했어. 매번 노력했다고. 그래서 지금 여기서 내가 나쁜 자식 되는 거야?"

"네가 나쁜 자식 아니라는 건 나도 알아……." 내가 말을 더듬었다. "하지만 우리가 최근에 서로를 배려하고 말을 들어주지 못했다는 건 너도 인정해주었으면 좋겠어."

"배려라고, 알았어." 그가 두 손가락으로 콧날을 잡았다. "난 우리 사이가 어떻게 되어가는 건지 생각하려고 해봤어. 네가 심포지엄에 늦어서 화도 났고. 하지만 나도 미리 말 안 했으니까. 앞으로 그런 일은 없을 거야. 우리 잘 지낼 수 있겠지? 데이트도 다시 하고? 난 네가 일하는 그 매디슨 파크 타번에는 가보고 싶더라. 거긴 근사한 것 같던데 그치? 아니, 거기가 길거리 지저분한 식당이라도, 나는 너랑 같이 가고 싶어."

엘리엇이 잠시 동안 주변을 돌아보았고 나는 그의 시선을 따라가려 해보았다. 나는 일할 때 입는 옷을 입고 있었지만 그때 내가 내 고야드를 가져왔다는 걸 깨달았다. 다시 피해망상증 환자가 되어버렸다. 그가 알아챘을까? 이제 뉴욕에 있으니 이것들이 얼마짜리 물건인지 알고 있지 않을까?

하지만 엘리엇의 시선이 머문 곳은 코르크 보드에 붙은 사진이었다.

그는 압정을 빼고 내가 헬렌 란스키 요리책을 들고 찍은 사진을 꺼냈다.

"난 이 사진 속 네가 좋더라. 생각해보니까 네가 헬렌 란스키 인턴십 안 되었을 때 내가 제대로 위로를 못 해준 것 같아. 서운했겠지."

내 심장이 땅으로 곤두박질쳤다. 내 안의 일부는 우리 사이에 거리가 생긴 이유라고 말했던 이 모든 걸 그가 부정하길 바랐다. 그가 내 말이 다 틀렸고, 다 내 착각일 뿐이라고 말해주길 바랐다.

엘리엇이 말을 이었다.

"바쿠샨에서 내가 수동 공격적으로 행동해서 미안해."

"으음."

나는 입술을 깨물고 눈을 감았다. 그의 사과는 우리 사이를 다시 엮어주어야 했지만 그 반대로 만들고 있었다. 그의 입에서 나오는 모든 말이 우리를 멀어지게 했다.

사람들은 애인에게 비밀을 만들어서는 안 된다고 말하지만 뉴욕에 온 이후로 내가 한 일은 오직 비밀 만들기뿐이었다. 마이클 잘츠의 말을 거부하고 엘리엇에게 리뷰와 그 모든 뒷이야기를 털어놓을 수도 있었다. 그렇게 우리는 다시 티아와 엘리엇이 되었을 것이다. 하지만 나는 그렇게 하지 않았다. 엘리엇은 내가 왜 마이클 잘츠에게 협박받고 이용당하는 일에 스스로를 밀어넣는지 이해하지 못할 것이기 때문이었다. 그는 내 존재를 모두 바쳐 이 일을 하지 않았을 때 내가 느낄 패배감을 이해하지 못했을 것이다.

결국 나는 엘리엇과 같은 페이지에 머물고 싶지 않았다. 그것이 이 일의 핵심이었다.

나는 그의 손에서 사진을 받아들고 엔드 테이블에 내려놓았다.

"엘리엇. 미안해. 뉴욕 생활이 이렇게 풀릴지는 나도 정말 몰랐어. 네가 나 상처 주려고 그런 거 아닌 거 알아. 나도 너에게 상처 주려고 한 적 없어, 하지만……." 나는 헬렌 란스키 사진을 마지막으로 한 번 더 보고 숨을 골랐다. "요즘에 내가 내 멋대로 굴었던 것도 알고…… 아무래도 내 생각엔……."

다시 말을 멈추고 입술을 깨물었다.

이런 말을 하려고 한 건 아니었지만 인생이 우리를 이 순간, 이 장소로 데려왔으니 어쩔 수 없었다.

그를 다시 바라보았다.

"아무래도 우리 잠시 떨어져 있는 게 좋겠어."

엘리엇의 어깨는 1밀리미터 정도 내려갔지만 눈은 나에게 고정되어 있었다.

"그게 네가 원하는 거야?" 그가 물었다. 놀랍게도 그의 목소리는 온화하고 차분했다. 내가 억지로 만들어낸 목소리만큼이나 흔들림이 없었다.

다시 마음을 단단히 먹었다. 너무나 힘든 일이고 고문 같은 일이었지만 이렇게 해야 그도 나도 각자의 삶을 살아갈 수 있었다.

"응. 완전히 헤어지는 건 아니고…… 잠시 동안 떨어져 있는 거."

엘리엇의 눈에 눈물이 고이는 걸 보았지만 그는 눈물이 떨어지지는 않도록 꾹 참았다. 그가 자세를 똑바로 하더니 나에게 걸어왔다. 그리고 나를 아주 오랫동안 안고 있었다. 우리는 그렇게 조용히 서로를 안았다.

"그래. 그러자."

그가 말했다. 싸우지도 않았고 그럴 필요도 없었다. 그는 지금보다 더 나은 대접을 받아야 할 사람이었다. 나도 그러했다.

*

열두시가 좀 넘어서 집에 도착하니 에메랄드가 가져온 심포지엄 프로그램이 커피 테이블에 펼쳐져 있었다. 에메랄드는 엘리엇 발표 순서에 동그라미를 해놓았다.

나는 얼른 내 방 화장실로 대피해 호흡을 가다듬었다.

엘리엇과 함께 보낸 최고의 나날들을 떠올려보았다. 쓸데없는 농담 따먹기를 하면서 경제학 문제를 풀던 것. 동네에 숨겨진 파머스 마켓을 다닐 때마다 그가 나를 졸졸 따라다니던 것. 캠퍼스에서 꽤 떨어진 단골 델리*까지 걸어갔다가 공원으로 피크닉을 갔던 것. 그의 기숙사에 싸구려 와인을 사다놓고 내가 그 당시에 빠져 있던 프로젝트 요리인 카라멜 콘, 아마씨 크래커, 이국적인 향신료가 들어간 코코넛 마카롱을 같이 만들어 먹던 것.

지갑을 열어서 작은 종이 한 장, 이제 구겨지고 흐려지고 잊힌 그 종이를 꺼냈다. 엘리엇이 티아를 사랑하는 59가지 이유.

하지만 우리는 지금 뉴욕에 있었다. 그 모든 기억들, 59가지 모두를 가려버릴 수많은 이벤트와 흥밋거리로 터질 것만 같은 도시 뉴욕에.

---

* 간단한 식료품과 음식을 판매하는 뉴욕의 대중 마켓.

나는 그 생각을 잠시 미루어두고 르 베르탱의 리뷰를 자리에 앉아 끝까지 써내려갔다. 식사를 끝까지 마치지도 못했지만 내가 맛보지 못한 건 지어냈다. 나는 글쓰기의 리듬에 빠져들었고 단어들은 내 안에서 술술 흘러나왔다. 때로는 거짓말과 날조까지도.

별 두 개.

별 네 개에서 별 두 개로 떨어지는 것이 무엇을 의미하는지 누구보다 잘 알았다. 그건 레스토랑의 영혼마저 변화시킬 일이었고 사기를 바닥까지 떨어뜨리는 일이었다. 나는 지금 뉴욕의 어떤 훌륭한 레스토랑을 끝내려고 하는 중이었다.

하지만 내 방 안에서는 전혀 그렇게 보이지 않았다. 메일을 열어 보내기를 누르는 건 아무 일도 아니었다. 뉴욕 미식업계에 수류탄을 던지는 것이 아니라 그저 아주 길고 아주 힘겨웠던 어느 하루의 끝에 내 감정을 풀 수 있는 유일한 방법처럼 느껴졌다.

새벽 무렵 내 리뷰와 그날 밤 나를 괴롭히던 모든 감정들은 마이클 잘츠의 손에 들어갔다.

20

“이거 확신하나?” 다음날 마이클 잘츠가 전화로 이렇게 물었다.

“별 두 개? 응? 이건 너무 큰데. 구설수에 오를 수도 있어.”

나는 피로가 덕지덕지 붙어 있는 눈을 겨우 뜨고 파자마 차림으로 거실에 앉아 있었다. 에메랄드와 멜린다는 아직 자고 있었다.

“음식이 별로였어요.”

“그 식당 경험을 이야기하는 건가, 아니면 그 실제 요리를 이야기하는 건가?”

“물론 요리죠.”

“다시 한번 가서 먹어보는 건 어때? 이번에는 조개를 빼고. 날짜도 좀 더 편안한 날로 다시 잡고.”

“아니에요. 전 결정했어요. 아마 다시 가도 똑같을 거예요.”

“글쎄…….” 몇 초가 흐른 후 그가 계속 말했다. “알았어. 식사를 끝까지 하진 못했지만 그건 괜찮을 거야. 이거 스캔들이 될 텐데. 일이 커질지도 몰라."

"알아요." 침을 삼켰다. "그래도 최종 결정은 선생님이 내리시는 거죠. 선생님 이름으로 나가는 거니까."

물론 나는 내 이름으로 나가길 바랐다.

마이클 잘츠가 자신의 넓은 아파트에서 센트럴 파크를 내려다보고 있는 모습을 상상했다. 그가 요즘 냄새를 맡고 있는 건 뭘까. 부탄에서 들여온 구운 씨앗? 중국 된장? 프랑스 남부의 두꺼운 파테? 무엇을 하든 그는 쉽게 해내고 있을 것이다. 조각조각 흩어진 건 내 인생이다. 헬렌과 《뉴욕타임스》에 실리는 내 글만이 나를 내년 봄까지 버티게 해줄 수 있을 것이었다.

"별 두 개, 이거 논란이 될 텐데. 물론 재미있는 생각이긴 해. 그건 그렇고, 프레젠테이션 늦게 갔더니 남자 친구가 뭐라 하던가?"

이건 내가 풀 수 없는 또 다른 수수께끼, 또 다른 덫처럼 느껴졌다. 감정의 파도가 지나갈 때까지 기다렸다가 말했다.

"괜찮았어요." 거짓말이었다.

또다시 침묵이 이어졌다.

"이제부터 재미있는 일이 더 많을 거야. 그거 잊지 말고. 가끔은 선명한 그림을 얻으려면 투쟁을 해야지."

투쟁이라! 그거야말로 내 삶의 키워드라 할 수 있겠군. 약간 진심이 담긴 것 같은 걱정스러운 말투 때문에 방어막이 또 한 번 무너지려고 했지만 이 사람은 내 인생에 대해서 가장 적나라하게 잘 아는 사람이었다. 나의 가짜 삶, 이중생활 말이다. 그렇기 때문에 그는 현재 단순한 보스나 멘토는 아니라고 할 수 있었다. 어쩌면 지금 현재 나의 가장 절친한 친구일지도 모른다. 그의 야비함이 밉고 이 일이 앞으로 어떻게 흘러갈지 모르면서도 그를 완전히 미워할 수는 없었다.

"왜 다른 약속이 있었으면서 점심 약속에 온다고 했지?"

나는 눈을 가늘게 뜨고, 나에게는 없는 해답을 이 공간에서 찾으려는 듯이 거실을 두리번거렸다.

"두 개 다 할 수 있을 줄 알았어요."

그 말을 하면서 나는 거의 구역질이 나올 것 같았다. 물론 그때는 그것이 진실이었다. 하지만 이제는 내가 나 자신에게 줄곧 거짓말을 해오고 있었다는 걸, 지금 이렇게 심신이 무너진 상태에서도 마이클 잘츠에게 "괜찮아요"라고 말할 정도로 뻔뻔하게 거짓말을 해왔다는 걸 깨달았다.

"앞으로 더 조심은 해야겠네." 마이클 잘츠가 날 안쓰러워하는 것처럼 말했다.

"선생님은 어떻게 그 복잡한 생활을 유지하고 계세요? 전 이렇게 어려운데?"

그때 뒤에서 무언가 튀기는 소리가 들렸다.

"미안, 팝콘 튀기고 있었어. 일단 나는 비밀이 아주 많지. 미각도 잃었고. 티아를 숨기고 있고. 다들 내가 익명의 《뉴욕타임스》 레스토랑 비평가라고 하지. 어느 시점이 되면 이런 비밀들은 더 이상 인식이 되지 않아. 이것들이 바로 내 제2의 천성이 되어버리는 거야."

"제2의 천성이라."

나는 그의 말을 따라했다. 지금 이 상태의 삶이 계속되는 걸 상상했다. 일을 미루고 약속에 늦고 화장실에서 옷을 갈아입고 내가 아끼는 사람에게 거짓말을 하고.

장기적으로는 이렇게 살고 싶지 않았다. 그건 절대로 있을 수 없는 일이었다. 하지만 나는 이미 여기까지 와버렸고 아직은 포기할 수 없었다. 봄은 올 것이고 그때 나는 밀린 세금을 내버리듯 속 시원히 잊어버릴 수 있을 것이다. 내일의 대박 기회가 모든 것을 보상해줄 것이다.

"제가 여쭤보고 싶은 게 하나 있었는데, 수술은 언제 할 예정이세요?"

"아, 그거." 전혀 이야기하고 싶지 않은 주제 같았다.

"잘 진행되고 있는 거죠?"

"그게 말이야……." 그가 한숨을 쉬었다. "계속 테스트만 하는 중이야. 아주 지겹지. 뇌수술이란 게 절대 쉽게 해서는 안 되는 거고, 또 정신 외과 수술은 또 다른 이야기고."

"기대되세요, 아니면 두려우세요?"

"두렵지는 않아. 그냥 좀……."

마이클 잘츠는 원래 말이 막히는 법이 없는 사람이었다. 나는 그가 이렇게 더듬거리는 건 정말 두렵기 때문이라고 받아들였다.

"다른 환자들의 수술 성공 케이스가 있어, 확실히 고무적인 소식이지. 뉴욕 프레스비테리안 병원에서 연락이 오길 기다리고 있어. FDA 승인과 내 테스트 결과를 기다리고 있다고만 하네. 기다리기만 해야 하는 내 심경도 참 복잡하고 힘드네."

그가 이렇게 솔직히 속마음을 내보이는 건 처음 있는 일이었다. 전화선 너머에서 그가 자세를 자꾸 바꾸고, 의사 앞에서 혼란스러워하는 환자처럼 몸을 웅크리고 있는 모습이 연상되었다.

"그러면 그건 무슨 말씀이세요? 어쩌면 수술을 받지 못하실 수도 있나요?"

나에게는 언제나 내 이름이 첫 줄에 실리는, 나만의 칼럼을 써보고 싶다는 꿈이 있었다. 혹시 마이클 잘츠가 그 자리를 나에게 넘겨줄 수도 있지 않을까. 그러면 또 하나의 역사가 쓰이는 것인데?

"아니, 아니, 수술 꼭 할 거야." 그가 바로 내 마음을 읽었다. "내 무덤 위에서 춤추지 마, 티아 먼로."

*

르 베르탱 리뷰는 《뉴욕타임스》 웹사이트에서 사람들이 가장 많이 읽은 기사가 되었다. 게시판과 댓글창은 터져나갔다. 수많은 사람이 트윗을 올렸고 기사를 썼다. 기사가 나가고 몇 시간 후, 또 그 기사에 대한 기사가 나왔고 그 기사에 대한 기사에 코멘트가 실렸다.

리뷰는 살아 있는 생물처럼 알아서 살아나갔다. 흰 테이블보가 깔린 우아한 고급 레스토랑의 역할에 대한 논쟁이 있었다. 마이클 잘츠의 새로운 문체에 대한 논쟁도 있었으며 책임 있는 양식어업과 관련된 논란도 나왔다. 내가 무언가 큰 것을 탄생시켰다. 마치 오케스트라 앞에 서 있는 지휘자가 된 기분이었다. 읽어봐! 생각해봐! 반대 의견을 말해봐! 충격적이었다. 사람들이 하는 말을 만들어낼 수는 없어도 사람들을 흔들어놓는 것은 너무나 쉬웠다.

대부분의 논쟁은 다른 레스토랑의 몰락을 중심에 두고 이루어졌다. 매디슨 파크 타번처럼 르 베르탱은 이제 뉴욕을 대표하는 중요 기관이었다. 별 네 개짜리 레스토랑 두 개가 사라진 뉴욕은 두 명의 스타 선수가 없는 농구팀, 대표적인 랜드마크를 빼앗긴 도시가 되어버렸다. 별 세 개짜리 레스토랑만 남아 있었다. 나는 뉴욕의 캐릭터를 한 번도 아니고 두 번이나 바꾸었다.

인터넷의 파도를 타고 다니며 수많은 기사와 블로그와 트윗들도 보았다. 르 베르탱 위키피디아 페이지는 이 《뉴욕타임스》 별 두 개 기사를 추가했다. 새로운 섹션도 생겼다. 논란이 된 레스토랑들.

이 리뷰에 대한 사람들의 반응은 나를 흥분시켰다. 나는 내 방구석에 혼자 앉아 있었지만 나에게 친구들이 있는 것 같았다. 저 바깥 세상에 있는 사람들이 나에게 말을 걸었다. 내 말을 들었다. 이건 지난 몇 주 동안 나눈 것 중 가장 만족스러운 대화였다. 물론 그들은 내 이름을 알 리는 없었다.

21

그 후 3주 동안 마이클 잘츠와 나는 레스토랑 세 곳을 탐험했다. 첫 번째로, 하프시코드. 애팔래치아 트레일에 영감을 받은 레스토랑으로 웨이터들이 지팡이를 짚고 다닌다(음식은 굉장히 세련되면서도 푸짐했다. 늦가을 날씨에 완벽한 식당. 별 두 개). 두 번째는 크랭틴. 온실을 콘셉트로 한 레스토랑으로 손님들은 벽에서 뽑은 허브를 주문할 수 있다(신선하고 즐거운 체험. 별 세 개). 할로윈에는 모더니스트 레스토랑인 XB5에 갔다. 다양한 분자 요리와 실제 요리로 뇌신경을 자극하는 새로운 스타일의 분자 요리 전문 식당이었다. 마이클 잘츠는 이 식당에 흥분했지만 막상 가보니 디즈니 스타일이 가미된 병원 카페테리아 같아서 우리 둘 다 기겁을 했다. 《뉴욕타임스》가 별을 주지 않는 일은 거의 없지만—별 한 개도 주기 힘들다면 리뷰할 가치도 없다고 보기 때문에—마이클 잘츠는 이 식당 모양새에 너무 화가 난 나머지 칼럼 대부분을 직접 썼고 XB5를 한 달 내에 문 닫게 만들었다.

마이클 잘츠가 말하길, 보통 레스토랑 평론가들은 한 식당을 서너 번 방문한다고 했지만 우리는 한 번씩만 방문하고 등급을 매겼다. 마이클 잘츠는 여러 차례 가야 할 필요를 못 느꼈다. 그는 언제나 엄격했고 내 핸드폰을 테이블 위에 올려놓게 했다. 내 옷차림을 모욕했다. 나와 내 미래를 협박했다.

그런데도 항상 내 표현을 가져다 썼고 나를 식사에 데리고 갔다. 나는 계속 그와 장단을 맞춰 일했다. 이건 모두 헬렌과 함께하기 위해서니까.

대신 내 인생을 안정적으로 만들기 위해 노력했다. 딱 세 가지만 하면 그렇게 할 수도 있었다. 학교, 레스토랑, 마이클 잘츠와의 식사. 또 하나, 지아다에게 하는 의상 요청. 물론 그녀는 내 위시리스트를 집까지 배달해주었다.

르 베르탱에서의 사건 이후 나는 편집증과 피해망상이 나를 어떻게 덮치는지 실감했다. 그래서 내 세상을 가능한 작게 만들어 그 안에서 조심스럽게 생활하기로 했다. 수업 시간에는 친구들에게 친절했지만 그 어떤 사람에게도 관심을 보이거나 같이 어울리지 않았다. 에메랄드도 되도록 피했다. 우리는 하루에 십 분 이상 얼굴을 마주친 적이 없었다. 많아야 그 정도였다. 서로에게 거의 한 마디도 걸지 않았다.

11월 초 어느 날 마이클 잘츠가 내가 가장 두려워하고 있던 레스토랑의 이름을 댔다.

"바쿠샨이요?" 나는 전화를 받다가 그의 말을 따라했다.

"그래, 바쿠샨. 이 키친은 이미 떴고 별 탈 없이 나가고 있는 것 같지…… 그렇지 않다면 우리가 직접 확인할 것이고."

나는 교실에서 나와서 아무도 없는 복도로 들어가 작은 소리로 말했다.

"그러게요. 그런데 오픈한 지 얼마 안 되지 않았나요? 리뷰를 하기에는 아직 이른 것 같아요. 파스칼, 아니 셰프 폭스는 시간이 더 필요할 거예요."

"그 레스토랑에 석 달을 줬고 그게 내 기준이야. 우리는 그 기준을 따라야지. 전에 텔리체리에서 파스칼 폭스가 하루 휴가를 내고 나와 있는 거 보지 않았나. 그렇다면 지금은 여유를 부리고 있다는 뜻일 거야. 게다가 웨이터들도 거만하고 요리도 엉성하다는 불만을 들었어. 겉으로 보면 그럴싸해도 음식 맛은 또 다른 이야기를 할 수 있지. 우리가 가서 질서를 잡아줘야 하지 않겠나."

"질서를 잡아준다고요?"

"대화의 방향을 잡아주고. 좀 더 투명한 대화가 이뤄지도록 해야 하지 않나?"

그가 무슨 말하는지는 이론상으로는 알았다. 하지만 바쿠샨에 관해서라면 나에게는 방향성과 투명성 같은 건 없었다. 내 마음속에서 바쿠샨은 마이클 잘츠와의 세상과는 멀리 떨어진 다른 세상, 내가 평론가가 아니라 그냥 여자일 수 있는 그런 장소였다. 파스칼은 일주일에 한 번 정도 문자를 보내 나를 떠올리게 하는 요리 사진을 전송했다. 어떤 날엔 동결건조한 레몬

크림 파이였다. 여섯 명 분의 타조 알 오믈렛을 보내기도 했다. 그는 나를 웃게 했고 친밀감을 느끼게 해주었다. 나는 그의 문자에 한 번도 답하지는 않았지만 그는 무슨 이유인지 몰라도 그는 계속 나에게 문자를 보냈다. 하지만 나는 선을 확실히 긋고 그와 단둘이 만나는 일은 없을 거라 다짐했다.

파스칼이 문자를 보낼 때마다 나는 엘리엇에게 문자를 보냈다. 대부분은 답을 해주지 않거나 '하' 또는 'k'*라고 답했다. 나는 혹시나 하면서 핸드폰을 확인했다. 사랑이라 할 수도 있고 죄책감이라 할 수도 있었다. 내가 아는 건 아직은 그를 떠나보낼 준비가 안 되어 있다는 것이었다.

"저는 안 갔으면 좋겠는데. 바쿠샨은 아직 준비가 안 되었어요."

어쩌면 준비되었을지도 몰랐다. 나는 그저 내가 해야 하는 그 모든 '변장과 평가'가 하고 싶지 않았을 뿐이다. 파스칼의 문자를 받고 싶었고 그의 관심을 내 주머니 안에 숨겨두고 즐기고 싶었다. 그가 미치게 보고 싶었지만 그럴 수 없었기에 인터넷에서 그를 스토킹해 파스칼 폭스 관련 기사를 전부 찾아 읽곤 했다.

"만약 하고 싶으시면 저 없이 혼자 가시는 게 좋겠어요."

"무슨 말도 안 되는 소리야? 당연히 같이 가야지." 마이클 잘츠는 내 의견을 단박에 일축했다. "저녁 여덟시, 다음 화요일,

* ok의 줄임말로 주로 답변하기 귀찮을 때 쓰는 문자.

늦지 말게."

"잠깐만요!" 내가 이 디너를 피할 수 없다면 다른 방식으로라도 벗어나야 한다. 아직 나흘이라는 시간이 있었다. "바쿠샨에 가기 전에 새로운 룩을 정해야 하지 않을까요?"

나는 이유를 설명하려고 했다. 지난번에 파스칼이 텔리체리에서 나를 보았으니 대학원생 캐릭터와 요리 비평가 '캐릭터'를 분리할 필요가 있을 거라 설명하려 했다. 하지만 마이클 잘츠는 나의 당치도 않은 변명들을 들을 필요도 없었다.

"오! 그거 기막힌 생각이네. 머리 커트 좀 해. 염색도 좀 해봐. 내 스타일리스트에게 보내줄게."

내가 내 외모 변신이 필요하다고 생각한 것과 그 말을 듣자마자 다른 사람이 이에 동의하는 것은 다른 이야기이며 썩 기분이 좋은 일은 아니었다. 마이클 잘츠는 내 감정 따위는 신경쓰지 않는 사람이다. 적어도 이번에는 의견 일치가 되었다는 것이 중요했다. 어쩌면 진짜 변화가 필요한 시기일지도 모른다.

그날 오후 머서 스트리트까지 걸어가 입구부터 으리으리한 큰 미용실에 들어갔다. 키가 크고 잘생긴 남자 직원이 나를 맞아주었다.

"티아, 맞죠? 우리 한번 대담하게 가볼까요?"

그는 나를 낮에 트로피 와이프 고객님들이 머리를 한껏 부풀리거나 매니큐어를 하는 매장 뒤편의 아늑한 공간으로 데리고 갔다.

우리 둘 다 내가 다른 사람의 돈으로 머리를 한다는 것을 알았지만 그는 나를 특별히 다르게 대하진 않았다. 아마도 그에게 이런 일은 흔해빠진 일일 것이다. 젊은 여자를 보내 5백 달러짜리 헤어컷과 염색을 해주라고 하는 것. 그는 내 머리를 이렇게 저렇게 만져보면서 위로 올려보았다가 내려뜨렸다가 머리숱을 가늠해보기 위해 손가락으로 두피를 문질러보기도 했다. 그는 대리석을 앞에 두고 있는 조각가처럼 한 바퀴 돌면서 나를 관찰했다. 나처럼 엉망으로 엉클어진 머리의 경우에는 황소를 앞에 둔 투우사가 어울릴 것이었다.

"어떻게 해드릴까요?"

그제야 이 미용사 또한 굉장히 매력적인 남자라는 사실을 알게 되었다. 키가 크고 피부는 까무잡잡하고 턱은 각이 져 있었으며 하나로 묶은 머리가 핸섬한 얼굴을 더욱 강조했다. 뉴욕이라서 그런 걸까? 아니면 내가 원래 이렇게 능력 있는 강한 남자들에게 끌렸던 걸까? 두 달 전만 해도 이런 건 터무니없는 일이었다. 이 도시에서 '터무니없음'은 하나의 표준이 되고 있다. 충격적으로 잘생긴 남자들, 별 네 개짜리 식당에서의 식사, 세계에서 가장 글래머러스한 백화점에서의 무제한 쇼핑.

"글쎄요." 나는 처음에는 무언가 미안하다는 듯이 조그맣게 말했다.

파스칼이 나를 처음 만났을 때 나는 여리고 겁 많은 여학생에 불과했다. 하지만 몇 편의 리뷰를 경험한 후 나는 성장했다. 이론적으로 이 변신은 그가 나를 알아보지 못하게 하기 위한 전략이었고 나는 마이클 잘츠에게도 그렇게 말했다.

하지만 솔직히 말해서 그가 나를 알아봐주길 바랐다. 옷과 룩과 레스토랑에 관해서, 내가 얼마나 처음과 달라졌는지 보여주고 싶었다.

내 목소리가 약간 커졌다.

"학생 같은 스타일은 싫어요. 주목받고 싶고, 아름답고 섹시하고 능력 있어 보이고 싶어요." 말하면서도 너무 흥분했는지 머리가 얼굴 위로 흘러내렸다.

스타일리스트는 내 머리를 한쪽으로 넘기더니 거울 안의 나를 보았다.

"손님, 손님은 이미 그러신데. 저는 그냥 머리 예쁘게만 잘라드리면 될 거예요."

결국 그는 내 검은색 머리를 다크브라운으로 염색하고 황갈색 하이라이터를 살짝 넣었다. 나의 일정치 않은 직모와 곱슬머리가 섞인 머리를 볼륨 있는 섹시한 머리로 바꾸어놓았다. 나는 평생 한 번도 염색한 내 모습을 상상하지 않았다. 완벽하게 훌륭한 머리색으로 태어났는데 왜 굳이 염색을 하나?

거울 속에서 나를 바라보고 있는 두 눈은 이전의 그 눈빛이 아니었다. 지난 몇 달 동안 이런 순간이 몇 번 있었다. 바쿠샨 가기 전 에메랄드 앞에서 옷을 갈아입었을 때, 버그도프에서 지아다와 있을 때. 파스칼과 바쿠샨에 가기로 하고 그에게 내 전화번호를 주었을 때. 그리고 지금 이 순간.

나는 새로운 사람이 되어 나설 준비, 파스칼을 다시 볼 준비가 되었다. 나의 내면은 이미 변했지만 이제 외면이 그 내면의 변화를 따라가기 시작했다.

*

집으로 돌아오는 길에 사람들의 시선이 전부 내게 꽂히는 걸 느꼈다. 머리는 나를 더 대담하고 건방져 보이게 해주었다. 머리부터 발끝까지, 속옷까지 명품으로 빼입었다. 내 스틸레토는 조약돌과 거친 아스팔트 위에서 경쾌한 소리를 냈다. 힐이 인도 사이에 끼어도 별로 상관하지 않았다. 한 켤레 더 사면 되니까. 아니 열 켤레?

소호의 프라다에 들러서 모피 코트를 구경하기로 했다.

한 명이 아니라 두 명의 점원이 나에게 달라붙었다. 말 그대로 굽실거리는 태도로 등을 숙이고 손은 마주잡고 나를 보았다.

"안녕하세요, 고객님." 한 직원이 말했다.

"코트 받아드릴까요?" 다른 점원이 말했다.

두 달 전의 나는 어쩔 줄 몰라 괜찮다며 손사래를 쳤을 것이다. 평범하기 짝이 없는 흔하디 흔한 학생일 뿐이었으니까. 하지만 이번에는 자연스럽게 그들에게 내 코트를 맡기고 매장을 천천히 구경했다. 난 어떤 명품 옷이든 살 수 있다. 물론 버그도프에서만 살 수 있었지만 이 사람들은 그것을 알 리가 없고 나도 그런 느낌을 주지 않으면 그만이었다.

*

그날 저녁에는 매디슨 파크 타번에서 일해야 하는 일정이었다. 나의 믿음직스러운 질 샌더는 옷장 깊숙이 넣어둔 지 오래되었고 이제는 그다지 화려하지 않은 명품 슈트들을 번갈아 입고 있었다. 오늘은 아르마니를 입고 별 모양 문스톤 브로치를 했다.

"전방에 훈녀 출연!"

레스토랑에 들어서자 채드가 휘파람을 불었다. 그는 자기 턱에 손을 대고 나를 한 바퀴 돌았다.

앤젤은 다이닝룸 저쪽에서 채드를 보고 소리쳤다.

"좀 내버려두지!"

채드는 능글맞게 웃더니 내 어깨를 주먹으로 살짝 쳤다.

"장난치는 거 알지? 오늘 되게 이쁘다. 달라 보여."

앤젤이 다가와서 나를 아래위로 훑어보았다. 그전에도 입은 슈트였다. 더 좋은 슈트도 많이 입었다. 하지만 그때는 아무 말이 없었다. 머리를 하긴 했지만 뒤로 넘겨 묶은 다음 젤까지 발랐으니 내 새로운 헤어스타일을 알아봤을 리도 없었다.

"오늘 진짜 달라 보이네. 어설픈 대학원생이 아니야."

나는 남몰래 혼자서 웃어야 했다. 그들이 무언가 달라졌다는 걸 알아봐서 기뻤다. 내 인생의 모든 부분에서 더 잘나고 싶었다. 파스칼과 마이클 잘츠와 상관없이 그렇게 되고 싶었다.

캐리가 우리를 보고 다가와 나를 안아주었다.

"이거 먹어볼래?"

우리는 사람들에게서 멀어졌고 캐리가 나에게 톱밥에 쌓인 마시멜로처럼 생긴 작은 조각을 주었다.

"이게 뭐야?"

"셰프 달링의 '좆까, 마이클 잘츠' 요리야."

"메뉴판에 그렇게 쓰여 있어?" 나는 키득댔다.

"하하! 단순하셔라. 숨겨진 맥락이지." 캐리가 활짝 웃었다.

"그 리뷰 나온 후부터 다른 메뉴를 완벽하게 만들고 있어. 창의력이 샘솟나봐. 결과물도 반응이 좋아. 사람들이 벌써 이것 때문에 난리야."

입에 쏙 넣어보았다. 바깥 부분은 마시멜로처럼 부드러웠지만 안쪽으로 들어갈수록 점점 단단해졌다. 그것은 셰프 달링의 비전을 잘 그려낸 베스트 요리라고 할만했다. 싱그러운 채소와 햇살과 들판의 느낌. 하지만 이 맛의 정체는 무엇인지 짐작하기 어려웠다. 아티초크 맛도 들어가고 약간은 씁쓸한 채소 맛도 나면서 약간 크리미한 무언가도 들어가 있었다.

"재료가 뭐야?" 내가 물었다.

캐리가 눈썹을 살짝 올렸다.

"너 위키 페이지 읽고 있어?"

"그럼!"

내가 웃었다. 내가 얼마나 많은 밤을 그 사이트에서 모든 링크를 클릭해 재료들을 보고 다른 레스토랑을 보고 NYC 전통에 대해 읽었는데. 말 그대로 정보의 창고였다.

"브레이에서 만들었던 셰프 달링의 요리에서 기원을 찾을 수 있지." 캐리가 힌트를 주었다.

"알았어, 알았어. 아직 말하지 마. 맞춰볼게."

이 나무 칩 같은 재료를 입안에서 굴려보았다. 헤이즐넛 맛이 났지만 초콜릿 맛도 살짝 났다.

"헤이즐넛, 아티초크, 그리고 겨잣잎?"

"파바 빈*이야."

캐리의 얼굴이 환해졌다.

"아, 그렇구나! 읽었던 기억 난다."

캐리가 갑자기 정색을 하면서 진지해졌고 그 바뀐 말투 때문에 순간 긴장이 되었다. 더 이상 웃을 수도 없었다.

"그럼 넌 당연히 알아야지. 어쩌면 그 리뷰가 오히려 전화위복이 된 것 같아. 매튜는 지금 인생 요리를 만들고 있어. 인정받아야 해."

"아마 그러실 거야. 잘됐다. 정말."

캐리는 내가 무슨 말인지 이해하지 못했다는 듯이 고개를 저었다.

"이건 정말 믿을 수 없는 일이야, 티아. 난 네가 이걸 안다는 걸 알아."

캐리가 인터넷 URL과 함께 비밀번호가 적힌 종이 한 장을 건넸다.

---

* 잠두, 열대아시아 원산이며 식용으로 재배한다.

"이게 위키 페이지 접속할 수 있는 아이디와 비밀번호야. 너도 나처럼 눈과 귀가 열려 있다는 거 알아. 너에게도 자료 입력 일을 맡길게. 이제 이 사이트에서 글을 올릴 수 있어."

캐리는 뭔가 의미심장할 정도로 한동안 침묵을 지켰고 나는 그저 침을 꼴깍꼴깍 삼키면서 캐리가 화제를 바꾸어주기만을 기다렸다.

"어쨌건 말이지." 캐리의 목소리는 다시 똑 부러지는 평소 목소리로 돌아와 있었다.

"테이스팅 시간에 네가 있었으면 좋았을 텐데."

"테이스팅이 있었어? 아, 이제 나는 끼워주지 않는구나."

개리 오스카가 나를 근신시킨 후부터 나는 이런 행사에 초대되는 일이 드물었다. 가끔은 그냥 고객 휴대품 보관소로 곧장 가서 일만 하다가 스태프들과는 말 한 마디 안 하고 퇴근할 때도 있었다. 마이클 잘츠와의 저녁 약속이나 급하게 넘겨야 할 원고 때문에 병가를 낸 적도 몇 번 있었다.

"아, 미안…… 내 말은……."

캐리가 말하는 사이 채드와 앤젤이 우리에게 다가왔다. 그녀는 그들에게 이리 좀 와서 나 도와주세요, 하는 표정으로 쳐다보았다.

"아니야, 괜찮아." 하지만 안쪽에서 익숙한 아픔이, 무언가 좋은 것을 놓쳤다는 진한 아쉬움이 느껴졌다. "난 그냥 언제부터 그렇게 됐는지는 알고 싶다."

"게리 오스카 원래 그딴 놈이야. 사사건건 꼬투리 잡고 돌아다녀." 채드가 말했다.

앤젤은 레스토랑에서 절대 비속어를 쓰지 않았지만 그도 그 의견에 동의한다는 걸 알 수 있었다.

"신경 쓰지 마, 티아. 언젠가 한 만큼 받게 될 거야."

그는 나에게 좋은 말을 해주려 한 것뿐이지만 듣는 순간 소름이 확 끼쳤다. 언젠가 한 만큼 받게 될 거라고? 그것이 과연 무엇이 될까? 알 수 없었다.

22

다음날 밤, 멜린다와 테이블 사이사이 히터가 놓인 루프탑 바에 술 한 잔을 하러 갔다. 밤공기는 불순물이라고는 섞이지 않은 듯 신선했다. 옥상 아래 지상의 두텁고 답답한 공기에서 벗어나 하늘 자체를 숨 쉬는 기분이었다. 특별한 말도 필요 없었다. 우리 앞의 술 한 잔이면 충분했다. 별 아래서의 적당한 고독이면 충분했다.

멜린다와 아파트까지 걸어오니 에메랄드가 거실에서 잡지를 보고 있었다.

"얘들아 오랜만. 엘리엇이 오늘 어디에서 뭐 하는지 알아? 오늘 식물원에 가야 하는데 베드포드 파크 블루바드역이 오늘 닫혔다네."

나는 얼굴로 피가 쏠려 숨쉬기가 어려워졌다. 엘리엇과 잠시 시간을 갖기로 한 것도 벌써 한 달째였다. 이제 더 이상 엘리엇을 내 것이라고 주장할 수 없었으나 에메랄드와 엘리엇의 관계는 내 머릿속에서 떠나지 않았다. 왜 굳이 나에게 식물원에 어떻게 가는지 물어보는 거지? 날 들쑤셔놓으려고?

내가 마음을 진정시키고 있는 동안 멜린다가 끼어들었다.

"에휴. 엠, 핸드폰 장식으로 갖고 다녀? 직접 전화해보면 되잖아."

멜린다가 나를 보호하기 위해서 못되게 구는 건지, 아니면 그냥 에메랄드가 싫은데다 약간 취해서 그런 건지 알 수 없었다. 어찌되었던 그렇게 말해줘서 고마웠다.

"알~았어. 뭘 또 그렇게?" 에메랄드가 우리 쪽을 쏘아보며 말했다. "나 어쨌든 나갈 거야. 나중에 보자."

에메랄드가 남자 코트 하나를 걸치고 페도라를 쓰더니 나가버렸다. 멜린다와 나는 내 방으로 돌아왔다. 나는 침대에 쓰러지고 멜린다는 내 책상 의자에 앉아 의자를 빙빙 돌렸다. 에메랄드와 엘리엇 때문에 계속 심란했다.

어쩌면 이제 진지하게 재검토를 해볼 시간인지도 몰랐다. 우리는 잠시 떨어져 있는 거지 헤어진 것이 아니다. 내 생활도 조금은 안정적으로 굴러가고 있다. 어쩌면 내 옆에 엘리엇이 없기 때문에, 그래서 거짓말할 필요가 없어졌기 때문일지도 몰랐다. 이제 나를 지켜주는 사람도 없고 걱정해주는 사람도 없었다. 내 인생은 자유로움과 외로움 사이를 오가고 있었다. 나는 그 없이도 살아남았지만 그렇다고 그가 그립지 않은 건 아니었다.

느닷없이 무작위로 엘리엇이 생각나곤 했다. 내가 그와 똑같이 펜을 세 번 돌리고 쉬고, 세 번 돌리고 쉴 때, 커뮤니티 가든의 자원봉사자들을 볼 때, 라이브 연주하는 기타리스트들을 보거나 닭꼬치를 먹을 때도 그가 불쑥불쑥 생각났다. NYU 책들을 손에 잡을 때마다 떠오르기도 했다. 이 학교에 지원하고 입학하는 과정 내내 그가 곁에서 얼마나 큰 힘이 되어줬던가.

이런 귀엽고 사랑스러운 기억이 쌓여 있는데도 우리의 앞날을 이야기할 준비는 되지 않았다. 우리 관계를 다시 되살릴 수 있을까? 만약 그럴 수 있다 해도 내가 정말 그걸 원하는 걸까?

신음소리를 내뱉으며 두 손으로 얼굴을 덮어버렸다.

"야, 너 왜 그래." 멜린다가 와인 한 잔을 건넸다. "이제 좀 잊어라. 정말이야. 여기가 어딘데. 뉴욕이라고. 그리고 너 무진장 핫한 거 알지. 요즘 무슨 일이 있었는지 잘은 모르지만 굳이 말 안 해도 되고. 이 언니 말은 좀 새겨들어라. 무언가 또는 누군가를 잊는 방법은 딱 하나야. 새로운 걸 시작하는 거."

멜린다는 엘리엇에 대해서도 잘 몰랐고 나도 엘리엇 이야기를 한 적이 거의 없었다. 하지만 멜린다는 특유의 애매한 방법으로 최선을 다해 나를 위로해주었고 그 노력만큼은 무척 고마웠다.

"마음이란 건 물이 많은 호수 같은 거야." 멜린다는 와인 잔을 들고 말했다. "물이 불기도 하고 줄기도 하지만, 그래도 같은 높이를 유지하려는 성향이 있거든. 썰물이 와서 물이 빠져나가면 말이야."

멜린다는 남은 와인을 한 번에 마셔버리더니 하던 말을 마쳤다.

“무언가를 들어오게 하면 되는 거지. 그러면 우리 머리로는 그 차이를 몰라.”

그래, 머리는 그럴지도 모르지. 하지만 내 심장은 어떻게 되는데? 나는 아무 말도 하지 않았다. 그때 문자가 왔다.

어떻게 하면 당신 관심을 끌 수 있으려나? 라이 라운지에 있어요. 만나요.

멜린다는 내 핸드폰을 빼앗아갔다.

“뭐야? 저장 안 된 번호? 그러니까 더 의심스러운데?”

나는 이제까지 한 번도 파스칼에게 답문자를 보내지 않았다. 하지만 좀 보내면 어때? 하늘이 두 쪽이 나나? 난 왜 이렇게 내 몸을 썰물로만 만드는 거지? 이렇게 완벽한 파도가 해변으로 밀려오려고 준비 중인데?

“아, 남자야. 파스칼인가 뭐 그래. 그냥 친구야.”

“……친구? 됐고. 썩 나가거라, 이 여자야! 당장 나가서 재미 좀 보고 와, 알았지?” 멜린다는 자기 방으로 가려고 일어났다. “네 핫한 엉덩이를 이 도시에 좀 보여줘야지.”

파스칼의 문자를 다시 보았다. 당연히 좋겠지. 드디어 그의 문자에 답하고, 그를 다시 보는 것. 지난 한 달 동안 마이클 잘츠도 나에 대한 신뢰가 쌓였으니 내가 파스칼과 연락하고 있다고 의심하지는 않을 것이다.

외롭지 않다는 건 분명 좋은 거겠지.

오래 고민하면 또 마음이 바뀔까봐 바로 만나자고 문자를 보냈다. 그러고는 스키니 진에 티비 시폰 탑을 입고 아파트를 나섰다.

나가는 길에 이제야 집으로 돌아오는 에메랄드와 마주쳤다.

"와, 저기 잠깐만요. 섹시 걸 어디 가? 이 시간에? 지금 나가는 거야?"

에메랄드는 내가 정신병원에서 탈출하려는 환자라도 된 것처럼 어깨를 잡았다.

"응! 지금 나가. 누가 불러서."

나는 약간 자랑하듯이 말했다. 에메랄드가 들어온 다음에 약속이 생겨 나간 일이 한 번도 없었다.

"라이 라운지라고 알아?"

"라이 라운지? 거기가 어디야? 나 안 가본 덴데." 나도 마찬가지였지만 에메랄드조차 모르는 곳에 간다고 생각하니 괜히 우쭐해졌다. "재밌겠다. 나중에 이야기해줘."

한 걸음씩 내딛을 때마다 가슴이 부풀어 올랐다. 다른 여자들을 슬쩍슬쩍 바라보았다. 그들에게서 배워야 할 것 같았다. 내가 지금 느긋해 보이나? 신나 보이나? 날씨가 춥긴 하지만 코트 단추를 몇 개 풀어야 하나? 이런 기본적인 것도 하나도 모르는 내가 바보처럼 느껴졌지만 엘리엇과 나는 대학교 1학년 때부터 사귀기 시작했고 우리만의 작은 뉴헤이븐이라는 버블 속에서만 살았다. NYC의 '밤 외출'이 무엇을 의미하는지도 몰랐다. 하지만 이제부터 알아낼 것이다. 수많은 바에 가볼 것이고 유명한 레스토랑은 다 가볼 테니까.

도착해보니 파스칼이 술잔 앞에서 구부정하게 몸을 숙이고 있었다. 바는 어두컴컴했고 말 그대로 전통적인 바처럼 보였다. 화려한 장식도 독특한 인테리어도 없었다. 조명도 평범했고 바텐더는 명품 옷을 입고 있지도 않았다. 그냥 동네 주민들이 집에 가다 들르거나 레스토랑 사람들이 일이 끝나고 들러 한잔하는 곳 같았다. 여기서 마이클 잘츠를 만날 일은 없겠군. 그거 하난 확실하군. 기본적인 술만 팔고 벽에는 흑백 뉴욕 사진 몇 장이 걸려 있는 소박한 바였다. 나만 장소에 안 어울리게 너무 잘 차려 입은 느낌이었다.

그가 처음에 날 알아보지 못해 나는 그림자 속에 웅크리고 있는 그를 잠시 동안 혼자 관찰할 수 있었다.

사람들은 모델이나 연예인급 셰프나 유명인들을 볼 때마다 그들의 커버스토리를 생각하게 될 것이다. 영화 속 장면, 레스토랑 오픈 행사, 근사하고 화려한 모습. 그런데 여기서 보니 그의 잘생긴 외모는 뒤로 가고 외로움 비슷한 것이 그 자리를 차지한 것 같았다. 그에게 더 정이 가려 하고 있었다.

내가 파스칼의 어깨를 톡톡 친 다음에야 그가 나를 알아보았다.

"오! 왔어요?"

그는 벌떡 일어나 나를 안았고 잠시 가라앉아 있던 에너지가 다시 수면 위로 올라왔다. 그의 가죽 재킷을 통해 심장 뛰는 소리가 들렸다. 아니면 내 심장 소리였을까?

"티아! 오늘 밤에 내가 횡재했네. 왜 이렇게 이뻐요. 와, 와,

진짜 예쁘다. 오늘 하루 잘 보냈어요?"

파스칼이 바텐더에게 고개를 끄덕끄덕하니 바텐더가 내게 줄 술을 섞기 시작했다. 그는 아까의 울적해 보이던 모습은 털어버리고 활짝 웃었다. 그의 엉클어진 머리와 걷은 소매 사이의 문신이 보였다.

그래도 정신을 똑바로 차려야 한다. 그가 내 안부를 물어주어 좋았다. 그가 나를 위해 술을 준비해주어서 기뻤고 같이 나란히 앉아 있어서 들떴다. 그런데 무슨 목적일까? 이야기하기 위해서, 만나서 가볍게 수다나 떨기 위해서겠지. 그렇게 주문을 걸었다. 그 외의 것은 생각하지도 허락하지도 않겠다고 다짐했다. 애써 정의내리지 말자. 가벼운 데이트? 무언가 다른 것을 위한 준비 단계? 아무 생각 말고 그냥 즐거울 정도로만 가까워지기로 했다.

"대학원 수업은 좀 지루하네요." 웨이트리스가 술을 가져다 주었다. "아마 당신 같은 분한테는 시간 낭비처럼 보일 수도 있겠네요. 가끔은 나한테도 그러니까."

"잠깐, 잠깐, 왜 그렇게 쓸데없이 겸손하지? NYU는 전국 최고 학교 아닌가요? 음식학 분야에서는 최고라고 하던데."

잠깐, 내가 NYU에 다닌다고 말한 적이 있었나?

그 생각이 잠깐 스쳐쳤다가 사라졌고 그 자리를 파스칼에 대한 관심으로 채웠다.

파스칼은 술잔을 내려놓고 나를 걱정스러운 눈으로 빤히 쳐다보았다. 왜 내가 나를 못난이 취급했지? 파스칼 앞에 있으면 더 나은 버전의 내가 되고 싶었다. 더 자신감 있고 더 확신이 있는 사람. 물론 더 예쁘고, 옷도 잘 입고, 그가 선수로 뛰고 있는 그 업계도 꽤 잘 아는 사람. 그의 눈에 비친 내가 좋았다.

"그건 그렇죠." 작게 한숨 쉬었다. "운은 좋은 편이에요. 지금 인턴십 자리도 얻기 힘든 건데. 특히 1학년은요."

그가 나에게 몸을 숙였고 잘생긴 얼굴에서 볼 수 없는 약간은 풀어진 표정이 나왔다. 그와 같은 얼굴들은 항상 완벽하리라고 생각하지만 사실 그것은 멀리, 한번 보고 지나갈 사람들을 위해 딱 한 번의 순수한 순간을 잡아낸 것이다. 하지만 이번엔 그의 표정이 내 표정에 섞여 내 감정을 반영하고 그것을 증폭시키고 끌어냈다. 나도 그에게 몸을 숙였다.

"요리를 좋아하는 건 맞죠? 가장 하고 싶은 일이 그거예요?"

"요리에 대한 글을 쓰고 싶죠." 솔직하게, 사무적으로 말했다. 하지만 다음 말은 그렇지 않았다. "그런데요. 저는요, 있죠. 사람들이 내 말을…… 들어줬으면 좋겠어요."

그 말이 밖으로 나오자마자 나는 의자 밑으로 숨어버리고 싶었다. 너무 유치하고 경솔하고 부박하게 들렸다. 물론 모든 사람들이 자기 말이 세상에 들리기를 바라겠지만 나처럼 이렇게 대놓고 욕망을 드러내진 않겠지.

그의 눈썹이 부드럽게 움직였다. 그는 팔꿈치를 테이블에 올려놓고 이전보다 더 집중해서 나를 똑바로 바라보았다.

왜 이 사람에게 이런 말까지 하고 있을까? 이런 내밀한 속마음은 아무한테도 이야기한 적이 없는데. 엘리엇에게도, 내 친구들에게도, 가족들에게도, 아무에게도 하지 않았었다.

파스칼의 얼굴이 천천히 미소로 덮였다.

"왜요? 저 좀 유치하죠?" 시폰 탑 아래로 진땀이 나고 있었다.

"아니, 아니, 그런 거 아녜요. 열정이 있잖아요. 자기가 원하는 걸 알고 그걸 좇는 사람을 만나면 난 행복하던데. 특히 그 사람이 아름답기까지 하다면, 당신처럼."

나는 의자에 기대어 그림자 속에 몸을 숨겼다. 이 남자. 왜 이렇게 띄워주는 거지.

"물론 꿈을 좇는다는 게 쉬운 건 아니죠. 겁도 나고. 하지만 주변에 날 무조건적으로 지지하는 사람들을 두는 것도 하나의 방법이에요. 우리 부모님은 요리를 엄청 사랑하셨어요. 엄마는 필리핀 사람, 아버지는 프랑스 사람인데 필리핀 문화와 프랑스 문화 둘 다 요리를 중시하거든요. 부모님 덕분에 이 길을 걷게 되었고 지금까지 후회한 적 없어요."

"아, 그렇구나……." 그래서 그의 외모가 나와 느낌이 약간 비슷하다고 생각했구나. "저도 혼혈인데." 내가 말했다.

파스칼이 부끄러운 듯 웃으며 말했다. "알아요."

그러자 나도 얼굴을 붉혔다.

"학창 시절에 남들처럼 파티에 다니거나 몰려다니지도 않았어요." 그가 말했다. "학교 끝나면 무조건 집에 와서 요리했어요. 어릴 때는 내가 이상한 게 아닌가 싶기도 했지만. 그때부터 목표라는 걸 가졌던 것 같아요. 그 점에서는 내가 좀 장하지."

프랑스 억양이라고는 할 수 없었지만 말끝이 흐려지면서 몽환적으로 들렸다.

술잔을 들었다. 위스키 베이스의 갈색 술로 평소 마시던 것들보다 훨씬 독했지만 목에서는 부드럽게 넘어갔다. 파스칼의 무릎이 내 무릎에 닿았지만 피하지 않았다.

"어렸을 때부터 셰프가 되고 싶었어요?"

파스칼은 손톱을 깨물었다. 손톱을 깨물다니! 왜 이렇게 귀여울까. 왜 이렇게 그냥 사람 같을까? 그에 대한 기사들을 모조리 섭렵했지만 기사 안에선 항상 거만하고 자신만만한 도시남 같았다. 하지만 여기에 있는 그는 솔직하고 진중한 옆집 남자 같았고 고민에 빠진 사람처럼 이야기하고 있다.

"그런 거 같죠, 아마? 셰프가 아니면 당신처럼 음식에 대한 글을 쓰고 싶기도 했어요. 티아는 어렸을 때부터 작가가 되고 싶었어요?"

누군가가 내 말을 경청한다는 것의 힘이 이렇게 큰 줄 몰랐다. 이번 학기는 어느 누구와도 진실하고 솔직한 대화 없이 보내고 있었다. 왜 그랬을까? 내 영혼의 가장 깊은 곳에 깔려 있는 생각들이 너무 형편없다고 여겼기 때문일까?

몇 달 만에 처음으로 나의 어두운 구석을 들여다보았다.

"그렇죠. 글 쓰는 건 항상 좋아했고 작가가 되고 싶었어요. 그런데 솔직히 그보다 저는요. 뭔가 나만의 것이 있었으면 좋겠어요. 나를 나로 정의하는 특별한 것 말이에요."

아, 너무나 유아적이다. 그 말을 내뱉자마자 또다시 후회했다. 절실함이 부끄러웠다. 나도 멜린다처럼 가볍고 냉소적으로 세상을 바라볼 수 있다면, 그게 아니라면 에메랄드처럼 자기 일에 확신이 있고 자신만만하면 어떨까? 파스칼은 내 다리에 손을 얹었고 바로 그때 나는 내가 한 말도 나쁘지 않았고 그가 무슨 뜻인지 이해했다는 걸 알았다.

"나를요…… 입증해주는 무언가가 있었으면." 내가 말을 마쳤다.

그가 내 무릎을 꽉 쥐었다.

"당신만 그런 거 아니에요."

우리의 바쿠샨에서의 에피소드는 꽤 에로틱했지만 이번에는 서로 거의 손도 대지 않았다. 우리는 밤늦게까지 이야기만 나누었다. 레스토랑 지하에서 마이클 잘츠에게 내 진심을 흘린 것과 같은 방식으로 파스칼에서 내 속마음을 그대로 내보였다. 내 꿈에 대해 이야기하고 꾸미지 않은 날것의 감정을 드러냈다. 엘리엇과 잠시 떨어져 있는 중에 이 정도는 괜찮은지 아닌지 확신이 서지 않았다. 마이클 잘츠에게는 받아들여지지 않으리라는 건 확실했다. 하지만 그 생각을 밀어냈다. 이 순간에 나를 내던지는 것이 너무나 쉬워서였다. 내 말이 들린다는 이 환희, 내가 선망하는 누군가가 나에게 끌리고 있다는 기쁨이 너무 압도적이었다.

물론 그가 유명하고 멋있는 남자라 끌리기도 했다. 그와 이야기하기 전까지는 가을 내내 내가 얼마나 긴장 속에 마음을 졸이며 살았는지 몰랐다. 그와 함께 있을 때 나는 그냥 풀어져버렸다.

그가 준 술을 다 마시고 또 한 잔을 주문했다. 바텐더가 마지막 주문이라고 한 세시 사십오분에 또 한 잔을 주문했다. 파스칼과 나는 그날 바를 닫을 때까지 이야기했고 바에서 나온 후 그가 우리 집까지 데려다주었다. 피곤했다. 생각만큼 취하지는 않았다. 그를 만지고 싶었고 그도 나를 만지고 싶어 하는 것이 확실했다. 고도가 높은 곳에 올라와 있는 것처럼 늦은 밤, 아니 새벽 공기는 희박해져서 날 환각 속에 빠뜨려놓은 것 같았다.

우리 아파트 앞에서 파스칼이 한숨을 쉬며 내 허리를 잡았다. 그는 나보다 훨씬 커서 그에게 안기니 내 몸이 좌우로 흔들리는 것 같았다. 그는 입술을 내렸고 나는 고개를 들었다. 세상이 뭐라 하든 상관없이 우리는 키스했다.

파스칼의 입술은 깜짝 놀랄 정도로 부드러웠다. 지난 사 년 동안 엘리엇과만 키스했고 그전의 키스들은 모두 당혹스러울 정도로 끔찍했다. 파스칼의 입술은 너무 달랐다. 도톰하고 부드러우면서도 근육이 단단했다. 그는 내 뒷머리를 잡더니 손을 내 목으로 내리면서 손이 닿는 대로 내 몸을 탐색했다. 그의 손이 내 등에 내려올 즈음 나는 완전히 녹아내렸다.

엘리엇은 약간 가볍게 겉으로 키스하는 스타일이어서 입술은 나뭇잎 위의 개미가 움직이듯 움직였다. 파스칼은 밀고 잡아당기고 빨고 빨아들이는 쪽이었다. 한차례 밀어붙였다가 갑자기 뒤로 빠지는 것이 반복되었다. 나는 숨을 헉헉거리면서도 그가 한 번 더 밀고 들어오길 갈망했다. 일 초가 흐를 때마다 나는 점점 더 내 몸에서, 내 머리에서 빠져나왔다. 내가 완전히 다른 사람처럼 느껴지는 축복의 순간이었다.

그때 그 목소리를 들었다.

"티아!"

골목 아래서 누군가 크게 내 이름을 불렀다. 약간 균형을 잃은 사람의 실루엣이 보였다.

너무 늦은 밤이었기에 그 사람일 거란 생각을 하지 못했다. 그러나 내가 발각당한 건 확실했다. 멜린다나 에메랄드가 마이클 잘츠가 아니라 내가 정말 아끼는 사람에게.

그는 아마 연구실에서 야근을 하고 돌아오는 길이었을 것이다. 꽃바구니 하나를 들고 있었다. 크로커스와 사프란이려나? 이건 실제가 아니라 내 죄책감 때문에 생긴 환각일지도 모른다고 생각했다. 가만히 있으면 그가 나인지 모를 거라고도 생각했다. 하지만 내가 그의 걸음걸이를 아는 것처럼 그도 내 몸의 선과 움직임을 알았다. 눈을 돌려 파스칼이 무엇을 하고 있는지 볼 수도 없었다. 그저 그렇게 가만히 서서 그가 걸어가버리길, 밤거리에 서 있는 모르는 사람들로 생각하기를 바랐다.

엘리엇이었다. 그는 몇 초 더 나를 쳐다보았다. 나는 그의 걸음걸이만 아는 건 아니었다. 그가 지을 표정도 알았다. 인상을 쓰고 있을 것이고 공포에 질려 있을 것이며 복부를 한 대 가격당한 것처럼 서 있겠지. 그때 엘리엇이 돌아섰다.

내가 지금 무슨 짓을 한 걸까?

"엘리엇!"

그의 이름을 불렀지만 내 목소리는 갈라졌고 공중으로 흩어졌다. 파스칼을 내버려두고 엘리엇에게 뛰어갔다. 배가 아파왔고 추워서 숨을 쉬기도 힘들었다.

돌아본 엘리엇의 파란 눈에 눈물이 반짝이고 있었다.

"그래서 잠깐 헤어져 있자고 그런 거였구나. 그치, 이러려고?"

그는 속삭이듯이 말했지만 목소리가 점점 올라가 어느새 소리를 지르고 있었다. 그를 못 본 지 한 달도 넘었다. 거의 말도 하지 않았었다. 그의 얼굴과 몸과 목소리가 이토록 낯설게 느껴진다는 사실 때문에 마음이 무너지듯 아팠다. 우리는 무언가 진짜를 잃었다.

"엘리엇…… 나는……."

"너한테는 잠깐 떨어져 있자는 거 뭐였어? 그거 알아? 난 말이야. 이렇게 하면 우리가 똑바로 생각할 수 있을 줄 알았어. 각자 깊이 생각해보자는 건 줄 알았다고. 네가 이 기회를 그렇게 이용하고 싶어서 그런 줄 알았다면……."

"엘리엇…… 나는…… 그게……."

"누구야……."

엘리엇이 반대편 거리에 서서 주머니에 손을 넣고 땅바닥을 내려다보고 있는 파스칼을 손가락으로 가리켰다.

"그냥…… 셰프야."

"셰프……." 엘리엇이 말했다. 뭔가 퍼뜩 떠오른 모양이었다.

"아, 맞다 내가 왜 이걸 못봤지? 그 기똥찬 달팽이 봉봉이랑 사우어 크라우스 아이스크림인가 뭔가 만든 바쿠샨 놈이잖아."

나는 눈을 감고 돌처럼 굳은 채 이때 할 수 있는 적당한 말을 골라보았다.

"아, 이제야 앞뒤가 딱 맞네. 가을 내내 너한테 손 하나도 못 대게 했던 거, 이상하게 굴었던 거 비밀이 다 풀렸네. 헬렌인지 나 때문인지 학교 때문인지 에메랄드 때문인지 아무리 생각해도 모르겠더라. 그런데 이 남자였네. 이 남자가 너를 행복하게 해주나보네."

대답할 수 없었다. 그 말에 대한 대답은 예스였기 때문이었다.

엘리엇은 말을 멈추고 자세를 바로 하더니 허리를 펴고 섰다. 나보다 15센티미터 정도 큰 그가 나를 마치 협박하려는 듯, 나에게 자신의 위엄을 보여주려는 듯했다.

"이제 알겠다. 너는 그냥 딱 이 수준이야."

건너편 거리에서 한 그림자가 돌아섰다. 파스칼이 자리를 피한 것이었다.

나도 무슨 말이든 해야 했다. 하지만 어떤 말을 할 수 있을까?

그날 밤 나는 다른 남자와 키스했고 그 남자를 내 마음속에 들어오게 했다. 내 삶을 엘리엇에게 숨겼고 그렇게 안 하려고 하지도 않았다.

"여기서 끝내자. 잠깐 시간 갖는 거 좋아하네. 넌 최악이고 너 같은 거 다시는 꼴도 보기 싫어."

*

계단을 오르며 눈물이 쏟아지던 엘리엇의 모습을 생각했다.

어떻게 파스칼이 그 어두컴컴한 바에서 나를 쳐다보았는지를 생각했다.

어떻게 엘리엇과 내가 좋은 순간과 나쁜 순간을 함께 헤쳐왔는지를 생각했다.

어떻게 파스칼이 내 무릎에 그의 손을 올렸는지를 생각했다.

내가 다른 사람과 키스하는 것을 보았을 때 엘리엇의 얼굴에 떠오른 표정. 앞으로도 그것을 생각할 때마다 내 심장은 뒤틀리겠지. 몇 달 전만 해도 나는 엘리엇과 사랑에 빠져 있었는데. 뉴욕은 우리가 진짜 우리로 살아갈 수 있는 무대가 될 줄 알았는데.

그건 과거의 계획일 뿐이었다. 과거의 티아일 뿐이었다.

엘리엇에게 상처를 준 것이 괴로우면서도 조금은 안심이 됐다. 그가 나를 떠나보낸 건 잘한 일이다. 잠깐 시간을 갖는 건 너무 약하다. 왜냐하면 마이클 잘츠가 나를 눈여겨본 그 순간 이미 나도 엘리엇을 떠나보냈기 때문이었다.

집에 와 방에 들어와보니 파스칼에게서 문자가 와 있었다.

내가 도와줄 일 없어요?

있지, 바로 답했다.

올 수 있어요?

내 인생 앞에서 팔을 더듬거리거나 발을 헛디디진 않을 것이다. 나는 내 인생의 주인이 될 것이고 내 운명을 개척할 것이다. 삼십 분 후 파스칼은 내 방문 앞에서, 방금 튀긴 도넛을 들고 서 있었다. 침대에 앉아 먹다가 옷에 설탕을 흘렸다. 그러다가 속옷차림이 되었고 그러다가 알몸이 되었다.

"거기 있던 남자 누구였어요?" 파스칼이 말했다.

그의 혀가 움직이며 내 쇄골과 내 목과 내 귓불을 핥고 있었다. 그의 손은 내 엉덩이에 있었고 내 손은 그의 엉덩이에 있었다. 우리는 할 수 있는 한 강하게 서로에게 몸을 밀착했고 결국 하나가 되었다.

"아무도 아니에요." 그가 나에게 들어올 때 말했다.

아무도 아닌 사람. 나는 중얼거렸다. 아무도 아니에요. 아무도 아니에요.

내 안에 산처럼 쌓여 있던 긴장이 조여지고 더 조여지면서 아주 작고 투명한 다이아몬드 안으로 압축되어 들어갔다. 그 다이아몬드는 수억 개의 조각으로 부서졌으며 나는 그 어느 때보다 강렬한 오르가즘에 도달했다. 나는 부서졌다. 하지만 새로워졌다.

파스칼이 내 옆에서 곤히 잠이 들었을 때 나는 조용히 눈물을 흘렸다. 그러나 일어난 다음에는 훨씬 기분이 나아졌다. 파스칼에게 키스한 후 나는 완전히 다른 사람처럼 느껴졌다. 그와 섹스한 후에는 나는 그 변화가 드디어 완성되었다는 걸 알았다.

23

바쿠샨은 예약을 받지 않았지만 마이클 잘츠는 자리를 맡아 놓을 수 있었다. '홀더*'가 대신 줄을 서서 자리를 안내받았다가 우리가 도착하면 그 자리를 넘겨주는 것이다.

"기다리느라 수고했어, 행크."

"아니 괜찮습니다."

그는 출랑거리면서 말했는데 마치 누군가의 저녁 테이블을 마련해주기 위해 한도 끝도 없이 길에 서서 기다리는 것이 엄청난 영광이라도 되는 것 같았다.

"그럼 저녁 잘 보내고…… 행크."

행크는 마이클 잘츠에게 윙크를 했고 나는 그에게 어색하게 웃어 보였다.

웨이팅이 심하게 길지는 않았다. 초반의 거품이 꺼지면서 사람들은 바쿠샨이 그렇게까지 꼭 가야 할 레스토랑은 아니라고

* 자리 맡아주는 사람.

말했다. 마이클 잘츠가 말한 것처럼 스태프들은 불친절하고 음식은 편차가 있었다. 하지만 나는 그런 말은 한 귀로 듣고 한 귀로 흘렸다.

테이블 위에 핸드폰을 올려놓을 때 키친에 있는 파스칼을 보았고 극심한 갈망에 휩싸였다. 그는 무슨 생각을 하고 있을까? 또 언제 만나게 될까? 파스칼이 나를 근사한 레스토랑에 데리고 가주고 이 업계 사람들만 아는 숨겨진 지하의 바를 보여주었으면 좋겠다. 더 이상 사라져버리고 싶지 않다. 삼 일 전에 우리는 서로의 영혼 속 가장 깊숙한 비밀들을 드러내고 있었다. 그런데 지금 내가 우스꽝스러운 변장을 하고 그의 레스토랑에 와 있다는 사실이 믿기지 않았다. 나는 체크무늬 바지 슈트를 입었고 이는 마이클 잘츠의 더 보수적인 슈트 차림과 적당히 어울렸다. 투자은행에서는 반길 만한 손님이었겠지만 여기 이스트 빌리지, 특히 바쿠샨에서는 안쓰러울 정도로 어색하고 어울리지 않았다.

메뉴는 엘리엇, 에메랄드와 왔을 때와는 근본적으로 달라졌다. 완전히 새로운 요리는 아니더라도 재료가 바뀌었다. 광어와 러비지 요리가 메뉴에 없어 실망했지만 그 요리는 특별한 밤을 위해 남겨두었을지도 모른다.

"이런 장소에서는 이렇게 주문하는 거야." 마이클 잘츠가 전문가다운 분위기를 풍기며 말했다. "머스트 해브는 다 시키지. 사람들을 이곳으로 오게 만드는 대표 메뉴 말이지. 바쿠샨에 대해 읽은 사람들은 아마 그런 요리들은 맛보고 싶을 거야. 그런 다음 가장 비싼 메뉴와 가장 저렴한 메뉴를 시켜. 그게 이곳 수준을 알려주니까. 형식적으로 올라와 있는 채식주의자 요리와 가장 트렌디한 요리도 시키는 거야. 가장 인기 많은 요리랑 가장 인기 없는 요리도 시키고. 그렇게 하다보면 결론적으로 이런 걸 시키게 되지."

그는 자신의 메뉴판을 내 쪽으로 돌리면서 어떤 페이지를 가리켰다.

"비프 웰링턴이요?"

나는 큰 소리로 읽었다. 메뉴의 다른 아이템 밑에는 긴 묘사와 설명이 붙어 있었지만 이 메뉴에는 수상할 정도로 말을 아끼고 있었다.

"맞아, 이 메뉴 뭔가가 있어. 여기 이것도 그렇지." 그가 다른 줄을 가리키며 말했다. "파인 넛과 구안치알레와 샐러리 소다 레몬 파이."

내가 읽어보았다. 구안치알레. 돼지 볼살로 만든 베이컨이다. 어디서 '뉴 베이컨'이라고 하는 것을 읽어본 적은 있지만 먹어본 적은 없었다.

"이름만 들어도 맛이 괴상할 것 같지 않나?"

마이클 잘츠는 말하고 나더니 고개를 들고 파스칼 폭스란 요리사가 몇 점짜리인지 가늠하려는 듯이 쳐다보았다.

나는 말하고 싶었다. 하지만 분명 맛있을 거예요! 이제까지 본 것 중 가장 창의적인 메뉴인데요! 왜냐하면 나는 정말로 그렇게 생각했고 파스칼을 보호해주고 싶기도 했기 때문이다. 그를 보호할 수 있는 파워가 내게 있었다.

"그러니까 티아가 이 요리 맛을 꼭 봐줘야지." 마이클 잘츠는 결론 내렸다. "셰프가 별을 따내려고 하는 그 요리를 맛봐야 해."

"파스칼은 그건 아주 잘할걸요?"

나는 허리를 펴고 앉았다. 목소리는 차분하면서도 권위 있게 나왔다. 떨리지도 않고 작아지지도 않았으며 근래에 내 말이 내 의지를 따라 나온다는 점에 자부심을 느끼기도 했다.

"파스칼? 헤어스타일 바꾸더니 셰프들과 친구 먹었나? 그러고 보니 텔리체리에서 저 사람과 약간 분위기 묘하지 않았나?" 마이클 잘츠가 몸을 떨었다. "그래, 맞아. 파스칼은 과거엔 그렇게 모험적인 요리로 유명했던 건 아냐. 저 셰프에게 이런 실험은 새로운 거지. 여기에 많은 게 걸려 있어."

나는 코를 찡긋하면서 대화를 이어갔다.

"알아요. 거기서 걸렸으면 큰일 날 뻔했죠. 하지만 그냥…… 이건 제 느낌인데요. 왠지 여기 별 네 개 느낌이 나요. 이제야 차이를 알 것 같아요. 선생님이 텔리체리에 별 세 개를 주신 게 맞아요."

마이클 잘츠는 그 즉시 밝게 웃었다.

"오, 잘하네. 잘하고 있군. 배운 게 있군. 난 일반 대중들을 못 믿겠다니까. 어쩌면 이 레스토랑은……."

그는 주변을 돌아보았고 나는 과장을 했다. 자동차가 기름으로 움직이듯이 마이클 잘츠는 자존심을 연료로 해 달리는 사람이다. 그의 직업적 특성상 그는 유령이 되어야 했고 자신의 위치를 자랑할 사람은 지금 나밖에 없다. 나는 이것을 내 이익을 위해 이용할 것이다.

"파스칼의 다른 레스토랑들은 어땠나요? 읽어본 적은 있지만 가본 적은 없어서요. 선생님은 주목할 만한 레스토랑은 다 가보셨잖아요."

내가 간 적이 없었던 이유가 레스토랑이 그저 그래서였을까? 전혀 아니었다. 얼마 전만 해도 나는 용커스 출신의, 레스토랑 가는 건 최고의 돈 낭비라고 여기는 부모님을 둔 촌뜨기 여학생이기 때문에 못 간 것뿐이었다. 하지만 그가 자존심을 지키듯 나도 내 자존심을 지키고 싶었다. 마이클 잘츠의 비위를 살살 맞춰주는 조수 역할을 하고 싶어서 한 말이기도 했다.

"오, 티아, 거긴 클래식이었지. 원리 원칙을 따르는 곳." 그는 바로 내 작전에 넘어왔고 말이 술술 나왔다. "음식 꽤 훌륭했어, 정말로. 하지만 창의적인 자유는 이 정도였어."

그가 손가락 두 개를 5센티미터 정도 벌렸다.

"그리고 이곳의 메뉴는 이 정도지."

그는 양손을 테이블 넓이만큼 벌리면서 이렇게 말하려는 듯이 어깨를 으쓱했다. 그래서 저 셰프 깜냥은 어느 정도일까?

우리 테이블에서도 파스칼이 보였다. 그는 어떤 요리 앞에서도 머뭇거리지 않았고 그가 잊어버린 것에 대해 되돌아보지 않았다. 그의 입이 움직이는 모양을 보면서 이곳에 음악을 왜 이렇게 크게 틀어놓았는지 알았다. 그래야 손님들이 그가 끊임없이 소리 지르는 걸 못 들을 테니까. 그때 나는 파스칼의 근육의 움직임, 그가 작은 공간을 복잡하게 움직이는 방식이 어떤지 멀리서도 느낄 수 있었다. 그는 바다 속의 물개처럼 매끄럽고 빠르게 유영했다. 잠깐 동안 그는 내 시선이 아닌 다른 곳을 멍하니 바라보기도 했다. 혹시라도 그 순간 내 생각을 하고 있는 건 아닌지 궁금했다. 여기서 일어나 바로 그에게 걸어가 키스하고 싶었지만 내가 할 수 있는 것은 내 나이보다 열 살이나 들어 보이게 하는 바지 슈트를 입고 의자에 꼭 붙어 있는 것뿐이었다. 그러나 나는 다른 방식으로 그에게 길을 열어줄 수도 있었다.

음식이 도착했다. 달팽이와 포크 덤플링에는 더 새롭고 얇은 도우가 입혀져 있었다. 입안에 조심스럽게 대보았다. 껍질은 자연스럽게 녹는 것이 아니라 플라스틱처럼 붙어 있었다. 꿀꺽 삼켰지만 입천장에 까끌까끌한 느낌이 전해졌다. 여전히 모래 씹히는 맛이 났다.

그때 완두콩 어린 싹과 푸아그라가 작은 버터나이프와 같이 나왔다. 마이클 잘츠와 나는 어리둥절해져서 생김새가 신기한 이 요리를 바라만 보았다. 이것은 고대의 성상처럼 옆으로 누워 있었고 주변에는 여러 가지 재료가 쪼글쪼글 흩어져 있었다.

"그냥 잘라보시면 돼요."

웨이터는 친절하게 말했다. 그는 파스칼의 남동생이라 해도 될 정도였다. 그처럼 이국적이거나 조각상 같진 않았지만 파스칼 같은 생동감이 있는, 타투 대장이지만 알고 보면 착한 청년 같았다.

나는 칼로 부드럽게 썰어보았다. 처음에는 아무 일도 일어나지 않았다. 푸아그라는 처음에는 모양이 흐트러지지 않다가 저절로 천천히, 나른하게 펴졌고 그 안에서 초록색의 우유 같은 액체가 흘러나왔다.

“와우.” 내가 말했다.

“오호.” 마이클도 비슷한 감탄사를 내뱉었다.

부드럽게 포크로 푸아그라를 떠서 콩 소스 위에서 끈 다음에 갈색 크럼블과 화이트 플레이크가 묻도록 살살 굴렸다. 그러고는 그 푸아그라를 내 입천장에 조심스럽게 갖다 댔다. 그것은 끈적끈적하면서 끈질기게 위에 붙어 있다가 녹아내렸다. 그 맛이 내 몸을 통과해 들어갔고 그 미끌미끌하고 복잡하고 대담하고 부드러운 덩어리는 내 목을 미끄러지듯 나아가다 살짝 밀었다가 다시 소리를 지르면서 내려갔다.

오, 파스칼. 그와 함께 있을 수 없지만 이것이 그나마 그와 가장 가까이 있는 방법이겠지. 삼 일 전에 느꼈던 그 쾌감이 다시 한번 내 온몸을 훑고 내려갔다.

그때 잣과 구안치알레가 들어간 샐러리 소다 레몬 파이가 나왔다. 파이 같지 않고 푸딩과 비슷해 보였다. 잣은 둥글둥글함과 질감을 주었고 구안치알레는 야하고 끈적한 느낌을 주었다. 그러나 소다의 거품이 맛을 생경하면서도 불안하게 했다.

“맛이 어떤가?” 마이클 잘츠가 그것들을 찔러보며 물었다.

잣-셀러리-레몬-포크 냄새의 트림이 나왔지만 몰래 참아야 했다. 이건…… 흥미롭긴 하네.

하지만 그건 중요하지 않았다. 나는 이 디너의 목적을 떠올렸고 그러자 이 요리를 무작정 사랑하기로 했다. 이 '요리'를 사랑하는 것 이상이었다. 이 요리와 이 공간과 이 남자를 하나로 연결해주는 이 천체 우주를 전부 사랑했다.

"별 네 개는 확실해요." 이렇게 말하며 파스칼의 얼굴을 상상했고 우리 둘이 어떻게 될지를 상상했다.

"별 네 개? 정말 그래?" 마이클 잘츠가 대답했다. "그건 좀 무모할 수도 있는데? 티아의 평가니까 그렇게 놀라지는 않아야지. 그거 아나, 소문에 르 베르탱이 식당을 뒤집어엎고 있다는데."

"뒤집어엎어요?" 깜짝 놀라 물었다.

"직원들을 모두 자르고 새롭게 시작한다더군. 거긴 불시에 공격을 받긴 했지." 마이클 잘츠가 목을 가다듬었고 얼굴이 갑자기 굳어졌다. "우리가 그 레스토랑을 그렇게 만든 거야. 거기가 그렇게까지 당할 필요가 있었나 싶기도 해."

마이클 잘츠는 나를 오래 쳐다보았지만 비난하는 느낌이 아니라 생각에 잠긴 듯한 느낌이었다. 그는 내 안위는 조금도 신경도 쓰지 않고 전형적인 기자 윤리에도 큰 관심이 없었지만 리뷰에 있어서만큼은 자신만의 도덕적인 기준이 있었다.

빌어먹을. 맞다. 르 베르탱은 그런 별을 받아야 할 이유가 없다. 요리가 기준에 턱없이 부족하거나 서비스가 형편없어서 별 두 개를 잃은 것이 아니었다. 그날 엘리엇과 있었던 일 때문에 나는 무너져 있었다. 나는 실패해 있었다. 그런데 그 사람들은 이제 일자리를 잃고 있다고 한다. 우리의 웨이터였던 휴고를 떠올렸다. 아마 그가 가장 먼저 해고되었을지도 모른다. 그에게 아내가 있었을까? 아이도 있었을까? 주택 담보 대출이 있었을까? 나는 후회 속에서 그에게 세 가지가 전부 있었을 것 같다고 생각했다.

리뷰를 쓰면 더 힘 있고 능력 있는 사람이 된 것 같았다. 그건 확실했다. 그 힘을 남용하고 싶지는 않았었다. 그러나 그날은 내 개인적인 고통이 너무 심했고 그것이 결과에 영향을 미치고 말았다. 다시는 그런 실수를 하지 않으리라. 여기에 사람들의 삶이 걸려 있다. 이 리뷰를 시작으로 나는 사람들에게 조금 더 긍정적인 영향을 주게 될 것이다.

"바쿠샨은 별 네 개가 적당해요……." 내가 말했다. "전적으로요."

나는 마이클 잘츠가 파스칼에게 내가 원하는 것을 줄 수만 있다면 마이클 잘츠에게 얼마든지 숙이고 들어갈 수 있었다.

"무언가를 보탤 때는 뺄 때보다 더 노력해야 하는데……." 그는 건조하게 말했다. "이 도시에 있는 90퍼센트의 레스토랑이 실패하지. 레스토랑이 또 하나 실패하는 건 이삼 일 정도의 뉴스거리밖에 안 돼. 다음 주 리뷰에 또 다른 화제가 나올 테니까. 하지만 어떤 레스토랑이 별 네 개가 된다는 건, 실패하는 90퍼센트의 레스토랑을 넘어서고, 또 98퍼센트의 그저 그런 레스토랑을 넘어서서 가장 위에 서게 된다는 거야. 그건 쉽게 결정할 일이 아냐. 심사숙고해야 해." "네. 전 그래도 바쿠샨이 그 수준이 된다고 생각해요. 파스칼은 이전 레스토랑에서 창의적인 역량을 보여준 적이 없다고 하셨잖아요. 그런데 그가 얼마나 멀리까지 왔는지를 보세요. 그는 요리의 가능성을 끝까지 밀어붙이고……."

마이클 잘츠가 고개를 끄덕였다.

"알았어, 알았군. 날 애써 설득할 필요는 없어. 나도 동의하니까. 바쿠샨은 확실히 별 네 개를 받을 만한 느낌이 있지. 그래도 한 번에 하나씩 하자고. 알지?…… 난 그때…… 이후로 별 네 개를 준 적이 없어. 이 레스토랑이 확실히 그만큼 좋아야 해. 나도 그런 주장을 하려면 근거를 댈 수 있어야 하고."

"이해해요. 제 의견은 이렇다는 것만 말씀드릴게요. 선생님에게 배운 내용들 전부 다 활용했고 이번에는 확실히 그런 느낌이 왔어요."

마이클 잘츠는 포크를 들었지만 한 번 더 생각해보고는 포크를 내려놓았다. 결국 그에게 이 모든 요리는 카드보드 씹는 맛일 테니까.

"그래, 일단 그렇게 알고는 있자고. 별 네 개를 주기 위해서라면 여기 다시 와야 할 거야. 요리가 일관적인지도 확인해야 하니까. 나도 그 느낌을 공유했으면 좋겠군. 나도 알고 싶은데 말이지."

그는 냅킨을 입으로 닦더니 잠깐 동안 기침을 하려는 것처럼 냅킨을 입에 대고 있었다.

"티아 같은 애를 쓰다니 내가 운이 좋지."

칭찬은 좋았지만 그가 '쓰다니'라는 표현을 사용하는 걸 들으니 몸이 살짝 떨렸다.

"감사합니다." 그러고는 그 생각을 털어냈다. "저도 선생님이 저를 쓰셔서 기쁘네요."

나올 때 껌 하나를 꺼내 입에 남아 있는 소다 파이 맛을 없앴다. 파스칼은 우리를 보지 못했다.

24

마이클 잘츠는 바쿠샨을 한 번 더 방문하고 싶어했지만 나는 이미 리뷰를 쓰기 시작했다. 별 네 개, 천재적 솜씨, 세계 최고 수준. 나는 모든 단어와 표현을 고심했다. 이 문서, 이 문장들이 이 레스토랑을 정의하게 되리라는 것 그리고 앞으로 연쇄적으로 따라올 사건들에 시동을 걸게 되리라는 사실을 알았기 때문이었다. 확장, 투자, 요리책 계약 등으로 이어질지 모른다. 수업을 듣거나 매디슨 파크 타번에서 일하고 있지 않을 때는 바쿠샨 리뷰를 다듬고 또 다듬었다.

수요일 수업을 마치고 아파트에 가서 빨리 일을 시작할 요량으로 힘차게 걸어와 보니 에메랄드가 검은색 실크 태피터 가운을 입고 커다란 황금색 귀걸이를 하고 소파에 앉아 있었다. 커다란 백합 부케가 근처에 있었고 그녀 곁에 내가 모르는 남자가 서 있었다.

"어? 안녕?"

에메랄드는 머리를 무릎 위로 숙이고 있었지만 나는 인사했다. 남자는 재킷 안에 후드 티셔츠를 입은, 착하고 순박해 보이는 청년이었다.

에메랄드가 고개를 들더니 말했다.

"미안해, 티아. 네가 이렇게 빨리 올 줄 몰랐어."

에메랄드는 남자의 등의 쏙 들어간 부분에 손을 잠깐 얹었는데 그냥 친구 사이에서는 잘 만지지 않는 신체 부위였다.

"지금 갈래?"

애교가 뚝뚝 흐르는 평소의 에메랄드 목소리는 아니었다. 남자는 나를 보고 웃더니 아파트에서 나갔다. 에메랄드의 얼굴은 빨갛게 부었고 화장도 번져 있었다.

"찰리야. 내 남자 친구." 에메랄드가 무미건조하게 말했다.

"너 남자 친구 있었어?"

"지난주부터 정식으로 사귀기로 해서. 괜찮은 사람이야."

그 남자 이야기를 하면서 기분이 좀 더 나아지는 것 같았지만 많이 바뀌지는 않았다. 에메랄드는 이상할 정도로, 마치 항상 그렇게 진지하고 무거운 사람이었던 것처럼 조용하고 묵묵했다.

"엘리엇이 소개시켜줬어. 찰리는 식물원에서 일해."

"아!" 나는 에메랄드의 이야기에 엘리엇이 등장하는 것이 전혀 놀랍지 않은 것처럼 대답했다. 그래서 요전날에 식물원에 어떻게 가야 하는지 물었던 거구나.

"너…… 내가 오늘 뭐 하면서 보냈는지 알고 싶니?" 에메랄드가 뭔가 결심한 표정으로 물었다.

꽃, 드레스, 이 외에 그녀가 또 나를 놀라게 할 무언가를 갖고 있는 걸까?

"응, 그래. 오늘 뭐 했어?"

에메랄드는 입술을 오물오물거리더니 해안에서 멀리 떨어진 부표처럼 고개를 살짝 떨구었다.

"있잖아. 난 우리가 친해질 줄 알았다? 너 페이스북 프로필 봤었고 괜찮은 사람 같았고. 정말로 진짜로 말이야. 그리고 넌 여기로 이사왔고…… 근데 왜 이렇게 됐을까? 우리는 거의 얼굴도 안 보잖아. 대체 왜 우리가 절친 같은 룸메이트가 될 수 있을 거라 생각했는지 모르겠어. 물론 아니어도 상관없지. 네가 방세만 제대로 낸다면 전혀 상관없는데 그래도 난…… 너랑 멜린다랑 사는 게 힘들어. 내 집인데도 편하지가 않아. 전혀 환영받지 않는 느낌이야."

에메랄드가 고개를 저었다. 행복하고 섹시하고 자신감 넘치는 에메랄드는 어디로 가고 완전히 무력하고 지친 모습만 남아 있었다.

물론 에메랄드의 말이 다 옳았다. 우리는 얼굴 한번 제대로 보지 않았다. 내가 그녀와 어떻게 친해지고 어떻게 어울려야 할지 몰랐기 때문이었다. 에메랄드는 나를 꿰뚫어 보듯이, 마치 우리 사이에는 없는 연결고리를 찾으려는 듯이 나를 쳐다보았다. 그녀의 어두운 기분이 우리 주변을 채웠고 나는 그녀의 솔직함과 진지함에 숨이 막히는 기분이었다. 다음에 듣게 될 말에도 전혀 준비가 되어 있지 않았다.

“나 오늘 가족 묘지에 갔다 왔어. 티아.”

“산소?” 내가 멍하니 대답했다.

“응. 나 매주 가거든. 그런데 오늘은…….”

“잠깐만, 근데…….”

나는 슬픈 에메랄드와 같이 있을 준비가 되어 있지 않았다. 행복한 에메랄드도 전혀 다룰 줄 모르는데.

에메랄드는 소파 위에 무너졌고 검은색 가운이 먼지구름처럼 들썩거렸다.

“아니야, 됐어.”

“아니…… 내 말은.” 나는 마치 에메랄드가 상처 입은 동물이라도 되는 듯이, 걱정은 되지만 어느 순간 덮칠지 몰라서 조심하려는 듯이 천천히 다가갔다.

에메랄드는 의심이 담긴 눈으로 나를 보았다. 눈물은 그새 말라 있었고 그제야 내가 아는 에메랄드가 다시 돌아온 것 같았다. 에메랄드의 본질은 그 꼿꼿한 자세에 있었다. 그녀의 등허리는 언제나 곧았다. 그녀의 또렷한 입술도 화려한 손동작도 잘 다듬어진 머리도 그랬다. 그녀의 가슴조차도 항상 차렷 자세를 하고 있는 것 같았다.

“오늘 추도식이었거든.”

에메랄드의 눈 안에서 내가 최근에 겪은 것들과 비슷한 무언가를 보았다. 어떤 것을 어떤 사람에게 어느 정도만 솔직하게 드러낼지 머릿속으로 가늠하는 눈빛이었다.

"그랬구나. 누구 추도식?" 내가 물었다.

에메랄드는 손으로 얼굴을 쓸어 올렸고 그냥 말하기로 작정한 것 같았다.

"오빠하고 아빠. 사 년 전에 죽었어."

셰리가 '힘든 삶'이라고 한 게 이거였구나. 버그도프에서 정신이 온전치 않은 엄마와 같이 있었던 장면도 떠올랐다. 나는 그제야 내가 먼저 다가가 이런 일에 대해 물어볼 수 있었다는 것을 깨달았다. 뒤에서 쑥덕거리는 짓이나 하지 말고 옆에 있어줄 수도 있었다. 아니 그게 안 된다면 적어도 내가 매주 가게 된 고급 레스토랑에 속한 것 같은 느낌을 처음 갖게 해준 그 멋진 슈트를 구해줘 고맙다는 인사 정도는 할 수 있었다.

"너 나에 대해 잘 몰랐지?"

"어쩌니. 에메랄드."

나는 에메랄드에게 가까이 다가가다가 습관처럼 나를 자제했다. 이번 학기 내내 나는 육체적이든 정신적이든 그녀와 친밀해지는 것을 피해왔다. 우리는 서로의 가족에 대해 이야기할 수도 있었지만 하지 않았다. 룸메이트와 그 정도의 이야기를 터놓으면서 친해진다는 것은 너무 당연하고 자연스럽고 옳은 일 아니었을까? 그랬다면 우리의 뉴욕 생활이 훨씬 더 쉽고 더 재미있어지지 않았을까?

에메랄드는 깊게 한숨을 들이쉬더니 마치 물속에 한참 있다가 나온 것처럼 길게 내뱉었다.

"부모님의 이혼 절차가 마무리돼가던 때였어. 아빠가 가족들이 다 같이 마지막 추수감사절을 보내야 한다고 예일에 피터를 데리러 갔었어."

가족이라는 단어가 나올 때 에메랄드의 목소리가 갈라졌다. 에메랄드는 내가 아니라 내 뒤의 벽을 보고, 마치 텔레프롬프터에 쓰인 글자를 읽는 것처럼 말했다. 그녀의 목소리는 내가 아니라 거실에 전파되고 있는 것 같았다.

"I-95 도로를 달렸는데 대형 트럭이 덮친 거야. 그 운전사는 졸음운전을 했다네. 죽일 놈. 길이 미끄러웠고 다들 길 바깥으로 나가떨어졌어."

너무 침을 크게 넘겨서 마치 딸꾹질처럼 들렸다. 에메랄드가 한숨을 내쉬었다.

"보고 싶어 미칠 것 같다. 매일, 매 순간. 그러다가도 또 괜찮아. 이제 조금은 극복한 것 같아. 그런데 가끔은 나 되게 이상한 생각 한다. 오빠하고 아빠하고 다시 돌아오는 생각. 피터가 나한테 이메일로 금요일에 라크로스 게임 있다고 말하고 나는 기차 타고 뉴 헤이븐으로 가는 생각."

"에메랄드…… 난 몰랐어…… 내가 어떻게 하면……." 내가 말을 시작했다.

"너 예일 나왔다 그랬지? 맞지?" 에메랄드가 물었다.

원래의 또렷한 목소리로 돌아와 있었지만 조금은 기운 없이 처졌다.

"그치, 나 예일 다녔지."

서로가 이런 기본 정보들은 나누었던 기억이 났지만 그녀가 아직까지 기억하고 있어서 놀랐다. 나는 그녀에게 아무것도 아니라고 생각했었는데 그녀의 평소와 다른 모습은 오히려 그 반대일지 모른다고 말하고 있었다.

"난 학부 여기 NYU 다녔는데. 대학 친구 두 명과 같이 살았었어. 그 친구들이 LA로 떠났고. 레지나 창이 학과장님 맞니?"

"응……."

에메랄드는 나에게 이렇게나 관심이 있었는데 내가 그녀에게 무심했던 거였나? 나도 그녀가 NYU에 다녔다는 것을 들었고 기억도 했을 테지만 그 생각은 머릿속을 스치듯 빠져나갔다. 그동안 너무 나 자신에게만 집중했다.

"나 그때 너 버그도프에서 봤었어."

에메랄드가 갑자기 이렇게 말해서 나는 깜짝 놀라 실수로 의자를 발로 차버리고 말았다. 그녀가 고개를 내 쪽으로 돌렸다. 이 대화 중 처음으로 우리의 시선이 단단하게 얽혔다.

"난 다른 사람에게도 아빠와 피터에게 일어난 일을 숨기지는 않아. 너한테 말은 안 했었지만. 엄마…… 우리 엄마는 그 사고 이후로 완전히 무너져버려서 많이 변했어. 그건 아무한테도 하지 않은 이야기야. 엄마가 그렇게 된 건 너무 아파서 그걸 설명한다는 게 감당이 안 돼."

에메랄드는 나를 부드럽지만 약간 이상하게 바라보았다.

"너는 내 주변 아무한테도 말 안 한 내 비밀을 아는 사람이야. 축하해. 평생 뉴욕에서 살았지만 우리 엄마에 대해 알고 있는 사람은 손가락에 꼽을 정도거든. 네가 그 그룹 안에 들어 있다는 게 좀 웃기지." 그녀는 머리를 뒤로 넘기더니 특유의 미소를 지어 보였다.

그리고 방에 들어가서 문을 닫지도 않고 하이칼라의 레드 앤 화이트 체크 드레스로 갈아입었다. 그녀의 풍만한 몸매를 완벽하게 감싸주고 울고 난 얼굴도 아름답게 만들어주는 드레스였다.

나는 눈을 피하며 에메랄드가 말을 끝내기를 기다렸다.

"에메랄드?" 기다리다 먼저 이름을 불러보았다.

"응?"

"오빠와 아빠의 일, 정말 안됐구나. 나도 너 버그도프에서 봤었어…… 그런데 그게 말이야."

여기서 그쳐야 했다. 에메랄드처럼 용감히 진실을 말할 수 있다면 얼마나 좋을까.

"내가 그때 일 생각으로 머리가 가득 차서 인사도 못 했어."

엄밀하게 따지면 거짓말은 아니었지만 에메랄드가 방금 내게 털어놓은 그 무거운 진실과 비교하면 너무 가벼워 보였다.

에메랄드는 거기까지 눈치채지는 못한 듯했다.

"일 중독 같으니." 에메랄드가 고개를 끄덕였다. "여기 처음 온 날부터 너는 요리나 음식 생각밖에 없는 것 같더라."

처음에는 그 말에 웃음이 나왔다. 에메랄드는 이해해주었다. 어쩌면 이 상황에서 내가 할 수 있는 건 그것밖에 없는 것 같았다. 무언가에 푹 빠진 사람이 되는 것.

"고마워, 에메랄드. 인턴십은 아주 재미있게 잘하고 있어. 그리고 그 슈트 정말 고마웠다고 말하고 싶었어. 레스토랑에서 그것만 입어."

에메랄드는 깔깔대며 웃었다.

"그거 오래된 거? 아직 그걸 입는다는 게 더 놀랍다. 내가 네 새 옷들 못 본 줄 알아? 버그도프에서 본 그다음 날 엄청나게 많은 옷이 배달되었잖아."

나는 긴장되어 시선을 피했다.

"그게 딱 한 번 그래본 거야. 새 옷이라고 해봤자 아무것도 아니야. 그냥 H&M 같은 것들이야……."

에메랄드는 키득거렸다. 그래, 네가 그렇게 말한다면 뭐 하면서 넘어가는 것 같았다. 더 꼬치꼬치 캐묻지는 않았다. 그녀는 모든 사람에게 자기만의 비밀을 지킬 권리가 있다는 점에 대해서는 누구보다 잘 알았다.

에메랄드는 또 한 벌의 남성용 코트를 걸치고 난 뒤 부드럽게 쓰다듬었다. 그 코트들은 아빠의 옷이었을 거란 생각이 그제야 들었다. 그녀가 아파트를 그렇게 자주 비워야 했던 건 아마 엄마를 돌보러 가야 하기 때문이었을 것이란 것도 깨달았다. 에메랄드는 지저분해진 얼굴 화장을 고치고 어깨를 세웠다.

"그래, 이제 좀 자주 보자."

그녀는 분명 아프고 고통스럽고 외로웠을 테지만 그런데도 늘 인기가 많았고 재미를 사랑했다. 아마 나는 백 번쯤 나도 에메랄드 같은 사람이 되고 싶다는 생각을 했다. 마음을 열고 저 세상으로 나가는 걸 두려워하지 않는 사람, 또 어쩌면 자신에게 상처를 줄지 모르는 사람에게도 자신의 심장을 내보이는 그런 사람.

25

다음 날 저녁 멜린다가 문자로 늦게라도 같이 밖에서 저녁을 먹자고 했다. 멜린다도 에메랄드를 만나 이야기를 한 건 아닌지 궁금했다. 멜린다를 만나면 에메랄드를 미워하지 말라고 말할 셈이었다. 끊임없이 떠오르는 파스칼 생각과 바쿠샨에 두 번째로 가야 한다는 걱정 때문에도 친구와의 외출은 도움이 될 것 같았다.

나는 밴드 오브 아웃사이더스의 가죽 팬츠를 입고 몸에 착 붙는 알렉산더 왕 스웨터를 입은 다음 트럼펫 모양으로 팔목이 퍼지고 밝은 노란 색 안감이 살짝 보이는 마르니 울 버블 코트를 입었다. 어느새 원래 갖고 있던 옷들은 잘 입지 않게 되었다.

이미 도착한 멜린다는 보라색 니트 튜브 드레스에 노란색 터번 모자를 썼다. 그녀 또한 항상 스타일을 바꾸는 편이었다. 어느 날은 오버롤에 체크무늬 셔츠를 입었다가 어떤 날은 아찔하게 높은 하이힐을 신고 팔에는 골드 뱅글을 여러 개 찼다. 멜린다의 몸매는 에메랄드와는 달리 마르고 길쭉했지만 글래머러스한 옷이나 오버사이즈 옷을 입을 때면 가끔 두 사람을 착각하기도 했다.

히들리스는 노호에 새로 연 레스토랑으로 다양한 생선 요리와 고기 요리를 눈이 아플 정도로 흰 벽에, 앙상한 나뭇가지만 흩어져 있는 공간에서 서빙했다. 마치 사막 한가운데 놓여 있는 부티크 같아 텅 빈 공간의 시크함이 더욱 부각되었다.

마이클 잘츠에게 여기에 와보자고 제안했었다. 하지만 그는 스케줄을 조정하는 것은 내가 아니라 자신이라면서 불같이 화를 냈었다. 괜찮다. 그 없이 이곳에서 먹어보는 건, 그리고 그가 준 '용돈'을 쓰는 건 아무 문제가 없으니까.

"왔어? 갑자기 오라고 해서 미안."

멜린다가 가방을 내 자리에서 치워 바닥에 던지면서 말했다.

"어떤 남자랑 저녁에 만나기로 약속했는데 그놈이 갑자기 막판에 취소했잖아."

나는 위로의 표시로 웃어 보였다. 멜린다는 놀라울 정도로 자주 바람을 맞았다.

"안 됐네." 내가 말했다.

하지만 나는 남자들이 약속을 취소했다기보다는 멜린다가 변덕을 부렸을 것이 분명하다고 생각하고 있었다.

우리는 몇 가지 소소한 요리들을 나누어 먹었다. 생 메추리알을 올린 비프는 섬세하면서도 야생적인 맛으로 초절임 차이브와 잘 어울렸다. 블루 피쉬는 몸통에 갈색 선을 그은 채로 기름지게 구워져 나왔고 청어는 커리가 들어간 고트 치즈 커드와 블루베리 잼과 곁들여 먹을 수 있었다. 사시미처럼 얇게 잘라져 나온 오리 가슴살에선 신선한 서양 고추냉이 맛이 났다.

"클리블랜드 식생활의 정 반대편에 서 있다고 할 수 있네. 아주 섹시한걸." 멜린다는 웨이터가 물을 채워주러 왔을 때 말했다. "서비스는 으익."

우리 나이나 되었을까? 아니면 더 어려보이는 웨이터는 멜린다의 말에 놀라 뒷걸음질을 쳤다.

"야, 그러지 마." 내가 말했다. "아마 여기서 일한 지도 얼마 안 되었을 거야. 평론가들이 레스토랑에 리뷰하러 오기 전에 석 달 정도 시간을 주거든."

레스토랑 리뷰 101이라고 아니? 오픈한 후에 어느 정도 시간을 주자. 진상 손님이 되지 말자.

"아, 고것 재밌구먼. 갑자기 너는 그…… 뭐냐. 레스토랑 전문가가 된 거냐?"

"아니, 어디에서 읽었어."

나는 병뚜껑 위에 쓰인 대수롭지 않은 흥밋거리 정보인 양 어깨를 으쓱하며 말했다. 하지만 그것은 몇날 며칠의 고된 특훈을 통해 획득한 지식이었다.

멜린다는 그 주제에 곧 흥미를 잃었다. 아파트가 너무 덥다, 바리스타에 지원했지만 그룹 인터뷰가 너무 별로였다, 나에게 소개시켜줄 남자들이 많다는 등의 이야기들이 뒤죽박죽 이어졌다. 멜린다와는 마이클 잘츠와 파스칼 같은 내 비밀 이야기를 할 필요가 없었고 그런 점에서 우리 가족이나 NYU 이야기를 하지 않아도 되었다. 우리 사이에는 어떤 의무도 권리도 밀고 당기기도 없었다. 이것이 그리 공허하게 느껴지지 않을 때는 충분히 좋았다.

레스토랑을 나오면서 멜린다가 담배에 불을 붙였고 우리는 건강식품 매장 앞에 있는 벤치에 앉았다. 남자들이 가게 문을 닫고 정리하기 위해 우리 주변을 빗자루로 쓸었다. 나는 멜린다에게 에메랄드 이야기를 하려고 했다. 그 친구에게 조금 더 잘해주자고, 가끔 불러내서 밖에서 술도 마시고 집에서 같이 요리를 해도 되고, 뭐든 같이 하면서 어떤 사람인지 알면 어떻겠냐고.

어떤 이유 때문에 나는 망설이고 있었다. 뉴욕에서의 친구 사귀기 분야에서 나는 거의 빵점이었다. 무슨 말이라도 했다가 어떤 일이 일어날지 몰라 두려웠다. 멜린다는 이렇게 아무렇지도 않게 에메랄드 이야기를 하니 어쩌면 내 뒤에서 내 험담을 할 수도 있겠지. 에메랄드와의 우정을 소중하게 생각하지는 않는다고 해도 그녀는 이곳에서 사귄 지 얼마 안 되는 친구 중 한 명이고 그녀를 잃고 싶지는 않았다.

멜린다가 담배를 피울 때 나는 벤치에 말없이 앉아 있었다. 타들어가는 빨간 담배 끝을 바라보면서 이 이야기를 어디서부터 시작할지, 아니면 아예 하지 말지를 고민하며 생각에 잠겨 있었다.

담배 연기가 멜린다를 에워싸면서 그녀를 신비롭고 차분하고 세련된 느낌으로 만들었다. 그 신비한 분위기가 나에게 최면을 걸었다.

"너도 하나 피울래?"

멜린다는 가방에서 처음 보는 상표의 담뱃갑을 꺼냈다. 담배는 은색으로 둘러져 있고 금색 호일로 싸인 검은 상자에 담겨 있었는데 마치 고급 초콜릿 상자 같았다. 나에게 한 대를 건네주었는데 담배 무게가 너무 가벼워 떨어뜨릴 뻔했다. 평생 딱 한 개비의 담배만 피워봐서 잘은 모르지만 그 담배는 확실히 이것보다 무거웠다.

라이터를 받아들고 불을 붙여보았다. 연기가 내 입을 채웠다. 마치 쓰레기 같은 맛, 나쁜 동네의 잘못 들어선 골목 같은 맛이 났다. 다시 한번 들여마시니 이번에는 흰색 언더셔츠를 입은 남자나 춤을 춘 후에 땀이 찬 발 같은 맛이 났다. 세 번째 들이마셨을 때 드디어 담배 맛이 낫다. 뭐라 말하기 힘들지만 좋은 맛이었다.

멜린다와 나는 그 담배를 피우고 난 후 더 생각할 것도 없이 두 번째 담배를 피우면서 이스트 빌리지를 채우는 다양한 캐릭터들의 퍼레이드 속에 조용히 앉아 있었다.

그러면서 나는 멜린다와 맞서야겠다는 생각을 버렸다. 바쿠샨 리뷰나 내 페이퍼 생각도 하지 않았고 늦은 밤의 키스와 더 늦은 밤의 섹스 후에 우리 관계가 어떻게 될지도 생각하지 않았다. 지나가는 사람들을 바라보았다. NYU 학생들, 서로에게 화가 난 관광객들과 뉴요커들. 그 담배 연기는 나를 달래주고 멍하게 만들어 나도 모르게 점점 느긋해지고 있었다.

"야, 왜 이렇게 추워."

멜린다는 내 가방에서 스카프를 하나 꺼내 둘렀다.

멜린다 손에서 스카프를 빼앗으려고 했지만 그전에 그녀가 상표를 보고 말았다.

"와우, 와우, 와우! 어디서 이렇게 부티 좔좔 흐르는 스카프 샀어? 펜디야?" 그녀는 목에 둘러보더니 손으로 캐시미어 촉감을 느끼며 몇 번이나 쓰다듬어보았다. "아까도 좀 놀라긴 했는데, 너 이 뉴룩은 또 뭐야? 레스토랑에 대해서는 어떻게 그렇게 잘 알아? 너야말로 슈거 대디 있지? 그치?"

저녁으로 배가 부르고 니코틴으로 멍해진 나는 아무 말 없이 그녀를 바라보다가 멍하게 웃어 보였다.

그때 초록색 카고팬츠에 피코트를 입은 덩치 큰 남자가 지나가다가 나를 보고 외쳤다. "티아 먼로! 맞지?"

나는 아무 말도 하지 않았다. 사람들이, 혹은 내가 물 밑에 있는 것처럼 저 멀리서 웅웅거리는 소리만 들리는 것 같았다.

"응. 맞아," 나 대신 멜린다가 대답했다. "얘, 티아야."

"야 여기서 또 보는구나!" 그 남자가 말했다. 나는 담배가 내 앞을 밝혀줄 횃불이라도 되는 듯이 그의 얼굴 근처로 담배를 들어올렸다. 팔이 무겁게 느껴졌고 따갑기도 했다. 그가 한 걸음 물러났다.

"나야 나, 카일 로리머!"

"아, 너구나." 아직도 멍한 기운 속에서 말했다.

"너 같은 식도락가가 담배 피우는지는 몰랐네."

"그건 왜 그런데?" 나는 이가 없는 사람처럼, 아니면 바다 위에 둥둥 떠 있는 사람처럼 축 처져서 기운 없이 물었다.

"레스토랑에서 일하는 사람들 담배 피우는 사람 얼마나 많은데."

"너는 미뢰가 중요하지 않아? 담배가 미뢰를 망가뜨린대."

미뢰, 맛봉오리, 미각 세포. 나는 내 미뢰가 꼭 필요한 사람이었다.

갑자기 담배가 내 혀에 테러를 가하는 유령 패거리들처럼 느껴졌다. 얼른 털어낸 다음에 땅에 던지고 발로 밟아 꺼버렸다.

그제야 카일이 내 앞에 서 있다는 걸 실감했다.

"매디슨 파크 타번 일은 어때?" 그가 물었다.

"어떻긴, 괜찮지. 나 코트 보관하는 거 알지? 세상의 모든 모직 원단 수집 중이야."

이런 식의 냉소적인 멘트가 날 방어하는 멋진 방법이 아니라는 걸 알면서도 나는 그렇게 말했다.

"왜 그래? 난 매디슨 파크 타번이 거의 1순위였는데." 카일이 말했다. 하, 이해했니.

그가 들고 있는 장바구니 두 개에 재료가 가득 들어 있었다. 살짝 들여다보니 세 가지 종류의 밀가루와 옥수수가루와 유산지가 들어 있었다.

"헬렌 란스키와 일하는 건 어때?" 나는 용기를 내어 물어봤다.

"진짜 멋있는 선생님. 작은 프로젝트 끝내고 큰 프로젝트로 이동 중인데 아마 앞으로 몇 달 동안은 바쁘실 것 같아. 지금까지 했던 것과는 약간 차원이 다른 일이거든."

"아, 그렇군. 어떤 프로젝트인데?" 멜린다는 담배를 끄고 나를 쿡 찔렀다.

"야, 가자, 하와이 테마로 꾸민 바에서 칵테일 스페셜 한대. 멜린다가 취해서 반쯤 감긴 눈으로 훌라 춤을 추는 시늉을 해 보였다. 그리 많이 마시지도 않았는데 왜 이런 식으로 행동하는지 알 수 없었다.

"응, 근데 잠깐만." 카일이 헬렌 밑에서 무슨 경험을 하고 있을지 진심으로 궁금했다. "카일하고 잠깐만 이야기할게."

멜린다는 일어나더니 지루해 죽겠다는 듯이 가방을 빙빙 돌렸다.

"응, 이제 요리책 집필하셔." 그 이야기를 하는 카일의 얼굴이 갑자기 밝아져서 나도 따라 웃을 수밖에 없었다. "그냥 일반적인 요리 레시피 책이 아니고 요즘 꽂히신 분야가 있어서 그걸로……."

그때 핸드폰 문자 오는 소리가 났고 멜린다도 어깨 너머로 훔쳐보았다.

오늘 시간 괜찮나? 한시 정도?

파스칼. 왜 문자 하나에도 매력이 철철 흘러넘치는 것 같을까?

"와우!" 멜린다가 말했다. "그때 그 저장 안 한 번호지? 그 파스칼이라는 남자! 너한테 완전 매달리네. 어떻게 생겼어? 훈남이야?"

파스칼은 그날 밤 이후 계속 문자를 보내왔다. 이모티콘도 보내고 요리 사진들도 보냈다. 얼른 만나고 싶지만 레스토랑 일 때문에 계속 시간이 나지 않았다고 했다. 그래요. 만나요! 나는 답문자를 보냈다. 이미 열두시 반이 넘은 시간이었다.

"미안, 나 가봐야겠다."

리뷰가 곧 나올 것이기 때문에 그를 꼭 만나야 했다. 그가 지금도 바쁘다면 앞으로는 더 바빠질 것이었다.

"그래, 가봐. 너 워낙에 바쁜 애였지. 그래도 언제 한번 만나서 이쪽 이야기 좀 하자. 물론 네가 시간이 되면."

헬렌이 무슨 작업 중인지를 알고 싶었지만 그걸 못 들었다는 걸 깨달았다. 카일은 이 늦은 시간에 그 재료들로 뭘 하려고 했던 걸까? 하지만 카일은 멜린다가 남자 문자에 호들갑을 떠는 것을 보고 당황했는지 빨리 자리를 뜨고 싶은 눈치였다.

"그래, 언제 한번 봐."

진심이었다. 얼마 가지 않아 파스칼 생각이 카일 생각은 가볍게 덮어버렸다.

카일이 걸어가자 멜린다가 내 팔꿈치를 잡아끌었다.

"재 뭐야? 남학생 사교 클럽에서 걸어나온 것같이 생겨가지고. 무슨 요리 전문가라고? 영 그쪽 사람 같지 않은데? 그냥 구라치는 것 같아."

정당한 평가라고 생각하지는 않았지만 그냥 맞장구쳤다.

"응. 맞아. 다 구라야."

나는 술을 깨고 정신을 차려야 했다. 파스칼. 파스칼에게 가야 하니까.

"그나저나 너 다시 봤다. 네 그 슈거 대디에게 안부 전해주렴." 멜린다가 말했다.

나는 그 말이 끝나자마자 달려갔다.

*

우리는 톰슨과 웨스트 브로드웨이가의 바 앞에서 만났다. 후미진 골목 한구석에서 파스칼이 갑자기 튀어나왔다.

"미안, 놀랐죠. 원래 저기 가려고 했는데 가지 맙시다. 직원들이 하나같이……."

그는 코앞의 공기를 손가락으로 빙빙 돌려보았다. 바 안을 들여다보니 깜깜하기만 했고 오직 느껴지는 건 코를 찌르는 듯한 강한 대마초 냄새였다.

"당신이 한 대 하고 싶은 거 아니면?" 파스칼이 물었다.

"아뇨. 아니에요. 저 그런 거 안 해요."

그가 키득대더니 내 어깨를 잡았다.

"역시 모범생이야! 정신 집중!"

"그러면 뭐 하고 싶으세요? 가보고 싶은 곳 있어요?"

나는 속눈썹을 깜박였다. 파스칼은 내 새 옷을 알아봤을까?

그가 나를 오랫동안 바라보았다.

"우리 집 가면 어때요? 물론 당신이 괜찮다면."

"좋아요!" 나는 너무 빨리 대답했고 내 볼은 너무 빨갛게 달아올라 있었다. "전 괜찮아요."

진도가 빨랐다. 너무 빠른 건지도 몰랐다. 엘리엇과 헤어진 지 5일밖에 되지 않았고 헤어진 그날 파스칼과 처음 섹스를 했다. 꼭 속도를 늦춰야 할까? 그는 이전에 내가 전혀 느껴보지 못한 무언가를 느끼게 해준다. 단조로운 지난날과 따분했던 나와는 이제는 안녕을 고하고 싶다. 파스칼과의 다음 단계가 고대될 뿐이었다. 데이트를 하고 저녁을 먹으러 가게 되겠지? 간다면 어디로 갈까? 물론 그가 고르게 할 것이다. 우리는 셰프에게 친구처럼 인사하고 PX 테이블에 앉게 되겠지. 웨이터들이 우리에게 잘해주려고 호들갑을 떨면 우리는 그들에게 친절하게 웃으며 너무 애쓸 필요 없다고 말해주겠지. 결국 우리는 같은 쪽에 선 사람들이니까.

파스칼은 팔을 내밀었고 나도 그의 팔에 팔짱을 꼈다. 우리는 밤거리를 뚫고 멀버리까지 걸어가 작지만 아늑한 그의 원베드룸 아파트로 향했다. 뉴욕에서 남자를 사귄다는 건 이런 걸까? 때 이른 크리스마스 조명으로 반짝거리는 바를 지나치고, 우리 같은 선남선녀 커플들이 우리를 보고 부드럽게 웃어주는 것? 마치 그 사람들은 내가 주인공인 이 장면을 더 예쁘게 꾸며주는 엑스트라 같았다. 남자와 여자는 팔짱을 끼고 11월의 바람을 맞으며 걷는다. 로맨틱한 음악이 깔려 분위기를 고조시킨다.

파스칼이 아파트 문을 열고 나를 먼저 들여보내주었다. 이사 온 지 얼마 안 되었는지 기본 가구만 놓여 있고 이 장소를 포근하게 해주거나 개인적인 느낌을 주는 물건은 별로 없었다. 우리는 플라스틱 테이블에 앉았다. 그가 레드 와인 한 잔을 따르더니 흰 행주로 병 입구를 닦고 나에게 라벨을 보여주었다. 너무 귀엽고 꾸밈없고 소박한 독신 남자다운 느낌이 좋아서 웃었다.

"미안." 그가 자기 잔에는 스카치를 따르면서 멋쩍어했다. "아직 레스토랑 모드인가봐."

목요일 저녁은 가장 덜 선호하는 날이라고 했다. 손님들도 너무 많은데 대체로 요구 사항 많고 까다로운 사람들이라고 했다. 관광객들은 나름대로 짜증나는 면이 있지만 예의는 갖추고 있으니 괜찮다고 했다. 그의 허벅지에 손을 대니 그의 근육이 편안하게 긴장을 푸는 것을 느껴졌다. 그는 눈을 감고 스카치 한 모금을 천천히 넘겼다.

몇 분 후 파스칼은 음악을 틀더니 어두운 방문을 열고 꽃 한 송이를 들고 나왔다.

"당신을 위한 선물." 그가 말했다.

그건 크레이프 페이퍼 같은 질감의 자줏빛 꽃이었다.

"내 거요?"

엘리엇도 항상 꽃을 선물했었다. 보통 그린 하우스 실험을 하고 남은 것들을 가져오는 편이었다. 약간 칼자국이 남아 있는 단순한 꽃들이었다. 그러나 이 꽃은 아찔할 정도로 이국적이었다. 줄기는 휘어져 있었고 가시는 꼬여 있고 나비 날개처럼 가늘었다. 꽃의 수술은 마스카라를 잔뜩 칠한 속눈썹처럼 길고 풍성했다. 이 기묘한 꽃은 내가 이제까지 받은 것 중에서 가장 아름답다고 할 수 있었다.

"그 뒤에 뭐 있어요? 한쪽에 꽃집 차려놨어요?"

나는 파스칼의 침실을 턱으로 가리켰다

"아니, 그건 아니고. 지나가다 꽃을 봤는데 당신이 생각나서 샀어요."

그가 손가락으로 새로운 스타일의 내 머리를 내려빗자 자발적이라곤 할 수 없는 묘한 희열에 빠져들어 나는 살짝 눈을 감을 수밖에 없었다.

"새 헤어스타일 예쁘네." 그가 말했다.

그는 이런 것들을 알아채는 남자였다. 나는 웃었다.

"굉장히 관찰력이 좋으시군요…… 남자치고는."

"하하, 난 그냥 남자가 아니니까."

파스칼의 손가락이 머리카락 더 깊숙이 들어왔다. 나는 머리 염색약이 새로운 신경을 심어준 건 아닐까 생각하게 되었다. 머리카락 한 올 한 올이 그의 손길에 반응했다.

"우리는 감각주의자들이니까."

그가 손을 내려서 내 목을 잡고 나를 가까이 끌어당기는 바람에 우리 이마가 살짝 만났다.

"그게 무슨 말이에요?"

내 입술이 그의 입술에 아주 살짝 닿았다.

"감각주의……."

그가 특유의 이상한 악센트로 되풀이했다. 그는 입술을 내 입술에 대지 않았고 나도 그의 입술에 내 입술을 누를 생각을 하지 못했다. 우리는 입이 말을 하면서 자연스럽게 살짝살짝 스치도록 내버려두었다.

"우리는 열정적인 사람들이잖아요. 당신과 나. 우리는 감각에 어떻게 굴복해야 하는지 알지."

그때 내 입술에 닿는 그의 입술과 뜨거운 열기를 느꼈고 나는 게걸스럽게 그의 입술을 탐했다. 내 손은 그의 얼굴과 머리와 어깨를 어루만졌다.

나는 스스로를 감각주의자라고 생각해본 적이 별로 없었다. 나는 작가였고 감각적인 세상을 기록하려 노력하는 합리주의자였다. 나는 언제나 다른 사람들이 날 어떻게 생각할지 생각했고 내 나이대의 인간들보다는 아기나 동물을 더 좋아하는 편이었다.

그런데 남자의 입술이 내 입술 위에 있고, 그가 만질 때마다 어딘가에 속한다는 그 격렬한 환희를 느낄 수 있다면 이성과 합리가 다 무슨 소용이란 말인가? 다른 모든 건 거추장스러울 뿐이다.

우리는 서로 뒤엉켜 셔츠를 벗었다. 그가 나를 자기 몸 위에 올린 다음 손을 내 머리 밑으로 집어넣었고 그 손은 쓰다듬은 후 팔로 내려오더니 내 바지가 살과 닿는 부분까지 내려왔다.

"가죽 바지. 이런 귀여운 날라리 같으니. 우리 앙코르 해야 하지 않아?" 파스칼이 물었다.

이제 머리는 엉클어져 있었고 와인 때문에 얼굴도 달아올랐다. 조명이 어두운 편이었지만 그렇게 어둡지는 않았다. 나는 키키 드 몽파르나스 란제리를 입고 있었다. 검은색 레이스에 작은 리본들이 달린 것으로 귀여웠지만 귀여움이 전부는 아니었다. 어딘가 퇴폐적인 느낌이 엿보이는 속옷이라고도 할 수 있었다.

그가 한 손가락 끝으로 내 바지의 허리 근처를 살살 만졌다. 버튼까지 내려간 다음 그것을 톡톡 튕기는 시늉을 했다. 나를 전부 드러나게 해줄 결정적인 버튼이었다.

그의 손을 기다리지 않고 내가 옷을 벗을 준비를 하고 있을 때였다. 나는 파스칼의 부엌 싱크대에 있는 접시 하나를 보았다. 그 안에는 엘리엇과 처음 바쿠샨에 갔을 때 엘리엇이 먹지 못하고 옆으로 밀어두었던 달팽이 덤플링이 있었다.

파스칼이 나의 주저함을 느끼고 허리를 펴고 앉았다.

"티아, 왜 그래요? 괜찮아?"

눈이 감기면서 갑자기 머리가 핑핑 돌았고 공기가 부족한 것처럼 숨이 막혔다. 파스칼의 품에 푹 하고 쓰러져버렸다. 그의 몸에서 나오는 열기, 그의 몸의 움직임, 그의 심장 소리가 모두 나를 어지럽게 했다. 그가 나를 만지면 내 심장이 폭발해버릴 것 같았다.

"티아?"

그가 다시 내 이름을 불렀고 그때 다시 공황발작이 나를 덮쳤다. 소파에서 벌떡 일어나서 창문을 열고 까치발을 들고 그 앞에 섰다. 이 집 바닥의 입자들까지도 내가 밟기에 너무 과한 것처럼 느껴졌다.

파스칼이 다가왔지만 나를 만지지 못하게 했다.

"잠깐요. 거기 있어요." 달팽이 덤플링 하나가 나를 이런 불안장애 환자로 만들었다는 것을 들키고 싶지 않았다. "괜찮아요! 이제 괜찮아졌어요."

그렇게 창문 곁에 서서 차가운 11월의 공기를 들이마시며 내가 언제까지 '그렇게 될 때까지 그런 척하며' 살아야 할지 생각하기 시작했다.

*

새벽에 깨어보니 내 머리와 파스칼의 머리는 이삼 센티미터 밖에 떨어져 있지 않았다. 잠깐 동안 나는 그를 알아보지 못했고 공황발작이 또 한 번 밀려올 뻔했다. 하지만 천천히 현실 감각이 깨어났다. 파스칼이구나. 나의 파스칼. 내가 원하는 남자. 이렇게 반응이 더딘 내 심장이 미웠다. 길고 깊은 숨을 몇 번 쉬었다.

공포는 완전히 사라졌고 나는 파스칼이 그 달팽이 덤플링 접시를 치워서 다행이라고 생각했다. 그냥 딸꾹질 같은 거야. 심각한 건 아니야. 그냥 갑작스러운 기류 변화에 가끔 찾아올 수 있는 과도기적 현상이야. 파스칼을 위해 마음을 단단히 먹어야 해. 이제 곧 리뷰가 나올 것이다. 우리 두 사람에게 터닝 포인트가 되겠지. 어디로 터닝하게 될지는 나도 모르지만. 하지만 엘리엇에게 남아 있는 감정들이 이 기회를 망치게 놔두지는 않을 것이다.

파스칼이 자는 모습을 바라보았다. 길고 짙은 속눈썹과 숨 쉴 때마다 조금씩 벌어지는 입술을 바라보았다. 그의 품 안에 파고들자 그의 몸도 반응하며 나를 쏙 안았다. 그는 다리를 내 다리 사이로 집어넣었고 머리끝을 내 뺨에 비볐다. 그의 머리카락에서 불에 그을린 장작 냄새가 났다.

파스칼은 나이가 들어보였다. 물론 좋은 쪽으로. 그는 잘 때조차도 자기 확신이 있는 사람처럼 보였다. 레스토랑은 환대가 중요하지만 셰프가 항상 두 팔을 벌려 손님을 맞아주는 사람일 필요는 없다. 하지만 파스칼은 그런 편이었다. 그는 바쿠샨의 모든 것이었다. 스토브 뒤의 천재였고 손님을 끌어당기는 자석이었고 잡지 커버의 얼굴이었다. 그는 너무나 많은 것을 대변했고 이런 사람이 지금 내 품에 파고드는 남자라니 어안이 벙벙했다. 그는 자면서 내게 키스하는 내 남자였다. 나는 그를 한 시간도 넘게 쳐다보면서 깨어 있었다.

이렇게 그에게 반하고 그에게 영감을 받는 것만큼 그도 내게서 영감을 받는 것이겠지?

사실 나를 계속 쫓아온 건 그였다. 델리체리에서 내 맞은편에 앉았고 홀푸드에서 내 조언을 구했고 바쿠샨에 날 초대했다. 엘리엇과 그 늦은 밤의 사건 후에 바로 달려와 나를 달래주었고 지금 우린 그의 아파트에 같이 있다. 사람들을 자주 부를 것 같지 않은 소박하고 단순한 아파트, 정말 편하게 생각하고 좋아하는 사람 몇 명만 들어왔을 법한 아파트에. 그리고 그게 무슨 일이었든 지금 내게 약간 이상한 일이 일어났어도 나를 받아주었다. 그의 옆에 있으면 안전하게 느껴졌다. 한참 동안 생각한 후, 이 멍청하고 느린 심장에 그만 입 다물고 이 모든 상황을 받아들이라고 말한 후에야 다시 잠이 들 수 있었다.

다음날 아침 일어나보니 부엌 싱크대에 메모지 하나가 있었다.

미안해요. 바쿠샨에 준비하러 가봐야 해서. 푹 쉬어요. 항상 당신 생각해.

나는 그 메모지가 내 방향을 알려주고 나를 지켜주는 닻인 것처럼 내 지갑에 소중히 넣었다. 그가 가는 곳이 내가 있고 싶어 하는 곳이었다.

26

이틀 후 바쿠샨에서 두 번째 식사를 하기 위해 마이클 잘츠를 만났다.

그의 말대로 그날 나는 그의 '동반자'가 되기로 했다. 달리 돌려 말할 방법은 없다. 나이든 남자와 젊은 여자가 고급 레스토랑에 같이 가는 것. 가끔은 부녀 사이일 수도 있고 삼촌과 조카일 수도 있고 가끔은 직장 동료일 수도 있다. 하지만 날씨 좋은 주말 밤에 이 도시의 유명 레스토랑에서 그런 커플들을 본다면 이는 곧 그 두 사람은 사귀는 사이라는 의미였다.

나는 밝은 빨간색 립스틱을 바르고 릭 오웬스 레깅스를 입고 지방시 블레이저를 입고 더 로우*의 니트 모자를 내 눈썹까지 내려 썼다. 이렇게 하면 내 정체를 감출 수 있겠지.

"오늘은 무슨 노숙자 같군." 마이클 잘츠가 말했다. "지아다

---

* 메리 케이트 올슨과 애슐리 올슨 자매가 만든 브랜드.

가 그딴 옷을 주던가?"

"네, 그럼요."

내가 구체적으로 이런 아이템들을 달라고 하긴 했지만 그렇다고 대답했다. 이제 바지 슈트는 꼴도 보기 싫었다.

"일단 공식적으로 밝히고 지나가자면 난 너 같은 애를 절대로 내 애인으로 삼을 생각이 없어."

그는 청바지를 입고 올리브그린 색 버튼다운 셔츠에 검은 뿔테 안경을 쓰고 뱀피 같은 가죽 신발을 신었다. 이것이 바로 마이클 잘츠의 '다운타운' 외출복 아이디어였다. 그는 지쳤다는 듯이 신음 소리를 내더니 메뉴판을 휙휙 넘겼다.

"어디 보자. 파스칼 폭스. 좀 말해줘. 자네 별 네 개 준비된 건가?"

모자 밑으로 머리가 잘 숨겨졌는지 확인한 다음 두리번거리며 그를 찾았다. 오픈 키친에는 보이지 않아 화장실을 가는 척하면서 흘긋 안을 들여다보았다. 키친 안에도 없었다. 다이닝룸에도 없었다. 어디 간 걸까? 오늘은 쉬는 날인 걸까? 아니면 다른 여자를 만나고 있는 걸까? 어제 저녁을 나와 보낸 그가……설마 그러지는 않겠지. 아니다. 그럴 수도 있을까?

처음에는 리뷰가 나오기 전 마지막 식사인데 이렇게 되어 나 자신이 화가 났다고 생각했지만—그가 관리하지 않는 레스토랑을 평가하는 것은 정당한 일이 아닌 것 같았다—사실은 파스칼이 보고 싶어서 화가 난 것이었다. 내 피부가 그를 원하고 있었다. 그를 다시 봐야만 했고 만져야만 했다. 그가 나를 원하기를 바랐고 그가 내 곁에 있을 때만 그럴 수 있다는 사실이 죽을 만큼 괴로웠다.

여러 메뉴를 시켰지만 모두 의무적인 것이었다. 모든 음식이 마음에 들진 않았지만 그건 중요한 게 아니었다.

"왜 이렇게 잘 못 먹지? 무슨 문제 있나?"

마이클 잘츠가 내게 가까이 몸을 기대며 물었다. 그의 가짜 안경이 코로 내려오고 있었다.

"이곳이 별 네 개 레스토랑이라고 날 설득해야 하잖아. 계속 그렇게 믿고 있는 거 맞지?"

그렇다고 말할 수도 있었고 아니라고 말할 수도 있었다. 그는 어쨌건 내 말을 들어주었을 것이다.

식사 시간 동안 그는 놀라울 정도로 조용했다. 이제 더 이상 할 말이 없었던 것이다. 마이클 잘츠는 음식 냄새를 맡고 서비스를 평가했지만 그것만 빼면 그는 신용카드에 불과했다.

알고 보니 신용카드 때문에 꼭 와야 하는 것도 아니었다. 《뉴욕타임스》가 지불하게 될 카드에 써 있는 이름인 알렉스 드레스덴은 그가 아니라 내가 될 수도 있었다. 주문하고 질문하고 먹은 사람이 나였기 때문인지, 코에 피어싱을 한 약간 괴짜 같은 웨이터는 그가 아닌 나에게 계산서를 주었다. 어쩌면 바쿠샤의 운명을 갈라놓을 수 있는 그 식사의 계산서에는 내가 직접 서명했다.

"별 네 개 확실하네요."

나는 결정을 내렸다. 세계 최고 수준, 파스칼 폭스, 슈퍼스타.

《뉴욕타임스》에 실리는 이런 평가는 그의 레스토랑과 그의 커리어에 획기적인 전환을 가져다줄 것이다.

나는 그것이 거기서 끝나지 않고 우리 사이도 전환시켜주길 바라고 있었다.

"티아에게 별 네 개란 뭘 의미하나?"

마이클 잘츠가 물었지만 추궁하는 느낌은 전혀 아니었다. 그저 친구들끼리 저녁을 먹은 후에 하는 자기 이야기에 가까웠다.

"이 식사를 영원히 기억하게 된다는 의미요. 셰프가 요리의 세계를 한 단계 끌어올려서 이전과 같아질 수 없게 만든 것, 언젠가 손주들에게 말해주고 싶은 식사, 당신을 변하게 한 식사 그리고……."

"알았어. 그냥 확인해본 거야." 그가 웃었다. "당신은 이 기회에 뛰어들었어. 자랑스럽군."

얼굴이 빨개졌다. 나는 온몸을 던져 뛰어들었다. 그 말은 딱 맞다.

*

리뷰의 기본적인 얼개는 다 갖춰놓았지만 그날 밤 약간의 마무리와 수정 작업만 다시 했다. 이메일로 보내기 전에 파스칼에게 문자가 왔다.

당신의 뜨거운 키스만 생각 중 :) 곧 볼 수 있어요?

나도 문자를 보냈다.

그럼요. 당신이 잘하기만 하면 ;)

그가 답했다.

내가 잘하지 않은 적이 언제?

핸드폰을 품에 안았다. 열기가 내 쇄골을 통과해 가슴으로 들어와 심장에 꽂혔다. 별 네 개. 나는 타이핑을 쳤다.

바쿠샨이 세계에서 가장 훌륭한 레스토랑 중 하나이기 때문에 이렇게 결정했다고 말하고 싶었지만 마음속 깊은 곳에서 그건 진실이 아니라는 것을 알았다. 내가 들었던 모든 불만사항들이 분명 어느 정도는 진실의 씨앗을 품고 있었다.

하지만 나는 진실을 찾고 있지 않았다.

리뷰를 마이클 잘츠에게 보냈다.

27

나는 평소처럼 세미나에 참석했다. 평소처럼 수업 듣는 동기들과 걸어왔다. 의식 저편에서는 파스칼과 나 사이의 모든 것이 그날 밤에는 영원히 변하리라는 것을 알고 있었다.

그날 오후 파스칼이 전화를 했다.

"무슨 일 있었는지 알아요? 월요일에 사진작가가 레스토랑에 왔었어. 《뉴욕타임스》 사진작가. 레스토랑도 찍었고 요리도 찍고. 어제는 팩트 체크 담당자가 전화를 해서 내 요리 재료와 방법을 물어봤어요."

"아? 그래요?" 무슨 소리인 줄 모르는 척했지만 전화기를 붙잡고 웃고 있었다. "그게 뭐가 특별한 건데요?"

"티아, 티아."

파스칼은 계속 내 이름을 불렀고 그가 내 이름을 부를 때마다 심장이 조여드는 것 같았다.

"이게 그거예요! 내가 계속 기다려왔던……."

무슨 이유인지 모르겠지만 그는 그것이라고 말은 하지 않았다. 어쩌면 그는 내가 알고 있다고 생각했거나 징크스를 피하고 싶어서 그랬는지도 몰랐다.

"그 사람들이 사진 찍었다는 게 뭘까? 그게 뭘까?…… 혹시 바쿠샨이 리뷰를 받는다는 거 그런 건가?" 나는 아무것도 모르는 척 귀엽고 순진하게 물었다.

전화기 건너편에서 그가 웃고 있다는 걸 느낄 수 있었다.

"티아, 티아, 티아."

그가 빨리 내 이름을 반복해서 말하자 이번에는 무릎이 휘청거렸다.

"아, 오늘은 일하기 싫다. 이제 내 손을 떠난 거니까. 몇 가지 일만 처리하고 나서 좀 있다가 만날까?"

집으로 바로 와서 지아다가 처음 배송해준 옷들 중 하나인 그린과 골드의 에르베 레제 드레스로 갈아입었다. 너무 야하고 너무 달라붙고 너무 부담스럽다고, 그래서 나답지 않다고 생각했었다. 오늘이 바로 이 옷의 날이었고 나는 한번 끝까지 가보기로 했다. 하지만 원단이 문제였다. 옷을 입으니 거의 숨을 쉴 수 없을 지경이었다. 순 스트레치 재질이라는 원단은 힘든 스트레칭을 요구했다. 숨쉬기와 걷기는 물리치료 운동이 되어버렸다.

파스칼의 전화가 울리기만을 기다렸다. 저녁도 먹지 않고 과자칩을 집어먹으며 참았다. 책을 읽으려고 했지만 리뷰가 이제 곧 나올 예정이었다. 모든 것이 그 리뷰에 달려 있었다. 그렇게 몇 시간이 흘렀지만 파스칼에겐 여전히 연락이 없었다.

한참이 지나 밤에서야 문자가 왔다.

나갈 준비 됐어요? 우리 집에서 이십 분 후에 만날까?

답문자를 보냈다.

오늘 일 쉰다고 하지 않았어요? 조금 빨리 나가는 거 아니었나?

어쩌다보니 여자 친구가 남자 친구에게 투정부리는 말투가 되어버렸지만 어쨌거나 보내버렸다. 이런 내가 싫어져 답을 하지 않을까봐 걱정이 되긴 했다. 하지만 다행히 그런 식으로 받아들이진 않은 듯했다.

여덟시 삼십분밖에 안됐는데 뭘! 나한테는 엄청 빠른 건데.

그의 집에 도착할 무렵에는 리뷰가 나오기 몇 분 전이 되었다. 언제나처럼 마이클 잘츠가 보낸 최종 원고는 나조차도 보지 못한 상황이었기 때문에 나도 무척 읽고 싶고 기대되었다. 물론 나는 언제나 내 리뷰를 보고 흥분했지만 이번 리뷰는 나를 위한 것이 아니었다. 그를 위한 것, 우리를 위한 것이었다. 나는 이 세상 어떤 여자도 줄 수 없는 최고의 행복을 그에게 선물할 것이다.

파스칼의 현관문을 두드리니 대답이 없어 그냥 문을 열고 들어갔다. 파스칼은 부엌 싱크대 앞에 스툴을 바짝 붙이고 앉아 있었다. 손에는 스카치 한 잔이 들려 있었다. 그의 얼굴과 문신이 새겨진 팔이 노트북 불빛 속에서 왔다 갔다 움직였다. 코트를 벗고 다리가 다 보이고 몸매 굴곡이 드러나고 가슴골도 보이는 드레스로 그를 유혹해보려고 했다. 하지만 그는 나를 보고 고개를 끄덕이더니 다시 노트북 화면으로 돌아갔다. 거실에 있는 푹신한 의자에 앉아 그가 키보드를 두드리는 걸 지켜보면서 다리를 꼬아 드레스가 조금 더 짧아지게 했다.

마침내 그가 클릭하자 어떤 스크린이 나왔고 그는 모니터를 얼굴 가까이로 끌어당겼다. 가끔씩 다시 타이핑을 하고 페이지를 내렸다. 육 분 정도 길고 긴 시간이 흐른 후—그가 천천히 읽는 것을 알게 되었는데 아마도 영어가 그의 모국어가 아니기 때문인 듯했다—그가 얼굴을 들었다. 그는 뛰는 듯이 다가와서 나를 번쩍 들어올렸다.

"별 네 개. 포, 콰트르, 네 개 네 개 네 개!"

그가 나를 번쩍 안고 뛰었다. 아무 힘을 들이지 않고도 나를 그렇게 높이 안는 걸 보고 일시적으로 슈퍼파워가 생긴 것이 틀림없다고 생각했다. 나도 그의 어깨에 머리를 기대고 계속 같이 소리를 지르면서 그의 넘치는 에너지를 내 것처럼 받아들였다.

컴퓨터로 달려가서 내 눈으로 직접 보았다. 우리가 해낸 것이다. 이 리뷰는 우리를 영원히 하나로 연결시켜줄 것이다.

"진한 녹색 액체가, 용암처럼 걸쭉하고도 신비로운 액체가 주르륵 흘러나온다." 그가 읽었다. "이제 포크로 가득 떠본다. 그리고 이 섬세하고 가장 부드러운 푸아그라 조각을 접시 위에서 끌면서 진하디진한 콩 소스에 적셔보자."

나는 눈을 감고 그가 읽는 소리를 들었다.

"접시 위의 하인들을 조금씩 묻힌다. 입으로 가져와 맛을 본다. 포크를 내려놓고 생각에 빠진다."

그가 스카치를 들어올리는 소리를 듣고 나는 눈을 떴다. 그가 한 잔 마시려고 하자 나는 그의 손에서 잔을 빼앗고 말했다.

"계속 읽어줘요." 그는 음흉하게 웃더니 글을 마저 읽어내려갔고 그 술은 내가 한 모금 마셨다. 내가 쓴 단어와 표현과 글의 리듬 속에서 유영하고 싶었다.

"포크를 내려놓고 생각에 빠진다. 어떻게 이 요리는 이다지도 순수하고 기본에 충실하면서도, 이다지도 충격적이고 도전적인 맛을 낼 수 있는 걸까?"

"마음에 들어요?" 내가 물었다.

파스칼은 순간적으로 말을 하지 못했다. 나는 다시 물었다.

"마음에 들어요?"

"물론이지. 아주." 그가 말했다.

"어떤 점이 마음에 드는데요?"

"음…… 일단 별 네 개라는 것. 물론. 구체적이고도 시적인 표현들이 멋져요. 이 레스토랑을 묘사한 방식이 좋아."

"문체가 아름답지는 않아요?" 그러면서 그에게 더 가까이 갔다. "그런 생각은 하지 않나?"

"문체가 아름답지." 그가 내 말을 따라했다. "맞아요. 난 아주 좋아. 사람들이 홀딱 반할 거야."

나는 그가 그 말을 다시 해주길 바랐고 마법처럼 그는 그렇게 해주었다.

"난 이미 홀딱 반했고 사람들도 마찬가지로 반할 거야."

그가 내 머리를 쓰다듬자 나는 고양이처럼 그에게 파고들었다. 그의 가슴이 들썩였다. 그의 폐가 성취감으로 가득차 부풀어 오르는 것 같았다. 아니, 우리의 성취다. 이 순간처럼 그에게 강렬하게 끌린 적이 없었다. 아니 어떤 남자와도 이런 적은 없었다.

그가 내 얼굴을 잡더니 이제까지와는 비교할 수 없을 정도로 강하게 키스를 했다. 키스를 하고 또 했고 그의 입술은 오직 내 입술을 탐하기 위한 목표로만 존재하는 것 같았다. 그의 단단한 입술이 내 입술을 세게 빨아들였다가 다시 놓아주기를 반복했다. 내가 할 수 있는 것은 그냥 가만히 내 입술과 내 몸을 내맡기고 있는 것이었다. 내가 원하는 것도 그뿐이었다.

우리는 입술을 붙인 채로 같이 소파로 갔다. 그가 나를 눕히자 내 발이 땅에서 떨어졌고 내 머리가 그의 팔 위에 눕게 되었다. 그는 내 목을 세게 마사지하더니 손가락으로 척추를 천천히 훑어내려갔다. 그의 숨소리가 거칠어져 점점 동물 같은 소리를 내자 내 몸에 소름이 돋았다. 손은 내 몸의 굴곡을 따라가다가 엉덩이 부분에서 머물렀다. 나는 몸을 벌떡 일으켜 앉아서 그의 무릎에 앉았다. 편하지는 않았지만 그래야만 했다.

"못 참겠어."

그가 내뱉더니 내 드레스의 끈을 갖고 장난을 쳤다. 그의 손을 잡아 멈추었다. 지금은 내가 주도하고 싶었다. 우리가 섹스를 할지 말지, 그가 별 네 개를 얻을지 아닐지에 대한 결정권이 나에게 있었다. 그는 이제 거의 빌고 있었지만 시간을 더 끌면서 이 달콤한 순간을 즐기고 싶었다. 인생에는 내가 어쩔 수 없는 부분이 너무나 많고, 그것이 세상 돌아가는 원칙이니 받아들이며 살아야 한다.

그러나 이 순간 나는 영향력 있는 사람, 섹시한 사람, 중요한 사람이자 탐나는 사람이었다. 그것이야말로 무적의 레시피라 할 수 있었다.

나는 뉴욕 위에 군림했다. 뉴욕에 깔린 레스토랑들은 내 손바닥 안에 있다. 어떤 레스토랑을 죽일 수도 살릴 수도 있다. 이런 능력을 파스칼을 위해 썼다. 인정할 수밖에 없었던 건 나를 위해서 하기도 했다는 점이었다. 나는 그런 일을 좋아했고 그 일을 끝내주게 잘했다.

파스칼의 위에 앉아 내 엉덩이를 동그랗게 움직이기 시작했다.

그가 뒤로 몸을 기대고 신음소리를 내기 시작했다.

"오, 티아, 왜 이렇게 잘 움직여, 티아……."

나는 손으로 그의 입을 가렸다.

"쉬……."

일어나서 남아 있는 모든 두려움과 불안함을 벗어던졌다.

백만 년이 흘러도 내가 이런 것을 할 수 있으리라고는 생각하지 못했다. 스트립 댄스 추기? 에로틱 댄스? 너무 뻔한 장면 같았고 너무 저속하고 천박했다. 하지만 한편으로 그건 용기이자 권한이자 자유였다. 나는 모든 조건을 갖추고 있었다. 머리,

화장, 드레스, 구두, 그리고 섹시한 남자. 물론 여기서 가장 중요한 건 역시 자신감이었다. 그동안 얼마나 많은 일이 내 통제권을 벗어나 있었던가. 엘리엇, 에메랄드, 창 학과장, 마이클 잘츠. 하지만 나는 그의 주의를 끌 수 있고 나를 향한 그의 욕망을 통제할 수 있고 내 몸을 내 뜻대로 움직일 수 있었다. 지금 이 순간은 그 사실 하나가 다른 모든 것을 가려버렸다.

드레스 어깨끈 하나를 내렸고 다른 하나도 내렸다. 머리를 한 바퀴 돌리고 훌라후프를 하듯이 엉덩이를 빙빙 돌렸다. 여성만의 굴곡을 내 손으로 훑고 내려갔다. 그가 나를 향해 손을 뻗으려고 했지만 나는 한 걸음 물러서 그의 손에서 살짝 벗어났다.

"아직은 안 돼……."

"아……." 그는 신음 소리를 냈지만 웃고 있었다. "예스, 마드무아젤."

돌아서서 그의 무릎에 내 엉덩이를 살짝만 스치게 하고 다리를 벌린 다음 몸을 숙였다. 드레스가 벌어진다는 것은 알고 있었다. 이 에르베 레제 드레스는 춤추러 나갈 때 입는 드레스라는 건 알았지만 남자를 넋을 잃게 하고 싶을 때 입는 드레스라는 건 그때까지도 몰랐다.

내가 일어나자 파스칼의 한 손이 내 안쪽 허벅지를 쓰다듬었고 이제 두 손으로 쓰다듬기 시작했다. 그가 드레스 등의 지퍼를 내리자 드레스는 그다지 섹시하지 않은 샌드백 치는 소리를 내며 바닥에 툭 떨어졌다. 남자 앞에서 브래지어, 팬티, 하이힐

차림으로 서 있어본 적은 처음이었다. 처음에는 본능적으로 부끄러웠고 얼른 몸을 덮거나 불을 끄거나 그에게 뛰어들어 그가 내 몸을 자세히 볼 수 없게 하고 싶었다.

하지만 그의 눈빛은 점점 더 강렬해질 뿐이었다.

파스칼이 나를 자기 무릎 위로 확 끌어당겼고 나는 깡충 뛰어올라 그의 무릎에 쓰러질 수밖에 없었다. 그가 브래지어를 풀자 내 팔이 그의 앞에서 크게 벌어졌다. 그가 내 팬티를 벗기더니 내 몸을 휙 돌려 자세를 바꾸었다. 이제 내가 소파에 앉고 그가 내 앞에 서 있게 되었다. 갑자기 그가 주도권을 쥐게 되었다.

"이봐요." 내가 말했다.

목소리가 떨려왔고 이제 그가 내 위에 있으니 그가 다음에 무엇을 하게 될지 알 수 없었다.

파스칼이 셔츠 단추를 풀고 벨트 버클도 풀었다. 이제 무엇을 하는지 알게 되었고 나는 신발을 벗으려 했다. 그러나 그가 말렸다.

"그냥 신고 있어. 힐을 신고 있으니 미치게 섹시하잖아."

얼굴이 붉어졌지만 지금은 수줍을 때가 아니었다. 그가 내 위로 올라왔고 나는 다리로 그의 허리를 조이고 내 팔꿈치로 그의 목을 잡아서 얼굴을 나에게 고정시켰다.

우리는 함께 강하지만 같은 리듬으로 움직였다. 그가 복서 브리프를 벗자 나는 그의 몸에 내 손을 얹었다. 그는 그 어느 때보다 딱딱해져 있었다. 엘리엇이 이렇게 단단한 적이 있었던가? 파스칼은 내 위에 올라앉아 그르렁거리며 승리의 신음 소리를 내뱉었다.

우리는 그렇게 몇 초 정도 가만히 있었다. 삼십 초 정도였을까? 백만 년처럼 느껴진 시간이었다. 그의 숨소리가 느려졌고 그가 다른 세상에 가 있는 듯 약간 집중력을 잃은 듯했다. 대체 왜 망설이는 거지? 그를 잃을까봐 너무나 두려웠다.

"사랑해요!"

나는 내뱉고 말았다. 이런 말을 이렇게 빨리 해버리는 내가 우습게 느껴졌지만 이 순간 그가 내 것이라는 확신이 필요했다.

그가 내 말을 듣고 정신이 드는 데는 일 초 이상 필요했다. 그가 입술을 내 입술에 누르고 우리는 어느 순간 서로의 입안에서 숨을 쉬면서 서로의 혀와 입술을 빨아들이고 양손을 빠르게 움직이며 벗은 몸을 더듬었다. 그는 내 위에 똑바로 눕더니 잠시 멈추고 내 눈을 바라보았다.

"나도 사랑해." 파스칼이 말했다.

그가 나를 사랑한다. 나를 사랑한다! 나는 소파 안으로 깊숙이 몸을 묻었고 그의 몸 또한 내 몸 깊숙이 받아들였다. 이 남자, 이렇게 섹시하고 이렇게 성공하고 이렇게 다정하고 배려 깊은 남자가 나를 사랑한다.

나는 바로 이것이 내가 찾던 '나만의 것'이 되기를, 나를 입증해주는 무언가가 되기를 바랐다.

수은으로 만들어진 것처럼 강하고도 미끄러운 그의 몸이 내 안에서 움직였다. 내 몸에서 다른 모든 것은 사라지고 그의 욕망의 무게만이 느껴졌다. 그는 절정에 달하면서 내 눈을 똑바로 쳐다보았다. 그리고 내 귀에 속삭였다.

"당신은 끝내줘."

오르가즘을 느끼지는 못했지만 실망감을 보이지는 않았다. 그래서 좋을 건 하나 없다는 정도는 아니니까.

파스칼이 나를 풀어준 다음 내 뒤로 가더니 소와 돼지, 야채가 문신된 팔로 나를 꼭 끌어안았다. 그는 코로 내 머리 향기를 맡으며 손으로는 나의 벗은 등과 가슴을 위아래로 쓰다듬었다. 우리의 숨소리는 같은 파도를 탔고 심장 소리는 같은 리듬으로 뛰었다. 처음에는 숨차고 지친 숨소리였다가 점차 차분하고 만족에 찬 숨소리로 바뀌었다.

얼마 후 그가 나를 풀어주고 등을 기대고 앉았다. 아니 적어도 그렇게 하려고 했다. 소파는 그리 넓지 않았다.

"별 네 개야…… 와……." 파스칼이 말했다.

"나? 아니면 레스토랑?"

나조차도 깜짝 놀랄 정도로 섹시한 목소리로 물었다.

그가 한참을 웃더니 나를 똑바로 쳐다보았다.

"당신은 그게 무슨 의미인지 잘 알잖아……." 그가 졸린지 말끝을 흐렸다.

나도 졸음이 쏟아져 눈을 감았다. 일어나보니 몇 시간이 흘러 있었고 파스칼은 창문을 바라보며 서 있었다. 그의 날렵한 어깨선과 어깨에 난 사마귀를 쳐다보았다. 그의 팔꿈치가 특이하게 꺾여 있어서 그렇게 어두운 밤그림자 안에 있으니 약간은 이상하고 신비로운 포즈를 하고 있는 모델 같기도 했다.

"일어나요. 우리 축하하러 나가야지." 그가 말했다.

새벽 두시였고 계속 소파에 누워 있고 싶었다. 아니면 그의 침실에 들어가보고 싶기도 했다. 별 네 개 때문에 화색이 도는 얼굴과 뜨거운 사랑 고백 외에 날 위해 또 다른 깜짝 선물을 준비하지 않았을까.

"룸 113에 가봤어요?"

"아뇨." 캐리에게 들어본 적은 있었다.

주섬주섬 옷을 끌어모았지만 라펠라 속옷이 보이지 않았다. 그래서 시간을 더 벌 수 있어서 좋기도 했다.

"파스칼, 우리 못 나가요. 내 속옷이 없어졌어."

그는 벌써 겨울 코트를 입고 신발까지 신고 있었다. 그는 한 손으로 내 머리를 잡고 다른 손으로 엉덩이를 잡았다.

"음…… 나는 속옷 없는 게 더 좋은데."

내가 한숨을 쉬었다. 그는 나에게 무엇이든 요구할 수도 있고 나는 그렇게 해줄 수 있었다. 그를 내 것으로 만들고 싶었다. 아마도 나 말고 다른 수많은 여자들도 그와 함께 이 도시를 쏘다니고 싶겠지. 나는 처음으로 남에게 보이고 보는 것에, 무언가를 먹거나 평가하는 것들에 관심이 없어졌다. 그저 그와 나만의 시간을 길게 늘리고만 싶었다.

결국 나는 속옷 없이 옷을 챙겨 입었다. 택시를 타고 룸 113으로 갔다. 실내가 너무 어두워서 사람들 얼굴을 구분할 수 없었다. 청바지와 스웨터, 소파 위에 던져진 재킷, 바의 흐린 조명에 비친 술병 정도만 희미하게 보였다.

파스칼이 내 귀에 속삭였다.

"레스토랑 사람들 파티는 달라요. 이 사람들은 보통 일이 두 세시에 끝나니까. 그리고 여섯시에 일어나서 출근하지."

그가 내 앞에서 마치 왕처럼 당당하게 걸어갔다. 곧 조명 속 그림자들이 자신의 정체들을 드러냈다.

"리뷰 축하해, P." 한 여자가 그의 볼에 키스하며 말했다. 맵시 있고 세련되었으며 고급 레스토랑의 접수 담당 같았다. "받을 자격 있으니까."

그들은 눈빛만으로도 무언가 이야기를 하는 듯했고 그것은 삶의 중요한 부분을 공유한 사람만이 나눌 수 있는 눈빛이었다. 그녀의 말에도 약간의 프랑스 억양이 들어가 있었다. 목을 가다듬고 파스칼의 손을 더 꼭 잡았다.

키는 작지만 파스칼처럼 가슴 근육이 탄탄하게 발달된 멕시코계 남자가 파스칼을 끌어안더니 양쪽 볼에 세게 키스했다.

"축하합니다. 세뇨르. 홈런이네요." 그는 손을 들었고 파스칼은 그와 세게 하이파이브를 했다. "너무 세다, 세뇨르." 남자가 농담을 했다.

"별 네 개 받더니 황소 힘이 솟나봐!"

젊은 남자 한 무리가 긴 의자에서 일어났다. 대부분 파스칼 또래처럼 보였고 무언가를 갈망하는 듯한 모습이 서로 비슷했다. 그들은 누가 봐도 확실히 셰프들이긴 하지만 별 네 개를 받지 못한 셰프들이었다. 한 남자가 팔짱을 끼고서 만약 자기가 별 네 개를 받을 수만 있다면 파스칼을 죽일 수도 있다는 듯이 쳐다보고 있었다. 셰프들은 파스칼 주변에 몰려들었고 그는 한 남자에게 술잔을 받았고 돌아서서 다른 남자에게서 또 한 잔을 받아들었다.

그들이 하는 말은 잘 들리지 않았다. 모두 몰려와 그를 재빨리 다른 곳으로 데려가버렸기 때문이다. 그 그룹에 끼어들 방법이 없었다.

잠깐 동안 파스칼은 나를 확인했고 셰프들은 나를 흘끗 보고서 내가 중요한 사람이 아니라는 결론을 낸 것 같았다. 레스토랑에서 흔히 볼 수 있는 '한눈에 사람 알아보기'였다. 사람들은 이 세상에서의 당신 위치가 어느 정도인지 대번에 알아보고 그에 따라 관심 수준을 결정한다. 다른 레스토랑에서 다른 사람과 같이 있었다면 나는 더 많은 관심과 존중을 받았을지도 몰랐다. 하지만 파스칼과 함께 있으니 내 존재는 사라졌다.

파스칼은 나를 불러서 소개할 수도 있었을 것이다. 아까 사랑한다고 말하지 않았는가. 그런데도 그는 계속 친구들과 함께 있었고 나를 이 불편한 에르베 레제 옷과 함께 내버려두었다. 나는 핸드폰을 꺼내 파스칼이 이제까지 보낸 문자들을 다시 넘겨보았다. 그는 정말 나에게 집요할 정도로 끈질기게, 귀엽고도 사랑스럽게 매달렸다. 그런데 지금 나는 버려진 기분이었다. 물론 그에게는 오늘 밤 중요한 일이 있었고 그는 이제까지 나와 계속 함께 있었다. 그러니 잠깐 친구와 시간을 보내는 것도 괜찮겠지.

그렇지만 나는 그에게 막대한 투자를 했고 다른 모든 것보다 이 사람을 우위에 두었다. 나 또한 이런 자연스러운 '관계'가 편안하다고 말하고 싶었지만 전혀 그렇지 않았다.

익숙한 웃음소리가 들려 뒤를 돌아본 순간 가슴이 철렁했다. 매디슨 파크 타번 직원들이 거의 다 와 있었다.

"와, 이게 누구야? 룸 113에 납시다니! 우리 같은 것들과 인사 안 할 줄 알았지." 채드였다.

"무슈 파스칼 폭스와 노느라고 너무 바쁘잖아." 앤젤도 와 있었다.

헨리와 다른 웨이터 몇 명이 같이 웃었다.

둥그렇고 큰 의자 위에서는 캐리가 발을 의자 위에 올리고 무릎을 팔로 끌어안고 있었다. 앤젤과 채드는 레몬과 탄산이 들어간 술을 권했다.

"티아가 그 정도로 야망의 화신일 줄은 몰랐지." 채드가 말했다.

야망의 화신이라는 말이 그리 좋게 들리지는 않았지만 그래도 여기서 그들을 만난 것이 기뻐서 그 말에 신경 쓰지 않으려 했다.

"네. 그냥 어쩌다 알게 돼서 친하게 지내는 것뿐이에요."

채드가 매디슨 파크 타번의 다른 서버이자 나는 잘 모르는 로미나라는 귀여운 브라질 소녀의 귀를 깨물었다. 앤젤은 옆에 있는 예쁜 여자의 허벅지에 손을 올려놓고 있었다. 그 여자도 레스토랑에서 일하는 사람 같았지만 누군지는 몰랐다. 모두가 누군가와 커플이었지만 캐리는 아니었다.

룸 113에서는 이런 광경이 펼쳐지는 거구나. 굉장히 재미있어 보이기도 했다. 늦게까지 일하고 나와 동료들과 함께하는 이런 시간, 제이크 욕도 좀 하고 새로운 요리와 레스토랑 소문들도 같이 이야기하는 이런 허물없는 시간.

의자에 앉아 나를 흘끗 바라보는 캐리는 담담하고 만족스러워 보였다. 캐리와는 직장 밖에서는 한 번도 어울린 적이 없었지만 그때 그런 생각을 했다. 나도 여기에 낄 걸 왜 그러지 않았을까? 캐리는 자기 옆에 앉으라고 옆자리를 툭툭 쳤고 나는 그녀가 왜 그렇게 나긋나긋해졌는지 알게 되었다. 약간의 대마초 때문이었다. 나는 파스칼 쪽을 돌아보고 눈을 마주치려고 했지만 그는 다른 셰프와 이야기하느라 정신없었다.

"저 사람 걱정은 마." 캐리가 말했다. "너 없이도 괜찮으니까. 파스칼은 지금 '쿨 키드 셰프' 패거리들과 있는데 뭘."

나는 조용히 있었다. 최근 내 생활이 너무 복잡하고 뒤죽박죽이라 사람들이 무엇을 알고 있고 내가 무슨 말을 해야 하는지 종잡을 수 없었다. 세미나 페이퍼 쓰는 것, 그건 말할 수 있음. 리뷰 쓰는 것, 안 됨. 멜린다와 히들리스에서 저녁식사 한 것? 말해도 됨. 르 베르탱에서 마리클 잘츠와의 디너? 안 됨.

파스칼은…… 파스칼은 어떻게 해야 할까? 그는 그 사이에 속해 있었다. 나의 평범한, 보통 여자 인생의 한 부분일까? 아니면 고급 레스토랑과 마이클 잘츠에 속한 사람일까? 너무 크고 너무 복잡해 풀 수 없는 질문처럼 느껴졌다. 캐리는 웃는 얼굴로 나를 바라보고 있었다.

"너도 셰프랑 사랑에 빠진 거지?" 캐리의 입가에 몽롱한 연기가 피어올랐다.

순간 더 독한 술을 마시고 싶어졌다. 캐리의 핸드폰이 테이블 위에서 울렸고 캐리는 들어올렸다가 바로 내려놓았다.

"셰프 짝사랑 클럽에 오신 걸 환영해." 캐리가 말했다.

"사귄 지 얼마 안 됐어. 물론 내가 많이 좋아하긴 하지만."

"사귀어? 진짜 사귀고 있단 말야?"

"그런가? 나도 잘 모르겠네. 저 사람이 워낙 시간이 없어서. 몇 번 만나긴 했어." 사귄다는 건 아직은 너무 과한 단어였다. 몇 번 만났다는 것도 과장일 수 있었다. 그를 사랑한다고 말한 건 진심이었지만 엘리엇 때와는 너무나 느낌이 달라 비교할 수는 없었다.

그 말은 엘리엇이 먼저 했었다. 할로윈 파티가 끝나고 기숙사로 돌아오는 중이었다. 그는 럼버잭(나무로 만든 잭) 차림이었고 나는 쏘리Sorry! 게임 캐릭터로 분장했다(내 몸은 게임 보드였고 머리는 주사위였다). 우리는 몬스터들과 왕과 TV 프로그램 캐릭터들로 분장한 친구들과 늦게 피자를 시켜 먹었다. 엘리엇과 나는 우리 몫의 피자 값을 내고 나와 꼭 끌어안고 걷고 있었다. 윗옷이 없어서 너무 추웠다. 올드 캠퍼스 게이트를 지나가는데 제이슨 마스크를 쓴 사람이 수풀에서 갑자기 튀어나와서 우리는 기절초풍했다. 그 남자는 술에 취하고 피곤한 다른 학생들에게 테러를 가하기 위해 가버렸고 우리는 처음엔 놀라서 서로를 더 꼭 끌어안았다가 곧 깔깔거리고 웃어댔다. 엘리엇이 나를 더 세게 안았고 내 심장은 점점 부풀어 완전히 성층권으로 나가 있었다. 반은 아까의 충격이 남아서, 반은 그가 무언가 중요한 말을 할 것 같은 기대감 때문이었다. 그는 자기의 찬 손으로 역시 내 차가운 손을 잡더니 내가 그 순간에 기대한 바로 그 말을 했다.

"사랑해. 티아."

우리는 그의 방으로 같이 갔고 그때 그가 '엘리엇이 티아를 좋아하는 이유 59가지'를 보여줬다. 그는 그 리스트를 혼자 간직하고 있었지만 이제 그가 나를 사랑하는 크고 작은 이유를 나도 알기를 바랐다.

나는 파스칼을 너무나 사랑하기 때문에 "사랑해요"라고 말했을까? 적어도 엘리엇을 사랑하던 느낌은 아니었다. 엘리엇과 나는 그저 지당한 사실을 말로 표현했을 뿐이었다.

파스칼과 있을 때 나온 그 말에는 다른 목적이 있었다.

"내가 그 사정 모르겠니." 캐리가 말을 이었다. "그 사람도 항상 바쁘고 피곤하고 스트레스 만빵이고, 다음날 디너 생각밖에 안 해. 우리야 항상 전화기만 붙들고 문자나 기다리게 되지 않아? 밤 열두시가 훨씬 넘어서도 혹시나 하고?"

채드와 로미나는 어두운 구석으로 자리를 옮겼다. 앤젤은 여자의 머리에 손가락을 넣고 느슨하게 묶여 있던 머리를 풀었다.

캐리가 무슨 말 하는지 잘 알았지만 파스칼과 나는 달랐다. 우리는 서로 마음이 통하고 있었고 이제부터는 피어나도록 내버려두기만 하면 되는 문제였다.

"이렇게 얽히는 거 싫었는데." 캐리는 말했다.

캐리는 매디슨 파크 타번에서 가져온 듯한 디너 롤을 하나 꺼내 먹었다.

"그치만 말야. 너도 알겠지만 매튜와 사랑에 안 빠지는 방법을 모르겠어. 너도 파스칼과 어쩔 수 없이 사랑에 빠졌겠지만. 뭐 그런 건가?"

"글쎄…… 그렇길 바라?"

나는 바라는 것 이상이었다. 그와의 관계가 친구들과의 관계처럼 평등한 파트너 같은 관계가 되길 바랐다. 나는 그에게 리뷰를 바쳤고 내 사랑을 그것으로 표현했다. 하지만 지금 이 시점에서는 그 정보를 흘릴 수 없었고 나는 그저 나일 뿐이었다.

그런데 그것만으로는 충분치 않을지도 모른다는 생각이 불현듯 덮쳐왔다.

캐리는 매튜에게 부분이 아니라 전체를 보여주고 있었다. 그저 매튜 이야기를 하고 싶어했다.

"난 지금은 이래도 결국엔 이뤄질 거라고 생각했거든. 셰프가 일하는 시간이 길고 열심인 건 이해해. 그건 내가 그 사람을 사랑하는 이유이기도 하니까."

캐리가 계속 이야기를 했다.

나는 캐리가 진실하고도 고통스럽게 '사랑'이라는 단어를 말하는 것을 보며 솔직히 놀랐다. 캐리가 그 사랑을 진심으로 믿고 있기 때문인지 그 보답 받지 않은 사랑 이야기를 듣고 있으니 내 마음이 아파왔다.

"그런데 리뷰가 나온 거야. 별 두 개밖에 못 받았고! 그때부터 매튜가 변했어. 더 집착하게 된 거야. 그 새로운 요리 물론 훌륭하긴 해. 자신을 찾아가고 있어. 그전까지는 내가 그 사람한테 중요한 존재가 되기 시작했다는 생각이 들었거든. 근데 별 두 개를 받은 후부터 나는 땅바닥에 넘어져서 바닥에 얼굴을 긁힌 것 같은 기분이야. 확실히 깨달은 건 그 사람한테는 레스토랑이나 명예밖에 없다는 거. 나는 하나도 안 중요해." 캐리는 한숨을 푹 쉬었다. 대마초 빠는 소리가 더 쓸쓸하게 들렸다.

나는 내 콧등을 살짝 잡았다. 그래, 내가 참 대단한 짓 했네……. 《뉴욕타임스》 리뷰가 나온 다음 셰프 달링이 사장의 눈 밖에 난 것이 전부가 아니었다. 겉으로 보이지는 않았지만 그것 못지않게 안 좋은 결과였다. 캐리는 두 가지를 열렬히 사랑했다. 레스토랑과 셰프 달링. 내가 그 두 가지를 순식간에 망쳐놓았다.

"아마 그렇진 않을 거야." 나도 애써봐야 했다. "매튜가 일시적으로 우선순위를 조정한 거지. 리뷰가 너무 갑작스러웠잖아. 앞으로 나아지지 않을까? 원래 가야 할 곳으로 가지 않을까?"

"거기가 어딘데? 직원회의에서 혼자 쳐다만 보는 거? 셰프 재킷을 벗고 나와 만나주기만을 기대하는 거? 내가 셰프를 좋아하게 될 줄 꿈에도 몰랐네. 스탠포드에 다녔고 최고 명문 학교에서 이 년이나 음식학 공부했고. 졸업할 즈음에는 난 내가 게리 오스카와 사업 전략을 짜고 있을 줄 알았지. 그런데 그냥 남자한테 절절 매고 눈물이나 찔찔 짜는 백서버가 된 거야. 웨이트리스도 아니고."

"제이크가 네 능력 알아주잖아, 캐리. 항상 네가 뛰어난 면이 있다고 생각하지 않았어?"

캐리가 약간 산만하긴 했지만 제이크는 캐리가 이 레스토랑에 불러들인 지적인 면, 괴짜 같은 면을 높이 샀다. 물론 나도 그랬다.

"제이크? 제이크는 이제 한물 갔어. 티아. 원래 가을에 우리 매출이 최고여야 하는데 35퍼센트나 줄은 거 알아? 게리는 리뷰가 나오자마자 제이크를 들들 볶았고 제이크는 지금 살얼음판일걸. 매튜도 그래. 그래도 배짱 좋게 새로운 요리를 창조해냈으니까. 제이크는 어떻게 될지 모르겠네. 게리 오스카 밑에 있기엔 사람이 너무 순해빠져서. 제이크한테 쌍둥이 있는 거 알아?"

"정말? 난 제이크가 결혼한 줄도 몰랐는데."

캐리는 별 판단 없이 나를 바라보았다. 여전히 객관적인 사실만 전했다.

"응. 딸 쌍둥이. 이제 걷기 시작한 애들. 근데 미숙아로 태어나서 아직도 몸이 많이 약하다더라."

"몰랐어."

다시 한번 너무나 슬프고 마음이 무거웠다. 레스토랑이 그렇게 지진 같은 변화를 겪고 있었는데 나는 거기에 주의를 전혀 기울이지 않았다.

"뒷이야기 더 알고 싶어? 앤젤은 그만두고 시 쓰기에 전념해 보겠대. 채드는 이미 뱅크 로지에 다른 일 구했어. 이제 바 매니저 할 거래."

"와, 너는?"

캐리는 긴 의자의 쿠션에 몸을 기댔다. 어두운 곳에서 보니 캐리는 훨씬 예뻤고 내 기억보다 더 침착해 보이기도 했다. 그녀의 그리 무겁지 않은 불행이 좀 이상하지만 그녀와 어울렸다.

"나는 매튜와 함께 남을 거야."

명랑하고 똑똑한 캐리가 이렇게 낙담한 모습은 차마 보기 힘들었다. 하지만 적어도 그녀는 이 사랑이 자신만의 착각일지 모른다는 건 정확히 인식하고 있다. 나는 마음이 불편해졌다.

"나, 가봐야겠다. 파스칼이 기다릴지 몰라."

캐리와 나는 그를 바라보았지만 그는 아직 문신을 한 젊은 셰프 그룹에게 둘러싸여 있었다. 그들은 이제 막 별 네 개짜리가 된 셰프를 선망의 눈길로 바라보는 중이었다.

"그래, 여기서 만나서 좋다. 나 궁금한 거 하나 있는데."

캐리는 걱정스럽게 나를 바라보고 있었다.

"그때 게리가 너 왜 사무실로 불렀던 거야?"

"게리가 나 못마땅해 해서 그렇지 뭐." 물론 거짓말은 아니었다.

"뭐 그런가. 그게 다인가? 그럼 나중에 보자."

캐리는 앞으로 휘청하더니 나에게 몸무게를 전부 다 실었다. 그러고는 긴 잠에서 깬 것처럼 고개를 들었다. 우리 얼굴이 너무 가까이 붙어 있어서 코가 닿았다. 나는 그녀가 나한테 키스를 하거나 뭔가 하려는 줄 알고 깜짝 놀랐지만 그녀는 고개를 돌리고 내 귀에 입술을 딱 붙이고 속삭였다. 룸 113에서 속삭임이 들리려면 그렇게 하는 수밖에 없었다.

"나 그 지하에서 네가 마이클 잘츠에게 무슨 이야기하는지 들었어. 그런데 제이크한테는 말 안 했다?" 캐리가 말했다.

나는 캐리의 팔에서 빠져나왔다.

"왜?"

그녀는 한숨을 푹 쉬더니 갑자기 모든 걸 안다는 듯한 차분한 언니 같은 목소리로 말했다. 나는 그녀의 말을 더 듣고 싶어졌다.

"너 새로운 직원 규정 알아? CTD가 뭐의 약자인지는 알고?"

나는 고개를 흔들었다. 무슨 말인지 전혀 몰랐지만 캐리가 언제나 그 분야에서 가장 높은 점수를 받았다는 것이 기억났다.

"그건 '점을 잇는다(connect the dot)'는 거야. 제이크가 중요하게 생각한 거고 내가 아주 잘했던 분야. 첫째, 나는 내 알고리즘이 틀렸다는 걸 발견했어. 우리가 9월에 리뷰를 받는다는 걸 알았어야 해. 내가 그날 밤 고객 휴대품 보관소에 있었다면 마이클 잘츠를 알아볼 수도 있었을 텐데. 그날 밤엔 너무 바빠서 늦을 때까지 일반 테이블을 주의 깊게 볼 시간이 없었어. 그래도 그 남자를 보니까, 뭔가 묘한 느낌이 와서 시간이 남길래 찾아다녔거든. 그 남자가 마이클 잘츠라고 의심하진 않았던 것 같아. 너와 있는 걸 보기 전까지는. 넌 무슨 미션을 받은 것처럼 흥분해 있더라. 목적을 수행하는 것처럼 말이야. 기분 나쁘라고 하는 말은 아냐. 마이클 잘츠가 메뉴에 대한 네 생각을 들을 줄은 몰랐어. 그런데 그렇게 하더라고. 그래서 거기 서서 그가 네 말을 다 받아적는 걸 봤어. 전 세계에서 가장 중요한 음식평론가가 네 말을 듣고 있더라고. 너는 그런 것도 경험하다니 운이 좋다."

캐리는 처음부터 다 알고 있었던 거였다. 물론 진실을 전부 아는 것은 아니지만 일부는 알고 있었다. 그런데 놀랍게도 세상은 끝나지 않았다.

"그게 무슨 뜻이야? 그런 걸 경험하다니?"

"어떤 기억에 남을 순간 있잖아." 캐리는 살짝 웃으며 말했다. "그가 너한테 그렇게 집중하다니 미친 거 아니니."

그래도 우리 사이에 공감대가 있다는 사실 때문에 흥분되었다. 별건 아니었지만 적어도 내 삶의 그림자에 약간 빛이 비추는 것만 같았다. 캐리에게 마이클 잘츠에 관한 모든 걸 다 털어놓고 싶었다. 캐리는 멜린다와는 달리 적어도 이해하려고 노력은 해줄 것이다. 아마 나에게 공감할 수도 있을 것이다. 파스칼에 대해서도 말하고 싶고 매튜에 대한 그녀의 고민을 달래주고 싶기도 했다. 그런 타입의 남자들에게는 그들만의 공간이 필요하고 어쩌면 애초에 사랑에 빠진 건 그 이유 때문일지도 모른다고 말해주고 싶었다. 매튜와 파스칼이 언제나 부르면 오는, 내 곁에서 나만 바라보는 사람들이었다면 우리가 그들을 사랑했을까? 아마 아닐 것이다.

캐리는 나에게 숨 쉴 장소, 이 지겨운 이중생활로부터 잠깐 벗어날 수 있는 안전한 장소를 제공해줄 수 있을 것만 같았다.

하지만 그렇게 할 수 없었다. 마이클 잘츠에게 약속한 것이 있었고 그도 나에게 약속한 것이 있었다. 그보다도 나는 캐리를 알았고 그녀의 위키와 알고리즘이 내가 보고 싶지 않은 무언가를 볼 수 있다는 것도 알았다. 마이클 잘츠는 그저 나를 살짝 뒷받침해준 것이 아니다. 그와 함께 내가 사는 세상의 규칙은 바뀌었다. 나도 바뀌었다.

나는 물러나서 어색하게 고개를 숙이며 손을 흔들고 인사한 다음 화장실로 도망가버렸다. 스타일리스트가 가르쳐준 대로 손으로 머리 볼륨을 살려보았다. 화장을 고치고 거울 안의 내 모습을 한 번, 두 번, 세 번 보았다. 전혀 나 같지 않았다. 그래도 괜찮다. 내가 괜찮으면 그만이니까.

*

몇 분 후 뒤쪽에 있는 반쯤 숨겨진 공간에서 파스칼과 친구들을 만났다. 이제 마지막 주문을 받을 시간이었고 그들은 그에게 또 다른 곳에 가자고 졸랐다. 그들은 그를 잡고 흔들며 가죽 재킷을 주지 않겠다고 하고 파스칼은 웃었으며 그들은 더 졸라댔다. 그들이 대마초에서 콜라로 바꾼 것 같다는 생각이 들었고 그도 같이 다음 장소로 옮기고 싶어 하는 듯한 느낌이 들었다. 그때 파스칼의 그룹이 아니었지만 대마초로 몽롱한 상태인 것 같은 남자가 내 뒤로 오더니 나를 한 바퀴 돌면서 쳐다보았다.

"이봐요, 나 몰라요? 난 당신 아는데! 난 당신 아주 잘 알아!"

그는 허공에 손을 흔들어댔고 빨개진 코 때문에 거리에서 방황하는 정신 나간 약물 중독자 같았다. 파스칼의 얼굴이 완전히 구겨졌고 자세가 뻣뻣해졌다.

"전 잘 모르겠는데요……."

파스칼 옆에 가서 팔짱을 끼었다.

파스칼이 팔로 나를 감쌌고 더 많은 셰프가 우리 주변에 몰려들었다.

"나 기억 못 해요? 정말?" 그가 똑바로 서서 니트 비니를 벗고 머리를 뒤로 넘겼다. "내가 그날 저녁 당신이랑 잘츠를 위해서 5백 달러어치 트러플 쓴 거 알아요? 그런데 우리한테는 별 세 개만 줬잖아."

잠시 동안은 그가 자제하는 것 같더니 나한테 윙크를 했다. 텔리체리에서 했던 것과 똑같은 윙크였다. 펠릭스, 우리 테이블 담당 웨이터.

그의 눈이 파스칼을 향해 이글거렸다.

"셰프 폭스, 당신은 확실히 뭘 해야 하는지 안 것 같네." 그가 씩씩댔다. "이 여자는 트러플 이상을 원한 거잖아, 안 그래? 별 네 개 축하해. 이 걸레 같은 여자하고 잔 대가가 그 정도는 되어야지."

펠릭스 옆에 있던 여자가 그를 말렸다.

"무슨 말을 그렇게 함부로 하냐, 야 이 자식아."

펠릭스가 웃었고 나는 무서워서 파스칼의 팔을 꼭 잡았다.

"다들 네 레스토랑 구리다는 거 다 알거든. 그래도 엄청 존경스럽긴 하네. 요리 연구하느라고 머리 싸매고 고생할 거 뭐 있어, 여자 한 명 주무르면 해결되는데?"

펠릭스가 나를 가리켰다. 그가 그때 보여주었던 파인 다이닝 웨이터의 우아한 손짓이 아니었고 천박하기 이를 데 없는 손짓이었다. 그러고는 더러운 것을 보듯 나에게 인상을 팍 쓰더니 돌아서 가버렸다.

머리로 지금 무슨 일이 일어난 건지 생각해보려 했다.

파스칼이 내 어깨를 잡더니 나를 메인룸으로 데리고 나가 문 쪽으로 향했다. 술과 약에 취한 사람들이 아직도 그를 따라오면서 축하하고 또 축하한다는 말을 반복했다. 하지만 파스칼은 나를 앞으로 밀면서 팬들 사이를 뚫고 지나가서 문을 열고 거리로 나왔다. 우리는 빠른 걸음으로 그의 아파트로 향했다. 나는 치마만 입어서 다리가 너무 추웠고 힐을 신은 발로 그를 따라 걸을 수 없었다. 그는 거의 나를 끌고 가다시피 걸었다.

한참이 지날 때까지도 나는 펠릭스가 대체 무슨 소리를 한 건지 몰랐다. 그럴 정신이 없었던 것이다.

펠릭스는 내가 텔리체리의 별 세 개 리뷰에 책임이 있다는 것을 알고 있었다. 그날 마이클 잘츠와 나를 자신이 서빙한다는 것도 알고 있었다. 그는 파스칼와 내가 얽혀 있다는 것도 다 알고 있었다. 또 뭘 알지?

파스칼의 아파트에 도착했고 둘 다 아무 말도 하지 않았다. 그를 올려다보면서 그의 해명을 기다렸다. 이를테면 "펠릭스는 저 자식 미친놈, 약쟁이야. 다들 아니까 걱정 마"라든가 "자기야, 사랑해. 그 자식이 맛 가서 헛소리한 거야" 같은 말.

소파 옆으로 자리를 옮겨 그를 위한 자리를 만들었지만 그는 내 옆에 와서 앉지 않았다. 그는 싱크대 앞을 왔다 갔다 하면서 팔을 흔들었다.

나는 그때 점들을 연결할 수 있었다.

"이 걸레 같은 여자하고 잔 대가가 그 정도는 되어야지."

"파스칼……." 내가 먼저 입을 떼야 했다. "왜 그 남자가 당신한테 그런 말을 했어요?"

파스칼이 숨을 들이쉬더니 나에게 조심스럽게 다가왔다.

"미안해요, 티아. 당신을 거기에 데려가는 게 아니었어. 당신은 정말 멋진 여자지만 당신에게 거짓말은 하고 싶지 않아."

나는 등을 꼿꼿이 펴고 앉아서 그의 눈을 똑바로 바라보았다. 그는 눈을 피하더니 스툴 위에 앉았다.

"솔직히 말해도 괜찮겠어요?" 그가 물었다.

처음에는 천천히 눈물이 흘렀다. 파스칼을 잃게 되리라는 것만 생각했다. 사랑한다고 생각했던 남자가 나를 이용한 것뿐이었다.

레스토랑 업계의 사람들도 이 사실을 알고 있는 것이 확실했다. 나는 그냥 걸레가 아니었다. 그보다 더 심한 것. 머리가 빈 걸레였다.

혼자 울고 싶었지만 이제 와서 내가 우는 모습을 파스칼이 본다 한들 뭐가 달라지겠는가? 내가 가졌던 모든 것들이 내 눈물에 담겨 쏟아져 내렸다. 눈물은 폭포처럼 하염없이 흘러나왔고 이 눈물은 끝이 없을 것만 같았다.

가족과 친구들을 생각했다. 힘들게 들어간 대학원의 한 학기를 완전히 버렸고 중요한 관계마저 다 망쳐버렸다. 그렇게 해서 난 뭐가 되었을까? 파스칼이 갖고 놀다 버린 말?

엘리엇이 생각났다. 불쌍한 엘리엇. 엘리엇은 나보다 훨씬 더 좋은 여자를 만나야 한다. 하필이면 이 남자, 이 악당 자식과 키스하는 걸 보다니. 그동안 내내 나를 이용하고 갈취했던 이런 개새끼하고 키스하는 걸 보다니.

파스칼이 내 옆에 앉아서 허벅지에 손을 올려놓았다. 그 손길이 아직 좋다는 것이 날 미치게 만들었다. 참을 수 없이 좋은, 여전히 내 피부를 달아오르게 만드는 손길이었다. 이게 다 사기라는 걸 알면서도, 절대 사랑도 뭣도 아니라는 걸 알면서도 그랬다.

"크리스찬이라고, 텔리체리에 있는 친구가 나한테 정보를 하나 줬었어요." 그가 울고 있는 내 앞에서 말했다. "벨루메 키친에서 같이 일한 적이 있었죠. 그때 당신 테이블 맞은편 앉았을 때 거짓말한 거야. 난 레스토랑 한 번도 쉰 적 없어. 바쿠샨 연 뒤로 오늘 처음으로 휴가 낸 거야. 리뷰가 나올 때까지는 쉴 수가 없었지. 그건 이해하죠. 그렇지?"

"한동안 레스토랑 업계는 그의 정체를 파악 못 하고 있었어요. 우리 레이더망에서 벗어났죠. 그때 매디슨 파크 타번에 있는 사람한테 들었는데 사람이 너무 말라서 변해버렸다고 하더군. 크리스찬이 자기 레스토랑에서 그를 보고 나에게 연락을 했어. 나는 연락을 받자마자 달려나가서 그를 연구하기로 했지. 그 사람이 내가 키친을 떠날 유일한 이유니까. 그날 밤, 그가 당신과 있는 걸 봤어."

나는 숨을 헉 들이쉬었고 울음을 억지로 그치려고 해보았다. 그래야 그의 설명인지 변명인지를 들을 수 있었다. 파스칼은 그의 이름도 말하지 않았다. 나는 그가 그냥 말하길 바랐다. 그가 마이클 잘츠 때문에 나를 이용했다고 인정하길 바랐다. 우리의 섹스 냄새가 나는 이 소파에 앉아 있는 동안 그 말을 하길 바랐다.

델리체리에 있는 여자 맞은편에 앉아, 그 여자 전화번호를 따, 그리고 침대까지 끌어들여. 쉽기는 참 쉽다. 그걸 쉽게 만든 건 나였다.

"셰프들 사이에서 마이클 잘츠가 젊은 여자 한 명을 데리고 다닌다는 소문이 돌았는데 다들 그가 게이인 걸 알았으니까 의외였지. 하지만 판 호에서 사진이 한 장 찍혔고 셰프 친구들 사이에서 그 사진이 돌았어. 당신이 그전에 우리 레스토랑에 온

적이 있어서 얼굴을 알아봤죠."

판 호를 나올 때 들었던 그 찰칵하던 소리. 나는 아예 처음부터 '발각당한' 것이었다. 나는 내가 비밀인 줄 알았고 특별한 사람인 줄 알았다. 내가 원하는 대로 NYC를 주물럭거리고 있다고 생각했다. 이제 나는 그동안 내내 이 도시가 나를 주물럭거리고 있었다는 사실을 섬뜩할 정도로 명확하게 깨달았다.

이 모든 것이 악몽이기만을 바랐다. 어쩌면 나는 룸 113에서 알레르기 반응을 일으켰을지도 모른다. 랍스터 칵테일 같은 것을 마셔서 실신 중인지도 모른다.

"우리 둘 사이의 모든 게 다 거짓말이네." 나는 혼잣말로 중얼거렸다. "그러니까 나를 좋아하기는 한 건가? 만나는 동안 한 번이라도? 홀푸드, 아까 저녁에 우리가……."

손을 내 더러워진 드레스에 닦았다. 파스칼의 소파를 내려다보니 아까 저녁에 우리가 던져버린 베개들이 땅에 떨어져 있었고 순간 방이 빙글빙글 돌기 시작했다.

"그렇게 단순한 거 아냐." 파스칼도 조그맣게 속삭였다. "아는 사람들이 그렇게 많지도 않고. 그리고 당신한테 영향력이 있다고 믿는 사람도 별로 없어. 그러니까 당신이 그 사람한테 뭘까? 그의 비서인가? 아니면…… 변장에 필요한 사람?"

나는 베개를 던져버렸다. 그가 나를 마이클 잘츠의 비서라고 한다. 그는 아무것도 몰랐다. 그 남자가 쓴 모든 글이 내 글이란 걸 몰랐다. 나는 비서가 아니었다. 내가 주관자였다. 내가 주인공이었다.

하지만. 지금 나는 자기 목에 매달린 줄을 봐버린 불행한 꼭두각시 인형일 뿐이었다.

일어나 앉을 기운도 없어 소파에 쓰러져버렸다. 파스칼이 어깨를 잡아서 나를 일으켰다.

"아마도 바쿠샨이 최근에 여러 안 좋은 리뷰도 받고 있다는 걸 알았을 거야. 그래서 나는 무엇이든 해야 했어."

"오 그런 건가? 난 그걸 그렇게 해결해야 하는 건지 몰랐네. 차라리 요리나 제대로 만들지 그래?" 나는 소리질렀다. "스태프 교육이나 똑바로 시키고. 네 그 빌어먹을 덤플링에 모래가 씹히지나 말게 하던가. 나한테 뭘 얻을 수 있을 거라고 생각했어?"

파스칼은 정말 진실을 말해주길 바라? 하는 표정으로 쳐다보았다. 하지만 그의 얼굴은 부드러워졌다.

"티아, 나만 안 거 아니야. 레스토랑에서 당신과 마이클 잘츠에게 항상 제일 잘생긴 남자 웨이터 보내주는 거 눈치 못 챘나? 사람들이 당신 갖고 노는 거 알아채지 못했어? 당신은 그게 보너스 같은 거라 생각했어? 당신도 다 알았을 거야."

"난 그 특전 때문에 한 게 아니야!" 나는 울먹거리는 목소리로 외쳤다. "나는…… 너를 위해서 했단 말이야. 마이클 잘츠가 이렇게 하면 헬렌 란스키와 일하게 해준다고 했어. 그래서 했다고. 그건 알았어?"

파스칼은 약간 혼란스러운 듯도 하고, 약간 두려운 듯도 했다. 내가 한순간에 무너질지 모른다는 듯한 표정이었다. 나도 내 기분이 어떤지 알 수 없었다.

"뭘…… 알았다는 거지?"

"헬렌 말이야. 내가 이 모든 일을 한 이유라고!" 나는 빽 소리를 질렀다.

그가 한 발 물러섰다.

"아니, 난 헬렌 이야긴 몰라. 당신이 마이클과 어떤 식으로 엮여 있다는 것만 알았지."

"그래. 맞아. 내가 먼저 하겠다고 한 것도 아냐. 나는 그냥 처음부터 헬렌과 일하고 싶었는데, 요리책 도와주고 싶었는데……."

"잠깐, 잠깐, 요리책? 레시피 테스팅하는 그 지겨운 거? 티아……."

그는 못 참고 웃음을 터뜨렸다가 간신히 참는 눈치였다. 그는 나보다 고작 여섯 살이 많지만 지금 나를 어린애 취급했다. 그는 나를 세상 물정 하나 모르는, 자기가 얼마든지 주무를 수 있는 애송이로 보고 있었다.

"티아는 이 모든 걸 헬렌을 위해 했다고 생각할 수는 있겠지. 감히 말하건대, 당신은 다른 이유 때문에 마이클 잘츠와 같이 이 일을 했어."

파스칼은 나를 위아래로 쳐다보았다. 내 드레스, 내 구두, 내 머리. 수치심에 눈을 꼭 감아버렸다. 나라는 존재는 사라지고 완전히 거짓말로만 이루어진 장난감이 되어버린 것 같았다.

코트를 집어들고 나가려고 했다. 그가 너무나 미우면서도 내 안의 또 다른 나는 시간이 멈추기를, 그래서 이 상처를 내가 볼 수 있고 이해할 수 있는 곳에 놔두기를 바라고 있었다. 일단 저 문으로 나가면 일이 더 나빠질 수도 있다는 것을 알았다. 그때부터는 이 세상을 진짜 색깔로 보게 될 것이다.

"티아, 가지 마. 그러지 마요." 파스칼이 날 잡았다. "내가 우연히 어떤 기회를 봤고 그 기회를 잡은 걸로 날 탓할 수 있을까?"

나는 그냥 서 있었다. 피곤했다. 너무 늦은 시간까지 깨어 있어서, 그를 위해서, 그를 더 알고 그의 세계에 들어가고 싶어서 이렇게 늦게까지 있게 되어 피곤했다. 이 멍청한 하이힐을 신고 있어서, 너무 꼭 죄는 우스운 드레스를 입고 있어서 피곤했다. 이런 일이 일어나지 않았던 때도 돌아가고 싶었다.

"그래도 그대로 갈 거면 내가 뭐 하나는 줄게요."

그가 냉장고를 열더니 밝은 연두색 내용물이 들어 있는 플라스틱 용기를 내밀었다.

"이거 내가 만든 콩 소스예요. 그 푸아그라를 감싸고 있던 것."

"뭐?"

"아니 당신이 좋아한 것 같아서."

그는 내 리뷰를 보고 말한 것이었다.

"여기 있어. 이거 가져가도 돼."

"어머, 어머, 정말이세요?" 나는 킥킥거리고 웃기 시작했다. 그러다 키들키들거렸고 곧 히스테리컬하게 웃기 시작했다. "이게 뭐야? 먹다 남은 거 싸가라고 쥐어주는 거야?"

내 발음이 불분명했지만 파스칼은 긴장하는 것 같았고 근심스러워 하는 것 같기도 했다.

"내가 레시피 알려줄까? 언론에서 다들 달라고 했지만 절대 공개하지 않은 거야. 여기 있는데 내가 프린트 해줄게." 그가 노트북 쪽으로 다가갔다. "《뉴욕타임스》에 공개해도 되고."

"됐어!" 나는 소리 질렀다. "싫어, 싫다고!"

나는 테이블 위의 용기를 들어서 던져버렸다. 용기가 땅에 떨어져 뚜껑이 열리면서 초록색 액체가 흰색 러그에 쏟아졌다.

"나한테 이러지 마. 이제까지 나한테 순 거지 같은 것만 먹였어. 한심한 놈, 어떻게 그런 너 자신하고 사니?"

파스칼이 소파에서 일어났다.

"미안해, 티아. 이건 게임이야. 내가 만든 게임도 아니고." 그가 팔을 벌리더니 나에게 옆에 앉으라고 손짓해 보였다. "이리 와, 제발. 너무 그렇게 심하게 받아들이지 말아요."

그의 목소리는 진심처럼 들렸다. 그가 나를 의도적으로 망가뜨리려고 그런 것 같지는 않았다. 하지만 내가 사람 속을 뭘 알겠는가?

"우리 그냥 같이 잘 놀았잖아."

나는 숨을 날카롭게 들이쉬었다. 나에게는 한 번도 '그냥'은 없었다. '그냥' 대학원에 가고 '그냥' 헬렌 란스키를 원하지 않았다. 파스칼과 '그냥' 어울린 것이 아니었고 무엇보다 이건 나에게 그냥 '그냥'이 아니었다.

그에게 사랑한다고 말했을 때는 진심이라고 생각했다. 꿈이 이루어졌다고 생각했다. 나에게도 그렇고 우리 둘 모두에게도 그렇다고 생각했다. 이제 이 상실감은 나의 내면을 전부 파괴해버렸다.

"그러면 이거는 입어."

그가 구겨진 라펠라 속옷을 내밀었다. 어쩌면 그걸 잃어버리지 않았던 건지도 몰랐다. 전리품으로 갖고 있으려 했는지도 모른다.

그의 아파트를 둘러보았다. 그가 나에게 처음 와인을 따라준 테이블, 그가 리뷰를 읽던 테이블과 행복하게—순진하게—그 모습을 바라보던 나. 그가 나와 섹스한 소파. 여기 처음 왔을 때는 이 텅 빈 아파트가 그에 대한 모든 것이라고, 그는 모든 것을 펼쳐 보여주는 사람이라고 생각했었다. 하지만 이제 와서 생각해보니 나는 그의 침실조차 들어가본 적이 없었다. 이제까지 단 한 번도. 그는 나를 항상 거실에만 있게 했다.

내일 아침 신문에 바쿠샨 리뷰가 나올 것이고 블로그에서는 한바탕 회오리가 휩쓸고 지나갈 것이다. 비판하는 이들도 많겠지만 대체적으로 내 말을 진짜로 받아들이겠지. 나는 그 신문에 글이 실릴 때의 흥분감은 절대 늙지 않을 거라고, 내 단어가 세상에 잔물결처럼 퍼지는 스릴은 항상 똑같을 거라고 생각했다. 하지만 이제 그 흥분이 나를 공포에 질리게 했다. 마치 지진이 일어난 다음날 쓰나미가 다가오기를 기다리듯이 파괴적인 힘을 가진 기사를 무력하게 기다리고 있을 수밖에 없었다.

"미안해." 파스칼이 말했다.

나는 완전히 산산조각난 채로, 벌거벗겨진 채로 그의 아파트에서 나왔다. 내 입에서 무언가 산패한 맛이 나기 시작해 내 위로 내려갔고 내 다리 사이까지 내려갔다. 유일하게 긍정적인 면은 내 심장이 없어질지 모른다는 것이다. 치가 떨리게 싫은 것이 없어져서 속이 다 시원했다. 어차피 내 심장 따위 믿을 수가 없었다.

*

아파트까지 걸어갔다. 이미 해가 뜰 시간이라고 생각했지만 밤은 마치 고무줄처럼 길게만 늘어져서 시간은 흐를 뿐 끝나지가 않았다. 사람들은 길가에서 담배를 피우며 이야기를 하고 거리에는 차들이 지나갔다. 순간적으로 누군가 나에게 마약을 먹인 것 같다고 생각했다. 그날 밤 일어난 모든 일이 너무나 초현실적이었기 때문이다. 하지만 그건 나의 바람일 뿐이었다.

아파트에 들어와서 멜린다의 방문을 노크했다. 대답이 없었다. 몇 분 더 기다렸다. 아니 몇 분이 흘렀는지도 몰랐다. 거실이 내게 최면을 걸고 있었다.

마침내 문이 열렸다.

"티아? 티아, 무슨 일이야?"

멜린다는 눈을 거의 뜨지도 못하고 있었지만 팔을 벌려 나를 끌어안았다.

"무슨 일 있어? 지금 몇 시지?"

입을 열었지만 아무 말도 나오지 않았다. 할 말은 너무나 많았으나 말을 한다는 건 불가능한 도전처럼 여겨졌다. 손목을 들어서 시계를 보여주려고 했지만 내가 시계를 차고 있지 않다는 걸 그때 알았다. 클러치를 열어 핸드폰을 찾으려고 했지만, 클러치는 페이퍼 백 두 권 크기밖에 되지 않았는데도 이 안에서 핸드폰을 찾을 수도 없었다.

"미안해, 미안해." 나는 겨우 말을 짜냈고 눈물이 흐르기 시작했다. "지금 몇 시인지 모르겠어."

"티아." 멜린다가 웃었다. "괜찮아."

"나 너한테 너무 나쁜 친구였지."

멜린다가 눈썹을 찡그렸다.

"별것 아니야. 우리가 안 지 얼마 됐냐? 한 이 초? 너 자신에게 그렇게 뭐든지 잘해야 한다고 부담주지 마."

내 울음소리는 점점 더 커졌다.

"일이 다 잘못돼버렸어."

멜린다가 손을 들었다.

"아니, 티아. 그만해. 그렇게 슬퍼할 만한 거 없어. 알았지? 무슨 일이 일어났건 다 지나갈 거야. 일단 내버려둬."

멜린다의 또 다른 만트라였지만 지금은 큰 도움이 되지 않았다.

"그렇게 못 해. 일이 점점 더 나빠질 거야. 가만히 있으면 저절로 좋아질 수가 없어."

우리는 말없이 있었고 멜린다는 생각에 빠졌다. 누군가 나를 훅 불었다면 나는 그대로 바스라져버렸을 것이다

"우리 원래 맨날 망치잖아. 남들 때문에 망하기도 하고. 그게 인간이고 인생의 사이클이야. 더럽게 짜증나지만 어쩌겠어. 너는 다시 위로 올라가게 될 거야. 네가 그럴 사람이란 건 나도 알아."

그날 밤 나는 멜린다와 함께 그녀의 에어 매트리스 위에서 잤다.

다음날 아침 기름기 많은 음식을 파는 뒷골목 식당에서 늙고 신경질적인 아줌마 웨이트리스가 가져다주는 브런치를 먹었다. 내가 앉았던 의자는 그전에 앉아 있었던 남자 때문에 미지근했다. 전 손님이 테이블에 흘린 빵조각도 닦아내야 했다. 멜린다는 초콜릿칩 머핀과 베이컨을 시켰고 나는 양파, 흰 버섯, 피망이 들어간 오믈렛을 먹었다.

숨 쉬는 사이 울컥울컥 서러움이 복받쳤지만 멜린다는 아무 말도 하지 않았다. 오믈렛에 케첩과 후추를 가득 뿌리고 한입 먹어보았다. 내게 전혀 입맛이 없다는 것만 알게 되었다. 나는 먹고 싶지 않았고 앞으로도 영영 아무것도 먹고 싶지 않을 것이었다.

28

사흘 동안 내 침대는 유일한 단짝 친구였다. 인턴십 세미나도 가지 않았다. 수업을 라이브 스트림으로 집에서 보려고 했지만 그 대신 입을 꾹 다물고 가슴은 규칙적으로 숨만 쉬도록 놔둔 채 온종일 잠만 잤다. 한참을 자고 일어났지만 전혀 쉰 것 같지 않았다. 매디슨 파크 타번에는 아파서 못 간다고 전화했다. 창 학과장이 내 학위 이수에 대해 경고할 것이 분명했지만 신경도 쓰지 않았다. 레스토랑 사람들에게서 따로 연락이 오진 않았다. 그래서 그들은 그날 밤 펠릭스와 파스칼과 나 사이에 있었던 사건을 목격하진 못했을 거라고 생각했다. 마이클 잘츠의 전화도 받지 않았지만 그가 보낸 이메일은 읽었다. 놀라운 건 그가 나의 잠수에 그리 노발대발하진 않았다는 것이다. 오크라는 레스토랑의 리뷰가 다시 실렸지만 읽지 않았다. 오크의 셰프도 위험할 정도로 섹시한, 문신투성이 천재 셰프였다. 알고 보니 이쪽 세상에 널리고 널린 것이 섹시한 셰프였다. 그렇다고 상처가 줄어들진 않았다.

캐리가 보낸 이메일 때문에 가까스로 일어날 수 있었다.

안녕, 어떻게 지내? 요즘 몸이 안 좋다는 말 들었어. 조금이라도 나아졌길. 빨리 레스토랑으로 돌아오길 바라. 셰프가 새로운 요리들을 개발했고 정말 죽여줘(물론 내가 과장하는 데 일가견이 있긴 하지만 이번에는 진짜야).

곧 볼 수 있지? 추수감사절 전에 볼 수 있길!

캐리가.

이메일을 열 번이나 읽으면서 캐리의 목소리를 머릿속으로 들었다. 읽을 때마다 레스토랑의 의미가 새롭게 다가왔다. 다이닝룸 창문으로 들어오던 늦은 오후의 햇살, 매일 바뀌던 싱싱하고 아름다운 꽃들. 키친의 우아하고 정확한 작업 체계, 다이닝룸이 그리웠고 고객 휴대품 보관소까지도 그리웠다. 그곳 친구들도 모두 보고 싶었다.

그래서 다음날인 토요일에 일하러 갔다. 그 사람들이 그리웠고 무엇보다 레스토랑은 이제 내 집처럼 느껴졌기 때문이었다.

"티아!" 제이크가 나를 불렀다.

나는 오래된 질 샌더를 입고 다이닝룸으로 달려갔다. 뭐 더 이상 무슨 할 말이 있을까? 이건 여전히 단정하고 고급스러운 슈트였고 어떤 사람도 눈썹을 치켜올리게 하지는 않는다.

"이번 주에 게리는 마이애미에 갔어. 그래서 오늘 밤엔 다이닝룸 일 좀 도와주었으면 좋겠는데. 괜찮겠어?"

"그럼요. 전 너무 좋아요."

파스칼 사건 때문에 쇠약해지긴 했지만 레스토랑에 들어서자마자 새로운 에너지가 나를 채우는 걸 느낄 수 있었다. 여기서 나는 쓸모 있는 사람이었다. 이곳 일은 정직하고 기본적이었다. 음식을 가져다주고 치우고 정리한다. 이 직업이 얼마나 순수한 일인지 몰랐고 이에 감사할 줄도 몰랐다. 사람들은 영양가 있는 음식으로 자신의 몸을 채우고 싶어한다. 환대받고 싶어한다. 알아주길 바란다. 그것이 바로 최고의 레스토랑이 고객들에게 해주는 일이다.

제이크가 나를 보고 웃더니 앞치마를 건네주었다.

"오늘 밤에는 손 좀 더럽혀야 할걸?"

새로 개발한 메뉴에 대한 캐리의 말은 전혀 호들갑이 아니었다. 리뷰로 인한 분노 때문에 창의력이 폭발했는지 셰프 달링은 '으깬 가을 오리'라는 놀랍고 창의적인 요리를 개발했다. 웨이터는 깨끗하고 사랑스러운 접시에 둥그런 오리고기와 야채들을 서빙했다. 그리고 백서버인 내가 중세 시대부터 이용한 것 같은 무거운 기구를 이용해 그 고기를 썰면 남아 있는 육즙이 접시 위로 떨어졌다.

그 기계는 엄청나게 컸다. 새로운 고기를 자를 때마다 복잡한 기계 안의 기름을 닦아내야 했다. 또 너무 높아서 항상 까치발로 서야 했다. 너무 집중하느라 일하면서 땀을 흘리거나 혀를 쏙 내밀지 않으려고 온 힘을 다해야 했다.

그날 저녁 일하는 중간에 앤젤이 나를 한쪽으로 데리고 갔다. 캐리가 그에게 뭔가 말했을까봐 순간 겁에 질렸다. 어쩌면 파스칼과 펠릭스 사건은 벌써 이 동네에 소문이 쫙 퍼졌을지도 몰랐다. 하지만 그는 내가 계속 서빙하고 있던 오리고기 한 조각을 먹어보라고 꺼냈다.

"이거 한번 먹어봐. 이건 매디슨 파크 타번을 명예의 전당으로 올려놓을 요리야."

믿을 수 없을 정도로 훌륭한 맛이었다. 특히 혀에 부드럽게 스며드는 육즙의 맛이 기가 막혔다.

일을 마친 후에 내 앞치마에는 오리기름이 잔뜩 묻어 있었다. 그것마저도 좋아 미칠 지경이었다.

캐리가 나에게 뛰어왔다.

"너 그 오리고기 기계 되게 잘 다루더라. 끝나고 오늘 같이 룸 113에 갈래?"

"가고 싶은데. 학교 숙제해야 해서."

룸 113엔 다시는 발도 들이지 않을 것이다.

"그래 맞다. 네가 아직 대학원생이라는 걸 깜박했네. 그냥 우리와 똑같은 직원 같아서 말이야."

"고마워, 캐리……."

"그럼 월요일에 로미나랑 나랑 놀러 갈래? 켈 자보네에서 인더스트리 나잇* 한대."

---

* 바나 클럽에서 서비스업계 사람들인 바텐더, 웨이터, 웨이트리스에게 특별 음료를 준비하는 이벤트.

나이트클럽에서 인더스트리 나잇? 지금 내 상황에서 절대 가고 싶지 않고 가서도 안 되는 곳이었다. 마치 음식학 대학원 환영회에 익명의 레스토랑 비평가가 나타나는 것만큼이나 최악이었다.

"그러지 말고 가자." 캐리가 한 번 더 졸랐다.

"나 룸 113에서 좀 이상했지? 그런데……."

그녀가 어깨를 으쓱하더니 셰프 달링이 메뉴만 새로 태어나게 한 것이 아니라는 의미의 눈길을 보냈다.

나는 이미 며칠 동안 동굴 속에 처박혀 있었고 앞으로도 영원히 그럴 수 있을 것 같았다. 하지만 캐리의 다정한 눈길이 결국 나를 이겼다. 나는 방구석에 처박혀 자학하는 실연당한 여자가 될 수도 있었고, 동료들과 켈 자보네에 가는 여자가 될 수도 있었다.

"그래, 가자."

캐리는 놀란 것 같았다. 나는 그녀가 가자고 한 곳에 따라간 적이 없었지만 그녀는 나를 포기하지 않았다. 내 곁에 그런 사람이 있다는 것이 감사할 뿐이었다.

레스토랑을 나오려고 하는데 제이크가 입구에서 나를 잡았다.

"오늘 그 오리고기 기계 대타 뛰어줘서 고마워. 꽤 어려운 일인데 아주 잘했어. 기름이 너무 많았지?"

그가 나에게 20달러를 건네주었다.

"이게 뭐예요?"

그가 내 옷을 내려다보았다. 짧은 순간 내가 잘못된 옷을 입고 있어 그가 뭔가 의심하는 거라고 생각했다. 그때 오리기름이 앞치마에 스며들어 스커트에까지 묻어 있는 걸 발견했다.

"드라이클리닝 비용이지 뭐야." 제이크가 웃었다.

29

월요일 밤 애비뉴 C에 있는 캐리의 아파트에 가서 미리 놀다가 가기로 했다. 멜린다도 데려가기로 했다. 여러 명이 모여 왁자지껄하게 떠드는 모임을 그리 좋아하지 않았지만 춤이라면 출 수 있었다.

마이클 잘츠의 이메일은 여전히 매 순간 나를 괴롭혔지만 나는 답을 하지 않았다. 내가 쓰지 않은 리뷰가 한 편 나왔고 마이클 잘츠가 나를 찾아내기 전에 사용했던 그 책략과 사기 기술을 다시 사용했다는 걸 알 수 있었다.

"왔네, 잘 왔어." 캐리가 플레이트에 치즈, 샤퀴테리, 쿠르디테*, 홈메이드 쿠키 등을 놓으며 말했다. 로미나는 니나 시몬 음반을 올려놓았고 열어놓은 창문으로는 11월 말 초겨울의 바람이 들어왔다.

---

* 프랑스어로 '날 것'이라는 뜻으로, 신선한 야채로 만든 샐러드.

캐리의 집은 앙증맞고 독특하게 꾸며져 있었다. 한쪽에는 아프리카 바구니들이 있고 식탁에는 유리 장식품, 커피 테이블에는 엉뚱한 뜨개질 작품들이 펼쳐져 있었다. 하지만 무엇보다 인상적이었던 건 그녀의 책장이었다. 이 작은 원 베드룸 아파트에 천 권이 넘는 책이 있는 듯했다. 책들을 하나하나 보면서 어떤 순서로 정리되었는지 알아보려고 했다.

"종교별로 있고. 그다음에는 시대 순으로, 그다음에는 작가의 성 순서로 꽂아놨어." 캐리는 부엌 싱크대에서 우리의 샴페인 잔에 베리와 민트를 넣으면서 고개도 들지 않고 말했다.

"하! 대단하다. 캐리. 어쩜 이렇게 책이 많아?"

"별거 아냐." 그녀는 믹스한 샴페인을 그녀가 직접 장식한 트레이에 올려놓으면서 계속 자신이 전혀 대단하지 않다고 강조했다.

소파에 앉아 있던 멜린다도 같이 어울리도록 해봤지만 그녀는 계속 창문 앞에서 서성이고 있었다. 아무에게도 말하지 않고 있었는데 갑자기 전화라도 받았다는 듯이 돌아보면서 말했다. "있잖아. 얘들아. 오늘 너희들끼리 가라. 아무래도 내가 그쪽 '업계' 사람이 아니라서 그런지 기분이 좀 그래."

"정말이야?"

로미나는 레몬 파피시드* 파이를 씹으며 말했다.

"헬렌시카에 있는 친구한테 문자도 왔는데? 친구들 데리고

* 양귀비의 씨.

온대. 그리스 남자들이라 엄청 잘생겼다던대."

멜린다는 겉으로 웃었지만 속으로는 비웃고 있다는 걸 나는 눈치챘다.

"그래도 초대해줘서 고마워!"

멜린다는 전혀 멜린다답지 않은, 꾸며낸 듯한 발랄한 목소리로 말했다. 그녀는 로미나의 얼굴에 대고 비웃었다.

"눈치 봐서 올 수 있으면 올게."

"그래, 그럼, 안녕. 볼 수 있음 또 보자."

로미나가 말했고 캐리는 부엌에서 손을 흔들었다. 멜린다가 트렌치코트 드레스 위에 레드코트를 입고 나가면서 나에게 안됐다는 듯 어깨를 으쓱했다. 하지만 전혀 그럴 필요 없었다. 나는 이 시간이 벌써부터 너무 재미있었으니까.

샴페인 한 잔과 캐리가 만든 먹음직스러운 오르되브르*를 열 개쯤 먹은 후 켈 자보네로 향했다. 클럽에 한 번도 가본 적이 없던 나는 클럽은 부담스러울 정도로 섹시한 미남미녀가 한 공간에 가득한 곳이라 상상했다. 그런 건 싫었다.

하지만 인더스트리 나잇에 잔뜩 치장하고 온 글래머러스한 남녀는 별로 없었다. 대체로 일을 끝내고, 편한 캐주얼 차림으로 온 사람들이었다. 켈 자보네가 꽤 핫한 클럽이란 이야기를 들었지만 안에 들어가보니 꼭 그렇지도 않았다. 기본적으로 검은색 상자 같은 공간에 낮은 테이블과 소파와 댄스 플로어와

* 식욕을 촉진시키기 위해 식사 전에 가볍게 먹는 요리. 테이블에 앉자마자 주문하기도 전에 바로 나온다.

디제이 부스가 있을 뿐이었다.

캐리는 춤은 별로 추고 싶지 않다고 해서 전에 매디슨 파크 타번에서 일하다 지금은 소믈리를 공부하는 친구와 오랜만에 만나 밀린 수다 떠는 동안 로미나와 나는 플로어에 나갔다. 로미나가 아는 여자와 남자 친구들이 같이 와서 춤을 추었다. 음악 소리가 너무 커서 그들의 이름이나 일하는 레스토랑은 듣지 못했다.

디제이에게는 사람들을 흥에 넘치게 하는 재주가 있었다. 나는 처음에는 고전적이고 다소 얌전한 춤을 추기 시작했는데 그냥 어깨를 살짝 흔들고 손을 그에 따라 움직이는 식이었다. 그러나 시간이 흐르면서 음악에 빠지면서 힙을 돌리기 시작했다. 폴짝폴짝 뛰기도 했다.

내 모습이 우스꽝스러워 보일지도 몰랐지만 그냥 웃기고 재미있기만 했다. 빨간색과 흰색 조명이 번쩍거렸고 댄싱플로어는 어느새 꽉 들어찼다.

디제이는 딱 한 곡이 남아 있다고 했고 닐 다이아몬드의 〈스위트 캐롤라인〉이 스피커로 흘러나왔다. 그가 계속 틀어대던 힙합과는 아주 거리가 먼 곡이었다. 로미나와 나는 서로의 몸에 팔을 둘렀고 사람들도 다들 합류했다. 캐리도 의자에서 일어나 천천히 나왔다. 나는 마놀로 블라닉을 의자 밑에 벗어두고 맨발로 춤을 추기 시작했다.

아마도 이곳엔 마이클 잘츠의 정체 모를 파트너에 대해 들어본 사람들도 있었을 것이다. 룸 113에서 펠릭스가 욕한 후에 내가 재빨리 빠져나오던 걸 본 사람도 있었을 것이다. 마이클 잘츠와 내 관계의 본질을 꿰뚫고 있는 사람이 있을지도 몰랐다. 어떤 가능성도 배제할 수 없었다.

그래도 상관없었다. 신경 쓰고 싶지도 않았다. 마이클 잘츠는 단 한 명이라도 이 사실을 알게 되면 내 커리어를 시작도 전에 밟아 뭉개놓겠다고 말했었다. 이것까진 밟아 뭉개놓을 수 없겠지. 나를 있는 그대로 좋아해주는 사람들과 함께하며 나누는 순수한 즐거움까지도.

모두 같이 소리 지르고 점프했다. 나는 눈을 감고 음악에 완전히 빠져들었다. 그때 무거운 팔이 내 어깨를 둘렀다.

"어, 안녕!" 내가 말했다. "와, 여기서 다 만나네."

카일 로리머였다. 그는 내가 볼 때마다 입고 있었던 체크 셔츠에 벙벙한 카고 바지 차림이 아니었다. 오늘은 화이트 버튼다운 셔츠에 청바지를 입고 있었다. 나는 다시 춤을 추기 시작했고 그도 내 옆에 와서 너무도 자연스럽게 리듬을 탔다.

"오, 꽤 추는데? 카일 로리머."

"피유."

그는 갑자기 그 동작을 크게 하면서 내 어깨를 잡더니 내 몸을 쓰다듬는 동작을 하며 발밑까지 내려가다가 바닥에 풀썩 앉았다. 워낙 익살스러운 표정을 짓고 있었지만 충분히 야릇한 느낌을 주는 춤이었다.

"나 좀 도와줘!" 그가 소리 질렀고 내가 손을 내밀자 그는 나를 잡고 그 지저분한 바닥에 끌어내려버렸다. 나는 웃음을 터뜨렸다.

"스위트 캐롤라인! 굿 타임즈 네버 심 소우 굿!"

카일은 고래고래 소리지르며 노래를 따라 불렀다. 그는 땀범벅이었지만 그건 나도 마찬가지였다. 사실 노래도 꽤 잘 불렀다. 우리는 서로 일으켜준 다음 바닥이 꺼지도록 깡충깡충 뛰어댔다.

"오! 오! 오!"

"바로 그거죠! 사랑하는 연인들." 노래가 끝나자 디제이가 말했다. "오늘 여러분들 최고네요! 그럼 가는 길은 안전하게. 남은 밤도 끝내주게!"

카일이 내 어깨에 팔을 둘렀고 나는 놀라서 고개를 들어 그를 바라보았다. 놀라긴 했지만 싫은 것도 아니었다. 그가 말했다.

"너 알고 봤더니 아주 춤꾼이네?"

"꾼?" 나는 웃음을 터뜨렸다. 그의 팔의 무게가 어깨에 느껴졌다.

"난 보스턴 출신이라고. 나한테 뭘 원해?"

"넌 오늘 보니 되게 이국적인데." 내가 말했다.

그가 눈썹을 깜박거렸다.

"그럼. 이국적이지. 우리 부모님은 랍스터 식당 해. 로리머의 랍스터."

"나 랍스터에 알레르기 있는데." 내가 장난처럼 말했다.

그는 내 말을 농담으로 듣지 않았고 갑자기 심각한 표정을 지었다. 그것마저 귀여웠다.

"어? 진짜? 어떤 알레르기?"

"아니야. 신경 쓰지 마." 나는 웃었다.

그 즈음에는 모두가 코트를 챙겨 들고 나가고 있었다. 댄스 플로어에는 반짝이를 치우는 사람 외에는 우리밖에 없었다. 카일의 커다랗고 부드러운 볼에 보조개가 옴폭 들어갔다. 그전에도 느꼈지만 그에게서 약간 빵 냄새가 난다고 생각했다. 막 오븐에서 꺼낸 아직 따뜻하고 고소한 빵 냄새.

"그럼……." 그가 내 목에서 팔을 거두더니 귀에 대고 속삭였다. "그럼 너한테는 코울슬로만 줄게."

스피커가 갑자기 꺼지고 조용해졌지만 아직도 내 몸 전체에 베이스가 쿵쿵 대고 있었다. 근육이 쑤셔왔다. 밝은 조명이 동시에 켜져서 우리는 빛에 적응하느라 눈을 깜박거렸다. 다시 저 도시의 거리로 나가야 하나? 나가고 싶지 않은데. 난 여기가 좋은데. 이건 어쩌면 행복일지도 몰라. 무서워할 사람도 없고, '발각당할' 걱정을 하지 않아도 된다. 이 밤은 나에게 진짜였다. 다시 매 순간 불안에 떨어야 하는 편집증적인 삶으로 돌아가고 싶지 않았다. 돌아가고 싶지 않아. 다시는.

신발을 신고 코트를 입었다. 카일은 나와 더 있고 싶은 눈치였지만 아무 말 하지 않았다.

"그래, 그럼 오다가다 또 보겠지?" 옷을 다 챙겨 입은 다음 내가 말했다.

"고럼 고럼, 처음 만난 척하기만 해봐라." 카일이 씩 웃으며 말했다.

로미나, 캐리와 걸어서 캐리의 집으로 가서 마지막으로 한 잔을 더 했다.

"티아, 너 춤 끝내주게 추던데. 뭐야? 겁나 섹시해." 집에 가자마자 로미나가 말했다.

나는 웃고 말았다. 마지막으로 남자와 춤춘 건, 아니 남자 앞에서 춤춘 건 그리 아름답게 끝나지는 않았지만. 적어도 지금은 내가 어린 시절부터 춤추는 걸 꽤 좋아했다는 것을 기억했다.

"너는 좀 알 수 없는 구석이 있는 것 같아." 로미나가 계속 말했다. "카일 로리머는 또 어떻게 알아?"

"너도 카일 알아?" 내가 놀라서 물었다.

로미나는 내가 돌아버린 사람이라는 말을 하고 싶은 것처럼 캐리를 쳐다봤다.

캐리는 자기의 정보력을 자랑할 기회로 봤는지 나를 자기 책상으로 데리고 갔다. 자기의 위키를 열더니 검색창에 카일 로리머를 친 다음에 방으로 들어갔다.

검색 결과가 떴다. 카일 로리머, 클레어 로리머의 아들. 레오 클램 앤 랍스터 오너. 중요 거래처. PX.

카일이 PX였어? 나는 언제나 특별 손님들은 까다로운 거물이나 연예인일 거라 생각했다. 카일이나 카일 가족 같은 사람들도 있었구나. 우리 레스토랑은 투자은행 다니는 사람들이 없으면 안 돌아갔겠지만 L&O 클램 앤 랍스터 같은 거래처를 잃어도 안 돌아갔다.

로미나는 뭔가를 잔뜩 기대하는 눈빛으로 나를 쳐다봤다.

"그래서? 어떻게 아는데? 둘이 무슨 일 있었어?"

"일은 무슨 일. 그냥 학교 동긴데."

캐리가 파자마로 갈아입고 안경을 쓰고 침실에서 나왔다.

"야, 티아는 파스칼 폭스랑 사귀는 몸이야."

로미나와 나는 아직 옷을 완벽하게 입고 있었지만 캐리는 개의치 않고 편한 자세로 소파에 다리를 뻗고 누워버렸다.

"마이클 잘츠랑도 따로 이야기하는 사이야."

캐리는 머리를 쿠션에 기대더니 몇 초도 안 되어 고개를 까닥거리며 졸기 시작했다.

로미나는 나를 또 한 번 보았고 나는 내가 또다시 '발각당한' 건 아닐까 걱정했다. 로미나의 CDT 점수가 기억나지 않았지만 그녀도 '점들을 잇는 데' 능하면 어떡하지? 그럼 파스칼과 나와 마이클 잘츠에 점을 이어서 뭔가 알아낼 수 있을까?

로미나는 그냥 웃어넘겼다.

"취하면 항상 저러더라?"

그 말에 같이 웃었지만 캐리의 말은 계속 내 귓가에 남아 있었다. 티아는 파스칼 폭스랑 사귀는 몸이야. 마이클 잘츠와 따로 이야기하는 사이야.

즐거웠던 저녁이었는데도 그 말을 들으니 입이 썼고 나는 문득 대학원 생활을 처음부터 다시 시작하고 싶다는 생각이 들었다.

인턴십 처음부터 기쁘게 받아들이고 제대로 해볼걸.

인내심을 갖고 헬렌을 기다릴걸.

이렇게 재미있는 친구들을 사귈걸.

처음에는 이런 모든 것들이 너무나 시시하게만 느껴졌었지만 이제 나는 이렇게 뻔하고 평범한 생활보다 더 좋은 건 없다는 걸 알았다.

*

새벽 다섯시쯤에 집에 돌아왔고 세 시간쯤 후에 멜린다에게 전화가 왔다.

"티아, 너니?"

"응." 아직 잠도 덜 깨고 술도 덜 깬 채로 말했다. "너 엊저녁엔 재밌게 놀았어?"

"응…… 그게 말이야……."

전화기 너머에서는 침묵이 이어졌고 무언가 잘못되었다는 걸 직감적으로 알았다.

"멜린다? 왜 그래? 어딘데?"

"있잖아…… 내가 지금…… 말하기가 힘든 문젠데 그래도 너한테 말할게."

수화기 저쪽에서 누군가, 멜린다가 아닌 사람이 소리를 질렀다.

"이봐, 자기 벌써 어디 가려고?"

그 사람이 또 다른 말을 하기도 전에 멜린다가 말했다.

"나 지금 좀 문제 생겼거든. 사후피임약 구해야 해. 콘돔이 찢어졌어."

멜린다의 목소리가 갈라졌고 잠시 동안 그녀도 나도 아무 말을 하지 못했다.

"내가 도와줄게. 걱정 마."

나는 차분해지려고 애썼다. 멜린다가 그렇게 못하면 나라도 그래야 했다.

"약국에서 살 수 있는 건 알지? 카운터에서 약사한테 말하고 사야 해."

"나랑 같이 가줄래?"

"그럼, 당연하지. 갈게."

물론 나는 멜린다가 피임 같은 문제에 대해 이렇게 겁을 먹을 거라곤 생각지 못했다.

뒤에서 남자 목소리가 또 들려왔다.

"야! 멜리사! 침대로 와, 빨리."

남자는 멜린다의 이름조차 몰랐다. 나는 그제야 상황을 파악하고 청바지를 입기 시작했다.

멜린다는 조용히 말했다.

"너 빨리 준비할 수 있어? 나 어떻게든 여기 빠져나갈게. 우리 아파트 앞에서 오 분 후에 만나자."

*

나는 오 분 동안, 아니 십 분 동안 아파트 앞 계단에 앉아 있었다. 인도에는 이상할 정도로 사람이 없었다. 비둘기 몇 마리와 아침 산책을 나온 유모차 엄마 딱 한 명뿐이었다. 멜린다가 오는 걸 보고 나도 걸어가 중간에서 만났다. 처음에는 그녀의 빨간색 코트가 보이더니 그다음엔 트렌치코트 드레스가 보였다. 마지막으로 고통으로 일그러진 얼굴이 보였다.

"멜린다, 무슨 일이야? 너 괜찮아?"

"응. 아직은 얘기하고 싶지 않아." 멜린다는 덜덜 떨면서 내 눈을 피했다. "우리 10번가에 있는 듀안 리드 약국에 가자. 알아?"

"그래."

멜린다는 내 어깨에 머리를 기댔다. 걸으면서 몇 번이나 발을 헛디뎌서 나까지도 넘어질 뻔했다. 나는 지나가는 길에 신문가판대가 없는지 확인하며 걸었다. 《뉴욕타임스》라는 이름은 보고 싶지 않았다. 바로 파스칼을 생각나게 했으니까.

그녀를 약국까지 데리고 가는 건 아무 일도 아니었지만 지난밤에 무슨 일이 있었는지는 알아야 했다. 아무리 원나잇이라고 해도 멜린다의 상태를 봤다면 남자가 사후피임약은 같이 사러 와야 하는 것 아닌가.

멜린다가 아무 말 하지 않아 내가 먼저 말을 꺼냈다.

"캐리 진짜 재밌는 친구더라. 지난 석 달 동안 같이 일했지만 한 번도 밖에서 따로 만난 적은 없거든. 어쩌면 이제 내가 사회생활하면서 만난 가장 친한 친구라고 해도 될 것 같아."

"응…… 잘 됐네."

멜린다는 스트랩 샌들밖에 신지 않아 파래진 발가락을 바라보았다.

"로미나는 브라질의 대학원에 진학하기 전에 일 년 쉬고 있는 거래. 미술품 복원 공부한다고. 되게 멋있지 않니?"

내 말이 아무 의미도 없다는 걸 알았지만 어색한 상황과 침묵을 견디기 어려워 아무 말이라도 해야 했다. 이를테면 엘리베이터에 흐르는 음악 같은 거였다. 그 사실을 깨닫자 마음이 불편해졌다. 우리 사이는 우정이라고 말하기 부끄러울 정도로 공허했다. 나는 왜 이렇게 사람들과 깊은 관계를 맺지 못하고 거리만 두려고 했을까?

멜린다는 듀안 리드 약국에 들어가기 전에 길 한가운데서 발을 멈추었다. 얼굴은 하얗게 질려 있었고 입술에는 아직도 어제 바른 립스틱이 지저분하게 번져 있었다.

"티아, 무서워. 나 임신했으면 어쩌지?"

그녀는 내가 알던 쿨하고 건방지고 기분 나쁜 것은 참지 못하는 여자가 아니라 아무것도 모르는 십대 소녀 같았다.

"그래서 우리가 사후피임약 사러 왔잖아." 나는 사후피임약이 몸에 어떤 식으로 작용하는지 몰랐지만 복용 시점이 중요하다는 것 정도는 알고 있었다.

안으로 들어가니 벌써 사람들이 줄을 서 있었다. 할아버지들 몇 명과 할머니, 두 커플이 있었는데 그들도 멜린다와 나와 같은 이유로 온 것 같았다. 한 커플은 굉장히 심각한 표정으로 서로에게 머리를 기대고 있었다. 다른 커플은 각자 팔짱을 끼고 눈을 피하고 있었다.

멜린다가 뒤를 돌아 나가려고 했다.

"야, 너 뭐 해?"

"미안해, 미안."

멜린다는 다시 나와 함께 줄을 섰지만 제대로 서 있질 못했다.

"티아." 멜린다가 내 귀가 아닌 내 어깨에 대고 속삭였다. "네가 나 대신 사줄 수 있어? 난 못 하겠어. 미안해. 나 너무 무서워." 그녀는 귀걸이라도 잊어버린 것처럼 바닥을 보며 두리번거렸다. "누가 여기서 나 보면 어떻게 해."

눈에 맺힌 그렁그렁한 눈물은 금방이라도 떨어질 듯했다.

"그래, 알았어. 내가 살게. 누가 널 본다는 거야? 만약에 본다고 해도 네가 뭘 살지 어떻게 알아?"

"우리 다른 약국 갈까? 우리 아파트에서 좀 먼 데로?"

줄이 점점 줄어들고 있었다.

"여기서 기다리고 있어. 금방 우리 차례잖아. 내가 사올게. 알았지?"

"나 남자 친구 있어." 멜린다가 불쑥 말했다. "여기서 마주치면 어떻게 해. 이런 옷 입고." 그녀는 자기의 드레스와 샌들을 내려다보았다. "보자마자 알아챌 거야."

"그러면 지난밤에 같이 있었던 사람은…… 남자 친구 아니구나."

내가 정확히 들었는지 확인하려고 이렇게 말했다. 의문문이 되려다 건조한 평서문이 되어버렸다.

"응. 남자 친구가 지금 뉴욕으로 오고 있어. 아마 도착했을 거야."

"그럼 누구랑 있었던 거야?"

"나도 몰라!"

멜린다는 줄에서 빠져나가려고 하고 있었고 나는 그녀를 잡아끌었다. 우리 앞에는 한 사람과 한 커플만 서 있었다.

"아니 그게…… 그건 중요하지 않다는 거야."

"내 옆에 있어. 그럼 괜찮을 거야."

나는 행실이 못마땅한 딸에게 훈계하는 부모처럼 말하지 않으려 최선을 다했다. 따지고 보면 바람피우기 분야에서 내가 더 나을 것도 없으니까.

멜린다는 내 옆에서 고개를 푹 숙이고 있었다. 가는 길에 물웅덩이에 발을 헛디뎠고 물이 내 바지를 타고 올라왔다.

"찾으시는 거 있으세요?" 카운터까지 가니 약사가 로봇처럼 물었다.

"사후피임약 사고 싶은데요."

내가 지갑을 꺼내려고 하자 멜린다가 깜짝 놀랐지만 돈을 꺼내지는 않았다. 그냥 이렇게 하지 뭐. 아무 상관없었다.

신분증을 보여주자 약사는 카운터 밑으로 손을 뻗더니 카드

지갑 크기의 작은 상자를 주었다.

"20달러입니다."

돈을 주고 상자를 가방에 재빨리 넣었다. 멜린다는 잡지 근처에 서 있었는데 새 플립플랍을 한 켤레 사서 갈아 신고 있는 중이었다.

"이제 다 됐어. 이제 지금 여기서 빨리 한 알 먹어." 내가 말했다.

"티아, 진짜 너 왜 그래? 밖에 나갈 때까지만 기다리면 안 돼?"

밖으로 나와 그 약을 받자마자 멜린다의 기분은 한결 나아졌다. 아파트에 돌아와서 멜린다는 편한 옷으로 갈아입은 다음 화장을 지웠고 나는 그녀 방문 앞에 서 있었다. 멜린다가 머리를 빗는데 전화가 왔다.

"응, 아담. 응, 재밌었어. 티아가 직장 친구들 소개시켜줘서 같이 놀았어. 캐리하고 로미나라고."

멜린다는 대본을 읽듯이 그 이름들을 말했다. 전에 들었던 연기 수업이 도움이 되긴 하는군.

나는 속이 불편해져서 입술을 깨물었다. 멜린다에게 좋은 친구가 되고 싶었지만 그녀의 거짓말에 동참하고 싶지는 않았다.

"너 티아 만난 적 없지? 정말 괜찮은 애야…… 넌 뭐 했어? 하하. 그거 웃긴다."

멜린다는 실제로 하하, 라고 말했다. 웃지도 않았다. 이제는 속이 메스꺼워지기 시작했다.

"알았어, 자기야. 그래. 그래! 알았다고. 바로 보자. 나도 보고 싶었어!"

전화를 끊은 다음 길고 긴 한숨을 내뱉었다. 멜린다는 머리를 하나로 묶고 옷장에서 사진첩을 꺼내 에어 매트리스 옆 바닥에 세워놓았다.

멜린다와 쾌활하고 명랑해 보이는 남자 사진 몇 장이 있었다. 뉴욕인지 아닌지 모르겠지만 고층 빌딩을 배경으로 서 있는 사진도 있었다. 다른 사진에서는 둘이 커다란 아이스크림 선데를 먹고 있었다. 고목 아래에서 피크닉을 하고 있는 사진도 여러 장 있었다.

"사귄 지는 얼마나 됐어?"

가볍게 지나가는 척, 그러거나 말거나 나는 아무렇지도 않다는 척 물었다. 그건 멜린다의 전매특허 태도이기도 했다.

"이 년?" 멜린다는 그 시간이 아무것도 아닌 것처럼 말했다.

"이 년! 그런데 너…… 어젯밤에…… 내가 왜 네 남자 친구 이야기를 못 들었지? 클리블랜드에서 같은 학교 다녔어?"

"응. 그랬지. 아직 거기 있어. 아마도 여기 오면 자기랑 돌아가자고 할 거야. 거기가 우리가 '고향'이라면서." 조소하는 말투였다.

"그래서…… 그게 싫어서 딴 남자 만난 거야?"

"응."

"거짓말도 하고?"

이제 내 목소리는 대체 너 무슨 생각으로 사니의 톤이 되어버리고 말았다.

"……응."

"그런데 기분이 안 좋진 않아…… 전혀?"

나는 파스칼과 부엌에서 있었던 날을 떠올렸다. 내가 기분이 안 좋았나? 전혀, 별로 그렇지 않았다. 파스칼의 문자를 무시할 수도 있었다. 예의 있게 그 자리를 빠져나올 수도 있었다. 하지만 나는 그의 마법에 걸려들도록, 아니 푹 빠져버리도록 스스로를 내버려두었다. 마치 신뢰와 도덕성은 나와 그에게는 적용이 전혀 되지 않는다는 듯이 행동해버렸다.

멜린다는 사진들을 바라보았다.

"좀 기분이 안 좋은 것 같긴 해."

내 심장은 내 안에서 한 바퀴 공중제비를 돌았고 매듭은 내 목에 걸려버렸다. 멜린다는 그 말을 너무나 쉽고 너무나 아무렇지 않게 했다. 그런데도 그녀를 보고 있으니 나도 할 말이 없다는 걸 알았다. 멜린다와 내가 진지하지 않게 산다거나 의미 없이 산다거나 뭐든 가볍게 넘기고 마는 건 상관없었다. 우리가 가볍고 형편없는 인간일지는 몰라도 그것 때문에 아무도 상처 받지는 않으니까.

다른 남자 만나는 것? 나는 스스로에게 적어도 엘리엇을 진심으로 사랑했다고 말할 수는 있었다. 멜린다는 이 남자에게 기회를 주지 않았다고 말할 수도 있었다. 하지만 내가 남녀 관계에 대해 뭘 알겠나? 내가 아는 건 내가 엘리엇의 신뢰와 우정을 저버렸다는 것뿐이었다. 나는 가장 좋은 친구에게 거짓말을 했다. 그렇다. 우리는 인연이 아니었을지도 모른다. 그렇다고 해서 그렇게 밑바닥 수준까지 내려갈 필요는 없었다. 다른 남자를 만나고, 거짓말하고, 진실한 대화를 피했다. 무엇을 위해서? 값싼 흥분을 위해서 그렇게 했다. 멜린다도 가볍게 살아가고 있는 것으로 보였다. 친구도 깊게 사귀지 않고 연애도 그렇게 했고 직업적인 열정도 없었다. 그렇게 가볍게 모양을 바꾸는 인생이 좋아 보이기도 했다. 하지만 이제 나는 그렇게 살아서는 안 된다는 걸 똑똑히 알았다. 그렇게 살다보면 주변 사람들이 상처를 받기 때문이다. 약속이 깨지기 때문이다.

가방을 들고 일어났다.

"이제 난 페이퍼 써야겠다."

"응 그래. 내가 봐줄 거 있으면 알려줘."

멜린다도 나에게 잘하려고 노력한다는 걸 알 수 있었다. 하지만 그녀의 도움은 받고 싶지 않았다. 적어도 지금은 아니었다.

"알았어, 고마워."

"그래…… 오늘 같이 가줘서 고마워. 너는 이 세상에서, 내가 우는 모습을 본 다섯 명 중 한 명이야."

그리 많은 눈물을 본 것도 아니었지만 굳이 그 이야기를 할 필요는 없었다. 내가 무슨 자격으로 이 친구한테 어떻게 살라고 설교할까? 멜린다의 거짓말은 내 거짓말에 비하면 어린 아이 수준인걸.

"맞아. 내가 너 돈 얼마 줘야 되지?" 멜린다가 물었다.

"아냐, 됐어. 안 줘도 돼."

멜린다는 스케치북을 꺼내 선서를 하는 것처럼 그 위에 손을 올려놓았다. 나를 쳐다보지는 않았다.

"난 나쁜 애 아니야. 그냥 좀 혼란스러워서 그래. 어떻게 살아야 할지 차차 알게 되겠지."

"알아. 넌 꼭 그럴 거야."

나는 멜린다가 정말 그렇게 되길 바랐다. 나도 그렇게 되길 진심으로 바랐다.

*

내 방으로 와서 나는 이 모든 걸 처음부터 다시 시작하고 싶다는 생각만 했다. 이제 죽어도 거짓말은 싫다. 나도 남도 속이는 건 싫다.

이런 결심을 한 내가 가장 먼저 만나 대화를 나눠야 할 사람은 마이클 잘츠였다.

수화기를 들었다.

"티아! 아니, 티아 맞나? 동굴에서 이제야 나오셨구먼." 마이클 잘츠는 놀랍게도 화를 내지 않았다. 의심스러울 정도로 쾌활했다. "푹 쉬었나 모르겠네. 지금은 괜찮나?"

그가 이렇게 친절하게 나오니 갑자기 마음이 약해지려 했다.

"네. 괜찮아요. 하지만 남은 올해 어떻게 할지 몇 가지 여쭤보고 싶은 게 있어요. 이제 한 달 후면 봄 학기인데요. 제가 언제 헬렌 밑으로 들어갈 수 있을지 말씀을 안 해주셔서요."

"아, 그거, 물론 말해줘야지. 첫째, 나는 이제까지 티아가 해온 것에 대해 진심으로 감사를 표하는 바야, 티아. 아무래도 내가 충분히 말해준 것 같지 않아서. 바쿠샨 리뷰 반응이 아주 좋더군. 다들 새로운 별 네 개 레스토랑의 탄생에 흥분하는 듯해. 내가 그 리뷰에 만족한다는 걸 알아줬으면 해."

"네, 감사해요." 나에게는 머리에서 지워버리고 싶은 리뷰일 뿐이었다. "그러면 헬렌은요?"

그가 제발 내 자존심만 세워주지 말고 내 진짜 걱정이나 관심사에 귀 기울여주길 바랐다.

마이클 잘츠는 어정쩡하게 웃었다.

"그래, 그래, 이미 헬렌에게 티아 이야기는 벌써 했어. 내년에 같이 일하고 싶다고 말하더군."

그런데 목소리가 왜 이러지? 몇 달 전만 해도 굉장히 자신 있는 말투였는데. 지금은…… 이 머뭇거림은 뭐지? 아니면 내 귀에만 그렇게 들리는 걸까? 어쩌면 그의 말투는 변하지 않았고 내 관점이 변했을지도 모른다.

"그러면요, 선생님 수술이 끝나면 바로 그분에게 연락해도 될까요?"

"그렇지, 수술 후에. 그전에는 헬렌이 다양한 밀가루나 옛날 빵에 사용되던 곡물에 대해 읽어보고 있으라고 하던데."

전화기 너머에서 아무 소리도 들리지 않았다. 항아리를 만지작거리는 소리도 들리지 않았고 부엌 타일에 닿는 발소리나 냉장고 여닫는 소리도 들리지 않았다. 숨소리도 들리지 않는 듯했다.

마음의 안정을 찾으려고 해보았다. 카일의 식료품 가방을 살짝 훔쳐본 걸 생각하면 곡물에 대해 공부하라는 말은 앞뒤가 맞는다. 모든 것이 그럴 듯하고 정당해 보였다. 잘될 것이다. 나는 이런 안정적인 기분을 원했다.

"네다섯 달만 더 기다려." 마이클 잘츠가 말했다.

"그건 안 돼요." 나는 바로 소리질렀다. "네다섯 달을 기다리라고요? 며칠만 있으면 12월이에요. 선생님은 봄 학기부터 시작할 수 있다고 하셨잖아요. 아니면 한 달 정도 후나."

이럴 줄 알았다. 이 남자에게 명쾌한 답을 기대한 내가 잘못이지.

"좀 기다릴 줄 알아야지!" 마이클 잘츠의 목소리는 엄해졌다. "헬렌 나름대로 스케줄이 있고 그 사람의 시간도 소중해. 너는 고작 학생이야. 내 참 기가 차서."

"왜 갑자기 학생 이야기를 들먹이시는 거예요? 이건 그것과 관련 없는 거라고 생각했는데요. 기억하세요? 대학원은 아마추어들이나 다니는 거라고 하셨던 거? 매디슨 파크 타번도 그만두고 선생님의 굉장히 특별하고 엘리트한 프로그램에게만 집중하라고 하셨잖아요."

마이클 잘츠는 전혀 기죽지 않고 말했다.

"난 지금 대학원 이야길 하는 게 아냐. 조건이 그렇게 딱딱 맞춰지나? 티아 인생의 조건을 고려해야지? 내 인생도 헬렌의 인생도 마찬가지야. 그 선생에게 티아를 위해 특별히 시간을 내달라고 부탁하고 있는 중이야. 근데 이번 여름까지는 내가 뭘 어떻게 해도 안 돼. 그때 중요한 작업을 한다고 했어. 그분이 이런 말도 했다고. 당신이 내 추천대로 진짜 실력이 있다면 계속 일해보고 싶다고. 이건 좋은 기회야, 티아. 난 그 기회를 주고 싶어. 나야 단기적으로 티아가 필요한 것뿐이고. FDA가 수술을 허가했고 의사들이 이제 움직이고 있어. 수술은 2월 15일에 예정되어 있고. 내가 말했지만 아주 복잡한 과정이 뒤따라. 다시 정상적으로 일할 수 있을 때까지 몇 달이 걸릴지도 몰라. 그때까지 연민이나 동정심에서라도 나를 위해 일해주면 안 되나? 내 직업적 생명이, 정말 내 생명이 여기 달려 있어."

그의 말뜻은 잘 알았다. 가끔 이런 일들은 생각보다 시간이 더 걸릴 수 있다. 그렇지만 내가 이 일을 더 할 수 있을까? 옷을 차려 입고 또다시 그와 디너를 먹고 또다시 거짓말을 하고? 내가 또 한 명의 파스칼을 감당할 수 있을까? 그와 같은 사람이 또다시 나타나 똑같은 소리를 하고 똑같은 방식으로 나에게 접근한다면, 진심인지 아닌지 알아챌 수 있을까?

필사적이라고 할 수도 있고 관성이라고 할 수도 있고 의도적인 무지라고 할 수도 있었다. 그런데도 나는 한 번 더 해보기로 했다. 계속 가보기로 했다.

터널 끝에는 빛이 있지 않을까? 멀리서 깜박이고 있을지도 모른다. 여기까지 왔는데 곧 내 앞에 나타날 그 빛을 놓칠 수는 없다. 이미 남자 친구와 헤어졌고 유명 셰프에게 이용당했다.

대학원 생활을 망쳤고 더없이 좋은 기회였던 인턴십도 놓쳤다. 하지만 내 안의 무언가가 계속 가보라고 말하고 있었다.

학부생 때 경제학 수업에서 많은 걸 배우지는 못했지만 매몰 비용이 뭔지는 알았다. 과거는 과거일 뿐. 마이클 잘츠와의 미래가 비교적 밝다면 앞으로 전진해야 할 것이다.

레스토랑 업계 사람들이 내 정체를 안다면 화장을 더 진하게 하고 다른 옷을 입을 것이다. 신문에 내 표현이 나오길 원하고 헬렌의 책 표지에 내 이름이 실리길 원한다면 나는 더 많은 글을 써봐야 한다. 헬렌을 원한다면 이걸 참아내야 한다.

상처 받은 가슴에 관해서라면, 다른 상처들처럼 어딘가에 쑤셔박아 넣고 시간이 흐르며 아물길 기다릴 수밖에 없다.

"알았어요." 한참 있다가 말했다. "그러면 여름까지만 선생님과 일할게요."

"그래, 좋아." 그가 대답했다. "명절 끝나고 연락하자고."

애매하게 대답했지만 전혀 그러고 싶은 마음은 아니었다. 적어도 이번 추수감사절에 생각을 정리할 수는 있겠지.

30

기차역에서 집까지 더플백 하나만 메고 걸어왔다. 가방에는 옷장을 한참 뒤져서 찾아내야 했던 원래 내 옷들이 들어 있었다. 버그도프 옷들은 당연히 가져올 수 없었다.

엄마가 문을 열어주었다.

"티아, 해피 땡스기빙!"

엄마는 추리닝 바지를 입었고 추운 날씨인데도 티셔츠 하나만 입고 앞치마를 하고 있었다.

"엄마 바빠. 로터스 뿌리가 거의 다 튀겨진 것 같아."

집에 들어가자마자 나는 눈물을 쏟고 말았다. 내가 두고 간 것들이 전부 그대로 있었다. 여름 이후 집에는 코빼기도 보이지 않다가 이제야 집에 다시 왔다. 집이 얼마나 그리웠는지, 내 안의 내가 얼마나 이 그리움을 밀어내려 했는지 알 수 있었다.

중국 자수가 놓인 실크가 있었고 할아버지의 세네갈 조각상이 있었다. 엄마의 신기한 멀티미디어 작품도 있었다. 정말 나를 향수에 젖게 한 건 우리 집 특유의 냄새였다. 가장 위에는 밝고 가벼운 냄새가 있었다. 봄 양파, 레몬그라스, 생강 냄새가 떠돌았다. 그 밑으로는 무거운 냄새가 합쳐졌다. 말린 버섯과 구운 고추 냄새, 엄마의 프라이팬에서 무언가 구워지는 냄새, 달달하게 조리는 중인 어떤 고기 냄새, 아빠의 냄비에서 끓고 있는 그때그때 다른 수프 냄새. 치킨, 당근, 뿌리 식물. 시나몬 스틱과 완두콩 냄새.

대부분의 집에서는 추수감사절에 터키와 매시드 포테이토 요리를 내지만 우리는 더 나은 걸 만들 수 있는데 굳이 남들과 똑같은 걸 먹을 필요가 없다는 주의였다.

할머니는 식탁에 앉아 우툴두툴한 예루살렘 아티초크의 껍질을 벗기고 있었다. 너무나 신선하고 바삭바삭해서 털이 부숭부숭한 갈색 껍질이 살에서 떼어지는 소리가 종이 구겨지는 소리처럼 들렸다. 엄마는 커다란 냄비에 들어 있는 것을 휘젓고 있었고 아빠는 부엌을 돌아다니고 찬장을 열어보며 냄비에 넣을 이채로운 재료를 찾아보고 있었다. 아빠는 예상을 깨는 백인 남자가 되는 걸 정말 좋아했다.

나는 언제나 부엌 안에서의 엄마의 동선과 손놀림에 감동받곤 했다. 엄마는 요리책을 보지 않는데도 언제나 정확한 요리 순서와 방법을 알았다. 엄마가 바빠 내가 엄마 요리를 흉내 내려 하면 언제나 엄마보다 시간이 두 배 걸렸고 엄마 요리의 깊은 맛을 절대 따라잡지 못했다.

엄마는 수술실 간호사로 일하느라 가끔은 길고 힘든 하루,

가끔은 인정사정없는 하루를 보내고 돌아왔다. 그럴 때면 아빠는 엄마를 여왕처럼 대접했다. 엄마가 요리하고 싶어 할 때 아빠는 보조 요리사가 되어주었다. 엄마가 미술을 배우고 싶어 할 때 아빠는 필요한 재료들을 사다주었다. 엄마가 나를 데리러 올 때 아빠는 근처의 어떤 레스토랑 음식보다 훌륭한 특이하고 맛좋은 요리들을 해주곤 했다.

외동딸로 자라면서 내게 집중적으로 쏟아지는 엄마 아빠의 사랑에 가끔은 질식할 것 같기도 했지만 이제 나는 그 사랑을 그 자체로 볼 수 있게 되었다. 이 세상에 흔치 않은 진짜 귀한 사랑이었다. 나는 엄마 아빠를 절대 반도 따라가지 못할 것이다.

아빠가 내 어깨를 주물러주었다. "이리 와, 우리 딸, 아빠 요리 하는 거 안 도와줄 거야?" 그때부턴 아빠가 시키지 않아도 알아서 착착 식사 준비를 도왔다.

먹기 시작했을 때 칠면조의 레스팅이 끝나서 안에 뭉쳐 있던 육즙이 밖으로 다시 흘러나왔다. 처음에는 칠면조의 맑은 기름을 입힌 푸아그라가 나왔다. 평소에 엄마는 기름을 떼어내 나중에 다른 요리를 사용하기 위해 남겨놓지만 이번에는 특별한 날이기 때문에 그대로 놔두었다. 아빠가 설탕, 소금, 캐러웨이 시드로 재워두었던 차가운 연어를 먹었다.

엄마는 이전보다 눈에 띄게 늙어 보였다. 항상 호기심으로 반짝반짝 빛나던 엄마의 눈은 생기를 잃었고 근심스러워 보이기도 했다. 윤기 흐르던 곱슬머리는 푸석푸석하고 건조했다. 원래 에너지의 90퍼센트만 사용해 말하고 있는 듯했다. 아빠는 요리 재료 이야기도 하고 용커스에서 있었던 이런 저런 일화들도 꺼내며 엄마의 기분을 띄워주려고 하는 듯했다. 그런 아빠 또한 몇 년 새 많이 늙고 지쳐 있었다. 머리 손질을 잘 하지 않는지 이마의 머리선이 많이 뒤로 밀려나 있었다.

나는 NYU 이야기는 되도록 피했고 다행히 엄마 아빠는 눈치채지 못한 듯했다. 부모님에게 스트레스를 주고 싶지 않았다.

애피타이저를 다 먹은 후에 엄마가 칠면조와 우리가 개발한 스터핑*을 함께 내왔다. 사프란 향이 나는 쌀, 말린 생선, 초절임 래디시, 구운 땅콩, 봄 양파가 들어가고 맨 위에는 수란을 얹는다. 할머니는 내가 태어나기 전부터 우리 집에 있었던 커다란 고기 자르는 칼로 칠면조를 잘랐다. 아빠는 아빠 접시에 구운 유카** 매시를 떠 담았다. 나는 생강과 간장을 넣고 찐 가오리를 조금 떠 담았다.

부모님과 할머니는 나에게 맛있는 한 끼를 먹이기 위해 최선을 다하셨다. 그런데도 나는 대학 다닐 때는 추수감사절에만 집에 왔고 언제나 막판에 와서 최대한 빨리 떠났다. 할아버지가 돌아가시고 내 칼럼이 실리면서 나는 페이퍼와 학교, 엘리엇을 위해 학교 근처에 있어야 할 것만 같았다.

그렇지만 그 모든 노력은 나를 어디로도 데려가지 않았다. 그럴 바에 집에 한 번이라도 더 왔어야 했다.

---

* 달걀, 닭고기, 생선, 채소, 버섯 등의 내부에 다른 재료를 넣는 것.
** 용설란의 일종.

디저트가 나왔다. 나는 아주 오랜만에 더 이상 아무것도 입에 넣을 수 없을 정도로 배불리 먹었다. 마이클 잘츠와 고급 레스토랑의 멀티 코스 디너를 그렇게 먹으러 다녔는데도 이처럼 만족스럽진 않았었다. 이 음식은 깨끗했고 익숙했으며 아무리 먹어도 질리지 않았다.

*

자려고 침대에 누웠는데 아빠가 노크를 하고 방에 들어왔다.

"아빠, 왜?" 나는 이불 밑에서 말했다. "아직까지 배불러요. 우리집 밥이 많이 그리웠나봐."

"네가 먹고 싶은 건 항상 준비되어 있다고 아빠가 말했잖아." 아빠는 침대 옆 의자에 앉아서 말했다. "기차 한 번만 타면 오는데."

나는 칭얼대면서 이불 밑으로 파고들었다.

"집에 자주 오라는 이야기 하려던 건 아니고."

"어?" 너무 배불러서 아빠의 용건을 물어보기 힘들 정도였다.

"학교생활은 어떤지 좀 알고 싶어서 그렇지. 어때? 너하고 잘 맞니?"

"네. 괜찮아요." 내가 백 번쯤 연습했던 말을 해보았다.

"그래……." 아빠가 시간을 끌다가 말했다. "아빠가 너 얼마나 대견해하는지 말해주고 싶어서."

아빠는 벽에 걸린 액자 안에 끼워둔 기사를 쳐다보았다. 《뉴욕타임스》 푸드 섹션 1면에 실렸던 다쿠아즈 드롭 기사였다.

"학교 이야기를 생각보다 너무 안 하는 것 같아서 말이다. 너 거기서 행복한 거 맞지?"

아빠는 내가 학교에서 쫓겨날지도 모른다는 걸 전혀 몰랐다. 처음부터 일이 꼬이면서 헬렌, 나를 이끌어줄 나의 별 헬렌과 일하게 될 가능성도 묻혀버렸다는 걸 알 리가 없었다.

바깥에는 눈이 내리고 있었다. 깨끗하고 불순물 없이 깨끗한 교외의 눈은 바닥에 떨어지자마자 까맣고 지저분하게 변하지 않고 그대로 소복소복 쌓였다.

"그래, 그럼 푹 쉬어라." 아빠는 말했지만 나는 대답하지 않았다.

아빠가 내 얼굴에서 무엇을 보았는지 궁금했다. 말투로 보아 아빠가 딸에게 안 좋은 일이 생겼다는 걸 짐작한 것 같지는 않았다. 알았다면 어땠을까? 아마 나를 마이클 잘츠와 그의 구역질나는 헛소리로부터 구해줬겠지. 나를 멜린다에게서 떼어내주고 파스칼은 죽여버리려 했겠지. 그 사람들도 모르고 내막을 모른다 해도 아빠는 영원히 나의 아빠였을 테니까. 침대에 누워 창문을 바라보면서 나는 아빠가 내 마음을 들여다본다는 걸, 지난 이십이 년 동안 쭉 그래왔던 것처럼 지금도 그러하다는 걸 알았다.

마음속으로 나는 아빠에게 말하고 있었다. 아빠 나 괴로워 죽겠어요. 뭐가 뭔지 모르겠어요. 완전히 덫에 걸린 기분이에요. 나는 내가 실력을 키우고 있다고 생각했는데 지금 난 너무 무력해졌어요.

우리는 같이 한숨을 쉬었다. 마치 아빠는 내 속마음을 다 들은 것처럼 뒤로 기댄 다음 침묵을 깨뜨렸다.

"알지? 너한테 무슨 일이 생기더라도 엄마 아빠는 널 사랑해."

"나는 그냥…… 더 이상 망치지만 않았으면 좋겠어요."

나는 아빠에게 아무 말 하지 않은 것에 대해서 이렇게만 말했다.

"망치는 게 어디 있어. 앞으로 더 잘하면 되는 거지."

"고마워, 아빠." 눈물을 꾹 참았다.

"그래, 티아. 아빠가 많이 사랑한다." 아빠는 말했다.

*

다음날 엄마와 아침을 먹으면서 지난밤부터 머릿속에 계속 떠오르는 질문을 했다. 엄마는 주로 소아과를 담당해 소아과 관련 수술에만 들어가기 때문에 미각을 되찾게 해주는 신경외과 뇌수술과는 분야가 다를 테지만 혹시 모른다. 엄마의 말이 내가 의심을 해결하는 데 도움이 될지도 모른다.

"근데 엄마? FDA가 수술을 허가해주는 데 얼마나 걸려?"

엄마는 신문을 보다가 나를 빤히 바라보았다.

"수술? FDA는 식품과 의약품 담당 행정 기관이야. 치료약이

나 의약품을 규제하지. 수술 승인하고 그런 건 안 하지."

그러더니 커피를 홀짝였다.

그렇다. 나는 몰랐다.

나는 어쩜 이렇게까지 멍청할까?

31

뉴욕에 오자마자 마이클 잘츠에게 전화를 걸어 만나자고 말했다. 그는 토요일에 베이 더비에서 만나자고 했는데 앞으로 리뷰를 하게 될 레스토랑 같았다. 그는 프리 리뷰 정보까지 전해주었다. 셰프는 샌프란시스코에서 레스토랑을 다섯 개 운영하고 있는 징크 발리로, 이곳은 뉴욕에 있는 그의 유일한 레스토랑이다. 나는 날짜를 화요일로 옮기자고 제안했는데 보통 화요일에 한가하다는 걸 알고 있었기 때문이었다.

당분간 같이하는 척할 것이지만 이제 내게 있어 이 일은 이미 끝났다.

끔찍했지만 모든 것이 앞뒤가 맞았다. 몇 달 전이라면 그를 용서했을지도 모른다. 그가 의사 말을 잘못 들었을 수도 있고 FDA가 특정 분야의 수술은 담당하고 있을지도 모른다. 하지만 나는 이제 더 이상 그렇게 순진해빠진 바보가 아니었다. 수많은 밤을 새가며 레스토랑을 리서치하면서도 왜 딱 한 번도 미각 회복 수술이라는 것을 구글에 검색해볼 생각을 안 했을까. 그랬다면 아마 이 초 만에 뉴욕 프레스비테리안 병원이 일 년 전부터 그런 실험 수술은 중지했다는 사실쯤은 알았을 것이다. 초기 수술 환자들이 정신분열증 고 위험군이 되어 고통받고 있다는 사실도 알게 되었다. 미각 회복 수술이 의사들 사이에서는 거칠고 위험한 전두엽 절제술과 연결된, 근거 없는 과학으로 인식된다는 사실도 알게 되었다.

나는 카일 로리머에게 이메일을 보냈다.

안녕, 지난밤에 만나서 반가웠어! 켈 자보네에서 물어본다는 게 깜빡했네. 너 헬렌이 새 인턴 받는다는 이야기 들어본 적 있니?

카일에게서 바로 답장이 왔다.

안녕, 댄싱 머신. 아마 올해까지 새 인턴은 안 뽑으실걸. 선생님은 크리스마스 전에 지금 하고 있는 작업 정리하고 파리로 가서 여름까지 있기로 한 걸로 알아. 파리에서 요리책 리서치하고 테이스팅하신다고 했어.

헬렌은 봄은 물론이고 여름까지도 불가능하다. 수술은 실행 가능성이 없다. 나는 내 옷장의 옷들이 전부 다 재로 변해버렸으면 좋겠다고 생각했다.

분노가 활활 타올라 온몸이 떨렸다. 마이클 잘츠가 믿을 수 없는 사람이라는 건 알았지만 이런 수준일 줄은 미처 몰랐다. 그에게 딱 한 가지 배운 것이 있다면 그때그때 그럴듯한 거짓말을 지어내는 능력뿐이었다. 멍청한 나는 여기서 끝이다. 이번 디너부터 시작하자.

*

화요일, 어쩌면 마지막일지도 모를 변신을 했다.

내 사진이 돌고 있다는 걸 알았지만 그건 판 호에서 찍힌 사진이었다. 그건 내가 처음으로 디자이너 드레스를 입고 새 하이힐을 신고 절뚝거리던 시절이었다.

나는 화이트 니트 샤넬 드레스를 입고 블랙 니하이 부츠를 신은 다음 뉴욕 여성들의 갑옷인 블랙 가죽 재킷을 입었다. 완벽한 단발 가발을 쓰고, 거북 등껍질처럼 보이지만 우주선 제작에 사용된다는 특수 메탈 재질의 독일제 안경을 썼다. 나는 나를 지워버렸다.

레스토랑에 도착하니 마이클 잘츠는 벌써 도착해 무언가 튀긴 음식을 씹고 있었다. 웨이터들이 고개를 살짝 숙이며 나에게 인사했다. 이미 내가 누군지 아는 것 아닐까? 나는 여기 온 것을 바로 후회했지만 마이클 잘츠가 오만한 얼굴로 뭔가 먹고 있는 모습을 보니 전투력이 활활 타올랐다.

"이제 왔군!" 그는 무언가를 먹는 중이라 입을 벌리고 말했다. "행방이 묘연했던 우리 티아 먼로 씨가 이제야 그 귀한 얼굴을 보여주시는군."

"쉬쉬. 조용히 하세요."

아무도 내 이름을 들어선 안 되었다. 나는 가발을 눈앞으로 더 당겼다. 마이클 잘츠가 들키건 말건 이제는 상관없었지만 내 다음 단계 계획을 위해서는 신중해야 했다.

나는 핸드폰을 테이블 위에 올려놓고 편안한 척했다. 버스보이*들이 내 뒤에서 대기하고 있었다. 키친에서 나오는 증기와 연기가 내 폐를 채웠다. 이제 은행가가 된 부유층 명문대 졸업생들이 긴 맥주잔을 들고 건배하고 있었다. 나는 우리 테이블 담당인 잘생긴 웨이터에게 까베르네** 한 잔을 시키고 마이클 잘츠의 눈을 일부러 똑바로 쳐다보았다.

"여기. 이거 한번 먹어봐." 그가 나에게 쭈글쭈글한 조개 튀김을 건넸다.

"쌍각류 조개잖아요? 기억 못 하세요?"

"아, 그렇지. 미안해."

그는 뉴잉글랜드 골목에 있는 튀김 하우스에서 자주 볼 수 있는 빨간색 플라스틱 볼에서 손을 떼지 못했다.

"이건 클램 스트립인데." 그가 잠깐 씹느라 말을 멈췄다. "이 맛있는 걸 놓치다니 안타깝군." 그가 이렇게 맛있게 열심히 먹는 모습을 본 적이 없었다. "반죽이 완벽해. 더블 팬케이크 반죽에 판코 맥주 크럼이군! 내가 어떻게 아는지 알아?"

---

* 호텔이나 레스토랑에서 테이블을 정리하거나 식기를 내가는 웨이터의 조수.

** 프랑스 보르도지방의 와인.

명문대 부유층 자제인 은행가들 중 한 명이 또 맥주 한 잔씩을 돌렸다. 레스토랑은 그들 목소리로 가득 찼다. 나는 핸드폰을 마이클 잘츠 쪽으로 밀었다.

"반죽에 대해 어떻게 아세요? 지금 스물두 살 여자애한테 그 어려운 걸 물어보셨어요?"

"아니!" 마이클 잘츠는 내 말은 무시했다. "내가 맛을 봐서 알아낸 거야."

"이제 미각이 돌아왔나요?"

순간적으로, 그리고 본능적으로 크나큰 안심이 나를 덮쳐왔다.

"그게……." 그가 말을 돌렸다. "꼭 그런 건 아니고. 질감으로 안 거야. 질감은 맛처럼 강하니까."

와인 한 잔을 마시고 있는데 웨이터가 왔다. 그러니까 그의 미각이 되돌아온 건 아니다. 그건 괜찮았다. 사실 내 계획을 위해서는 그게 더 나았다.

"이미 메뉴는 알아서 다 시켰어."

"전 몇몇 조개가 들어간 코스는 못 먹어요."

"아, 맞다. 알레르기. 항상 잊어버리네."

르 베르탱에서 그런 일까지 있었으니 그 정보쯤은 머릿속에 단단히 박혀 있어야 되는 건 아닐까? 그런 일은 없었다. 나는 그저 그의 계획 안에서 움직이는, 한 번 쓰고 내다버리는 체스 말 같은 것이다. 티아가 알레르기 반응으로 죽을 뻔한 게 뭐가 그리 대수지? 내 자리를 대신할 사람을 얼마든지 구할 수 있는데?

"웨이터한테 물어보는 게 좋겠어." 그가 말했다. "이 장소 느낌이 아주 좋아." 그가 마치 산 정상에 오른 것처럼 깊은 호흡을 했다. 베이 더비의 스모키한 마늘 향 공기가 그의 존재에 활력을 불어넣고 있는 모양이었다.

"알았어요." 나는 이렇게 말은 했지만 눈을 깔고 그를 노려보았다. "저는 이제 그냥 여기 앉아서 바로 리뷰 쓰면 되겠네요. 맛볼 것도 없이 말이죠. 선생님처럼."

"티아, 말조심해."

와인이 머릿속을 휘저어놓았다.

"굳이 먹을 필요가 뭐 있어요? 칼로리 섭취 안 하는 게 제 몸매를 유지하는 데 더 좋을 텐데. 이렇게 쓰는 거 어떨까요? 크랩케이크는 아름다운 해변에 있는 듯 감미로운 풍미를 냈고 도시풍의 세련됨과 집에서 먹던 버터 가득 바른 튀김을 하나로 합쳐놓은 맛이었다. 염소 고기와 염소 치즈 라비올리는 소박하고도 기름진 요리이나 종이처럼 얇은 도우가 지나친 풍미의 데카당스가 폭발하는 것을 막기 위해……."

"티아, 경고했지."

"아뇨, 잘 모르겠는데요, 마이클. 이런 건 눈 감고도 쓸 수 있는데."

분노가 내 안에서 활활 솟았고 내 목소리는 커졌다.

"이 놀이 되게 재밌어요. 선생님도 같이 해보세요! 소노마에 있는 유명한 농장의 풀숲에서 날아온 푸아그라는 깊고 진한 자연의 맛을 갖고 있지만 거친 입자 때문에 내 입맛에는 거슬렸다. 로즈메리와 레드 그레이프를 곁들인 메추라기 요리는 토스카나 농장에서 먹는 저녁을 연상케 했다. 그러나 이 고기는 노천 사육장에서 조금만 더 살을 찌웠으면 어땠을까 싶을 정도로 너무 살이 적은 것이 흠이었다." 내 목소리가 점점 커지면서 직원들이 나를 쳐다보고 있음을 알 수 있었다. 사람들이 보든 말든 나는 얼굴을 똑바로 들고 있었다.

"티아, 왜 이래? 제발 이러지 마."

"개소리하지 마세요." 나는 말했다.

그를 노려보았지만 그가 너무나 공포에 질린 눈으로 쳐다보는 바람에 내가 먼저 고개를 돌려야 했다.

"선생님도 이 정도는 하잖아요. 그렇게 오랫동안 잃어버린 미각으로 리뷰를 써댔으니까 말이죠."

"입 닥쳐, 닥치지 못해? 미쳤어? 왜 이러는 거지?"

마이클 잘츠는 아직 내가 원하는 것을 주지 않고 있었다. 나도 웨이터가 우리 식사를 하나씩 가져다줄 때는 입 다물고 앉아 있었다. 절대로 멈추지 않는 공장의 조립 라인에서 제품이 쏟아지듯 요리가 줄지어 나왔다. 다섯 가지 미뇨네트 소스*를 묻힌 굴, 크랩 케이크, 토끼고기 소시지와 케일 칩, 고트 라비올리, 따뜻한 빵과 민들레 샐러드를 곁들인 치킨 언더 어 브릭, 농어와 당근과 잣 리소토, 돼지 어깨고기와 캐러멜라이즈드 포테

* 화이트와인 비니거, 소금, 후추, 레몬, 샬롯 등으로 만든 드레싱.

이토와 애플 젤라토, 마지막으로 전통적인 시골풍 해산물 토마토 스튜인 샌프란시스코 치오피노가 나왔다.

웨이터가 떠나자 다시 공격에 들어갔다.

"솔직히 말해주세요. 수술을 하긴 하세요?"

마이클 잘츠는 눈썹을 찡그리더니 와인을 한 모금 마셨다.

"왜 그런 질문을 하지? 한다는 거 알고 있잖아."

"뉴욕 프레스비테리안이 그 수술을 일 년 전부터 금지했던데요. 이렇게 저를 속이면서 계속 끌고 다닐 계획이었어요? 아니면 쓰다가 말 안 들으면 길바닥에 버리려고 했나요?"

"티아!"

그는 계속 고개를 흔들었고 혼란스러워 보였다. 내 신랄한 비난에 억울해하는 것처럼 보이기도 했다. 나는 물러서지 않았다.

"전 이야기 전체는 모르지만 선생님이 거짓말하고 있다는 건 알아요. FDA는 그런 실험 수술과는 아무 관련도 없잖아요."

마이클 잘츠는 마치 내가 테이블을 엎기라고 할 것처럼 손을 자기 앞에 가져갔다. 그는 물리적인 폭력을 걱정할 필요는 없었다. 나는 다른 방식으로 테이블을 엎어버릴 테니까.

"잠깐만, 티아. 그렇게 혼자 생각으로 너무 앞서가지 마. 설명할 수 있어. 그래…… 뉴욕 프레스비테리안에 관해서는 틀린 말한 건 아니야. 실험 수술이란 머리 커트 같은 게 아니야. 그냥 들어가서 연예인들 가십 잡지 들고 그중 하나처럼 잘라달라고 하는 게 아니라고. 맞아. 여러 가지 관료적인 절차가 복잡한 건 사실이야. 맞아. 티아에게 전부 솔직하게 털어놓지 않은 것도 있어. 내가 엉뚱한 기관의 이름을 댔다니 나도 당황스럽군. 하지만…… 지금은 전부 다 말할 시간은 아니고…….” 마이클 잘츠는 치오피노 그릇을 내 앞으로 밀었다. “이거 한 번만 먹어보지 그래. 여기. 내가 조개는 꺼내줄게…….”

“지금 수술 이야기를 하고 있는데 제가 알레르기 있는 걸 뻔히 아시면서 이 수프를 먹으라는 거예요?”

“티아, 제발. 나를 도와주고 있잖아.”

나는 팔짱을 끼고 의자에 기대앉았다. 그의 얼굴은 창백해졌고 평소에는 날카롭고 예리한 그의 눈이 커지면서 슬픔에 젖어 있는 듯도 했다.

“우리 같이 이 레스토랑 리뷰할 거야. 나는 티아를 개인적인 목적으로…… 그냥 친구로 데려온 거야.”

“개인적인 무슨 목적이요?”

마이클 잘츠는 한숨을 쉬었다.

“내가 미각을 잃기 전에 마지막에 먹었던 식사가 바로 이 치오피노였어. 나는 저기 백 부스에 앉아 있었지. 가끔 아직도 그 맛의 유령이 내게 찾아와. 뉴욕 프레스비테리안 수술이 지금 잠깐 보류 중인 건 맞아. 하지만 난 다섯 개의 병원과 이야기 중이야. 두세 달만 더 하면 돼. 티아도 내가 이 수술을 받았으면 하잖아. 티아의 삶을 다시 시작하게 해준다는 것도 알고. 나도 좀 생각해줘. 티아만 인생 새로 시작하고 싶은 사람 아니야. 우리는 한 팀이라고. 그래. 가끔 거짓말을 하기도 했어. 비밀도 있었어. 이 세상은 비밀로 돌아가고. 그 사실을 빨리 알면 알수록 더 좋아. 티아의 글, 우리의 글은 뉴욕에 꼭 필요해. 아무 레스토랑이나 가서 물어봐. 《뉴욕타임스》가 레스토랑에 와서 평가를 해주었으면 좋겠는지, 아니면 아무런 주목도 못 받고 지나갔으면 좋겠는지?"

나는 대답을 하지 못하고 머뭇거렸다. 나는 그처럼 비밀로 커리어를 만들어오지는 않았고 그처럼 그림자 사이를 이리저리 빠져나가는 짓을 잘하지 못했다. 그것을 원치 않기도 했다.

마이클 잘츠는 볼을 내 앞으로 또 밀었다. 눈으로는 보았지만 손은 무릎 위에 놓고 움직이지 않았다.

정보가 더 필요했다. 다른 목적을 위한 정보는 이미 충분히 모았지만 이제 나를 위해서 듣고 싶은 것이 있었다.

"그러면 하나만 더 질문을 할게요. 그러고 나서 수프 맛볼게요." 내가 말했다.

"그래, 먼저 수프를 먹어봐. 그러면 원하는 거 말해줄게."

"아뇨. 대답부터 해주세요."

"안 그러면?" 마이클 잘츠가 말했다.

신경이 예민해졌다. 나는 마이클 잘츠처럼 영악하지 못하다. 거짓말은 절대로 내 제2의 천성이 되지 못할 것이다. 그 점에서 나는 고맙다. 나는 거짓말로 그를 쓰러뜨리지는 않을 것이다. 나에겐 진실이 더 맞다.

"안 그러면 어쩔 수 없고요." 나는 순진한 척했다. "아주 쉬운 질문이에요. 헬렌에게 제 인턴십에 대해서 이야기하셨어요?"

내가 물었다.

“티아, 물론 이야기했지. 내가 한 말은 지키는 사람이라고 했잖아.”

그는 한숨을 쉬었다. 그는 정말로 대답하기 쉬운 질문이라 다행이라고 생각하는 것 같았지만 그는 쉽게 승리감을 내보이기엔 너무 약은 사람이었다.

“그러면 헬렌 선생님도 아시겠네요. 이번 여름에 저와 같이 일할 수도 있다는 거?”

“그렇지…… 내가 그렇게 말했지.”

“그런데 이번 여름엔 파리에 가신다는데요.”

나는 일어나 배를 테이블에 기대고 몸을 앞으로 숙였다. 그의 얼굴과 내 얼굴이 30센티미터밖에 떨어져 있지 않았다.

“당신은 늘 개소리만 하는 쓰레기예요.”

드디어 그의 얼굴에 떠오른 충격과 공포를 보았다. 그가 더 이상 나보다 두 계단 위에 올라가 있을 수 없다는 것을 깨닫는 순간이었다. 나는 그를 따라잡았고 절대로 내려오지 않을 것이다.

“그거야…… 워낙에 바쁘신 분이니까. 이런 일들은 워낙 약간씩 변수가 있어. 그래서 수완이 있어야 해. 내가 안 그래도 메일 쓰려고 했었어.”

그의 얼굴에 침을 뱉고 싶었다. 여기 올라와 있는 모든 접시들을 바닥에 내던져버리고 싶었다.

“거짓말 마세요. 헬렌은 이번 봄이나 여름까지 뉴욕에 있을 계획이 없어요. 아마 그분에게 내 에세이도 안 줬을 거예요. 내가 매디슨 파크 타번에 배치되도록 내버려뒀겠죠. 그래야 식당 구석으로 나를 꼬드겨낼 수 있었을 테니까."

그는 입술을 오므리고 의자에 똑바로 앉았다.

"내가 빨리 계획을 하긴 했어, 티아. 충분한 시간이 있어야 일이 성사될 줄 알았으니까."

"나한테 사기를 쳤어요." 나는 말하면서도 구역질이 났다.

"내가 너에게 그 모든 음식, 그 옷들을 주고 평생에 한번 올까 말까 한 기회를 줬는데?"

"나한테 불행을 줬죠! 나는 이제 내가 누군지도 모르겠어요."

"티아를 약간 속이고 이용한 건 인정하겠어. 하지만 티아도 이걸 원했다는 것 정도는 인정해야 하지 않나."

"무슨 소리 하는 거예요?"

"알면서 왜 그래 티아. 너는 힘을 원했잖아."

"아뇨, 아니에요. 저는 한 번도 거짓말은 하고 싶지 않았어요."

"그럴지도 모르지. 하지만 레스토랑 무너뜨리는 건 즐겼잖아. 매디슨 파크 타번, 르 베르탱…… 그런 건 눈 깜짝하지 않고도 했거든. 또 어떤 레스토랑은 지나치게 띄워주기도 했지…… 바쿠샨?"

그 이름을 듣자마자 나는 의자로 풀썩 쓰러졌다.

"자기한테 그런 힘이 있다는 걸 즐기지 않았다고는 말 못 하지 않나?"

나는 그의 말이 모두 사실이라는 것, 그것이야말로 정곡을 찌르는 말임을 알고 있었다. 가만히 앉아 생각에 잠겨 치오피노를 천천히 스푼으로 저으면서 수프 냄새가 코 안으로 들어오도록 했다. 해물과 조개류와 소금과 해초가 진한 토마토와 섞인 향이었다. 이것을 내 마지막 식사로 하면 어떨까? 붉은 피바다 같은 이 수프를 마지막으로 먹어보면 어떨지 생각했다.

그가 부탁한 대로 테이스팅을 해볼 수도 있었다. 내 안의 일부는 그것을 원했다. 나는 지난 몇 달간 내가 저질렀던 그 모든 끔찍하고 경솔하고 부정직한 일들, 내가 지은 모든 죄를 철저하게 씻어내고 싶었다. 아마도 이 수프를 맛보는 건 날 파괴하는 것일 테고 나는 그런 벌을 받아야 마땅하다는 생각이 들었다. 이 치오피노를 벌컥벌컥 마시는 것이다. 먹는다는 것이 더 이상 기쁨이 아니라 배를 채우는 것처럼, 나를 이용하는 친구처럼, 나를 갉아먹는 슬픔처럼, 나는 이 수프를 먹어 없애버릴 수도 있었다.

"그렇다니까, 티아 먼로, 이제 비밀은 없어. 이제야말로 우리는 진짜 한 팀인 거야."

우리는 절대로 한 팀이었던 적이 없다. 지금도 아니고 앞으로도 아닐 것이다.

나는 스푼을 내려놓고 핸드폰을 들고 자리에서 일어났다.

"어디 가나?" 그도 일어나서 물었다. "누구한테 전화 왔나?"

"네." 나는 그에게 핸드폰 화면을 보여주었다. 지난 사십오

분간의 우리 대화가 전부 다 녹음됐고 계속 녹음되고 있었다.

"우리의 사랑스러운 대화가 이제 인터넷에 업로드될 거예요. 당신이 아무리 노력해도, 당신이 어떤 개소리를 내뱉어도 절대 손을 쓸 수 없는 그 세상에 말이죠."

나는 일어났다. 마이클 잘츠는 입을 벌리고 테이블에 그대로 못 박혀 있었다.

*

집에 가서 방문을 닫고 녹취한 모든 대화를 들어보았다. 녹음이 잘 안 되어 듣기 힘든 부분도 있었지만 전체적인 이야기는 온전하게 전달되었다.

저널리스트의 사기, 젊은 여성을 협박하고 이용한 일, 그 여성에게 알레르기가 있다는 걸 알면서도 그 요리를 먹어보라고 종용한 것. 그것도 하나의 보너스가 될 터였다.

내 이름과 헬렌 이름은 편집해서 지웠다. 나는 그냥 여자 목소리, 아무도 아닌 사람이었고 마이클 잘츠의 혀 짧은 소리는 크고 정확하게 들렸다.

내 리뷰를 마이클 잘츠에게 보내는 것과는 전혀 다른 문제였다. 이것은 전 세계 독자들에게 퍼지지도 않을 것이다. 이 녹취록에는 예술성이란 전혀 없었고 듣기에 거북했다. 하지만 캐리의 위키 사이트에는 내가 들어줬으면 하는 사람들이 접속할 것이고 이 뉴스가 그들의 세계를 발칵 뒤집어놓을 것이다.

제목을 썼다. 마이클 잘츠의 거짓말이 드러나다. 석 달 동안 젊은 여성을 대필 작가로 이용한 마이클 잘츠.

전체적인 상황을 설명해 사람들이 대화 내용을 더 쉽게 이해하도록 했다. 더 확실한 증거를 위해 마이클 잘츠가 쓴 리뷰 여러 편과 내가 보낸 이메일 내용을 이메일과 이름을 지우고 나란히 비교해 올렸다. 내 이름은 '게스트 59'였다.

파일을 업로드했다.

나까지 진흙탕에 빠지지 않고 마이클 잘츠만 바닥으로 끌어내리고 싶었다. 내 이름은 보호하고 싶었다. 물론 펠릭스나 다른 사람이 나를 폭로할 수도 있었지만 그 일이 일어나기 전에 마이클 잘츠가 먼저 파괴되길 원했다. 그 또한 나를 끌어내리려고 하겠지만 자신이 이렇게 직업윤리를 버리고 같은 일을 하는 동료들을 모독했는데 누가 그의 말을 듣고 그의 편에 서려고 하겠는가? 나는 '게시' 버튼을 누르며 그 생각만 했다.

엄청난 해방감이 밀려오길 기다렸지만 그런 건 찾아오지 않았다. 언제나처럼 나는 내 글들을 바깥 세계로 보냈고 내가 할 수 있는 건 사람들이 내 말을 믿어주기를, 내가 진실의 배를 갈라 보여주었길 바라며 기다리는 것뿐이었다.

32

다음날, 그 뉴스가 퍼졌다. 입소문에 입소문을 타고 삽시간에 퍼져나갔다.

내가 아는 한, 처음에는 웨이터 몇 명이 무엇에 관해 어떤 트윗을 올렸다. 그리고 그 무엇에 관해 이런 반응들이 나왔다. 시발, 이거 뭐야?

점점 더 많은 사람이 트윗을 올리고 리트윗을 했다. 《뉴욕매거진》의 푸드 블로그인 《그러브 스트리트》가 가장 먼저 기사를 올렸고, 몇 분 안에 음식 전문 웹 매거진 《이터》가 나섰다. 오전 열시 삼십분 즈음에는 《뉴욕타임스》가 불친절하고 애매모호한 트윗을 올렸다.

'1851년부터 우리 신문사의 최우선 순위는 저널리스트의 진정성입니다.'

다른 주요 언론사들도 앞다투어 뛰어들었다.

《워싱턴 포스트》에는 이런 기사가 실렸다. 비밀을 숨기고 있었던 《뉴욕타임스》 레스토랑 평론가가 폭로 스캔들에 휩싸이다.

《LA타임스》도 가만히 있지 않았다. 인터넷 녹취 파일로 밝혀진 《뉴욕타임스》 레스토랑 평론가 마이클 잘츠의 여섯 달 동안의 리뷰 조작.

《보스턴 글로브》도 거들었다. 업계 인터넷 사이트의 녹음 파일 유출과 《뉴욕타임스》 평론가의 명예 실추.

나는 관리자였기 때문에 위키 트래픽이 평소보다 오십 배나 높은 천 뷰까지 올라갔음을 알 수 있었다.

내가 게스트 59라는 사실을 추측해낸 사람은 없었다. 생각보다 고요했다. 반나절이 지났는데도 전화 한 통 오지 않았고 문자나 이메일도 없었다.

마이클 잘츠가 아파트에서 일이 점점 커지는 것을 보고 있는 모습을 상상했다. 그와 그의 항아리들과 커다란 다이닝룸 테이블과 딱 하나만 빼고 책을 잔뜩 올려놓은 의자들을 떠올렸다. 내가 왜 마이클 잘츠가 내가 원하는 삶을 줄 수 있을 거라 생각했을까? 그의 아파트만 떠올려봐도 그의 삶은 내가 두려워하는 모든 것의 총집합이라는 것을 알 수 있는데?

캐리에게 전화하고 싶었지만 기다리면서 나도 다른 모든 사람처럼 놀란 척하는 것이 낫겠다고 생각했다. 오래 기다릴 필요도 없었다. 수업이 끝난 정오쯤 캐리에게 전화가 왔다.

"야, 잠깐 통화할 수 있어?"

"응……."

나는 캐리의 위키가 드디어 세간의 이목을 집중시켜 신이 났을 거라 생각했다. 그런데 친구의 목소리는 이상할 정도로 낮고 어두웠다.

"알겠다. 마이클 잘츠 이야기 들었구나?"

그녀가 숨을 들이쉬는 소리가 들렸다.

"응, 들었어. 나 지금 레스토랑인데 제이크가 너 왔으면 하는데. 마이클 잘츠가 여기 와 있어." 캐리는 전화를 끊었다.

*

나는 십 분도 안 되어 도착했다. 가면서 이 폭로 사건에 관한 기사를 계속 확인했지만 이제 올라오는 속도가 점점 늦어지고 있었다.

매디슨 파크 타번에는 점심 손님들이 아직 많았다. 이른 크리스마스 관광객과 사업가들이 추운 겨울에 늦은 점심을 즐기고 있었다.

마이클 잘츠가 나를 직접 만나 이야기하자고 했다. 이메일을 보내거나 전화하는 것이 두려웠을지도 모른다. 언제나 그랬지만 그는 영리하다. 그가 이제까지 내가 한 짓을 말하면서 협박하리라는 것을 알고 있었다. 아직까지 나는 쏙 빠지고 자기만 공격받고 있었으니까.

그는 바에 앉아 마티니를 마시고 있었다. 어딜 봐도 사형 선고를 앞두고 있는 사람으로 보이진 않았다. 사실 지극히 멀쩡해 보였고 그런 그가 더 증오스러웠다. 이 사람을 어떻게 하면

없애버릴 수 있을까?

나는 그의 옆자리에 앉았고 저 구석에 앉아 있는 캐리와 제이크가 눈에 들어왔다.

“티아…….” 그는 내가 아니라 바를 보면서 말했다.

“마이클…….”

공공장소에 있어서 다행이었다. 더 이상 비밀 대화를 할 필요도 없고, 정체를 숨길 필요도 없었다.

그렇게 이 분 정도 앉아 있는 동안 내 심장은 두방망이질했다. 지금 너무 놀라 정신이 나간 건가? 금방이라도 나를 몰아세우겠지? 이번이 우리의 마지막 결전이 될 거라 생각했지만 그는 나를 잘 쳐다보지도 않았다.

근처에 있는 앤젤이 나에게 이런 눈길을 보냈다. 이 사람이 뭔 짓 하려고 하면 소리 질러. 제이크와 캐리도 멀지 않은 곳에 있었다.

마침내 내가 말했다.

“마이클…… 저를 여기 왜 부르신 거예요? 전 선생님과 끝났어요. 이렇게요.”

나는 손으로 그와 나 사이의 공간에 선을 그었다.

그가 고개를 돌리더니 머릿속에 끓어오르는 생각들을 드디어 내뱉었다.

“이 멍청한, 바보 천치 같은 여자야. 그 녹음 파일은 철저히 시간 낭비일 뿐이야. 《뉴욕타임스》는 그렇게 아무 공신력도 없는 웹사이트에 올라간 익명의 제보 같은 걸로 날 해고 못 해.”

이 깨끗하고 환한 공간에서 그의 악의에 찬 말들이 독처럼 흘러나왔다.

그는 내가 위협이 된다고 생각하지도 않았기 때문에 나를 쓰러뜨릴 필요조차 못 느끼고 있었다. 그의 자만심, 자신은 정의 위에 존재해 얼마든지 살아남을 수 있다고 확신하는 꼴이 경멸스러웠다.

"너는 딱 한 번 있었던 기회를 놓쳤어. 나라는 월척이 있었는데 놓쳤지. 이제 넌 절대로 헬렌과 일 못 해. 이 업계에서도 절대 성공 못할 거야. 내가 발도 못 들이게 할 테니까. 비극이라고 말하고 싶지만 네가 자초한 거니까. 잘 가라, 티아. 나 없이 얼마나 잘하나 보자고."

그는 마티니를 마저 마시더니 자리에서 일어났다.

"이건 네가 계산해라. 네가 나한테 얼마나 빚졌는지는 누구보다 잘 알겠지." 그는 캐시미어 코트를 입고 고개를 빳빳이 들고 걸어갔다.

나는 얼음처럼 얼어서 바에 그대로 앉아 있었다.

앤젤이 가장 먼저 달려왔고 캐리, 그리고 제이크가 다가왔다.

"저 사람이 뭐래?"

"원하는 게 뭔데?"

"너 괜찮니?"

그가 옳을지도 모른다는 사실이 아프게 다가왔다. 누가 이 아무도 아닌 게스트 59의 편에 설 텐가? 그래, 몇 명의 사람들은 나를 알고 마이클과의 '특별한 관계'를 알겠지만 정확한 속

사정은 모를 것이다. 만약 안다고 해도 뉴욕의 미식업계에서 가장 영향력 있는 사람에게 감히 맞설 사람이 얼마나 있을까?

레스토랑은 PX들과 위치와 계급의 세계이고 당신이란 사람의 가치는 정확히 점수가 매겨져 자리와 서빙이라는 외적 조건으로 나타난다. 매디슨 파크 타번에서도 혐오스러울 정도로 끔찍한 남자가 제왕 대접을 받는 것을 보았다. 내가 지금 무슨 농담을 했던 건가? 레스토랑은 캐릭터에도 관심 없고 어쩌면 진실에도 관심 없다. 레스토랑이 추앙하는 것은 영향력이다. 그런 기준에서 그와 나는 상대가 되지 않는다. 물론 언론은 이 이야기를 덥석 물었지만 결국 모든 일이 잠잠해지면 그는 여전히 권력자일 것이고 나는 그저 '멍청한 년'이나 '골 빈 창녀' 정도로 남을 것이다.

그에게 2차 공격을 가할 방법이 없을까? 머리를 굴려보았다. 담당 에디터들에게 무언가를 보내면 되지 않을까? 아니면 그가 또 구할 수밖에 없을 새로운 '수제자'와 함께 있을 때 현장을 습격할까? 다시 한번 그를 위해 일한 다음 그를 안에서부터 철저히 무너뜨릴까? 더 많은 증거를 모아서 인터넷에 올릴까? 그러면 나는 다시 한번 그림자 속에서 살아야 한다.

마이클 잘츠가 그냥 이기게 둘 수도 있다. 나서서 말한다고 해서 나에게 좋을 것이 뭐가 있는가? 그는 그냥 부정할 것이고 나를 진창으로 끌어내릴 것이다.

"내 말 들어봐……."

캐리였다.

“우리 솔직히 터놓고 이야기하자. 우리는 위키에 녹음 파일을 올린 게 너란 걸 알아.”

물론 그녀는 알 것이다. 반발하고 싶었지만 변명하기도 전에 캐리가 다시 말했다.

“내가 그 사이트 관리자라 누가 어떤 포스팅을 올렸는지 안다고.”

제이크가 한 걸음 다가왔다.

“오늘 아침에 마이클 잘츠의 계산서를 확인해봤어. 라스 엘 하누트 포크는 주문 안 했더군. 그런데 리뷰에서는 언급했지. 그렇다면 티아가 지하에서 그 이야기를 했던 건가?”

나는 입을 꾹 다물었고 본능적으로 모든 것을 부정하고 싶어졌다. 나는 이 짓을 오랫동안 해왔고 아무것도 모르는 척하고 입을 다무는 것이 나를 보호해줄지도 몰랐다.

“각별히 주의해. 신중하라고.” 그 말들이 내 머리를 세게 때리고 있었다.

하지만 지금이 아니면 내가 언제 나에게 이렇게 동정을 베풀어주는 사람들, 어쩌면 이해해줄지도 모를 사람들 앞에서 솔직히 고백할 수 있단 말인가? 더 이상 혼자이긴 싫었다.

그들의 도움을 받아야 했다. 그전에 내가 실패했다는 사실도 받아들여야 했다. 거짓말하고 속이고 사기를 쳤다. 나는 이 모든 것을 다 했고 그에 대한 책임을 물어야 한다. 나는 나 자신과 내 이름을 여기에 연결시키기 싫었지만 그를 끌어내리려면 증인석에 앉아야 했다.

"네. 맞아요." 나는 고백했지만 내 몸이 내 말에 저항하는 것이 느껴졌다. "제가 위키에 그 녹음 파일 올렸어요. 그리고 그날 디너에 대해 마이클 잘츠에게 말했습니다. 처음 의도는 순수했어요. 그 사람이 먼저 나에게 요리에 대해 어떻게 생각하는지 물었어요. 처음부터 말을 하지 않았어야 했지만 저도 모르게……."

제이크가 내 말을 막았다.

"너는 어떤 의견도 낼 수 있어. 그치만 방향을 조금 다르게 잡았으면 좋겠는데. 마이클 잘츠, 여기서 진짜 나쁜 놈에만 집중해."

앤젤은 가슴에 손을 얹고 말했다.

"그 사람만 나쁜 사람 아니야. 오늘 룸 113에서 무슨 일이 있었는지 들었어. 어떻게 생각해야 할지 몰랐는데 오늘 확신이 들었어. 셰프 파스칼이 실력으로 승부하는 사람인 줄 알았는데 전혀 아니더군."

나는 숨을 몰아쉬었고 몸을 떨지 않으려고 애써야 했다. 런치 서비스는 약간 늘어지고 있었다. 사람들이 의자에 허리를 펴고 앉아 웨이터들을 기다리고 있었다. 입구에서도 테이블을 기다리고 있었다. 하지만 캐리, 제이크, 앤젤은 계속 내 곁에 있었다.

나는 '발각당했'다. 그런데 그 느낌은 끝내주게 좋았다.

그들 한 사람 한 사람의 눈을 마주치면서 내가 매디슨 타번에 크나큰 해를 끼쳤는데도 이들이 나를 믿어주고 나를 지지해준다는 사실에 무한히 감사했다.

사람 상대에 전문가인 제이크는 금방 내 마음을 읽었다.

“티아가 천사는 아니란 걸 알아. 어떻게 계속 거짓말을 하면서 버텼을지 나로서는 이해할 수 없지만. 개인적으로 그 값을 치렀다고 생각하고 우리야 모두…….”

캐리가 앤젤의 팔목을 잡았고 우리는 모두 동그란 원을 그리며 가까이 섰다.

“우리한테는 두 번째 기회란 게 있어야 하니까.” 그녀는 빠르게 고개를 끄덕였다.

“맞아.” 제이크가 웃었다.

“이번엔 티아가 그걸 갖도록 도와줘야지.”

“두 번째 기회요?”

어안이 벙벙해서 물었다. 이것이야말로 내가 바랄 수 있는, 내가 꿈꾸던 최고의 순간이었다. 처음부터 다시 시작하기.

제이크가 양손을 꼭 잡았다.

“그래. 한 시간 안에 다시 와. 런치 서비스 마무리하고 있을 테니까. 그때 다시 시작하자.”

그 정도면 내가 도움받을 수도 있는 또 다른 사람에게 이야기할 수 있는 시간은 충분했다. 아파트로 뛰어가니 다행히 에메랄드가 있었다.

“있었구나.” 나는 숨을 고르며 말했다.

“응.”

에메랄드는 의아해하는 눈치였다. 엄마 이야기를 나에게 털어놓은 후에도 우리는 더 이상 가까워지지 못하고 서먹하게 지내고 있었다.

"에메랄드…… 나 너한테 할 이야기 있어."

나는 모든 이야기를 털어놓았다. 한 문장 한 문장 말할 때마다 심장이 빠르게 뛰었다. 그녀에게 나를 보여주는 것은 쉽지 않았다. 말하면서 몸을 사시나무처럼 떨기도 했다. 하지만 꼭 그렇게 하고 싶었다.

에메랄드에게 이렇게 많은 이야기를, 이렇게 길게 한 것도 처음이었다. 그녀는 조용히 내 사정을 들었고 내가 마지막으로 한 이런 말도 듣고 있었다.

"우리가 좀 더 친해질 수 있었는데 처음부터 단추가 잘못 꿰어진 것 같아. 엘리엇한테 좋은 친구가 되어줘서 고맙고. 나보다 훨씬 낫다. 우리 다시 한번 해볼까?"

에메랄드는 좀 힘없이, 어두운 얼굴로 웃었다. 나는 어쩌면 우정이란 배는 우리 옆을 지나가버렸을지도 모른다고 생각했다.

"좀 웃기긴 하다." 에메랄드가 말했다. "네가 우리 가족에 대해서 알고 나서도 우리가 친구가 되지 않는다는 사실이 이상했거든. 왜 사람들이 비밀을 공유하면 가까워진다고, 서로에게 약속을 한 게 된다고 하잖아. 그런데 꼭 그렇진 않더라, 안 그래?"

"응." 나는 벽을 바라보고 있었다. "꼭 그렇진 않은가봐."

나는 웃으려고 했지만 거절을 당하면서 웃기는 쉽지 않았다.

"그래, 그러면 갔다 와서 보자."

나는 여전히 미안한 마음이었지만 기분은 가라앉았다. 하지만 에메랄드가 나와 엮이고 싶어하지 않는다고 해서 그녀를 원망할 수는 없었다.

레스토랑으로 가려고 뒤돌아서는데 그녀가 내 어깨를 톡톡 쳤다. 돌아서니 에메랄드가 팔을 벌렸다. 나는 아주 잠깐 망설였다. 참으려 했지만 더 이상 참을 수 없었다.

나는 에메랄드를 안은 다음 그녀 어깨에 얼굴을 묻고 펑펑 울었다. 한 줄기 눈물이 아니라 모든 것을 씻어내려는 듯 계속 흘러내리는 눈물이었다.

"다 괜찮아질 거야."

이렇게 말하는 그녀의 목소리는 내가 자주 들었던 에메랄드만의 달콤하고 부드럽고 사랑스러운 목소리였다.

"내가 도와줄게. 난 이럴 때 어떻게 해야 하는지 알잖아. 너는 네가 비밀을 가두고 있다고 생각했겠지만 사실은 비밀이 널 가둔 거야."

33

그다음 주 월요일에 제이크, 앤젤, 에메랄드와 미리 만나 계획을 세운 다음, 같이 《뉴욕타임스》 본사 사무실에 갔다. 제이크가 평소 친분이 있었던 푸드 섹션 편집기자인 제이 가비에게 마이클 잘츠 사건에 대한 정보를 갖고 있다고 말한 것이다.

제이는 바로 약속 날짜를 잡았다. 《뉴욕타임스》 건물에는 처음 들어가보았다. 정문을 열고 들어가면서 다시 대학생이 된 듯 모든 것에 놀라고 감탄했다. 굵은 글씨체의 《뉴욕타임스》 로고가 프론트 데스크에 붙어 있었고 복도에는 작은 스크린 수백 개가 그날 신문 기사들을 보여주고 있었다. 삼 년 전 처음으로 《뉴욕타임스》 푸드 섹션 첫 페이지에서 내 이름을 보았을 때처럼 심장이 콩닥거렸다.

엘리베이터를 타고 육층 푸드·홈·스타일 섹션 사무실에서 내렸다. 어떤 칸막이 책상에는 베개, 양초, 커다란 커피 테이블 북들만 가득 올려 있었다. 왼쪽에는 스타일리시하고 에너지 넘쳐 보이는 사람들이 패션 기사를 앞에 펼쳐놓고 열심히 자기 의견을 펼치는 중이었다.

제이크는 앞장서서 제이 가비의 사무실로 들어갔다. 천장부터 바닥까지 통유리로 된 사무실로 마치 공중을 걷는 기분마저 들었다. 타임스퀘어를 내려다보기에 완벽한 높이였는데 사람들의 얼굴이 보일 정도로 가깝지만 어느 정도 거리가 있어서 사람들 행동 패턴을 관찰할 수 있었다.

다 같이 자리에 앉은 후 내가 먼저 간단히 나를 소개하고 나서 마이클 잘츠와의 관계를 설명했다. 내가 바로 게스트 59라고 밝혔다.

제이크는 내가 매디슨 파크 타번의 NYU 인턴십으로 들어온 것부터 이상한 점이 감지되었다고 말했다. 이곳을 1지망으로 지원했던 다른 학생들도 많았는데 지원하지도 않은 내가 오게 된 것이다. 창 학과장과 이야기해본 결과 마이클 잘츠가 의도적으로 내 지원서를 바꾼 다음 다른 이메일 주소로 제출해서 내가 이곳에 배치되도록 했고 '우연히' 나와 이곳에서 만날 수 있게 미리 계획한 것 같다고 했다. 그 지하실 CCTV 영상과 주문하지 않은 포크 요리를 이야기했고 레스토랑이 정당한 리뷰를 받지 못한 점도 이야기했다. 그는 직접적으로 말을 하진 않았지만 현재 《뉴욕타임스》는 레스토랑 업계 사람들 사이에서 예전만큼의 권위를 갖고 있지 않다는 뜻을 전했다. 지금 당장 마이클 잘츠에 대한 액션을 취하지 않으면 지금보다 신뢰도가 더 떨어질지도 몰랐다.

캐리는 위키 사이트를 설명하면서 마이클 잘츠의 변칙적인 패턴을 그래프로 보여주었다. 일반적으로 레스토랑 평론가들은 지난 사 년 안에 리뷰를 받은 적이 있었던 레스토랑은 리뷰 대상으로 선정하지 않지만 마이클 잘츠는 그렇게 했다고 했다. 아무래도 그가 이전에 방문했던 경험을 참고하려고 그랬을 것 같다고 말했다. 지난 여덟 달 동안 마이클 잘츠가 리뷰했던 모든 레스토랑의 개인 위키 사이트의 관리자에게 계정 주소를 요청해 들어가보았다고 한다. 바쿠샨 외에도 많은 레스토랑이 마이클 잘츠가 한 번만 왔다는 걸 확인해주었는데 이는 신중한 리뷰를 제출하기 위해 적어도 세 번은 레스토랑을 방문하는 다른 평론가들과 확연한 차이를 보이는 것이었다. 《뉴욕타임스》 지출 내역에서는 증거를 찾을 수 없었지만 캐리의 데이터는 거짓말을 하지 않았다.

앤젤은 룸 113에서 일어난 불미스러운 사건에 대해서 말했다. 한 웨이터가 나에게 화를 내고(그는 그다음 말은 조그맣게 속삭였다) '걸레'라고 욕하는 일이 발생했다. 이 업계의 적지 않은 사람들이 마이클 잘츠에게 여자 동행이 있다는 사실을 알고 있었다고 했다. 그러면서 파스칼과 펠릭스 같은 남자들이 물밑 작업을 하면서 사적인 이득을 취하려고 했다고 말했다. 하지만 예전에 앤젤이 말했듯이 레스토랑 사람들은 서로서로를 보호하며 그도 더 많은 말을 하지는 않았다.

마지막으로 에메랄드가 나섰다. 그녀는 버그도프굿맨에서 나와 함께 있던 퍼스널 쇼퍼를 보았다고 말하면서 같이 트리

나에 갈 때만 해도 나에게 패션 감각이 없다는 것을 알고 있던 터라 이상했다고 한다. 처음 페이스북을 통해 연락할 때는 밝고 명랑했었지만 뉴욕으로 이사 온 다음부터는 점점 자기 안으로 숨더니 밤늦게까지 무언가를 하거나 아무에게도 말하지 않고 어디론가 자주 사라졌었다고 말했다. 나의 전 남자 친구가 전화해서 내가 어디 갔는지 알아봐달라고 한 적도 있지만 그녀 또한 무슨 말을 해야 할지 몰랐다고 했다.

나에 대한 이야기를 하는 사람들을 쳐다보았다. 내 안에서 자부심과 수치스러움과 당황스러움이 차례차례 지나갔지만 얼굴에 드러내지 않으려 노력했다.

제이는 큰 반응 없이 차분하게 모든 이야기를 들었다. 어디에도 치우치지 않는 냉철한 기자 같았다. 그는 키가 크고, 곱슬거리는 금발머리 중년 사내로 빳빳한 파우더 블루의 드레스 셔츠 앞 단추와 팔목 단추를 풀어놓고 있었다. 창문에서 들어온 햇살이 그에게 황금색 햇살을 비추었는데 표정만 봐도 건실하고 가정적인 남자로 마이클 잘츠와는 정반대 인물이었다.

제이크, 캐리, 앤젤, 에메랄드가 한 모든 말은 사실이었다. 나를 수치스럽게 하고 나를 저주하는 고통스러운 진실이었다. 그런데도 내 마음은 감사와 사랑으로 가득 채워졌다. 내 옆에 이런 친구들이 있는 한 마이클 잘츠가 나를 바닥으로 끌어내리지는 못 할 것이었다.

"가비 기자님." 내가 한참 만에 말문을 열었다. "그게 제 이야기예요."

그가 고개를 저었다.

"그래요, 다들 와주셔서 고마워요. 이걸 소화할 시간이 필요하겠네요. 궁금한 것 있으면 연락드리겠습니다."

감사하다며 인사하고 코트를 입고 나오려는데 제이가 나에게 마지막으로 한 가지 질문을 했다. 믿을 만한 사람들에게 모든 관점에서 이야기를 들은 후 그는 내가 생각지도 못한 사소한 것에 대해 물었다.

"왜 하필 이름을 게스트 59로 했어요? 그냥 '익명의 제보자'라고 하지 않고?"

이유는 딱 하나였다. 엘리엇이 나에게 준 나를 사랑하는 59가지 이유와 내가 그에게 준 59개의 이유 때문이었다. 그건 진짜 숫자였고 확고한 사실들이었다.

만약 상황이 다르게 흘러갔다면 엘리엇도 나와 이 사람들과 함께 《뉴욕타임스》에 와주었을지도 모른다. 하지만 나는 그를 배신했다. 더도 덜도 없이 이 한마디면 끝이다. 이렇게나 간단명료하다. 그건 누구한테 속아서도 협박을 받아서도 아니었다. 나 스스로 한 짓이다. 그렇지만 내가 힘들 때 그가 곁에 있길 바라는 내 마음에서 이 이름을 썼다. 그의 사랑과 그의 지지와, 모든 엘리엇스러움을 그렇게라도 곁에 두고 싶었다.

"별다른 이유 없어요."

나는 이렇게 대답하고 말았다. 때로는 나만의 것으로 지켜야 하는 것도 있으니까.

34

다섯 달이 흘렀다. 나는 계속 레스토랑에서 일하고 있었다.

"이쪽으로 오세요, 손님."

레스트스탑의 앞에서 줄 서 있는 남자 손님에게 말했다. 그는 트위드 재킷을 벗어서 팔에 걸치고 있었다. 하긴 그런 두꺼운 옷을 입기에는 너무나 따뜻하고 화창한 날이었다. 메모리얼데이*가 지났고 브런치 웨이팅 시간은 때로 한 시간 반까지 길어질 때도 있었다. 오늘부터 브루클린은 공식적으로 여름이 되었다고 할 수 있었다. 나는 기다리는 사람들에게 레모네이드와 아이스티를 건네주고 그들이 데려온 개에게는 그릇에 물과 뼈를 담아주었다.

레스트스탑은 1월에 실험적으로 오픈한 식당이다. 제이크는 게리 오스카의 구박과 잔소리에 지쳐 결국 사표를 냈다. 새로

* 5월 마지막 월요일.

운 콘셉트의 레스토랑을 열고 싶어했지만 본격적으로 투자를 받기 전에 문을 닫은 브루클린 레스토랑을 빌려 시범적으로 운영해보기로 한 것이다. 아직은 임대 기간이 남았고 2월이면 다른 곳으로 옮기게 될 것이다.

처음에 레스트스탑은 신문이나 블로그 리뷰에서 높은 점수를 받지는 못했다. 음식이 너무 단순하고 기름진데다가 친절하긴 하지만 서비스가 철저하지 못하다는 말도 있었다. 물론 처음에 제이크는 깜짝 놀라 전체적인 콘셉트를 바꿀까도 생각했었다. 하지만 결국 그도 리뷰가 아무 의미 없다는 것을 잘 아는 사람이었다. 특히 이 레스토랑을 집의 연장선으로 생각해 가족, 친구, 사업 파트너를 데리고 오는 동네 손님들에게 전문가들의 리뷰는 크게 중요하지 않았다. 그러다 몇 달 후에는 투자자들이 최대한 빨리 정식 자리를 알아보라고 닦달할 정도로 손님이 늘었다.

나는 봄 학기는 휴학했고 학교로 다시 돌아갈지는 아직 미정이었다. 물론 가고 싶다고 해도 나를 받아주지 않을지도 모른다. 나 때문에 대학원의 인턴십 프로그램은 전국적으로 망신을 당하고 말았다. 창 학과장은 나와 연락을 끊어버렸고 비서를 통해서만 의사를 전달했다. 그녀는 나서서 나를 감싸주지는 않았다. 그렇다고 원망할 수는 없었다.

제이 가비에게 제보한 후, 《뉴욕타임스》는 이 협의에 대한 짧은 기사를 올렸고 언론은 나에게 달려들었다. 나는 기사의 모든 내용이 사실이라는 진술서를 발표하면서 이 사건에 대해 더 이상 인터뷰하고 싶지 않다는 뜻을 전했다.

블로그와 요리 전문가들이 이 먹이를 놓칠 리가 없었다. 여러 레스토랑에서 찍힌 내 사진이 돌기 시작했다. 그 밑에는 무개념, 걸레, 출세에 눈 먼 기회주의자라고 욕하는 댓글이 수없이 달렸다. 간혹 자신들도 똑같은 상황이었다면 그렇게 했을 거라거나 마이클 잘츠가 날 세뇌시켰고 늦게라도 정신 차리고 무사히 빠져나와서 다행이라고 말하는 사람들도 있었다. 얼마 후부터는 기사와 댓글들을 읽지 않게 되었다. 이미 내 인생의 충분히 많은 시간을 인터넷 댓글에 집착하며 보냈다는 생각이 들었다.

제이크가 단기로 퍼블리시스트*를 고용하라고 제안해 몇 사람과 인터뷰를 하기도 했다. 하지만 그 사람들은 이 사건의 흥행에만 관심이 있었고 나를 순진한 희생자로 포지셔닝해 재능 있는 젊은 아가씨가 탐욕스럽고 무능력한 늙은 남자에게 철저히 농락당한 것처럼 보이려고 했다. 나도 왜 이 이야기가 대중에게 먹히는지는 알 수 있었지만 그런 식으로 빠져나가고 싶지는 않았다. 분명 여기에 가담하기로 한 건 나였고 내가 감당해야 할 몫은 감당하고 싶었다.

《뉴욕타임스》가 고용한 외부 조사관과 오후 내내 면담하기도 했다. 그녀는《뉴욕타임스》를 보호해야 하기에 나에게 불리한 인터뷰가 되리라 생각했다. 하지만 예상외로 그녀는 굉장히

* 홍보 전문가.

친절했고 순수한 호기심으로 내게 접근했으며 함부로 판단하려 하지 않았다. 비공개를 전제로 마이클 잘츠가《뉴욕타임스》사무실에서 언제나 극단적인 평을 받는 인물이었다는 이야기도 살짝 해주었다. 미각이 살아 있을 때에도 자기가 할 일을 아랫사람들에게 대신 시키면서 함부로 했다고 했다. 그다음 부분을 말할 때 그녀는 나를 쳐다보지 않고 눈을 내리깔았는데 특히 어떻게든 빨리 성공하고 싶어 하는 신입들의 허영을 이용해 그렇게 했다고 했다.

마이클 잘츠는 당연히 해고당했다.

이 주 후 A섹션 1면에 이 사건을 다룬 보도 기사가 발표되었고 이 신문사가 앞으로 취하게 될 방침도 게시되었다. 마이클 잘츠가 미각을 상실했을 때 리뷰를 받은 모든 레스토랑을 다시 리뷰하기로 했다. 매디슨 파크 타번, 르 베르탱, 바쿠샨 등등 많은 레스토랑이 거론되었다. 나름대로 열심히 했던 작업들이 아무것도 아닌 게 된 것 같아 약간 서글프기도 했지만 이것이 온당한 절차라는 것을 잘 알았다.

어느 날엔 파스칼이 문자를 보냈다.

리뷰를 다시 한다고요? 우리 키친에서 브레인스토밍 도와주는 거 어때요? ;)

파스칼이 보낸 모든 문자를 지우고 그의 번호를 차단했다.

내가 바라던 이유 때문은 아니었지만 내 이름이 다시 한번 《뉴욕타임스》에 실렸다. 그 기사에서는 나를 그의 '강제 고용된 제자'였다고 했고 내가 '뇌물과 협박'으로 유혹 받았다고 했다. 물론 그 안에도 진실은 있었으나 《뉴욕타임스》마저도 이 문제의 근원까지 파고 들어가진 못했다. 사실 그 유혹은 나를 반만 끌고 갔을 뿐, 나머지는 내가 스스로 선택한 것이었다. 원래 신문 기사란 모호한 구석을 파헤치기보다는 모든 것을 흑과 백으로 나누어 깔끔하게 결론 내리려고 한다. 그래야 스캔들이 쉽게 잠잠해지기 때문이다. 나는 빠져나왔고 대중들은 마이클 잘츠를 죄인으로 지목했다. 그는 천하의 악당이 되었고 나는 순진하게 당한 희생양이 되었다. 일이 저절로 그렇게 풀려 따로 퍼블리시스트를 고용할 필요도 없게 되었다.

정당하지 않다는 것을 잘 알았지만 그래도 나에게 중요한 사람들에게는 이미 내 쪽의 진실을 고백했다. 특히 부모님이 받아들이기 힘들어 하셨고 딸의 부정직한 이중생활을 이해하는데 상당히 오래 걸렸다. 믿었던 딸이 설마 그럴 줄은 상상도 못했던 것이다. 부모님이 인터넷 검색은 하지 않으시도록 해봤지만 그럴 수는 없었다. 전화로 부모님을 오래오래 설득해 댓글만은 보지 말아달라고 당부했다.

《뉴욕타임스》는 오 년 동안 '25달러와 그 이하'라는 칼럼을 꾸준히 써온 여성 저널리스트를 임시 비평가로 고용했다가 결국 정식으로 그녀에게 자리를 맡겼다.

모든 일이 잠잠해지는 데 총 육 주 정도 걸렸다. 일이 잠잠해지자 제이크가 이메일로 안부를 물어왔다. 그가 다시 나와 일하고 싶어 하리라고는 생각하지 못했으나 임시 레스토랑에서 일할 경력 있는 스태프가 꼭 필요한 상황이라며 부탁했다.

그래서 내가 이곳에서 일하게 된 것이다. 언제까지나 꽁꽁 숨어 있을 수도 없었고 언제까지나 해명만 하고 있을 수도 없었다. 밖으로 나와 일을 해야 했고 일하고 싶었다.

제이크와 함께 레스트스탑 콘셉트를 같이 연구했고 나는 손님을 안내하고 휴대품을 보관하고 음식을 서빙했다. 가끔은 소믈리에가 되기도 했다. 직원들과 잡다한 일을 하면서도 레스토랑 사업을 조금 더 멀리 바라볼 수도 있었다. 레스토랑 일에 온몸을 던지는 것이 너무 좋았다. 물론 내 글을 쓰고 싶은 욕구는 충족이 되지 않았다.

매디슨 파크 타번이나 내가 마이클 잘츠와 다녔던 고급 레스토랑과는 분위기도 달랐고 고객층도 달랐지만 이곳에서 일하는 것이 행복했다. 제이크도 얼마 후에는 나에 대한 의심이나 불안을 거두고 나의 가장 가까운 멘토이자 친구가 되었다.

브런치가 점점 끝나갈 때 캐리가 와서 마치 자기 회사인 것처럼 코트를 벗어 걸어놓고 라테를 만들기 시작했다. 제이크는 캐리도 게리 오스카에게서 빼오려고 했지만 캐리는 계속 그곳에 남기로 했다. 캐리는 이제 게리의 비즈니스 기획팀에서 일하고 있었다.

"이거 받아."

캐리가 작은 녹색 꽃이 그려진 얇은 책자 한 권을 주었다. 책 표지에서 내가 읽을 수 있는 단어는 앤젤 마르티네즈뿐이었다.

"앤젤이 자비 출판한 시집이야. 스페인어지만 내가 너를 위해 옆에 몇 문장은 번역해뒀지."

페이지를 넘겨보니 그녀가 보라색 펜으로 나를 위해 번역해 준 시구(詩句)들이 보였다.

“재밌더라. 레스토랑 일만 하다가 짬짬이 하니까 기분 전환도 되고.”

“거기!” 제이크가 부엌문에서 불렀다.

“우리 레스토랑에 뭐 염탐하러 왔어?”

“평화 협정하러 온 건데!” 캐리가 말했다.

“게리가 참 그렇게 생각하겠네.” 제이크는 혼잣말 했지만 충분히 큰 소리라 다 들렸다.

캐리와 나는 얼굴을 마주보고 키득거렸다.

“나 세시에 끝나. 끝나고 같이 가자.”

캐리는 엄지손가락을 들어 보이더니 커피와 책으로 돌아갔다. 그날 오후 우리는 내 블로그에 올릴 피치 타르트를 같이 만들고 사진을 찍기로 했다. 얼마 전에 요리 레시피, 레스토랑, 뉴욕, 에세이 등 잡다한 콘텐츠를 올리는 블로그를 개설했다. 찾아오는 사람은 거의 없었지만 그래도 꼬박꼬박 콘텐츠를 올렸다.

빵 바구니를 들고 블루베리 사워크림 커피 케이크 한 조각을 제이크의 쌍둥이 딸인 나탈리와 레슬리에게 주었다. 파우더 슈거가 내 블라우스에 눈처럼 내렸다. 요즘은 아껴 입었던 헬무트 랭 블라우스를 레스트스탑에서 거의 매일 저녁 입는다. 폭로 사건 이후 당연히 마이클 잘츠나 버그도프가 옷을 당장 반납하게 할 것이라 생각해 기다렸지만 연락이 없었다. 몇 벌은 에메랄드가 바느질과 드레이핑을 공부할 수 있게 해주었고 몇 벌은 내가 간직했다. 나머지는 트리나의 셰리에게 팔았다. 에메랄드가 제이 가비에게 같이 가준 이후에 에메랄드와 어울리는 시간이 늘어났는데 멜린다도 기분이 내키면 합류하곤 했다.

그날의 마지막 일은 PX들의 주의사항을 확인하는 일이었다. 매디슨 파크 타번처럼 이곳에도 특별 서비스를 제공받을 수 있는 지인과 가족들이 있었다. 공식적으로는 브런치 예약은 받지 않았지만 제이크는 언제나 예외를 두었고 나는 새롭게 올라온 PX 메모 노트를 읽었다. 메모 노트에 적힌 손님들 이름은 거의 다 알았지만 내가 모르는 이니셜이 하나 있었다. 그 옆에는 별표 세 개가 있고 내 이름도 있었다.

"제이크, 이거 무슨 뜻이에요?"

"신경 쓰지 마. 그냥 일해."

"대표님이 쓰신 거예요? 아니면 렉시가 썼나?"

"나도 잘 모르겠는데."

그가 핸드폰을 귀에 붙이고 우리가 코트 옷장으로 쓰는 작은 커튼 뒤의 공간으로 들어가는 바람에 나는 더 말을 할 수 없었다.

두시 사십오분쯤 웨이터가 오더니 베이커리를 납품하러 오신 분이 있다고 말했다. 처음에는 뒷모습만 보았다. 고급스러운 주홍색 숄을 걸치고 머리를 높이 올려 묶은 여성이었다.

그분을 일단 나에게 보내라고 한 다음 납품 관련 서류가 있는 클립보드를 찾아봤지만 원래 있던 얼음 기계 위에 없었다.

그 여자분을 무시하려는 건 아니었지만 빵을 창고에 넣기 전에 그 클립보드가 필요했다. 보통 우리는 그래햄 스트리트 베이커리에서 빵을 공급받고 있어서 제이크가 무슨 생각을 하는지 알 수 없었다.

내가 쭈그리고 앉아 음식 재료를 담은 그릇을 올리고 있는데 누군가 말을 걸었다.

"실례합니다?"

밝고 따뜻하고 적극적인 인상의 얼굴이 보였다. 그 순간 세상이 멈추고 말았다. 이 순간을 수백 번도 더 상상했었지만 한 번도 만족스럽게 그려진 적이 없었다. 언제나 이 장면은 너무 딱딱하고 불편하거나 그쪽에서 내게 아무 관심 없는 것으로 끝나곤 했다. 그녀는 이제 가끔 집착적으로 상상하곤 하지만 잡을 수 없는, 마치 로또 당첨 같은 꿈이 되어버렸다.

"아! 헬렌 란스키 선생님!" 바로 다음에 이런 말이 튀어나왔다. "어, 죄송해요."

내가 너무나 꿈에 그리던 순간이 현실이 되어서인지 말이 막혔다.

"그냥…… 이렇게 뵈어서 너무 놀라고 기뻐서요."

"미스 먼로." 막내 웨이터가 나에게 클립보드를 넘겨주며 말했다. "혹시 이거 찾고 있었어요?"

"고마워, 페드로." 내 앞에 있는 클립보드를 넘겨보았지만 글씨가 하나도 보이지 않았다.

헬렌이 웃었다.

"성이 먼로? 그러면 이름이 티아 맞겠네요?"

그녀는 오묘한 빛을 뿜어내는 요정 같기도 했고 다른 시간과 공간에서 건너온 사람 같기도 했다.

나는 몇 년 동안 헬렌을 흠모했고 그녀가 쓴 모든 책을 읽었기 때문에 그녀의 글의 리듬과 뉘앙스를 알았다. 나는 그녀의 목소리는 귀로 듣고 이야기는 마음으로 들었다. 그녀는 내 삶에 가장 깊은 방식으로 들어와 내가 태어난 나라나 내가 쓰는 언어처럼 내 모든 생각을 지배하게 되었다.

내가 협박을 당해 그리 되었든 아니든 내가 마이클 잘츠의 심부름꾼으로 알려지고 말았을 때 앞으로 다시는 그녀와 일할 수 없을 거라 확신했다. 그쪽으로 건너가는 다리는 이미 불타버린 것이다. 나는 전 세계 수백만 독자의 신뢰를 이용해 이득을 취했다. 이런 나를 어떻게 신뢰할 수 있을까?

하지만 지금 내 앞에 그녀가 155센티미터 키의, 있는 그대로의 모습으로, 엄연한 사실로, 빛나는 모습으로 서 있었다. 그 순간만큼은 나와 마이클 잘츠 사이에서 일어난 모든 지저분한 일들은 사라지고 없었다.

"네, 제 이름 티아 맞습니다."

전화 통화를 마치고 돌아온 제이크는 나를 보고 입이 귀에 걸려 웃고 있었다.

"제가 뭘 도와드릴까요? 란스키 선생님?" 목소리는 가늘게 떨리고 있었다.

그녀는 우리 앞에 놓인 바게트, 불*, 플랫브레드, 크래커를 가리켰다.

"일단 나한테 빵이 있구요!" 헬렌이 말했다. "요즘에 새로운 베이킹 기술에 완전히 빠져 있는데 미국에서는 아는 사람이 거의 없거든. 파리에서 몇 년 동안 일하고 공부하면서 이 베이킹 기법에 관한 글을 써야 한다는 걸 알았죠. 이건 일반 효모처럼 만들기는 쉬운데 천연 발효종으로 만든 것 같은 맛이 나죠." 그녀는 작지만 단단해 보이는 손을 흔들며 말했다. "최근 나온 제 책 『가치가 있는 빵 : 로브, 번, 피자』에 나온 방법이에요."

"굉장히 근사한 프로젝트 같아요." 내가 말했다.

"한번 먹어볼래요?" 그녀가 물었다. "이 동네의 레스토랑 운영자 몇 명에게 이메일을 보냈는데 제일 먼저 답해준 사람이 제이크였어요. 그러니까 내가 실험 중인 빵을 모두 시식해볼 자격이 있겠지. 버리기엔 너무 아깝거든."

그녀는 혼자 웃더니 바게트 한 조각을 떼어내고 똑같이 생긴 다른 바게트에서 한 덩어리를 떼어냈다.

"먹어보고 어떤지 말해줘요."

그 빵들은 겉은 똑같이 진한 갈색이었고, 부드러운 빵 안쪽도 똑같이 약간 달고 신 냄새가 났다.

"이거요. 이게 더 부드러워요. 더 안정적이에요. 그리고 이건요. 조금 더 시골풍이라고 할 수 있겠네요. 미네랄이 첨가된 느

* 구 모양 프랑스 빵.

낌이 있어요."

헬렌이 고개를 끄덕이니 올림머리가 같이 찰랑찰랑 움직였다.

"첫 번째 빵은 파리에서 가져온 발효종으로 만든 빵이고요. 두 번째 빵은 뉴욕 발효종으로 만든 빵이네요. 지난주에 돌아와서 만들기 시작했는데 약간 덜 완성됐어. 하지만 이것도 캐릭터가 있죠."

그녀는 토트백에서 작은 통을 꺼냈다.

"이거예요. 뉴욕 발효종을 좀 가져왔어요. 제이크 레스토랑에서도 이걸 좀 이용해보라고."

그녀가 뚜껑을 여니 팍 하는 소리가 들렸다. 그 안에 있는 것이 무엇이건 싱싱하게 살아 있는 것이 분명했다. "이게 진짜죠. 여기 있어요."

그녀는 조금 떠서 내 코에 대보았다.

"와, 진짜 흥미로운 향기예요." 내가 말했다. "뭐랄까…… 원시적이랄까."

"맞아, 맞아. 그게 주변 환경을 표현하는 거나 마찬가지야. 효모라는 건 우리 주변에 살고 있거든." 그녀는 손가락을 머리 위에서 빙빙 돌렸다. "빵의 캐릭터는 우리 주변의 공기에서 온다고도 할 수 있어."

효모를 다시 가까이 살펴보니 효모가 부글부글 끓으면서 독특한 향기를 뿜어냈다.

"파리 공기, 뉴욕 공기를 봤으니 이제 브루클린 공기는 어떤지 봐야지." 그녀는 흥이 나서 말했다. "이 방법을 발견하고 나서부터는 다른 베이킹 재료를 거의 안 넣게 돼요. 빵은 그 자체로 말해요. 올리브, 건포도, 견과류, 이것들도 좋죠. 그런데 맛을 흐트러뜨리는 느낌이야, 안 그래요?"

"제가 뭐, 빵에 대한 철학이 있는 건 아니지만 무슨 말씀이신지는 알겠어요. 많은 장식이나 꾸밈이 필요 없다는 말씀이죠. 어쩌면 가장 최고의 맛은…… 그 자체의 맛이니까요."

"브라바!"

헬렌이 박수를 쳤다. 내 답에 좋은 인상을 받은 듯했다.

"최고의 맛은 그 자체의 맛이지. 그 답을 찾아내는 데 평생이 걸린 것 같아."

나는 그만 눈물이 나오려고 했다.

"그럼 이제 오늘 여기 온 두 번째 목적을 이야기해야죠. 난 며칠 후에 파리로 떠나요. 가을이면 돌아올 거고 뉴욕에서 내 원고를 다듬을 때 어시스턴트가 필요해요. 그때 뭘 하고 있을지 아나요?"

"오! 가을이요! 아직 생각 못 했어요. 어쩌면 대학원으로 돌아갈지도 모르고. 그런데 학생 아닌 일반인이어도 괜찮으신가요?"

헬렌 란스키는 나에게 몸을 기대더니 씩 웃었다.

"아, 만약 당신이 일반인이라면 난 그렇다고 대답해야겠네."

웨이터가 키친으로 고개를 쑥 내밀었다. "미스 란스키? 테이블 준비됐습니다."

그녀는 내 손을 잡더니 꽉 쥐었다.

헬렌 란스키가 내 인생에서 뭔가 잡고 싶은 것, 희망할 만한 것을 준 것이 이번이 처음은 아니었다. 그러나 이번엔 달랐다. 나도 달라져 있었다.

제이크가 내 뒤로 다가왔다.

"누구였어?" 그는 장난스럽게 물었다.

"모르시는 것처럼 왜 그러세요?" 나는 마른 행주로 그를 살짝 때렸다. "사실 강연에는 갔지만 직접 대화를 나눈 적이 한 번도 없어요. 뭘 어떻게 해야 할지 모르겠더라고요. 이번 가을에 뉴욕에 돌아오신대요. 그러면 그런 구설수에 올랐던 저한테도 기회가 있을지 모른다는……."

제이크가 나를 살짝 흘겨보았다.

"티아, 너도 이 나쁜 짓에서 적지 않은 역할을 했어. 그래도 네 안에 좋은 것들이 많다는 거 난 잘 알아."

나는 팔을 크게 벌려 그를 안아주었다. 어떻게 더 감사해야 할지 모를 것 같았다. 제이크는 나를 믿어주었고 언젠가 내가 이 은혜를 갚을 날이 오기만을 바라고 있다.

얼마 후 헬렌에게 걸어갔다. 그녀는 케일과 불린 베르베르 병아리콩 위에 얹어진 수란을 맛있게 먹고 있었다.

"음…… 란스키 선생님?"

"왜요, 티아?"

"다음 가을에 선생님 어시스턴트가 되고 싶습니다. 제가 어떻게 지원하면 되는지 말씀해주시겠어요?"

헬렌이 포크를 내려놓았다.

"티아, 굉장히 좋은 소식인데요. 하지만 난 티아가 적임자라는 걸 벌써 알고 있었어요. 결정은 티아가 하면 되고. 마음 정해줘서 너무 기쁘네요!"

나는 몸을 확 앞으로 던져 그녀를 끌어안았다.

"감사합니다. 감사합니다. 정말 감사합니다. 선생님한테 정말 감사하고요. 제이크가 이렇게 만나도록 해줘서 감사해요."

"오, 사실 좋게 말해준 건 제이크가 아닌데. 난 크리스마스 이후로 외국에 있어서 과거에 당신과 관련된 그 어수선한 사건 이야기는 잘 몰라요. 하지만…… 이건 당신의 익명 팬이 추천해준 거예요."

나는 안았던 팔을 풀고 그녀 맞은편에 앉아 정신을 차려보았다. 마이클 잘츠구나. 그는 내가 절대 그녀와 일하지 못할 거라고 말했는데 이제 와서 나를 추천했다고? 그가 마음을 바꾸었을지도 모르지만 다른 꿍꿍이가 있을지도 몰랐다. 하지만 적어도 지금은 그의 게임에 빠지지 않을 자신이 있었다.

"그러게."

헬렌은 계란 노른자가 스며든 마지막 빵 한 조각을 앞으로 끌어당겼다.

"9월까지는 뉴욕에 없어요. 그때까지는 이메일로 연락해요. 괜찮겠어요?"

나는 양 볼이 터지도록 활짝 웃었다.

"물론 괜찮다 마다죠."

그 순간 몇 달 동안 내가 이고 다녀야 했던 그 모든 무거운 비밀과 수치, 속임수와 의심이 공중으로 날아가버렸다.

"제가 정말로 원했던 건 그거 하나였어요."

*

퇴근한 다음 캐리와 그랜드 스트리트에 있는 고메 마켓에 가서 그날 오후의 타르트 프로젝트를 위해 장을 봤다. 예쁘고 싱싱한 복숭아 몇 개를 담고 캐리에게 맛 조합을 약간 더 복잡하게 하기 위해 배를 첨가하는 것이 어떻겠냐고 제안하려고 돌아섰다. 하지만 그녀는 어디론가 사라지고 없었다.

올리브 코너에 가보고 치즈 코너에 가보고 즉석 식품 코너에도 가보았다. 그때 한쪽에 있는 작은 카페에서 세몰리나* 케이크를 나눠 먹고 있는 한 커플을 발견했다.

보는 순간 입이 바짝 말랐다. 아담한 체격의 여자는 보라색 꽃무늬 탑을 입고 곱슬머리를 하나로 올려 묶었다. 그들을 발견한 지 몇 초 되지 않아 우리 둘은 눈이 마주쳤다. 그는 나를 보더니 고개를 끄덕였고 그의 입술에 잔잔히 미소가 퍼졌다. 나도 그를 보고 고개를 끄덕인 다음 자리를 피하려 코너를 돌았다.

캐리가 팔을 톡톡 쳤다.

* 밀의 일종으로, 입자가 거칠고 알맹이가 단단하다.

“야! 미안. 나 찾았어? 향신료 구경에 폭 빠졌네.” 그녀는 내 눈 앞에서 손을 흔들어 보였다. “여보세요? 너 괜찮아?”

나는 고개를 흔들고 그녀를 바라보았다.

“어. 괜찮아.”

정말 내 감정이 그렇다는 것이 아니라 반사적으로 나온 대답이었다. 영혼이 반쯤 빠져나간 얼굴로 배를 들었다 놨다 해보았다.

“너 진짜 괜찮아?”

나는 가방에 들어 있는 배를 더 살펴보았다.

“야, 정신 차리고.”

캐리는 내가 대답하기 전에 말했다.

“빨리 가자. 자연광 있을 때 사진 찍는 게 더 나을 것 같지 않아? 우리 오븐에도 넣어야 하잖아.”

지하철을 타고 캐리의 집으로 가서 타르트를 만들었고 늦은 오후의 햇살 덕분에 완벽한 사진을 건졌다.

캐리는 방에 들어가 쉬고 나는 거실에서 블로그 포스팅을 올렸다. 혼자 있으니 이제야 그와 마주쳤을 때의 순간을 조용히 떠올려볼 수 있었다. 엘리엇과 새 여자 친구. 우리는 헤어진 그날 밤 이후로 따로 연락하지 않았다. 마이클 잘츠 사건이 터졌을 때도 그에게서 연락이 오지 않았다.

엘리엇이 다른 연인과 같이 있는 모습을 내 눈으로 보게 되면 세상이 무너질 줄 알았다. 그 장면을 머릿속으로 얼마나 많이 그려보았는지 모른다. 캐리가 키보드를 탁탁 두드리는 소리가 들렸다. 창밖으로 자동차가 지나가는 소리도 들렸다. 그리고 나는 지금이 꽤 괜찮다는 사실을 깨달았다. 아니 그냥 괜찮은 정도가 아니라 행복했고 엘리엇이 행복해서 다행이라고 생각했다. 진심이었다.

사진을 컴퓨터에 저장한 후 카일에게 사진 몇 장을 첨부해 이메일을 보냈다.

안녕. 이거 어때? 같이 나눠 먹으면 좋을 텐데. 왜냐면 오늘 나한테 축하할 일이 생겼거든. 오늘 네 옛날 멘토분을 만났다? 나도 그 분 밑에서 일하기로 했어. 선배님, 나한테 팁 좀 주세요.

카일 로리머. 그는 괜찮은 남자이고 조금 더 자주 만날 기회가 생기길 바란다. 결국 우리 둘은 말이 통하는 편일 테니까.

블로그에는 피치 타르트 레시피를 올리고 글을 하나 썼다. 내가 원하는 것과 내가 얻을 수 있는 것과 내가 싸워서라도 얻어야 할 것을 어떻게 조화시킬 수 있을지에 대해 생각한 내용이었다. 그리고 요즘 늘 하는 방식대로 포스팅을 마쳤다. 처음에는 굉장히 어색했다. 마이클 잘츠라는 이름의 그림자로서 글을 썼기 때문일까? 남들 앞에서 내가 평생 지니고 있던, 온전히 내 것인 두 단어를 쓰는 것이 낯설고 이상하게 느껴졌더랬다.

사랑을 담아

티아 먼로.

감사의 말

솔직히 이 책을 쓰기 시작하기 전까지는 다른 책의 '감사의 말'을 잘 읽지 않았다. 그래서 이에 관한 아무런 기본 지식이 없었다. 책 한 권을 탄생시키는 사람들은 누구일까? 어디에서 도움을 찾는 것일까? 글쓰기란 얼마나 고독한 일일까?

작가가 되고 싶은 당신 또한 막막할 것이고 당신은 여기에 나오는 사람들을 알 수도 없을 것이다. 그래서 그런 분들에게 내가 따로 말해주려고 한다. 가장 중요한 건 주변에 부정적인 말을 하는 사람이 아니라 긍정적인 생각을 하는 사람들을 두라는 것이다. 그들과 아이디어를 공유하라. 그들에게 시간을 투자하라. 시간을 투자해준 사람들에게 감사하라. 열심히 해라. 끈질기게 버텨라.

먼저 내 에이전트 스테파니 리베르만에게 특유의 인내심과 이해심, 날카로운 영민함으로 나를 인도해줘서 감사하다고 말하고 싶다. 내 편집자인 첼시 에멜 하인츠는 이 이야기를 더 깊이 있는 '진짜 책'으로 만들어주었다. 메간 슈만, 로라 체르카스, 아이비 맥패든, 디안 스터지에게도 고마운 마음을 전한다. 코니 가버트는 매혹적인 책 표지를 만들어주었다. '푸드 호어(Food Whore)'팀 최고!

에이미 블룸은 글쓰기에 대한 열정을 일깨워주었고 그것이 평생 갈 수 있다는 교훈도 가르쳐주었다. 무엇보다 이 책은 아만다 루이스가 아니었다면 태어나지도 않았을 것이다.

미리 책을 읽어주고 솔직히 이야기해준 독자들에게 감사한다. 그 과정에서 나처럼 가볍게 읽을 수 있는 책을 좋아하는 린과 인연을 맺을 수 있었다. 캠과 존은 훌륭한 작가이자 독자일 뿐만 아니라 우수한 마케터이기도 했다.

이 책이 컴퓨터 파일에 불과했을 때부터, 칵테일파티에서 나온 몇 마디 아이디어였을 때부터 나를 지지하고 응원해준 친구들에게 감사한다. 모두 떠올리지는 못하겠지만 생각나는 대로 적어본다. 안드레아, 로렌, 앨리슨, 아마라, 알렉스, 빌, 제이, 셰리, 카렌, 레이티, 리즈, 매트, 메레디스, 마이클 줄리안, 로즈마리, 랜달, 브라이언 등등. 당신들은 나의 이 작은 소재를 무언가 대단한 작품처럼 대해주었고 그것으로 모든 게 달라졌다.

우리 가족, 엄마, 아빠, 앤드류, 크리스, 제리 삼촌에게 감사한다. 내 꿈이 약간은 이상하고 약간은 가족을 힘들게 했지만 그런데도 그들은 끝까지 응원의 끈을 놓지 않았고 축하해주었다.

마지막으로 나의 숲쥐에게 물소가 되어준* 데이브에게 감사한다.

* 중국에서는 숲쥐와 물소의 궁합이 무척 좋다.

옮긴이 **노지양**

연세대학교 영어영문학과를 졸업하고 KBS와 EBS에서 라디오 방송작가로 활동했으며 현재는 전문 번역가로 일하고 있다.『헝거 : 몸과 허기에 관한 고백』『나쁜 페미니스트』『하버드 마지막 강의』『싱글 레이디스』『에브리씽 에브리씽』 등 70여 권의 책을 번역했다.

단지 뉴욕의 맛

초판 1쇄 인쇄 2018년 3월 28일
초판 1쇄 발행 2018년 4월 4일

지은이 제시카 톰
옮긴이 노지양
펴낸이 김선식

경영총괄 김은영
책임편집 박보미 **디자인** 유미란 **책임마케터** 이고은, 기명리
콘텐츠개발2팀장 김현정 **콘텐츠개발2팀** 김정현, 유미란, 박보미
마케팅본부 이주화, 정명찬, 최혜령, 이고은, 이승민, 김은지, 배시영, 유미정, 기명리
전략기획팀 김상윤
저작권팀 최하나, 추숙영
경영관리팀 허대우, 권송이, 윤이경, 임해랑, 김재경, 한유현
외부스태프 **표지디자인** 정은경

펴낸곳 다산북스 **출판등록** 2005년 12월 23일 제313-2005-00277호
주소 경기도 파주시 회동길 357 2, 3층
대표전화 02-702-1724 **팩스** 02-703-2219 **이메일** dasanbooks@dasanbooks.com
홈페이지 www.dasanbooks.com **블로그** blog.naver.com/dasan_books
종이 한솔피앤에스 **인쇄** 민언프린텍 **제본** 정문바인텍 **후가공** 평창P&G

ISBN 979-11-306-1644-5 (03840)

• 이 도서의 국립중앙도서관 출판시도서목록(CIP)은 서지정보유통지원시스템 홈페이지(http://seoji.nl.go.kr)와 국가자료공동목록시스템(http://www.nl.go.kr/kolisnet)에서 이용하실 수 있습니다.
(CIP제어번호 : CIP2018008788)